KB241988

그리움의 횃불

-개정증보판-

배동인 | 지음

전예원

머리말

이 책은 대부분 대외적으로 발표된 나의 글들과 발표되지 못한 또는 않은 글과 수상록 등을 분야별로 묶어 발표일 또는 작성일 순서로 모아 편집한 것이다. 이것은 따라서 나의 생각과 행동의 여정을 보여준다. 이것은 물론 어떤 주제에 관한 생각과 함께 어떤 문제해결을 위한 활동에 관한 기록이어서 나의 삶의 상당부분을 보여준다. 그것은 시간적으로는 세 토막으로 구분될 수 있다. 첫째는 내가 한국은행과 한국외환은행에 재직하던 시기(1963~70)이고, 둘째는 독일 유학시절(1970~84)이며, 셋째는 독일로부터 귀국 후 강원대학교 사회학과 교수로서 일해 온 최근까지(1984~2003. 5월)이다.

그런데 여기서 제외된 것이 있는데 90년대 한겨레신문 창간발기인, 주주, 그리고 독자의 한 사람으로서 한겨레신문사의 경영문제에 관한 일련의 발언들이 그것이다. 이들을 제외한 이유는 지면이 너무 늘어나기 때문이다. 한겨레신문 전국독자주주모임의 회원으로서 신문사의 경영문제와 관련하여 발표한 글들은 다음의 책들 속에 들어있다: 1) 한겨레신문전국독자주주모임, "언론을 바로 세우는 사람들"(살림터, 1998) 중 '진실규명과 책임자 처벌로 대개혁의 계기를'(247~50쪽), 2) 같은 책 중 '한겨레 자정, 개혁을 바라는 사원, 독자, 주주의 양심선언. "다시 태어나야 할 거레의 신문"(윤도서적, 1994)에 대한 서평'(251~4쪽), 3) 같은 책 중 '한겨레신문의 문제 상황과 개혁방안'(259~61쪽).

이 책의 글들은 그때그때의 관심사를 주제로 삼고 있는데 주로 넓은 의미의 정치적인 것이 대부분을 차지한다. 그 가운데 독일 유학시절에 쓰인 글들 중에는 반독재 민주화운동의 일환으로 버트란드 러셀의 글을 내가 우리말로 직역한 것들이 들어있다(이러한 사정에 관해 나는 러셀 책들의 출판사인 George Allen & Unwin, Ltd., London에 이미 보고했다). 거기에 표현된 러셀의 의견에 나는 지금도 대체로 찬성하고 있다.

글들의 주제는 다양하지만 그 전반적 내용을 한마디로 요약한다면 '자유와 합리성의 추구'로 일관되어 있다고 말할 수 있다. 무릇 자유와 합리성 등 우리가 추구하는 모든 가치의 기초는 진실성에 있다. 이런 의미에서 이 책은 나의 지금까지 삶에 있어서 나의 생각과 말과 행동의 진실된 기록이다. 달리 표현한다면 이 책은 나의 그리움의 기록이라고 볼 수 있다. 지금까지 나는 그리움이라는 바다를 헤엄쳐 왔다고 생각되기 때문이다. 무엇보다도 나는 자유에의 그리움을 안고 싸워왔다. 또한 진리와 정의와 평화를 그리워했다. 나의 모든 싸움에는 사랑에의 그리움이 원동력이 되었다. 그러나 나의 이들 그리움들은 만족할 만큼 실현되지 못했고 아직도 이루어지기를 기다리는 꿈으로 남아있다.

여기에 실린 나의 과거의 기록내용과 표현을 내가 앞으로도 무조건 그대로 고수하리라는 보장은 없다. 어제의 생각은 오늘의 삶의 상황과 사회적 맥락에서 정당한 근거에 따라 달라질 수 있기 때문이다. 과거에서의 어떤 달라짐은 이 글들을 통해 확인될 수 있다. 한 가지 중요한 변화는 종교에 대한 나의 관점이 기독교인에서 불가지론자로 달라진 것이다. 그밖에 대부분의 경우, 특히 정치적 소신에 있어서는 나의 생각과 정서에 있어서 오늘까지 일관성을 견지해오고 있다.

나의 선배, 동료, 제자들과 독자 여러분의 따뜻한 이해와 비판과 가르침을 기대한다.

끝으로 이 책이 세상에 나올 수 있도록 배려해주시고 수고해주신 전예원 김진홍 사장님(한국외국어대학교 신문방송학과 교수님), 김재성 부장님 그리고 전예원 직원 여러분께 깊이 감사드린다.

가평 이곡리에서
배동인

덧붙임: 이 책의 초판은 2003년 6월에 발간되었으나 많은 오자와 탈락 등 오류가 발견되어 전반적으로 교정하였고, 한두 군데 보완하여 여기에 개정판을 내놓게 되었다. 새로 추가된 글은 "13.4. 삶의 길"이다. 이 글은 나의 블로그 '새벽'에 올려진 것이다.
독자들과의 의사소통을 위하여 저자의 연락처를 밝힌다.
이메일 주소: dibae4u@daum.net   dibae4u@hotmail.com
블로그 '새벽': http://blog.daum.net/dibae4u

차례

1. 나의 자화상

1.1. 나의 이력서

나는 1938년 6월 28일 전남 신안군 임자면 진리 503번지에서 아버지 배지곤(裴池坤)과 어머니 윤포접(尹布接)의 육남매 중 둘 째 아들로 태어났다. 아버지는 대구 달성파 배씨의 32세대손인 배태운(裴太云 1874-1956)의 맏아들로 1900년에 태어나 1946년 11월 18일 전남 능주에서 당시 금융조합 이사로 일하시다가 치질로 47세의 삶을 마감하셨고 어머니는 1905년에 남원 윤씨로 태어나 1987년 4월 13일 전남 광주시 동구 장동 103-11에서 노환으로 83세의 삶을 끝마치셨다.

아버지에 대한 나의 기억은 희미하지만 그는 술을 무척 좋아하시고 사람들과 허물없이 잘 어울리는 열린 가슴과 인자한 성품을 가지신 분으로 알고 있다. 나는 대여섯 살 때 아버님과 친구들과의 환담이 끝나면 식탁에 남은 술을 몰래 마셔보기도 하고 담배꽁초를 칙간(화장실)에 가지고가서 피워보기도 한 기억이 안개처럼 흐릿하게 남아있다. 그렇다고 해서 행동이 거칠거나 부잡스럽지는 않았다. 다만 호기심이 컸다고 회상된다. 그리고 성격이 워낙 급하고 고집이 세어서 가령 길가다가 어느 상점 앞에서 갖고 싶은 물건이 눈에 띄면 당장에 그것을 사달라고 졸라대고 안된다고 하면 즉각적으로 땅바닥에 뒹굴고 울면서 외쳐댔다고 한다. 결국 그 물건을 손에 쥐고서야 울음을 그치고 떼쓰기를 중지했다고 한다. 그래서 지금도 무슨 일을 시작하면 어떤 식으로든지 완결될 때까지 끈질기게 그 일에 매달리는 버릇이 있는 것 같다. 물론 체념이 그 일의 끝일 경우도 있었다. 요컨대 어떤 해야 할 일이나 숙제를 놔두고 그냥 미적거리며 시간을 끄는 일은 없다는 것이다. 학교 다닐 때에도 집에 돌아오면 제일 먼저 손발을 씻고 숙제를 한 다음에야 놀거나 다른 일을 하는 버릇이 철저한 규칙으로 몸에 배어 있었다.

아버지가 돌아가시자 가계의 경제적 기초가 무너지게 되고 우리 가족은 1947년 능주에서 광주로 이사를 했고 나는 능주국민학교 3학년에서 광주 서석국민학교 3학년으로 전학했다. 초등학교 시절의 학교성적은 항상 전반적으로 우수했는데 4학년 '통신표'에 담임선생님은 "수업시간에 활동력이 부족하니 가정에서 부단의 지도를 하시기 바라며 성질이 순하지만 너무 여성적이오니 힘을 북돋아주시기 바란다"는 내용의 권고를 썼다. 5학년 '통신표'에 개평으로서 "학급 중 가장 우수함"이라고 적혀있고 담임선생님은 "활발성 있도록 선도하여 주시기 바라며 장래유망성 있으나 남성적 태도의 부족은 유감"이라고 썼다.

광주에 이사 와서 처음엔 금남로 큰 정자나무 옆에 살다가 동명동으로 전세방 신세를 지면서 여러 번 이사를 했다. 거기서 다시 서동으로 이사 갈 때에는 드디어 우리 집을 마련할 수 있었다. 서동에서 살면서 나는 동쪽에 위치한 서석국민학교를 매일 30-40분 걸어서 등하교를 하지 않으면 안되었다. 거기서 내가 초등학교 6학년 때 6·25 전쟁을 겪었다. 광주에 북한 인민군이 쳐들어오면 모두 죽는다는 얘기를 듣고 어머니는 조부모님과 작은 아버지댁이 살고 계시던 고향이며 호적상 본적지인 전남 영암군 학산면 용산리 425번지로 피난을 가야 한다는 생각에서 우리들을 이끌고 또 이불 등 생활용품을 머리에 이거나 등에 짊어지고 걸어서 영암 그 산골까지, 그것도 한 여름철에 두세 번 정도 갔다왔다를 반복했다. 내 기억에 생생하게 남은 것 중 하나는 나의 흰 반바지가 그러는 동안에 땀에 절어서 헤어지는 것이었다. 이런 강요된 도보피난 여행 덕분에 아마도 나의 다리가 튼튼해졌으리라고 생각된다. 그래서 지금도 장거리 걷기나

'그리움의 햇불'(2012), 주석 추가 :

352쪽 아래서 3번째 줄: "갈퉁(Johan Galtung)": J. Galtung, "Peace", International Encyclopedia of the Social Sciences, Vol. 11, p. 487-496 (Macmillan Co. The Free Press, New York, 1974)

357쪽 위에서 5번째 줄: "규범적 합리성(normative rationality)": 막스 베버(Max Weber)의 가치합리성에 해당하는 개념이다.

357쪽 위에서 12번째 줄: "수단합리성": 베버의 목적합리성과 같은 의미의 개념이다.

359쪽 위에서 1번째 줄: "구조적 폭력": 이 개념은 갈퉁(J. Galtung)이 사용한 것인데 여기서는 그의 개념의미와 전혀 무관한 것은 아니지만 브다 포괄적으로 제 사회관계 안에 내재되어 있는 폭력을 뜻한다.

359쪽 아래서 9번째 줄: "즉 민주적 정당성": 배동인, 1986, '사회적 해방의 논리와 구조', 강원대학교 사회과학연구소 편, "한국사회의 이해 I", 춘천: 강원대학교 출판부, 특히 232-3쪽 참조

360쪽 위에서 5번째 줄: "규정될 수 있다.": 폭력의 사회조직화의 다른 예를 군대와 경찰조직에서 볼 수 있는데, 이 경우에는 국민의 민주적 동의에 근거하여 국가권력의 실질적 보장기능을 수행한다. 따라서 군대와 경찰의 권력은 그 존재근거인 국민적 동의가 결여된 경우에는 원시적 폭력으로 전락하게 된다.

361쪽 위에서 8번째 줄: "지양되어야 할 것이다.": 특수주의의 극단적 경우를 거의 광신주의적인 개인적 또는 집단적 이기주의에서 볼 수 있다. 인간실존의 사회성을 망각하고 자기자신과 자기가족과 자기집단만의 생존과 행복을 추구하는 이른바 '노다지' 철학은 개인과 집단으로 하여금 사회 안에 존재하지만 이미 사회에는 속하지 않는 사회적 고립화를 자초하는 아이러니를 보여준다.

423쪽 아래서 9번째 줄: "구성되는데": 선거인단은 학생수 10명 이상 학교(본교)당 1명씩 모두 671명(학교운영위원회 구성학교 368명, 미구성 학교 283명, 교총대표 20명)이라고 보도되었으나(강원도민일보, 1998.1.6일자) 더 정확하게는 각급학교 운영위원회 대표 702명과 교원단체 총인합회 대표 22명 등 모두 724명이라고 한다(중앙일보, 1998.1.21일자).

423쪽 아래서 4번째 줄: "기여하게 돝 것이다.": 임선희(충남대 교육학과 교수)도 1996.12.3.일 대전에서 열린 교육자치에 관한 공청회에서 발표된 글 '교육자치제에 관한 법령의 올바른 개정방안'에서 같은 의견을 주장한다. 또한 이재신(충북대 교수, '교육감 선출방안의 재고', 1995.10.31일 청주 공청회)과 권영주(다사고등학교 교사, '고육자치제도의 문제점과 개선방향: 교육위원회의 구성 및 교육감 선출을 중심으로', 1997.6.16.일 대구 공청회)는 종래의 교육위원회의 구성과 교육감의 선출방식에 대해서 비판적 견해를 표명하고 있다

등산에는 자신이 붙게 되었는가 보다.

1951년 7월에 서석국민학교를 졸업하고 곧 이어 광주 서중학교에 들어가 1954년에 졸업(제29회)했는데 3학년 '학업성적통지표'에 서상대 담임선생님은 "급중 최고점, 특대생 해당, 찬연한 노력의 결정(結晶)임"이라고 총평하고 있다. 그해 광주 제일고등학교에 입학, 1957년 3월말에 졸업(제2회)했다. 중학교 시절에 나는 평소에 나의 너무 내성적이고 유순하며 수줍음을 많이 타는 성격이 스스로 못마땅하여 같은 반에 있는 나와는 정반대의 아주 외향적인 성격의 한 친구를 따라 1953년 7월부터 이듬해 3월까지 동부교회(백영흠 목사) 어린이 주일학교에 나가게 되었다. 교회의 엄숙하고 명상하게 하는 분위기, 성경을 읽고 그 의미를 이해하려는 학구적인 자세, 성가대에서 찬송가 등 성가곡들을 배우고 합창하는 데서 얻는 정서적 기쁨과 성스러운 하늘로부터 축복 받는다는 느낌 등이 나의 내면적 삶에 중요한 자리를 차지하게 되었다. 이러한 나의 종교적 신앙생활이 고등학교, 대학시절과 그 이후에까지 지속되었다. 그러나 다른 친구들은 고등학교를 졸업하면서 동부교회에서 모두 세례를 받았으나 나는 스스로 세례 받을 만큼 나의 신앙이 성숙되지 않았다고 생각되어 훗날로 미루다가 1957년 4월 서울대학교 법과대학 행정학과에 입학하여 서울 장충동 경동교회로 교회를 옮기고 신앙생활을 계속하면서 비로소 강원용 목사의 지도로 세례식에 참여하게 되었다. 대학입학 초기에는 하숙방에서 지내다가 2, 3학년 때부터는 교회부근에 있는 '신우학사'에서 비교적 경제적 부담이 적고 편안하게 졸업 때까지 공부할 수 있었다. 서울역 부근 후암동에는 여학생 '신우학사'가 있어서 남녀 기독학생들 사이의 친교활동도 정례적으로 이루어졌다. 또한 나는 김재준 목사, 강원용 목사, 조향록 목사 등이 주도하여 조직된 '선린회'의 회원이 되었다.

내가 어린 시절에 얼마나 내성적이었는가를 짐작케 해주는 짝사랑의 에피소드가 보여준다. 나는 광주 서석초등학교(당시에는 '서석국민학교') 3학년생으로 전학하자마자 곧 '첫사랑'에 빠져들었다. 당시에는 남녀공학이긴 해도 학급은 성별로 따로 구성되었다. 나는 합창단에 들어갔는데 같은 학년인 한 여학생이 눈에 들어왔다. 그 여학생도 공부를 아주 잘하는 편에 속했고 용모도 내 마음에 쏙 들었다. 그러나 쉬는 시간에 운동장 한 구석에 있는 '블랑코'를 타곤 하며 함께 노는데도 나는 그녀에게 한마디도 말을 건네지 못했다. 그야말로 그저 바라보고만 있었다. 초등학교를 졸업할 때까지 같은 학교 안에서 지내면서도 전혀 상호간에 아무런 의사소통이나 접촉이 없었다. 그 학교는 전체로는 남녀공학이지만 각 학급은 남녀가 구분되어 있었다. 나는 서중학교와 일고로, 그 여학생은 전남여중과 전남여고로 서로 학교를 달리하여 진학하게 되니 더욱 만날 기회가 없게 되었다. 다만 등하교시에 나는 자주 전남도청 앞 부근에서 그녀를 저만큼 길 건너편 반대방향으로 지나가는 모습을 볼 수 있었고 그때마다 나는 그냥 마음 속 깊이에서부터 조용한 기쁨이 용솟아 오름을 느꼈고 매일 그러한 침묵의 만남의 순간을 기대하곤 했지만 단 한 번도 그녀에게 다가가서 말을 건넬 용기를 얻지 못했다. 그렇게 중고교 6년의 세월은 흘러갔고 대학진학의 시점에 이르렀다. 나는 서울대 법대에 합격했다는 소식을 듣고 비로소 용기를 내어 그녀의 집을 찾아갔다. 나는 그녀와 단독면담에서 나의 뜻을 밝혔다. 그녀는 나에게 말하기를 자기는 이미 약혼을 했고 곧 결혼하게 될 것이라고 말했다. 나에겐 청천벽력이었다. 절망이었다. 그리고 그녀는 방학 동안 자기는 영암읍에 있는 고향집으로 가 있게 된다고 하기에 나는 그 주소를 알고 싶다고 했더니 그녀는 별 소용이 없을 것이라면서 마지못해 내가 내민 나의 수첩에 한자로 그녀의 영암 주소를 적어주었다. 나의 기억으로는 역시 그녀가 적어준 주소를 들고 영암읍까지 찾아간 적이 있고 면담을 요구했으나 성공하지 못하고 결국 광주 집으로 되돌아올 수밖에 없었다. 나는 몇 번 그녀에게 편지를 보냈지만 아무런 회신이 없었다. 나는 어쩔 수 없이 그녀를 체념하기로 했다. 그러나 그녀는 나의 마음 한 구석에 뚜렷이 자리하고 있었고 나는 그녀를 잊을 수 없었다. 그러나 그 이후로 그녀는 나에게 있어 실질적으로 더 이상 아무런 존재의 의미를 지니지 않게 되었다. 대학을 졸업하고 은행에서의 직장생활을 한 뒤에 여기에 나중에 쓰게 될 13년 반의 독일유학을 마치고 나서도 나는 그녀를 잊고 있었다. 그런데 뜻밖에 두 번째로 직접 얼굴을 마주 보게 되었다. 1991년 7월 초 나의 아내의 할아버지 최태근 옹의 별세에 즈음하여 그녀가 광주시 장동 13-1번지에 문상하러 온 것이다. 알고 보니 그녀는 내과 개업의사인 자기 남편과 함께 나의 장인어른 댁의 바로 이웃에서 살고 있었다. 나는 그녀와 그 부근 '둥지'라는 다방에서 약 30분 동안 대화를 나눌 수 있었다. 그녀는 내가 자기를 그렇게 좋아한 줄을 전혀 알지 못했다고 말했다. 지난 세월 동안 그녀에 있어서 하나의 획기적 '사건'은 5명의 자녀를 낳고 40대의 나이에 전남대 심리학과를 다녀 대학졸업장을 얻게 되었다는 것이었다고 담담히 얘기했다. 그 만남 뒤에도 다시 만날 수는 없었다. 자기 남편이 우리가 편지교환 등 서로 오가는 것을 싫어한다고 그녀는 말했었고 얼마 뒤에 도내 어느 시골로 이사를 갔다는 소식을 그녀와 고교동창생인, 나의 아내의 숙모로부터 들었다. 나는 지금 그녀가 어디에 살고 있는지, 어떻게 지내는지 알지 못한다. 그녀에 대한 나의 옛 그리움과 생각은 하나의 아름다운 침묵의 드라마로 나의 과거 속에 새겨져 있는 추억일 뿐이다.

나의 이러한 어린 시절에서의 수줍음은 내가 성장하면서, 특히 대학시절에 나의 의식적 노력으로 점차 극복되었다. 대학 4년 동안 나는 거의 외톨이로 지냈다. 교회에 열심히 다니고 위에 언급한 '신우학사'에서 교우들과 함께 생활했지만 아마도 나의 내성적 성격 때문에 주로 고독의 분위기 속에 침잠해 있었던 것으로 기억된다.

대학 4학년 1학기에 들어섰을 때 4·19 학생혁명이 일어났다. 1960년 그날 오전 법대생들은 동숭동 교정에 모여 3·15 부정선거에 대한 성토집회를 열었고 이어 경무대(당시 대통령 관저)를 향해 시위행진에 나섰다. 나도 그 시위에 참여하여 중앙청 왼쪽에 있는 효자동 길 중간쯤에 이르러 멈춰 서게 되었다. 이미 그 큰길은 앞뒤로 학생들로 꽉 차 있었다. 얼마 후에 경무대 쪽에서 총성이 연속적으로 울려 퍼졌다. 우리들은 모두 재빨리 인근 주택들이나 골목으로 달려가 피신했다. 잠시 후 총소리는 멈추고 사방이 잠잠해졌다. 학생들은 뿔뿔이 헤어졌다. 나는 다시 아스팔트 큰 길로 나와 다시 학교로 향했다. 오는 길에 나는 분명히 총상을 입어 부상당해 급히 옮겨지는 몇몇 사람들을 목격했다. 어수선한 거리에 쓸쓸하고 씁쓸한 기분이었다. 마침내 4월 26일 이승만 대통령은 '국민이 원한다면 하야'한다는 성명을 발표했고 이로써 독재체제로 변질된 제1공화국은 종말을 맞게 되었다.

나는 대학졸업을 며칠 남겨둔 시점에서 졸업 후의 미래진로가 불확실하여 우선 숙제였던 병역의무를 마치기로 결정하고 휴학과 동시에 1961년 2월 14일 학보병으로 입대하여 18개월의 농도 짙은 군대생활을 육군(제1군 3사단 22연대)에서 병과는 보병, 주특기는 110, 계급 일병으로 근무했고 1963년 2월 17일자로 귀휴제대(전역근거: 31사 특병 제48호)했다. 나는 군복무기간에 많은 역경과 값진 체험을 했다. 너무나 견디기 어려운, 삶의 한계상황을 많이 겪었기 때문에 웬만한 곤경은 대수롭지 않게 대처할 수 있게 되었다. '젊어서 고생은 사서도 한다'는 속담의 진리를 터득한 것이다. 그래서 2년 늦게 1963년 2월 26일 법학사(Bachelor of Law) 학위를 받고 서울대 법대 행정학과를 졸업(제15회)했다.

나는 대학졸업과 함께 시험을 치러 1963년 2월 28일에 한국은행 외국부에 행원으로 입행하게 되었고 1967년 1월 30일까지 근무했다. 그런데 한국은행 외국부가 정부출자로 1967년 1월 30일자로 외환업무 전담은행으로서 '한국외환은행'으로 독립하여 창설되면서 대부분의 외국부 직원이 외환은행으로 옮겨오게 되었고 나도 나의 선택에 따라 그렇게 되었다. 그래서 외환은행 수입부, 영업부, 기획부 등에서 행원, 과장대리로 1970년 8월 서독 DAAD 장학생으로 선발되어 독일 유학길에 오르기 전까지 근무했다.

나의 불의에 대한 저항의식은 중고등학교 시절에 철저히 내면화되었던 것 같다. 광주 서중, 일고의 교문에 들어서면 일제강점기의 학생독립운동을 기리는 기념탑이 서있고 거기엔 교풍을 표현한 것이라고 볼 수 있는 '우리는 피 끓는 학생이다. 오직 바른 길만이 우리의 생명이다.'라는 글귀가 새겨져 있었다. 1969년으로 기억되는데 내가 외환은행 기획부 법규과 과장대리로 근무하고 있었을 때 정부(중앙정보부)에서는 일과 후에 직원들의 퇴근을 거의 강제적으로 막고 부장과 과장의 지도 아래 3선 개헌의 필요성을 정당화하는 문건을 중심으로 집단연수(?)를 실시하곤 했다. 나는 공공연히 행원들에게 그런 집회에 참여할 필요가 없으니 귀가하라고 권고했고 부장 등은 이러한 나의 언행을 적어도 겉으로는 못마땅하게 여기는 태도를 취했다. 그리고 내가 중학교 시절부터 고전음악을 즐겨 듣게 되었고, 특히 가장 좋아하는 베토벤의 음악 속에 충만해있는 자유와 정의에 대한 사랑의 정신이 나의 신조처럼 내 마음속에 각인되어 있었던 듯하다. 베토벤의 말 가운데 다음의 구절들이 나를 사로잡았다: "할 수 있는 모든 선을 행하고, 자유를 무엇보다도 사랑하고, 비록 왕좌의 편을 들어서라도 절대로 진리를 배반하지 말아야 할 것이다."(1792년 기념첩). "음악은 사람들의 정신으로부터 불꽃이 솟아나게 하지 않으면 안 된다."(로맹 롤랑[이휘영 옮김], 베토벤의 생애, 서울: 문예출판사 참조).

나의 학구열은 상당히 강했던 것 같다. 외환은행에 근무하면서 1967년 3월 6일부터 1968년 8월 31일까지 나는 성균관대학교 야간진학과정인 경제개발대학원 해외개발학과 국제통상전공으로 재학했었는데 외환은행 해외연수생으로 발탁되어 6개월간 휴학할 수밖에 없었다.

나는 1967년 8월부터 1968년 4월까지 외환은행에서는 첫 번째 독일은행 연수원으로 선발되어 Deutsche Bank AG, Düsseldorf에 파견 근무하는 영광스러운 혜택을 받았다. 그러나 나는 재독 유학기간 중 1973년 5월 4일자로 파면조치 당했다. 그 이유는 2년간의 휴직기간을 경과하여 은행의 귀국 및 계속근무의 지시에 따르지 않았다는 것이다. 나는 이를 감수하면서 쾰른대학에서의 공부를 계속하기로 결정했고 1975년 5월 12일에 '사회과학방향의 경제학도 디플롬'(Diplom-Volkswirt sozialwissenschaftlicher Richtung) 학위를 취득한 다음 1983년 2월 18일에 사회학박사(Dr. rer. pol.) 학위를 취득했다.

나는 1968년 10월 1일 최순택(1946년 8월 6일 광주에서 태어남. 전남여고 졸업, 이화여대 미술대학 조소과 1968년 2월 졸업, 독일 쾰른대학교 철학부에서 동양미술사 전공, '추사 김정희의 예술론과 서예' 논문으로 1981년 2월 철학박사(Dr. phil.) 학위 취득, 원광대학교 인문대학 고고미술사학과 교수[1989.3월-2011.8월])과 광주시 남동 천주교성당에서 결혼식을 올렸다. 우리가 만난 것은 어머니의 친지에 의한 중매를 통해서였는데 1968년 5월 어느 일요일에 그녀의 장동 집에서였다. 내가 독일연수를 마치고 귀국한 직후였다. 내가 서울 외환은행에 근무하고 있어서 자주 광주에 내려오지 못하고 주말에나 내가 광주에 가서 주로 그녀의 집에서 만나곤 했고 못다한 대화는 서로 편지로써 나누게 되었다. 그렇게 해서 약 6개월 동안 사귄 뒤에 우리는 결혼식을 올리게 되었다. 우리는 신혼 초에 유학생활을 시작하게 되어 공부에 집중하기 위해 애 갖기를 미루어 오다가 지금까지 자녀를 두지 않고 있다.

나의 독일유학기간 중 학비와 생활비는 주로 다음의 기관들로부터의 장학금과 나 자신의 방학기간 중 아르바이트에 의해 충당되었다: 1) 독일 학문교류 재단(Deutscher Akademischer Austauschdienst[DAAD], Bonn-Bad Godesberg)의 장학금(Stipendium)(1970. 8. 1~1971. 9. 30; 1970. 8. 1~9. 30일까지 2개월의 Goethe-Institut, Iserlohn에서의 독일어 학습비 포함), 2) 쾰른대학교 외국학생처(Akademisches Auslandsamt, Universität zu Köln)의 학비보조금(Studienbeihilfe)(1972~1973), 3) 쾰른대 신교학생협회(Evangelische Studentengemeinde, Köln)의 장학금(1974. 4. 1~1975. 3. 31), 4) 구교 외국학생 지원처(Katholischer Akademischer Ausländer-Dienst[KAAD], Bonn)의 장학금(1973년 여름학기와 1973/74년 겨울학기, 각각 1회씩 DM500.-). DAAD가 나에게 1년 동안밖에 장학금을 주지 않은 이유는 나의 원래 전공분야인 법학, 행정학 공부를 계속하지 않고 경제학 등으로 전공을 변경시킴으로써 장기간이 소요되는 공부를 지원해주기는 어렵기 때문이라는 것이었다. 나는 처음에는 경제학을 주전공으로 공부할 계획이었으나 1971년 여름학기부터는 부전공인 경영학 대신에 사회학을 선택하게 되었고 디플롬 학위과정까지는 주전공: 경제학, 부전공: 사회학과 정치학으로, 박사학위과정에서는 주전공을 사회학으로 정했다.

나는 독일유학 시절에 대학공부와 동시에 반독재민주화운동에 참여하게 되었고 공교롭게도 1975년 5월 12일자로 디플롬 학위취득과 동시에 당시 서독 정부(Bundesamt für die Anerkennung ausländischer Flüchtlinge, Zirndorf)로부터 정치적 망명권(das politische Asylrecht)을 인정받았고 이를 1984년 2월에 포기하고 같은 해 2월 17일에 귀국했다. 정치적 망명권자 인정 이후로는 국제협약에 따라 독일국민과 동등한 대우를 받도록 되어 있어 독일의 '사회국가'(Sozialstaat)에 근거하여 구축된 사회복지제도의 혜택을 많이 받았고 신변안전 보장도 누릴 수 있었다. 이렇게 나에게 경제적, 법적, 정치적으로 여러 가지 많은 혜택을 베풀어 준 독일에 대해 나는 항상 깊이 감사드리고 있다.

나에 대한 외환은행의 1973. 5. 4일자 면직(파면)조치는 나중에, 1981년 1월 31일자 일반사면령(대통령령 제10194호)에 의해 면제되었다고 외환은행장의 1997년 12월 3일자 서한(나의 1997. 11. 7일자 '과거의 부당한 인사조치의 취소 요청' 서한에 대한 회신임)에서 밝혔다.

귀국하자마자 나는 고향인 광주에 있는 전남대학교 사회학과로 갈 수도 있었으나 옛 학창시절(광주서중, 광주일고, 그리고 서울대 법대 시절) 줄곧 동기동창 친구인 강원대 법대 김정후 교수(당시 학생처장이라는 주요 보직을 겸직하고 있었음)의 강력한 권유와 추천에 따라, 그리고 나의 생각에도 비교적 서울이 가깝고 광주보다는 정치적으로 더 조용한 춘천에서 새로운 삶을 시작하는 것이 더 낫겠다고 판단하여 강원대학교로 가기로 결정했다. 나는 3월 초부터 시간강사로 근무하면서 조교수 발령을 기다렸는데 거의 한 학기가 다 지나가도록 소식이 없어 왜 발령이 이렇게 늦어지고 있느냐고 학교 당국에 물었더니 당시 이상수 총장께서 특별히 배려하여 교육부에 부교수 임명신청을 냈다는 것이다. 나는 너무 놀랍고 당혹스러워웠다. 이 총장은 나의 인사발령 절차에 관해 아무런 언급이 없었고 나의 의견을 묻지도 않았다. 이 총장은 일방적으로 나에게 호의를 베푼 것이었다. 나는 그 분의 호의를 거부하기도 곤란하여 그대로 받아들이기로 했다. 그래서 1984년 6월 18일자로 강원대학교 사회학과 부교수로 부임하였다. 그러나 나중에 감지하게 되었지만 나의 부교수 발령에 대해서 몇몇 동료 교수들은 매우 불만스럽게 여겼던 것으로 드러났다. 나는 강원대학교에 나의 인사발령에 관해 어떤 희망사항을 피력한다든지 하물며 어떤 불법적 또는 부정한 수단을 써서라도 조교수급 이상의 발령을 받았으면 하는 것은 생각하지도 않았고 나에게 부교수발령을 내리는 것이 가능하리라고 상상하지도 못했으며 다만 학교당국과 정부의 결정에 따를 수밖에 없는 처지였다. 그래서 나는 순전히 수동적으로 나에게 주어진 인사발령을 양심에 아무런 거리낌 없이 받아들였고 당당히 처신해 왔다.

1984년 6월 18일자로 강원대학교 사회학과 부교수로 부임한 이래 나는 교육과 학문연구를 직업으로 삼는 새로운 삶의 장에서 그때그때 최선을 다하려고 노력해왔다.

그동안 내가 대학내외적으로 맡았던 직책들은 다음과 같다: 미국 버트란드 러셀 협회(The Bertrand Russell Society, Inc.; http: //www.users.drew.edu/~jlenz/brs.html) 회원(1975년~현재), 강원대 사회학과장(1985년 3월~1987년 3월, 2001년 3월~2002년 3월), 정교수로 승진(1989년 10월 1일), 한국사회학회의 시한부 특위인 '학문자유와 윤리위원회' 위원장(1991년 12월~1994년 6월), 민주화를 위한 전국교수협의회 회원(1987년~1995년경), 환경운동연합 회원(1988년경~현재), 강원대 교수협의회 회장(1994년 4월~1995년 12월), 영국 캠브리지 대학교 사회정치학부 방문교수(1996년 1월~12월), 강원대 사회과학연구소 소장(1997년 2월~1999년 2월), 강원지방노동위원회 심판담당 공익위원(1997년 5월~2000년 5월), 같은 노동위원회 조정담당 공익위원(2000년 6월~2002년 5월) 등이다.

나는 1975년경부터 기독교 교회로부터 탈퇴하여 불가지론자(agnostic), 무종교자가 되었다. 이와 관련된, 종교에 대한 나의 의견의 근본적 변화에는 특히 버트란드 러셀(Bertrand Russell, 1872~1970)이 크게 영향을 미쳤다.

나의 학문적 연구결과의 주요목록은 다음과 같다(논문 제목은 ' '으로, 책제목은 " "으로 표기했음):

가. 논문:

1. Dong-in Bae, 'Theoretische Probleme des sozialen Wandels in Südkorea: Ein Versuch der religionssoziologischen Analyse'(한국에서의 사회변동의 이론적 문제들: 종교사회학적 분석의 한 시도), 독일 쾰른대학교 경제사회과학부 '사회과학방향의 경제학도 디플롬'(Diplom-Volkswirt sozialwissenschaftlicher Richtung)학위 취득논문(미발표), 1975. 5. 12 (독일어)

2. Dong-in Bae, 'Arbeitsdesign('Job Design'): Entwicklungs- kontext, Praxis, Perspektive'(직무설계: 그 발전맥락, 실제, 전망), 독일 쾰른대학교 경제사회과학부 사회학박사(Dr.rer.pol.) 학위 취득논문(미발표), 1983. 2. 18, 224 S.(독일어)

3. 배동인, '사회학의 자기정체성: 학문과 정치의 긴장관계를 중심으로', "사회과학연구"(강원대학교 논문집), 제21집(1985.6월), 춘천: 강원대학교 출판부, 1985, 149-66쪽

4. 배동인, '사회적 해방의 논리와 구조', 강원대학교 사회과학연구소 편, "한국사회의 이해", 춘천: 강원대학교 출판부, 1987, 217-43쪽

5. 배동인, '폭력에 대한 사회학적 고찰', "한국사회학"(한국사회학회 학회지), 제21집(1987년 여름호), 1987, 187-213쪽

6. 배동인, '한국 중산층 논의의 쟁점: 사회변혁의 주체가 될 수 있는가', "민족지성", 1987.10월호(통권 20호), 1987, 67-73쪽

7. 배동인, '해방지향적 사회이론의 탐구', 한상진/양종회 편저, "사회운동과 사회개혁론", 서울: 전예원, 1992, 43-69쪽

8. 배동인, '시민사회의 개념: 사상사적 접근', 한국사회학회/한국정치학회 편, "한국의 국가와 시민사회", 서울: 한울, 1992, 35-61쪽

9. 배동인, '노동세계의 사회구조적 맥락', 한국산업사회연구회 편, "산업사회학강의"(제II장), 서울: 한울, 1993, 27-48쪽

10. 배동인, '공업화와 환경문제', 강원대학교 사회학과 엮음, "현대 한국사회의 이해", 춘천: 강원대학교 출판부, 2002, 343-59쪽

11. 배동인, '베버의 합리성 개념의 비판적 검토와 재구성', 전성우 외 지음, "막스 베버 사회학의 쟁점들"(대우학술총서 공동연구), 서울: 민음사, 1995, 33-71쪽

12. 배동인, '사회구조와 사회조직', 강원대 사회학과 엮음, "현대 한국사회의 이해", 춘천: 강원대학교 출판부, 2002, 3-29쪽

13. 배동인, '환경문제에의 사회학적 접근', 강원대 사회학과 엮음, "현대 한국사회의 이해", 춘천: 강원대학교 출판부, 2002, 325-42쪽

14. Dong-in Bae, 'Eine makrosoziologische Analyse der Weltgesellschaft: Korea im Globalisierungsprozess'(세계사회의 거시사회학적 분석: 지구화과정에 있어서의 한국), in:

Chon, Song-U; Schmidt, Gert; Stosberg, Manfred (Hrsg.), "Sozialer Wandel in Korea und Deutschland nach dem Ende des Kalten Krieges: Verhandlungen der Zweiten Deutsch-Koreanischen Soziologen- konferenz", Schriftenreihe des sozialwissenschaftlichen Forschungszentrums der Friedrich-Alexander-Universität Erlangen-Nürnberg, Heft 3, Nürnberg 1996, S. 53-66 (독일어)

15. 배동인, '권력투쟁과 해방쟁취의 역사적 사건으로서의 5·18 광주민주화운동', 한국사회학회 편, "세계화 시대의 인권과 사회운동: 5·18 광주민주화운동의 재조명", 서울: 나남출판, 1998, 171-205쪽

16. 배동인, '대학에서의 의사결정과정의 합리성 진단: 한 조직사회학적 사례연구', "사회과학연구"(강원대 사회과학연구소 편) 제37집(1998. 12), 254-71쪽

17. Dong-in Bae, Research Note: 'Toward holistic rationalization of the social life in the age of globalization'(지구화 시대에 있어서 사회적 삶의 전체론적 합리화를 지향하여), presented at the Symposium on "Processional justice and environmental ethics: An East-West dialogue" held on September 16, 1998 at Trinity College, Cambridge, United Kingdom, "사회과학연구"(강원대 사회과학연구소 편) 제37집(1998. 12), 294-301쪽(영어)

18. Dong-in Bae, Die Zukunft des Kapitalismus(자본주의의 미래), 제4차 한독사회학자대회(독일 Nürnberg, Magdeburg에서 2000. 6. 19-24일에 열림) 발표논문 (독일어)

19. 배동인, 국가와 조직: 국가발전전략에 있어서 조직정치의 위상에 관한 연구, "사회과학연구"(강원대 사회과학연구소 편) 제41집(2002. 12), 91-111쪽

나. 단행본:

1. 배동인, "인간해방의 사회이론", 서울: 전예원, 1997, 297쪽

2. 배동인, "그리움의 횃불", 서울: 전예원, 2012(개정증보판, 초판 2003)

1.2. 배씨 성의 한자표기 문제: 裵字로 표기할 것을 촉구하며

배씨 姓의 한자표기를 裵字로 해야 하느냐, 아니면 裴字로 해야 하느냐의 문제를 거론하지 않으면 안 되는 현실이 유감스럽다. 이 문제는 근본적으로 배씨 성을 가진 사람의 자기정체성과도 직접 관련되기 때문에 어물쩡하게 지나칠 수는 없다. 작년 4월 30일자 「배씨 대종보」(제14호)에 배명인 회장의 "裴字로

통일하자”라는 제목의 권두언이 실린 것을 읽고 裵字로 통일해야 한다는 명확한 근거를 발견할 수 없었기에, 나는 배씨 성의 한자표기에 대한 나의 의견과 함께 裵字로 표기해야 한다는 명확한 근거를 밝혀주시기를 바라는 희망을 담은 편지를 명인회장 앞으로 발송했었으나 아직도 회신을 받지 못했다. 명인회장의 글에서는 원래의 배씨 성의 표기는 裵字였다는 사실이 명확히 서술되어 있는 반면에 裴字로 통일하자는 의견의 내용과 근거가 제시됨이 없이 다만 1982년 종친회에서 “裴字로 통일하기로 의견을 모은 것”밖에는 그 이유를 밝히지 않고 있다.

　김부식의 ‘삼국사기’에는 몇몇 배씨들이 등장하는데 그들의 배씨 성의 한자표기는 모두 裵字로 되어있다. 나는 배씨 성의 한자표기는 역사적으로 원래 표기되었던 대로 裵字로 하는 것이 옳다고 생각하며 우리 집에서는 항상 그렇게 써오고 있다. 그런데 신문, 잡지 등 출판계에서는 본인의 뜻을 무시하고 무조건 裴字로 표기하는 것이 관례화 되어 있어 나는 매번 그런 관행에 대해 항의하고 정정해 줄 것을 요청하곤 하는데 사태가 이쯤된 것은 배씨의 수치라고 여겨진다. 내가 裵字를 선호하는 이유는 단순하다. 그것이 원래의 배씨 표기방식이었기 때문이다. 선친들이 원래 裵字로 표기하던 姓氏를 그 분들의 의사와는 달리 裴字로 고쳐 쓰는 것은 선친들에 대한 공경과는 거리가 멀 뿐만 아니라 배씨 선조들을 욕되게 하는 일이라고 생각한다. 왜냐하면 엄격히 따져서 裵字와 裴字는 서로 다른 글자이며 각각 다른 성씨로 간주될 가능성도 있기 때문이다.

　나는 배씨를 裴字로 표기하는 것은 자기 성씨의 원천을 부정하는 태도이며 따라서 원래의 자기정체성을 스스로 파기하는 노릇이라고 해석한다. 그것은 자존심의 결여나 정서불안의 표현이며 자기분열증의 표출이 아닐까 의심해 본다. 그것을 특히 “자기분열증”으로 보는 이유는 裴字의 구성에 있다. 원래의 裵字는 非字와 衣字의 매우 의미 있는 결합체인 반면에 裴字는 ㅗ, 非 등의 세 부분으로 구성되어 있어 衣字를 두 부분으로 분리시킴으로써 원래의 유의미성을 파괴시키고 있다. 무슨 생각에서 衣字의 ㅗ를 떼어 非字위에 얹혀 놓았는가?

이 물음에 대한 분명한 해답을 나는 아직 어느 배씨로부터도 듣지 못했고 알지 못하고 있다.

나는 나의 姓氏를 裵字로 표기함에 있어서 크게 자부심을 느낀다. 왜냐하면 裵字는 배씨의 발생설화를 떠나서 현대적 시각에서 볼 때에 매우 깊은 철학적 의미를 함축하고 있기 때문이다. 그것은 非+衣의 결합문자로서 "옷이 아니다"로 해석된다. 다시 말하면, 그것은 "옷이 중요한 것이 아니라 몸이 중요하다", "표면적인 현상보다는 내면적 실체를 알아야 한다", "겉포장보다는 속내용이 문제다" 또는 "껍데기는 가라"는 뜻과 상통한다고 볼 수 있다. 허례허식이 아닌 진짜 알맹이가 중요하다는 생각이 裵字 안에 깃들어 있다고 보면, 그것은 매우 의미심장한 삶의 철학, 하나의 세계관을 일깨워주고 있는 것이다. 이와 관련하여 나는 대학시절에 Thomas Carlyle(1795~1881)의 Sartor Resartus(1833~4, 영어로는 "The Tailor Repatched"로 옮겨지며 '의상철학'으로 그 뜻을 해석할 수 있다. 우리말 번역본: 토머스 칼라일[박상익 옮김], 의상철학: 토이펠스드뢰크 씨의 생애와 견해, 파주: 한길사, 2008)를 읽으면서 그것이 곧 우리 배씨 姓의 철학적 의미를 풀이해 놓은 것이나 다름없다고 생각하여 매우 흐뭇한 감명을 받았고 지금도 같은 생각이다. 카알라일은 그 책에서 이 세상의 가시적인 모든 것, 눈에 보이는 삼라만상은 옷에 불과하며 그 진정한 실체는 그 속에 감춰져 있고 그것을 꿰뚫어 볼 줄 아는 눈을 가진 자만이 그 실체의 정체와 참 뜻을 알 수 있다는 세계관을 다양한 은유적 방식으로 서술하고 있다. 그의 '영웅숭배론'(On Heroes, Hero-worship, and the Heroic in History, 1841; 박상익 옮김, 한길사, 2003)도 같은 생각이 기조를 이루고 있다.

나는 어떤 어설프기 짝이 없는 이유로 원래의 裵字를 왜곡·조작해 온 -비록 선의의 시도였다고 할지라도- 裴字표기의 어리석음으로부터 해방되어 위와 같은 매우 깊은 의미를 함축하고 있는 원래의 裵字로 되돌아갈 것을 모든 배씨 종친들에게 간곡히 권유한다. 그럼으로써 우리 배씨의 본래의 자기정체성을 올바르게 재발견하고 선친들에 대한 불공스러움을 말끔히 청산해야 할 것이다.

여기서 새 출발하지 않고는 배씨 대종회는 자가당착에 빠질 수밖에 없다. 왜냐하면 본래의 자기 성씨조차 똑바로 쓰지 못하면서 숭조정신을 고양시킨다는 것은 앞뒤가 맞지 않기 때문이다. 배씨의 수치는 裵字에 있고 배씨의 긍지는 裴字에서 비롯된다는 것을 우리 배씨는 저마다 되새겨 봐야 할 것이다.

➡ 이 글은 1993년 4월 26일에 작성, '배씨 대종보' [당시 회장: 배명인]에 투고되었으나 분명한 이유 없이 게재 거부한다며 나에게 반송되었다.

2. 음악과 삶

2.1. 베토벤과의 대화:
　　　새로운 영웅적 인간상을 모색하면서

●폭풍우의 하루

3월 26일, 이날은 악성이요 영웅이요 인간의 벗이었던 베토벤(Ludwig van Beethoven) 선생이 1827년에 운명(殞命)하신 날이다. 운명(運命)과 고난의 마지막 쓴잔을 마시고 그가 임종에 말한 '희극의 종결'이라기보다는 오히려 그의 숭엄하고 성실한 생(生)의 종결, 하나의 웅대한 비극의 종결을 고한 날이다.

폭풍이 휘몰아치며 우렛소리 요란하게 천지를 울린 그 날의 그 크나큰 놀램과 흔들림은 마치 대자연도 그의 '폭풍과 격동을 가진 넋'에 호응하는 듯 했고 이는 또한 곧 이어 환희의 찬란한 햇빛과 온 인류에의 사랑의 따스한 햇볕과 함께 말갛게 푸른 하늘로부터 평화의 고요함이 올 것을 예고해주는 대우주의 진통이요 장엄한 교향곡인 듯하였다.

괴로움을 돌파하여 기쁨에 이른(Durch Leiden zur Freude!) 폭풍우의 하루와 흡사한 그의 전 생애는 하나의 자연의 힘이었고 자연의 넋이었으며 고뇌의 운명을 이기고 넘어선 한 위대한 생의 영웅의 성실성에 찬 투쟁사였다.

●생에 대한 태도

그 이름, 베토벤!—그는 태양을 응시하는 하나의 독수리였고 생의 산정(山頂)

에서부터 빛나는 지혜와 깊은 성실성에 찬 눈으로 온 세상과 인간의 삶을 꿰뚫
어보는 올빼미였다.

삶은 그에게는 그지없이 엄숙한 것이었다. 비록 궁핍과 고난에 찬 삶이었다
고 할지라도 그것은 보람차고 값진 생명 그것이었다. 이와 같이 보여진 그의
삶은 바로 그의 음악으로 표현되었다. 그래서 그의 음악과 삶과는 분리시킬 수
가 없는 하나의 혼연일체가 된 생명이었기 때문에 그의 음악은 곧 그의 생활사
(生活史)요 정신사(精神史)인 것이다.

그의 음악의 특이성은 곧 그의 '생에 대한 태도'가 '유니크'한 점에서 비롯하
는 것이다. 그의 음악은 그 안에 무한한 성장의 가능성을 갖고 있는 생에 대한
하나의 태도의 표현이었기 때문에 끊임없이 발전하였던 것이다. 충분히 성숙된
그의 생에 대한 태도의 주요특징은 그가 고뇌를 이해한 것과 그것을 이기고
넘어서는 승리의 영웅성을 이해한 것 속에서 발견될 수 있다고 설리반(J.W.N.
Sullivan)은 쓰고 있다. 고뇌로서의 생의 성격은 베토벤에게 있어서는 생의 근본
적인 관점의 일부분이 되었다. 그의 성격의 깊은 성실성과 순진성은 그의 생활
환경과 결부되어 그러한 생에 대한 지식을 불가피하게 했던 것이라고 설리반은
말한다. 그러나 이러한 생에 대한 이해는 쇼펜하우어(Schopenhauer) 류(類)의 숙
명적 비관주의와는 아무런 공통성을 갖고 있지 않다. 그것은 명백한 사실을 직
접적으로 단순히, 그리고 최후적인 것으로 받아들이는 것이었다. 고뇌를 생의
필요조건으로서 하나의 찬란히 빛을 발하는 하늘과 땅의 힘으로서 받아들이는
것이다. 여기에는 오히려 니체(Nietzsche)의 운명애(amor fati) 사상과 함께 종말론
적인 생의 이해와 통하는 면이 있다고 볼 수 있다.

오늘날 현대인에게 있어선 본래 육체적, 정신적 또는 도덕적으로 잘못 조정
된 데서부터 연유된 고통이나 고뇌라는 것이 과학과 의학의 발달과 사회과학이
론의 올바른 적용과 심리학, 정신분석학의 실험적 성과로 말미암아 실제로 제
거되거나 치유될 수 있다고 할지라도 아직도 인류의 방대한 다수에게는 고뇌는
그 삶의 근본적 특성이 되고 있는 것이 사실이다. 그래서 순수하고 심오한 고뇌

의 체험이 베토벤의 위대한 작품 속에 한 중요한 부분으로 되어 있다고 이해하는 것이 곧 모든 사람의 가슴속에 그의 음악이 독특한 위치를 차지하게 해주고 있는 것이다.

그가 고뇌를 깊고 격정적으로 이해할 수 있는 능력은 동시에 끈기 있는 인내력과 막강한 자기주장의 힘을 수반하였다. 어떠한 것도 꺾어 넘어뜨릴 수 없는 불굴의 힘이 그렇게도 강한 감명을 주는 작품을 만든 예술가는 베토벤 이외에는 아무도 없었다. 이를테면 제9교향곡의 '스케르초'의 의기충천하는 힘은 실로 부서뜨릴 수 없는 불멸의 힘인 것이며 함머클라비어 소나타(Hammerclavier Sonata)의 푸가(Fugue)는 정복될 수 없는 자기주장의 폭발인 것이다. 그가 성장할수록 그의 힘은 격증하여 갔다. 그가 '나는 운명의 목덜미를 붙잡아매고야 말겠다'고 한 것은 그의 귓병이 악화되어가고 있었을 때였으며 제5교향곡에는 승리에의 의지가 넘쳐흐르고 있고 생의 의미를 고뇌와 간난에도 불구하고 모든 것을 이기고 넘어서는 승리에서 찾고 있다.

그에게서 우리는 하나의 위대한 역설을 본다. 그것은 '그럼에도 불구하고'라는 '패러독스'이었다. 그것은 감격과 정열과 용기의 원동력이었고 위대한 우주적 생의 철학이었다.

● 베토벤의 '퍼스낼리티': 생의 영웅

베토벤과 같은 사람의 인격적 개성은 하나의 서서히 발전된 종합적인 전체를 이루고 있다. 그것은 그 구성요소들의 유기적 통일체에로의 점진적 결합에 의해서 형성된다. 하나의 퍼스낼리티의 발전을 위해서는 풍성하고도 심오한 내면적 삶이 필요한 것인데 그에게서는 두 가지의 요소, 즉 순응성의 결핍과 유연성 또는 신축성의 결핍이 두드러지게 드러난다.

첫 번째 요소는 그로 하여금 순전히 외부적인 영향으로부터 절연되게 하였다. 그래서 그는 세상의 비평에 대해서 무감각하였고 그의 행태는 지독히 냉혹했으며 관습을 무시했고 어떠한 사회적 열정에도 심지어는 성적인 사랑에도 영영 예속되지 않았다. 그의 깊은 내면성과 함께 확고한 주체성이 불후의 음악을 창조해낸 바탕이 된 것이다.

그는 세상의 잡다한 지껄임과 유행성을 띤 변덕에 동화되지 않고 오직 자기 나름의 생에 대한 태도를 견지하면서 확신에 찬 투쟁을 감행해 나갔다. 그는 바깥세상의 소리에 귀를 기울이기보다는 오히려 그의 실존의 깊은 곳에서부터 들려오는 내면적 심혼의 소리에 온 정신을 기울였다. 릴케(R. M. Rilke)가 '말테의 수기' 가운데 베토벤의 '마스크'에 대해서 쓴 것이 생각난다.—"굳세게 몸에다 힘을 주어 감각이 굳어진 듯한 얼굴, 끊임없이 발산하려고 하는 음악을 용서없이 붙들어다 응결시킨 것 같은 얼굴, 그 내부에서 일어나는 소리만을 들리게 하려고 신이 일부러 귀를 막은 음악가의 얼굴이었다. 잡음의 혼탁과 우연에 휩쓸리지 않기 위한 특별한 신의 은총인 것이다. … 베토벤이여, 세계의 완성자여, 은혜로운 비로 되어 땅위에 내려서 개울로, 바다로, 무슨 우연인 것처럼 흘러드는 것—그리고 사람의 눈을 피하여 자연의 숨어있는 법칙을 기꺼워하면서 온갖 지상의 것에서 떠오르고 퍼지고 바람에 흘러서 대공(大空)을 형성하는 것, 너의 예술에서는 인간의 굴욕에서의 궐기가 눈에 보이지 않는 수증기처럼 떠올라 전 세계를 음악의 호기(豪氣)로 둘러싸고 있다. 너의 음악은 세계와 우주의 귀에 들리고 있다.…"

현대인들의 정신적 상황을 베토벤의 이러한 꿋꿋한 삶에 대한 자세에 비춰볼 때에 이 세대와 인간들이 얼마나 비굴하고 나약하고 천박하고 거짓에 차 있는가를 직시할 수가 있다. 개개인의 인격성은 도말(塗抹)되어 가고 있고 존엄한 생명력으로 살아있어야 할 개성은 대중적 유행성과 천박한 일상성에 휩쓸려 들어가 죽음의 탁류 속에 허우적거리다 사라져버리고 번지르르한 외면적 인간의 가면 배후에는 기계화, 단일화, 상품화된 인격과 개성이 험상궂게 드러나 보인다. 소위 현대인은 아무런 주체적 판단 없이 밖으로부터의 영향을 그대로 모방하고 맹목적으로 거기에 순응하는 기술을 생리화한 '자동인형'으로 전락했고 현대사회는 모든 가치판단의 기준이 전도(顚倒)된 정신적 혼란 상태에서 비롯하여 온갖 사회질서의 전도에 이르는 종말적인 파국상을 시현하고 있다.

옳은 것이 그릇된 것에 짓눌려 있고 거짓이 참인 것처럼 떳떳이 행세하고 국민을 무시하고 속이는 것을 능숙한 정치적 지도자의 행동원리로 삼고 비굴한 처세가 똑똑한 현명으로 공인되어 뭇 허수아비의 선망의 대상이 되어 있고 목적은 수단을 정당화한다는 썩어빠진 철학과 쥐꼬리만도 못한 권력과 지위를 가지고 고도의 협잡과 사기에 찬 의혹의 연막 속에 국민을 몰아넣는 일을 거리낌 없이 자행하고 있는 것이 우리의 현실이다.

그러나 베토벤의 눈으로 볼 때에 이것들은 모두 겉으로는 억세게도 살아있는 것 같으나 실상은 죽은 것이나 다름없는 것이고 다만 자멸의 무덤을 파고 있는 어리석은 자살행위에 불과한 것이다. 자기를 망치는 데서 그치지 않고 이웃과 겨레를 절망의 어둠과 도탄 속에 몰아넣고 역사를 더럽히고 파괴하는 현대의 반동분자들에게 베토벤은 그의 위대한 예술로써 최종적 심판을 경고하고 있고 그 뒤통수를 내리치고 있는 것이다.

베토벤의 퍼스낼리티의 두 번째 요소인 유연성 또는 신축성의 결핍은 그가 받은 정규교육의 수준이 낮았다는 것과 기회의 부족에 기인한다. 그는 도대체 교육받기에 적합한 인간이 아니었다. 그는 당시에 일반적이었던 사상이나 행동의 틀을 전혀 받아들이지 않았다. 그는 자기 자신의 삶의 체험에 지극히 충실했고 정직했을 뿐이었다.

인생의 황량하고 외로운 광야에서 도전해오는 온갖 악마적인 세력들과 대결하는 '프로메테우스'(Prometheus)저인 거인! 사물의 표면에 머물지 않고 사실의 내면 깊이 그 핵심에까지 꿰뚫어 보는 눈! 어느 곳에도 안주할 줄 모르고 부단히 내닫는 피와 눈물과 고뇌에 찬 노력의 선구자! 이것이 베토벤의 구원(久遠)의 모습이다. 밑모를 고독의 심연 속에서도 하늘로부터의 산 영혼의 소리를 듣기에 그지없는 기쁨과 보람을 찾은 그 가슴의 위대한 침묵! 거기에 하늘의 힘이 그로 하여금 그의 음악 속에 지축을 흔들도록 외치게 했고 온 인류의 가슴을 놀라게 하고 죽은 혼들을 일깨웠다.

베토벤! 그는 실로 위대한 생의 영웅이었다. "영웅"이란 카알라일(Thomas Carlyle)에 의하면 깊은 성실성을 가지고 현실의 핵심을 꿰뚫어 보는 눈을 가진 자, 피상적이고 잠정적이고 거짓된 것에 삶의 근거를 두지 않고 그의 궁극적인 관심사를 존재의 깊이와 넓이와 높이를 포용하고 있는 '영원한 참'에 두고 사는 자, 모든 자연과 세계가, 그리고 자기의 존재마저 그의 눈에는 무한한 신비성과 엄숙성에 차 있는 기적 중의 기적으로 보여질 수밖에 없는 자, 불의와 부정과 거짓을 보고는 추호도 참을 수 없는 격정적인 분노의 심정을 가지고 그의 전존재를 내걸고 불꽃 튀는 정열과 대담성으로 거기에 도전하는 용기의 화신, 무수한 실패와 좌절을 거듭할지라도 절망하거나 허무의 함정에 빠지지 않고 죽음의 잿더미를 털어버리고 초연히 갱신의 날개를 펴면서 일어서는 불사조의 화신, 모든 고난과 역경을 새로운 삶과 찬란한 역사를 창조하기 위한 기회와 소재와 조건으로 사용해버리는 예지의 창조자, 죽음의 현실 배후에 감춰진 생명의 힘을 보아낼 줄 아는 자, 어둠의 세계 밑바닥에서 영원한 빛을 붙잡는 자, 밑모를 고독의 심연 속에서도 뜨거운 사랑의 불꽃을 품고 사는 하늘처럼 툭 트인 열린 마음의 소유자, 종말을 고하는 비극적 현실의 한 복판에서 새로운 시대의 임박을 알리는 소망과 비전의 횃불을 켜든 예언자—이러한 정신적 바탕과 힘으로써 삶에 대한 자세를 견지해 나가는 위대한 인간을 곧 영웅(Hero)이라고 이름하였고 그러한 영웅에 대한 숭배(Hero-worship)는 인류역사가 지속되는 한 언제 어디서나 생겨질 수밖에 없고 그러한 것이야말로 참된 새 역사를 창조해 나가는 것이라고 썼다.

이러한 카알라일의 영웅을 보는 관점에서 볼 때에 베토벤이야말로 그의 예술의 영웅이었을 뿐만 아니라 만인에게 빛과 힘을 부어주는 생의 영웅이었다고 본다.

1826년 그릴파르쩌(Grillparzer)는 베토벤에게 말하기를 "아아 당신의 힘과 꿋꿋한 의지의 천분의 일이라도 내게 있었으면!"하고 감탄하였다고 한다. "어떠한 세력일지라도 베토벤의 사상에 굴레를 씌울 수는 없는 일이었다. 베토벤은 구속받지 않은―아마도 당시의 독일 사상계의 유일했던―위대한 목소리"라고 로맹 롤랑(Romain Rolland)은 쓰고 있다.

실로 베토벤은 어떠한 것도 구속해낼 수 없는 위대한 영혼의 외침인 것이며 인간실존의 폐허에서, 문명과 역사의 광야에서 외치는 예언자적인 소리이며 이 프로메테우스적 거인의 영웅적 생이 발하는 영원한 불꽃의 상(像)이요 자유와 생명과 힘의 상인 것이다.

● 자연과 인간에의 사랑

베토벤의 생에 대한 태도의 강철 같은 구조 속에는 고도로 감수성이 예민하고 열정적인 감성이 성숙하고 있었다. 그가 생을 보는 비전이 청교도적 안목의 쥬엄한 힘을 가졌지만 결코 찬바람이 불어치도록 황량한 것은 아니었다. 그는 무한히 사랑스럽고 부드러운 것들에 대해서 생기를 불어넣었나. 이를테면 단순한 전원풍경에 대한 반응이 베토벤만큼 강렬하고 순수무구했던 사람은 거의 없었다. 그의 반응은 즉각적이고 직접적이며 아무런 꾸밈이 없는 것이었다. 오직 그 가슴이 청순한 사람만이 '전원교향곡'을 쓸 수 있을 것이다. 이러한 위대한 체험이 놀램과 기쁨에로 일깨워준 젊은이들에게는 베토벤이야말로 만인의 가슴을 뒤흔드는 심혼의 참된 시인이라고 믿어질 것이다.

롤랑은 다음과 같이 쓰고 있다. "모든 사람들에게서 외따로 떨어져 있던 그는 다만 자연 속에서만 위안을 얻을 수 있었다. '자연은 그의 벗'이었고 안식처였다. 1815년에 그를 사귄 찰스 니이트는 말하기를 베토벤처럼 꽃이며 구름이며 자연의 만상을 완전히 사랑할 줄 아는 사람을 그는 본 일이 없다고 했다. '아무도 나처럼 전원을 사랑할 수 있는 사람은 없다…' 이렇게 베토벤은 쓰고 있다. '나는 한 사람의 인간보다도 한 그루의 초목을 더 사랑한다…' 빈(Wien, Vienna)에서 그는 날마다 성곽을 돌아 산책하였다. 전원에 있을 때엔 새벽부터 밤까지 맨머리 바람으로 해가 쪼이거나 비가 내리거나 홀로 정처 없이 거닐었다. '전능하신 신이여! 숲 속에 있으면 나는 행복합니다―거기에서는 모든 나무들이 당신의 말씀을 이야기합니다—신이여, 아아 아름다워라! 이 숲 속 저 언덕 위의 고요함이여—당신을 섬기기 위한 고요함이여!"

그의 눈에는 자연은 항상 새롭고 놀라운 기적이었다. 그의 아폴로적인 고결한 아름다움을 그려낸 음악은 분명히 이러한 자연 속에서 생명력에 넘치는 자연의 영혼을 만나서 자연과 자기의 전존재와의 무궁한 대화를 나누는 가운데 빚어진 하늘의 선물이었고 그의 성실한 창조의 열매였다.

그의 세레나데나 로맨스는 인간의 영혼이 그릴 수 있는 지고의 아름다움이며 으스러지도록 안타까운 '너'에 향한 그리움을 얘기하고 있고 온 우주의 가슴속을 꿰뚫고 나의 가슴에 부딪쳐오는 사랑의 파도가 조용하면서도 힘차게 물결치는 것을 느끼게 한다.

그의 자연에 대한 사랑에서 빚어진 음악의 아름다움은 단순한 표면적인 미의 묘사가 아니라 그의 전존재가 투영되고 고뇌에 찬 영혼 속에 융화된 우주적 생명의 미였다. 이와 같이 체험된 미는 부분적이 아닌 전체적인 미일 수밖엔 없고 듣는 이의 영혼을 새로운 차원의 세계에로 열리게 하여 삶을 변혁시키고 새로이 창조하는 삶의 힘으로 화해지는 아름다움인 것이다.

이러한 그의 자연에 대한 사랑은 그대로 인간에 대한 사랑으로 직결되었다. 이는 그가 어려서부터 가난과 고뇌를 떠나서는 살 수 없는 운명을 지녔기에 또한 무거운 책임과 의무를 짊어지지 않을 수 없었다는 데에 주목하게 한다.

그는 자기에게 짊어지워진 의무에 관하여 이야기하는 일이 많았는데 그것은 자기의 예술을 통해서 '가련한 인류를 위하여', '미래의 인류를 위하여' 행동하고 인류에게 선을 행하고 용기를 북돋아주고 인류의 잠을 깨우쳐주고 그 비겁함을 채찍질하여 준다는 의무였다. 조카에게 보낸 편지에는 이렇게 쓰여져 있다. "우리들의 시대는 거지같은 초라한 넋을 가진 인간들을 채찍질하기 위해서 건전한 정신들을 요구하고 있다." 아, 그러나 친구여, 이 말은 그가 백년 전에 그의 조카에게만 한 말이 아니라 지금 여기에 살고 있는 바로 우리들에게 그의 음악을 통해서 직접 웅변으로 외치고 있는 것처럼 들리지 않는가!

또한 그가 '음악은 사람들의 정신으로부터 불꽃이 솟아나게 하지 않으면 안 된다'고 한 말은 진정한 예술의 영원성을 증언하는 진리이며 음악예술의 숭고한 사명인 것이다.

'인종(忍從), 너의 운명에 대한 깊은 인종, 너는 이미 너 자신을 위해서 살 수는 없는 것이다. 다만 다른 사람들을 위하여 살아야만 한다. 너에게 남아있는 행복은 오직 너의 예술 속에 있을 뿐이다. 오오, 신이여, 나를 이겨나갈 힘을 주소서!' 이것은 그가 그의 비극적 운명과 고뇌에 대결하고 서서 자기 자신과의 깊은 내면적 대화와 함께 절대자의 품안에 자기의 전존재를 내던져 떠맡겨버리는 실존적 결단과 기도를 통해서 운명공동체로서의 전 인류에의 연대의식과 책임감을 느끼고 자기는 이미 '타자를 위한 존재'로서 부름 받았음을 자각한 까닭에 여기에 자기천직의 사명은 이러한 위에서부터의 소명과 결부되어 이 소명에 좇아서 살 수밖엔 없다는 것을 확신하는 생의 고백인 것이다.

그가 겪은 고뇌와 가난은 곧 온 인류의 쓰라린 고난이요 비참으로 여겨졌고 그가 쟁취한 승리의 영광과 환희는 곧 인간전체를 위한 승리요 기쁨이었다. 이러한 그의 전체인간에의 철저한 연대관계는 그로 하여금 그의 심정을 잘 표현한 쉴러(Schiller)의 '환희에의 송가'(Ode an die Freude)를 최고의 음악으로 재창조하게 했고 이 제9교향곡의 환희의 노래는 모든 사람의 가슴을 감격에 벅찬 눈물의 바다로 출렁이게 하였다. 간결하고도 힘찬 테너의 서창과 주제 다음에 장중한 베이스의 합창으로 불려지는 '자, 얼싸안아라, 인간들이여! 이 입맞춤을 전 세계에로!', '형제들이여, 저 성좌 위에는 사랑하신 아버지가 살아계시도다.'의 대목에 이르러서는 완전히 종교적인 엄숙한 분위기로 바뀌고 만다. 다시 합창은 점점 더 우렁차게 고조되어 고뇌와 비극적 운명을 이기고 넘어선 영웅의 승리에의 불꽃 튀는 기쁨과 창조주 아버지께 대한 눈물겨운 감사가 한꺼번에 얽혀드는 마지막 절정에 이른다.

"친애하는 베토벤! 그의 예술가로서의 위대함은 이미 많은 사람들이 찬양한 바이다. 그러나 그는 첫 손꼽히는 음악가이라기보다는 훨씬 그 이상의 존재이다. 그는 근대예술의 가장 영웅적인 힘이다. 그는 괴로움을 겪으며 싸우는 사람들의 최대최선의 벗이다. 세정의 비참함으로 인하여 우리들의 마음이 서글픔을 금할 수 없을 적에 그는 우리들의 곁으로 와주는 사람이다. 그리고 우리가 악덕과 도덕의 속됨을 거슬러 보람 없이 항거하는 끝없는 싸움에 지치게 될 때에 이 베토벤의 의지와 신념의 바다 속에 몸을 잠그는 것은 무어라 말할 수 없는 위안이다. 그에게서 용기와 싸우는 것의 행복과 내심에 신을 느끼고 있는 의식의 취할 듯한 감격이 뿜기어 온다.…"(로맹 롤랑).

● **오늘의 베토벤**

마지막으로 오늘의 우리에게 베토벤이 던져주는 문제성과 의미를 찾아본다.

먼저 현대인의 정신적 상황 및 사회적 성격을 특징짓는 소외현상을 프롬(Erich Fromm)의 표현을 빌린다면 '현대의 인간은 그 자신으로부터, 그 동료로부터, 그리고 자연으로부터도 소외되어 있다. 그는 상품화되고 자기의 생명력을 현재의 시장조건 아래서, 즉 퍼스낼리티의 시장에 있어서의 자기의 위치나 상태를 고려해서 최고의 이익을 낳을 만한 투자대상으로서 경험하고 있다. 그의 주요목적은 그의 숙련, 지식 및 자기 자신 그 퍼스낼리티를 다른 사람과 유리하게 교환하는 것이다. 인간관계는 본질적으로는 소외된 자동기계 사이의 관계가 되고 사람들은 자기의 안전성을 민중에게 가까이 머물음으로써 얻어지는 것으로 생각하고 사상이나 감각이나 행위에 있어서는 남들과 다른 것을 가지고 있지 않은 점에 기초를 두고 있다.'라고 그의 명저 '사랑의 기술'(The Art of Loving)에서 쓰고 있다.

베토벤과 그의 음악은 이러한 비인간화, 무인격화 되고 있는 인간실존의 비극적 소외현상을 극복할 힘을 보여준다. 그의 자연에의 사랑과 하늘로부터의 소명의식에 불타오르는 인간전체에 대한 사랑에서 우리는 분열된 인간실존 자체와 끊어진 인간들 사이의 인격적 관계와 파괴된 자연과 인간의 관계를 창조적인 사랑의 관계에로 화해시키는 힘과 온갖 악마적인 파괴력과 독소를 태워버리고 정화시키는 불꽃이 타고 있음을 본다.

베토벤은 쓸쓸한 폐허로 화해버린 인간실존의 상황 한복판에 있고 온 인류는 그의 음악 속에, 자연이 그 안에 있기에 그 사이에는 분열이 있을 수 없고 유기적인 강한 연대성과 전체가 조화를 이룬 통일성이 있다. 그래서 여기서만이 사랑이 그 영원한 생명력을 위대하게 불태우는 위대한 생이 시작되는 것이다. 그가 쓰기를, "음악은 모든 지혜, 모든 철학보다도 더욱 드높은 계시이다. 나의 음악의 뜻을 해득하는 사람은 다른 사람들이 짊어진 비참한 것을 떨쳐버릴 수 있을 것임에 틀림없다."고 한 것이 무엇을 의미하는가를 짐작할 듯하다.

현대음악뿐만 아니라 오늘날의 예술 문화 일반에 걸쳐서 볼 때에 작가에게서나 작품에 있어서나 그 주체성도, 연대성도 거의 없고, 따라서 그 사이엔 창조적인 긴장관계도 없으며 바라보아야 할 궁극의 목표도, 지향해나갈 방향도 없다. 또한 현실에 맞부딪치는 데서 생기는 생명의 불꽃도 보이지 않고 끊임없이 도전해오는 역사의 위기와 인간실존의 내적, 외적인 곤궁과 운명에 대해서 자기의 전존재를 가지고 대결하는 진지하고 성실한 응전이 없다. 그래서 여기엔 감격도, 정열도, 용기도 없는 삶이 이미 죽음을 품은 채 무의미의 광야를 방황하고 있거나 허무의 나락으로 굴러 떨어질 뿐이다.

진정한 실패도, 승리도 없고 진정한 괴로움도, 기쁨도 없기에 축복도 없는 삶! 이러한 비극적 상황 안에서 사는 우리는 베토벤에게서 많은 값진 교훈적 의미를 찾을 수 있으며 그와 같은 위대한 예술을, 아니 '인간적인, 너무나도 인간적인' 하나의 위대한 생의 영웅을 우리에게 주신 하나님께, 그리고 우리의 삶의 벗, 베토벤 선생께 무한한 감사를 드리지 않으면 안된다고 믿는다.

* * * * * * * * *

인간 베토벤과 그의 음악, 그 속에 넘치는 생명의 충일함! 그 경이에 찬 위대성을 이 무디고 거친 붓으로는 도저히 그려낼 수 없음을 앎에도 불구하고 이 어리석음을 감행하지 않을 수 없었던 것을 충심으로 송구스럽게 여기는 바이며 J.W.N. Sullivan의 'Beethoven: His Spiritual Development'와 Romain Rolland의 'La Vie de Beethoven'(이휘영 역, '베토벤의 생애',

문예출판사)이 그를 이해하는 데에 많은 도움이 되었음을 밝혀둔다.

➡ 이 글은 내가 1963년 2월 28일에 한국은행에 입행하여 외국부 외자과에서 행원으로 근무할 때 쓴 것으로 한국은행 기관지인 '행원'(行苑) 제33집(1965. 6. 12), 199-206쪽에 실려 있다.

2.2. 음악과 정치

미술이나 조각이 눈의 예술이라면, 음악은 귀의 예술이다. 눈과 귀는 인간의 중요감각기관에 속한다. 이 두 기관의 기능의 공통점은 외부세계의 모습과 음향을 감지하는 데에 있다고 보겠다. 미술이나 조각은 음악에 비해서 그 표현도구가 보다 구체적이고 초시간적인 반면에, 음악은 보다 추상적이고 시간에 제약을 받는 예술이다. 전자의 표현 형태는 정적(static)인 반면에, 후자는 동적(dynamic)이다. 둘 다 보고 듣는 이로 하여금 우선 어떤 감정적인 반응을 일으키게 한다. 즉, 아름답다, 추하다, 좋다, 나쁘다 등의 가치판단을 하게 된다. 보고 듣는 이마다 이 감정의 반응이 보통 다르다. 따라서 엄밀한 의미에 있어서의 객관적인 아름다움의 기준을 정하는 것은 불가능하다. 각자의 주관적인 취향에 따라 아름다움의 표본이 서로 다르다. 이 아름다움의 표본은 전통문화, 교육, 습관, 경험 등 여러 가지 요인들에 의하여 결정될 것이겠지만, 그것이 인간의 삶을 형성해 나가는 데에 있어서 개인에게나 사회전체에 중요한 역할을 함에는 틀림없는 것 같다.

무릇 인간의 삶은 두 가지의 차원으로 나눠볼 수 있다고 생각되는데, 그 하나는 존재(Sein)의 차원이요, 다른 하나는 당위(Sollen)의 차원이다. 존재의 차원에서는 내가, 이 세계가, 이 우주가, 그 밖의 어떤 무엇이 어떻게 발생하며 존재하고 변화하는가(인과관계)가 문제로 되고, 당위의 차원에서는 인간의 입장에서 "나" 또는 "우리"의 삶과 그 무대인 이 세계의 모습이 어떻게 보다 더 좋고 아름다운 것으로 달라져야 하겠는가가 문제로 된다. 첫 번째 문제(존재의 차원)는 오로지 학문, 과학의 대상이고, 두 번째 문제(당위의 차원)는 종교, 예술의 대상이다.

정치도 이 두 번째 문제의 해결에 그 궁극적 과제가 있지만, 이 과제는 첫 번째 문제의 풀이 없이는 효과 있게 해결되기 어렵다. 철학과 종교는 이 두 차원들의 문제를 동시에 다루면서 해결하려는 경향이 있다. 그러나 이 두 차원 사이에는 하나의 근본적인 질적 단절의 심연이 놓여있다. 즉, 존재(자연과학적 의미에 있어서의 진리)로부터 당위(가치)를 직접 도출할 수는 없다. 가령, (1) "이 산이 저 산보다 높다", (2) "이 산이 저 산보다 아름답다", 그리고 (3) "이 산이 더 높아야 한다"의 사이에는 질적인 차이가 있다. (1)의 경우에는 이 산이 어떻게 존재하고 있는가의 일면을 규정한 것이고, (2)의 경우는 이 산에 대한 주관적 가치판단을 표현한 것이며, (3)의 경우는 이 산이 변화되기를 바라는 소원 또는 당위를 표현하고 있다. 다른 예로, "한국의 현실은 이렇고 저렇다"는 것은 사회과학적인 표현인데 이 이론의 표현내용이 사실과 부합될 때에 그 이론이 참된 또는 진리에 가까운 이론으로 인정받게 된다. 그 반면에, "한국 현실이 이렇게 또는 저렇게 달라져야 한다"는 것은 일정한 가치관에 근거하고 그 가치관은 결국에는 그 표현자의 요구와 소원에 의존하는 일종의 정치적 주장의 표현이다.

그런데, 현실개조를 위한 정치적 요구(당위)는 현실파악(존재)의 내용에 따라 달라질 수 있다. 왜냐하면, 현실에 관한 정보들의 질과 양에 따라 현실관찰자가 그리는 새로운 현실의 이상형이 달리 형성될 수 있기 때문이다. 즉, 인식이 가치 형성에 간접적으로 영향을 미칠 수 있다는 것을 의미한다. 이것은 견물생심(見物生心)이라는 옛말과도 통하는 명제다. 따라서 새 현실의 좋은 이상형을 그리기 위해서는 우선 지금까지의 현실을 현실 그대로 파악하는 일이 가장 중요하다. 여기에 바로 의사표현의 자유, 언론, 보도의 자유, 학문의 자유가 좋은 사회의 건설을 위하여 얼마나 중요한가를 엿볼 수가 있다. 정확한 현실 파악이 없이는 좋은 현실개혁안이 나올 수 없고 정확한 현실파악은 이러한 기본적 자유권의 제도적 보장이 없이는 결국에는 불가능하게 될 것임에도 불구하고 독재자들은 흔히 이 가장 기초적인 사회원칙을 인정하려고 하지 않든지 무시해버린다. 여기에 그들의 궁극적인 실패의 근원이 있다. 이승만, 박정희를 이어서 전두환도 이 근본적 무지로부터 초래되는 실패를 반복하고 있는 데에 오늘의 한국의 비극의 뿌리가 있다.

다른 한편으로는, 아름다운 정서나 감정을 통해서 좋은 정치적 이상을 그릴 수 있고 실현하는 데에 긍정적인 영향을 미칠 수 있다고 본다. 왜냐하면, 정서 또는 감정은 지성에 못지않게 인간의 의지와 행동동기의 방향을 결정하는 데에 중요한 역할을 하는 것으로 보이기 때문이다. 아름다운 감정은 행동의지를 좋은 방향으로 조종할 것 같고, 잔인한 감정은 그 감정의 소유자로 하여금 잔인한 행동으로 유도하게 될 것 같다. 우리 옛 속담에 콩 심은 데 콩 나고 팥 심은 데 팥 난다는 것은 정서와 인격형성의 긴밀한 상관관계를 단순화해서 표현한 것으로도 해석될 수 있겠다. 따라서 음악, 미술, 문학 등을 통한 정서교육이 인간의 성격형성에 크게 중요한 역할을 한다고 생각한다(노벨수상자인 심리학자 콘라드 로렌쯔[Konrad Lorenz] 교수도 이와 비슷한 이론을 주장한 것으로 안다). 요컨대 아름다운 정서를 기르는 것은 지식을 많이 습득하는 것에 못지않게 중요하다고 본다. 좋은 삶과 세상을 창조하는 것은 결국에는 우리의 행동에 달려 있다고 보면, 우리의 행동은 생각하는 것과 느끼는 것의 조직적 결합이라고 볼 수 있을 것이다. 이런 연관성에서 러셀의 명확한 사고(clear thinking)와 친절한 감정(kindly feeling)을 늘 강조하며, "좋은 삶은 사랑으로 일깨워지고 지식에 의하여 이끌어지는 삶"(The good life is one inspired by love and guided by knowledge.)이라고 한 그의 말을 이해할 수 있을 것이다.

어떤 종류의 음악은 아름답고 친절한 감정을 불러일으킨다. 한 대표적인 예로서 바흐, 하이든, 모차르트, 베토벤, 슈베르트, 브람스 등 고전파 또는 낭만파 음악을 들 수 있다. 특히 베토벤과 그의 음악에 관해서는 아마 어느 작곡가의 경우보다도 많은 문헌들이 나와있다는 것은 널리 알려진 사실이다. 여기서는 간단히 그 음악에 대한 나의 주관적인 느낌만을 표현하고자 한다. 베토벤의 음악은 그의 일찍이 귀머거리가 된 것 등 비극적인 삶과 내용적으로 불가분리의 관계에 있고 그의 음악 속에는 정서의 거의 모든 차원들이 표현되어 있으며,

그의 음악은 한없이 아름다울 뿐 아니라 숭고하고 영웅적인 힘이 넘쳐흐른다. 그의 음악 속에는 변증법적인 발전과정을 거치며 활력을 폭발하는 하나의 생활 철학이 들어있다. 이것은 다른 작곡가나 음악에서는 거의 찾아볼 수 없는 베토벤 고유의 특징이라고 보인다. 그의 음악은 한 외로운 영혼이 운명과 대결하여 싸우며 온갖 고통과 고난을 극복하고 마지막 자유와 환희의 승리를 쟁취하는 영웅적 투쟁의 기록이라고도 볼 수 있다. 바흐나 모차르트의 음악을 하늘에서 땅으로 내려오는 천사의 음악이라고 본다면, 베토벤의 음악은 땅에서 하늘로 치솟는 불사조나 프로메테우스(Prometheus)의 음악이라고 볼 수 있다.

베토벤의 음악은 가난한 자와 절망의 어둠 속을 헤매는 자에게 위로와 희망의 빛을 주고, 억압받는 자에게 용기와 힘을 주며, 불의의 권력 아래 고통 받는 자에게 힌없는 환희와 궁극적인 승리의 확신을 준다. 가령 그의 교향곡 제3번, 제5번, 그리고 제9번이 그 뚜렷한 예들이다. 따라서 그의 음악 중에는 전두환과 같은 독재자들이 들을 자격도 능력도 없는 곡이 있다. 가령 그의 유일한 가극 '피델리오'(Fidelio)가 바로 그것이다. 이 가극의 테마를 흔히 생사를 초월하는 남편에 대한 아내의 사랑을 주제로 하는 부부간의 사랑(Die eheliche Liebe)이라고 부제를 붙였지만, 실은 그것보다는 자유와 정의에의 동경과 희망과 그 최종적 승리의 실현을 그린 것이라고 한다. 그 이야기의 줄거리는 실제로 불란서 혁명 시대에 있었던 일을 근거로 한 것이라고 한다. 그리고 지금까지의 반독재 민주 화운동, 특히 작년 5월의 광주시민봉기사태를 명상하면서 그의 교향곡 제3번 (영웅)을 듣노라면, 마지 베토벤이 이 곡을 한국의 민주투쟁인사들과 희생당한 숭고한 영혼들을 위하여 작곡한 것처럼 골수에 사무침을 느낄 수 있을 것이다. 특히 제2악장의 장송행진곡은 악마석인 전두환의 총칼에 무참히도 쓰러진 2천 여 명의 영웅적 민주투쟁 영웅들을 위한 진혼곡처럼 들린다. 동시에 살아있는 우리들에게는 불의의 권력에 대항하여 마지막 승리의 순간을 향하여 전진하기 를 격려하는 행진곡이요 승전가이기도 하다. 가슴이 찢어지고 땅이 꺼지며 하 늘이 무너지는 듯한 탄식과 오열과 비참의 영가들이 온 천하에 울려 퍼진다.

그러나 곧이어 재생의 봄빛 아래 불사조가 잿더미 속에서 솟아오르듯이 암흑의
장막을 찢어 젖히고 새 생명들이 자유의 승리를 향하여 우레와 같이 진군한다.
이 곡이 전두환과 그의 악마적 군대의 귀에는 종말적 파멸의 우레와 천둥소리
로 들리고, 자유와 정의를 갈망하는 이들에게는 최후의 승전가로 들릴 것임에
틀림없다. 한마디로 말하면, 전두환과 그의 노예들은 베토벤의 이러한 음악을
들을 자격이 없는 것이다. 그들에게 베토벤의 음악은 다만 멸망의 나팔신호나
심판의 서곡을 뜻할 뿐이다.

이렇게 보면, 베토벤은 단순히 인간들의 귀를 즐겁게 하는 음악만을 주로
작곡한 모차르트와는 달리 분명히 정치적인 색채가 농후한 명곡들을 남겼다.
그는 그의 음악을 통해서 인간들의 무딘 정치의식을 일깨워주고 있는 것 같다.
그는 말하기를 "음악은 사람들의 정신에서 불꽃이 튀게 해야 한다. 음악은 모든
지혜와 철학보다도 더 높은 계시다. 나의 음악을 이해할 수 있게 하는 자는 다른
사람들이 짊어지고 있는 모든 비참으로부터 자유로워지지 않으면 안된다."라고
했다. 또 그는 자기의 도덕은 힘의 도덕(Kraft ist die Moral der Menschen, die sich
von anderen auszeichnen, und sie ist auch die meinige.)이라고 했는데, 이 힘은 전두환
이 쥐고 있는 야만적 잔인성으로 가득 찬 폭력이나 불의의 권력을 의미하는
것이 아니다. 그의 힘은 어떠한 형태의 굴종이나 비겁도 배격하는 인격존엄의
떳떳한 정신력을 뜻한다. 러셀이 말하는 정신적 독립성, 또는 비판적 사고의
힘과 연결되는 인간존엄성, 그리고 그 정정당당한 위력을 뜻한다고 보여진다.
삶을 근원적으로 움직이고 변화시키는 철학과 사상의 창조력을 의미한다. 선량
하고 의로운 백성들의 대량학살자가 대통령이라고 철면피를 쓰고 앉아 있음을
볼 때에, 전두환은 아마 자기가 무엇 때문에 권력을 쥐고 있는지, 자기의 삶이
무엇을 위한 삶인지조차 명확히 알고 있는 것 같지는 않다. 인간의 탈을 쓴 잔인
한 폭군이나 악마의 화신이 더구나 베토벤의 음악을 이해할 까닭이 없다.

음악과 정치의 관계는 베토벤과 같은 독특한 작곡가의 경우에서뿐만 아니라,
연주가들 중에서도 엿볼 수 있다. 그 한 대표적 예로서 스페인의 저명한 첼리스

트였던 파블로 카잘스(Pablo Casals, 1876-1973)를 들 수 있다. 그는 1946년 그의 연주가로서의 명예가 최고절정에 이르렀을 때에 인간다운 생존에 불가결한 기본권이 프랑코 독재 치하에서 그의 스페인 국민들에게 보장되지 않는 한 전혀 연주초청에 응하지 않을 것을 결단했었다. 그는 물론 히틀러의 나치 독재 치하에 있던 독일에서도 연주하기를 거부했었다. 토마스 만(Thomas Mann)은 그를 일컬어 "혼란한 시대에 있어서 무엇으로도 팔려나갈 수 없는 자랑스러운 고결한 인격의 표본"이라고 절찬했다. 그에게 있어서 음악은 쾌락이나 기분에 따라 연주하는 장난감은 결코 아니었다. 그는 "음악을 인간존엄성의 표현으로 이해했다"고 그의 전기를 쓴 알버트 칸(Albert Kahn)은 기록하고 있다. 카잘스는 "예술과 인간성은 서로 분리시킬 수 없다"(Kunst und Menschlichkeit sind untrennbar.)라고 말했다. 그는 또한 말하기를 "예술인은 한 예술인으로서의 그의 존재를 사회에 대한 그의 의무들로부터 분리시킬 수 없다"고 했고, "어떠한 정부의 형태라도 나에게는 상관없으나, 그것은 다만 민중에 의하여 선택된 것이라야 한다"는 뚜렷한 민주의식을 갖고 있었으며, "공산주의는 자유의 부정"(Communism is the negation of liberty.)을 의미하기 때문에 반대한다는 입장을 취했다. "음악의 기본적 기능은 모든 시대를 통하여 표현의 자유를 허용하는 데에 있었다"는 역사적 사실에 역행하는 어떠한 정치적 억압에 대해서도 그는 저항하기를 서슴지 않았다.

오늘의 한국인 연주가들 중에 카잘스의 음악에 대한 근본태도를 이해하며 실천할 수 있는 예술인이 과연 한 사람이라도 있는지 모르겠다. 카잘스와 같은 음악인으로서의 투철한 정치의식을 갖고 그에 따라 산다는 것은 오로지 세계일류급 음악인이어야만 가능하다는 법은 없다고 본다. 적어도 베토벤 음악에 국한하여 말한다면, 전두환 폭력체제 아래의 지금의 한국에서 한국인 연주가로서 전두환과 그의 노예들을 위하여 베토벤의 음악을 연주한다면, 그것은 내가 보기에는 바로 베토벤과 그의 음악을 모독하는 파렴치하고 정신 빠진 처사일 것이다.

나의 꿈은 광주에서 광주시민들과 함께 베토벤의 프로메테우스적 정신을 경탄할 줄 아는 연주가들로만 구성된 교향악단이 연주하는 그의 '에그몬트' 서곡, 그의 교향곡 제5번(운명)과 제3번(영웅)을 듣고 한결같이 궐기하여 전두환 폭력체제를 뿌리째 무너뜨리고 나서 다시금 온 백성과 함께 그의 가극 '피델리오'와 교향곡 제9번(환희에의 송가)을 듣고 자유와 정의의 승리를 하늘높이 외치며 새로운 민주혁명의 축제를 거행하는 것을 보는 것이다. 민주혁명은 전두환 타도로써만 끝나는 것은 아니고 비로소 그때부터 시작되기 때문이다. 이 민주혁명의 투쟁에 혁명의 음악인 베토벤의 음악이 하나의 힘찬 추진력이 되어주리라고 확신한다.

('횃불', 제15호, 1981년 7월 15일, 28-31쪽)

3. 독일과의 인연

3.1. 자유를 위한 하나의 비전:
서독견문잡감(西獨見聞雜感)

　무엇보다도 먼저 나를 서독에 보내주셔서 많은 것을 배우게 해 주신 당행과 당행을 통하여 수개월 동안 은행업무연수로 초청하여 온갖 편의와 친절을 베풀어주신 Deutsche Bank AG에 심심한 사의(謝意)를 표하는 바이다. 작년(1967년) 10월 13일 서울을 떠나 북극을 경유하여 14일 서독 Frankfurt에 도착, 26일 뮌헨 근교에 있는 Grafrath의 Goethe-Institut에 이르러 여기서 2개월 동안 독일어학습을 마치고 12월 22일 Düsseldorf로 직행하여 Deutsche Bank에서 4개월간의 연수를 마치고 지난 5월 1일 다시 서울에 돌아왔다. 귀국할 때는 4월 24일에 Düsseldorf를 출발, London, Paris, Rome, Athens, Hong Kong, 그리고 Tokyo에 각각 하루씩 묵고 왔다.

　서독에 6개월간 머무르는 동안 접해본 곳은 Goethe-Institut에 있었던 넉분에 Nürnberg와 Garmisch-Partenkirchen에 60여명의 학생과 함께 각각 하루 만에 갔다 왔고, 연수일정의 일부로서 Hamburg와 Frankfurt의 Deutsche Bank에 각각 10일간과 2주간씩 있었고, Loreley, Heidelberg, Bonn등지에 불과 몇 시간 머물었으며, Deutsche Bank의 주선으로 여러 해외연수자들과 함께 Duisburg에 있는 세계굴지의 제철소인 August-Thyssen-Hütte와 독일의 가장 근대적인 설비를 갖춘 자동차제조공장인 Opel자동차회사를 방문할 기회가 있었다. 섭섭하게도 서베를린 등

다른 곳과 독일 주변의 다른 나라들을 여행할 수 없었지만 위의 여러 곳에서만
도 독일의 역사·문화·현실의 이모저모를 봄으로써 퍽 많은 것을 배우고 느꼈
던 것은 참으로 귀중한 경험이었다고 생각되고, 나의 삶 가운데 가장 감명 깊고
아름다운 한 토막이 될 것이라고 믿어진다.

　6개월간의 서독체재기간에 나는 두 가지의 과제를 동시에 짊어지고 살아온
셈이다. 첫째는 2개월간의 Goethe-Institut에서의 독일어학습을 기초로 하여 언어
의 장벽을 넘어서는 일이요, 둘째는 Deutsche Bank에서의 은행업무를 견학, 연수
받는 일이었다. 그러나 서독을 떠나려 할 때 너무도 빨리 지나가 버린 시간의
무정한 흐름을 원망하기도 하면서 지난날들을 회고해 볼 때, 이 두 가지 모두
어중간한 성과(?)밖엔 거두지 못했다고 생각하니 몹시 서운한 감을 느꼈다.

Deutsche Bank에서의 연수일정은 다음과 같다.

Wechselabteilung, Zentrale Düsseldorf - 1.3~1.9

Zweigstelle Altstadt, Düsseldorf - 1.10~1.16

Filiale Benrath, Düsseldorf - 1.17~1.23

Kreditabteilung, Filiale Krefeld - 1.24~2.6

Aussenhandelsabteilung, Filiale Duisburg - 2.8~2.16

Aussenhandelsabteilung, Filiale Düsseldorf - 2.20~3.5

Bankenbuchhaltung, Düsseldorf - 3.6~3.8

Zentrale Hamburg(Zweigstelle u. Import!abteilung)- 3.10~3.20

Währungsbuchhaltung, Düsseldorf - 3.21~3.22

Devisenhandel Düsseldorf - 3.25~3.29

Zentrale Frankfurt(Organistionsabt. u. Auslandsabt.) - 4.1~ 4.11

Ländergruppe, Düsseldorf - 4.16~4.19

Sekretariat Ausland - 4.22~4.23

워낙 기구와 조직이 방대하고 일의 범위가 광범한데다가 언어의 장벽, 나의 은행업무 경험과 지식의 한계, 그리고 짧은 시일 때문에 도저히 만족할 만큼 배워오지 못하고 좋은 기회를 최대한으로 활용할 수 없었던 것이 크게 유감스러운 일이었다.

은행에 나가는 날 이외에는 가능한 한 많은 박물관(Museum)을 방문했고, 옛 유적과 많은 교회들을 가 보았다. 그들의 문화적 유산은 놀라울 정도를 지나서 도무지 사람의 손으로 그토록 섬세하고 아름답게 만들었을 것 같이 믿어지지 않을 지경이다. 하나하나의 크고 작은 온갖 종류의 작품들 속에 그 작가의 생애의 심혈이 쏟아졌고, 그의 자유로운 창조적 의지가 살아있는 것이다. 그들의 생활환경은 곧 오랜 역사와 예술문화의 전시장이라 할 수 있다. 그리고 그들의 생활과 전통적 문화는 기독교신앙이 그 바탕을 이루고 있다. 그들의 자연환경은 원래 아름다웠던 모양이나, 사람의 손이 가지 않은 곳이 거의 없을 정도로 잘 가꾸어져 있는 것은 그들의 자연에 대한 사랑이 얼마나 지극한가를 보여주고 있다.

서독의 은행은 오전 8시부터 오후 5시까지 일하며 점심시간은 12시-2시경까지인데 거의 예외 없이 은행내의 식당에서 식권제에 의하여 식사한다. 식사가 그 값에 비하여 질이 좋지 않다면 우리들처럼 누구도 구내식당에서 식사하지는 않을 것이다. 그들은 왜 그렇게 합리적으로 구내식당을 잘 이용하고 있으며 우리는 왜 못하는가는 이해하기 곤란하였다. 그리고 오전 10시~11시, 오후 12시~4시 사이에는 각자의 필요에 따라서 집에서 미리 준비해온 간식이나 또는 은행 내에서 구할 수 있는 음식품을 취함으로써 배고픔과 목마름을 자연스럽게 해소시키도록 모든 시설이 편리하게 구비되어 있다. 어느 경우에나 음식물을 먹는 데에는 부끄럼이 없고, 흉보는 사람도 없다. 그것은 당연하고 자유롭게 행해져야 할 일에 불과하다.

은행에서 일하는 시간에는 완전히 자기가 담당한 일에 열중하며 조금도 쉬지 않는 것을 보았다. 그들의 철저한 의무감은 강철과 같이 강하다. 책임자도 행원과 나란히 앉아서 오히려 행원보다 더 많이 일하고 있다. 윗사람과 아랫사람과의 관계는 다만 그 업무수행 과정에 있어서 직능상의 차이일 뿐 완전히 평등한 인간 대 인간의 자유로운 관계로 인식되어 있으며, 따라서 행원이 책임자에게 우리처럼 맹목적으로 인형처럼 굽실거리는(?) 것을 볼 수가 없다. 따라서 그들은 다만 일 자체를 궁극적인 문제로 삼을 뿐 우리처럼 사람을 중심으로 하여 일을 처리하지 않는다.

그들의 생활의 모든 면에는 철저히 개인주의적 사고방식이 보편화되어 있다. 자기의 할 일만을 충실히 이행할 뿐 남의 일에 관해서는 일체 관여하거나 간섭하지 않는다. 남의 말을 거의 하지 않는다. 여기에 그들의 생활의 자유가 있고 질서가 있다고 보았다. 예의의 본질이 남에게 불쾌감을 주지 않는 범위 내에서 자기의 하고 싶은 것을 행하는 데 있다고 생각할 때에 진정한 예의는 각 개인의 개성적인 자유에 근거하면서 창조적인 질서와 합리적인 삶을 만들어 내는 것이다. 우리는 너무나도 형식적이고, 거추장스러운 예의와 의식에 매어 살고 있고, 시대착오적이며 무개성적이고 부자유하며 비합리적인 관습과 전통에 맹목적으로 얽매어 살면서—실상은 이것은 「사는 것」이라고 볼 수는 없다—불필요한 정도로 귀중한 시간과 정력을 낭비하고 있는 것이 사실이다. 이런 것은 분명히 우리의 잠재의식이나 무의식의 세계에 깊이 뿌리박고 있어 우리의 삶을 구속하고 있는 부자유한 노예적 근성의 발로로서 모든 근대화작업에 걸림돌이 되며 결국 우리를 스스로 못살게 하는 주요원인이라고 본다. 그리고 어떤 문제나 일을 취급하는 데 있어서 우리는 「무엇이」 말하여졌느냐에 관심이 있기 전에 「누군가」 그것을 말하였느냐에 온 신경을 쓴다.

높은 자리에 계신 분이 그렇게 말했으니 그대로 하는 것이 옳고 더 따질 것이 못된다는 맹목적인 노예적 사고방식 때문에 일을 합리적으로 처리하고 문제를 옳게 해결하지 못한다. 일이나 문제 자체를 그 핵심에서부터 분석 검토하면서 다루는 것이 아니고 그 문제와 관련된 사람의 사회적 지위에 어떤 권위나 불가침성을 부여하여 그 지위와 인물 때문에 문제의 해결은 형식적이고 피상적인 데에서 그치고 만다. 그러기 때문에 똑같은 문제가 항상 곪아터지고 있지만, 여전히 일과 사람을 뒤바꿔놓고 과거의 어리석음을 부끄러움 없이 반복하고 있는 데에 우리의 문제가 있다고 본다.

그들은 커피 한 잔도 필요에 의해서만 마신다. 그들의 일상생활의 모든 면에는 목적의식이 투철하고 합리적인 사고방식이 잘 드러나 있다. 우리는 집에서 아침식사를 마친 후 숭늉을 마시고 은행에 출근하여 도장을 찍고는 그냥 다방으로 달려가서 결코 싸지도 않고, 주로 채식을 하는 우리의 위장에는 맞지도 않는 커피를 한 잔씩 마시고 게다가 아가씨가 갖다준 물까지 또 마시고서야 다방을 나오게 된다. 도대체 무엇 때문에 이렇게 여러 번씩 그렇게 많은 물을 마시는지 저들은 전혀 이해하지 못할 것이다. 우리 스스로 생각해 봐도 우리가 소비해야 할 돈이 너무 많아서도 아니고, 시간이 남아돌아가서도 아니고, 할 얘기가 많아서도 아닌 것 같고 대화의 장소가 없어서도 아닌 것 같다. 이것은 지극히 작은 예에 불과하다. 이밖에도 당장 열거할 수 있는 수많은 불합리한 일들을 그대로 답습하고 있는 것이다.

흔히 눈에 보이는 물질의 경제적 가치만을 잘 따지지만, 이런 비화폐적인 면의 경제성을 고려하지 않는 것은 우리의 경제학이 너무 피상적이고 형식적인 지식만으로 되어 있기 때문이라 생각된다. 이것은 우리의 비합목적적, 무목적 의식적, 비경제적 생활태도, 불합리한 사고방식을 드러내는 것이다. 불합리한 것을 그대로 답습하는 것을 생활이라고 만족하는 것 같고 그럼으로써 삶을 더욱 복잡하고 까다롭게 만들고 있는 것이 사실이다.

한국의 경제적, 물질적 면에서의 후진성 문제보다도 더욱 긴급하고 근본적인 것은 우리의 사고방식의 합리화, 과학화에 있다고 본다. 이것은 경제발전에 항구적 바탕이 되는 것으로 조용하게나마 혁명적 과정을 거쳐야 될 것 같다. 경제발전은 참된 장인의 사회에서만이 이뤄질 수 있다고 믿는다. 정신적, 내면적 자유조차 충분히 누릴 줄 모르는 국민에게 아무리 호화로운 물질적 풍요를 가져다준다 해도 그 국민의 삶은 결코 복되고 보람 있는 삶이 못될 것이다. 여전히 그들은 자신이 자신을 얽어매는 노예와 속박의 감옥생활을 하게 될 것이다. 여기에 한국의 앞날의 모든 문제의 핵심이 있다고 본다. 권력 세고 돈 많은 노예보다도 가난한 자유인으로 살기를 원하는 사람들이 많은 사회일수록 희망이 있다고 본다. 권위주의적, 형식주의적, 비합리적, 봉건적, 윤리관과 사고방식을 청산하지 않는 한 한국의 앞날에는 희망이 없다고 본다.

우리는 지금 헌법상 자유·민주주의국가에서 살고 있지만, 과연 우리의 모든 생활은 자유롭고 민주적으로 영위되고 있는가? 이러한 자유를 서부독일인들은 누리고 있는 것을 보았다. 그들은 인간의 존엄성과 개성을 존중할 줄 알기 때문에 남의 의사와 비판을 들을 줄 알고, 존중할 줄 안다. 이것이 진정한 자유민주주의 이념의 근본원칙인 것으로 생각한다. 무엇보다 먼저 개인적 자유의 절대성이 인식되고 보장되고 생활화되어야 한다. 이 자유는 자기의 시간과 재산과 능력과 정력을 다른 사람의 똑같은 자유를 침해하지 않는 범위 내에서 자기의 하고픈 뜻대로 사용하고 처리할 권리와 의무와 책임을 갖는다는 것을 의미한다. 이것이 또한 사회질서의 근본원리가 된다고 본다. 여기에 모든 기성의 사회적 관습과 윤리적 규범이 백지화되고 깨뜨려지면서 자유인의 사회가 형성되고, 새로운 윤리관과 가치관이 세워지게 될 것이다.

서독에 6개월간 머무르는 동안, 나는 한 마디로 말해서 부분적이나마 자유인의 역사와 생활을 보고 왔다고 말하고 싶다. 자유인—이 사람이야말로 이 세상에서 삶을 누릴만한 자격이 있는 사람이다. 이 자유인의 자유를 갖고서 자기의 삶을 만들 줄 모르는 사람은 인간이라 불릴 가치가 없는 한갓 움직이는 생명체에 불과하지 않을까? 사람이 된다는 것은 이 참 자유인이 된다는 것을 의미한다고 본다. 자유인은 자기의 삶을 오로지 삶의 궁극적 가치기준에 말미암아서만 자기 고유의 것으로 누릴 줄 알아야 한다. 그는 눈치를 보거나, 체면을 차리거나, 무조건 남을 따라가는 것이 아니다. 이 땅위의 어떠한 권력이나 금력도 이 자유를 보장하고 신장시킬 때에만 그 존재이유와 가치가 있는 것이다. 여기서부터 「조국의 근대화」가 시작될 것이고 새로운 「역사의 창조」가 싹트게 될 것이다.

한국에서의 자유인은 낡은 것을 청산하고 불합리한 구습을 타파하며 새로운 가치를 구현하는 혁명가이어야 하며, 하늘과 양심의 궁극적 명령에 배치되는 일에는 여하한 권력 앞에서도 굴복하지 않는 용감한 정의의 투사라야 하며, 창조성과 성실성에의 뜨거운 정열을 가지고 모든 문제에 대결하는 순진한 영웅이라야 한다. 그는 자기의 의견과 판단을 절대화하지 않고 자기의 모든 것의 유한성을 자각하는 겸손한 범인(凡人)일 것이다. 그러기에 그는 항상 참된 것(진리)을 찾아 달음질치는 구도자(求道者)일 것이며 따라서 그는 자기를 비판하는 상대방을 존경할 것이며 자기의 비판자와 기꺼이 열린 마음으로 대화할 줄 아는 겸손과 지혜를 가지고 있어야 할 것이다.

Thomas More, Martin Luther, 프랑스 혁명을 일으킨 자유시민들, Beethoven, Abraham Lincoln, Albert Schweitzer, 4·19혁명의 젊은 투사들, Martin Luther King- 이들은 저마다 자기시대에 위대한 자유인들이었기에 위대한 자유의 역사를 창조해 냈던 것이다. 한편으로 우리는 역사 속에서 굴종과 치욕과 부패와 부정의 역사를 만들어 냈고 악마적인 잔인성만을 그의 위대성으로 과시했던 수많은 찬란한 훈장과 예복을 걸친 유명한 노예들을 보고 있다. 저마다 자유인이 되는 일을 소홀히 할 때에 그는 인간이 되는 길에서 벗어나게 된다고 본다. 결국 우리가 잘 살고 못 사는 문제의 핵심은 우리가 삶의 철학(원리)을 가지고 있는가, 즉 자각적인 삶의 주인노릇을 하면서 살고 있는가에 있다고 본다. 이것은 개인의 문제일 뿐만 아니라, 한 사회, 한 민족의 흥망성쇠의 문제에 관련되어 있다.

정치, 경제, 문화 등 모든 영역에서 새로운 창조적 질서가 합리적으로 수립되지 않고, 「질서확립의 달」은 수 십 번 되풀이되고 있어도 겉모양은 많이 달라졌지만 내면적으로는 그대로 낡은 병폐를 되풀이하는 것은 모든 분야에서 우리들 스스로가 독립된 삶의 주체로서 인간고유의 자유를 포기하고 그 무엇에든지 예속 당하여 살고자 하기 때문이라고 본다. 이것이 우리 스스로가 스스로를 잘못 살게 하는 근원적 장애물이요 우리의 허약성이 아닐까?

우리들 각자가 저마다 자기 나름대로의 자유인이 되어 갈 때에 비로소 이

사회는 살기 좋고 살 보람 있는 사회가 될 것이며 이 나라도 후진국의 대열에서 벗어나게 될 것이라고 믿어진다.

('외항[한국외환은행의 초기 기관지], 제3호, 1968년 7월, 141-5쪽)

위의 글은 한국은행 외국부가 1967년 1월 30일에 정부출자에 의해 한국외환은행으로 독립, 창설됨에 따라, 그리고 나의 진로선택에 따라 나는 한국은행에서 외환은행으로 일자리를 옮겨왔는데 이 새로운 외환전문은행의 한 구성원이 된 덕분에 나의 삶에 있어서 처음으로 체험한 해외여행임과 동시에 첫 독일과의 만남에서 느낀 것을 적은 것이다. 나는 1968년 4월에 귀국하면서 6개월이라는 짧은 기간에 독일을 주마간산 격으로 보고 너무 아쉬움이 커서 또 한 번더 독일에 가고 싶었고 그런 기회가 주어진다면 그 때엔 그곳 대학에서 공부할 수 있기를 내 마음속에 바라고 있었다. 나의 이 소원은 1970년에 실현되었다. 나는 순전히 나의 개인적인 노력으로써 독일 해외장학기관인 DAAD(Deutscher Akademischer Austauschdienst)로부터 장학금을 받게 되었다. 나는 외환은행 당국에 우선 2년간의 휴직을 신청했고 1970년 8월에 출국하여 Goethe-Institut, Iserlohn 에서 2개월간 독일어를 다시 배우고 나서 쾰른 대학으로 와서 외국학생들의 입학시험이라고 볼 수 있는 독일어 시험(Zulassungsprüfung)을 치러 다행히 합격함으로써 나의 두 번째 대학생활을 그해 10월부터 시작하게 되었다.

3.2. 독일유학시절 첫 정치적 발언: '한국국민의 자유를 위하여'

우리는 한국의 자유민주국민의 일원으로서, 학문을 닦고 있는 학도로서, 그리고 우리에게 해방과 자유와 소망과 사랑의 복음을 주신 그리스도 예수의 교회의 한 지체로서, 1974. 1. 8일자의 대한민국 박정희 대통령의 헌법 제53조에 의한 긴급조치 선포에 즈음한 특별담화 및 대통령 긴급조치 제1호와 제2호에 대하여 이를 전면 거부하면서 우리의 의견을 인간의 자유의지와 이성의 표현인 국제연합기구(UNO)의 일반적인 세계인권선언에 근거하여 다음과 같이 발표한다.

> 1. 박정희 대통령은 긴급조치가 헌법 제53조에 근거했다고 하나, 우리는 현 헌법 자체의 반민주적 성립과정의 역사적 엄연한 사실에 비추어 이른바 유신헌법의 비정당성(Illegitimität)을 무엇보다도 먼저 명확히 지적하지 않을 수 없다.

현재의 유신헌법은, 온 천하 만민이 다 아는 대로, 1972. 10. 17일 아무런 정당한 현실적 근거 없이(많은 국내, 국제 언론계의 논평 가운데 예를 들면 1972. 10. 30일자 뉴스위크(Newsweek) 지 18~19 페이지 참조) 전국에 걸친 비상계엄령을 내려 국회를 해산시키고 야당의 정치활동을 분쇄하고, 군대의 총칼과 탱크의 무력과 중앙정보부의 온갖 비인도적이요 악마적인 수법에 의한 야만적 납치, 고문, 협박, 공갈, 살해 등의 정보정치, 폭력정치를 유일한 정치권력 기반으로 하여 국민의 귀와 입과 눈을 완전히 틀어막아 놓은 상태 아래에서, 따라서 오로지 박 대통령의 헌법개정안의 지지통과를 위해서는 수단방법을 가리지 않고 모든 언론기관(방송, 신문, 출판 등)의 강제적 완전통제 아래 정부의 일방적 선전으로 국민대중의 의견조작을 제도화한 상태 아래에서, 국민 사이의 자유로운 의견교환과 애국적 충심에서의 비판적 견해와 제안의 표명과 범국민적 토론이 전혀 없이 국민투표에 부쳐진 것이었으므로, 다시 말하면 국민의 자유롭고 민주적인 의사형성 과정이 없었으므로 아무리 '절대다수' 아닌 100%의 유권자의 찬성표를 얻었다손 치더라도 그렇게 해서 제정된 헌법은 우선 그 성립과정 자체의 명약관화한 비민주성, 반민주성에 따라 그 '전 국민적 정당성'을, 이의 근거를 상실한 것이며 따라서 무효인 것이다. 그 의사형성과정은 어찌 되었든 간에 무조건 '절대다수'의 찬성표만 얻으면 '전 국민적 정당성'이 확인된 것이라고 주장하는 것은 일국의 대통령의 입에서는 나와서는 안될 근본무지의 폭로이던가 아니면 국민의 성숙되고 각성된 판단력을 무시하고 국민 전체를 우롱하는,

참을 수 없는 국민모욕의 처사인 것이다. 그럼에도 불구하고 지난 1973. 10. 2일
의 학생데모 때까지 비교적 조용했던 것은 온 국민이 유신헌법을 진정으로 지
지하고 폭력, 정보정치에 만족해서가 아니라, 무력이 무서워서가 아니라, 더러
워서 참을 대로 참아 온 한국국민의 전통적 인내와 관용의 미덕이 아직도 살아
있는 증거 이외에는 다른 아무 이유가 없다.

　민주주의는 곧 자유롭고 비판적인 토론을 의미한다. 자유로운 토론의 생명,
따라서 민주주의의 핵심은 국민 상호간의 비판적 의견의 자유로운 교환, 비판
하는 국민 각자의 내면적 자기비판을 포함한 합리적이고 투철한 비판정신에
있다. 이러한 자유민주주의적 기본원칙이 결여된 어떠한 종류의 집단적 의사결
정의 결과는 그 의사결정 과정에 있어서의 비민주적 절차 때문에 그 정당성과
효력이 주장될 수 없다. 헌법 성립의 경우뿐만 아니라 민사법 상의 계약성립에
있어서도 당사자 간의 자유의사에 근거하지 않고 어느 형태로든지 간에 심리적,
물리적 위협이나 강압, 강요에 의하여 성립된 계약은 전혀 무효인 것이다.

　유신체제를 국민이 '선택 결정'했다고 한 것은 위에 밝힌 대로 새빨간 거짓말
이다. 박정희씨는 언제 국민에게 여러 가지가 아니라 적어도 두 가지의 길 중에
어느 하나를 선택할 자유를 1972. 10. 17일 이후에 진정으로 허용한 적이 있는
가? 국민이 유신체제를 다른 방안들 중에서 '국민적 선택에 따라' 또는 '선택
결정'했다는 것은 위에서 밝힌 대로 절대로 사실과는 전혀 다른 허위사실 조작
에 불과하며 국민이, 다시금 반복하거니와, 1972. 10. 17일부터 1972. 11. 21일(국
민투표일)까지 정부의 일방적이요 강제적인 요구에 온갖 구역질나는 협박, 공
갈을 총칼 앞에 받아 가면서 억지로 억울함과 분노를 참아 삼키며 응한 것이다.
국민의 자유는 부정한 폭군의 권력에, 마치 순결한 처녀가 강도에게 겁탈 당하
듯이, 강탈, 유린되고만 것이었고 거기서 불행히 태어난 온전치 못한 악마적
괴물이 바로 유신헌법이요 유신체제라고 비유될 수 있다. 이 악마적 괴물이 앞
으로 '튼튼히' (박정희씨가 원하듯) 살아남아 성장할수록 국민전체에게 미치는
피해는 더욱 치명적으로 격화할 것이며 민족의 앞날에는 활로가 있는 것이 아

니고 멸망의 길이 벌써 내다보이고 있다.

다시금 강조하거니와 '국민의 절대다수', '절대적 지지' 아닌 한 사람도 빠짐 없이 국민 전원이 지난 1972. 10. 17일 계엄선포부터 1972. 11. 21일 투표일까지의 무력과 정보정치의 강압적 수단으로 억지로 '유신체제'가 아니라 하나님체제를 '확정'하고 또 거듭 '확립'했다고 주장하더라도 이것은 완전히 '전 국민적 정당성'의 기초가 없는 것으로서 국가의 기본법으로서의 헌법의 정당한 성립으로 볼 수 없다. 헌법의 '확정'이니 유신체제를 '확립'하였느니 아무리 말이나 글로써 마치 참된 사실처럼 반복, 강조한다고 해봐도 이미 과거에 되어진 사실인 이상 하나님도 그 비정당성 또는 무정당성의 명확함을 변경시킬 수는 없는 노릇이다.

유신헌법처럼 만들어진 헌법은 한국에서뿐만 아니라 이 지구상의 어느 나라에서도 무효인 것이다. 오늘의 20세기 후반기는 고대, 중세기나 불란서혁명 이전의 봉건절대군주 국가의 시대가 아니라는 것을 그리고 한국의 지난 근 30년간의 헌정, 정치사 중에 1960. 4. 19 학생혁명의 피흘림으로 왜 이승만 자유당의 반자유민주적 독재정권이 무너지지 않으면 안되었던가를 진정한 "민족사적 견지에서" 왜 똑바로 보고 알지 못하는가?!

박 대통령의 "민족사"는 인간으로서의 국민의 기본적 자유나 인간의 존엄성과는 아무런 관련도 없는, 박정희 자신의 자의를 국민이나 민족이나 국가의 전체의사로 보는, 독창적인 '특별'민족사인가?! 우리는 그런 대통령이라면, 박정희씨가 아니라 어느 하나님이라고 해도 교만에 차고 근거 없는 권위의식으로 같은 핏줄로 맺어진 동포들의 정당한 주장과 인간의 자유와 존엄성을 마구 미친 듯 짓밟고 억누르는 지배자가 한국군대만 아니고 온 천하 만국군대의 무력을 가지고 맹종하기를 강요한다고 해도, 이제는 더 이상 죽음을 당하는 한이 있다고 한들, 그를 국민의 지도자로, 대통령으로 인정하지는 않으며 앞으로도 영원히 않을 것이다.

특별담화나 긴급조치의 그런 유치하고 국제사회에는 내놓기조차 부끄럽기 짝이 없는 표현으로써 국민 가운데 건재하고 있는 천심(天心)을 그릇된 방향으로 이끌거나 조작하려는 수법을 이 이상 더 용납할 수 없다. 나아가 그런 거짓투성이의 유신체제의 확립을 "다 같이 슬기롭고 용기 있는 국민적 선택에 따라" 되어졌다면서, 이제 더 이상 참을 수 없고 구역질이 튀어나와 정면 결사대결의 자세로 버티고 서 있는 각성된 국민 앞에 골수까지 썩은 창부가 미소 지으며 유혹하듯 아첨을 떨며 "협조를 당부" 운운하는 것은 가소롭기 짝이 없으며 한편 비참하기조차 하다. 똑바른 제 정신과 양심을 갖고 온 뜻과 힘을 다해 그와 그의 유신체제에 "적극적인 협조"를 할 자는 국민 중에 하나도 없을 것이다. 박정희 씨는(이후락씨와 김종필씨와 함께) 1961. 5. 16 이후 혁명공약부터 시작하여 얼마나 크고 많은 거짓말을 되풀이하여 왔는가?! 국민을 영원히 속이고 자기 자신을 속이는 짓을 죽는 날까지 계속하겠다는 것인가?! 그렇다면 그것은 전혀 근본부터 어리석은 생각이며 이미 자멸한 것이나 다름없다. 멸망하는 것은 박정희 독재정권과 그 유신체제일 뿐이지, 결코 국가나 민족이 멸망하지는 않는다. 보라, 유구한 오천 년의 한민족의 역사를, 기억하라, 4. 19를!

　온갖 비인간적 억압과 노예적 구속에서 스스로를 자유의 새 날과 새 땅에로 해방시키고자 죽음으로 싸워온 개인과 민족은 영원히 살아있고 날마다 새롭게 자유와 이성이, 정의와 사랑이 지배하는 진정으로 활짝 열린사회를 창조하며 살아갈 것이다. 이 자유민주주의 수호의 투쟁을 저해하는 어떠한 세력도 이미 그 자멸의 무덤을 그 무지와 교만의 어리석음 속에 파고 있는 것이다. 이것은 지금까지의 인류역사의 교훈 가운데서도 가장 첫째로 중요한 기본적 지식이요 지혜인 것이다. 이것이야말로 인류가 찾은 진리 중에 진리인 것이다.

2. "당면한 국가목표"에 관련된 문제점들: 위에서는 다만 절차상의 문제점, 즉 헌법개정 또는 제정이 그 정당한 자유민주적 절차의 부재 또는 결함으로 말미암아 그 정당성의 근거를 상실했다는 것을 밝혔지만, 여기서는 내용상의 문제점들을 분명히 하고 그 옳고 그름을 가려내고자 한다.

2.1. 특별담화 첫 구절에 "우리 헌정의 기본과 국가의 안전보장을 공고히 하기 위하여…"라고 했는데 1) 현재의 박 정권 "헌정의 기본"이 무엇을 그 내용으로 하는 것인가? 2) "국가의 안전보장"의 위협의 근원이 어디에 있는가의 두 가지 의문을 풀어야 한다. (이밖에도 한 구절, 한 마디마다 그것이 진정 무엇을 의미하며 그 용어와 구절들의 올바른 의미는 무엇이어야 하겠느냐에 관하여는 조금도 설명함이 없이, 마치 성경에 송사리는 걸러먹고 낙타는 삼키는 식으로, 논리적으로 자가당착에 빠지거나, 내용적으로 아무런 알맹이가 없고 따라서 건전하고 냉철한 이성으로는 설득되지 않는 잡음과 소음만 되풀이하고 있는, 한 나라의 원수로서는 스스로 수치스럽게 생각해야 할 "담화"이며 "조치"라고 본다.)

1) "헌정의 기본", 즉 유신헌법에 근거한 정치의 기본이 무엇이기에 이를 공고히 하기 위하여 긴급조치를 취한다는 말인가?

지금의 소위 유신헌법은, 온 천하만민이 다 아는 대로, 3권 분립에 의한 권력의 상호견제와 균형이라는 자유민주주의 헌법의 가장 기초적 원칙을 완전히 버리고 모든 권력을 대통령이라는 한 기관에 독점적으로 집중시킨 독재체제, 대통령의 무제한 집권을 가능케 하는 일인영구집권체제, 국민의 일반적인 여론과 의사를 완전히 무시할 수 있고 오로지 대통령 한 사람의 자의에 따라 모든 정치행태와 정책의 계획, 결정, 시행이 좌우되는 의회민주적 법치국가 원칙과 국민기본적 자유권의 말살체제, 따라서 인간이나 국민이 허공에 떠 있는 인간존엄유린 체제를 확고히 하는 형식적이며(왜냐하면 실질적으로는 이미 무력과 중앙정보부를 도구로 하여 왔으므로) 허위적인 정당화 수단에 불과하다. 이런 것을 어떻게 감히 국민 앞에, 그리고 국제사회 안에서 "유신체제"라고 일컬을 수 있는가?! 이런 천지가 공노할 체제를 어떻게 그렇게도 뻔뻔스럽게 "민족사적 견지에서" 나온 것이라고 주장할 수 있는가?! 백보 양보하여 민족사를 얘기하자고 한다면, 박정희라는 한 개인의 민족사만이 반드시 올바른 민족사라고는 볼 수 없는 것이므로 그 옳고 그름은 공개여론 상에 서로 국민 각계각층 사이에 그 내용을 자유로이 토론해 보고 따져 봐야 알 수 있게 되지 않겠는가?! 자기의 민족사관만이 절대로 옳고 이것을 비판하고 그 잘못을 지적하는 자는 "반국가적, 반민족적 선동자"라고 한다면, 그러한 정치행태를 "한국적 민주주의 방식"이라고 "한국"이라는 국명을 제멋대로 팔아가면서 국민의 입들을 틀어막는다면, 그런 정치는 누구를 위한 정치이며 무엇을 위하여 무엇을 하자는 정치인가?!

한국에 "서구식 민주주의는 안된다"는 주장은 어디에 근거를 둔 것인가? 박 대통령이 한 번이라도 민주주의를 해본 적이 있으며 민주주의가 무엇인지나 알고 있는가? 이것을 모른다는 것을 스스로 안다면, 다른 아는 사람들에게 겸손히 물어서, 왜 불란서혁명이 1789년에 일어났으며, 미국의 독립선언문이 왜 있었고 그 내용이 무엇이며, 그런 서양사의 큰 한 토막은 모른다더라도 최근 1948년 12월 10일의 유엔 세계인권선언이 왜 생겼으며 그 내용은 무엇인지, 최소한도로 왜 1960. 4. 19에 학생혁명이 우리가 살고 있는 대한민국 땅에서 일어났는지를 알아야 할 것이고, 그 배후에 숨은 자유민주주의의 모든 원칙들이 왜 옳고 중요한 것인가를 알아야 할 것이다. 이것을 모르고도 이 모른다는 무지의 사실을 스스로 인식하지 못하거나 인식하면서도 배우려고 않는다면, 자기의 무능을 뉘우치고 국민 앞에 엄숙히 사과하면서 대통령 자리를 즉시 물러나야 마땅할 것이다. 서구식 민주주의가 한국 땅에 시행되지 않는 것은 국민에게 허물이 있기보다는 오히려 위정자의 무지, 무능과 영구, 독재의 권력욕 때문이라고 밖엔 볼 수 없다.

유신체제를 한국적 민주주의라고 한다면 이는 4·19 학생혁명을 거쳐 투철한 비판의식과 자유민주의식을 가진 한국국민과 오랜 인류의 피어린 투쟁사의 산열매인 민주주의 이념을 모독, 무시하는 것밖에는 아무 것도 아니다. 박 대통령으로서 "헌정의 기본을 공고히 한다"는 것은 유신체제를 조금도 고칠 필요가 없이 계속 박정희 독재체제, 반자유민주적 무법체제를 더욱 강화하겠다는 것으로 해석되는데, 문제는 국민이 이를 용납할 만큼 죽어 있느냐인 것이다.

2) "국가의 안전보장"이니 "확고한 정치적 및 사회적 안정"이 위협받고 있는

것은 유신헌법의 강제적 제정과 시행에 그 근본원인이 있다. 1973. 8. 24일 함병춘 대통령 특별보좌관(현재 주미 대사)이 이곳 서독 쾰른(Köln)의 호텔 인터콘티넨탈(Hotel Intercontinental)에서 김영주 주 서독 대사, 이동원 주 스위스대사를 비롯한 대사관 직원과 쾰른 대학 및 아헨(Aachen) 대학의 한국 유학생들 앞에서 박 정권 정치의 "우선순위를 경제발전과 안전보장에 두었기 때문에 민주발전은 제2순위로 물러날 수밖엔 없었다"고 하는, 그럴 듯하나 미국의 저명한 하버드 대학에서 취득했다는 박사학위가 의심스럽고 소위 교수라는 명칭이 학문과 대학의 위신을 손상시키는, 엉터리 이론을 한 시간 반에 걸쳐(21:30부터 23:00까지) 늘어놓은 것을 회상하면, 과연 그런 잘못된 우선순위의 기본정책 때문에 바로 실질적 국민복지 증진을 가져와야 할 경제발전이 인간과 그의 자유가 실질내용에서 빠져버렸기에 비합리적 계획, 부정부패, 빈부격차의 격심으로 사회적 긴장까지 겹쳐 실패하고 있고, 국가의 안전보장이 우선 내적으로 무너져가고 있는 것이 현실로 명백히 드러나고 있다.

자유민주주의의 법치국가 원칙을 무시하고 법 위에서 날뛰는 중앙정보부의 인간존엄의 유린을 비롯한 온갖 야만적 횡포와 언론의 자유를 비롯한 인간의 기본적 자유권들의 말살(신문사 등 언론기관, 학원, 교회의 사찰을 보라!), 민주주의의 3권 분립의 원칙을 무너뜨리고 국민의 올바른 의사를 반영해야 할 국회의 기능을 약화시키고, 히틀러(Hitler) 식 군중심리의 오도와 오용에 의한 형식적 거짓정당성의 도구로 만든 허울 좋은 "통일주체국민회의"를 강화시켜서 대통령이라는 한 사람의 자의와 폭력과 무지가 지배하는, 국가존립과 국민의 운명의 위기를 항상 내포하고 있는 전체주의적 독재정치 체제를 구축했기 때문에, 작년 10월 2일 이후 서울대학교 문리대, 법대를 비롯한 대학생들의 과감한 데모 사태로 학원이 어지러워졌고, 그래도 학생들의 정당한 요구를 받아들이지 않고 최루탄과 구속, 연행, 고문과 징계, 퇴학처분으로 무조건 막았고 묵살했기 때문에, 대구, 부산, 광주 등 지방의 학원에서도 자유민주 수호투쟁에 연대화하는 데모, 결의문, 선언문사태가 매일 일어났고, 그래도 정부의 무쇠 같이 뻣뻣한 태도, 잘못을 인정하고 고칠 줄 모르는 안타깝고 답답하기 그지없는 실수를 보다 못하여, 신앙의 자유마저 박탈당하고 있던 기독교인들의 충심어린 구국기도와 데모, 언론인, 지식인, 종교인 등 각계의 지도적 인사들의 애국적 반독재, 자유민주수호 투쟁선언, 인권선언들 등등으로 온 나라가 안정과 평화를 잃게된 것을 똑바로 보면, 어린애들도 이 "사회혼란"의 근본원인이 어디에 있으며 그 책임이 누구에게 있는가를 분명히 금방 판가름할 것이다. "불행하게도" 이 가장 단순, 명백한 "사회혼란"과 국가의 내적 "안전보장"의 위기의 원인을 등잔 밑이 어두워 포착하지 못하든가 정직하게 포착하려고 하지 않는 박정희 씨 자신의 인간으로서의 비극이 너무나 비싼 국민의 피의 대가를 치르고 막을 내리게 되지나 않을까 우려되어 통탄스럽기 한이 없다.

국가의 튼튼한 안전보장은 군사력과 중앙정보부와 독재정치에 의한 자유민주주의의 말살로써가 아니고, 오로지 유엔 인권선언에 명시된 인간 및 국민의 기본권 확보를 지향하는 민주주의의 모든 원칙의 실천을 통한 범국민적 자유의사의 결정을 존중, 확보하는 데에서부터 시작된다. 이 민주주의 원칙 없이는 평화도, 안전보장도, 경제발전도 그 참된 의미에 있어서 성취될 수 없는 것이다. 우리 모두가 항상 명심해야 할 가장 기본적 지식이 있는데, 이는 국가나 정부의 존재이유 또는 존재근거는 무엇보다도 먼저 인간의 기본권을 존중하고 특히 인간의 자유를 보장하며 이의 침해로부터 국민을 보호하는 데에 있다는 것이다. 따라서 인간의 기본권을 보장하지 못하거나 보장하려고 하지 않는 유신체제 아닌 어떠한 정부, 국가체제도 그 존재이유와 기능을 상실한 것으로서, 그런 정부나 국가는 국민(주권자인)에 의하여 국민의 기본권을 보다 충실히 보장할 수 있는 다른 정부나 국가로 바꿔지고 대치되어야 한다.

2.2. "과대망상증에 사로잡혀 있는" 자는 도대체 누구냐: 소위 "헌정질서인 유신체제를 뒷받침하고 있는" 것은 이미 위에 명확히 밝힌 대로 "전 국민적 정당성"은 절대로 아니고, 1) 결코 동질적이 아니며 이 이상 더 불의의 명령에

맹종만 하지 않을 군사력과 2) 중앙정보부라는 악마적 폭력과 3) 이번 특별담화에도 자초지종 여실히 드러나고 있는, 각성되고 비판적인 자유민주국민을 안하무인격으로 대하는, 교만의 극치에 이른 대통령이라는 사람의 단말마적인 공갈, 협박 이외에는 아무 것도 없다. 국민은 이미 박 정권의 신임을 거부한지 오래다. 국민이 신뢰하지 않는 대통령은 대통령으로서는 아무 영향력 있는 기능을 발휘하지 못하며 다만 국가의 민주적, 경제사회적 발전에 장애물이 될 뿐이다.

헌법은, 그나마 강제로 조작된 엉터리 헌법은 더군다나, 주권자인 국민의 자유롭고 민주적인 의사형성과정에 의하여 언제라도 없애거나 고쳐질 수 있다는 것이 20세기 후반기의 일반적인 상식이다. 이미 위에서 밝힌 대로 현 유신헌법, 유신체제의 성립과정에 있어서의 전 국민적 정당성의 완전부재, 그 체제 자체의 내용의 시대착오적 그릇됨과 악의 요소와 졸렬함으로 보아 이를 "부정, 전복"시켜 철폐시키고자 하는 것이 국민의 진정한 뜻일진대, 왜 유신체제가 철폐 또는 본질적으로 개조되어서는 안 되는지 이해할 수가 없다. 박 대통령은 반유신체제, 반독재, 자유민주주의 수호 국민 층의 개헌청원 서명운동 등을 "다름아닌 유신체제를 뒷받침하고 있는 전 국민적 정당성에 대한 도전"으로 본다면, 왜 다시 한 번 국민투표에 부쳐 이 유신체제에 대한 국민의 신임을 얻음으로써 "전 국민적 정당성"을 확인하지 못하는가?! 다만 이 경우에 있어서의 국민투표에 이르는 과정을 또 다시 1972. 10. 17일부터 시작된 폐쇄, 억압, 암흑사회 속에서 1972. 11. 21일 실시된 국민투표와 같은 방식으로 실시한다면, 모든 문제는 해결되기는커녕, 곧 "국가의 안전보상", "국력배양", "민족의 생존권수호", "번영과 평화통알" 등은커녕 1973. 10. 2일 이후의 오늘의 사태를 반복하게 될 것이어서 도로아미타불이 아닌 더 비극적 사태로 나라를 몰아넣는 결과를 빚을 것이다.

박 대통령은, 이미 밝혀진 대로 하등의 전 국민적 정당성도 없고 국민의 신뢰를 잃은 지 오래인데도, 도대체 무슨 권한으로 국가민족의 운명을 걱정하여 목숨을 걸고 양심의 소리를 외치고 있는 국민들의 자유로운 의견발표와 합리적,

건설적 제안을 묵살하려고 하는가?! 민주국가의 주권은 국민에게 있으므로 주권자인 국민의 정당하고 자유민주적 의사결정이 뜻하는 대로 대통령은 심부름 노릇을 하여야 민주국가의 대통령이라고 볼 수 있지, 국민의 주권자로서의 참되고 정당하고 자유로운 의사를 존중하지 않고 명령조로 이를 억압, 묵살한다면 이런 대통령은 도대체 어디에다 그 권한을 근거하여 서 있는 것인가?! 이런 대통령이야말로 "과대망상증에 사로잡혀 있는" 것이 아니고 무엇인가?! 박정희씨는 도대체 어디서 솟아 나온 "대통령"인지 스스로 아는지조차 의심스럽다. 어느 편 주장이 옳고 그른가는 자유로운 공개토론에 의하여 따져봐야 알 수 있게 되고 서로 이해, 잘못의 고침, 설득이 가능하게 되는 것이지, 무조건 반유신적 언동을 중지 또는 제거시키겠다는 것은 너무나 독선적이요 안하무인격의 과대망상증에 걸려 있는 사람 아니고는 할 수 없는 치졸하기 짝이 없는 처사다. 대통령이라면 그렇게 독선적이요 안하무인격으로 국민들을 무조건 죽이고 살리는 명령을 내릴 수 있다는 말인가?! 그렇게 언동하는 것이 대통령에게는 특권으로 주어졌는가?! 그런 권한을 국민 어느 누가 그에게 주었는가?! 유신체제는 하늘에서 떨어진 신성불가침, 만고불변의 국가, 정부체제로서 인간으로서는 (박정희씨를 제외하고는) 누구도 비판하거나 반대하거나 도전할 수 없다는 말인가?!—하물며 정당한 비판, 반대의 근거를 제시하는데도?! 유신헌법과 유신체제는 영구불변의 절대 진리를 구현한 것이라는 말인가?! 이것을 '진짜'로 믿을 사람이 이 지구상에 한 사람이라도 있을까(박정희씨를 제외하고는)?! "—국가의 안전보장을 위태롭게 하고 있는 일체의 경거망동을 발본색원코자 하는 데에" 긴급조치의 목적이 있다고 했는데 긴급조치까지 취할 필요 없이 "대통령 박정희" 자신과 소위 "유신헌법 또는 체제" 자체에 곧 국가안전보장을 위태롭게 하는 유일하고도 근본적인 원인이 있다는 것을 깨닫고 자기반성, 비판을 조용히 하는 것이 인간 박정희와 그의 유신체제의 비참한 종말을 다소 예방할 수 있는 유일한 길이라고 판단된다.

2.3. "국력배양": "국력배양"이 무엇을 의미하는 것이며 지금까지 국력배양이란 것이 어떤 모습으로 되어져왔는가에 관하여서는 한 마디의 설명도 없이 "국력배양"을 천만 번 되풀이한들 무슨 소용이 있겠는가?

물가고 상승, 외채가중, 수입증대는 국민 앞에 애기 않고 수출목표 달성만이 국력배양인지, 상환능력을 고려하지 않는 과도한 외자도입으로 공장만 수없이 건설해 놓는 것이 국력배양인지, 서울을 세계에서 8번째로 큰 도시로 확대시킨 것이 국력배양인지, 농촌, 도시의 발전격차, 빈부의 격차를 심화시킨 것이 국력배양인지, 일본의 기업가, 상인 등 관광객들에게 하루 저녁 100달러로 우리 자매들이 몸을 팔고 사회윤리도덕이 타락, 부패하는 것을 관광진흥책으로 조장하고 있는 것이 국력배양인지, 세계에 악명 높은 증오의 대상인 중앙정보부라는 반인간적 깡패집단을 권력의 기틀로 구축한 것이 국력배양인지, 비판적, 합리적, 애국적인 국민의 소리를 죽이고 세상이 어떻게 돌아가는지 알아야 할 권리조차 박탈당하고 있어 온 국민을 기계나 허수아비로 만드는 것이, 온 한국 땅을 암흑의 폐쇄사회로 만들어버린 것이 국력의 배양이라는 것인지―무엇이 국력배양인가를 박정희씨는 명확히 국민 앞에 밝혀야 한다.

한 나라의 국력배양은 정신적 면과 물질적 면의 양쪽에 상호의존적 발전관계가 정상적이고 합리적으로 이뤄져야 가능할 것이며, 정치, 경제, 군사, 외교, 학문, 문화, 예술, 국민도의, 종교 등 국민의 생활 전 분야에 걸쳐서 합리적이고 건설적인 방향으로 그 양적, 질적인 실적의 향상을 기하는 데에 있겠으며, 국민의 정치적 책임 및 국가의식의 동실성 여부와 경제, 사회적 정의의 실현 및 그 가능 정도에 따라 국민의 연대의식의 강약이 좌우될 것이고 이에 따라 국력도 그 약, 강이 판단될 것이다. 국력배양의 내용규명에 앞서서 근본적으로 명확히 해야 할 것은 국력배양을 가능케 하는 제도적, 방법론적 문제라는 것이다. 국민생활의 각 분야, 각 차원의 자체 내와 각 분야 간의 상호간의 협력을 위하여서는 이들 자체 내와 다른 분야 사이에 자유로운 의사소통이 합리적으로 제도화되어야 하겠고, 여기에 자유민주적, 비판적 토론의 필요성이 있는 것이며, 여기서 국력배양의 문제점들이 제시되고 이의 해결을 위한 국민의 창의적인 사상과 제안이 분석, 비판, 검토, 채택되고 조정되는 것이다. 여기에 국회가 필요하고 각 사회단체, 기관의 자율적이고 책임 있는 자유권의 행사의 보장이 필요하고 학문의 자유가 필요한 것이다. 정부가 일방적으로 하라는 대로만 하면, 그 옳고 그름, 합리성 여부를 따지지 않고도 자동적으로 단순히 국력배양이 되는 것은 결코 아니다. 각 국민생활분야와 차원에서 어떻게 하는 것이 국력배양의 길이 냐라는 그 내용, 방법(수단)의 문제는 어느 한 사람이 대답할 수는 없는 것이 다른 어느 사회와 마찬가지로 복잡해진 오늘의 한국사회인 것이다. 또한 감정 이나 정실관계로 문제를 단순히 해결하는 것이 아니고, 문제를 객관화하여 합 리적으로 사리에 따라 제시, 해결코자 노력하는 정신(Versachlichung)과 학문적 방법과 논리에 따라 분석하고 해결방법을 토의하는 비판정신 (Verwissenschaftlichung)이 없이는 국력배양의 올바른 길을 각 분야에서 찾을 수 없다고 본다. 학문의 전당인 대학이 국력배양의 중요한 기관일진대 학원의 자 율화와 학문하는 교수와 학생의 비판적 합리주의 정신을 보장하지 않는 정부가 어떻게 국력의 배양에 기여할 수 있겠는가?!

　"안정과 번영을 바라면서 자기의 직분과 생업에 충실하고 있는 모든 국민들 의 사회활동에는 아무런 영향과 추호의 위축도 미치지 않을 것이며 오히려 국 민 각자가 마음 놓고 국력배양에 기여할 수 있도록 적극 보호 지원할 것"이라고 한 것은 또 한 번 유신체제의 자체 내재적 거짓과 모순을 드러낸 것이며 국민을 정면으로 기만, 우롱하는 소치라고 본다. 박정희 독재, 유신체제가 어떻게 국민 각자로 하여금 "마음 놓고 자기직분에 충실하도록" 가만 놔두며, 그런 반자유민 주적, 반인간적 권력체제가 어떻게 "국민들의 사회활동에는 아무런 영향과 추 호의 위축도 미치지 않는다는 말인가!" 이 이상 더 무지막지한 철면피의 거짓말 이 또 어디 있겠는가?! 우리는 이 이상 더 참을 수 없으며 침묵을 지키고만 있을 수는 없다! 오호라, 답답하기 짝이 없는 목석같은 인간이여—!—국민생활에 치 명적 영향을 미치고 있는지 이미 오래이기 때문에 국민들 중에 많은 이들이 목숨을 걸고 용감히 유신헌법과 유신체제에 정면반대로 투쟁하고 있지 않은 가?! "생업에 충실"하고 있어 침묵을 지키기만을 바라는 것은 마치 온 국민이 먹고사는 일(이 경제적 생존권조차 유신체제는 결코 보장해 준다는 보장이 없 지만)에만 허덕인 나머지 돼지새끼들로 화했으면 박정희씨에겐 오죽 다행이겠 냐만, 인간이 생업에 충실하자고 하니까 오히려 우선 말하고 듣고 보아야 할 천부의 자유를 되찾아야만 했고 이런 기본적 인간의 자유를 보장하지 않는 유 신체제를 문제시하지 않을 수 없게끔 된 것이 아닌가?! 특별담화는 시종일관 수많은 의문과 거짓말로 가득 차 있다.

2.4. "평화통일의 기틀": 박 정권의 거짓행적을 스스로 폭로시키는 또 하나의 예로서 1972년 강제개헌 이전에 문화공보부에서 낸 "새해의 밝은 전망―73년에 정부는 무엇을 하려고 하나―"라는 제목의 책자 속에 "통일원칙"을 설명하는 가운데 다음과 같은 구절이 있다: "여기서 우리가 또 하나 빼놓을 수 없는 원칙 이 있으니 그것은 민주적 방식에 의한 통일이어야 한다는 것이다. 자유는 생명 을 바쳐 지킬 만치 귀중하고 값진 것이며 무엇으로도 바꿀 수 없는 인간의 최고 가치다. 통일이 이 자유를 확대하고 심화시키는 것이 되어야 함은 물론이다. 자유 없는 인간은 이미 사람이기보다는 노예와 같은 존재에 지나지 않는다. 우 리는 어떠한 일이 있더라도 노예가 될 수는 없다."(31~2쪽). "…자유민주주의 체제가 공산체제보다 어느 모로 보나 확실히 우수한 것이라고 하는 것을 증명 할 수 있는 민주역량의 배양이 있어야 한다는 말이다."(36쪽) 유신체제 아래서 는 듣도 보도 못한 말들이다. 우리는 위의 통일원칙을 진정한 의미에 있어서의 문자 그대로 전폭 지지한다. 오늘의 유신헌법이 내포하고 유신체제가 실천하고 있는 통일원칙은, 그러나 위의 원칙들과는 정반대 방향으로 되어 있어 곧 체제 자체 내의 자기모순과 거짓을 유신체제의 보조기관인 문화공보부가 스스로를 폭로해 주고 있다.

우리가 울분을 토로하는 것은 위에 인용한 옳은 통일원칙을 저버리고 그와는 정반대의, 공산주의 정치가 무색할 정도로 전체주의적 공포, 정보, 독재정치체제를 유신헌법의 강제조작으로 구축한 것이다. 온 국민들의 눈이 빤히 직시하고 있는데도 그런 거짓말과 거짓행동으로 국민을 우롱하는 박 독재 유신체제를 더 이상 믿을 수는 없다. 평화통일은커녕 그 기틀의 원칙에서조차 국민을 우롱, 기만해 왔음이 위의 인용글귀와 그 동안의 박 정권의 행적으로써 명약관화하게 밝혀졌다. 한반도의 북쪽과 남쪽에 색깔은 다르나 질적으로는 같은 반민주적 독재체제가 서 있어 그들 독재체제의 근본생리가 평화통일을 용납할 수 없도록 되어 있으므로, 북쪽의 김일성 일인 우상숭배식의 반자유민주적, 전체주의적, 폐쇄적인 공산독재체제와 남쪽의 박정희 과대망상형의 반자유민주적, 전체주의적, 폐쇄적인 허위날조 유신독재체제가 살아 움직이고 있는 한, 평화통일은 있을 수 없다는 논리적 귀결에 이르게 된다. 통일의 첫걸음은 우선 한국에 진정한 자유민주주의 기본질서를 확립하는 일이다. 그 다음에야 비로소 김일성과의 대화가 범국민적, 자주적 입장에서 가능할 것이다.

조국의 평화적 통일은 민족지상의 과업이라는 허울 좋은 명목으로, "비능률과 낭비"를 제거하느니, "번영"과 "안정"이라는 달콤한 사탕발림 용어 몇 개로 국민을 한없이 속이고 농간할 수는 없다.

한국 내외 동포들은 무엇을 위하여 "모두 일치단결"하여야 할 것인가? 국민 각자는 이 가장 기본적인 질문에 명확히 답변해야 할 때가 이미 왔다. 주권자인 국민의 일원인 '나'는 같은 동포인 '너'와 함께 국민의 자유와 자주적 생존권이 박탈당하고 있는 박정희식 유신체제 속에서 굴욕적인 노예로 전락하여 멸망의 구렁텅이로 끌려들어 갈 것인가, 아니면 주권자인 우리들 온 국민이 운명공동체로서 우리 자신의 운명을 우리 스스로 새로이 창조하기 위하여 만인의 가슴속에 타오르고 있는, 영원히 꺼지지 않는 자유와 정의와 평등과 진리와 이성의 불꽃에 저마다 연대책임의 햇불을 부치면서 모든 부정한 독재권력과 정면 대결하여 자유민주주의가 조국 땅에 확립될 최후의 순간까지 싸워 나갈 것인가의 양자택일의 결단만이 남아 있다. 침묵을 지키는 것은 현상유지에 찬성하는 것이나 다름없다. 이는 원칙에 관한 결단문제이므로, 구체적 방법론에서 가능할 수 있는 타협이라는 기회주의적 자기모순의 태도는 있을 수 없다.

3. "긴급조치 제1호, 제2호"에 관하여:

3.1. 이미 위에서 자세히 밝힌 바와 같이 박정희씨가 무슨 권한으로, 누구에게서 받은 "대통령" 명칭을 가지고 무엇을 금하고 무엇을 금하느니, 15년 이하의 징역에 처한다느니, 어떤 자는 무슨 비상군법회의에서 심판, 처단한다느니 하는 공갈, 협박인지 헛소리인지를 지르고 있는 것인지, 박정희씨는 도대체 제정신이 있는 사람인지 의심스러울 정도다. 반독재, 자유민주수호투쟁을 감행하고 있는 각계각층의 국민들이 이미 죽음을 두려워하지 않고 나선 분들인데 이 따위 몇 년 징역에 처한다는 위협은커녕 사형에 처한다고 한들 눈썹 하나 깜짝할 줄로 알고 있는가?!! 그런 긴급조치 아니라 초특별긴급조치 따위의 치졸한 장난은 이미 그만 두었어야 할 것인데, 만천하에 수치스럽기 짝이 없는 노릇이로다! 대통령은 스스로 "막중한 책임"을 종국에는 어떤 형식으로든지 지겠지만, 그 동안 억울하게 죄 없이 죽임 당하고 고문당하고 온갖 고난과 치욕을 같은 동포에게서 받아 오며 이제 피의 투쟁을 감행하고 있는 각성된 국민들은 조금이라도 앞으로 국민의 희생을 감소시키기 위하여 하루 빨리 박 대통령이 과대망상증과 시대착오병의 치명적 잠에서 깨어나도록 소리를 높이 더 크게 외쳐야 할 것이며 자유민주전선에 한결같이 연대적 투쟁을 계속해야 할 것이요, 빼앗긴 자유를 다시 찾고 이를 다시는 빼앗기거나 잃어버리지 않도록 자유민주주의의 새 나라를 선설하는 데에 공동의 힘을 기울이는 것이 우리가 살 길이요 국민된 의무이며 통일에 이르는 첫 단계라고 본다.

3.2. 비상군법회의에 속한 군인, 법관들은 오늘의 중대한 역사적 징조를 바르게 보고 누가 자유민주국민의 반역자요 범죄자인가를 신중히 그리고 명백히

분별하는 데에 그들 자신의 운명은 물론, 국민과 국가의 운명이 좌우된다는 것을 명심해야 할 것이다. 온 국민과 세계의 이목이 그들의 일거일동을 주시하고 있다는 사실을 잊지 말아야 할 것이다.

· 유신체제의 죄악과 잘못을 과감히 온 국민 앞에 평화적 수단으로 정정당당히 지적, 폭로하고 건설적인 구국의 제안을 하고 데모를 하는 대학생들, 언론인, 종교인, 지식인들이 범죄행위를 했는가, 아니면 이것을 무조건 무력으로 잔인무도하게 억압하는 중앙정보부와 군대와 경찰의 책임 있는 명령권자들이 반국민적 범죄자들인가?

· 국민의 운명을 국민 스스로 결정하려고 자유민주주의 확립의 참되고 정당한 주장을 부르짖는 국민들이 반국가적, 반민족적인가, 아니면 이를 무조건 봉쇄, 제거하려고 하는 박 대통령의 긴급조치선포가 반국민적, 반국가적인 범죄행위인가?

· 군인과 경찰과 법관과 중앙정보부원은 모두가 저마다 기계나 노예처럼 박정희씨의 입에서 나온 모든 명령을 무조건 맹종해야만 하느냐를 냉정히 심사숙고해야 할 것이다. 맹종하기 전에 누가 옳고 그른가를, 누가 참말을 하고 거짓말을 되풀이하는가를 엄격히 판별하고 공동의 개죽음을 비싼 생명으로 치르지 않고 어떻게 연대적 공동투쟁을 벌여야 함께 국민을 살리고 스스로도 살 수 있겠는가를 자유로이 토론해야 할 것이다. 군대와 경찰과 법관들은 대통령이 먹여 살리는 것은 결코 아니며, 그들은 국민의 일원으로서 국민들의 피땀 어린 세금으로 그 생계를 유지하고 있다는 가장 기본적인 사실을 직시해야 할 것이다. 국민이 없이 무슨 군대며, 경찰이며, 법관이며, 대통령이며가 존재할 수 있겠는가?!

분통이 터지도록 서글프고 비극적인 사실은, 그 예산과 지출액이 밝혀지지도 않은 중앙정보부의 엄청난 유지비용이 모두 국민의 혈세 아닌 어디에서 나온 것이며 국민의 피땀 어린 세금으로 된 물적, 인적 장비로써 국민의 입과 귀와 눈을 틀어막고 불법납치, 감금, 고문, 살해해 온 짓이, 이 만천하가 분노할 반인간적 범죄행위가 유신체제라는 미명 아래 공공연히 자행되고 국가권력으로 보호, 조장되고 있는 사실이요, 이것이 아직도 천벌과 국민의 심판을 받지 않고 존재하고 있다는 기막힌 사실이다.

---

4. 우리들의 주장과 제안

1) 우리는 한국 내에서 시작된 개헌청원 서명운동을 전폭 지지한다.

온 국민은 총궐기하여 유신헌법과 유신체제를 당장에 철폐시키고, 지금의 국내외의 자유민주수호 투쟁인사들(예를 들면 국내의 학생지도자들, 일부 양식 있는 교수들, 언론인, 종교인들, 양심이 살아 있는 일부 야당 정치인들, 그 밖의 건전한 지성인들)을 중심으로 한 범국민적 제헌의회를 구성하여 진정한 자유민주주의 기본질서를 표현한 헌법을 초안 작성, 민주적이며 자유롭고 공정한 평화적 국민의사 형성과정을 거쳐서 국민투표에 부쳐야 한다. 이것이 무엇보다도 선행되어져야 할 유일한 국난해결의 첫 걸음이라고 본다.

2) 새로운 자유민주헌법에 근거한 정치적 중립, 책임 있는 자율의 원칙 아래 법질서의 보장, 확립의 임무를 수행할 사법부에 의하여 유신체제의 죄악을 정의와 법의 정신으로 철저히 파헤치고 심판함으로써 앞으로 다시는 그런 잘못과 전 국민적 수치를 되풀이하지 않도록 하여야 한다. 예를 들면, 가) 무엇보다도 먼저 중앙정보부가 국민 앞에 심판 받아야 한다. 나) 유신헌법조작의 주동자들은 국민 앞에 스스로 사과하고 심판 받아야 한다. 다) 김대중 씨 납치사건을 철저히 규명해야 한다. 라) 최종길 교수의 죽음을 명확히 국민 앞에 해명해야 한다. 마) 데모로 구속되었다가 사라진 학생들의 행방과 경위를 밝혀야 한다.

3) 군대는 정치적 중립을 지켜야 한다. 그러나 이 원칙은 군인도 국민의 일원으로서 자유로이 정치적 의견을 발표할 수 있어야 한다는 넓은 의미에서의 언론의 자유권 보장원칙과 서로 충돌되는 것은 아니다. 군인으로서 직접적인 정

치활동을 하고자 하는 자는 먼저 완전히 군복을 벗은 다음에 일반 민간인의 신분으로 정당활동 등 정치활동을 하여야 할 것이며 이 순서가 1961.5.16일처럼 뒤바뀌어서는 또 다시 오늘날의 혼란과 퇴보를 가져올 것이다.

4) 국민 각자는 천부의 기본적 인권, 특히 기본적 자유권들을 행사함에 있어서 스스로 그에 따른 책임을 져야 한다. 예를 들면, 가장 중요한 기본권인 언론의 자유를 행사함에 있어서 표현의사의 내용의 근거, 진실성 여부와 그 의사표현의 직접적인 결과에 대한 책임을 질 수 없을 때에는 언론의 자유를 스스로 행사하지 않아야 할 것이다.

5) 불법납치, 테러, 고문 등 육체적 또는 물리적 폭력과 심리적 위협, 그 밖의 다른 어떠한, 예를 들면 중앙정보부식의 강제수단으로써 어떤 목적을 달성코자 하는 비인도적, 반인간적인 행위는 정당방위의 경우를 제외하고는 국민 앞에 엄중히, 그리고 철저히 규탄, 처벌되어야 한다. 모든 개인적, 사회적 문제는 합법적, 평화적 수단과 방법에 의하여 해결되어야 한다.

6) 위의 주장이 실현되기 위하여, 나아가 한국 땅에 참된 자유민주적이며 인도적 개방사회가 건설되기 위하여, 우리는 온 한국국민에게 상호연대적 책임 아래 공동단결, 투쟁할 것을 촉구하고, 한국 이외의 세계인류에게 이러한 한국민의 정당한 투쟁을 적극적으로 지지, 후원하여 줄 것을 호소하며, 이 땅 위에 자유민주주의 확립을 포함한 유엔 세계인권선언이 실현될 최후의 순간까지 뜻을 같이 하는 자유투쟁 인사들과 연대하여 투쟁해 나갈 것을 온 천하만민에게 약속한다.

독일연방공화국 쾰른에서, 1974. 1. 14

배동인(Dong-in Bae)

최순택(Soon-taek Bae, geb. Choi)

(Verantwortlich für den Inhalt:

Dong-in Bae

5000 Köln 41

Luxemburger Str. 118)(위의 글의 내용에 대한 책임은 배동인에게 있음)

위의 글은 나의 최초의 정치적 의견의 대 사회적 발표문이다. 그것은 내가 1973년 4월 15일부터 참여한 '앰네스티 인터내셔날 서독지부 남북한조정집단'(amnesty international, Sektion der Bundesrepublik Deutschland e.V., Koordinationsgruppe Nord- und Südkorea)이 발행한 '서독에서의 박정희 정권에 대한 반대에 관한 문서'(Dokumente zur Opposition gegen das Regime Park Chung Hee in der BRD)로서 26쪽의 팸플릿 형식으로 발표되었다. 그 뒷부분에는 독일어로 역시 배동인과 최순택의 이름으로 1973년 광복절에 즈음하여 '모든 한국 국민에게 보내는 궐기선언문'(Aufruf an alle Koreaner zum Unabhängigkeitstag Koreas)과 '우리의 이념원칙 선언'(Unsere Grundsatzerklärung)도 덧붙여졌다. 뒤 것의 요지는 다음과 같다:

"1. 우리는 한국에서의 자유민주주의적이며 개방된 사회의 건설을 지향한다.

1.1. 우리는 따라서 인간의 자유가 없는 모든 '민주주의들'뿐만 아니라 자유가 결여되고 이데올로기적 절대성을 표방한 모든 공산주의들과 전체주의들을 결연히 거부한다. 이러한 견지에서 우리는 박정희 정권의 현 한국 헌법과 그의 폭력정치의 독재를 거부하며 또한 북한 김일성 정권의 공산주의적 일당독재와 그의 신화화된 개인숭배를 거부한다. 이들 두 정권과 그들의 정치는 반자유적, 사이비 및 반민주적, 독재적이며 전체주의적이다.

1.2. 우리는 법치국가와 사회복지국가의 원칙을 지닌 사회-자유주의적 정치에 찬성한다. 그 기본목표는 사회적 및 경제적 정의의 실현에 대한 요구가 포함된 국제연합의 일반적 인권선언의 실현에 있다. 이 목표의 실현을 위해서는 무엇보다도 우선적으로 공공영역에서 자유롭고 비판적이며 평화적인 토론으로

이루어지는 국민의 자유민주주의적 의사형성과정과 자유선거를 전제로 한다. 그럼으로써 제정된 새로운 헌법이 정당화될 수 있고 합법성이 보장될 수 있다. 이러한 기초 위에 앞의 목표들은 이성과 객관성의 실제 정치를 통해, 사회에서의 책임 있는 비판과 자유로운 토론을 바탕으로 한 정치의 과학화와 민주화를 통해 실현되어야 한다.

1.3. 이를 위한 전제조건은, 모든 시민이 그들의 각 분야에서 정치적 의사형성과 의사결정의 과정에 참여할 수 있어야 한다는 것이다. 민주국가에서 정치적 무관심의 태도는 주권자인 국민으로서 무책임하고 따라서 불식되어야 한다.

1.4. 우리는 한국의 국가와 사회의 정책분야에의 연대적 참여와 학문연구를 통해 위의 목표실현을 위해 노력한다.

2. 우리는 위의 목표실현을 위한 수단으로서 폭력행사를 거부한다. (그러나 폭력행사의 유일한 정당화가 인정되는 경우가 있다. 곧 개혁이 폭력행사 없이는 이루어질 수 없을 때 폭군적 독재체제의 붕괴를 위한 최후의 수단으로서 폭력이 선택되는 경우이다. 그것은 민주주의체제의 확립을 위한 일련의 과정의 초기국면으로서의 폭력행사, 따라서 시간적으로 제한되고 임시적인 수단으로서의 폭력인 것이다.)

3. 위의 사항들에 관해 우리와 뜻을 같이 하는 한국인들과 함께 우리는 폭력 지배체제로부터의 모든 한국국민의 해방을 위하여, 그리고 하나의 새로운 자유롭고 인간다운 한국의 건설을 위하여 싸워나갈 것이다.

위의 글, "한국국민의 자유를 위하여"는 당시 서독에서 활동한 '엠네스티 인터내셔날 한국그룹'(회장: Gottfried Schmitz[당시 쾰른대 법대 학생])의 박정권에 대한 저항운동에 관한 기록문건(Dokumente zur Opposition gegen das Regime Park Chung Hee in der BRD)으로서 제작 배포되었다. 이 글은 해외 교포사회에 널리 배포되었는데 특히 미국 동부지역에서 발행된 '자유공화국'이라는 민주화운동 신문에, 그리고 일본 동경에서 발간되는 '민족시보'에 여러 차례에 걸쳐 연재되었었고 상당한 호응을 불러일으켰다. 그런데 '민족시보'에는 위의 글 가운데 북한 김일성체제에 대한 비판 부분은 삭제된 채로 실려졌었음을 여기에 밝혀 둔다.

➡ 이 글의 발표사실이 일본에서 발간되는 월간지 '世界', 1974년 2월호, '한국으로부터의 통신'에 소개되었다(岩波 편 [한울림 편집부 옮김], 1985, '한국으로부터의 통신'[유신선포에서 민청학연까지], 울림총서 11, 98쪽.

이 글의 발표와 함께 나는 더욱 적극적으로 반독재민주화운동에 참여했는데 1974년 55주년 3·1절을 기하여 재독 유학생, 광부, 간호사 등 55명이 자기 이름을 밝히면서 독일에서는 처음으로 유신독재체제의 철폐를 외치는 집회와 시위를 감행함으로써 '민주사회건설협의회'(민건회)를 결성, 조국의 민주화와 통일을 위해 싸워 나갔다. 이 민건회는 통일문제의 논의에 있어서 이념과 대북한체제에 대한 태도의 차이 등 때문에 나중에 분열되어 광부들을 중심으로 하는 '노동자연맹'이 만들어지고 김순태씨, 이종성 씨 등과 함께 나는 '한국 버트란드 러셀 협회'를 조직하게 되었다.

나는 1975년 5월 12일자로 서독 정부로부터 정치망명권자(Asylberechtigter)로서 인정되었고 공교롭게도 같은 날짜로 쾰른대학교 경제사회과학부에서 '사회과학 방향의 경제학도 디플롬' 학위(Diplom-Volkswirt sozialwissenschaftlicher Richtung)를 받았으며 1983년 2월 18일 쾰른대학교 경제사회과학부에서 사회학박사 학위(Dr. rer. pol.)를 취득했다. 같은 해 9월쯤에 본(Bonn)에 있는 주서독 한국대사관을 방문하여 나의 귀국의사를 표명했다.

대사관 측은 매우 놀라면서—왜냐하면 나는 그 해 5월에도 5·18 광주민주화운동을 회고하며 연례적으로 독일 친구들과 함께 대사관 앞에서 샌드위치 구호판을 어깨에 걸고 항의시위를 했기 때문이다.—그동안 나의 정치활동의 내용을 기록하여 제출하라고 요구했다. 나는 처음부터 나의 이름을 밝히고 나의 정치적 의견을 말이나 글로써 떳떳이 발표해 왔기 때문에 아무 부담감 없이 그렇게 하겠노라고 약속했다. 나는 처음에 1983년 9월 27일자로 '13년간의 서독유학생활을 회고하며: 특히 나의 정치적 소신과 활동을 중심으로'(이 책의 6. 참조)라는 제목 아래 A4 용지 8쪽 분량의 글(친필)을 대사관에 제출했다. 한영택 참사는 그 글이 너무 무성의하다며 더 자세히 적어 오라고 했다. 나는 어쩔 수 없이 같은 해 10월 5일자로 첫 번째 글에 대한 보충 회고문으로서 43쪽의 역시 친필로 쓴 글을 제출했다. 한 참사는 이 나의 회고문들을 한국정부에 보내면 안기부에서 심사하여 귀국허용 여부에 관한 회신이 올 것이므로 그때까지 기다리라고 말했다. 나는 가능한 한 조속한 시일 안에 귀국하여 다음 해 3월부터 대학에 교수직을 얻을 수 있기를 기대하고 매일 애타는 심정으로 대사관으로부터의 긍정적 응답을 기다리고 있었다. 그야말로 피를 말리는 듯한 조바심과 긴장 속에서 4개월 남짓의 시간이 흘러간 뒤에 대사관에서 만들어준 임시여행증명서를 지니고 1984년 2월 17일에 귀국하게 되었다. 우선 나는 1984년 2월 초에 서독 당국에 정치망명권을 포기한다고 선언하고 그에 관한 증명서를 반환했다. 내가 귀국결심을 굳히게 된 데에는 당시 전두환 정권이 '대학 자율화'를 단행한다는 신문보도를 어느 정도 믿어 보자는 생각이 크게 작용했던 것으로 기억한다.

13년 남짓 되는 세월 동안 한 번도 조국을 방문하지 못했던 한스러움은 사라지고 드디어 그 해 2월 17일 김포공항에 내리자 어느 안기부 직원이 나를 부르더니 주의사항을 일러주는 것이었다. 그것은 이제부터 사회생활을 하면서 과거에 서독에서 함께 정치활동했던 친구들을 가급적 만나지 말고 조용히 지내라는 것이었다.

전두환 정권의 '대학 자율화 조치 단행'은 결국 속임수였음이 밝혀지고 나의 대학생활도 평온하게만 이루어지지는 않았다.

3.3. 재독교포들의 첫 정치적 집합행동:
'민주사회 건설을 위한 선언서'

I

민주사회의 건설은 전 국민의 요청이며 민족사의 방향이다. 일찍이 빼앗기고 억눌린 백성의 인생을 구하려던 동학혁명과, 박탈된 민족의 자주생존을 회복하려던 기미년 독립운동, 그리고 독재 아래 짓밟힌 민권을 소생시킨 4월 학생혁명은 바로 인간의 존엄과 사회정의를 구현하는 민주사회의 건설을 그 목표로 하였다.

그럼에도 항상 피 흘려 찾은 국민의 자유와 권리는 다시금 빼앗기고, 양심과 정의를 주장하는 외침은 무참히 짓밟히었으며, 민족의 자주성과 주체는 가련하게 상실되니, 이러한 역사의 악순환과 오늘의 위기는 근본적으로 어디에 원인이 있는가? 부정과 특혜로 살찐 특권층이 마음대로 치부와 사치를 자행하고 다수의 서민대중은 착취된 노동과 민생고 속에서 지칠 대로 지친 이 반민주적, 반사회적 현실을 초래한 책임은 과연 누구에게 있는가? 국민의 입과 귀를 강제로 틀어막고, 정당한 주권행사를 탄압하며, 국정에 참여할 수 있는 길을 깡그리 막아 놓음으로써 봉건적 절대 권력을 혼자 거머쥔 민주사회 건설에 반역하고 있는 주동인물은 누구인가?

동포여! 민주사회 건설의 동지여!
사회구조의 모순과 국가의 위기를 철저히 인식하라!

민족의 굴욕적인 예속이 다시 오기 전에, 국민이 영구히 한 독재자의 노예가 되기 전에, 수수방관(袖手傍觀)적 자세를 버리고 일어나서 이성과 양심을 거슬린 독재의 무리들을 물리치자!
빼앗긴 국민주권과 짓밟힌 인권을 회복하여 민족의 이념인 민주사회를 창건하는데 헌신하며 참여하자!

사진 1: 1974년 3월 1일(제 55 주년 3·1절) 당시 서독 본(Bonn)에 있는 뮌스터플라츠 (Münsterplatz) 베토벤 동상 앞에서 55명의 재독 교포들이 모여 반유신체제 민주화운 동의 첫 집회를 열고 있다(이 책의 3.3. 아래 "민주사회건설을 위한 선언서" 참조).

Ⅱ

참된 민주사회의 건설은 현실의 철저한 비판과 분석을 통해 반민주적이며 반사회적인 요인을 찾아내고, 이를 제거하는데서 시작되어야 한다. 그런데 우 리는 박정권의 현 파쇼적 독재체제가 바로 그것이라 단언한다. 왜 그런가?

첫째, "10월 유신"은 민주사회의 반역이다.

"10월 유신"은 탱크와 대포를 앞세워 국회와 정당을 해산하고, 국민의 자유와 권리를 불법으로 억압한 채 오직 개인의 권력욕을 만족시키기 위해 국가의 기 본이 되는 헌법을 제멋대로 고친 민주사회의 반역이다. 박정권은 "서구식 민주 주의"가 낭비와 비능률과 불안정을 을 가져오기 때문에 우리 실정에 맞지 않으

사진 2: 1983년 5월 18일 당시 서독 주재 한국대사관 앞 요아힘길(Joachimstrasse)에서 프로이덴베르그 교수(Prof. Dr. Günter Freudenberg, Universität Osnabrück)와 함께 저자(왼쪽)는 광주 민주화운동 추모 시위를 하고 있다(독일 신문 TAZ, 1983. 5. 27일자 보도 참조)(이 책의 6.1., 6.2. 아래 "13년간의 서독유학생활을 회고하며" 참조).

니 "한국적 민주주의"를 해야겠다고 말했다. 박정권이 그러면 언제 "서구식 민주주의"를 해 본 일이 있는가? 12년 동안 입법, 사법, 행정의 실질적인 권력을 독점한 채 헌법을 마음대로 바꾸며 혼자 지배하고서, 이제는 낭비와 비능률과 불안정만 남아 있다고 하면, 그 책임은 과연 누구에게 있는가?

남북통일을 위해 장기집권을 해야 한다고 했는데, 어째서 유신을 한지 일 년도 못돼 남북대화의 길마저 중단되고 말았는가?

국회의원은 임명제로 해버리고, 국정감사는 폐지시켜 버리고, 사람은 영장도 없이 잡아 가두며, 대통령직은 영구 독재의 총통직으로 만드는 것, 이것이 "한국적 민주주의"란 말인가? 민주주의를 모독하고 우리 국민을 모욕해도 분수가 있다.

왜 차라리 "박씨왕국"(朴氏王國)을 만들지 않았는가?

박정희의 정치행로는 공약의 위반과 속임수의 연속이었다. "군(軍)본연의 임무에 복귀하겠다"던 5·16혁명 공약은 휴지화해 버리고, 자기 손으로 제정한 헌법의 삼선(三選)금지조항을 야반삼경(夜半三更)에 변칙 삭제했으며, 삼선 대통령 출마시 장충단 공원에서 "이번이 마지막 출마이며, 후계자를 찾겠다"고 호소한 공약을 뒤엎고 영구집권 독재체제를 만든 그의 기만과 우롱에 국민이 더 이상 속아서는 안 된다. 이성과 양심의 소리를 외치는 지성인과 종교인, 학생들을 체포 감금하고, 정당하게 개헌을 요구하는 국민의 청원(請願)마저 파쇼적 철권(鐵拳)으로 짓누른 독재자와 그의 "유신체재"는 국민의 이름으로 제거되고 심판을 받아야 한다.

둘째, 극도의 빈부격차와 부정부패에 책임을 져야한다.

주문같이 외어오던 박정권의 "경제성장"은 특혜를 입은 극소수의 대재벌에게만 엄청난 부(富)를 집중시켰고, 중소기업의 몰락과 서민생활의 빈궁화를 가져왔다. 수 억불의 외국 빚을 들여다 부실기업(不實企業)을 만들어 국가 경제에 막대한 손실을 입혔으며, 국민생활의 실정과 공익을 무시한 사치성 소비산업을 도입해 낭비와 사치풍조만 조장했다. GNP는 높아졌고, 수출은 증대되고, 국민소득은 몇 배로 늘었다고 하는데 어째서 대다수의 국민대중은 생계비가 안 되는 저 소득으로 생활고에 시달려야 하고, 실업자 빈민들은 슬럼지대에서 인간 이하의 비참한 고통을 당해야 하는가? 그럼에도 소수의 특수족은 "오적촌"(五賊村)을 이루고, 에스컬레이터 장치까지 한 수 천만 원의 호화주택에서 온갖 사치와 향락을 누리고 있지 않는가? 이것이 박정권이 약속한 근대화며 번영이며 이것을 위해 국민은 허리띠를 조르고 일해야 했는가? 이것이 국민총화며 국력배양인가?

"중농정책"(重農政策)이다, "농공병진"이다, 구호를 외치고, "소비가 미덕이 되는 사회"니, "풍요한 사회"를 선전하더니, 고도성장을 달리고 있다는 경제발전이 어째서 국민경제의 기본이 되는 식량과 연료문제도 해결 못하고 매년 수억불어치의 외국쌀을 빚으로 사다먹는 형편이 되었는가?

생산량과 통화량, 물가지수와 실업자 수의 경제통계를 한 번도 정직하게 사실대로 발표한 적이 없고, 과시주의(誇示主義)와 전시효과 위주의 졸렬하고 불성실한 경제정책을 거듭해온 박정권이 다시금 무슨 찬란한 용어를 쓰면서 사탕발림을 해도 이미 속을 대로 속은 국민은 더 이상 믿으려 하지 않는다. 외자도입과 금융특혜에 얽힌 어마어마한 부정과, 썩을 대로 썩은 특권층의 파렴치한 부패타락을 아는 국민은 국가민족의 백년대계(百年大計)를 박정권에게 더 이상 맡길 수 없다.

셋째, 굴욕적 대일정책이 국민경제를 예속화하고 있다.

무엇보다 우리를 두렵게 하는 것은 박정권의 이성을 잃은 경제정책과 굴욕적인 자세가 국민경제와 사회풍조를 점차 일본에 예속시키고 있는 것이다. 이미 부패와 무절제로 빚만 남기고 실패한 차관정책을 직접투자(直接投資)로 바꾸어 박정권은 경제적 침략을 노리는 일본의 사양산업(斜陽産業)을 마구 끌어들이고 있다. 49%까지의 외국투자만 허용하던 그나마의 보호정책을 100%까지 투자하게 양보해주고, 민족산업의 파탄을 가져오게 했으며, 지배와 침략을 목적으로 들어오는 일본기업들에게 세금을 면제해주고, 공업단지를 닦아주며, 더욱이 일본노동자의 1/4도 못되는 저임금으로 착취당하는 우리 노동자들에게 노동쟁의도 할 수 없게 만든 지극히 굴욕적인 조약을 맺어 국가 이익을 팔아먹고 있다. 그나마 고갈되어 가는 국내자원과 값싼 노동력을 몰인정한 경제동물(經濟動物)들이 단숨에 흡수해버리지 않겠는가? 민족의 고혈을 빨아가는 경제적 식민정책을 모르는가, 벌써 잊었는가?

중화학 공업이라는 미명하에 민족경제 성장과는 상관이 없는 일본의 공해산업(公害産業)을 들여와 조국의 강토를 못 쓰게 더럽히고, 매판자본가들을 앞세워 국민경제를 일본경제권 속에 예속시킬 위기와 징조가 너무나 뚜렷하다. 어느새 왜색(倭色)종교와 문화가 이토록 민족문화를 침식했고, 처녀들의 정조를 토산물(土産物)이라고 팔아먹는 망국적, 반민족적 퇴폐가 이 사회에 풍미(風靡)하게 되었는가?

넷째, 잔인무도한 정보정치는 공포에 떨게 한다.

오직 박정권의 안보만을 위해 매수와 조작과 잔혹한 고문을 구사하며 온갖 비인도적 만행을 다하고 있는 정보조작은 국민의 양심을 마비시켰고, 민족의 의기(義氣)를 꺾었으며, 사회각계에 불신과 공포의 분위기를 조성해 놓았다. 진리의 전당인 학원과 사회적 양심을 대변하는 언론을 온갖 악랄한 수단으로 질식시켰고, 민주적 신념을 가진 지성인과 정치인을 테러하였으며, 공갈, 사취, 밀수 등 사회악과 범죄에 기식(寄食)하면서, 세계여론에 의해 "마피아 단"이라고 규탄되고 있다.

죄 없는 국민들을 무자비하게 끌고가 법도, 인도적 양심도 존재치 않는 정보부의 지하실에서 몽둥이로 치고, 불로 지지고, 불구를 만드는 미수(魔手)의 집단이 김대중(金大中) 씨를 수은을 먹여 현해탄에 던지려 했고, 최종길(崔鍾吉) 교수를 고문으로 죽게 하지 않았는가? 무엇 때문에 국민은 혈세를 바쳐, 이 같은 악(惡)의 때들이 막대한 국가예산을 허비하게 하고 그리고 또 공포에 떨어야 하는가?

III

국민의 기본권을 박탈하고 양심마저 짓밟은 채 독재자가 영구집권의 아성(牙城)을 쌓기에 광분(狂奔)하는 오늘의 절박한 상황에서, 우리는 "이것도 후진국의 운명이려니"하며 체념(諦念)하고 있을 수는 없다. "우리나라가 언제는 별 수 있었느냐?"며 자학(自虐)과 패배주의에 사로잡혀서도 안 되겠다. 불의(不義)가 승리하고 독재가 참월(僭越)하는 이 오욕(汚辱)의 역사를 비굴하게 살다가 후대에까지 물려줄 것인가? 민족사의 발전을 가로막고 민주시민의 이성과 양심을 테러하는 이 현실을 남의 일처럼 방관하고 있을 것인가? 침묵이나 방관은 곧 현실에의 긍정이요 동조(同助)이다.

국민이여! 민주사회 건설의 동지여!
독재의 세뇌(洗腦)에서 벗어나 올바른 비판의식을 갖자!

용기를 가지라! 힘을 모으라! 그리고 "독재정권아 물러가라"고 함성을 지르자! 아무리 철면피의 독재자라도 줄지어 외치는 국민 전부를 옥(獄)에 가두고 혼자 지배할 수는 없을 것이다. 이미 민심(民心)의 기반을 잃고 우방국가들의 지탄을 받은 박정권이 오래 버틸 수는 없다. 그러나 우리는 결코 체제의 개혁이 없는 단순한 정권이나 인물만의 교체를 원치 않는다. 그리고 구국(救國)을 빙자하여 일어날지도 모를 제2의 군사(軍事) 쿠데타를 우리는 철저히 경계한다. 그것은 항상 민주사회를 배반하며 권력탈취의 악순환을 가져올 뿐이다.

올바른 민주사회는 국민대중이 주권을 회복하고, 사회대중의 이익(利益)을 대변하며, 국가와 사회의 권력을 통제할 수 있을 때 비로소 건설된다. 그리고 이것은 국민대중 스스로가 확고한 민주의식과 참여 정신을 통해 지켜나가야 한다. 그러기에 우리는 탄압과 방해를 무릅쓰고, 이국(異國)땅 한 모퉁이에서라도 민주사회 건설을 위한 토론의 광장(廣場)을 마련하며, 뜻을 같이하는 국내외 동포들과 함께 반독재 투쟁의 대열(隊列)에 뭉치고자 한다.

독재여, 물러가라! 동지들이여, 승리하라!

1974년 3월 1일
삼일운동 55주년의 날에

서명인(가나다 순)
강돈구 강영란 강정숙 김길순 김득수 김복선 김복희 김순환 김영한 김종열 박대원 박소은 박종대 배동인 배정석 서돈수 손덕수 송두율 송복자 송영배 김원호 양원차 오길남 오대석 오인탁 유충준 윤이상 이민상 이보영 이삼열 이승자 이영빈 이영준 이재형 이정의 이준모 이 지 이지숙 이태수 이화선 임신자 임승철 임영희 임학자 임희길 장성환 장행길 정정희 정하은 천명운 최두환 최순택 최승규 홍종남 황능현(이상 55명)

"민주사회 건설 협의회" 발기를 추진하며
1. 우리는 위 선언문의 취지에 따라 민주국민으로서의 양식과 책임감을 갖는 동지들과 함께 민주사회 건설을 위한 협의회를 갖고자 한다.
2. 이 협의회의 기본적 태도는 다음과 같다.
  · 우리는 어떠한 독재체제도 거부하며 이의 철폐를 위해 노력한다.
  · 우리는 진정한 자유민주질서의 회복과 확립을 위해 노력한다.
  · 우리는 정치, 사회, 경제의 예속을 획책하는 어떠한 형태의 신 식민주의적

침략도 배격하며 자립경제의 확립을 지향한다.

· 우리는 국민대중의 생존권 보장과 실질적 복지향상을 위해 힘쓴다.

· 우리는 민주적 방법에 의한 조국의 평화적 통일을 위해 매진한다.

3. 우리는 이와 같은 뜻을 가진 분들과 함께 연구 토론하기 위한 세미나를 가지며, 출판물을 간행하고, 국민 대중의 의식 고취와 사회적인 참여 운동을 전개한다.

4. 우리는 진정한 민주사회 건설을 위해 함께 생각하며 실천하고자 하는 분들이 순수한 믿음과 협력의 정신으로 참여해 줄 것과 물심양면으로 지원해 줄 것을 바란다.

연락처 : Forum für Demokratie Koreas

Konto Nr. 01-24271

Deutsche Bank

69 Heidelberg

민주사회 건설 협의회 발기 추진인 일동

위의 글의 작성에 나는 서명자의 한 사람으로서 참여했으나 그 초안을 작성하지는 않았다.

나중에 나는 결국 '민건회'로부터 탈퇴하게 된다(아래의 글 참조). 나는 민건회 중앙위원회 의장 송두율 박사 앞으로 '중앙위원회 위원직 사임 및 민건회로부터의 탈퇴'라는 제목의 1976년 3월 16일자 나의 편지에서 다음과 같이 썼다. "본인은 민건회 탄생 이전부터 오늘까지 민건회 이름 아래 한국의 민주화운동에 힘닿는 데까지 참여해 왔고 민건회의 '생리'를 경험해 오는 동안에, 특히 지난번 프랑크푸르트에서의 중앙위원회 회의를 계기로 하여 민건회의 운영방식(일하는 방법)의 비합리성, 회칙에는 규정되어 있으나 사실상의 행태와 의식

에 있어서 기본노선의 애매모호한 점, 민주주의에 대한 이해에 있어서의 근본
적인 차이, 따라서 민주사회건설에 대한 방법론적, 내용적, 가치체계적 차질 때
문에 더 이상 민건회 이름 아래서 함께 일하기가 힘들다는 결론에 이르렀으므
로 본인은 여기에 민건회의 중앙위원회 위원직을 사임함과 동시에 민건회에서
탈퇴함을 선언합니다. 이것은 오로지 본인의 자유로운 결단에 의한 것이며 이
로써 다만 본인의 민건회라는 조직체와의 관계를 분명히 하고자 하는 것입니다.
본인은 앞으로도 반독재 민주화투쟁을 계속하면서 그때그때의 활동내용과 방
향에 따라 민건회와 협력할 수 있을 것으로 보며(가령 어제, 오늘에 걸쳐 김지하
구명운동을 이곳 대학식당에서 ㅂ형과 하고 있고 앞으로도 계속할 예정임) 회
원들과도 잡다한 인간적 이해관계를 넘어서서 만인의 행복을 추구하는 의미
있는 대화와 연대적 상호협조가 있기를 바랍니다. 배동인".

3.4. 사월의 꽃들 앞에

1. 거창한 진실의 아름다움과 거창한 위선의 추악함

영원히 피는 꽃들이 사월하늘 아래
찬란히 물결친다.
아 인간의 가슴바다에 도도히 밀려오는
거창한 진실의 아름다움이여!

4·19의 영혼들은 영원히 살아있다.
그 앞에 쌓인 꽃다발들—
그 중에 한 꽃묶음을 보노니,
생명과 진실이 없는, 위선의 꽃다발
이는 독재자의 손과 가슴의 자기분열증의 징표:

아첨과 위선으로 엮은 오른손 꽃다발과
햇빛으로 고난 속에 핀 자유의 꽃들을
헛되이 꺾어치는 독재자의 철추 쥔
저 왼손의 피를 보라!
이 거짓의 피 묻은 꽃다발―
그것은 독재자의 회칠한 무덤에서 가져온 것
죽음의 집, 무덤은 독재자의 허영과 교만, 그 거짓과 폭력의 열매다.
거짓 꽃다발의 썩은 냄새가 하늘 끝까지 진동한다.

아 지옥의 심연으로 내닫는 비극을 보라!
고문으로 숨진 교수와 학생들, 사라진 여학생,
분신으로 구국기도한 김학도 청년!―
죽임 당한 백성들의 세금으로
살인마들을 배불리 먹이는 거짓과 모순의 화신체제!
순결한 꽃들을, 선한 민주청년학생의 자유와 민주에의 용기를,
죄없는 동포를 죽이는 악마의 무리는 왜 살아 있어야 하느냐?
이 거창한 인간악의 제도화, 이 거짓화신행적의 추악함이여―!

2. 독재자의 운명

사월은 오월의 눈에 든 가시
영원히 그 가슴을 찌르는 가시
권력욕은 거짓을 옷입고
거짓은 폭력을 먹고 살고
폭력은 북산과 남산에 무덤의 성을 쌓는다.
이 셋은 유신왕국에 항상 있을진대
그 중에 제일은 거짓이라
독재왕국의 자기 파멸 역사의 원동력은 무엇인가?
그것은 무지와 거짓의 힘, 곧 폭력이다.
폭군의 목을 졸라매는 맷돌 목걸이는 무엇이냐?

그것은 국제수치부지철면왕의 절대권력욕이다.

지금은 어둡고 괴로운 밤이 끝나는 새벽
무덤의 성안에서는 악마의 잔치가 끝나간다.
모든 일에는 시작과 끝이 있는 것이 자연의 이치―
고문, 간첩날조, 징역선고, 학살의 프로그램도 끝장이 있다.
사월의 봄 꽃 피를 삼킨 폭군의 광기 겨운 춤
무덤의 마지막 춤이 사월의 꽃들을 짓밟는다.
피 묻은 거짓 꽃다발이 울부짖는다. 폭군을 고발한다.
보라, 폭풍 속 번갯불이 독재자의 칼날을 우지끈 꺾어버림을
하늘 천둥소리가 독재자의 거짓말하는 입을 내리쳐 쓰러뜨림을!

모든 인간은, 독재자도 백성도, 대자연의 한 티끌조각이다.
너나 나나 모두 자연의 흙으로 돌아가는 것이 아닌가!
하늘의 한 소리가 대지를 뒤흔들어
북산철옹성도 불티처럼 흩어버리니
그 안에 숨은 쥐새끼인들 어디에 숨을 구멍이 있을 것인가!

3. 두 가지의 죽음

칠사년 사월 긴급조치 사호는
사일구의 사자들을 사형으로 협박한다.
사호는 죽음을 부르는 부메랑 화살―
이 죽음은 노예에로 멸망하고
저 죽음은 자유에로 부활할진저!
죽음과 죽음의 마지막 싸움터에 죽음이 죽임을 당하리니―
그리하여
아름다운 영혼들의 뜨거운 피 위에
추한 독재폭력의 썩은 거짓화신 문드러진 흙 위에
새 생명의 싹이 트리니―

활짝 열린 새 하늘 아래, 새 땅위에
자유와 이성의 싹이,
진리와 정의와 사랑의 나라가
힘차게 터나고 세워지리니—
사라진 꽃이여, 너는 나에게 묻는다.
자유인으로 자유에의 죽음으로 살 것인가,
아니면 온갖 허욕의 노예에의 죽음을 죽을 것인가?
우리의 인권을 쟁취하고 인간답게 떳떳이 살래,
아니면 자기 속임과 비굴의 어둠 속에 눈치 보며 평생 종노릇할래?
「나」와 「너」를, 「우리」를, 「인간」을 찾으러
홀가분히 함께 손잡고 광장으로 털고 나설래,
아니면, 사리사욕과 출세의 구정물 배불리 먹고 미지근한 돼지 떼 속으로
종내 허무한 도살장 안으로 끌려 기어들어 갈래?

4. 사랑과 힘의 부활

마력의 소리가 온 땅위에 퍼지고
참말이 천하를 말하면
찬란한 인간생명이 저마다 제 모습을 나타내고
「밤과 폭풍우는 빛이 되리라」

혁명의 합창은 온 천하에 우렁차다.
얼마나 애타게 백성은 갈구해왔느냐—
억압과 폭력과 공포로부터의 해방을!
암흑과 폐쇄와 부패로부터의 해빙을!

인간에의 사랑과
진리를 찾는 이성의 힘은
자유인들의 가슴속을 꿰뚫고
날로 새롭고 아름답게

영원히 꽃피어 오른다.
보라, 폭군의 검은 그림자는
북산 기슭 무덤 속에 사라지고
사월의 새 땅위에 자유와 평등의 새 나라가
먼 동터온다.

가슴마다 새긴 새 헌법은 백성의 새 삶이 되노니—
「인간과 그의 자유를 무엇보다도 사랑하고,
진리를 비록 왕좌 위에서라도 부인하지 않고,
인간의 고통을 덜고자 할 수 있는 좋은 일을 다투어 할 것이라…」

5. 기도

주여, 귀를 열어 듣게 하소서!
4·19의 아우성과 환호성, 구석구석 거리의 신음소리,
남산에서 고문당하는 청년의 가슴 찢는 고통소리,
죄 없이 폭군의 칼에 죽어간 학생의 울부짖는 소리,
철창 속에서 울려 퍼지는 원망과 분노의 소리,
온 백성의 침묵과 탄식의 소리를 듣게 하소서.
4월의 꽃들의 자유와 해방의 합창을 우주 끝까지 듣게 하소서.

주여, 눈을 떠보게 하소서!
무지와 교만과 거짓이 빚은 독재자의 헛된 환상이 찢겨짐을 보게 하소서.
그 어리석음과 부끄러움의 추함을 새벽빛 앞에서 보게 하소서.
인권유린의 밤의 약탈행적을 정직하게 스스로 보게 하소서.
절대권력의 철옹성도 백성의 노도로 티끌같이 부서짐을 보게 하소서.
주여, 우리 안에 사랑과 힘이 결합하게 하소서!
이성의 칼날로 우리 속 깊이 무성한 악의 잡초를 뿌리 채 처버리소서.
사람들 안에 움트는 독재자의 헛된 권력욕을 들추어 태워버리소서.
우리의 잘못을 다시는 반복하지 않게 하소서.

내 안에 어둔 데서 속삭이는 악마의 거짓말을,
위선과 자기기만의 잔꾀를 아침햇빛 아래 소멸시키소서.
우리의 참말과 행동이 하나 되게 하소서.

('광장' [민주사회건설협의회 회지], 제1호, 1974년 7월, 6-7쪽)

3.5. 동아일보사에의 편지

서독, 퀼른, 1975.1.24

동아일보의 생명을 위하여 수고하시는 언론인 여러분!

여러분의 꾸준한 건투를 빌면서 이곳에서 받은 장학금 중에서 100마르크
(DM)를 오늘 날짜로 우편송금으로 보내드립니다. 아울러 다음의 글을 고국의
동포 앞에 드리고 싶습니다. 저는 이곳 퀼른대학에서 공부(사회학, 경제학, 정치
학)하고 있습니다. 제 글을 실려주시는 경우에 저의 이름, 주소 등 모든 것을
그대로 밝히셔도 좋습니다.

『유신헌법은 그 성립과정에 있어서의 국민의 자유로운 의사형성 및 결정과
정의 완전결여와 그 내용에 있어서의 자유민주주의적 기본 원칙들의 파괴 때문
에 그 전 국민적 정당성을 전혀 상실한 것이었다. 그것은 독재자의 자의에 의한
영구 폭군정치의 형식적 정당화의 수단에 불과한 것으로서 폭력과 무법의 경전
이며 반민주·반인간을 그 기본정신으로 한 것이다. 그것은 자유와 이성에 대
한 반역이다. 무법과 폭력의 제도화인 유신체제에 근거한 여하한 권력행사와
이에 대한 맹종은 따라서, 근본적으로 반민주적, 반국민적, 반인간적이라는 것
이 자명한 논리적 귀결이다. 유신헌법의 반민주성, 반인간성과 무정당성이 이
론과 실제에 있어 자명한 이상, 유신체제와 헌법의 옳고 그름이나 박대통령의
신임여부를 국민투표에 다시 부칠 필요가 없는 것이다. 그것은 곧 유신체제의

낭비와 비능률을 사실상 재확인해 주는 것 이외에는 아무 소용이 없는 수작이다. 그것은 자기모순의 현실화다. 지금의 동아일보에 대한 음흉하고 치졸한 언론탄압은 유신체제의 무법적이고 반인간적인 정체를 다시금 온 천하에 드러내고 있다. 따라서 유신헌법 체제는 인간의 이름으로 단죄·철폐되어야 하며 이 악마적 폭력체제가 파멸한 잿더미 위에 더욱 건실하고 책임 있는 자유언론이 창달되어야 할 것이고 활짝 열린 자유민주사회가 국민적 각성 위에 건설되어야 할 것이다. 유신헌법 체제의 조작 장본인인 독재자 박정희는 과거의 폭군들의 공통 특성인 인간 존엄성의 무시·유린, 인간자유의 말살, 따라서 인간자체의 말살 충동에 사로잡힌 악마적 권력욕의 중병에 걸려 있어 선과 악, 참과 거짓을 구별할 수 있는 이성적 판단능력과 인식능력을 상실했음과 그의 정신세계는 오로지 무지, 허위, 교만, 증오, 잔인성에 근거하고 있음이 그의 지난 행적으로 보아 명확해진다. 그와 그의 추종자들의 가장 큰 무지의 하나는 '국가'의 인간소외화와 전체주의적 우상화, '정부'의 신성불가침화, '유신헌법 체제'의 절대화라는 '도그마'에 있다. 1961.5.16 새벽의 '폭력에 의한 정부전복'의 범죄자들은 절대권력의 권좌에서 언론의 자유 등 인간 기본권과 민주주의와 사회정의의 실현을 요구하는 선한 국민들을 정죄할 권한이 있느냐? 적반하장격을 지나서 질서의 완전한 전도(거꾸로 섬)가 아니고 무엇이냐?「우리가 섬겨야 하는 것은 국가가 아니고, 인간의 생활공동체(community), 현재와 미래의 온 인류의 세계적 공동체인 것이다. 그리고 하나의 좋은 공동체는 국가의 영광에서 솟아 나오는 것이 아니며, 각 개인들의 속박 받지 않은 발전에서부터 비롯하는 것이다. 모든 좋은 것이 실현되어져야 하는 것은 바로 개체로서의 인간에게서이며, 따라서 개인의 자유로운 성장이 세계를 개조할 어떤 정치체제의 최고의 목적이어야 한다.」(버트란드 러셀). 정부나 국가는 인간이 사회 안에서 인간의 행복증진을 위하여 만든 포괄적 조직체에 불과한 것이다. 따라서 인간멸시, 인간부재의 정부나 국가는 그 존재 이유를 상실한 것이며, 인간의 행복과 평화를 실현할 사회적 생활공동체의 건설을 위하여는 그 생활주체인 인간의 자유가 필수불가결의 전제요건이다. 우리가 파시즘, 공산주의 등 전체주의나 어떠한 독재체제도 반대하는 가장 큰 이유는 바로 여기에 있다. 무릇 민주주의자의 중요과제는 폭력에 의한 정부를 인간의 이성과 자유로운 토론에 근거한 일반적 동의에 의한 정부로 대체 시키는 데에 있다. 백해무익의 도그마로 가득 찬 유신체제를 하루 속히 청산하는 데에만이 한국 땅 위에 인간의 살 길이 비로소 열리게 될 것임을 그리고 우리들 민주국민은 한결같이 연대화하여 자유와 정의, 진리와 인간애에의 용기로 인간의 이성과 자유의 승리를 기어이 쟁취하게 될 것을 확신하며 국내외의 온 동포 상호간에 고무, 격려하며 동아일보와 함께 자유와 광명의 새 날까지 싸우며 전진할 것을 기약하자.』

(동아일보 기고 글, 1975년 1월 24일)

동아일보사로부터의 회신:

배동인 선생,

선생이 보내주신 서신과 우편송금 공히 무위(無違) 배수(拜受)했습니다. 어려움을 겪고 있는 폐사(弊社)에 보내주신 선생의 성의에 대해 무어라 감사의 말씀 드릴지 모르겠습니다.

광고로 청탁하신 문안은 적절하고도 훌륭한 것이었습니다만 지금 국민투표를 앞두고 찬반양론 간에 법에 저촉되게 되어 있기 때문에 지면에 실을 수 없는 점 크게 유감으로 생각합니다. 그래서 선생이 보내주신 150 마르크(한화 30,450원) 중 13,400원으로 우선 2개월분 구독료로 예약해 두고 잔금 17,050원은 보관해두고 있사오니 그 금액처리에 관한 하회(下回)를 기다리겠습니다.

광고를 내시거나 신문을 구독하시거나 폐사로서는 마찬가지로 고마운 일이겠습니다. 잔금으로 계속 구독을 해주셨으면 어떨까 합니다. 선생이 의도하신 바와 결과적으로 어긋나게 되어 거듭 송구스러운 말씀드립니다.

내내 건강하시기 기원합니다.

1975년 2월 1일
동아일보사 편집국장 배상

1975년 4월 16일

재서독 배동인 귀하
　이역만리 타국에서 조국을 위해서 분투노력하시는 배 선생님께 감사드립니다. 더욱이 격려광고 성금까지 보내주신 데 대해서 진심으로 감사를 드립니다. 배 선생님께서 보내신 4월 11일자 서신을 받고 한국외환은행에서 입금된 US$21.48(50DM)의 처리를 금일에야 결정지었습니다. 배 선생님께서 송부하신 3월 19일자 서신은 본사에 도착이 안되었습니다. 광고문안도 4월 17일자 신문에 게재된 바와 같이 간단히 하였사오니 널리 양찰하시기 바랍니다. 감사문과 메달을 동송합니다. 끝으로 배 선생님의 건투를 기원합니다.

　동아일보사 광고1부장

'감사문'의 내용은 다음과 같다:

감 사 문

배동인 귀하
　귀하께서 동아일보사의 언론자유수호를 지원하기 위한 격려금을 보내주신

데 대하여 뜨거운 감사를 드립니다.

1975년 4월 16일
동아일보사
사장 김상만(金相万)

3.6. 「국가」나 「정부」의 신성불가침화의 비리

1. 「정부전복」이 무조건 대역죄인가?

1974년 8월 1일자 '민족시보'에 실린 「김지하씨 공소장」에 의하면 김지하씨는 결국 한마디로 말한다면 「현 정부를 타도·전복」하려고 했다는 데에 사형에 처해야 될 만한 대역죄가 있다는 논리라는 것이다. 그러나 이 논거의 비리와 치졸함은 바로 국가나 정부에 대한 그 맹목적인 미신적 신앙에 있다. 상식 이전의 문제부터 따져야 된다는 데에 오늘의 한국의 후진성과 원시성을 스스로 밝히고 있다고도 보인다. 도대체 「정부전복」이 무조건 사형이라는 극형에 처해야 될 죄가 된다고 우기기 전에, 1) 「국가」니 「정부」니 하는 것이 도대체 무엇인가와 2) 「현 정부」가 어떤 정부이며 누구를 위한 정부인가를 따져본 다음에 그런 판결이 나와야 사리 상 납득할 수 있게 될 것이다. 이와 관련하여 의문시되는 것은, 김지하 씨 등이 「정부전복음모」를 꾀했다고 히어 사형에 처해야 한다면, 1961년 5월 16일 새벽에 불법적 폭력에 의하여 그 당시의 정부를 사실상 전복시킨 박정희, 김종필, 이후락 등은 왜 사형감이 될 수 없느냐는 것이다.

「국가」나 「정부」는 하늘에서 떨어졌거나 땅에서 제멋대로 솟아 나온 것이 아니며 사람들이 공동생활의 합리적이고 행복한 영위를 위하여, 즉 필요에 따라서 그 사람들의 뜻에 따라 만든 것이다. 국가나 정부는 다른 크고 작은 사회조직이나 기관과 마찬가지로 한 사회의 구성원들이 스스로 구성한 그 사회 안에서는 가장 크고 원초적인 공동조직체이며 기관일 뿐이다. 따라서 어느 국가나 정부도 그 사회의 구성원들의 의사에 따라서 없앨 수도, 고칠 수도 있다는 것은 당연한 노릇이다. 다만 문제되는 것은 「어떻게」 없애며 고치느냐가 근본적인 어려움일 뿐이며 이는 그 사회구성원들이 어떠한 국가며 정부를 원하느냐에 따라 그 구성되어야 할 국가나 정부의 체제, 내용이 규정지어질 것이다. 그래서 이 지구상에는 이 근본문제에 대한 대답의 상이함에 따라 공산주의적 또는 사회주의적 국가와 정부, 자유민주적 또는 사회민주적 국가와 정부의 두 가지 큰 그룹의 국가들이 존재하고 있다. 그러나 엄밀하게 따지자면 정당하게 성립된 국가며 구성된 정부라면 반드시 민주적 절차를 거친 것일 수밖엔 있을 수 없으므로 국민의 자유로운 선택이 제도화되어 있지 않는 공산주의적 또는 전체주의적인 국가나 정부는 진정한 의미에 있어서의 「국가」나 「정부」로서 존립할 정당성이 결여되어 있는 것이라고 볼 수 있다. 진정한 의미에서 「민주국가」 또는 「민주정부」이기 위해서는 그 기본법인 헌법의 내용과 실제적인 정치형태에 있어서 무엇보다도 우선 국민의 기본권(자유권과 평등권)이 명확히 규정, 보장되어 있어야 할 것과 정치권력을 국민이 통제, 감독할 수 있도록 최소한도 법치국가의 원칙과 국가권력 상호간의 견제와 균형을 위한 삼권분립의 원칙이 제도적으로 구현되어 있어야 할 것이 기본적인 전제조건이 된다. 「국가」라는 것은 한 사회가 정치적, 법적으로 제도화되고 조직화된 단일생활공동체이며 사회의 공간적 범위와 일치하게 된다. 「정부」라는 것은 이러한 「국가」라는 법제화된 정치적 단일체의 일부이며 그 중추적 기관을 이루는 것이다. 따라서 「국가」와 「정부」는 동일시 될 수 없으며 「정부」가 「국가」를 위하여 있는 것이지 그 반대일 수가 없다. 나아가 「국가」는 「사회」의 필요에 따라서, 즉 인간의 자연적 공동체인 「사회」의 구성원의 필요에 따라서 구성된 것으로서 그 자체가 존재목적이 될 수 없다. 여기서 명백하게 된 것은 「국가」나 「정부」가 그 자체에 존재의 의의가 있는 것이 아니라 그 바탕을 이루고 있는 「사회」의 구성원들, 즉 「인간」을 위하여 인간들 개개인의 행복된 삶을 촉진시키고 창조하는 데에 그 존재

이유가 있다는 것이다. 인간의 기본적 자유권(유엔 인권선언 참조)의 보장, 실현이 국가와 정부의 제1차적 존재근거가 된다는 것은 그러한 기본인권, 특히 인간의 자유가 인간의 행복의 창조를 위한 필요불가결의 요소가 되어 있기 때문이다. 인간이 인간다운 존엄성을 갖게 되는 것은 그가 스스로 자유를 누리게 될 때에 비로소 가능하다.

「국가를 영광되게 하는 것과 국가를 섬기는 것이 모든 시민의 의무라는 도그마적 이론은 근본적으로 진보에 대하여 그리고 자유에 대하여 거슬리는 것이다. 국가는 많은 악의 근원이기도 하지만, 어떤 좋은 것들을 인간에게 가능케 하는 하나의 수단이며 인간 사회 안에 폭력적이고 파괴적인 충동요인들이 잔존해 있는 한 필요로 하게 될 것이다. 그러나 그것(국가)은 단순히 하나의 수단인 것이다. 즉 그것이 선한 것보다도 더 큰 해를 끼치지 않는다면 매우 조심성 있고 극히 제한하여 사용될 필요가 있는 수단인 것이다. 우리가 섬겨야 하는 것은 국가가 아니고, 생활공동체, 현재와 미래의 온 인류의 세계적 공동체다. 그리고 하나의 좋은 공동체는 국가의 영광에서 솟아 나오는 것이 아니며, 각 개인들의 속박 받지 않는 발전에서부터 비롯하는 것이다…모든 좋은 것이 실현되어져야 하는 것은 바로 개체로서의 인간에게서이며, 따라서 개인의 자유로운 성장이, 세계를 개조할 어떤 정치적체제의 최고의 목적이어야 한다.」

(버트란드 러셀, 「자유에의 길들」중에서).

2. 유신체제의 질못된 국가관

그런데, 한국의 「현 정부」는 소위 「유신체제」, 「유신헌법」은 어떤 정부이며 어떤 정치제제이며 어떤 "헌법"인가? 진정으로 국민 개개인의 「자유로운 성장」을 위한 것이며 참된 알찬「국력배양」에 도움을 주는 것인가? 이런 질문에 대한 명확하고 한결같은 답변을 박정희 독재정부의 특히 지난 1972년 10월 이후의 양가죽 벗어 던진 늑대의 자기정체 폭로와 같은 온갖 거짓과 폭군적 행적이 스스로 사실로서 보여주고 있고 온 세계의 신문과 여론이 준엄한 비판으로 확인하고 있다. 한국의 현 정부는 자유민주주의의 확립을 주장하는 모든 비판적이고 양심적인 국민들을 자의로 구속, 고문하며 죽이기까지 하는 악마적 살인집단으로 전락한지 오래이며, 폭군 박정희의 「유신체제」, 「유신헌법」과 「긴급조치1, 2, 4」는 일인 영구집권의 정당화될 수 없는 수단일 뿐이며, 인간과 그의 기본권을 말살시키는 폭력의 제도화이며 권력욕에 사로잡힌 비인간의 무지와 어리석음과 시대착오적 과대망상에서 나온 헛수작에 불과하다.

　박정희의 잘못된 국가관은 그의 지난 74년 광복절 담화 속에서도 명확히 드러나고 있다. 즉, "영원한 민족의 생명은 국가를 통하여서만 성장하고 발전하는 것이다."라는 것은, "국가"라는 것에 신성불가침성을 부여하든가 국가를 영광화시키려는 전체주의적 파시스트적인 시커먼 속셈을 보여주는 것이다. 그가 말하는 "국가"나 "민족"은 극히 추상적인 우상에 불과하며, 그 속에는 국민 한 사람 한 사람이 , 구체적으로 이름을 가진 개인으로서의 인간이 존재하지 않는다. 다만 그의 권력욕에 찬 자의에 추종하는 기계적 기능만 발달되어 있는 박수치는 도구들, 거수기들로서의 무더기 집단(예를 들면, 소위"통일주체국민회의")을 국민으로 보며, 그 위에 "인간"을 말살하면서 자기의 폭군적 지배권이 "국민적 정당성"을 갖고 있다고 착각하는 것이다. 그래서 국민들을 호령하는 오만하기 짝이 없는 "유신종교"의 광신적 교주가 되어버린 것이며, 이 광신자의 도그마 속에서는 그런 시대착오적인 그릇된 국가관이 나올 수밖엔 없다. 버트란드 러셀이 일찍이 말했듯이, 국가의 영광화와 국가에의 봉사가 모든 국민의 의무라는 도그마적 이론은 근본적으로 진보와 자유에 대하여 정면으로 거슬리는 것이다. 국가는 인간의 생활공동체로서만 그 존재의 의미가 있는 것이며, 인간의 행복을 증진시키기 위한 단순한 하나의 수단에 불과한 것이다. 인간 개개인의 행복된 삶의 창조와 발전을 위하여서는 무엇보다도 인간의 기본적 자유권의 법적, 실제적 보장이 필수불가결의 전제조건이 되며, 자유사회 안에서의 국민 상호간의 자유의 존중과 관용의 상호 이해정신의 생활바탕 위에서만 비로소 평화가 꽃피고 행복의 열매가 저마다 원하는 모습으로 맺어질 수 있게 될 것이다. 국가나 정부의 과대한 권력기구의 오용, 남용으로 인하여 국민의 행복과 평화의 촉진이 저해되는 일이 허다하며, 특히 절대권력은 절대 부패한다는 액톤경(Lord Acton)의 유명한 경고를 깊이 인식한 때문에 자유민주주의자들은 국가권력을 국민이 통제, 감시할 수 있고 권력남용과 오용을 제한, 방지할 수 있는 법치국가의 원칙, 국가권력 상호간의 견제와 균형을 위한 삼권분립의 원칙 등을 구현할 민주적 헌법질서를 생명을 바쳐가면서까지 확립, 보장하려고 싸우는 것이다.

위에서 밝힌 국가나 정부의 존재이유에 관한 기본원칙과 참된 자유민주국가 형성을 위한 필수불가결의 원칙을 무시한 "민족통일"이나 "국가부흥"은 알맹이 없는 깡통이나 마찬가지로 시끄러운 잡음만 낼뿐 아무 소용이 없는 것이다. "대한민국"이 "국민의 생활에 계속적으로 자양을 공급할 의무를 지고 있다."고 생각하는 것은 국민을 소위 "국력배양"의 도구화, 권력숭배의 노예화할 가능성이 짙은 위험한 생각이며, 그런 국가전능의 망상에서 도그마적 광신에 사로잡힌 유신체제가 나오고, 사람 때려잡는 긴급조치 남발이 한국을 거대한 감옥소로 만들고 국민을 암흑과 폐쇄 속에 괴롭히고 혼란만 거듭하게 하고 있는 것이다. 국민들 스스로가 국민생활에 필요한 "자양"을 생산, 공급할 것이므로 국가는 다만 그런 생산적 창조활동을 지원, 가능케만 하는 질서와 제도를 확립시키고 잘 운영되도록 정당한, 과학적인 민주적 법질서로서 보호해주기만 하면 될 것이다. "대한민국"이라는 행동의 주체가 있는 것은 결코 아니며, 그 안에 살고 있는 국민 개개인이 모여서 한 생활공동체인 한국사회를 이루는 것이며 이 사회를 정치적, 법적으로 제도화한 것이 대한민국이라는 국가인 것이다. 따라서 대한민국은 국민 개개인의 인격적 생활주체 없이는 존재할 수 없는 것이다.

박정희가 얼마 전에 「오늘의 한국의 정신적 초석은 자유민주주의」라고 한 것은 국민 앞에 말할 자격이 없는, 국민우롱, 자기기만의 헛소리다. 자유민주주의의 원칙은 바로 모든 국가 사회적 문제들이 폭력에 의해서가 아니라 평화적인 공개토론에 의하여 해결되고 조정되어야 한다는 데에 있는 것이며 국민 개개인의 의견과 비판도 거침없는 토론에 의하여 형성되어야 한다는 데에 있다. 유신체제는 위에 말한 원칙과는 정면으로 반대되는 것을 실행하고 있음을 누구도 부인하지 못할 것이다.

한국의 현재의 폭군적 "유산" 정부를 전복, 타도시키는 것은, 위에 밝힌 명백한 논리적 귀결대로, 한국국민의 자기운명 자기결정의 당연한 권리요 의무이기도 하다. 이런 정부의 전복은 국민의 행복의 증진을 위하여 불가피한 수술이며, 그런 정부의 타도, 멸망은 자유민주사회 건설을 향한 새로운 첫 출발을 의미하며 온 세계자유민의 절실한 연대적 소원이라고 본다. 그런 정부의 타도, 전복을 저해하는 것은 주권자인 국민의 권익을 침해하는 노릇이다. 이러한 이론적 정당성은 자유민주주의의 역사적 형성발전 과정에 비추어 볼 때에도 올바른 추리임이 밝혀진다.

이는 1789년 불란서 인권선언 제2조에서도 명확히 규정하고 있다. 즉 「모든 정치적 조직체의 최종목적은 자연적 천부의 불가결한 인권의 보존에 있다. 이들 권리들은 자유, 재산, 안전, 억압에 대한 저항이다.」라고 되어 있다. 유신정부가 1972년 10월 이후 국민의 기본적 자유를 말살시킨 것은 온 천하만민이 다 알고 있으며, 박정희의 「한국은 이미 자유세계에 속하지 않는다」(Frankfurter Allgemeine Zeitung, 1974년 7월 11일자)는 평론은 사실을 정확히 포착한 표현이다. 불건전한 경제정책, 특히 공업화의 고도성장 일변도의 잘못된 「근대화」정책의 무자비한 실시로 인한, 국민의 경제적 능력을 초과하는 막대한 외국자본과 부채의 도입, 하늘로 치솟는 물가고 앙등, 부정부패로 인한 국민생활 비용의 2중, 3중 부담, 정상적 국민경제순환 과정의 혼란과 왜곡 등등 이루 다 열거키 어려운 국민재산의 낭비와 손실을 계속 증대시키고 있는, "생활" 이전에 "생존"을 위협하고 있는 실정임을 한국의 그나마 「신문」이라고 하는 것들을 통해서 똑똑히 들여다 볼 수 있다. 재산의 안전도 보장하지 못할 뿐만 아니라, 국민의 생명과 국가의 안전보장까지 스스로 위태롭게 하고 있는 것이 바로 박정희의 "유신체제"라는 것이다.

International Herald Tribune 1974년 8월 7일자의 The New York Times지를 인용한 "Korean Security" (한국의 안전)이란 사설에 실린 Edwin O. Reischauer 교수의 미국 하원의 외교관계 위원회에서의 증언내용에 의하면, 박대통령의 무지막지한 권위주의(brutal authoritarianism)로 말미암아 한국에 널리 퍼지고 있는 국민들의 불안, 소요는 오직 북한의 전쟁도발을 유치할지도 모를 하나의 불안정 요소(a destabilizing force)라는 것이다. 국민들의 반독재, 반유신체제 저항운동의 근본 원인을 찾아 개선할 생각은 전혀 없고 어리석게도 반정부적 저항운동 자체만 덮어놓고 무력과 폭압적 군사재판으로 억누르려고 하는 데에 국가의 안전, 사회혼란을 더욱 악화시키는 자기모순의 문제가 있다. 한마디로 말하자면, 「정부를 타도, 전복」시키려는 국민의 저항운동의 원인은 바로 "유신헌법"과 그 강제조작자인 박정희의 독재폭군정치에 있다. 흔히 세상에는 「악법도 법이니 지켜야 한다」는 것이 당연한 것으로 받아들여지고 있는 것 같다. 그러나 이런 잘못된 이론은 첫째 '법'에 대한 맹목적 신성화의 미신에서 나온 것이며, 둘째로 그런 이론이 타당성을 일시적으로 갖게 될 경우라는 것은 그 악법이란 것이 입법자들이 잘 모르고, 그러나 정상적인 민주적 법제정 절차에 따라서 만들어졌기에 그것이 악법임이 나중에 밝혀졌을 때 그것을 철폐 또는 개정의 가능성이 고려될 때에 한해서인 것이다. 지금의 한국의 법질서에는 그런 가능성이 존재하지 않는다. 천하가 다 아는 바와 같이 유신헌법이 헌법 아닌 단순히 「독재요강」에 불과한 기본적 악법이므로 이를 철폐 또는 개정해야 되겠다는 국민들의 비판적 소리를 무조건 틀어막기 위해, 그 엉터리 헌법에 근거했다고 하면서 소위 「긴급조치」라는 것을 연발하여 모든 국민의 건설적, 민주적 의견을 묵살할 뿐만 아니라 그런 의견을 발표하는 사람들을 5년형에서 사형까지 처한다고 하는 판이니 더 이상 할 말이 없다. 이것이 도대체 "유산"이란 것인가?! 한국 역사상에 이런 국민탄압의 폭군정치는 전혀 없었는데도, 이 유례없는 인간말살 폭압정치를 "다시 새롭게 한다"('유신'의 풀어서 쓴 뜻)니 도무지 이해할 수 없는 노릇이다. 현실과 역사를 떠나고 인간을 도외시한 무지막지하고 시대착오적인 과대망상병이나 사람을 잡아먹지 못하고는 생명을 유지할 수 없는 악마적 광증에 걸린 비인간적 폭군이 아니고는 도저히 감행할 수 없는 짓들이다. 인간 부재의 최악법인 유신헌법과 긴급조치들 위에 폭력으로 지탱하고 있는 유신정 부는 근본적으로 박멸되어야 한다. 유신정부 타도를 위한 자유민주국민의 항거 와 투쟁은 어둠에 뒤덮인 한국 땅에 한줄기 강하게 꿰뚫고 비춰주고 있는, 새 역사의 시작을 예고하는 서광의 불빛이다. 침묵을 지키며 방관만 하고 있는 국 민들은 스스로 결단해야 할 것이다.―죽는 날까지 이 불의의 악독한 정권에 눌려 숨도 제대로 못 쉬다가, 게다가 꼬박꼬박 혈세를 바쳐가면서, 더구나 그 혈세로 우리들 스스로를 탄압하고 죽이고 고문하는 '국가공무원'들을 먹여 살리 면서 스스로는 허리띠를 졸라매며 온갖 물질적, 정신적 곤욕을 당하면서 평생 을 살아야 할 것인가? 그렇게도 굴욕적인 비참한 인생을 살만큼 오늘의 한국에 서의 '유신'적 국민생활은 값어치가 있는 것인가? 무엇 때문에 우리들의 혈세로 대통령의 봉급이, 이 반국민적 폭군의 생활유지비가, 자유민주투쟁인사들을 사 형에 처하는 군사재판소의 법관 아닌 허수아비들의 두둑한 봉급이 지급되어야 한다는 것이냐?! 통탄스럽기 한이 없는 어리석음이여, 답답함이여?!

3. 민주혁명에 의한 해방에의 결단

참된 사실을 위장하려고 하고 진리를 없애려 하며 인간에게서 자유를 빼앗으 려는 어떠한 힘이나 술책도 마침내 실패로 끝나고 말 것이며, 거짓과 폭력과 권력욕은 스스로 자멸하고야 말 것이다. 빛은 어둠을 내쫓고야 만다. 그러나 우리들 한국국민은 알아야 할 것이다. 이 빛은 반드시 민주적 혁명의 주체인 우리들 한국국민의 연대적 투쟁을 통하여서만 밝힐 수 있다는 것을! 그리고, 쿠르트 투콜스키의 말대로, 자유가 피 속에 생동하지 않는 자는 자유가 무엇인 지를 느끼지 못하며, 빈민굴에서 헤어나오기를 결단하지 않고 그것을 원래 주 어진 어쩔 수 없는 숙명적인 것처럼 받아들이는 자는 영원히 빈민굴 안에 처박 힌 채 남아 있을 것이라는 것을! 인간 기본권 중에서도 가장 주요한 자기의 자유권을 다른 사람의 지도 없이 오직 자기의 인격적 결단으로써 행사할 줄 모르는 자, 아예 자유로워지려고 애쓰지 않는 자, 모든 다른 사람의 자유를 존중하고 보호하지 않는 자는 자유민주주의 체제 안에 살기에는 아직 성숙하지 못한 국민이다. 우리들 한국 국민은 모두, 비겁함과 폭군체제의 허망한 권력 앞에서의 공포의 쇠사슬을 단번에 끊어버리는 용기를 가져야 한다. 우리는 모든 인간의 자유를 위하여 스스로 결단해야 한다. 숄(Scholl)자매는 우리에게 경고한다: 무책임하고 음흉한 권력욕에 사로잡힌 폭군도당들로 하여금 우리들을 한없이 지배하도록 저항 없이 허용하는 것처럼 문화민족답지 못하고 불명예스러운 것은 더 없다고!! 우리들 스스로에 책임이 있는 우리들의 미성년됨과 비겁함과 노예근성과 한반도의 독재적 폭군체제로부터 우리들을 해방시키자!!─우리들의 자유롭고 책임 있는 결단과 우리들의 행동에의 용기로써!! 새로운 한국에로, 자유와 진리와 정의와 인간애에로, 하나의 민주적인 개방사회에로 우리들을 해방시키자!!─자유와 이성과 진리를 사랑하는 모든 사람들과의 우리들의 공동의 연대적 투쟁으로써!!

　무엇을 더 이상 기다릴 것이냐?─시간은 우리들을 독촉한다: 자유로운 미래에로의 연대적 행동의 한 걸음을 과감히 옮길 것을!!

　「민주주의자의 일반적 목표는 폭력에 의한 정부를 국민의 일반적 동의에 의힌 정부로 대체시키는 것이다.」(버트란드 러셀)

　('광장', 제3호, 1975년 3월, 20-24쪽)

4. '횃불'지를 통한 정치적 외침

4.1. '횃불' 제1호: 머리말

억압과 어둠과 혼돈과 증오가 충만한 현실이 거짓과 폭력의 역사를 엮어가고 있다. 여기에 우리는 첫 번째 '횃불'을 밝혀든다.

우리의 이 횃불이 비록 작은 것이라 할지라도, 이것은 무엇보다도 먼저 '자유의 횃불'일 것을 바란다. 자유가 없이는 인간의 존엄성은 있을 수 없으며, 진리 탐구의 기본능력인 이성이 그 기능을 발휘할 수 없고, 인간 가족 사이의 연대적 사랑을 실천할 수 없게 된다. 실질적 자유를 누릴 수 있기 위하여서는 우선 이 목표의 달성을 가능케 하는 과정에 있어서 형식적인 법률상의 자유권과 평등권, 즉 인간의 기본권이 필요하다. 자유가 없이는, 인간사회에 있어서의 참된 평화가 있을 수 없다. 독재자들은 온 국민이 죽은 듯이 침묵을 지키고, 온 천하가 무덤처럼 조용하면, 그것이 곧 평화요, 안전보장이 튼튼히 되어있는 것이라고 착각한다. 그러나 그런 거짓 평화는 인간이 살아 움직이는 사회를 가져오지 못하고, 디만 반인간저 권력의 오만과 악마적 폭력의 잔인성만이 살아 날뛰는 죽음과 무의미의 사회에서만 허세를 떨치며 무거운 먹구름처럼 인간들을 숨막히도록 짓누르는 것이다.

자기의 솔직한 의견과 소신을 사적으로나 공적으로 거리낌없이 말할 수 없고, 항상 공포와 불안에 떨며 상대방의 눈치와 폭군의 눈초리만 살피는 것이 보편화 되어있는 일상 사회생활이 평화롭다고 말할 수 있는가? 그러나 그것이 곧 사회안정이요 평화라고 주장하는 것이 바로 유신체제의 총력안보라는 것이다. 예외적으로 용납되어야 할 일시적 비상조치가 항구화되어 정상사태처럼 되어 버린 것은, 독재자가 스스로 조작한 유신헌법을 독재자 자신이 짓밟고 있다는 것을 현실로써 증거하고 있다. 유신헌법과 유신체제의 무 정당성은 명약관화한 것이다.(1974. 1. 14일자 필자와 최순택의 "한국국민의 자유를 위하여"참조) 한국의 현 정권의 존재이유는 어디에서도 찾아볼 수 없다. 다만, 우선 그것을 주권자인 국민이 어떻게 청산하여야 하느냐가 급선무인 것이다.

러셀협회의 이 '횃불'이 한국의 유신체제를 송두리째 붕괴시키고, 나아가 진리를 천명하며 자유를 보존·확충하고 이성을 창달하며 인간애를 생활화하는 선구적 역할을 담당함으로써 온 동포와 인간이 함께 행복을 누릴 새로운 사회를 건설하는 일에 도움이 되기를 바란다.(어떤 동지들은 러셀협회의 러셀이라는 이름이 맘에 안 든다고 핀잔을 놓지만, 유감스럽게도 그런 견해들은, 자기무지를 스스로 폭로하는 것이든지, 국수주의적인 편협한 민족주의의 오류 또는 단순한 시기·질투·증오의 소산에 지나지 않는다. 대개 그렇게 "민족 고유문화 숭상" 운운하며 애국자인 척 하는 인사들은 자기 나라 말인 한글조차 일반적 맞춤법에 따라 바르게 쓰지 못하고 있는 사실조차 스스로 깨닫지 못하고 있는 수가 많다. 이런 안타까운 동지들을 위해서도 우선 러셀이 한국에 필요한지도 모르겠다. 우선 남의 의견과 하는 일을 존경하고, 그릇된 것은 서로 구체적으로 지적해주면서 근거 있는 비판과 개선책을 서로 열린 마음으로 주고받아야 할 것이다.)

러셀은 "좋은 삶은 사랑으로 일깨워지고 앎으로 이끌어지는 삶"이라고 했다. 그러한 좋은 삶이 우리 모두의 삶이 되는 길을 이 '횃불'이 다소간 밝혀 줄 수 있기를 희망한다. 이것은 다만 뜻있는 이들의 공동협력으로써만 가능하므로, 저마다 이 횃불이 '내가 밝혀드는 횃불'이라고 생각하여 그렇게 되도록 적극 지원해 주기를 바란다.

('횃불', 제1호, 1977년 3월, 3쪽)

'횃불'지는 부정기적으로 간행되었고 내가 1984년 2월에 귀국한 뒤에는 그동 안 함께 일해 온 김순태 선생님(주 서독한국대사관 영사과장, 경제과장으로 근무하다가 1975년 8월에 서독에 망명했고 1990년 5월 귀국하여 충주에 올해 [2003] 70세로 거주하고 계심)께서 홀로 발간해오다가 1987년에 종간되었다. 따라서 '한국 버트란드 러셀 협회'(Koreanische Bertrand-Russell-Gesellschaft e.V.)도 해체되었다.

4.2. 사회민주주의(자유민주주의적 국제주의적 사회주의) 선언: 한국 버트란드 러셀 협회 발족에 즈음하여

1. 한국과 한반도의 비극적인 정치적, 사회경제적 현실과 이와 관련된 모든 국제적 상황은, 우리로 하여금 한국사회의 현재와 미래의 모든 문제 해결방향의 모색과 더불어 온 인류의 항구적 평화와 행복을 실현하는 방도의 탐구를 촉구하고 있다.

한국에서는 우선 전체주의적 파시스트 폭력지배의 유신독재체제가 즉시 철폐되어야 하며, 자유와 정의, 그리고 사랑이 지배하는 참된 민주사회가 건설되어야 한다.

우리는, 모든 인간이 한 나라의 국민임과 동시에 세계시민으로서, 함께 협력한다면, 자유와 이성, 사랑과 진리 가운데 하나의 새로운 영광스러운 세계사회를 선설할 수 있다고 확신한다.

2. 이상적인 민주 사회상과 그 실현 방법은, 세계관과 가치체계, 그리고 사회분석방법에 따라 여러 가지가 있겠으나, 우리는 우선 버트란드 러셀(Bertrand Russell, 1872-1970)의 생애와 사상을 통하여 문제해결에 접근하고자 한다.

그의 회의적이며 솔직한 지성은 명확한 사고와 비판적 자기계몽의 잠재능력
을 갖고 있으므로 자기절대화의 오류를 범하는 어떠한 도그마에도 빠지지 않고,
진리에의 접근을 가능케 하는 인간이성의 힘을 신뢰하므로, 희망의 빛을 밝혀
주며, 인류애와 열정으로 인간의 바른 삶과 행복의 실현을 향하여 꾸준히 전진
하는 것이다.

러셀은 우리에게 이상적 인간상과 사회상을 시사해주는 삶의 한 표본이며
우리들의 사고와 행동의 시발점이다.

그는 우리에게 있어서 절대적인 숭상의 대상이 아니며, 우리가 만일 하나의
러셀 개인숭배 집단을 만든다면, 그것은 20세기의 볼테르(Voltaire)이며 우상파괴
자였던 그의 사상과 희망과는 정면으로 충돌하는 자기모순에 빠지는 것이다.

우리는 그의 사상을 더욱 깊이 발굴하고 보완 개선하며 발전시켜 나갈 뿐이다.

3. 버트란드 러셀은, 정치적 견지에 있어서 투철한 자유민주주의자였고, 국제
주의자였고, 평화주의자였고, 인도주의자였으며 사회주의자였다. 그러나 그는
마르크스주의자도 공산주의자도 아니었다. 그는 민주적 사회주의를 위하여 헌
신한 사회민주주의자였던 것이다. 그는 공산주의도 자본주의도 지지하지 않았
다. 왜냐하면, 전자는 비민주적이고, 후자는 인간에 의한 인간의 수탈을 초래하
기 때문이다.

이러한 러셀의 사상에 좇아, 우리는, 만인과 만국이 평화 가운데 행복을 누릴
수 있기 위해서는, 동등한 가치 비중을 가진 자유민주주의, 사회주의, 국제주의
의 세 가지 사상이 병행적으로 실현되어야 한다고 믿는다. 따라서 우리는 위의
세 가지 사상체계를 내용으로 하는 자유와 이성과 연대성 안에서의 사회주의,
즉 자유롭고 민주적인 사회주의가 한국사회에서도 실현되도록 노력한다.

4. 자유민주주의의 원칙은, 모든 문제가 폭력에 의해서가 아니고 자유로운
토론에 의해서 해결되어야 한다는 데 있다. 이는, 사회구성원의 의견은 무엇에

도 구애되지 않는 토론과, 현존하는 모든 정보와 견해의 자유로운 유통에 의하여 형성되어야 할 것을 전제한다. 자유로운 의사형성과정은 하나의 단체적 의사결정의 정당성을 위한 필요 불가결한 요소이다.

5. 자유민주정치질서는, 인간의 존엄성과 그 근본이 되는 자유권과 평등권을 비롯한 기본적 인권의 존중, 주권재민, 국가 권력의 국민으로부터의 도출, 법치의 원칙, 삼권분립에 의한 국가권력의 상호 견제와 균형 등 고전적 자유민주주의 정치원칙에 입각한 국민의, 국민에 의한, 국민을 위한 정부의 수립에서 출발한다.

그와 아울러, 오늘날 공업화된 복합적 다원사회에서 자유민주주의가 기능을 충분히 발휘할 수 있기 위해서는, 분화된 정치권력통제가 사회구조 안에 제도화되어야 한다.

즉, 정치적, 경제적, 사회 문화적 조직체들의 상대적 자율성과 상호 유기적인 교류, 정부와 사회 각계 각층간의 의사소통의 제도적 합리화를 위한 대중의사전달수단을 통한 자유여론의 조성과 보장이 없이는, 투명하고 개방된 민주사회가 존재할 수 없다.

6. 사회주의의 정신적 바탕은, 한 사회의 모든 정신적 물질적 자원이 그 사회 구성원 전체의 균등한 복지 달성을 위하여 생산, 개발, 사용되어야 하고, 인간에 의한 인간의 착취와 지배, 인간의 상품화는 철폐되어야 하며, 기회균등원칙에 의한 개인의 창의적 자기실현을 저해하지 않음과 동시에 운명공동체로서의 사회구성원 전체의 연대성에 의한 만인의 실질적 자유와 평등을 구현코자 하는 데 있다. 이러한 사회주의 사상은 인간의 우주에서의 위치와 인간사회의 역사적 발전과정에 관한 학문적 분석 결과라는 지성적 통찰을 갖고 있으며, 세계적 인간애에의 윤리적 결단을 그 추진력으로 하고 있다.

7. 이성주의적이며 인도주의적인 사회주의는, 자유민주주의와 결코 상호 대립되는 것이 아니며, 가치관의 공통 바탕 위에 서있어서 상호 보완관계에 있다. 자유민주주의는 자본주의와 동일한 것이 아니며, 사회주의는 반드시 공산주의로 변질될 필요가 없으며, 흔히 공산주의는 사회주의 이상을 파괴하고 만다. 사회주의는 정치적 자유민주주의와 경제적 민주주의 없이는 실현 될 수 없으며, 자유민주주의는 사회주의 없이는 좋은 결실을 맺을 수가 없는 것이다.

자유민주주의적 사회주의는 여하한 독재체제나 전체주의와 양립할 수 없으며, 건전한 성년이 된 모든 국민의 정치권력 형성과 행사에의 자유롭고 동등한 참여를 통해서만 성취된다. 따라서 법 앞에서의 만인의 평등, 사상의 자유, 언론의 자유, 집회결사의 자유 등 자유민주제도의 기본 원칙의 확립은 사회주의 실현을 위한 필수적 전제조건이다. 우리가 지향하는 사회주의는, 인간의 자유 없이는 실현 될 수 없으므로, 특정한 개인과 사상을 절대화 우상화하며 정신의 자유를 파괴하는 모든 교조주의를 배격한다.

8. 사회주의의 기본정책은, 경제적 분야에서 노동자의 경영에의 민주적 참여를 통한 공동결정·공동책임의 제도화에 의하여 재화의 생산과 분배가 사회구성원 전체의 복지를 증진케 하도록 하며, 정치적 분야에서는 권력의 분배가 자유민주적 원칙과 저촉됨이 없이 사회구성원 전체에게 기능적으로 공정히 실현되도록 하는 데 있으며, 교육, 학문, 예술 등 문화면에 있어서는 개인의 창의력이 아무런 제약을 받음이 없이 자유로이 발휘되도록 하는 데 있다.

9. 사회주의적 경제체제에서는, 무엇보다도 생산수단의 소유에 근거하여 기본적 필요의 충족을 과도히 초과하여 공익을 침해하는 사적 이윤 추구는 억제되어야 한다.

절대적 사유재산제도의 인정과 이기적 이윤동기에 의한 과도한 생산증대와 부의 무제한한 축적을 허용함으로써, 한편으로는 인간을 끊임없는 돈벌이의 노예로 전락시키고 만인의 만인에 대한 전쟁상태에서 극심한 상호 경쟁을 불가피하게 하며, 상호 증오감과 시기심을 만성화하며, 따라서 정신적 물질적 자원 낭비를 초래하며, 다른 한편으로는 국민경제구조의 지나친 공업화와 성장 위주의 근시안적 정책으로 생활환경의 오염, 자연의 파괴와 고갈, 빈부의 양극화를 초래하는 자본주의 체제의 모순은 극복되어야 한다.

신식민주의 또는 제국주의는 서구와 북미주의 자유방임적 자본주의와 동구의 전체주의적 국가 사회주의의 필연적 귀결현상인데, 인간은 진정한 사회주의의 실현에 의하여 자본주의와 국가사회주의의 모든 모순과 제국주의로부터 스스로 해방되지 않고는 실질적 자유와 평등, 평화와 행복을 누릴 수 없을 것이다.

10. 국수주의의 배타성과 애국주의 또는 민족주의의 팽창주의적 파괴성을 제거하고 그 취약점을 극복하며 만인의 연대적 인류애와 세계평화의 구현에 그 항구적 기능이 있으며, 세계적 차원의 자유민주적 사회주의의 실현을 가능케 하는 세계연방정부의 수립을 그 정치적 궁극목표로 하는 국제주의는 실현되어야 한다.

이러한 국제주의는 개별국가의 외부로부터의 무력침략방어, 고유문화의 보존 발전을 지향하는 건설적 민족주의를 포용하되 인류 전체의 인간다운 생활영위를 저해하는 무제한한 절대적 주권행사는 억제되어야 한다.

11. 유엔의 세계인권선언에 명시된 기본적 인권은 국경의 차이로 분리됨이 없이 보편적으로 보장·실현되어야 한다. 이러한 인권의 보편성과 비분리성 때문에 개별 국가의 내정 불간섭의 국제정치관습은 인권 문제에는 적용될 수 없다. 전 세계의 주요 자연자원은, 인류의 공유재산으로 간주되어야 하며 세계평화구현과 만인의 행복 증진에 기여할 수 있는 원칙과 방법으로 국제기구에 의하여 공동관리, 생산, 분배되어야 한다.

12. 전쟁은 포기되어야 하며, 모든 국제분쟁은 평화적인 방법으로 해결되어

야 한다.

개별국가는 다만 헌법질서유지에 필요한 최소한도의 경찰력만을 보유하여야 하며 항구적인 국제평화는 모든 군사력의 국제적 관리·통제에 의하여 실현되어야 한다.

13. 한반도의 통일은, 민주적 방법과 평화적 수단에 의하여 자주적으로 실현되어야 한다. 통일된 한반도에는 자유 민주주의적인 사회주의의 이상의 실현을 지향하는 연방정부가 수립될 것을 우리는 기대하며, 통일된 한반도의 연방국가는 한반도를 둘러싼 미, 소, 중, 일 등이 참여하는 국제적 평화보장의 전제 아래 동서 어느 진영에도 가담되지 않는 중립국이 될 것을 희망한다.

14. 우리는 다음의 역사적 선언들을 원칙적으로 지지하며 그 실현을 위하여 공동 협력한다.

1) 유엔의 일반적 인권 선언 (1948. 12. 10.)

2) 사회민주주의자들의 프랑크푸르트 선언 (1951. 7. 3.)

3) 과학자들의 제3차 퍼그와쉬 회의(Pugwash Conference) 선언 (1958. 9. 20. 비엔나)

4) 유엔의 인간환경 선언 (1972. 6. 16. 스톡홀름)

5) 제 2 인도주의 선언 (1973. 8. 뉴욕)

6) 한국의 민주구국 선언 (1976. 3. 1.)

15. 우리는 우리와 뜻을 달리하는 사람들을 적대시하지 않으며, 우리와 뜻을 같이하는 개인들과 단체들과 상호 연대하여 같은 목적의 실현을 위하여 공동 투쟁한다.

1976년 10월 17일

독일연방공화국 쾰른에서,
한국 버트란드 러셀 협회 창립회원

대 표 김 순 태
동　배 동 인
동　이 종 성
동　이 현 구

('횃불', 제1호, 1977년 3월, 61-5쪽)

4.3. 자유주의자로서의 버트란드 러셀

누구보다도 투철한 자유주의자로서의 러셀의 면모를 가장 간결하고도 예리하게 보여주는 것이 바로 여기에 원문과 함께 번역·소개하는 그의 "자유인의 십계명"(A Liberal Decalogue)이라고 생각된다.

이것은, 1951년 12월 16일자 The New York Times Magazine에 실린 "광신주의 문제에 대한 최선의 해답은 자유주의"(The Best Answer to Fanaticism - Liberalism)라는 그의 글의 맨 마지막에 처음으로 발표된 것인데, 그는 이것을 그의 자서전 제3권(1944-1967), 60-1쪽(London: Allen&Unwin, 1969)에 전재하였고, 이는 또한 1972년 같은 출판사에서 Barry Feinberg 의 수집·편찬으로 간행된 "버트란드 러셀의 단편소설집"(The Collected Stories of Bertrand Russell) 333쪽에도 실려 있다.

이 "십계명"에 함축된 인간의 정신적 자세는, 모든 민주주의자와 사회주의자는 물론, 특히 학생들과 학자들이 갖춰야 할 가장 기본적인 요건이라고도 판단된다. 이 "십계명"이 모든 시민과 정치가들에 의하여 일반적으로 실천되는 사회에는, 어떠한 절대주의적인 폭군의 독재나 도그마의 횡포도 있을 수 없을 것이며, 상호관용의 정신이 충일한 평화로운 생활 분위기 속에 지성과 지혜의 횃불이 날로 크게, 넓게 끊임없이 밝혀질 것이다. 이런 사회 속에서만 바로 이성의 빛에 의한, 자유로운 진리탐구가 가능하게 될 것이며, 새로운 문화가 창조될 것이다.

『자유인의 십계명』

아마도 자유주의적 세계관의 정수(精髓)를 하나의 새로운 십계명으로 요약할 수 있을 것 같다. 이는, 예전의 구약성서에 있는 십계명을 대치할 의도에서가 아니고 다만 그것을 보충하고자 할뿐이다. 교사로서 내가 선포하고 싶은 십계명은 다음과 같이 규정될 수 있겠다:

1. 어떠한 것에도 절대적으로 확실하다는 느낌을 갖지 마라.

2. 증거를 숨기면서 무슨 일을 해나가는 것이 가치 있다고 생각하지 마라. 왜냐하면, 증거는 반드시 밝혀지기 마련이기 때문이다.

3. 생각하기를 결코 억제하지 마라. 왜냐하면, 너는 거기에 반드시 성공할 것이기 때문이다.

4. 반대의견에 부딪힐 때에는, 비록 그것이 너의 남편이나 애들로부터라 할지라도, 권위에 의하여서가 아니고 합리적 근거를 제시하는 토론에 의하여 그것을 극복하려고 노력하라. 왜냐하면, 권위에 의존하여 달성된 승리는 참되지 못하며 허황된 것이기 때문이다.

5. 다른 사람들의 권위에 조금도 존경심을 갖지 마라. 왜냐하면, 언제나 그와 반대되는 권위들이 나타날 수 있기 때문이다.

6. 네가 해롭다고(위험하다고) 생각하는 의견들을 억압하려고 권력을 사용하지 마라. 왜냐하면, 만일 네가 그렇게 하면 그 의견들이 너를 억압할 것이기 때문이다.

7. 괴상한 의견을 갖는 것을 두려워 마라. 왜냐하면, 지금 일반적으로 용납되는 모든 의견이 처음에는 괴상한 것이었기 때문이다.

8. 수동적으로 찬동하는 데에서보다도 지성적으로 반대하는 데에서 보다 큰 기쁨을 찾아라. 왜냐하면, 네가 응당 평가해야 하는 만큼 지성의 가치를

높이 평가한다면, 후자는 전자보다도 더 깊은 찬동을 함축하고 있기 때문이다.

9. 비록 진실함이 불편스러울지라도 신중히 진실되라. 왜냐하면, 네가 진실을 감추려고 애쓰면 더욱 불편하게 될 것이기 때문이다.

10. 바보의 낙원에서 사는 사람들의 행복에 대하여 질투감을 느끼지 마라. 왜냐하면, 오로지 바보만이 그것을 행복이라고 생각할 것이기 때문이다.

('횃불', 제1호, 1977년 3월, 4쪽)

4.4. 우리 모두 횃불을 밝혀들자: 한국 버트란드 러셀 협회 창립에 부쳐서

오늘, 1976년 10월 17일 이곳 서독 퀼른에서 한국 버트란드 러셀 협회(Koreanische Bertrand-Russell-Gesellschaft)가 탄생하였다. 4년 전 바로 이날, 서울에서는 박정희 대통령이 결코 정당화 될 수 없는 계엄령을 선포하였고 이어서 국회해산, 정당을 포함한 모든 단체의 정치 활동금지, 신문, 방송, 텔레비전 등 매스컴의 전면통제, 정부의 유신헌법초안에 관한 일방적 선전, 심리적 위협과 강요에 의한 투표 아닌 그 해 11월 21일의 국민투표로써 국민적 정당성을 전혀 결여한 반민주적 폭정이 제도화되기 시작했다.

오늘날까지의 한국의 박정권 아래에서의 정치, 사회경제적 전개과정은 너무나 치졸하고 잔인한 양상을 드러내어 일일이 그 추악함을 다 열거키 어렵다. 4열전의 오늘부터 박정권은, 늑대가 양가죽을 벗어 던진 것과 같이 거짓과 폭력과 절대권력욕의 자기정체를 만천하에 부끄럼 없이 폭로하기 시작한 것이다.

그전까지의 헌법질서의 핵심을 이룬 자유민주질서와 법치국가의 체모가 그나마 형식만이라도 남아 있었던 모든 자유민주국가의 기초를 산산이 파괴하였고 오늘의 한국은 반인간적 폭군의 자의와 중앙정보부를 비롯한 반민주적 권력기구의 폭력만이 지배하는 인간부재의 무법천지를 이루고 있으며, 인간존엄의 생명인 사상과 언론의 자유는 말살되어 탄압과 암흑의 먹구름에 덮인 파시스트적 폭력사회, 폐쇄사회를 구축하고 말았다. 온 나라는 하나의 거창한 감옥소를 방불케 하며 안하무인격의 독재자는 그 간수장으로서의 정권연장에 급급하게 되었다. 얼마나 많은 선한 민주백성들이 죄 없이 고문당했고 고문당하고 있으며, 감옥에 갇혔고 또 갇히고 있으며, 잔인하게도 죽음을 당했고 아직도 죽어가고 있는가? 도대체 무엇 때문에, 누구를 위하여 오로지 한번밖에는 없는 존귀한 인간생명이 이처럼 고통 속에서 학대를 받아야만 하는가?

이러한 비극적인 한계상황적 사태를 보고도 가만히 침묵을 지키고 있다는 것은, 책임 있는 주권자인 민주국민으로서는, 아니 같은 인간으로서는 도저히 불가능한 일이다. 우리는 이제 더 이상 거짓과 폭력과 노예와 퇴영의 역사를 좌시할 수 없으며 문화민족답게 분연히 일어나서 모두 함께 진실과 이성, 정의와 해방의 역사를 건설해 나가야겠다. 우리가 살아있는 한 진정으로 '인간'을 '너' 속에서, '나' 속에서, '우리' 속에서 찾아 나가는 일을 그만둘 수는 없다. 우리가 한없이 노예처럼 폭군적 권력이 위협하는 대로 이리저리 방향을 잃고 쫓겨다니는 한 우리들의 생명은 이미 죽은 것이나 다름없다. 비겁한 굴종 속에서의 인명은 생명의 헛된 낭비에 불과하며 기회주의적 기생은 동포와 인간가족에 대한 범죄다. 이러한 인간생존의 비극은 개개인의 자기분열증적 갈등과 자기기만의 소산이다. 우리들 각자는 이러한 인간성 내면의 깊은 병에서부터 정직한 자기비판과 계몽을 통하여 스스로 해방되어야함과 동시에 그것의 잠재적 온상이 되고 있는 사회의 구조적 모순을 학문적으로 분석하여 만인이 자유와 평화가운데 행복을 누릴 수 있는 인간사회건설을 위한 근본적인 제도적 개혁이 우리들 각자의 창조적 지성으로 꾸준히 진척되어 나가야 한다. 어느 누구도 우리들 자신의 인간다운 생활공동체를 건설해주는 것은 아니기 때문이다. 우리의 운명을 결정하는 것은 바로 우리들 각자 각자의 뜻과 용기에 달려 있다. 이 용기와 함께 찰(진리)을 찾고 참의 역사를 세워 가고자하는 이성에의 신뢰가 우리들 모두를 함께 뭉치게 하는 한, 이 우주의 어떠한 세력도 우리의 전진을 가로막을 수는 없을 것이다.

버트란드 러셀은 말하기를 : "세상을 구원하기 위해서는 믿음과 용기가 필요하다. 즉, 이성에의 믿음과 이성이 참이라고 보여주는 것을 선포하는 용기인 것이다. 세상을 구원하는 것이 희망을 걸 수 없는 절망적인 일은 아니다. 그러나 그 일은 그것이 희망을 걸 수 없는 절망적인 것이라고 스스로 생각하는 사람들에 의해서는 결단코 성취되지 않을 것이다"라고 하였다.

훤히 트인 맑고 푸른 가을하늘에 태양은 찬란히 빛나고 있다. 그러나 우리는 지금 깊은 어둠 속에 갇혀있다. 이 어둠에서 공포의 쇠사슬에서 해방되기 위해서는 우리는 우선 저마다 햇불을 밝혀 들어야겠다. 크거나, 작거나, 어느 방향으로든지 간에 우리들의 햇불은 하나의 큰 공통성을 갖고 있어야 할 것이다. 그것은 곧, 우리들의 햇불은 자유의 햇불, 정의의 햇불, 이성의 햇불, 진리의 햇불, 인간애의 햇불이라는 것이며, 이 햇불이 한반도와 아시아대륙과 온 세계를 비출 때에 그것은 곧 온 인간가족 연대성의 햇불을 이루어 아름다운 우주적 조화와 찬란한 영광의 새로운 인간사회를 끊임없이 밝혀나갈 것이라고 확신한다. 이 햇불의 타오름이 바로 참된 민주적 혁명의 역사를 이룩해 나갈 것이며, 이 혁명의 주체는 햇불을 밝혀 든 '너'와 '나'이며 우리들 모두인 것이다. 이 햇불의 역사적 행진 대열에 오늘 탄생된 한국 버트란드 러셀 협회가 조금이라도 창조적 공헌을 할 수 있기를 바라며, 뜻을 같이하는 만인과 함께 상호관용의 민주정신 아래 서로 격려하며 공동목표의 달성을 향하여, 자유로운 미래의 새로운 통일된 한국과 한반도에서의 진정한 민주사회건설을 향하여, 세계만방에서의 사회민주주의의 이상의 실현을 향하여 매진할 따름이다.

1976년 10월 17일 서독(독일연방공화국), 쾰른에서

한국 버트란드 러셀 협회

회 장 배 동 인

('햇불', 제1호, 1977 3월, 18-20쪽)

4.5. 인생의 목적: 머리말에 부쳐서

세상이 이렇게 극도로 혼란할수록 인생의 목적에 관하여 생각하게 된다. 사람들은 제각기 어떤 목적을 위해서 -그 목적을 의식하건 않건 간에- 행동하며 살아간다. 경제적으로 너무나 가난한 사람들은 입에 풀칠을 하는 것 자체가 우선 삶의 목적이 된다. 이때에는 생존, 즉 생명의 유지가 최고의 가치를 갖게 된다. 그러나 생존유지의 수준 위에 있는 사람들에게는 일반적으로 다른 어떤 것에 큰 가치를 부여하고 그것을 갖거나 실현코자 하는 것이 일상생활의 목적으로 된다. 가령 어떤 독재자는 국민 앞에서, 국가안전을 위해서, 그래서 총력안보를 위해서, 그리고 국민의 생활수준향상을 위해서, 자립경제의 확립을 위해서, 그래서 5개년 경제개발 목표, 특히 수출목표의 달성을 위해서 정치를 한다고 하고, 그래서 눈물을 흘리면서까지 자기가 대통령자리에 더 앉아 있어야 되겠다고 한다. 여기서 항상 회의를 품게 되는 것은, 그런 좋은 목적들을 실현하기 위한 수단과 방법들이 그런 목적들을 삼켜먹어 버리고, 수단·방법들이 권력구조와 사회경제체제를 부조리와 불합리의 가속적 악순환 속에 몰아넣고 비극적인 결과만을 산출하는 것을 제도화하는 위험성이 내포되어 있다는 것이다. 수단·방법의 목적소외현상(Zweckentfremdung)이라고 볼 수 있다. 가령, 권력을 쥐는 것이나 돈을 모으는 것 자체는 가치중립적인 것이다. 그러나 문제는 권력의 장악이라는 목적의 실현을 위하여 사용한 수단과 방법이 정당한 것이었느냐와 장악한 권력을 무엇을 위하여 사용하느냐에 있다고 본다. 목적이 수단을 정당화한다는 마키아벨리적 책략의 야만시대는 이미 지나간지 오래다. 그리고 권력이나 부 등 그것 자체가 절대적인 최종의 목표라고 생각된다면, 그런 의식 자체가 벌써 그 의식의 주체로 하여금 그 절대화된 목적의 노예로 만들어지게 하며, 따라서 결코 자유인이 못되게 하며, 그 목적의 달성은 곧 악의 생산을 의미하고 마침내 그 목적을 추구하는 자의 생명은 물론, 그 주위의 인간생명들을 온통 병들게 하고 만다.

인생의 어떤 목적은 그 인생의 주체인 그 사람에게 속한 것이지, 그 사람이 그의 목적에 속한 것은 아닌 것이다. 그리고 어떤 사람의 인생의 어떤 좋은 목적은 결코 다른 사람의 생명을 해치거나 이의 좋은 목적을 죽이거나 그 실현을 방해하지 않는 성질의 것이라야 할 것이다. 이 단순한 인식이 이해되지 않기 때문에, 폭군적 독재자가 '떳떳한 무지' 가운데 존재하고 그의 통치기구들을 백성들의 고문·살인기구로 만들며, 지식인들(특히 박사학위를 붙인 학자나 교수들)이 폭군의 종노릇을 하게 되는 것 같다(그런 굴욕적인 종노릇을 영광스러운 출세라고 생각하고 떳떳이 활개치며 다닌다면, 그것은 어쩔 수 없는 '생각의 자유'에 속한다고 해두자).

내가 무엇을 위하여 살아왔으며, 무엇을 위하여 지금 살고 있는가라는 물음에 스스로 정직하게 답할 수 없고, 그 답의 내용이 사회전체에 미치는 인과적 영향과 기능을 충분히 분석·검토하지 않게 되는 데에 그 사회의 각계 각 층의 지도적 위치에 있는 사람들의 가장 근본적인 사회적 책임이 있다고 본다. 이러한 문제의 연관성 아래에서, 나는 지금 다시금 버트란드 러셀의 자서전 제1권 서두의 "내가 위하여 살아온 것" (또는 "나는 무엇을 위하여 살아 왔는가")이라는 간략한, 그러나 의미심장한 글을 읽어본다. 원문제목인 "What I have lived for" 아래 써진 그의 삶의 고백을 번역하면 아래와 같다. 이 경탄할 수밖에는 없는 한 인생의 종합결산서의 진실성을, 구체적으로 그가 어떻게 살아온 인생이었는가를 대강 서술한 그의 자서전 세 권을 읽어본 이들은 인정할 수 있을 것이다.

『단순하지만 압도적으로 강한 세 가지의 열정들이 나의 삶을 지배해 왔다. 사랑에의 동경, 지식의 탐구, 그리고 인류의 고난에 대한 참을 수 없는 동정이다. 이들 열정들은, 큰 바람결들처럼, 나를 이리로 저리로 기분에 내맡긴 노정으로, 고통의 깊은 바다위로, 절망의 바로 마지막 절벽길에 이르면서 휘몰아쳤다.

나는 사랑을 갈구했다. 첫째로, 그것은 희열을 가져오기 때문이다. 내가 이 기쁨의 몇 시간을 위하여 인생의 남은 전부를 자주 희생했었을 정도로 그렇게 큰 희열을. 내가 사랑을 찾아 헤맨 두 번째 이유는, 그것은 고독을 경감시켜주기 때문이다. 하나의 전율하는 의식이 세상의 가장자리 위로 차디찬 밑 모를 생명 없는 심연 속을 내려다보는 그런 무서운 고독을. 내가 사랑을 찾아 헤맨 마지막 이유는, 사랑의 결합 속에서 나는, 한 신비스러운 소품으로서 성인들과 시인들이 상상했던 하늘의 예시적 환상을 보았기 때문이다. 이것이 내가 찾아 헤맨 것이다. 그리고 그것이 인간의 삶을 위해서는 너무나 좋은 것이었을망정, 이것은 결국에는 내가 찾은 것이다.

같은 열정으로, 나는 지식을 찾아 헤맸다. 나는 인간들의 심정들을 이해하기를 원했다. 나는 왜 별들이 빛나는가를 알기를 원했다. 그리고 나는 숫자가 만물의 흐름을 지배하는 피타고라스적인 힘을 포착하려고 애썼다. 이것 중 약간을 많지는 않지만, 나는 성취했다. 사랑과 지식은 그것들이 가능했던 한에서는 하늘 높이를 향하여 위로 이끌었다. 그러나 항상 동정(연민의 정)은 나를 땅에로 되돌려 보냈다. 고통의 울부짖음 들의 메아리들이 나의 가슴에 다시금 진동한다. 기근 속에서의 어린애들, 압제자들에 의하여 고문당하는 희생자들, 그들의 아들들에게 증오스러운 짐이 되는 가련한 노인들, 그리고 고독과 가난과 고통에 찬 온 세상이, 인간의 삶이 원래 무엇이어야 하는가에 대하여 하나의 조롱감으로 되어버린다. 나는 악을 경감하기를 무척 선망한다. 그러나 나는 어쩔 수 없이 악을 경감시키지 못하고, 나 또한 고난을 당한다. 이것이 나의 삶이었다. 나는 그것이 살만한 가치가 있다고 느꼈으며, 만일 기회가 나에게 주어진다면, 기꺼이 그것을 다시 살 것이다.』

('횃불', 제2호, 1977년 7월, 3-4쪽)

4.6. 한국의 삭코와 반제티

미국에서 실제로 일어났던 역사적 사건을 그린 "삭코와 반제티"(Sacco und Vanzetti)라는 영화(이태리 제작)를 보면서 하염없이 눈물이 치솟아 오르는 것을 참을 수 없었다. 기막히는 아름다움을 볼 때의 눈물이 아니라, 너무나 억울하고 분통이 터질 지경이어서 나오는 눈물이다. 삭코와 반제티는 이태리에서 이주해 온 미국인들로서 1920년 4월 15일의 살인혐의로 체포되어 아무런 확실한 증거 없이 살인죄의 판결을 받고 1927년 8월에 전기의자에서 마침내 사형을 당한다.

삭코는 신발공장에서 일하는 노동자였고, 반제티는 생선장수였다. 정치적으로는 둘 다 무정부주의자였다. 이들의 살인죄 혐의 재판이 신문에 계속 보도됨에 따라 미국의 모든 대학을 비롯하여 방방곡곡에서, 구라파 각국의 주요도시에서 이들의 자유를 위한, 그리고 공정한 재판에 의한 정의의 구현을 위한 데모들이 계속하여 일어났고, 이들을 해산시키기 위하여 미국정부당국은 경찰력을 동원하여 무자비하게 폭력을 행사했다. 거창한 국가권력기구를 등에 업은 검찰과 재판관과 배심원들은 살인의 뚜렷한 증거도 없이 삭코와 반제티를 자유와 정의와 민주주의의 이름으로 살해하고 만 것이다. 무죄한 이들을 전기의자의 이슬로 사라지게 하기 위하여 심지어는 거짓 증언을 하는 인간기계들을 동원하여 재판정에서 뻔뻔스럽게도 허위를 사실로 꾸미는 연극을 시킨 것이다.

이들 두 명이 정부의 마음에 들지 않은 것은, 그들이 살인을 했느냐 안 했느냐에 있다기보다는, 오히려 그들이 무정부주의적인 사상을 갖고 있었다는 데에 있었고, 이러한 라디칼한 사상에 대하여서는 전혀 관용을 베풀어서는 안 된다는 절대적인 도그마로 머리가 꽉 차 있는 사람들이 사람을 살릴 수도 있고 죽일 수도 있는 권력을 쥐고 있었기 때문에, 그리고 이런 어리석고 무지몽매한 권력자들을 국민의 혈세로 살찌게 하고 국가공무원이라는 지위에 붙어있게 하는 사회정치적 문화와 제도가 역기능을 발휘하고 있었기 때문에 이들 죄 없는 두 사람은 법이라는 이름으로 억울한 죽임을 당한 것이다.

러셀은 삭코와 반제티에 관하여 매우 큰 관심을 기울였고, 그의 책들의 여러 군데에서 이들의 이름을 언급하고 있다. 러셀은 1929년 5월 28일자의, 이들 두 사람의 석방운동에 뛰어났던 가드너 잭슨(Gardner Jackson)에게의 편지가운데 다음과 같이 쓰고 있다. "…나는, 당신께서 삭코와 반제티에 관한 기억을 항상 생생하게 하기 위하여 가능한 모든 일을 하고 계시는 것은 전혀 옳은 일이라고 생각합니다. 그들에게 유죄판결을 확정지을 그러한 증거가 없었다는 것이 편견에 사로잡히지 않은 사람에게는 누구에게나 명백함에 틀림없다고 저는 생각합니다. 그리고 저는 제 자신의 마음 가운데, 그들은 완전히 무죄였다는 데에 관하여 전혀 의심하지 않습니다. 제가 결론지을 수밖에는 없는 것은, 그들은 그들의 정치적 의견들 때문에 정죄되었다는 것과, 사실을 남들보다 더 잘 알고 있었어야 했던 사람들이 삭코와 반제티처럼 그러한 정치적 견해를 가진 사람들은 전혀 살 권리를 갖고 있지 않다고 믿고 있었기 때문에, 증거에 관하여 잘못된 견해를 스스로 발표하기를 허용했다는 것입니다. 이러한 종류의 견해는 매우 위험스러운 것입니다. 왜냐하면, 그것은 문명된 국가들에서는 이미 찾아볼 수 없다고 생각되는 박해의 한 형태를 신학적인 부문에서 정치적인 분야에로 이전시키는 것이기 때문입니다. 헝가리나 리투아니아에서는 이런 종류의 사건들에 사람들은 그렇게 놀라지 않습니다. 그러나 미국에서는 그런 사건들은 의견의 자유를 보호하는 모든 이들에게 중대한 관심사들임에 틀림없습니다."(러셀의 자서전 제2권 참조).

오늘의 미국은, 그러면, 1920년대의 미국에 비하여 이런 면에서 더 나아졌느냐는 실제로 조사해 볼 문제이려니와, 미국뿐만 아니라 「국가」라는 거창한 권력조직체가 있는 곳에서는 어디에나 언제나 제2, 제3의 삭코와 반제티를 "신성한 법"의 이름으로 죽이는 위험성이 있다. 오늘의 유신체제 아래의 한국이 바로 그 대표적이고 뚜렷한 예다. 한국에는 특히 1972년 이후에 지금 이 순간까지 수많은 "삭코와 반제티"가 다만 사회주의 또는 공산주의라는 사상을 가졌다고 또는 가졌다는 혐의로 교수형에 처해졌으며—약 2년 전 1975년 4월에 잔인성의 극에 달한 온갖 고문을 당하고 마침내 교수형 또는 고문에 의한 죽임을 당한 소위 인혁당 당원 8명을 기억하라!—지금도 수많은 백성들이 오로지 자기의 국민으로서의 정치적인, 더구나 온건한 민주주의적인 견해와 정부의 정치·정책에 대한 비판적인 견해를 거리낌 없이 발표했다는 이유만으로 인간으로서는 당해서는 안 되는 온갖 잔인하고 야만적인 고문을 같은 동족에게 당하고 수년의 장기징역 또는 무기징역을 살아야만 한다는 것이 온 천하에 다 알려진 사실이다. 유신체제가 이토록 죄 없는 사람을 어마어마한 죄인으로 만들고, 생사람을 파리 잡듯이 고문·살해하고 있는, 소위 "유신철학"의 기본논리는 대강 다음과 같다고 추리된다. 재판은 법에 의하여 한다. 그런데, 법은 긴급조치 제9호와 이것의 근거가 되는 유신헌법, 특히 그 제53조, 그리고 그밖에 대통령이 제멋대로 국회의원을 임명해서(일부이기는 하지만) 구성된 국회에서 제정된 법률들을 말한다. 이들 법 또는 법률들의 해석은 대통령이 그때그때 필요에 따라 해석한 것만이 옳은 것이며, 이 "옳은" 해석에 대해서는 대통령 이외의 누구도 다른 의견을 제시하여 다툴 수도 변경시킬 수도 없다. 법은 곧, 대통령이 말하는 것을, 하고 싶은 것을 흰 종이 위에 검은 활자로 나열·표시한 것이다. 법체계 전체에 있어서 가치관과 논리에 있어서의 일관성이 있느냐 없느냐는 문제시할 필요도 없고 법 제정절차가 민주적으로, 그리고 합리적으로 되어 있느냐도 따질 필요가 없다. 유신체제에서의 재판이라는 것은, 즉 대통령이 옳다고 생각하는 것이 중추적 통설의 방향을 이루는, 즉 대통령 개인의 자의와 폭력의 제도화인 것이다. 한 마디로 말하면, "내가 즉 법"이라는 식이다. 왜냐하면, 어떻게 해서 대통령 자리에 앉아있든지 간에 대통령이라고 불러줘야 되는 사람(지금 현재는 「박정희」라는 성명의 소유자)은 국가이성과 법의 정신의 화신(化身)이며 로마 교황보다도 더 절대적으로(몇 배나 훨씬 더!) 그 언행사(言行思)에 있어서 완전무오(完全無誤)이기 때문이다. 이것은 가령 「김개똥이」나 「이말똥이」가 대통령이라고 불려도 만고불변의 "유신" 철칙이다. 그러나 이러한 폭력과 거짓 위에 세워진 국가는 그 존재이유를 이미 상실한 것이며, 어느 누구도 그러한 반인간적인 국가권력 아래에서 혈세를 바쳐가며 온갖 억압과 고통을 당해야 할 필요성이 전혀 없는 것이다. 모든 평화적인 수단에 의하여 폭력을 감소시키며 국민을 위하여 봉사하는 국가권력구조와 정치·경제체제를 개혁해 나갈 길이 완전히 막혀버린 상황 아래서는 어떤 폭력적인 수단과 방법으로 현 체제를 철폐시키는 것이 정당화 될 수밖에 없다. 이러한 비극적인 혁명이 오는 것을 미리 방지하고

한국문제가 근본에서부터 보다 건설적으로 해결되게 하기 위한 한 가지의 방법
으로서, 나는 위의 영화를 보면서, 누구보다도 먼저 대통령이, 대법원장이, 판사
들이, 검사들이, 그리고 경찰과 군인들이 위에 말한 영화 "삭코와 반제티"를
꼭 한번 보고 느낄 것을 제안하고 싶다고 생각했다. 왜냐하면, 오늘의 유신 한국
의 현실에서는 토론(이성을 바탕으로 한)이 전혀 불가능하기 때문에, 이런 영화
를 감상하고 권력을 쥔 사람들이 스스로 느낌으로써 자기들의 생각과 행동을
반성하고 개선해 나갈 수 있지 않을까 하는 한 가닥의 희망과 가능성을 믿어보
는 소치에서이다. 만일 그 영화를 진지하게 보고도 무엇이 옳고 그른가를 깨달
지 못하고 지나간 과오를 고칠 수 없는 대통령이요, 판사요, 검사요, 경찰관이요
군인이라면, 실제로 혁명적 사태가 일어나서 국민들이 그들의 존재를 폭력으로
제거해버린다고 한들, 누구도 이것이 잘못되었다고 말할 수는 없을 것이다.

('횃불', 제2호, 1977년 7월, 19-21쪽)

4.7. 권력과 폭력: 머리말에 대신하여

권력은, 막스 베버에 의하면, "하나의 사회적 인간관계 안에서 자기의 의사를
반대를 무릅쓰고라도 관철할 수 있는 계기(chance)"(「경제와 사회」 참조)라고 형
식적인 정의를 내렸다. 요컨대, 넓은 의미에 있어서는 권력은 사회생활에 있어
서 자기의 원하는 방향으로 남의 행동에 영향을 미칠 수 있는 능력이라고 볼
수 있다. 실로, 권력은 인류역사를 통하여 많은 사람의 생명과 운명을 좌우하였
고, 한 민족사회의 존속, 부흥, 멸망을 결정짓는 데에 중요한 역할을 해왔다.
러셀은 이러한 인간사회에 있어서의 권력의 중요성에 착안하여 「권력: 하나의
새로운 사회분석」(Power: A New Social Analysis)이라는 책을 1938년에 세상에 내
놓았는데, 그 첫 장에서 그는, "이 책을 통하여 에너지(energy)가 물리학에서 기
본적인 개념이라는 똑같은 의미에서, 사회과학에 있어서의 기본개념은 권력
(power)이라는 것을 증명하는 데에 관심을 둘 것"이라고 했다. 그는 권력의 여러

가지 형태를 설명하고 있는데 "벌거벗은 권력"(Naked Power)이라고 제목한 장에서는 폭력의 문제를 다루고 있다.

오늘의 현실, 특히 정치사회의 현실을 볼 때에 뚜렷이 부각되는 사실은, 1970년대 초기부터 서독을 비롯하여 일본 등 다소 선진국으로 일컬어지는 문명사회에서 정치적 테러행위가 국제적 조직화를 통하여 성행하고 있다는 것이다. 이러한 정치적 폭력주의가 현실화되는 이유는 여러 면에서 설명될 수 있겠으나, 그 중요한 하나의 이유를 현대사회의 심리학적인 양상에서 찾아볼 수 있지 않는가 생각된다. 즉, 서구자본주의사회의 금력만능주의 철학이 낳는 좌절감과 패배감, 현대 복지사회의 일반적 경향인 물질주의, 무의식적·의식적인 소비경쟁주의의 허구, 고도로 발달된 기계문명으로 거창한 괴물처럼 되어버린 대도시의 대중사회생활의 소용돌이 속에서의 개인의 무력감과 소외감, 이러한 사회경제체제의 구조적 불의와 이를 해결하지 못하고 현상유지를 강화하는 정치체제의 무능과 위선에 대한 증오와 반항의식이 건설적 분출구를 찾지 못하고 폭발하는 것이라고 보여진다. 풍요한 물질문명의 발달은 사회의 일부 특권계층에만 그 혜택이 돌아갈 뿐만 아니라, 그 계층 안에서도 인간의 욕구 충족의 근본문제들을 완전히 해결해 주는 것은 아니라는 것을, 테러집단 구성원들의 부유한 상층사회계층의 가정적 배경이 보여주는 것 같다. 그러나 이곳의 일부 극단적인 정치적 폭력집단의 발생학적 근원은 서구의 자본주의적 물질문명사회 자체 속에 있다고 볼 수 있는 한편, 그러한 폭력과 테러가 어떠한 정치적 이상의 실현수단으로서 가령 서독과 같은 민주사회에 있어서 정당화 될 수는 없다고 본다. 현재의 서독사회도 완전한 민주사회라고는 볼 수 없는 측면들이 있으나, 즉, 반민주적이며 파시스트적인 경향을 다소 볼 수 있는 것은 사실이나(예를 들면, 공산주의 등 극단적 사상의 소유자들에 대한 공무원직의 금지의 법제화), 전면적으로 파시스트사회라고 못박을 수는 없다고 본다. 이와 대조를 이루는 것이 한국과 같은 천민자본주의적이며 반민주적·파시스트적 사회다. 유신체제 아래의 현 한국사회에는 벌거벗은 폭력이 국가 권력구조 안에 장치되어 있어서 청와대와 '남산'에서부터 풍기는 피비린내와 썩은 냄새가 미국을 거쳐 온 세계의 정신적 대기를 오염시키면서 퍼지고 있는지 오래다.

서구의 정치적 테러사건들은 사회의 구조적 병의 증세를 보여주며 이를 우선 방지하고자 국가권력이 총동원되고 있는 반면에 한국에서는 폭력이 이미 정치제도화 되어있어서 국가권력이라는 형식상의 옷을 입고 있기 때문에, 이 제도적 폭력을 근절할 수 있는 국가권력은 따로 존재하지 않는다. 국민에 대하여 적대적 위치에 있는 유신폭력인 국가권력에 대항하는 대학생들과 언론인들과 기독교인들과 노동자들의 반유신체제운동은, 따라서 국가권력의 원초적 정당성을 새로이 확립시켜야 한다는 인간의 이성과 자유정신의 역사적 요청에 응답하는 것이라고 볼 수 있다.

국가권력이 주권자인 국민을 괴롭히고 그 기본적 인권을 박탈하며 죽이기도 하는 폭력으로 되어버렸고, 국민은 이 부당한 상태를 어떠한 평화적 수단에 의해서도 개선할 수 있는 길이 완전히 막혀버린 상황에서는 -이러한 상황이 바로 오늘까지 5년간이나 지속되고 있는 유신체제의 현실임은 온 천하가 다 알고 있다. 국민은 그 주권의 최후의 행사수단인 폭력에 의하여 폭력화된 권력구조를 국민으로부터 나오는 민주적인 정당한 국가권력구조로 재창조하는 수밖에는 다른 도리가 없게 된다. 이것이 바로, 권력을 위한 권력애가 낳은 거짓과 폭력의 막다른 골목이며, 이것이 바로, 국가 권력의 본래적 기능과 민주주의에서의 국가권력의 정당성의 근거를 뚜렷이 밝혀주는 것이다.

의식적으로 계획·추진되는 사회적 변화의 방법론으로서 개혁과 혁명, 또는 폭력의 적용과 비적용의 두 가지 길들 가운데 어느 것을 택할 것인가의 문제는 정치철학, 사회학 등 학계에서나 일반 정치계와 언론·문학의 분야에서도 여러 가지로 논의되어 왔다. 간디와 마르틴 루터 킹의 비폭력 저항주의와 최근의 서독의 바아더-마인호프(Baader-Meinhof) 그룹의 테러주의는 극단적인 예로서 양극을 이루고 있고, 둘 다 어느 정도 도그마적인 것이 공통점이다. 러셀은 지금까지 내가 알고 있는 한에서는 이 문제에 관하여 원칙적으로 폭력적인 혁명에 반대하지만, 가령 제1차 세계대전에 대한 철저한 반대와는 대조적으로, 히틀러의 폭력지배체제에 대한 전면적 거부와 저항으로서의 제2차 세계대전에의 영국의 참전을 수긍하였다.

이러한 폭력적용문제와 관련하여 카알 포퍼 경(Sir Karl R. Popper)은 그의 유명한 책 "개방사회와 그의 적들" 속에서 그의 견해를 다음과 같이 서술하고 있는데, 나는 그의 견해에 전폭적으로 찬동하며 그의 견해는 현재의 한국의 유신체제와 대결하고 있는 반독재민주화 운동에 있어서 매우 고무적이고 좋은 시사를 주고 있다고 생각한다.

"나는 하나의 폭력적인 혁명에 대하여 모든 경우에 있어서, 그리고 모든 상황 아래서 반대하지는 않는다. 폭군살해의 허용을 가르쳤던 중세기와 문예부흥(Renaissance)시대의 약간의 기독교사상가들처럼, 나도 역시 하나의 폭군지배체제에서는 아마도 사실상 전혀 다른 가능성이 없고 하나의 폭력적인 혁명이 정당화 될 수 있다고 생각한다. 그러나 나는 또한 그러한 혁명의 유일한 목적은 민주주의의 확립이어야 한다고 믿는다. 그리고 민주주의라는 개념 아래 나는 가령 '국민대중 또는 인민의 지배'나 '다수의 지배'와 같은 그런 애매한 것으로 이해하지 않으며, 지배자의 공적(公的)인 통제와 피지배자들에 의한 지배자들의 퇴진을 허용하고 피지배자들로 하여금 폭력행사 없이, 그리고 지배자의 소원에 반대하여서까지도 개혁을 실천에 옮기는 것을 가능케 하는 일련의 제도들(이 중에는 무엇보다도 보편적인 선거, 즉 국민이 그의 정부를 해고시킬 수 있는 권리를 포함한다)로 이해한다. 다른 말로 표현하면, 폭력의 적용은 개혁이 폭력적용 없이는 실현되지 못하는 폭력지배체제에서만 정당화된다. 그리고 그것은 무폭력의 개혁들이 다시 가능한 상태의 확립이라는 유일한 목적을 가져야 한다.

나는 우리가 폭력의 적용 아래 보다 많은 것을 실현하려고 시도해야 된다고는 믿지 않는다. 왜냐하면, 모든 그런 시도는 합리적인 개혁들의 모든 실현 전망을 잃게 되는 위험(모험)과 결부되어 있을 것이기 때문이다. 폭력의 계속적 적용은 마지막에는 자유의 손실에로 이끌 수 있다. 왜냐하면, 그것은 이성의 감정

없는 지배가 아니고 강자의 지배를 이롭게 하기 때문이다. 폭력지배체제의 파괴보다 더 많은 것을 시도하는 하나의 폭력혁명은 그 실제적인 목적들을 달성할 수 있다; 그러나 그것은 하나의 새로운 폭군지배체제에로 변형될 수 있는 똑같은 가능성을 갖고 있다.

하나의 유일한 다른 경우에 나는 정치적 투쟁에 있어서의 폭력의 적용이 정당화된다고 간주한다. 즉, 민주주의의 확립 이후에 민주적 헌법에 대한, 그리고 민주적 방법들의 사용에 대한 여하한 침해(내부로부터나 외부로부터 간에)에도 대결하는 저항이 그것이다. 모든 그런 침해, 특히 바로 권력을 쥐고 있는 정부에 의해서 행해지거나 그 정부에 의해서 용인되는 침해는 모든 애국적인 시민들에 의하여 폭력의 적용으로써라도 단호히 거부되어야 할 것이다. 왜냐하면, 민주주의의 기능발휘는, 그 권력을 악용하고 폭군정치를 도입하려고 시도하는(또는 폭군지배체제의 확립을 제3자에게 허용하는) 정부는 스스로 법의 테두리를 벗어난다는 통찰과 그 시민들은 그러면 그러한 정부의 행동을 범죄로 보고 그 정부 구성원들을 하나의 위험한 범죄집단으로 보는 것을 하나의 권리뿐만 아니라 의무로서 갖고 있다는 통찰에 대체로 근거하는 것이기 때문이다. 그러나 나는 민주주의의 제거의 시도에 대한 이러한 폭력적인 저항은 분명히 방어적이어야 한다는 견해를 확고부동하게 견지한다. 저항의 유일한 목적은 민주주의의 구제라는 점에 있어서 추호도 의문이 생겨서는 안 된다…"(카알 포퍼, "개방사회와 그의 적들", 제2권[거짓 예언자들 : 헤겔, 마르크스와 그 후계자들], 독어번역 제3판, 베른 1973, 186-7쪽).

권력의 생명은 그것이 이성에 근거하여 사회의 공동선을 위하여 사용되는 데에 있다. 폭력화된 국가권력이라는 것은, 거짓으로 밝혀진 진리와도 같이 그 진정한 설득력과 영향력을 이미 상실한, 죽은 것이다. 유신 폭력체제가 하나의 적나라한 폭력지배체제로 앞으로 몇 년을 더 존속한다고 해도, 그것은 각성된 한국국민에게는 하나의 긴 악몽과 같은 비극이겠지만, 그러나 그것은 인류역사의 우주적 차원에서 볼 때에는 다만 하나의 치졸하고 시시한 희극, 잔인성과 무지를 지도이념으로 삼는 어리석은 바보들의 희극에 불과한 것이다. 그러나 이 희극을(또는 비극을) 조속히 폭력을 적용해서라도 마감시켜야 하는 것은, 포퍼가 위에서 명확히 표현한 것처럼, 모든 민주국민의 권리요 의무인 것이다. 러셀도 일찍이 "민주주의자의 일반적 목표는 폭력에 의한 정부를 국민의 일반적 동의에 의한 정부로 대체시키는 것"이라고 단언했다.

('횃불', 제3호, 1977년 11월, 3-6쪽)

4.8. 오늘의 세계 속의 한국의 갈 길은 어디인가?

I

오늘날의 세계는 여러 면에 걸쳐서 중대한 도전을 받고 있다. 변화하는 세계의 일부인 한국의 향방도 역시 이 세계의 크고 작은 움직임에 다소간 영향을 받게 마련이지만 반드시 이에 의존되어서는 안될 것이다. 오늘의 세계는 정치적, 군사적으로는 2차 세계대전 이후의 미·소 양 강대국을 중심으로 한 제1, 제2세계의 이데올로기적 암투를 종결치 못한 채, 그리고 분쟁해결수단으로서의 전쟁을 완전히 포기하지 못한 채, 평화공존의 실용주의적 원칙 아래 동서양진영의 화해, 긴장완화정책을 이구동성으로 외치며 수많은 국제회담을 철따라, 또는 연례적으로 개최하고 있으나 현실적으로 기본문제들의 해결을 가져오지는 못하고 있다. 즉, 정치적 군사적 면에서의 오늘의 세계는 과거의 문제들과 그 불충분하고 결함 많은 해결수단들에 얽매인 채 새로운 문제상황에 직면하여 엉거주춤하면서 불안과 공포 속에서 미래의 새로운 세계에의 용기 있는 결단을 내리지 못하고 있는 상태에 있다고 볼 수 있다. 몸은 앞을 향하고 있으나, 머리는 아직도 뒤를 돌아보며 과거의 옹색스런 굴레를 벗어나기를 아쉬워하는 모습이라고 보여진다.

경제적으로는 제1세계와 제2세계의 공통점은 둘 다 그 실현방법에 있어서 차이가 있다고 할지라도, 그 궁극의 목적이 공업화와 기계문명화를 통한 복지

사회 건설에 있다고 볼 수 있다. 그러나 지나친 공업화의 추진과정
(over-industrialization) 속에서 공기, 물, 삼림 등 인간생활환경의 오염을 가져왔고,
공업생산의 원료인 주요자연자원의 낭비와 고갈을 초래함으로써 인간생활의
자연적 근거를 흔들리게 하는 결과를 빚어내고 말았다. 여기서, 현대문명사회
의 젊은이들은 도대체 인생의 의미가 무엇이며, 참된 행복을 어디서 찾을 것인
가라는 인간의 근본문제를 다시금 제기하면서, 고도로 공업기술 문명화된 현대
사회의 존재의의에 대해서 회의를 품고 정면으로 모든 기성체제에 대해 반항하
며 전투적인 자세로 도전해오고 있는 것이다. 이러한 문제의 연관성에서 그 잘
못의 여부는 따로 문제시될 수 있다고 할지라도, 최근의 이곳 서독에서의 잦은
폭력집단의 테러행위도 관찰해볼 필요가 있다고 생각된다. 이와 아울러 종래의
소시민적, 중산계급적 또는 민족중심적 윤리, 가치관은 철저한 재검토의 시험
대에 오르게 되었고 새로운 문제상황에 대처할 수 있는 보다 포괄적인, 가령
우주적 범인간가족적인 윤리관이 요망되고 있다고 보여진다.

II

이러한 세계의 정치적, 군사적, 경제적, 문화적 문제 상황의 소용돌이 속에서
한국의 갈 길을 올바르게 정립하는 것은 우리들 한국민에게 주어진 가장 긴박
하고 중요한 과제라고 본다. 오늘의 한국과 한반도의 현실은 마치 위에서 간략
히 서술한 세계현실의 축소판이라고도 볼 수 있다. 정치적으로는 한반도는 동
서양진영의 이데올로기적 냉전의 장벽으로 갈라진 채 전혀 딴 세상처럼 서로
적대시하고 있다. 민족의 숙원인 통일은 정권연장을 위한 수단으로 되는 반면
에 국민의 가장 기본적인 인권인 자유권을 말살하고 민주주의를 파괴한 하나의
보잘 것 없는 정치체제의 정당화와 이 체제에의 무조건 예속을 위협하는 폭력
의 합법화의 미끼로 전락된 지 오래다.

한국과 한반도의 궁극적 정치목표는 한 마디로 말하면, 민주주의의 확립과
민족통일의 실현에 있다. 여기서 문제가 되는 것은, 누구나 민주주의를 지향한

다고 하지만, 그 이해가 서로 다르거나, 그 이해하는 의미 내용이 모호한 것이 일반적인 현상이라는 것이다. 온 세상이 다 아는 무지막지한 유신독재체제도 스스로 민주주의를 한다고 말하고, 북한의 공산주의적 단일정당 독재정권도 소위 "인민민주주의"를 한다고 하니 도대체 무엇이 민주주의인가 혼동을 일으키기 쉽게 된다. 다른 한편, 해외에서 많은 동지들이 없는 호주머니 돈을 털어내고 바쁜 시간과 정력을 내서 서로 다투어 한국에 있어서의 박독재 타도와 민주주의 회복운동을 몇 년 전부터 전개해오고 있지만, 한결같이 온갖 선언문과 성명서들에서 "민주주의" 또는 "민주적"이라는 구호를 외치면서 구체적으로 이것이 무엇을 의미하는 것인가를 명백히 한 것을 보기가 드물다. 이와 아울러 통일문제를 논의할 때도 통일은 민주적으로 그리고 평화적으로 달성되어야 한다고 대개 주장하지만 민주적 통일이 구체적으로 어떤 원칙 아래 어떤 절차와 과정을 거쳐서 실현되어야 하는가에 관하여서는 누구도 언급이 있지 않은 것 같다.

민주주의는 인간사회에 있어서 공동의 관심사가 되는 문제들을 해결하기 위하여 불가피한 방법으로서, 아직까지 인류역사상 보다 나은 다른 방법을 인류는 찾아내지 못했다. 민주주의의 핵심을 우리는 과정과 제도의 두 가지 면에서 찾아볼 수 있을 것이다. 과정적 민주주의(processual democracy)는 의사형성과정과 집단적 의사결정과정은 무엇에도 제한되지 않고 완전히 자유롭고 투명해야 하며 합리적인 절차를 통하여 진행되어야 한다는 데에 있다. 라디오, 텔레비전, 신문, 잡지 등 대중의사전달수단은 과정적 민주주의를 실현하는 데 그 중요한 기능이 있다고 볼 수 있다. 과정적 민주주의야말로 민주주의자체의 사활을 결정하는 최종적 핵심이라 할 것이다. 그것이 없는 민주주의는 아무리 온 세상이 떠나가도록 스스로 민주주의를 한다고 외친다고 할지라도, 헌법을 비롯하여 모든 정치적 선언서와 행정·법률에 관련된 문서에 국내외로 천명했다고 할지라도 그러한 "민주주의"는 이미 민주주의라고 인정할 수 없는 것이다. 다시 말하면, 위의 과정적 민주주의는 민주주의가 진정으로 민주주의로 되게 하는 데에

필수불가결의 요건이다. 그런데, 이 과정적 민주주의의 실현을 위해서는 사상
의 자유, 언론의 자유, 통신의 자유가 보장되지 않으면 안 된다. 이러한 의사표
현의 자유가 곧 과정적 민주주의의 내용적 본질이 되는 것이다. 따라서 의사표
현의 자유가 없는 한, 어떠한 정치체제도 민주주의적이라고 할 수는 없다. 그런
데 제도적 민주주의(institutional democracy)는 과정적 민주주의에서 빚어지는 구
조적 문제들을 해결하기 위한 제도적 장치들을 의미하며 예를 들면, 삼권분립
의 원칙, 지방자치의 행정제도, 지방분권적 연방정부의 정치체계 등을 들 수
있다. 요컨대, 제도적 민주주의는 권력의 집중 대신에 분산을, 타율적 행정을
자율적 행정으로, 획일주의 대신에 다원주의를 정치체제의 조직원칙으로 삼고
이를 구현하는 것이라고 볼 수 있다. 위에서 과정적 민주주의의 거의 절대적인
중요성을 지적했듯이 과정적 민주주의가 없는 제도적 민주주의는 기초 없는
건물이나 알맹이 없는 껍질과 마찬가지로 그 유용성이 거의 없다. 다소 과장하
여 표현하면, 제도적 민주주의는 과정적 민주주의의 실현을 위한 보완적 기능
을 수행한다고 볼 수 있다.

　　한마디로 말하면, 과정적 민주주의와 제도적 민주주의는 내용적으로 따로
분리될 수 없는 것이며, 여기서는 민주주의의 원칙을 다만 분석적으로 구별하
여 논의한 것이다. 이렇게 이해된 민주주의는 정치 질서에만 국한하여 관찰할
때에는 불란서혁명과 미국의 독립선언과 영국의 민주헌정투쟁사에서 뚜렷이
역사적 전통으로 보여주는 고전적 자유민주주의와 하등 다를 것이 없는 것이다.
정치적 측면에서의 민주주의는 곧 자유민주주의를 의미한다. 왜냐하면, 위의
과정적 민주주의에서처럼 자유권과 평등권 등 인간의 기본적 권리, 특히 의사
표현의 자유가 민주주의의 가장 핵심적 요건이기 때문이다.

　　　Ⅲ
　　위의 민주주의의 기본적 원칙들을 한반도의 통일문제에 비추어 보기로 한다.
한반도의 통일의 실현을 위해서 민주주의는 하나의 중요한 지향원칙이 되어야

한다고 본다. 지금까지 해외에서의 한국인사회에서의 반독재 민주화투쟁인사들 가운데 통일문제를 민주화의 궁극적 실현을 위한 선결적 중요요건으로 보는 경향이 있었다. 그래서 선통일 후민주화론과 선민주화 후통일론이 서로 대립되어 온 듯한 인상을 주고 있다. 선통일 후민주화론의 맹점은 방법과 수단과 체제 여하를 막론하고 우선 통일만 되도록 해놓으면 다른 문제들은 자동적으로 해결될 것 같은 환상을 갖게 한다는 것, 그리고 통일된 후에 어떤 반민주적인 정치체제 아래에서 지금의 유신체제보다 더 나쁜 전체주의적 독재체제가 구축되기 시작하면 5년, 10년이 지나는 동안 민주화를 실현할 희망이 희박하게 된다는 역사적이며 현실적인 통찰이 결여되어 있다는 것으로 요약될 수 있겠다. 반면에, 선민주화 후통일론의 허약점은 민주화실현정도의 한계점의 모호성과 민주화실현과정에서 통일문제가 도외시될 우려가 있다는 점이다. 통일은 많은 동지들이 주장하듯이 민주적 방법과 평화적 수단으로 실현되어야 한다. 지난 8월에 동경에서 여러 가지로 어려운 형편에서도 많은 민주화운동인사들의 참석 가운데 창립된 "민주민족통일해외한국인연합"(한민연)의 창립선언에서도 "민주의 기반 위에서 민족의 숙원인 조국 통일을 실현하는 것"이 한민연의 "최종행동목표"라고 하였다. 그런데, 이 선언에서는 이와 아울러 "통일은 7·4공동선언의 원칙에 따라 실현되어야 한다.…. 우리는 사상과 이념, 제도의 차이를 초월한 민족의 재통합을 실현하기 위해 전력을 다할 것이다"라고 했고, 강령 제6항과 제7항에서 이를 더욱 강조, 부각시켰다. 나 역시 7·4공동선언의 통일원칙에서 볼 수 있는 통일을 향한 열정과 정신적 자세에 전폭 찬동한다. 그러나 7·4공동선언의 소위 3대 통일원칙을 자세히 읽어보면, 거기에는 "민주적"으로 통일한다는 원칙은 들어있지 않는 반면에, 다만 "자주적으로"(제1원칙), "평화적으로"(제2원칙), 그리고 "사상과 이념, 제도의 차이를 초월하여"(제3원칙) 통일이, "민족적 대단결"이 실현되어야 한다는 것이다. 여기서 나는 특히 마지막 원칙에 있어서는 실질적으로 문제가 없지 않다고 본다. 통일뿐 아니라 어떠한 크고 작은 경제사회적, 정치적인 문제를 해결하는 데 있어서 사상, 이념, 제도의 차이를 초월하여 논의한다는 것은 정치적 형이상학이라고 볼 수 있을 뿐, 실제로 통일 문제나 그 밖의 문제의 해결을 위해서는 하등의 구체적인 원칙이 될 수 없다. 왜냐하면, 통일은 민족적 염원과 뜨거운 동족의 감정만으로 되는 것은 아니며, 결국은 어떠한 이념적 근거와 헌법적 기초와 제도적 구성 아래 통일된 조국의 모습이 형성될 것인가에 관건이 있기 때문이다. 통일문제를 논의함에 있어서 벌써 각자와 각 단체는 이미 갖고 있는 사상과 이념과 제도를 바탕으로 하여 자기가 주장하는 통일방안이 가장 좋겠다고 생각하는 것이다. "사상과 이념, 제도의 차이를 초월"한다는 것을 통일이라는 민족지상과업의 해결을 위해서는 그에 뒤따르는 제2차, 제3차적 문제들과 파당적이고 권력쟁탈적인 개인적 또는 조직체단위의 목적들은 멀리 뒤로 미루어 두자는 것으로 해석한다면 수긍이 갈만하다. 그러나 통일된 조국을 어떤 헌법 아래, 어떤 정치체제로, 어떤 장기적 인 이념을 지향하여 건설할 것이냐는 보다 구체적인 문제들을 해결하는 데에는 서로 상대방의 사상과 이념과 제도에 관한 구상을 무시하고는 불가능하다. 이 미 갖고 있는 토론의 시발점이 되는 사상과 이념을 어떻게 버릴 수 있으며 이들 을 초월하여 통일문제를 논의할 수 있다는 말인가? 사상과 이념과 제도를 초월 하여 통일문제가 해결될 수 있다고 생각하는 것은 너무나 단순하고 추상적이고 비현실적이다.

사상과 이념과 제도를 초월한다고, 또 초월하자고 얼버무릴 것이 아니라, 각 자와 각 정치단체들이 가진 사상과 이념과 제도적 구상을 자유로이 발표토록 하고 사회 안에서 평화적으로 서로 공개토론을 전개하는 가운데 어느 것이 보 다 나은가를 사회구성원으로 하여금 평가 선택토록 하는 것이 합리적이며 민주 적인 갈등과 오해의 해소의 방도이며, 역시 통일문제의 해결의 실마리라고 본 다. 이러한 투명하고 자유로운 공개토론이 현재의 남한사회와 북한사회에서 거 의 실현가능성이 없다는 것은 현실이 웅변으로 보여주고 있다. 남쪽에서는 반 공주의가 극성하고 있고 북쪽에서는 마르크스 · 레닌주의, 사회주의 또는 공산 주의에 대한 비판적인 견해는 전혀 발표될 수 없기 때문이다. 그래도 통일을 위해서는 이런 모든 사상과 이념과 제도적 구상들이 사회 안에서 제시 · 논의되는 과정을 거쳐야만 될 것이며, 그렇지 않으면 발표가 허용되지 않는 사상들은 지하로 숨어 들어가서 문제를 더욱 복잡하게 만들 것이다. 이런 관점에서, 한국의 반공주의를 근본적으로 재검토할 필요가 있다고 본다.

Ⅳ

한국에서는 반공을 국시로 삼고 있어서, 공산주의사상을 갖는 것을 국가반역죄로 취급하고 반공법 등으로 반공을 완전히 정치제도화 하고 있으나, 공산주의 또는 사회주의 자체는 일종의 사상 또는 이념인 이상, 다른 주의주장과 하등 차별대우를 할 필요가 없다고 본다. 민주주의란 어떤 특정한 사상만을 정당화, 합법화하는 데에 있는 것이 아니라, 위에서 명확히 한바와 같이 어느 의견들이 어떻게 어떠한 의사형성 및 결정과정에서 발표되며 그 진위(眞僞) 또는 우열을 경쟁하느냐에 있는 것이다. 공산주의사상이 다른 사상들과 마찬가지로 민주사회에서는 자유로이 발표되어야 하는 것이 당연한 반면, 민주사회에서 그 존재가 인정되는 사상을 가진 이들은 역시 다른 사상의 존재도 인정하여야 할 것이다. 민주사회란 곧 의견의 다원성과 다양성이 인정되는 사회를 의미하기 때문이다. 다시 말하면, 민주사회에서는 어느 특정사상만이 유일하고 절대적인 진리를 갖고 있다는 생각이 통용되지 않는다. 모든 의견이 다 상대적 진리와 제한된 가치를 갖고 있을 뿐이다.

공산주의가 보통 자유민주주의적 헌법을 기초로 한 사회에서 제한되거나 금지되는 이유는, 공산주의사상 자체 안에 그와 다른 의견의 존재와 발표가능성을 인정하지 않는 절대주의적 도그마가 내포되어있기 때문이라고 본다. 가령, 현실적으로 지금 존재하고 있는 공산주의사회에서 복수정당이 인정되지 않고 오직 공산당 또는 노동당만이 인정되고 있는 것이 그러한 반민주적인 절대주의적 경향을 사실로 보여주고 있다. 그러나 최근 유럽의 사회주의 또는 공산주의 정당들은 이러한 자기도취적이며 유아독존적 도그마가 현대의 근로대중들에게 먹혀들어 가지 않는다는 것을 알게 되었기 때문에, 종래의 공산당의 정치목표의 하나인 "프롤레타리아 독재"라는 구절을 그들의 공산당의 정치목표에서 삭제하지 않으면 안 되는 역사적 타협을 감수하고 있는 것이다. 이것을 이른바 유럽공산주의(Euro-Communism)라고 칭하고 있다.

최근 이곳의 보도에 의하면, 서구라파의 공산당들 중에서도 가장 큰 이태리 공산당(180만 당원)은 한 걸음 더 나아가서 그 정강정책에서 "마르크스·레닌주의"라는 종래의 가장 핵심적인 구절을 삭제하기로 결정했다한다. 이러한 이념적 수정 또는 타협이 진정한 타협인지, 아니면 다만 대다수 유권자의 지지를 얻음으로써 정권을 장악하기 위한 수단으로서의 2중 책략인지는 앞으로 두고 보아야 알 일이지만, 그것이 공산주의 사상의 역사에 있어서 일종의 획기적인 진화적 발전인 것만은 틀림없겠다.

한국에서도 공산주의적 또는 다른 사회주의적 정당의 존재를 정식으로 인정해야 하고 따라서 반공법의 철폐는 그 당연한 논리적 귀결로 수락되어야 한다. 나는 공산주의자가 아니며, "한국 버트란드 러셀협회"가 지향하는 사회민주주의(또는 자유민주주의적 국제주의적 사회주의)를 전폭 지지하고 있지만, 다른 사람들의 사상을 어떤 종류의 것이든 간에 우선 존중해야 한다고 생각하기 때문에, 그리고 이것이 바로 민주주의자의 기본태도라고 보기 때문에 위의 의견을 떳떳이 주장하는 것이다. 개인이나 정당이나 다른 사회단체를 막론하고 누구나 자기와 다른 개인과 단체들과 그들의 사상의 존재를 우선 존중해야하며 투명하고 자유로운 정당활동을 통하여 평화적으로 유권자의 지지획득을 위하여 공명정대한 선전(善戰)을 하여야 할 것이다. 이것이 바로 한반도의 남쪽과 북쪽 두 사회에 있어서 통일을 향해 가는 첫걸음이라고 본다. 개인의 자유로운 의견발표의 무제한한 보장과 동시에 온갖 폭력행사(물리적 폭력과 심리적 위협을 포함)의 철저한 근절이 민주사회의 정치질서의 기본적 목표이며 그 주축이라고 본다. 현재의 한국의 유신체제는 이 두 가지의 기본요건을 결여하고 있는 대표적인 반민주적 폭력지배체제다. 즉 유신체제의 핵심은, 국민의 의사표현자유의 무제한 탄압과 권력층의 자의적 폭력의 제도화, 국가권력의 사유화에 있다. 그러나 자기 의견과는 다른 의견이 이 세상에는 있다는 것을 인정하지 않으며 그러한 다른 의견을 존중하지 않고 문제를 폭력으로만 해결하려는 야만인은 어느 민주사회에서도 살만한 가치가 없는 인간이다.

"자유주의적 신조(the Liberal creed)"는 버트란드 러셀이 명확히 말했듯이 "실제적으로 자기도 살고 남도 살도록 하는 (live-and-let-live) 신조, 사회공공질서가 허용하는 한에 있어서 최대한의 자유를 모든 사람에게 베풀고자하는 신조, 정치적 프로그램에 있어서 광신주의가 배제된 중도적인 것을 지향하는 것"을 의미한다. "민주주의라고 할지라도 그것이 불란서혁명에 있어서 루소의 제자들 가운데 그랬듯이(그리고 오늘의 한국유신독재체제 아래서 절대반공주의가 보여주고 있듯이), 광신적으로 되면, 그런 민주주의는 자유적이기를 그치고 만다." 러셀이 계속하여 적절히 표현하고 있듯이, "진정한 자유주의자는 '이것이 참이요 옳다'('This is true.')고 말하는 것이 아니라, '나는 현재의 상황 아래서는 이 의견이 아마도 가장 낫다고 생각하게 된다'('I am inclined to think that under present circumstances this opinion is probably the best.')라고 말한다. 그가 민주주의를 옹호하고 지향하는 것은 오로지 이러한 제한된, 도그마적이 아닌 의미에 있어서인 것이다."

(러셀의 "인기 없는 에세이들" 중 "철학과 정치"에서).

V

사물의 이치와 현상의 인과관계를 탐구하는 학문적(과학적) 정신과 민주사회건설을 위한 하나의 주요한 이념인 자유민주주의 사이에는 긴밀한 내적 연관성과 내용적 유사성이 있다. 위에서도 말한바와 같이, 그리고 러셀의 말을 빌려 표현하면, "자유주의적 세계관의 정수는 사람들이 '무슨' 의견들을 갖고 있으며 '무슨' 의견들이 표현되느냐에 있는 것이 아니고, 사람들이 '어떻게' 의견들을 갖고 있고 '어떻게' 그들의 표현되느냐에 있는 것이다. 즉 의견을 도그마적으로 갖고 있거나 표현하는 대신에, 그들 의견들을 임시적으로, 그래서 지금까지 견지해온 의견들을 뒷받침해온 것과는 다른 새로운 증거와 근거가 밝혀지면, 어느 순간에도 지금껏 갖고 있던 의견들을 폐기한다는 그런 의식으로써 의견을 견지하는 것이다. 이것이 바로 학문(과학)에 있어서 의견들이 견지되는 그런 방식이다. 이런 학문적 의견견지의 방식은, 신학에 있어서 의견들이 견지되는 방식과는 반대되는 것이다. 니케아 종교회의에서의 결정들은 아직도 권위를 갖고 있지만, 학문의 세계에서는 4세기 때의 의견들은 이미 하등의 큰 비중을 갖고 있지는 않는다. 소련에서는, 변증법적 유물주의에 관한 마르크스의 이론들이, 보통 다른 곳에서는 실험이 그러한 문제들을 연구하는 올바른 방법이라고 생각되어지지만, 어떻게 하면 가장 좋은 밀의 종자를 얻을 수 있는가에 관하여 유전학자들의 견해들을 결정하는 데에 도움이 될 정도로 의문의 여지가 없이 숭상되어 있다. 학문(과학)은 경험적이고 임시적이며, 비도그마적이다. 모든 변경될 수 없는 도그마는 비과학적이다. 과학적 세계관은 따라서, 실천적 측면에 있어서 자유주의 세계관의 지성적인 대응측면인 것이다.”(“인기 없는 에세이들” 중 “철학과 정치”에서)

우리가 유신독재체제에 대항하여 이의 철폐를 위하여 싸우는 가장 근본적인 이유는 이상적인 인간사회의 청사진을 그리기에 앞서서 누구나 어떤 좋은 청사진을 그릴 수 있는 사회질서가 마련되어 있어야하며, 이것이 가능한 사회질서는 바로 위에 설명된 자유주의적 세계관에 근거한 민주주의 사회질서라고 판단되기 때문이다. 이러한 자유민주적 사회질서 안에서 비로소 비판적이며 독창적인 학문·과학의 탐구가 꽃피고, 보다 나은 사회건설을 위한 열매를 맺을 수 있기 때문이다. 이상적인 인간사회는 어느 한 사람이, 어느 한 조직체가 건설할 수 있는 것이 아니고, 모든 사회구성원이 함께 의견을 내고, 토의하고 결정하고 실현할 수밖에는 없기 때문이다. 이 원칙을 완전히 정면으로 거부, 묵살하고 나온 것이 바로 유신체제이기 때문에 그러한 체제는 가능한 한 속히 철폐되어야 마땅한 것이다. 유신체제의 잔인한 횡포를 수수방관하는 것은 민주국민의 주권자로서의 책임을 저버리는 일이며, 스스로 노예로 전락시키는 처사다. 유신체제를 철폐시키고자 투쟁, 궐기하는 것은 자유인이 되는 징표이며 국민적 의무이다.

VI

위에서는 다만 한국에 있어서의 새로운 정치질서의 기본적 요건에 국한하여 서술했다. 그러면 경제구조는 어떻게 달라져야 하겠는가? 이 문제는 어느 나라를 막론하고 해결하기가 가장 어려운 문제라고 볼 수 있다. 우선 현 체제의 모순점과 약점을 먼저 밝힐 필요가 있다. 박정권이 1961년 이래 외쳐온 '조국 근대화'정책의 가장 큰 맹점은 근대화를 오로지 '공업화'로만 이해한 것이다. 근대화는 비단 경제 분야에만 적용되어서는 안되며 그밖에 정치분야, 사회·문화분야에 있어서도 근본적인 변화의 목표가 설정되어 이늘 각 분야의 근대화가 상호 유기적인 연관성 아래 진전되도록 했어야 할 것이다. 공업화 일변도의 경제개발 5개년계획의 추진과정에서 초래된 역기능적 결과는, 농업경제발전의 소홀로 인한 농촌의 피폐, 도시와 농촌의 생활수준의 심한 차이, 대도시 특히 서울에의 농촌인구집중, 실업자와 빈민굴의 격증, 최저생존수준에도 미치지 못하는 저임금에 혹사당하는 도시노동대중의 증대, 특히 청소년층에 불어나는 경제범 폭력범의 성행, 사회도덕의 혼탁과 부정부패의 일반적 확장심화, 사회생활규율의 일반적인 부조리, 불합리화 등 큰 전사회적 문제들의 산출이다. 여기서 정부는 늦게서야 도시와 농촌, 공업과 농업 등 기타 산업과의 발전격차의 심화에 충격을 받아 부랴부랴 농촌진흥책으로 들고 나온 것이 "새마을 운동"이라는 것이었다. 이 시행착오를 합리적으로 철저히 처리했었으면 별로 중대한 문제는 아니었겠지만, 새마을 운동을 단순히 군대에서 흔히 부대지휘검열할 때의 화단정리하는 식으로 외형적인 화장 수리로 생각한 것이다.

근본적으로 농어촌개발을 국민경제구조의 개혁의 테두리를 벗어나서 형식적이며 임시조치적으로 처리한다면 기본문제는 여전히 해결되지 않을 것임에 틀림없다. 근대화의 목적과 방향설정 자체가 잘못되었던 것과 함께 공업화 추진의 방법과 수단에 있어서도 온갖 비합리적인 오류를 점철함으로써 국민경제의 구조와 순환과정을 온통 기형적으로 만들어 버렸다. 경제의 근본목적은 인간의 욕구충족을 위한 소비에 있다. 욕구충족을 위한 수단, 즉 재화(서비스를 포함)는 제한되어 있으므로 재화의 소비에는 경쟁이 불가피하게 따른다. 그러므로 소비는 욕구충족을 가능케 하는 최소한도에 그치도록 할 필요가 있다. 그런데, 소비를 가능케 하는 구매력의 취득을 위해서는 생산이 필요하고 이 생산품의 판매가 요청된다. 한국 경제 발전의 잘못된 목표는, 정부의 "수출, 증산, 건설"이라는 표어에서도 볼 수 있듯이 경제의 기본의의인 욕구충족의 측면을 도외시하고 무작정 생산하고 수출하도록 하는 데에 있다. 이러한 정책은 우리가 모두 보아온 것처럼, 국민대중의 기본욕구 충족을 가능케 하지 못하고 정권을 잡은 정당의 운영을 위한 정치자금을 공급하기 위한 외자도입이 되는가 하면, 이 외자도입으로 일부권력층과 결탁된 특권적 기업가들의 사유재산을 부당하게 비대화하고 그들의 기업체는 도산당하는 부실기업소동이 나오게 되었다.

인간의 가장 기본적인 욕구는 생물학적 생존이며 이를 가능케 하기 위해서는 의・식・주와 건강이 필수적이다. 이 기본적인 욕구충족이 없이는 인간은 그 다음단계의 욕구인 사회적 욕구, 즉 직업에서의 성공, 남의 인정을 받고자하는 욕구, 예술 문화 등에서의 자기 이상의 실현 등을 기대할 수 없다. 한 국민경제가 만일 그 사회구성원의 기본적 욕구의 균등한 충족을 가능케 하지 못한다면, 아무리 통계숫자상으로 국민 총생산의 증가를 가져오고 수출목표를 가볍게 초과 달성했다고 할지라도, 그러한 국민 경제는 근본적으로 잘못되어 있음을 반증하는 것이다.

오늘의 한국경제는 경제성장이라는 허구적 목표를 위하여 자유민주적 정치질서의 파괴를 사양치 않게 했고, 거창한 대외부채 위에 일부 특권계층만 영화를 누리는 한편, 서민노동대중은 국내에서 인간대우를 받지 못하고 최저생존선상에서 허덕이며 폭군의 노예로 전락하든가 국외로 헐값에 팔려나와 서구 등

외국자본가들의 노동력착취 대상이 됨과 동시에 유신체제유지를 위한 외화획득의 기계역할을 하고 있는 것이다. 한마디로 말하면, 오늘의 유신체제의 경제성장 일변도의 근대화정책은 국민대중의 기본욕구의 충족을 지향하고 있다고 볼 수 없으며, 독재권력체제의 명맥유지에 최종목표가 있다고 밖에는 볼 수 없다. 그래서 이는 곧 유신체제의 자멸적 악순환을 가속화하고 있는 것이다. 통계숫자상의 과시효과에서 어느 정도 성공한 유신체제는 이곳의 신문에서도 가끔 그 괄목할 만한 양적 확대와 성장에 관하여 보도되고 있다. 그러나 앞으로의 전망이 우려된다. 장기적으로 보아 지금까지 건설된 자동차 공업 등 많은 수입원료를 필요로 하는 분야에 있어서 어떻게 앞으로 더욱 비싸게 먹힐 원료공급을 조달할 것이며 국제시장에서 경쟁해 나갈 것인지가 크게 의문시된다. 왜냐하면, 전 세계적으로 보아 벌써 공업화위주의 경제발전으로 에너지원의 고갈, 원료공급의 결핍, 인간생활환경의 오염 등 근본적인 문제들이 대두된 지 오래이기 때문이다. 지금의 한국경제는 북미주와 서구의 공업선진국가들이 겪었고 또 지금도 새로운 면에서 겪고 있는 과오를 아무런 거리낌없이 되풀이하고 있는 것이다. 남이 범한 과오를 무엇 때문에 스스로 체험해야 하는지 알 수 없다. 자기도 한번 그런 과오를 겪어봐야 참으로 그것이 고통스럽고 나쁘다는 것을 알겠다는 말인가?

한국경제의 생산구조가 우선 전혀 근본적으로 달라져야 한다. 국민의 기본적 욕구충족을 지향하는 생산구조는 무엇보다도 농업경제에 큰 비중을 두고 이를 보완하는 것으로서의 공업생산을 촉진시켜야 할 것이다. 농업생산증대와 밀접한 관계가 있는 산림, 하수 등 인간의 자연환경을 자연의 순환과정의 법칙에 어긋남이 없이 합리적으로 개발 육성해야 할 것이다. 기업경영의 면에서는 "경제적 민주주의"라고 하는 원칙이 제도화되어야 한다. 즉, 노동자가 경영에 직접 민주적으로 참여하여 재화의 생산과 이윤분배 등 중요한 기업경영문제 해결에 경영주와 공동결정하고 공동책임을 짐으로써 노·사간의 연대적 결속을 강화하며 자본가와 경영주의 노동자착취는 근절되어야 한다. 정치적 분야에서 권력에 근거하여 인간이 인간을 지배 억압하는 것이 정치적 자유민주주의의 제도화에 의하여 방지되고 통제되어야 하는 것처럼, 경제분야에서 생산수단의 소유 등 금력에 근거하여 인간이 인간을 수탈하는 자본주의적 구조악은 철저한 경제적 민주주의의 제도화에 의하여 제거되어야 한다(러셀협회의 사회민주주의 선언 참조).

이러한 모든 제도와 질서의 실현을 위한 구체적인 방안들은, 사회과학을 비롯하여 모든 학문의 힘을 통하여 합리적인 비판을 거쳐서, 즉 어디까지나 이성에 바탕을 두고 연구 모색되어야 한다. 권력이나 금력으로 이성의 소리를 짓누르는 것은 자기파멸을 결국 초래하는 어리석기 짝이 없는 노릇이다. 이 어리석음을 바로 지금도 명맥을 유지하고 있는 유신체제가 제도화하고 있음은 뻔한 사실이다.

끝으로 다시금 강조하거니와, 민주화와 통일을 비롯하여 한반도에서의 우리 민족의 당면한 가장 기본문제들의 해결을 위하여서는 1) 완전한 의사소통의 자유, 무엇보다도 온갖 형태의 의사표현의 자유의 완전한 보장을 통하여 모든 문제와 논쟁점들에 관한 다른 의견들이 충분히 발표되고 자유롭고 합리적인 토론에 의하여 모든 갈등과 충돌이 해소되도록 하여야 하며(공산주의자는 떳떳이 공산주의사상을 발표할 수 있고 반공주의자와 자유로이 토론할 수 있어야 한다.), 2) 이와 동시에 물리적 또는 심리적 폭력들, 여하한 종류와 형태의 강제와 폭력행위도 엄벌에 처하여야 하며, 이 임무의 수행이 완전히 정치적으로 중립적이며 독립된 사법부의 한 주요기능으로 변혁되어야 할 것이고, 3) 국가권력이 위의 두 가지를 보장, 실현할 수 없는 경우에 주권자인 국민은 조직적으로 그런 국가권력을 대항하여 싸울 용기가 있어야 하며 유신체제와 같은 권력체제는 최후의 수단으로서 폭력에 의해서라 할지라도 철폐시켜야 한다.

('횃불', 제3호, 1977 11월, 16-26쪽)

4.9. 민주주의의 논리와 어리석음의 운명

홍수가 도도하게 모든 것을 휩쓸고 몰아가듯이 세상이 혼돈의 소용돌이 속으로 휘몰려 돌아가는 것을 보고 있다. 그곳에서 들리는 온갖 잔인성과 증오와 무지와 공포의 울부짖음을 듣고도 가만히 앉아 있을 수 있다는 것은 목석처럼 무감각상태에 있거나, 영원한 진리를 찾기 위해서는 지나가는 세상일들에 초연해야 한다는 자기 기만적이며 현실 도피적인 환상과 종교적 신비 속에 스스로가 갇힌 상태가 아니고는 몸속에 흐르는 피와 느끼는 피부와 살을 가진 살아있는 사람으로서는 거의 불가능한 일로 보인다. 이런 어지러운 상황 속에서는 큰 무리들 속에서 나 자신을 잃어버리기가 쉽다. 나를 잃어버린 삶에서는 뜻 있는 우리의 삶이 있을 수 없다. 독재자는 흔히 "국민총화", "총력안보" 또는 "국력강화"가 무엇보다도 중요하기 때문에, 즉 전체가 안전해야 개인의 자유가 보장될 수 있다고 선전한다. 그런데, 전체의 안전이 외부적 또는 내부적인 어떤 방해요인에 의하여 위협받고 있다는 이론은 권력자의 편에서는 엄연한 사실과는 아무런 상관없이 국민들로 하여금 그런 이론을 단순히 수락하도록 일방적인 선전과 위협과 매수공작을 총동원하여 항상 정당화된 것처럼 보이게 한다. 여기에, 즉 개인으로서의 인간이 설자리가 없고 주권자인 국민을 유령 같은 군중이나 기계적이며 획일적인 군대로 만들어버리는 강압과 폭력의 폭군지배체제로 전락된 데에 오늘의 한국의 유신정치체제의 근본문제가 있다. 국민에게서는 창의적 비판의식이 사라지고 맹종의 "미덕"과 무리의 본능의 "총화정신"만이 드높이 찬양되어 국민은 우눈화되고 사회는 거짓과 기만과 아첨과 폭력의 풍조 속에 암흑화되며 민족문화는 퇴폐, 정체되고 만다. 인간사회가 건설되는 것이 아니고 여우와 늑대와 황소와 돼지들의 아귀다툼이 판을 치는 유신사회가 조작되는 것이다.

인간이 다른 동물들보다 나은 점의 하나는 주어진 현실에 만족하지 않고 보다 나은 세계를 향하여, 이상의 실현을 위하여 생각하고 행동할 줄 안다는 것이라고 보겠다. 참된 것과 좋은 것과 아름다운 것을 찾아내고 만들어내고자 하는 창조적인 충동을 사람은 본래 가지고 있다. 그런데, 사람은 사회를 떠나서는 홀로 사람다운 삶을 영위할 수 없고, 이 사회 속에 있는 사람들은 저마다 다소 서로 다르다는 데에 문제가 있다. 이러한 인간의 사회성과 상이성을 삶의 주어진 사실로 받아들이지 않으면 사회 안에 갈등과 혼란이 생긴다. 다른 한편으로는 규범적인 차원에서는, 인간의 자유권, 즉 자유로울 권리는 인간의 개체적 상이성, 즉 서로 다른 개인적 인격에 근거하며, 인간의 평등권, 즉 평등하게 취급되어야 할 권리는 인간은 누구나 인간의 개체적 상이성에도 불구하고 특정한 국가사회를 공통한 삶의 터전으로 가지고 있다는 데에, 즉 인간의 공통적 사회성에 근거하고 있다고 본다.

내가 보기에 참이라고 판단되는 것은 반드시 당신의 견해와 일치되는 것은 아니다. 한 시민이 좋다고 생각하는 것을 위정자는 흔히 나쁘다고 단정하기 쉽다. 김 선생이 아름답다고 보는 것은 박 선생이 보기에는 전혀 아름답지 않고 오히려 추하다고 느껴지는 경우가 적지 않다. 이렇게 서로 다른 견해들 중에서 어느 견해가 옳은 것이냐는 그 문제의 대상이 되는 물건, 사실 또는 사건에 관하여 우리가 밝히고자 하는 문제(가령, 문제대상의 진, 선, 미의 여부)와 우리가 원하는 결과적 상태에 따라 다르게 되고 따라서 냉철한 이성으로 가능한 한 객관적으로 고찰, 분석, 토의해 본 다음에야 그 해답을 얻을 수 있게 될 것이다. 어떤 사실이나 사건의 묘사가 참된 것이냐, 즉 그 묘사대상인 사실이나 사건과 일치되는 묘사냐는 것은 오로지 학문이 대답할 과제이며, 다만 학문적인 방법을 통하여서만 해답될 수 있을 것이다. 이 경우에 어느 문제에 대하여 학문적인 대답이 항상 있다거나, 대답이 있는 경우에 그것이 절대로 옳다고 단정할 수는 없다. 학문자체가 절대적인 진리를 보장할 수 없고 완전한 것이 아니기 때문이다. 그러나 무엇이 참이냐 거짓이냐를 판별하는 것은 학문적인 방법 이외에는 보다 나은 다른 길이 인간에게는 주어져있지 않다고 본다. 그 반면에, 무엇이 좋은 것(선)이며 아름다운 것(미)이냐는 학문적인 분석의 대상이 아니고 도덕과 정치와 예술의 문제들이며, 그 해답의 발견에는 보는 이의 주관적 가치관과 신넘이 큰 역할을 하게 된다.

참된 것(진)과 좋은 것(선)과 아름다운 것(미)에 대한 견해가 서로 다를지라도 한 사회 안에서 이러한 기본적인 인간가치가 최대한으로 개발되고 실현되도록 하는 데에 사회조직원칙으로서의 민주주의의 주요기능이 있다고 본다. 즉, 민주주의사회는 저마다 다른 의견이 자유로이 햇빛을 볼 수 있고 참된 것과 좋은 것과 아름다운 것에 관한 최대공약수의 의견이 사회적, 일반적 여론으로 받아들여지거나 공동생활조직체로서의 국가사회의 정치적 종합의견으로 귀결될 수 있는 사회, 그러나 이러한 의견들이 개인에게 있어서나 국가사회전체에 있어서나 항상 상대적이고 임시적이라는 것이 인정되기 때문에 어느 의견도 뚜렷한 증거가 없는 한 다른 의견을 억압하거나 무시하거나 멸시할 수 없는 사회를 일컫는다고 할 수 있겠다. 여기에 바로 사회생활 규범으로서의 민주주의의 뜻이 있다고 본다. 이 생활규범이 일반적으로 인정되지 않고 현실화되지 않는 사회(가령, 오늘의 유신사회)에는 진정한 평화가 있을 수 없다. 참된 민주사회는 편견에 사로잡히지 않고 모든 것을 의문시하고 비판적 이성으로 뚫어볼 수 있는 회의적 지성이 존중되고 늘 살아 있고 고무되는 사회, 즉 학문적 사회라고 본다. 이런 의미에서 민주사회는 사회문제해결의 모든 과정이 학문화되는 사회라고도 볼 수 있겠다.

정부의 의견만이 항상 옳고 국가권력의 권위는 누구도 부인해서는 안 된다는 선험적(a priori) 억지는 중세의 절대군주시대의 왕권신수설에 근거할 뿐 현대의 민주주의 이념과는 정면으로 저촉되는 것으로서 다만 웃음거리가 될 뿐이다. 그런데, 비판적 시민이 정부의 의견과는 어긋나는 의견을 발표하는 것은 무조건 범죄로 처단하는 것을 형식적으로 법제화한 것이 대한민국 대통령의 긴급조치령이며 이것의 근거는 이른바 유신헌법이라는 것은 누구나 다 인정할 것이다. 이 유신헌법에 근거한 유신체제라는 정치체제의 반민주성은 명약관화하다는 단순한 인식과 그럼에도 불구하고 그러한 정치체제가 21세기를 앞둔 오늘 엄연히 한국 땅에 계속 존재하고 있다는 사실이 바로 한국국민의 정치적 후진성과 유신체제의 원시성을 반증해주고 있는 것이다.

한 나라의 헌법을 포함한 모든 법은 신에 의하여 주어지거나 자연 속에서 발견되는 것이 아니라 그 사회에서 사는 인간들이 만든 것일진대, 어느 법이 만들어진 과정이 비민주적이고 그 내용이 반민주적이라는 이유로 국민들의 반대의견이 몇 년을 두고 계속 들끓게 된다면 현명한 위정자는 최소한도 그 법이 잘못되어 있을 것이라는 데에 생각이 미치게 되고 그릇된 것을 고치려고 시도하게 될 것이다. 그는, 한 때에 제정된 반민주적 내용의 헌법을, 그나마 군대를 동원한 비상계엄사태에서 폭력으로 강제조작한 헌법을 비판하는 것은 국가대역죄가 된다는, 원시시대의 야만종족사회에서도 통용되기 힘든 비논리를 법제화하는 자승자박의 어리석음을 범하지는 않을 것이다. 문제는 어리석은 위정자를 국가의 대표자로 받들고 있는 국민들이 또한 어리석음을 스스로 범하고 있는 국민임을 온 천하에 부끄럼 없이 보여주고 있는 것이다. 국민소득이 1천불이 아니라 1백만 불이 되었다 해도 그것은 마치 돼지에게 금관을 씌우고 화려한 비단옷을 입혀 놓은 것이나 다름없다. 돼지는 역시 돼지의 냄새를 풍길 뿐이고 위정자와 국민의 어리석음은 스스로 어리석기를 그치고자 결단하고 비굴과 자기기만과 자기결박의 쇠사슬을 과감히 스스로 끊어버리지 않는 한 영원히 어리석음의 종으로 끌려 다닐 뿐이다.

('횃불', 제4호, 1978년 5월, 15-17쪽)

4.10. 독자와의 의견교환

독자로부터의 서신

…이번 "횃불"을 보내주셔서 감사하며 러셀협회의 정열과 끈기에 우정있는 격려를 보냅니다.

…일반론적인 점에 있어서는 많은 동의와 이해가 갑니다. 내 생각으로는 서

구적 사고의 전통과 체계 속에서 발상된 민주주의이론이 하나의 보편적 진리로서 여하히 한국적 정치, 문화, 의식의 상황적 특수성(토착성)속에 탈 없이 이식될 수 있느냐 하는 이론과 실천의 과제가 더 비중 있는 문제성으로 취급되어야 되지 않나 하는 생각이 듭니다. 예를 들어 과정적 민주주의의 요건인 언론의 자유가 보장된 사회라 할지라도, 실제로 이 자유의 행사에 참여할 수 있는 능력이 있고 여건이 허용된 사회층이 한국의 인구비율 속에서 과연 몇 퍼센트가 되겠느냐하는 이야기가 되겠습니다. 자칫하면 도시민주주의(도시에 거주하는 인텔리들에게만 허용된 민주주의)로 전락하지 않나 하는 우려를 금할 수가 없습니다. 민주주의는 각자가 자유로 자기의사형성을 할 수 있고, 자기의사를 타자의 설득을 통해서(여론조성) 실천적인 목적달성에 동원할 수 있어야 할 터인데, 이것은 사회구성원전체가 그러한 민주주의적 혜택을 받을 수 있는 기본적 사회여건이 보장되지 않고서는 불가능한 일이 되겠습니다. 말하자면 몇 시간의 수면시간만 빼고서는 거의 기계적으로 중노동에 종사하고 있는 하층노동자들에게 가령 그 사회에 언론의 자유가 있다고 해서 여기에 참여할 수 있느냐 하는 문제입니다. 따라서 언론의 자유는 다시 사회, 경제적 구조개혁이라는 문제의 원점으로 귀착되게 마련입니다. 한국이 당면하고 있는 문제는 언론의 자유 이전의 문제에 있을 듯합니다(물론 병행돼야겠습니다).

…그럼 다시 서신 교환합시다. 건강과 투지를 빌며,

1977년 12월초 ㄱ로부터

독자서신에 대한 회신

ㄱ 형, 보내주신 편지 감사히 잘 받았습니다. 동봉해주신 5 DM에 해당하는 우표에 대하여 특히 감사드립니다.

저는 민주주의라는 것을 우선 모든 국가사회건설의 한 중요한 원리 또는 규범으로 생각하고, 그것은 보편적으로 실현되어야 할 목표라고 보며, 이러한 생각은 어떤 신학적인 도그마처럼 형이상학적으로 주장되는 것이 아니라, 그 정당성의 근거를 지금까지의 인류역사(동서양을 막론하고)의 진화, 발전과정에서 찾을 수 있다고 봅니다. 다른 한편 ㄱ 형께서 주로 우려하고 계시는 "한국적 정치, 문화, 의식의 상황적 특수성(토착성)"이 민주주의의 실현을 가능케 하느냐는 문제는 민주주의라는 목표 또는 이상의 실현을 위한 방법론적인 문제에 속하는 별개의 문제라고 생각합니다. 물론 이 방법론적인 문제가 중요함은 두 말할 것도 없습니다마는, 한국적인 특수상황에 비추어 민주주의가 실현되기가 힘들지 않느냐는 우려 때문에 민주주의의 실현이라는 목표를 저버릴 수는 없는 노릇이겠습니다. 한국의 역사적 문화적 상황을 개조해나가면서 민주주의가 실현되도록 힘써 나가야하고 그렇게 되도록 하는 것이 "정치"의 기능이 아니겠습니까?

민주주의는 어느 국가사회에서도 당위적 요청이고 그 핵심이 제가 "과정적 민주주의"라고 표현한 것이며, 이 과정적 민주주의, 나아가 민주주의자체의 생사를 좌우하는 것이 바로 의사표현의 자유(또는 언론의 자유)라는 데에는 의심할 여지가 없다고 봅니다. 이러한 기본적 자유권, 즉 의사표현의 자유를 하층노동자들이 행사할 수 없다는 것은 수긍할 수 있지만 그것이 항상 그렇게만 머물러 있어야 한다는 필연성은 존재하지 않는다고 봅니다. 노동자들로 하여금 노동조합운동을 자유로이 할 수 있도록 법제화하고 이를 실현 발전시킬 수 있는 권력주조를 설치한다면, 노동자들이 그들의 기본적 자유권을 행사할 수 없을 까닭이 없다고 봅니다. 이것을 가능케 하는 것은 오로지 "투쟁"을 통해서만 이루어진다는 것은 역사의 교훈이고, 이 투쟁을 하고 있는 것이 바로 오늘의 반독재민주화운동의 주요 의의가 아니겠습니까? ㄱ 형께서도 인정할 수 있듯이 자연적으로 언론의 자유가 노동자들뿐 아니라 온 국민에 의해 행사되리라고는 믿어질 수 없습니다. ㄱ형의 이번 편지의 마지막 부분에서 명확히 하신 언론자유문제는 "다시 사회, 경제적 구조개혁이라는 문제의 원점으로 귀착하게 마련"이라고 하신 것은 충분히 이해하지만, "구조개혁"은 하루아침에 될 수 있는 것은 아니고 어떤 시간적 과정을 거쳐야 될 텐데, 그 구조개혁을 가능케 하기 위해서는 벌써 언론의 자유가 당초부터 인정되고 보장되지 않는 정치질서에서는 어떠한 구조개혁도 합리적으로 이루어질 수 없다고 봅니다. 따라서 ㄱ 형께서도 인정하셨듯이, 한국의 당면문제는 언론자유의 보장과 "병행"되어 해결되어야 할 것입니다. 병행보다도 오히려 언론자유의 보장실현은 모든 "사회, 경제적 구조개혁"을 위한 규범적 전제조건이 된다고 하는 것이 더 정확한 표현이 아닌가 생각됩니다.

　1977년 12월 6일 쾰른에서 배동인 드림

　('횃불', 제4호, 1978 5월, 47-8쪽)

4.11. 국민교육헌장 비판

　광주시에 있는 국립전남대학교의 현직교수 11명이 지난 6월 28일 밤 "국민교육헌장"(1968년 12월 5일 박정희 대통령공포)을 비판하는 성명문 "우리의 교육지표"를 발표하였다고 한다(그 전문을 아직 보지 못했음). 이어서 29일에는 전남대학의 학생들이 교수단의 성명을 지지하는 교내집회를 열었고 30일에는 광주시내 여러 곳에서 경찰과 충돌하였다고 한다. 이것은 지금의 국내 민주화운동의 포괄적 목표로 한결같이 선언된 유신체제철폐라는 근본적인 정치체제의 개혁운동이 교육문제에의 관심으로 구체화되었다는 점에서 노동자들의 생존투쟁과 아울러 투쟁의 기능적 분화와 구체화를 뚜렷이 해주고 있다고 본다. 또 하나의 다른 주목할 만한 경향은 지금껏 주로 서울을 중심으로 한 투쟁이 지방에서 터지기 시작하고 있다는 것이다. 이렇게 하여 역사의 흐름은 유신체제의 파멸을 향하여 기침없이 휘몰아가고 있다. 이런 일련의 사건들은 결코 우연한 일이 아니다. 적어도 1972년에 탄생한 유신체제는 이런 사건들을 이미 잉태하고 나온 것이다. 잉태된 반항폭탄의 씨앗들을 세월이 갈수록, 즉 유신체제의 구조적 병이 점차 노골화될수록 점점 더 커져서 마침내 억압의 벽을 뚫고 폭발하게 된다. 유신체제자체가 밑뿌리부터 송두리째 뽑히도록 폭발하여 완전히 자멸할 때가

지 저항의 씨앗들은 폭발을 계속하는 것이다. 온천하의 권력들과 제7천국까지
의 온갖 신들이 유신체제를 위해서 동원된다고 해도 이들 폭발들을 막을 길은
없을 것이다.

따라서 문제의 교육의 목표에 대한 갈등은 국민교육헌장에 그 원인이 있다기
보다는 유신체제의 존재 자체에 있는 것이다. 물론 국민교육헌장을 자세히 읽
어보면 68년 제정당시에 이미 유신체제라는 괴물의 탄생을 예상하고 그 교육헌
장을 만든 것처럼 논리적인 일관성을 갖고 있음을 발견할 수 있다. "국민교육헌
장"은 말하자면, 권력자의 맘에 드는 "좋은 시민"을 기르는 데에 그 지상목표를
두고 있다고 볼 수 있다. 이 "좋은" 시민 또는 국민은 인간보다도 민족, 개인의
자아실현과 개인들의 행복한 생활공동체보다도 추상적인 국가에서 그 동일성
(identity)을 찾으며, 부화뇌동하는 무리 속에서 생각하며 행동하는, 따라서 자아
의식과 비판정신이 없는 애매모호 주의자인 것이다. 다시 말하면, 그 최고이념
은 민족, 국가지상주의이며 그 정신적 자세는 현상유지의 범위 안에서의 창의
와 개척정신, 권력에의 충성, 진리와 정의보다는 기술적이고 효율적인 실용주
의, 두루뭉실주의, 소시민적 출세와 긍지의 찬양으로 요약될 수 있다. 즉 국민교
육헌장은 전체주의국가건설에 유용하게 동원될 수 있는 기계적 모범 국민상을
그리고 있다. 그것은 8개의 문장으로 구성되어 있는데 아래에서 하나씩 비판적
으로 음미하기로 한다.

서두의 첫 번째 문장에서, "우리는 민족중흥의 역사적 사명을 띠고 이 땅에
태어났다."고 억지선언을 한다. 과연 우리가 한국인으로 태어난 것은 "민족중
흥"을 위한 것인가? 우리가 저마다 태어난 것은 첫째로는 태어나고 싶어서 태어
난 것이 아니고 순전한 우연이며, 둘째로는 인간으로 태어난 것인데 우연히도
한국 땅에 한국인으로 태어난 것이다. 셋째로는 한국인뿐만 아니라 어느 인간
도 태어날 때에 이미 어떤 특정한 사명이나 목적을 스스로 갖고 또는 누구로부
터 받고 태어난 것은 아니며, 인생의 목적, 사명 또는 의미는 개개인이 스스로
자기의 인생에 부여하는 것이다. 헌장의 이 첫 문장은, 따라서 전혀 그릇된 단정

일 뿐 아니라 원시종교와 유사한 미신적인 유치한 민족지상주의 철학과 허무맹랑한 비논리를 표현하며 "민족중흥"이라는 애매모호한 환상의 세계로 우리를 몰고 가겠다는 은근한 협박을 암암리에 내포하고 있다.

두 번째 문장에서 "조상의 빛난 얼을 오늘에 되살린다"고 한 것은 물론 좋은 일이고 그렇게 하여 한국인으로서의 역사의식을 일깨우는 것도 좋은 일이다. 그러나 여기에서 다른 한편 회의적 질문을 스스로 던지게 되는 것은 1) 우리의 조상과 한국적인 것만을 강조하게 되면 복고주의, 전통주의, 그리고 편협한 국수적 민족주의의 함정으로 빠지게 될 위험성이 있지 않을까? 2) "자주독립의 자세를 확립"한다는 것이 개인으로서의 우리들 각자의 정신적인, 지적인 독립성이 없이 이 나라의 자주독립이 어떻게 가능하며 얼마나 튼튼할 것인가? 3) "인류공영에 이바지"한다는 것 역시 개인으로서의 한국인을 떠나서 한국이라는 추상적인 나라의 공헌이 어떻게 가능할 것인가? 등이다.

네 번째 문장은 헌장의 두루뭉실주의 또는 애매모호주의를 두드러지게 보여준다. "학문과 기술의" 발전에는 물론 그것에 직접 참여한 사람들의 "성실한 마음과 튼튼한 몸"이 필요하지만, 무엇보다도 진리탐구에의 자유로운 정열과 예리한 비판정신이 필수적이다. "배우고 익힌다"는 것은 우리 한국인들의 전통적인 태도인 수동성과 재래의 지식의 단순한 축적과 답습이라는 의미를 다분히 함축하고 있다. 카알 포퍼(Karl R. Popper)는 말하기를, "학자는 많이 아는 사람이 아니고, 진리를 찾는 것을 결코 포기하지 않기로 결단한 사람이다. 진보적이며 반교조주의적인 학문은 비판적이다. 비판이 곧 그 본질적인 삶이다."라고 말했다. 이러한 비판정신 없는 "창조의 힘과 개척의 정신"은 전혀 상상할 수 없다. 유신체제 아래서의 "창조"와 "개척"은 사고와 비판의 중단을 의미할 뿐이다. 진정으로 창조의 힘과 개척의 정신을 기르고 있는 이들은 모두 긴급조치위반으로 감옥에 들어갔고 잔인한 고문을 받았으며, 유신체제가 창조와 개척의 가능성을 말살시키고 있는 것이 오늘의 "우리의 처지"인 것이다. 이러한 자기모순적이고 거꾸로 된 유신철학의 실제는 헌장을 스스로 서명공포한 박정희가 헌장에서의 "창조"나 "개척"의 진정한 의미를 모르든가 아니면 본래의 의미화는 전혀 달리, 자의적으로 해석하든가를 반증해주고 있는 것이다.

다섯 번째의 문장은 현상유지의 보수주의("질서를 앞세우며"), 실용주의("능률숭상"), 권위주의("경애와 신의"), 맹목적이며 감정적인 협동주의("명랑하고 따뜻한 협동정신")를 표현하고 있다. 결국은, 현 질서를 그대로 놔두고 그 안에서 황소처럼 일하여 능률을 올리고(수출목표 달성), 윗사람에게 항상 경의를 표하며 권위에 대하여 존경과 신뢰를 아끼지 않고(유신적 충효사상), 무작정 시키는 대로 협동해야 한다는 것이다. 협동정신과 연대정신은 우선 무엇을 위한 협동이며 연대냐를 분명히 한 다음에라야만 그 의미가 있는 것이지, 흔히 "상부지시에 의해서" 또는 "국가시책에 따라서" 서로 웃으며 협동하자는 것은 천치바보스러운 노릇이다. 또한 능률을 숭상하는 실용주의는 무조건 목적만 달성하면 그만이고 수단의 정당성과 목적의 바람직함의 여부는 도외시하기 쉽다. 그래서 기술문명의 비인도적이며 비이성적인 병폐를 초래하게 된다. 그러한 무비판적인 철학 때문에 많은 어용학자들, 언론인들(technocrats)이 유신체제유지를 위하여 부끄럼 없이 종노릇하고 있는 것이다. 이것이 바로 유신교육헌장이 노리는 교육의 능률인 것이다. 도대체 오늘의 유신사회의 어느 구석에서 경애와 신의, 명랑하고 따뜻한 협동정신을 찾아볼 수 있는가? 국민들이 대통령이라는 이름의 폭군을 믿을 수 있고 경애할 수 있는가? 학생들이 어용교수들을 믿고 존경할 수 있는가? 노동자들이 기업주와 협동할 수 있는가? 아니, 노동자들 사이에 노동조합의 민주적 운영에 있어서 서로 믿고 협력할 수 있는가? 독재자에게는 비판적인 국민들이 자기의 생명과 권력을 위태롭게 하는 적으로 보이며, 국민들에게는 독재자는 그들의 자유와 생명을 억압하고 재산을 착취해 가는 갱단의 두목으로밖에는 안 보인다. 기업주에게는 노동자들은 수출목표의 달성과 이윤축적의 도구에 불과하며 노동자들에게는 기업주는 자기들의 유일한 재산인 노동력을 수탈하는 흉악한 강도로 보인다. 누가 먹히고 누가 먹느냐는 아귀다툼을 제도화한 것이 바로 유신질서인 것이다. 그러나 어떠한 인간사회에 있어서의 어떠한 현존질서도 그대로의 현상유지를 정당화할 수는 없는 것이다. 왜냐하면 모든 현존질서는 완전무결한 것이 아니고 항상 개선의 여지가 있기 때문이다. 따라서 질서는 고정되어서는 안되며 새로운 변화를 가져오기 위한 수단이며 전 단계에 불과한 것이다. 질서는 무한한 변화와 개혁을 가능케 하는 한에서만 정당화될 수 있고 그 존재이유가 있는 것이다.

여섯 번째 문장은 국가지상주의를 표명한다. "우리의 창의와 협력을 바탕으로 나라가 발전하며, 나라의 융성이 나의 발전의 근본"이라는 것은 앞뒤가 서로 모순될 뿐만 아니라, 특히 "나라의 융성이 나의 발전의 근본"이 된다는 것은 근본적으로 그릇된 생각이다. 국가가 국민을 위해서 있는 것이지, 국민이 국가를 위해서 있는 것이 아니다. 국가발전이라는 것이 따로 있는 것이 아니고, "너"와 "나", 우리 모두의 창의적 발전이 있을 따름이다. 지난 7월 5일의 "민주주의국민연합" 발기선언에서 "우리는 인간의 국유화를 거부하며, 국가의 인간화를 추구한다."고 한 것과 "인간중심주의를 주장한다."고 한 것은 바로 국가지상주의를 정면으로 반대함을 의미한다고 본다. 인간의 국가에의 예속은 국가지상주의의 결과이며 이는 곧 전체주의의 기본이념인 것이다.

국가라는 것은, 러셀이 말했듯이, 하나의 추상인 것이다. 사람들은 국가를 의인화(personify)하여 어떤 주체적 인격으로 착각한다. 그러나 국가라는 사고와 행동과 감정의 주체가 따로 있는 것이 아니다. 그것은 사람들이 평화로운 가운데 행복을 추구하며 함께 살기 위하여 만든 인간사회의 포괄적인 법적 조직의 틀거리에 불과한 것이다. 다만, 국가를 대표하는 정부라는 것이 있고, 이 정부는 또 다시 몇 사람의 권력자들에 의하여 대표된다. 그러므로 러셀이 명확히 했듯이, "국가를 영광화하는 것은 사실상 하나의 소수의 지배자들을 영광화하는 것으로 되어버린다."(러셀, "권위와 개인"에서). 그리고 "국가를 영광화하는 것과 국가를 섬기는 것은 모든 시민의 의무라는 교리는 근본에서부터 진보에 반대되고 자유에 반대되는 것이다. 국가는, 현재에는 많은 악의 한 근원이지만, 또한 어떤 좋은 것들을 위한 하나의 수단이며, 폭력적이고 파괴적인 충동들이 일반적으로 존재하는 한 필요하게 될 것이다. 그러나 그것(국가)은 단순히 하나의 수단에 불과한 것이다. 즉 그것이 좋은 것보다는 해로운 것을 더 많이 행하지 않도록 하며 매우 조심스럽게, 그리고 절약해서 사용될 필요가 있는 하나의 수단이다. 우리가 섬겨야하는 것은 국가가 아니고, 생활공동체, 현재와 미래의 모든 인간들의 세계적인 생활공동체이다. 그리고 하나의 좋은 생활공동체는 국가의 영광에서부터 솟아나오는 것이 아니라, 개인들의 구속받지 않는 발전에서부터, 일상생활의 행복에서부터, 각 남자와 여자가 소유하는 어떤 건설적인 것을 위한 기회를 주는 적합한 일에서부터, 사랑을 구현하고, 애정에 대한 방해가능성가운데에 뿌리박고 있는 질투의 뿌리를 뽑아버리는 자유로운 인간관계들로부터, 그리고 무엇보다도 삶의 기쁨과 예술과 학문의 자연스러운 창조에서의 그것의 표현에서부터 솟아나오는 것이다. 이러한 것들이 한 시대나 한 민족을 존재할 가치가 있게 만드는 것이며, 이런 것들은 국가 앞에 머리 숙여 경배함으로써 보장되지는 않는다. 좋은 모든 것이 실현되어져야 하는 것은 개인에게서이며, 개인의 자유로운 성장이 세계를 개조할 한 정치체제의 최고 목표이어야 한다.”(러셀, “자유에의 길들”). 지금까지 인간을 해쳐온 잘못된 종교와 미신과 신화들 중의 하나가 바로 이 “국가”의 신성화라는 신화인데 이것을 타파하지 않고는 참된 민주주의가 실현될 수 없을 것이며 인간이 그의 정치적 소외로부터 스스로 해방되지 못할 것이다. 유신체제는 국가를 수단이 아닌 목적으로 신성불가침화하고, 인간을 목적이 아닌 수단으로 전락시킨 거꾸로 된 전체주의적 폭력체제다. 우리는 이러한 유신철학의 바탕을 이 헌장에서 엿볼 수 있다.

일곱 번째 문장은, 위의 국가지상주의에 이어 애국주의를 부르짖는다. 애국과 애족은 별개의 것임에도 불구하고 헌장이 애국애족을 하나로 뒤범벅한 것은 역시 그 두루뭉실주의 사고방식의 폭로다. 민족애의 감정은 한 가족들 사이의 친근감처럼 자연스러운 것이다. 그러나 그것은 같은 민족 안에서만 국한될 것이 아니라 이웃 민족들과 온 인류를 향해서도 열려진 친근감으로 되어야 할 것이다. 헌장은 애국애족의 바탕을 “반공민주정잔”에 두고 있는데, 이것도 억지에 불과하다. 개인적인 차원에서 반공주의자는 항상 민주주의자라고 단정될 수 없으나, 민주주의자라고 주장한다면, 그것은 자기가 의미하는 공산주의는 현실적으로 지구상에 존재하는 공산국가들의 공산주의와는 상당히 차이가 있는 새로운 공산주의를 상정하는 것이든지 자기가 이해하는 민주주의는 역사적 투쟁과정에서 성취된, 일반적으로 이해된 민주주의와는 다른 민주주의일 것이다. 즉 개념들의 혼동이든가, 아니면 옛 개념 아래 새로운 주관적 의미를 부여한 것일 것이다. 그러나 국가적인 차원에서 반공주의를 헌법적 통치원칙으로 삼는 국가는 참된 민주주의 국가라고 볼 수 없다. 왜냐하면 민주주의는 모든 사상과 의견의 자유에 기초하기 때문에 어느 특정한 사상이나 의견을 애당초에 금지하여 범죄시하는 것은 방금 말한 민주주의 기본원칙과 정면으로 충돌하는 것이기 때문이다. 반공주의만을 도그마적으로 주입·선전하는 것은, 마치 예수가 아버지 없이 마리아에게서 탄생했다는 것을 무작정 믿으라는 것과 똑같이 설득력이 없는 것이다. 어떻게 해서 동정녀 마리아가 요셉이나 다른 남자와의 성관계를 갖지 않고 예수를 잉태할 수 있었는가가 정상적인 이성과 지성을 가진 사람들에게 납득이 되도록 설명될 수 없다면 교회의 그러한 교리는 믿어질 수 없게 되는 것과 마찬가지로 왜 공산주의가 나쁜가, 왜 민주주의와 공산주의가 서로 모순될 수밖에 없는가, 민주주의라는 것이 무엇을 의미하며, 왜 그것이 국가와 정부운영의 기본원칙이 되어야 하는가를 분명히 해답하지 못하고는 맹목적인 반공주의가 국민들에 의하여 수락되기 어려울 것이다. 공산주의는 다른 어떤 주의 사항과 마찬가지로 하나의 사상에 불과하다. 공산주의가 옳지 못하고 한국에 바람직하지 못하다면, 사회여론의 이성적인 공개토론을 통하여 그 옳고 그름이 명백히 되도록 함으로써 그릇된 사상은 사람들의 지지를 받지 못하고 옳은 사상만이 수락되도록 하여야 할 것이다. 그렇지 않고 국가권력이나 권위로써 무작정 공산주의를 억압하고 공산주의나 사회주의 사상을 이해하기 위하여 책을 읽거나 토론하는 것조차 국가대역죄로 처단한다면 문제들은 영원히 해결되지 않고 사회적, 정치적 갈등만이 심화되어 문제들을 더욱 복잡하게 만

들뿐이다. 의견 차이의 문제는 폭력과 강제에 의해서가 아니고 항상 합리적 논
거를 제시하는 자유토론을 통하여서만 해결될 수 있다.

마지막 구절인 여덟 번째 문장은 "영광된 통일조국"의 환상을 보여주면서
"근면"과 "줄기찬 노력"을 강조함으로써 국민교육헌장이라는 깃발 아래 맹목
적 "증산, 수출, 건설"의 국민총동원을 암시하는 맹목적인 돌격나팔을 부는 것
이다. 지난 10여 년 간의 행적으로 보아 박정권은 통일에의 의지와 능력과 정신
적 자세를 전혀 결여하고 있으면서 통일이라는 단어를 전체주의적 파시스트체
제의 구축을 위하여 유신헌법의 "통일주체국민회의"로까지 악용할 뿐이다. 따
라서 "영광된 통일조국의 앞날"을 내다본다는 것은 완전한 사기꾼의 수작에
불과하다. "신념과 긍지"가 도대체 무슨 신념이며 무엇에 대한 긍지인지 알 수
없는 애매모호한 수식어는 마치 무당들이 암시적으로 현혹시키는 주문과도 같
다. 독재자들은 항상 애매모호한 어휘들과 문장들을 나열함으로써 무리 속에서
이리 몰리고 저리 몰리는 국민 대중을 현혹시켜서 비참한 파멸의 길로 몰고
가는 것이다. 이것을 가리켜서 "새 역사 창조"라고 한다면 그런 새 역사는 아예
없는 것이 더 나을 것이다.

러셀은 13세의 한 미국학생의 편지에 대한 1962년 3월 26일자의 회신에서
교육의 목적에 관하여 다음과 같이 쓰고 있다. "교육의 주요목적은 종래 당연한
것들로 받아들여져 온 것들을 질문하고 의문시하도록 젊은이들을 격려하는 것
이어야 한다고 나는 믿습니다(I believe that the main object of education should be
to encourage the young to question and to doubt those things which have been taken
for granted.)." 중요한 것은 정신의 자주독립(independence of mind)입니다. 교육에
있어서 나쁜 것은 옳은 것으로 받아들여진 견해들과 권력을 쥐고 있는 사람들
에게 도전하는 것을 학생들에게 허용할 용의가 없는 것입니다. 새로운 사상들
이 출현하기 위해서는 젊은 사람들이 그들 시대의 그릇되고 어리석은 이론들과
근본적으로 동의하지 않는 데에 가능한 모든 격려를 받는 것이 필요합니다. 존
경받을만한 대부분의 사람들과 확실히 옳다고 간주되는 대부분의 사상들은 인

류발전에 대한 장애물들입니다. 그는 또한 한 그룹의 학생들의 편지에 대한 1962년 3월 18일자의 회신에서 "나는 교육이 계몽(enlightenment)으로라기보다는 대부분의 학교선생들과 문교관리들(most school officials)에 의하여 교조주의적 지식주입(indoctrination)으로 더 많이 이해되고 있음을 우려합니다. 내 자신의 신념은, 교육은 만일 그것이 의미 있는 것이려면 전복적이지 않으면 안 된다는 것입니다(My own belief is that education must be subversive if it is to be meaningful.). 이 말로써 내가 뜻하는 바는, 교육은 우리가 당연한 것으로 여기는 모든 것들을 도전하고 모든 수락된 전제들을 신중히 심사하며 갖가지 성우(聖牛: sacred cow)의 정체를 드러내고, 질문하고 의심하고 싶은 욕구를 불러 일으켜야 한다는 것입니다. 통속적인 평범성(conventional mediocrity)을 젊은이들에게 강요하는 시도는 범죄적입니다.… 나는 당신이 어느 특별한 관점에 동의하는 자신을 스스로 발견하느냐 그렇지 않느냐가 중요하다고 생각하지 않습니다. 중요한 것은 기성사회에 그렇게 두려움을 주고 어떤 창조적인 것이나 새로운 것에 그렇게 꼭 필요한 수락된 견해들을 의문시하고 도전하려는 그 불타는 욕구를 당신이 항상 간직하는 것입니다."라고 거듭 강조하고 있다.

이러한 견지에서 지금의 교육헌장은 유신전체주의체제의 유지를 위한 국민총동원 강령은 될 수 있을지언정 참다운 민주시민이고 자유인이며 비판적 지성인으로서의 계몽된 국민상을 지향하는 인간교육헌장은 아니라고 보아진다. 그리고 어떠한 참된 민주정부도 그런 교육헌장을 만들어 국민들과 학생들로 하여금 무조건 외우도록 못살게 굴 필요성을 느끼지는 않을 것이다. 유신정부가 그 탈가죽을 벗기 4년 전에 벌써 그런 두루뭉실 교육헌장을 일부 사이비철학자나 교수들의 힘을 빌려 만든 것은 그 동기가 국민을 자유롭게 하고자 하는 것이 아니고 애매모호한 주문을 억지로 외우게 하여 심리적으로 국가권력에 얽어매고자 한 것이며, 국민각자를 비판적이며 독립적 지성의 인격으로 교육하고자 한 것이 아니고 국가지상, 애국주의 아래 국민을 몽매화하고 권력과 권위에 맹종하는 노예들의 무리로 전락시켜서 폭군의 자의대로 편리하게 부려먹을 수

있도록 훈련시키고자 한 것이라는 것이 교육헌장 10년의 역사를 통하여 자명하
게 된 것 같다.

('횃불' 제5호, 1978년 9월 25-32쪽)

4.12. 유신체제가 왜 나쁜가?

흔히 남들이 모두 유신체제를 반대하니까 자기도 덩달아 반대하는 수가 많
다. 유신체제는 독재체제이며, 파시스트적, 전체주의적 반민주주의적 체제이다.
유신체제가 가령 독재체제니까 나쁘다고 한다면, 그러면 왜 독재체제가 나쁜가
라는 질문에 부딪친다. 독재체제인 유신체제가 나쁜 이유를 여러 가지 측면에
서 제시할 수 있겠지만, 무엇보다도 가장 기본적이고 포괄적인 이유로서, 나는
그것이 인간의 행복추구와 실현을 저해하기 때문에, 인간행복의 가장 원초적
필수조건인 자유를 박탈하거나 억압하기 때문에 나쁘다고 말하고 싶다.

인간이라면 누구나 행복을 추구하는 것은 모든 인간의 본능적 성향이다. 문
제는 행복이라는 것이 무엇을 의미하며 그것을 실현하기 위한 기본적 요건들이
무엇이냐에 있다. 우선 한 가지 분명한 것은 객관적으로 모든 사람에게 통용될
수 있는 특정한 내용의 행복이라는 것은 있을 수 없다는 것이다. 왜냐하면, 인간
의 욕구는 사람에 따라 다르고, 행복은 우선 욕구충족을 전제로 하기 때문이다.
그러나 모든 인간에게 공통적인 기본욕구가 있다. 우선 목마름과 배고픔으로부
터의 해방을 인간의 생물학적 기본욕구로 들 수 있다. 이런 기본욕구의 충족이
없는 행복은 있을 수 없기 때문에 행복은 우선 그런 기본욕구의 충족을 주요
내용으로 한다고 볼 수 있다. 그러면, 인간의 기본욕구들이 무엇인가? 이 질문에
대한 대답은 다시 인간이란 무엇으로 구성되어 있느냐, 인간을 인간되게 하는
것은 무엇이냐라는 문제의 해답에 의존한다. 이것은 철학, 인간학, 종교 등의
기본문제이다.

흔히 인간은 정신과 육체로 구성되어 있다고 하고, 인간은 신과 동물의 중간

세계에서 줄타기를 하는 곡예사라고도 한다. 이와 관련하여 아직도 해결되지 않은 문제로서, 정신이란 무엇이며, 물질이란 무엇인가라는 철학의 가장 기본적인 존재론적 또는 인식론적 문제가 대두된다. 흔히 자유주의적 기독교신학이나 인간학이나 어느 철학에서 인간을 육체(물질)를 가진 정신적 존재로 보는 2원론적 인간관이 있는가하면, 인간을 포함한 모든 존재는 물질로 구성되어 있을 뿐이고 정신이란 것은 물질과 분리되어 따로 존재하는 것이 아니며 오로지 물질에 의존한다는 유물주의(물질주의)가 있고, 이에 정면으로 반대하는, 관념론적 형이상학과 관련되는 유신론(정신주의)이 있기도 하다. 한 걸음 더 나아가서, 근본적으로 우리가 '정신'이며 '물질'이라고 일컫는 실체가 정말 존재하는지도 의문시할 수 있다. 우리가 정신이라고 이해하는 것이 실은 확인할 수 없는, 불안정하게 부단히 유동하는 원소의 미립자들, 원자와 전자와 중성자와 다른 어떤 것의 집합체에 불과한 지도 모른다. 이런 문제는 또한 현대 물리학에서 논의되는 결정론과 비결정론의 기본명제의 타당성 여부의 문제와 직접 관련되며 이는 상당히 철학적 사변의 대상이 된다. 아무튼 이런 물리학과 철학의 기본문제의 해결 여부는 우리가 여기서 문제 삼고 있는 유신체제와 인간행복의 추구의 상관관계라는 거시적 문제에 직접적으로 영향을 미치는 것은 아니라고 보여진다. 철학적, 미시물리학적인 정신 물질의 문제를 논외로 하고라도 인간은 단순한 육체적 존재로만 볼 수 없고 생각하는 능력, 인식과 판단의 능력을 가진 정신, 이성과 오성의 정신적 능력을 가진, 물질 이상의 다른 차원을 가진 정신적 존재라는 것은 분명하다. 인간이 육체를 가진 동물의 일종이라는 것이 의심할 여지가 없음과 동시에 인간은 정신적인 특수한 기능들을 발휘하는, 일반 동물과는 구별되는 다른 차원을 갖고 있다는 것도 역시 사실로 수긍될 수 있다. 또 한 가지 분명한 것은 이른바 정신과 육체는 상호불가분리의 기능적 연관성으로 긴밀하게 얽혀있다는 사실이다. 어떤 종교인들은 인간의 육체가 완전히 그 기능을 종식한 뒤에도, 즉 인간이 죽은 뒤에도, 정신 또는 영혼은 살아있다는 영혼불멸설을 믿고 있다. 그러나 나는 인간이 죽은 다음에도 정신이 계속 살아있을 것이라고는 믿지 않는다. 이것은 과거의 오랜 인간 역사의 경험적 사실을 증거로 제시하여 주장될 수 있다고 본다. 따라서 인간이 인간으로서 존재하기 위해서는 육체와 정신의 두 차원이 동시에 기능을 제대로 발휘할 수 있어야 한다. 육체만 살아있고 정신의 기능(가령 생각하는 기능)이 발휘될 수 없다면 온전한 인간으로 볼 수 없다.

육체의 생명을 유지하는 데에는 밥(물론 물, 공기, 햇빛 등을 포함한다)이 필요하고 정신의 생명을 위해서는 자유가 필요하다. 따라서 밥이냐 자유냐는 양자택일의 문제가 아니고 둘 다 동시에 필수적으로 충족되어야 한다. 한 가지 잘못된 생각은 밥은 마치 자유 없이, 오히려 자유의 억압을 대가로 해서라야만 효과적으로 생산될 수 있다는 것이다. 우선 어떻게 밥을 만들며, 얼마나 많은 밥을 만들어야 하느냐를 결정하기 위해서도 생각하는 자유, 자기 의견을 발표하는 자유, 토론할 자유가 필요하게 된다. 결국 이런 자유 없이는 밥이 제대로 만들어질 수 없게 된다. 유신체제의 철학이 바로 이러한 자유 없는 밥의 오류 위에 서 있는 것이다. 그래서 자유와 민주주의는 국민소득이 80년대에 천불쯤 되어야 누릴 수 있게 된다는 엉터리 이론을 유신권력층은 뻔뻔스럽게 외치고 있다. 이것은 유신체제가 인간사회의 기본구조에 관한 인식에 근거한 어떤 건전한 정치관을 갖고 있는 것이 아니라, 유신정치의 기본은 바로 돼지철학이라고 일컬을 수 있다는 것을 유신집권층이 스스로 선전하고 있음을 보여주는 것이다.

다른 한편, 광신적 마르크스주의자들이 주장하듯이 밥이 없이는 인간은 실질적인 자유를 행사할 수 없다는 이론에는 일리가 있다. 그러나 밥이 만들어질 때까지는 자유를 희생해야 된다는 논리가 거기서 바로 도출될 수는 없다. 자유에는 여러 단계와 차원의 내용이 있다. 생각할 자유와 말할 자유는 인간의 육체적 생명이 최소한으로 제 기능을 유지하면 누구나 행사할 수 있다. 지금까지 내가 말해온 자유는 이러한 육체적 생명을 가진 인간의 존재를 전제로 한다. 배고픔을 극복하기 위해서는 이 배고픔을 어떻게 극복해야 되겠다는 의견발표의 자유가 사회구성원에게 보장되어야 할 것이다. 이것이 바로 정치적 자유의 핵심이다. 그 반면에, 국민이 경제적 복지를 실제로 누릴 수 있는 자유는 실질적 자유라고 일컬을 수 있는 자유로서 이는 어떤 정치체제도 당장에 보장해줄 수 없고 오랜 시간이 걸려서 복잡한 사회적 생산과정을 거쳐야만 가능하게 된다. 그러나 이 실질적 자유는 위의 기본적인 정치적 자유 없이는 효과적으로 보장될 수 없는 것이 민주주의, 특히 사회민주주의의 역사적 체험을 근거로 한 근본 원칙이다.

자유의 핵심적 중요성을 뚜렷이 하지 않는 어떠한 정치체제나 정당도 참다운 민주주의를 지향한다고 볼 수 없으며, 그런 정치는 마침내 무책임성과 그 목표의 애매모호성을 스스로 노정하게 되고 만다. 이것이 바로 유신체제의 본성이며 운명이다. 유신체제가 원래 거짓과 폭력과 무지 위에 세워진, 모래 위에 세운 집과 같은 것이라는 것을 나는 여러 번 강조한바 있다. 콜라코브스키(Leszek Kolakowski)교수가 강조했듯이, "자유의 가치는 사회민주주의사상의 핵심으로 보아야 한다. 왜냐하면 그것이 없이는 모든 다른 가치들은 공허하고 아무 효용성이 없기 때문이다. 달리 표현하면, 사회민주주의가 자유를 방위하는 이유는, 자유는 그 자체가 하나의 가치이고 생명 중에 가장 값진 보물이며, 그것 안에서 사회민주주의가 방어하는 대부분의 다른 것들이 번성할 수 있는 바로 그 조건이기 때문이다. 자유의 부재 대신에 평등을 크게 외치는 것은 아무 의미가 없다. 왜냐하면 오늘의 세계에서 가장 중요한 것들 중의 하나는 정보에의 자유로운 접근과 권력에의 참여이기 때문이다. 그런데, 이 두 가지는 전체주의이건 아니건 폭군체제들에서 대체로 거부되고 있다. 가령 쿠바나 중공에서는 '인민들이 자유는 보다 적게 가지고 있으나 보다 많은 평등을 누린다'고 말하는 것은 뚜렷한 부조리다. 그들은 복지의 분배와 희소한 물질적 재화에의 접근은 그만두고라도, 자유와 평등 둘 다 갖고 있지 않다. 다행히 우리에게는 시민적 자유권들은 생산적 효율성의 필수조건이다; 노예제도는 기술발전의 초기 단계에서는 경제적으로 효율적이지만, 정치적 노예체제는 생산성 제고에 막대한 장애물이다.”(L. Kolakowski, 사회민주주의의 의미[The Meaning of Social Democracy, in: The New Leader, January 1, 1979, pp. 9-13, p.10]).

유신체제에서는 자유도 평등도 찾아볼 길이 없음은 물론, 온 국민을 1인 영구독재체제의 정치적 노예로 만들어 억압하고, 국민경제의 기반을 구성하는 노동대중을 고도성장과 수출고증대의 경제적 노예로 만들어 수탈하고 있음을 유신집권층도 스스로 부인할 수 없도록 뚜렷한 현실이 되었다. 이러한 체제가 인간의 행복증진에 정면으로 반대된다는 것, 따라서 더 이상 존재할 가치가 없다는 것이 분명한 이상, 각성된 국민의 최급선무는 이 반인도적, 반민주적인 유신체제를 하루 속히 뿌리 채 넘어뜨리는 일이며, 동시에 새로이 자유의 기반을 공고히 하고 사회적 평등의 정의와 실질적 자유의 보장을 지향하는 사회민주주의적 사회의 건설에 총력을 다해야 할 것이다.

('횃불', 제6호, 1979년 4월, 20-2쪽)

4.13. 권두언: 이념과 언어와 민주주의

민주화문제, 새로운 경제, 사회제도와 국가의 건설문제, 새로운 정부체제의 문제, 통일문제 등 한 사회의 전반적인 구조문제를 해결하기 위해서는 하나의 일관성 있는 이론체계가 필요하다. 이 이론체계 속에는 크고 작은 현실분석에 관한 견해는 물론, 현상을 대체할 새로운 현실에 관한 견해들이 포함된다. 이런 이론체계를 이념, 주의주장 또는 이데올로기라고 부른다. 해외의 민주화운동 인사들 가운데는 흔히 무슨 주의니, 이념이니 하는 것이 무슨 소용이 있느냐, 이후락·김영주의 7·4공동성명의 통일원칙에도 있듯이 이념과 사상을 초월하여 전민족이 대동단결함으로써 통일을 조속히 성취해야 한다고 팻대를 올리며 주장한다. 그러나 이렇게 주장하는 견해도 하나의 이념이라고 볼 수 있다. 즉 이념을 논하지 말자는 것도 통일문제를 해결하기 위한 하나의 의견이라는 말이다.

우리가 의회민주주의, 사회주의, 공산주의, 사회민주주의 등의 용어를 쓰는 것은 의사소통을 효과 있게 하기 위한 것이다. 가령 사회민주주의라는 용어를 쓰지 않고 이야기하려면, 그 내용을 길고 복잡하게 일일이 설명해야 된다. 즉 이 경우에 어떤 복합적인 내용의 생각을 묶어 하나로 이름 지은 것이 사회민주주의라는 용어인 것이다. 그런데 그런 주의들의 복합적인 내용 때문에 그 용어를 쓰는 사람에 따라서 그 의미가 다를 수가 있다. 가령 우리가 저마다 지향한다고 하는 민주주의라는 용어의 의미 내용이 특히 해외 민주화운동인사들 또는 단체들마다 항상 똑같지 않은 것이 그 좋은 예다. 용어는 같지만 내가 뜻하는 민주주의와 상대방이 뜻하는 민주주의가 서로 다르기 때문에 민주주의라는 말의 사용이 의사소통을 효과 있게 하는 것이 아니라 오히려 혼선과 오해를 초래할 수도 있다. 그렇기 때문에 아예 그런 용어를 쓰지 말자는 데에는 일리가 있으나, 그렇다고 하여 민주화문제, 통일문제를 논의함에 있어서 민주주의 등 어떤 이념을 지칭하는 용어를 전혀 안 쓸 수는 없다. 이것은 무슨 주의라는 용어에만 국한되는 문제가 아니라 우리가 보통 일상생활에서 사용하는 다른 용어들에도 해당되는 언어일반의 문제이다.

어떤 용어, 즉 개념에는 그것이 지칭하는 일정한 대상이나 뜻이 있게 마련이다. 그런데, 개념들 중에는 그것들이 지칭하는 일정한 대상이나 뜻이 분명하지 않은 경우들이 있다. 가장 대표적인 예가 "하나님"(신)이라는 용어다. 아무리 따진다고 할지라도 지금까지 하나님이 존재하는지 또는 존재하지 않는지를 증명한 사람은 없었고 이 용어를 사용하는 사람에 따라서 그 뜻하는 바가 각기 다르다는 것이 사실이다. 인식론적으로 하나님의 존재와 의미가 이렇게 극단적으로 분명치 않은 경우에는 하나님이라는 용어를 인간의 언어의 일부로서 인정하고 계속하여 사용할 필요성이 있는가 의심스럽게 된다. 문제는, 우리가 쓰는 용어의 뜻이 보편적으로 일정하지 않을 때에는 사용자의 입장에서 쓰는 용어의 의미가 무엇이라는 것을 그때그때 분명히 할 필요가 있다는 것이다. 이념, 주의 등 용어를 포함하여 무릇 모든 용어는 인간의 사회생활 영위를 위한 수단이지 그 자체에 독자적인 가치가 있거나 그 자체가 목적일 수는 없다. 따라서 어떤 주의도 문제해결의 수단에 불과하므로 그 내용이 경우에 따라서는 보충, 변경될 필요가 있다. 그러나 오늘도 세계의 한 구석에서 현실로 되어 있는 것처럼, 가령 마르크스·레닌주의 같은 어떤 주의를 만고불변의 원칙이나 진리로 보고 숭배의 대상으로 삼는 것은 문제해결의 수단이어야 할 그 주의가 인간을 그 노예로 만들게 하는 것과 다름없다.

한국적인 현실에서 가령 민주주의에 대한 이해를 자기 나름대로 분명히 하지 않는 이들은 남들이 모두 하니까 자기도 덩달아 앵무새처럼 민주주의를 외치지만 어떤 모임에서의 발언이나 행동을 보면 분명히 비민주주의적 또는 반민주주의적인 자기의 본래의 모습을 스스로 드러내는 수가 흔히 있음을 나는 지난 몇 년 동안의 경험을 통하여 보아왔다. 그런 애매모호한 또는 잘못된 민주주의에 대한 이해와 비민주주의적 행태를 건설적으로 비판하면 잘못을 깨닫고 개선할 용의가 있는 것이 아니라, 적반하장 격으로 유치한 욕설과 폭행도 주저하지 않을 듯한 공격태세로 나오기도 한다. 그런 이들이 혹시 권력을 쥐면, 아마 박독재 이상 가는 폭정을 하게 될 것은 뻔한 노릇이다. 다른 한편, 유신 한국의 고질이 되어 있는 반공법 만능의 '한국적 민주주의'의 배후에는 민주주의 이해의 원칙적 일관성이 결여되어 있음을 볼 수 있다. 민주주의라는 것은 무엇보다도 우선 누구나 의견의 자유를 갖는다는 것을 기본원칙으로 본다면, 한 국가가 스스로 민주주의 국가라고 헌법에 규정하고 있으면서 특정한 의견, 가령 공산주의적 또는 사회주의적 사상을 갖는다는 것은 국가대역죄에 해당하고 사형에 처해져야 한다고 하면 그 국가는 민주주의국가라고 볼 수 없다는 것은 당연한 논리적 귀결이다. 이것을 바로 자기모순 또는 자가당착이라고 일컫는데 여기에 그 바탕을 두고 세워진 것이 바로 유신체제라는 괴물이다. 국민 개개인은 의견의 자유를 갖기 때문에 공산주의에 찬성할 수도 있고 반대할 수도 있겠지만, 그 국가가 민주주의 국가라면 그 국가 자체가 하나의 헌법질서로서 어떤 특정 사상을 반국가적 또는 범죄적인 것으로 규정하고 국민에게 그 사상을 갖는 것을 금지 할 수는 없다.

　정부의 임무는 민주주의국가에서는 어떤 문제를 두고 각종 사상과 의견들이 평화 가운데 자유로이 그 우열을 다투며 서로 토론·비판하는 과정에서 문제해결을 위한 가장 좋은 의견이 대다수의 지지를 받게 되도록 법과 제도를 만들고 그 권력을 선용하는 데 있다. 이런 의미에서 민주주의는 인간의 이성을 신뢰하고 의견의 합리적 설득을 통하여 사회공동의사를 형성해나가는 국가사회구성의 방법론적 원칙이라고 볼 수 있다. 다수의 지지를 받지 못한 의견을 가진 이들이 다수자들로부터 학대를 받을 필요도 없고, 국민의 지지를 받지 못한 대통령과 권력층이 스스로 물러나면 외국으로 도망가거나 자살하거나 피살당할 필요도 없는 것이 민주주의 정치체제에서는 당연한 것이다.

　('횃불', 제7호, 1979년 8월, 3-4쪽)

4.14. 통일추진과정의 세 가지 전제조건들

　모든 문제의 해결은 그 문제와 관련된 현실, 즉 문제상황의 가능한 한 정확한 이해를 토대로 하여 이 현실을 대체시킬 새로운 현실, 즉 우리의 이상을 구현할 수 있는 합리적인 수단과 방법을 강구함으로써 가능해진다. 이런 견지에서 우선 한반도의 통일을 추진함에 있어서 현재 존재하고 있는 남북 양 체제의 상황을 검토할 필요가 있다.

　대체로 보아 한 가지 분명한 것은, 남북의 현존체제들은 민주주의와는 거리가 먼 체제들이라는 점이다. 남쪽의 유신체제는 적나라한 폭력이 권력구조의 근간을 이루는 파시스트 반민주체제이며 일인독재체제요, 노동대중과 일반민중의 억압과 수탈로 연명되어 가는 야만적 천민사본주의체제라는 것, 그리고 북쪽의 이른바 "조선민주주의 인민공화국"은 증오와 잔인성을 그 정신적 동력으로 삼고 시대착오적이며 역사적 타당성을 상실한 마르크스·레닌주의를 그 맹목적 이데올로기로 한 공산주의적 전체주의 체제이며, 원시적 개인 우상숭배를 주축으로 한 일당 독재체제이기 때문에 역시 비민주체제라는 것에 대하여 광신적 공산주의자들을 제외하고는 누구도 이의를 제기할 수 없을 것이다. 따라서 이처럼 남북의 양 체제가 비민주적 또는 반민주적 체제로 머물러 있는 한 민주적으로 통일이 성취될 가능성은 희박한 것이라고 판단된다. 이미 다른 데서 명확히 지적한 바 있지만, 이런 관점에서 볼 때에 거의 모두가 다투어 환영해오고 있는 남북 7·4공동성명의 3대 통일원칙에는 민주적 방법으로 통일한다는 원칙이 없는 것은 결코 우연히, 또는 그 당시의 남북양측 실무진의 사무착오로 그렇게 된 것은 아니라고 본다. 그들도 그러한 국제적으로 공표될 주요 문서에서조차 스스로를 민주체제라고 내세울 만큼, 또는 민주적으로 통일할 수 있다고 자부할 만큼 뻔뻔스러운 철면피는 아니라는 것을 반증해 준 것 같다.

민주적으로 통일하자는 것은 평화적인 수단으로 통일하자는 것으로 해석된다. 그런데 민주적으로 통일될 수 없는 지금의 남북 양 체제의 근본성격 때문에 평화적인 수단에 의하지 않는 통일, 즉 무력에 의한 통일을 은근히 염두에 두고 남북협상 등 통일협상을 추진하고 있는 것이 아닌가 하는 의혹을 주고 있다. 하물며 남북 양 체제가 똑같이 정부총예산의 30~40% 이상을 군비증강이 차지하고 있는 것이 주지의 사실이고 보면, 이러한 양두구육식의 현실은 7·4 공동성명의 통일원칙의 기본정신에 정면으로 모순되는 일이며 남북체제가 똑같이 정신분열증적 자기모순에 빠지고 있다는 것을 명확히 보여주고 있는 것이다. 이러한 뚜렷한 모순과 이 모순이 내포하는 엄청난 위험성을 볼 때에 나는 한반도의 통일추진과정에 있어서 다음의 3가지 전제조건들이 항상 필수적으로 갖추어져야 된다는 것을 온 겨레가, 특히 반독재 민주화투쟁 인사들은 인식해야 한다고 본다.

첫째로, 무엇보다도 중요한 전제조건은 전쟁방지다. 어떤 수단·방법을 가리지 않고 제2의 한국전쟁을 통해서라도 통일을 해야 된다는 입장을 나는 광신적 통일주의자라고 부르고 싶은데, 이런 광신통일주의자야말로 무책임하기 짝이 없다. 여기에는 통일만 되면 민주화도 저절로 이루어지고 온 민족이 금방 평화와 번영을 누릴 것으로 믿는 통일자동만능주의자들이 놀랍게도 많이 포함되어 있다. 이들은 감정적인 통일에의 열망의 순진성이 범하는 비현실성과 사고의 애매모호성의 오류와, 같은 동포에게 끼칠 위험성을 보여주고 있다. 통일촉진 과정에서 여하한 난관에 부딪힌다고 할지라도 동족상잔의 야만적 전쟁만은 피해야한다. 전쟁을 통하여 갈등이 해소된다거나 문제가 해결된다고 생각하는 것은 너무나 단순하고 어리석은 소치이며 인류역사를 통하여 배우지 못했음을 반증하는 것이다.

이러한 관점에서 볼 때, 국내의 민주화운동인사들도 카터 대통령이 선언한 주한미군의 단계적 철수정책에 대하여 반대하지 않을 수 없었던 입장을 이해할 수 있다. 미군의 일방적 철수는 한반도에 있어서의 군사적 균형 상태를 깨뜨리게 될 것이고 이는 북한의 남침을 유발할 수 있을 것이라는 우려는 충분한 근거를 가지고 있다. 따라서 미군의 일방적 철수문제는 미국의 대한정책에 있어서나 국내의 민주화운동에 있어서 하나의 딜레마라고 보인다. 나도 어느 누구 못지않게 모든 외세가 한반도에서 깨끗이 물러나가기를 희구하지만, 현재의 한반도의 군사적·정치적 상황 아래서는 외세로서의 미군의 무조건 철수만을 단순히 외치는 것은 마치 자기는 달나라에 가서 혼자 살 수 있다는 얘기와도 비슷한 비현실적 환상에 사로잡히지 않고는 떳떳이 주장할 수 없을 것으로 본다. 아니면, 그런 주장은 외세의 추방 대신에 동족상잔의 전쟁을 감수하겠다고 나서는 것이 아닌지 의문시된다. 또한, 분쟁이나 문제의 해결수단으로서의 전쟁을 원칙적으로, 그리고 철저히 거부하지 않는 이들은 진정한 주체의식과 민주주의의식이 결핍된 상태에서 남들이 외치는 대로 부화뇌동하는 무리들로밖에는 볼 수 없다. 참된 민주주의자는 문제의 해결을 전쟁 등 여하한 폭력에 의존하지 않고 인간성을 존중하며 평화적 인도정신과 합리적 절차에 따라 문제해결을 추구해 나갈 것이다.

둘째로는, 우선 남쪽에서의 새로운 민주정부의 수립이며, 북쪽에서도 현존체제의 실질적 민주화가 요청된다. 한국에서의 새로운 민주정부수립은 곧 유신체제의 철폐와 동시에 해방 후 한국정치사에 있어서의 하나의 혁명적 전환을 전제로 하지 않고는 실현될 수 없다. 한반도의 통일이 진정한 민족의 통일이 되기 위해서는 민주적 의사형성과정을 통하여 민주적 정당성이 인정되고 민족의 통일의지가 투철하게 뭉쳐진, 하나의 혁명적 민주정부가 우선 남쪽에서 형성됨으로써 이 정부는 남쪽 민중의 대변자로서 떳떳이 북쪽의 체제대변자와 통일에의 대화를 효과적으로 추진할 수 있어야 할 것이다. 지금의 유신체제는 통일문제를 앞에 두고 두 가지의 '적'에 몰려서 자기의 생물학적 생명유지에 온 관심이 집중되어 있을 정도로 종말적 단계에 처해있다. 즉 하나의 적은 남쪽의 각성된 민중이고, 다른 하나의 적은 북쪽의 외형상 단일화된, 전체주의적 권력체제다. 이런 상황에서 유신권력층이 온 겨레의 통일을 위하여 생각할 겨를이 있을 수 있다는 것은 산에서 고기를 낚을 수 있다는 것과 비슷한 얘기다.

민중을 대변하는 참된 민주정부는 선거에서 다수의 지지를 받지 못하는 경우 여하한 생명의 두려움도 느낄 필요 없이 다시 민중 속으로 돌아갈 수 있을 것이다. 유신체제가 국가안전보장을 구실 삼아 국민의 인간기본권을 박탈하고 있는 것은 전혀 설득력이 없는 강도의 폭력수법에 불과하며 그럼으로써 체제 안에서조차 자기의 적들이 더 많이 생기도록 하여 자멸의 길을 닦고 있는 것이라고 볼 수 있다. 민주사회에서는 한 정부가 주권자인 국민으로부터 비판을 받는 것은 당연한 일인데, 그나마도 민주헌법 아닌 독재의 강령에 불과한 유신헌법과 이에 근거한 긴급조치령과 다른 유신정책에 국민의 대다수가 반대하는 일이 유신정부의 위기는 될망정 국가가 당장 망하게 되는 것으로 우기는 것은 상식이하의 추리다. 이런 유치한 논리의 동기는, 우리의 속담에 도둑놈이 제 발 저리기라는 말이 있듯이, 심리적으로 자기의 잘못한 행적을 자기가 가장 잘 알고 있기 때문에 권좌에서 물러난 뒤의 국민의 심판이 두려워 최후의 발악으로 민중을 탄압하는 피해망상증과 마침내 이성을 잃고 자기와 국가를 동일시하는 과대망상증에 근거하고 있을 것으로 짐작된다. 독재자의 피해망상증에는 현실적인 근거가 충분히 있다. 어느 독재자든지 국민을 이중, 삼중으로 속이는 데서부터 스스로 독재자가 되는 길로 자기를 몰아넣기 때문에, 그리고 세월이 지나감에 따라서 과거의 거짓이 조만 간에 반드시 백일하에 드러나게 되기 때문에, 더욱 심한 거짓과 억지와 폭력과 탄압을 가함으로써 억압에 대한 반작용으로서의 반항의 힘이 또한 증대되는 것을 누구도 부인할 수 없게 되고 독재자는 자기의 생명의 위험을 시시각각으로 느끼게 된다. 이렇게 거짓의 중복과 제도화가 어느 독재체제의 기본원리임과 동시에 자승자박의 쇠사슬이 되는 것을 지금 우리는 유신체제의 현실 속에서 뚜렷이 보고 있거니와, 독재자가 국민 앞에서 거짓을 되풀이하는 심층심리학적 동기는 그의 열등감과 권력욕에서 찾아볼 수 있겠다. 특히 권력욕은 저열한 독재자의 허영이며 자기무덤에의 안내자라고 볼 수 있다.

셋째로는, 위의 두 번째의 전제조건과 관련이 있는 것으로서, 우리가 북쪽의 통일에 대한 모든 제안에 동의하는 경우에, 여하간 난관에 부딪힌다할지라도 추호도 양보할 수 없는 최후의 조건은 인간기본권, 특히 사상의 자유와 의사표현의 자유를 핵심으로 하는 정치적 자유권의 보장이라는 것이다. 지금까지의 모든 반독재민주화 운동의 선언서들 속에 한결같이 표명된 가장 제1차적인 주장은 항상 인간기본권의 보장이었고 특히 언론의 자유, 학원의 자유 등 의사표현의 자유를 보장하라는 것이었다. 그 이유는 단순히 세계인권선언의 중요부분이 이 기본적 자유권에 해당하고 불란서혁명의 구호가 자유, 평등, 박애였기 때문이 아니다. 그 가장 기본적 이유는 인간생활을 위하여 가장 필요한 것은 사실에 관한 정확한 이해, 즉 진리의 파악이기 때문이며, 진리는 모든 사람에게 의사표현의 자유가 주어지지 않고는 규명될 수 없기 때문이다. 어떠한 의견이 사실에 부합되는 정보에 근거했느냐를 판별하기 위해서는 그 문제되는 사실을 보는 사람들의 사실보도의 자유가 보장되어 그 사실보도들의 내용이 대다수의 보도자들이 부인할 수 없고 사실과 어긋남이 없는 보도라고 인정될 수 있어야 한다. 진정한 자유사회에서는 사실과 어긋난 거짓된 보도는 자연히 그 거짓됨이 밝혀지고 신빙성을 잃게 될 것이기 때문에 차츰 자취를 감추게 될 것이며 사실을 사실대로 보도하는 언론만이 존경을 받게 될 것이다. 이러한 참된 사실에 대한 보도를 얻을 수 있게 하는 정치체제가 곧 자유민주주의체제이기 때문에 이 체제의 핵심인 의사표현의 자유의 보장을 우리는 주장하는 것이다. 독재체제의 한 가지 특징은 무엇이 사실이며 어디서 어디까지 사실과 부합되는 정보인지를 분간할 수 없다는 데 있다. 그런데 사실, 즉 현실여건에 관한 정확한 정보가 없이는 그것을 토대로 한 좋은 정책이 나올 수가 없게 된다. 좋은 이상은 참된 사실파악 없이는 비현실적인 환상이 되어버린다. 현실과 아무 상관이 없는 이상은 정치적 타당성을 상실하기 마련이고 문제의 해결을 더욱 복잡하고 어렵게 만들 뿐이다. 민주주의는 사실이 사실대로 밝혀지게 하는 거울의 역할을 한다고 볼 수 있다. 사실을 정확히 파악하는 데에서 올바른 문제의식이 생기며 문제의 해결을 효과 있게 하는 것도 사실에 관한 정확한 정보에 크게 의존한다. 이러한 견지에서 참된 민주사회는 곧 학문적인 사회라고 볼 수 있다. 학문의 과제는 진리의 추구 또는 규명에 있다고 보면, 민주사회야말로 학문이 발전할 수 있는 바탕을 마련해주며 학문의 발전을 통하여 사회 각 분야의 합리적 개선과 발전을 가져오게 될 것이다. 그런데, 이 민주사회의 자유가 없이는 여하한 민주주의도 참된 민주주의라고 볼 수 없다. 의사표현의 자유, 정보의 자유 없이는 어떠한 사회도 암흑사회, 폐쇄사회가 될 수밖에 없고 인간행복의 실현이나 전체사회의 발전을 기대할 수 없게 된다. 그리고 진정으로 평화로운 사회도 이 자유 없이는 형성될 수 없다. 왜냐하면 의사표현의 자유가 보장되는 사회에서는 저마다 자기 나름대로의 의견을 발표할 수 있게 되고 서로가 다른 의견을 가질 수 있다고 인정하고 남의 의견을 존중할 줄 알게 되며 여하한 인간의 의견도 항상 절대적으로 옳다고 볼 수 없다는 통찰이 보편화되어 자기의 의견과 다른 의견을 역시 관대하게 존중하는 관용의 미덕이 생활화하게 될 것이기 때문이다. 모순과 갈등과 차이를 인정할 줄 알고 문제해결을 위한 공통분모를 찾아 건설적으로 자유로이 토론, 비판할 수 있는 사회 속에서만이 평화로운 분위기 가운데서 사회정의가 구현될 수 있다. 자유로운 비판과 토론은 의견들의 경쟁을 통하여 항상 보다 나은 의견의 설득력을 강화시켜주는 발전적 의미를 갖고 있다. 한반도의 통일추구과정에서도 가장 기본적 인권인 의사표현의 자유를 최대한으로 보장함으로써 온 겨레가 전폭적으로 환영할 수 있는 평화적인 원만한 통일이 이루어질 수 있게 될 것이다. 통일은 남북 양 체제의 통일이나 어느 권력층의 권력욕의 충족수단이 되어서는 안될 것이며, 온 겨레의 참된 자유와 평화가 현실화되고 겨레와 민중이 주인이 되는 한 겨레의 한 나라로 되는 것을 의미하기 때문에, 어떠한 정치체제도 통일을 지향한다면, 의사표현의 자유의 보장에 조금도 반대할 이유가 없을 것이다.

➡ 이 글은 1979년 6월 8일-10일에 뉴욕에서 열린 "민족문제 해외동포회의"에서 발표된 것을 보충한 것이다.

('횃불', 제7호, 1979년 8월, 15-8쪽)

4.15. 죽음을 위한 조직과 권력욕의 운명

스위스의 취리히에서 발행되는, 뉴욕타임스와 워싱턴포스트의 종합신문인 International Herald Tribune지의 8월 10일자 기사에 의하면 카터 대통령은 한국 방문시(1979. 6. 29~7. 1)에 오는 1980년부터 한국의 연간 국방비를 국민총생산의 약 1%에 해당하는 5억 달러씩 증가할 것을 한국정부에 강한 압력을 가하여 종용했다고 하며, 박정희는 그 강력한 요구에 놀람을 금치 못했다고 한다. 북한은 국민총생산의 24%를 국방비에 충당하고 있다는 것, 1949년 미군철수 직후 1950년의 북한남침을 상기해야 한다는 것 등을 근거로 북과 남의 군사력 균형상태를 유지해야 된다는 것이 카터의 한국국방비 증대요망의 이유라고 한다. 이런 의미에서 지난 7월 1일자의 카터 · 박의 콤뮤니케에서 "미국은 한국에 적절한 무장설비와 국방공업기술을 판매하기를 계속할 것이다"라고 선언한 것을 인용하고 있다. 한편, 얼마 전에는 북한의 무장간첩선이 서해에서 격침되고 인명피해가 있었다고 보도되었으며, 9월 3일자 위의 신문은 1974년 이래 네 번째의 북한 터널(높이와 폭 약 2미터)이 비무장지대에서 발견되었다고 보도했다.

9월 4일자의 위 신문은 보도하기를, 한국정부는 내년의 국방비를 12억 달러 더 증대시킬 것을 결정했다 하는데, 이것은 종전에 비해 거의 40%의 증가를 의미한다고 한다. 즉, 금년 국방비 32억불은 국민총생산의 5.4%, 총 국가예산의 34%에 해당하는데, 내년 국방비는 예상국민총생산의 6%에 해당하는 44억불로 증대될 것이라는 것이다.

위의 기사들이 사실이라면, 여러 가지 문제들이 제기된다. 우선 미국의 대통령이 한국의 독재자도 놀랄 정도로 강한 압력을 가하면서 한국국방비를 증대하라고 독촉했다는 것은, 물론 한반도에 있어서의 군사력 균형유지를 통한 전쟁방지의 목적이 있다할지라도, 한국정부의 예산구조를 크게 변경시키는 중대한 내정간섭이라고 볼 수 있다. 그러나 카터가 박정희에게 정치범석방과 인권보장을 요구한 것은 내정간섭이라고 볼 수 없다. 왜냐하면, 러셀협회의 사회민주주의선언 제11항에서 이 문제에 대하여 밝혔듯이, 인권의 보편성과 비분리성 때문에 개인이나 국가로서 다른 나라의 인권침해를 규탄하는 것은 인간으로서 당연한 의무로 간주되어야 하기 때문이다. 위의 문제는, 첫째로 한반도에서의 남북 양 체제의 무력증강경쟁을 조장시킬 우려가 있고, 둘째로는 따라서 전쟁발생의 가능성을 더 크게 하며, 셋째로는 동시에 남북의 두 반민주적 지배체제의 더 장기적 고정화를 가져올 수 있다는 것이다. 카터는 아직도 지난 30년간의 미소 양 진영의 무장경쟁의 모순과 어리석음을 절실하게 깨닫거나 거기서 교훈을 찾지 못한 것 같다. 한국에 무력증강을 종용하기 전에 무력증강이 어느 쪽에서도 지속되지 않도록 당사자들과의 대화와 협약을 추진시켜야 할 것이다. 카터가 3자 회담을 북한에 제의했지만, 실현가능성이 있는, 남북 양측이 수락할 수밖에 없는 방안을 제시해야 할 것이다. 카터 정부가 진정으로 한국의 민주화와 한반도의 평화를 원한다면 길은 있을 것이다. 미국은 표면적으로는 인권외교, 평화유지를 외치지만, 우선 미국의 무기들을 한국 등 후진국에 판매해야 되겠고, 따라서 군사적, 경제적으로 미국에 예속시키는 것이 미국의 국가이익에 부합되는 것으로 생각하는 어리석은 정책을 구태의연하게 실시해오고 있다.

어느 독재체제의 폭군 아래에서 수많은 선의의 인간들이 죽음을 당하고 온갖 고난을 당하는 것은 제1차적으로 문제시되지 않는다. 이것은 미국에만 해당하는 어리석음이 아니다. 소련도, 서독도, 일본도 똑같이 해당된다. 그런 양두구육식 정책이 현명한 것 같으나 실은 어리석은 수작임이 시간이 흘러감에 따라 드러난다. 지나간 긴 인류역사를 통하여 이제는 어느 정도 배울 만큼 되었다고 보지만, 불이 발등에 떨어져야만 과오를 시인하는 일종의 제도적 타성을 벗어나지 못하고 있다.

위의 기사들은 결코 새로운 것은 아니다. 지금까지 그와 비슷한 종류들의 보도들은 수 없이 많이 들을 수 있었다. 박정희와 김일성은 매년 주요 국경일 때마다 "평화"를 앵무새처럼 반복한다. 그러나 그들이 하는 짓을 보면, 말과는 정반대의 길로 달리고 있음을 위의 기사들과 같은 사실로써 증거하고 있다. 우선 7·4 공동성명의 내용의 거의 전부를 차지한다고 볼 수 있는 무력행사 철폐, 평화적 방법에 의한 통일, 하나의 민족으로서의 민족대단결, 무장도발 금지 등의 의도와 현실을 비교해 보면, 그런 성명이며 통일원칙이 온통 거짓임을 삼척동자도 알게 된다. 그럼에도 불구하고 해외의 민주운동단체들 또는 인사들 가운데는 7·4공동성명을 신주 모시듯 절대화하고, 박정희는 통일할 의욕도 능력도 없다고 친다할지라도, 김일성은 그 성명 내용 이상으로 평화통일을 위해 혼자 노력하고 있기나 한 듯이 맹목적 환상 속에서 은근히 북쪽체제를 지향하고 있는 것을 나는 아무리 이해하려고 해도 이해할 수 없다. 문선명이나 짐 존스를 따라다니며 죽으라면 죽기조차하는 맹목적 신앙의 광신자들이나 비슷한 정치적 광신주의와 맹목적 부화뇌동의 행태라고밖엔 볼 수 없다. 러셀이 그의 책 "권력: 하나의 새로운 사회분석"(1938년 초판)에서 "국가의 주요 활동은 대규모 인간학살을 위해 준비하는 것"("…the chief activity of the state is preparation for large-scale homicide.", in: Power: A New Social Analysis, London: Allen & Unwin, 1975, p.145)이라고 한 것은 오늘의 한반도의 남북 양 체제에 공통으로 해당되는 현실의 핵심을 지적하는 것임과 동시에 생각할 능력이 있는 이들에 대한 경고이기도 하다.

이어서 그는, "사람으로 하여금 전체주의국가의 지배를 감수하게 하고, 타국의 지배에 굴복하는 것보다는 차라리 가정과 애들과 우리의 전 문명을 파괴하는 모험을 무릅쓰게 하는 것은 바로 이 죽음을 위한 조직에 대한 충성이다"(위의 책: 145쪽)라고 말하고 있는데, 국가에 대한 맹목적 충성이 얼마나 엄청난 비극을 초래하는 것인가를 강조하고 있다. 러셀은 또 "국가를 영광화하는 것과 국가를 섬기는 것은 모든 시민의 의무라는 교리는, 근본에서부터 진보에 반대되고 자유에 반대되는 것"이라고 선언했다('횃불', 제3호, 40쪽 참조 : 러셀, "자유에의 길들", 알렌과 언윈, 런던 1973, 96-7쪽).

위 서두의 기사들이 보여주는 남북 양 체제의 국방비 증대경향의 어리석음에 관하여 그 원인을 찾아 볼 필요가 있다. 군사력 증강경쟁이 국제적으로 어느 경우에나 결국은 어리석기 짝이 없는 수작이라는 것은 뻔한 이야기다. 그러면, 왜 그런 어리석음을 뻔히 알면서도 계속하고 있는가? 나는 그 가장 중요한 이유들 중의 하나가 집권자들이 권력욕의 노예로 전락했기 때문이라고 본다. 박정희에게는 권력은 이미 어떤 좋은 일을 하기 위한 수단은 아니고 권력의 계속장악 그 자체가 권력의 목적으로 되어 있다고 볼 수밖에 없으며, 우리는 그가 그의 권력의 종착역인 자멸이라는 이름의 유신마을에 곧 도달하고 있음을 본다.

가령 한 나라가 전쟁을 통하여 다른 나라를 정복하였다고 가정하면 다음의 결과를 예상하거나 질문을 제기할 수 있다:

1) 가령 미소 양대국 간의 전쟁일 경우에는 대규모의 핵전쟁을 초래하게 될 것이며 러셀을 비롯하여 많은 평화주의자들이 경고해오고 있듯이 그런 전쟁은 승자가 존재하지 않는 전쟁당사국들의 공동파멸은 물론 지구상의 인류전체와 그 문명의 소멸을 가져올 것이다.

2) 지금의 중동아시아지역에서처럼 핵무기를 사용하지 않는 전통적인 무기에 의한 국부전쟁인 경우에는 한 나라가 다른 나라를 정복했을 때에, 정복당한

나라의 국민들은 순진한 양떼와 같이 아무런 저항 없이 언제까지나 승자에게
완전히 복종할 것인가? 계속하여 전쟁시와 마찬가지로 무력으로 패자를 억누르
면, 패자도 역시 무력에 의한 저항을 계속 하지 않을까? 평화적인 민주주의 방식
으로 승자와 패자간의 갈등을 해결한다면 많은 인간생명과 문명의 파괴를 가져
온 전쟁의 의미가 어디에 있는가?

　　3) 한국의 경우에 국민들이 유신독재지배체제에 대한 정당성을 인정하지 않
고 정부에 대한 신뢰를 거부한지 오래며, 대통령은 국민을 자기의 생명을 노리
는 적으로 간주하게 된 현실 속에서 유신체제나 북쪽의 국내정치의 막다른 골
목에서 전쟁이 일어나게 되면, 유신체제의 군인들은 과연 죽음을 무릅쓰고 유
신독재체제의 유지를 위하여 싸울 것인가? 그들은 도대체 누구를 위하여, 무엇
을 위하여 동족을 향하여 총을 겨누며 자기의 고귀한 생명을 버려야하는가에
관하여 회의적인 답변을 스스로 하게 될 것이고 유신체제를 위하여 목숨을 걸
고 싸울 용기를 잃게 될 것이다. 어떠한 독재체제에서도 국민총화는 피상적으
로만 튼튼한 것처럼 보이지만 내면적으로 이미 산산이 부서져 있거나 거의 존
재하지 않는다는 것을 인정하지 않으려는 것이 독재자의 자멸에 이르는 병이라
고 볼 수 있다.

('횃불', 제8호, 1979년 10월, 5-7쪽)

4.16. 박정희의 사멸에 즈음하여

한국의 폭군 박정희는 지난 10월 26일에 자기가 구축한 유신 체제의 한 무리
에 의하여 암살당했다. 이로써 유신체제라는 폭력집단의 두목은 사라졌다. 그
러나 그를 중심으로 1961년 5월 16일 이후 18년 간 점차적으로 구축되고 1972년
10월 17일 이래 7년 간 본격적으로 확고히 다져온 이른바 「한국적 민주주의」라
는 폭력지배체제를 구체화한 유신체제는 아직 그대로 존속되고 있다. 이것은
유신체제가 그 동안 한국사회에 제도화, 구조화되어 있기 때문에 그 중심인물

의 사멸과 함께 그 구조자체가 무너지지는 않을 것이라는 상식적 추리가 그대로 타당성을 갖게 된다는 것을 뜻한다.

유신체제는 군대와 중앙정보부와 일부 경제계가 주축을 이룬 폭력지배체제다. 군대는 유신체제확립 이전에는 단순한 대외적 방어수단이었으나, 유신체제 구축 이후부터는 대내적으로도 체제수호 및 정당화 수단이 되어 그 실질적 중요성의 비중이 이중으로 커진 것이다. 즉, 유신체제 아래에서의 군대는 전통적으로 대외적인 적인 북한에 대하여 대한민국을 방어함과 동시에 민주의식이 강화된 민중을 대내적인 적으로 간주하게 되었다는 것이다. 중앙정보부는 5·16과 함께 김종필이 창설한 이후 체제유지의 실질적 기능을 수행하는 중추적 기구다. 일부 경제계가 유신체제의 구조적 요인이 되는 것은 소위 「조국 근대화」 정책 아래 「수출, 증산, 건설」을 내걸고 외자도입, 수출특혜, 공업화일변도의 경제정책을 실시해 오는 동안 정치권력과 밀접히 결탁된 특권 기업계층을 형성했기 때문이다.

이들 유신체제의 중심세력들의 내부에서 박정희의 죽음을 계기로 권력투쟁이 시작되고 있다. 우선 군대내부에서 친유신파와 반유신파가 실권을 쥐고 있는 비상계엄사령부를 중심으로 암투를 벌리고 있을 것이다. 어떻게 되든지 한 가지 분명한 것은, 유신체제를 유지할 것으로 보인다. 왜냐하면, 유신체제의 철폐는 위의 중심세력들의 파멸을 의미하기 때문이다. 문제는, 어느 정도만큼 유신헌법의 개정 등을 통한 자유화, 민주화가 실현되느냐에 있다고 보겠다. 또 한 가지 분명한 것은, 유신체제가 결정적으로 철폐될 때까지는 지금까지의 민주세력들(주로 학생, 노동자, 일부 기독교회, 일부 교수·문인·언론인들)의 민주화투쟁은 계속될 것이고, 따라서 정치적 불안정은 지속될 것이며, 경제적으로도 난관을 거듭하게 될 것이다. 이것이 지금 당면하고 있는 박정희 없는 유신체제의 딜레마다. 사실은, 이 딜레마는 박정희의 사멸로 인하여 생긴 것은 아니며 박정희라는 인물과는 상관없는, 유신체제 자체가 당초부터 잉태하고 있는 구조적 모순이며 시한폭탄인 것이다. 박정희의 사멸은 바로 이 시한폭탄의 일부가 폭발된 것에 불과하다고 볼 수 있다.

앞으로 가까운 장래에 있어서의 유신체제의 운명은 지금 실권을 쥐고 있는 계엄사령부를 중심으로 한 군부지도자들의 움직임에 달려있다. 그들이 가장 현명한 길을 택한다면, 그래서 개인적·계급적 이해관계를 떠나서 민족적 견지에서 전체사회의 공익에 주안점을 둔다면, 과감히 유신헌법을 무효화시키고 새로운 민주헌법 초안이 마련되도록 하여 진정한 자유분위기 속에서 국민투표에 의한 헌법수락, 이에 따른 새로운 민주정부의 수립에 이르기까지, 즉 기본적인 민주질서가 확립될 때까지 사회질서유지에 치중한 실력행사를 하는 데에 그 임무를 둘 것이며, 그 이후에는 군인 본연의 임무로 돌아갈 것이다. 그러나 이 길을 택하는 것을 바라보는 것은 극히 비현실적인 노릇인 것 같다.

다음으로 가능한 길은, 유신헌법 중에 가장 반민주적인 부분들(기본권, 대통령의 선거와 임기, 통일주체 국민회의, 국회의 구성, 사법부의 지위, 대통령의 긴급조치 권한 등)을 민주적 내용으로 개정토록 하여 지금의 야당으로 하여금 집권할 수 있도록 하는 것인데, 이것 역시 지금의 세력관계로 보아 기대할 수 없는 것으로 보인다.

세 번째의 길은, 김종필, 정일권, 이후락 등 유신체제의 정통파들이 권력을 장악하는 것인데, 여기에는 변함없는 박정희식 정책을 밀고 나가는 길과 유신체제의 근간은 고정시키되 다소의 자유화를 허용하는 길이 있을 것이다. 이것은 다분히 실현가능성이 있다고 보지만, 위에 언급한 대로 유신체제를 바탕으로 하는 한, 여하한 책략과 정책도 날로 강화되고 확대·조직화되는 민주세력의 저항을 막을 수는 없을 것이며 불안정과 혼란을 거듭하게 될 것이다.

마지막으로 네 번째의 길은, 지금의 군부세력이 또 하나의 쿠데타를 일으켜 새로운 군사정권이 폭력지배를 시도하는 것인데, 이것은 사태의 진전에 따라 위의 세 번째의 길이 순조로이 진척되지 않을 경우에 가능하든가, 지금의 비상계엄사령부내의 세력관계와 정치적 역량에 따라 지금부터 계획되고 있을 수도 있다고 본다.

김재규 전 중앙정보부장과 그 부하들에 의한 박정희와 차지철 등의 살해의 동기, 경위, 배후 등이 아직도 명확히 밝혀져 있지 않고 있다. 군부와 미국의 개입여부가 아직 명백하지 않다. 다만, 최근 신문보도에 의하면, 미국무장관 벤스가 박정희 장례식 참석 차 서울에 와서 앞으로의 한국 정치전망에 관하여 언급하기를, 그는 유신헌법의 변경을 위하여 압력을 가하지 않기로 결정했다고 하고 현존체제의 갑작스런 변화를 원치 않으며 현 유신체제 아래 점차적인 변화가 오기를 바라고 장기간에 걸친 근본적인 변화를 희망한다고 말했다 한다 (인터내셔날 헤럴드 트리뷴, 11월 3~4일자, 서울발 11월 2일 워싱턴 포스트 인용 보도 참조). 이것은 미국이 한국의 내정에 공공연히 간섭할 뿐만 아니라, 국민의 여망과는 어긋나는 방향으로 한국의 장래를 조종하고 있음을 보여주는 것이다. 유신체제의 철폐나 지속의 문제는 주권자인 한국국민의 소관사항이지, 한국이 아무리 많은 미국의 원조를 받고 있다 할지라도 미국이 왈가왈부할 성질의 문제가 아니다. 여기에는 물론 공화당과 유정회 등 반민주·반민족적 정상배들의 공작이 효력을 발휘하고 있는 것으로 보인다. 우리의 운명을 우리가 책임지고 결정할 용의는 없고 미국이나 다른 강대국의 통제, 조종에 의존하는 것은 국가적 수치일 뿐만 아니라 소위 정치가 개인들이 스스로 자기들의 인간존엄성을 내던지는 처사라는 것을 의식하지도 못하는 처참한 지경에서 갈팡질팡하고 있다는 것을 보여주고 있다.

나는 박정희 사멸이후 모든 것이 오리무중에 싸여 있는 것 같은, 지금의 불안과 위험이 가득 찬 사태에 처하여 다음과 같이 권력층에 경고하며 온 국민에게 요망한다.

1. 지금의 실권을 쥐고 있는 군부, 특히 계엄사령부는

가) 스스로 정치적 중립을 지켜줄 것이며,

나) 그 유일한 임무를 새로운 민주정부의 수립이 완성될 때까지 국내의 평화적 질서유지와 국가의 대외적 침략방어에 둘 것이며,

다) 유신체제가 완전히 철폐될 때까지는, 지금까지와 마찬가지로 항상 정치
    적 불안정 상태를 지속하게 될 것이라는 것을 분명하게 인식할 것을 경고
    한다.

2. 지금까지 박정희에게 절대충성·복종하며 온갖 반인간적 사리사욕을 채워
온 유신정부 각료와 고위층 지위에 있는 자들, 공화당과 유정회의 허수아비 노
예의 무리들은 박정희의 사멸이라는 역사적 심판의 경종을 듣지 못하고 계속하
여 반민주, 반민족, 반인간의 폭력지배체제인 유신체제를 지탱하게 하고 여기
에 기생하려고 한다면, 더욱 줄기찬 세력으로 조직화되어 가는, 자유와 정의를
갈구하는 3천 5백만 민중의 민주혁명의 불길 속에 박정희에 못지않은 비극적인
자멸을 가져오게 될 것을 경고한다. 따라서 지혜 있는 자는 지금까지의 치욕적
인 권력의 노예상태에서 벗어나 민중의 민주화 투쟁대열에 석극 참여할 것이며
어리석은 자는 마침내 무의미한 죽음의 값을 치르게 될 것이다.

3. 각계각층의 공무원들은 지금까지의 불의와 부정부패의 제도화에 불과한
유신 노예체제를 위하여 더 이상 봉사한다는 것은 무가치하고 무의미한 일이라
는 것을 박정희의 사멸을 기하여 다시금 확인하고, 유신체제의 안에서나 밖에
서나 간에 민주세력과 일심협력하여 유신노예체제의 조속한 철폐를 위하여, 진
리와 자유와 정의와 합리의 가치질서가 바로 잡히고 참된 평화와 안정이 가능
한 새로운 민주사회체제의 확립을 위하여 헌신 투쟁하여 줄 것을 동포애의 심
정에서 권고한다. 인간으로서 바랄 수 있는 숭고한 이상의 실현을 위하여 함께
싸우고, 함께 돕고 살며, 함께 죽을 수 있는 자세를 가지고 용기를 내어 살아가
는 것이 비록 험난한 길일지라도 보람 있는 삶이라는 것을 깨닫고 온갖 노예의
쇠사슬을 끊어 버리고 일어서기를 요청한다.

4. 지금까지의 죽음과 온갖 고통을 무릅쓰면서 과감히 싸워온 반독재, 민주화

투쟁인사들께서는 구축된 유신체제에 대한 싸움이 더욱 어려운 단계에 들어섰음을 볼 때에, 국내 국외를 막론하고 우리들의 공동투쟁을 더욱 조직화함으로써 확대·강화시켜야 할 것을 요망한다.

5. 해외에 있는 우리들은 민주화 운동의 연대화, 조직화를 더욱 효과적으로 실현해야 할 것을 절감한다. 각 단체들 내부에 아직도 잔존하고 있는 비민주적 의식과 행태, 권력 투쟁적인 소아적 동기지향을 극복·청산해야 할 것이며 국내의 민주화 투쟁과 연대하여 투쟁대열을 연합·강화하여야 할 것을 요망한다.

6. 나는 지금까지의 일관된 기본견해로서 그 제정절차와 내용에 있어서의 반민주성이 공인된 유신헌법에 근거한 유신체제의 정당성을 인정하지 않기 때문에 박정희의 사멸을 유신체제생리의 당연한 논리적 귀결이 현실화된 것으로 보아 지난 3일의 국장을 인정할 수 없다. 박정희는 자기가 심은 무지와 거짓과 폭력과 권력욕의 씨를 암살이라는 열매로 스스로 거둔 것이다. 박정희의 그러한 죽음은 독재자로서의 자연스러운 종말일 뿐, 주권자인 국민에게는 비극일 수가 없다. 따라서 울며 애도할 하등의 이유도 없다.

우리는 박정희 없는 유신체제의 뿌리가 완전히 뽑힐 때까지, 민주주의가 확립될 때까지 투쟁해 나갈 것이다.

다시금 외치노니,

1) 유신헌법을 철폐하고, 긴급조치 9호 등 모든 악법을 무효화해야 하며 이러한 법 아닌 법에 의하여 부당하게 박탈된 권리는 당연히 복권되어야 한다.

2) 모든, 양심의 자유를 행사한 민주인사들인 정치범들을 즉시 무조건 석방해야 한다.

3) 모든 민주세력의 참여 아래 새로운 민주헌법초안을 마련하여 국민투표에 부치고, 이 새 헌법에 따라 대통령을 선출하고 국회를 구성하는 등 새로운 정치적 민주질서를 확립토록 해야 한다. 무엇보다도 기본적으로 의사표현

의 자유(언론자유)가 보장되어야 한다. 이와 동시에 여하한 폭력(심리적, 물리적)행위도 엄벌에 처하여야 한다.

4) 지금의 유신헌법에 근거하여 대통령을 선출하거나 자유화를 시도하는 것은 유신체제의 정당성을 인정하는 것에 불과하므로 근본적으로 거부되어야 한다. (서독, 쾰른에서, 1979년 11월 7일)

〈'횃불', 제9호, 1980년 1월, 4-7쪽〉

4.17. 민중의 정치의식

민주주의의 원만한 기능발휘는 그 사회구성원들의 정치의식 수준에 크게 의존한다고 볼 수 있다. 이 명제를 한국사회의 현실에 비추어 본다. 유신체제에 대한 각계각층의 민주세력의 저항운동을 통하여 민중이라는 용어가 유행하고 있는데, 그 의미가 과연 명확히 이해되고 있는지 의문시된다. 한 가지 분명한 것은 민중은 조직화되고 단일화된 행동주체는 아니고 사회구성원들의 일정한 혼합체라고 볼 수 있다는 것이다. 함석헌씨는 민중을 바로 씨알이라고 보는 것 같지만 씨알은 오히려 민중 가운데서 자아의식이 뚜렷한 개인을 지칭하는 것이라고 이해하는 것이 언어의 통용상 명확한 것 같다. 즉 민중이란 자아의식을 가진 씨알들의 혼합체라고 보인다.

정치의식은 두 가지 분야로 나누어 볼 수 있겠다. 하나는 정치의 중요성을 인식하고 정치현상의 발전에 관심을 갖는 정도를 의미하고, 다른 하나는 일정한 정치문제에 관하여 자기 나름대로 문제상황에 관한 이해와 문제해결을 위한 의견을 갖고 있으며 이를 발표할 용의가 있는지의 여부에 있다고 본다. 즉 정치의식이 낮다는 것은 정치에의 관심정도가 낮을 뿐 아니라 정치문제에 관한 의견이 거의 형성되어 있지 않다는 것을 의미하며, 정치의식이 높다는 것은 정치에의 관심정도가 높고 정치문제에 관한 뚜렷한 의견을 갖고 있어서 이를 발표할 용의가 있음을 의미한다.

이렇게 본 정치의식의 수준은 항상 교육수준과 일치하는 것은 아니다. 우리는 동서를 막론하고 박사학위를 가진 이들이나 교수들이 전혀 정치의식이 없는 예를 많이 보는가 하면, 다른 한편으로는 초등학교나 중학교 밖에 교육경력이 없는 많은 노동자들의 정치의식 수준은 놀랄 만큼 높음을 최근의 인간기본권과 노동 3권의 보장을 위한 투쟁사에서 알고 있다. 그러나 대체로 보아 한국 민중 가운데에서 적극적으로 반독재 민주화운동에 온갖 위험을 무릅쓰고 참여하고 있는 이들은 소수자에 속한다고 볼 수 있다. 이런 견지에서 과연 오늘의 한국에서 민중의 정치의식이 과연 높다고 볼 수 있는가가 의문시된다. 위에서 말한 대로 민중이라는 개념이 광범위한 그룹 요인들의 혼합체이고 애매모호한 윤곽을 갖고 있기 때문에 그 속에는 민주화 운동에 적극 참여하고 있는, 즉 정치의식이 아주 높은 분들이 있는가 하면 다른 한편으로는 대부분이 수수방관하며 남들이 하는 대로 이리 몰리고 저리로 휩쓸리는 무리들로 구성되어 있다고 보는 것이 현실적으로 타당하다고 생각된다.

정치라는 것은 사회의 문제해결을 위한 조직적 활동이라고 정의될 수 있다. 이런 의미에서의 정치는 역사적으로 씨족사회, 농촌사회, 유목사회, 봉건사회, 도시공업사회 등 어떤 형태의 사회든 간에 두 사람 이상이 모인 생활 집단에서는 항상 존재하게 마련이다. 왜냐하면 크고 작은 사회에는 항상 문제가 있고 해결되어야 하기 때문이다. 한 가족도 사회의 한 형태라고 보면 그 가족이 계속 존재하려면 그 구성원 사이에 정치 현상이 나타나는데 그 조직 원리로서 가부장제 가족 (Patriarchat, patriarchalism)이니 가모장제 가족 (Matriarchat, matriarchalism)이니 구별된다. 전통적인 권위주의적 가족제도에 염증을 느낀 현대의 젊은 세대의 가정에서는 일정한 문제가 생길 때면, 가족회의를 열어서 민주적으로 해결하는 것을 볼 수 있는데, 이것이 바로 정치의 한 양상이며, 본질적으로는 국가사회에 있어서의 정치와 하등의 차이가 없다.

한 국가사회의 조직원칙을 규정한 것이 헌법과 그 밖의 법률들이라면, 그 법질서가 어떻게 마련되어야 하느냐의 문제는 그 사회에 속한 모든 구성원들의 운명과 직접 간접으로 연관되어 있는 문제이다. 그렇다면 가령 헌법을 만드는 절차와 내용의 문제는 성인된 국민 각자의 당연한 관심사가 되어야 할 것이며 저마다 의견을 발표할 수 있어야 할 것이다. 이유야 어떻든 그렇지 못한 이들은 마치 남에게 자기의 운명을 처분할 권한을 위임한 것이나 다름없기 때문에 이미 정치의식 수준이 높은 이들의 힘에 의존 또는 예속되기 마련이다. 이들 정치의식 수준이 높은 이들이 반드시 정치가로 나선 이들로 국한될 필요는 없다. 한국민중의 정치의식 수준이 낮은 하나의 증거로는, 정치는 당연히 그리고 오로지 정치가들이 알아서 할 일이고 일반 백성인 나로서는 거기에 관여할 일이 못된다는 일반적으로 널리 퍼져있는 사고방식을 들 수 있다. 다소 과장해서 표현하자면, 민주사회는 모든 성인이 된 사회구성원이 저마다 '정치가'로 되어 있는 사회를 뜻한다고 볼 수 있다. 다만 직접 정부기관이나 정당조직 안에 어떤 직무를 수행하는 정치가와 그렇지 않은, 다른 직업에 종사하는 정치가가 있을 뿐이다. 달리 말하면, 민주사회는 정치의 일상화, 보편화가 이루어진 사회인 것이다. 이런 의미에서 오늘의 한국은 아직 민주사회가 되기에는 거리가 멀고 4·19 혁명, 5·16 폭력지배체제, 유신독재체제의 구축, 독재자의 암살 등의 역사적 시련을 겪으면서 민중은 민주적 훈련을 거듭하는 가운데 점차로 정치의식이 계발되고 높아지고 있다고 보인다.

지난 10월 26일을 기하여 유신체제의 머리는 사라졌으나, 그 몸뚱이는 그대로 살아 움직이고 있고 얼마 후에 또 하나의 다른 독재자가 다소 변형된 신유신체제의 머리로 나타나지 않는다는 보장이 없을 만큼 지난 18년간의 군사독재체제, 특히 7년간의 유신체제가 일종의 제도로서 굳혀져있기 때문에 앞으로의 민주화 투쟁은 제도와 제도 사이의 투쟁으로 전개될 것으로 보이며 최악의 경우에는 대규모의 혁명적 시민전쟁이 불가피할 것 같다. 따라서 민중은 정치의식의 고도화를 통하여 보다 효과적으로 조직되는 것이 바람직하다. 즉 민중 가운데서 정치적으로 각성된 씨알들, 즉 개인들이 모여서 공동의 가치관과 정치이념과 문제분야를 바탕으로 지역사회 또는 전국에 걸쳐 조직체를 구성하는

것이 필요하고 불가피하게 된다. 지금의 현실에서 정치권력이 이러한 민중의
민주화 운동을 고무시키지 않고 오히려 계속 탄압한다면, 지하조직의 방향을
취하는 수밖에는 없다.

이 역사적 투쟁이 민주주의의 승리로 이끌어지도록 하고 "하나의 보다 나은
세계의 창조를 향하여" 우리들 개개인이 도울 수 있는 몇 가지 방법에 관하여
러셀이 "넓은 시야를 간직함에 관하여"(On Keeping a Wide Horizon)(1941)라는
에세이에서 시사하는 충고에 경청할 가치가 있다고 본다.

"1. 당신이 그릇된 것이라고 생각하는 일에는 묵인하거나 용납하지 마라.
당신의 저항이 아무 소용없는 것처럼 보일지라도 그 그릇됨에 대하여 항거하
라. 그 즉시에 저항하지 못하면 고귀한 성품을 가진 민중의 전 민족을 불과 몇
명 안 되는 악인들의 권력에로 넘겨주게 된다. 가령 독일나치 폭력체제에서 그
런 무시무시한 유대인 학살과 박해도 처음에는 지극히 사소한 일에서부터 시작
된 것이라는 것을 기억하라.

2. 당신이 인종적 편견 등 어떤 편견을 가지고 있다면, 그 편견 자체에 대하여
투쟁하라…

3. 무엇이거나 쉽게 믿지를 마라. 우리가 너무나 자주 듣는 어떤 것을 그대로
믿지 않기란 어려운 일이다. 전체주의 국가들은 그들의 악의 결과들이 분명히
드러날 때에는 광고 선전방법들을 정치에 도입시켰다. 그러나 크고 작은 사건
들과 문제들에 있어서 우리는 어떤 것을 온통 믿기 전에 그 증거들과 논거들을
캐물을 것을 잊지 말아야 한다.

4. 나태하지 말며 한 시민으로서의 당신의 책임을 회피하지 마라. 당신의 거
주지역의 한 부패행정처럼, 당신의 직접적인 주위에 당신이 아는 어떤 불의가

있다면, 그것은 하나의 퍽 안타까운 일이지만 당신이 상관할 일이 아니라고 생각하지 마라. 당신의 친구들이 그 불의에 대항하는 운동에 당신과 협력할 용의가 있을 때까지 그것에 관하여 당신의 친구들이 관심을 갖도록 노력하라.

5. 소란을 피우는 것을 두려워 마라. 불쾌한 어떤 것이 존재한다는 사실에 주의를 불러일으키는 일이나, 다른 사람의 의견에는 불찬성을 공개적으로 발표하는 일은 나쁜 취미를 가진 소치라고 생각하는 것은 한 어리석은 생각이다. 만일 당신이 생각하는 것을 말함으로써 한 소란을 야기한다면 그것은 유감스러운 일일 것이지만, 어떤 오류나 거짓을 아무도 도전 없이 허용하는 것처럼 그렇게 유감스러운 일은 아닐 것이다. 더구나, 솔직히 토로하는 버릇을 가진 이들은, 만일 그들이 평소에 친절하고 유쾌한 이들이라면, 특별한 애정과 존경을 받는 지위를 차지하게 되는 일이 흔히 많다.

6. 만일 당신이 찬성할 수 없는 이들이 원래 악하지 않고 다만 잘못을 저지르고 있다고 생각될 수 있다면, 당신의 생각을 그냥 토로해버리는 것이 더 쉽다. 그와 동시에 당신은 그들의 과오를 그들이 확실히 인정하도록 당신이 할 수 있는 모든 일을 해야 할 것이다(이것은 아마도 가장 어렵고 가장 중요한 규칙이겠다).

7. 쉽게 만족하지 마라. 어떠한 인간의 일도 완전한 것이 아니다."
민중의 일부인 우리가 아무리 큰 열망을 가지고 민중이 주인이 되는 참된 민주사회를 그린다고 할지라도 우리들 각자가 자기의 인간으로서의 존엄성을 스스로 저버리고, 두려움의 쇠사슬에 스스로를 얽어맨 나머지 정신적 독립성을 상실한다면, 민중의 구성분자인 씨알로서의 우리들 개개인이 위의 러셀의 실제적인 규칙들을 실천에 옮길 용의가 없다면, 민중은 새로운 역사를 창조하지는 못하고 자기를 억압하는 폭력집단의 유지를 위하여 혈세만을 바치는 노예적 무

리로 머물러 있을 수밖에 없을 것이다. 그러면 이 운명에 처하여 민중은 누구를
원망할 것인가? 아니, 민중에게 원망할 시간마저 주어질 것인가? (1979년 11월)

('횃불', 제9호, 1980년 1월, 16-8쪽)

4.18. 김재규의 운명

지금의 한국은 실권자들은 작년 10·26사태 이후에, 햄릿이 "존재할 것이냐
존재하지 않을 것이냐, 이것이 문제다"라고 고민하듯이, '김재규라는 인간을 죽
일 것이냐, 아니면 살려둘 것이냐'라는 심각한 문제 앞에 당면하고 있다. 이
문제는 어떤 범죄사실을 앞에 두고 해당 형법조문을 어떻게 해석하여 적용하느
냐의 단순한 문제에 그치는 것이 아니라, 유신체제의 운명과 한국의 정치사회
질서의 긍정적 발전 가능성 여부를 판가름하는 역사적 문제라는 데에 그 중요
성이 있다.

김재규 씨는 유신체제의 우두머리를 총살함으로써 제거하였다. 따라서 김재
규 씨의 처형은 유신체제지지라는 처형자들의 입장을 행동으로 표시하는 것을
의미하고 김재규 씨의 사면 또는 무죄선고는 유신체제반대의 정당성을 수긍하
는 것이라고 볼 수 있다. 지금의 실권자들의 딜레마는 바로 김씨의 운명이 자기
들의 운명과 결부되고 있다는 데 있다. 김재규 씨의 운명 결정을 통하여 자기들
의 유신체제에 대한 기본태도를 명백히 할 수밖에 없게 되었다는 것이다. 나는
1974년 1월 14일자로 "한국국민의 자유를 위하여"를 발표한 이래 유신체제의
비정당성을, 반민주성을 명백히 해왔다. 아니, 유신체제는 정치자체를 거부하
는 야만적 폭력지배체제에 불과하다는 것을 박정희의 종말이 실증하고 있다.
유신체제는 바로 '정치'가 존재할 수 없는 무법체제이기 때문에 그 우두머리의
운명도 정상적인 결정과정을 통하여 결정되는 것이 아니라 체제 자체 내에서의
총살이라는 무법적 수단에 의하여 처리되고 만 것이다.

이러한 폭력체제의 아이러니컬한 운명을 유신체제에서 비로소 보는 것이 아

니라, 지금까지의 동서고금의 역사를 통하여 이미 수없이 보아왔음에도 불구하고 왜 그런 과오를 자꾸만 반복하는 것일까? 그 이유는 대체로 보아 두 가지로 요약될 수 있을 것 같다. 즉 하나는 인간들의, 특히 권력자들의 인간사회의 구조와 조직운영에 관한 무지이고, 다른 하나는 권력자들에게 좋은 정치적 이상이 결여되어 있는 반면에 일반 민중들에게는 권력자에 대한 불안과 공포심으로 그 심리상태가 가득 채워져 있기 때문인 것 같다. 정치가가 권력만 쥐면 정치를 할 수 있다고 생각하는 것은 어린애다운 순진성을 벗어나지 못한 것이다. 그는 무엇보다도 우선 권력의 논리와 사회구조의 생리를 알아야 할 것이다. 이것들에 관한 앎의 추구과정에서 그가 이성을 따른다면 그는 반드시 민주주의가 왜 인간사회 운영의 방법론적 기본원칙으로서 필요불가결한가를 알게 될 것이다. 그리고 그가 편견에 사로잡히지 않는 독립적 사고능력의 소유자라면, 권력욕의 위험성과 한계를 통찰할 수 있을 것이고, 그가 다소 지혜를 가졌다면 권력을 무엇을 위해 사용할 것이며 절대 권력을 한 사람이나 하나의 기관에 집중시키는 오류를 범하지 않을 것이다. 러셀은 권력애의 정당화를 위한 세 가지 조건을 들고 있는데, 첫째로는, "권력애는 만일 그것이 유익한 것이 되려면, 권력자체보다는 다른 어떤 목적과 결부되지 않으면 안 된다"는 것이다. 그가 의미하는 것은 권력애의 동기는 인간의 적극적인 사회직업생활을 하는 과정에서 반드시 생기기 마련이기 때문에 권력 자체를 위한 권력애가 전혀 존재해서는 안 된다는 것이 아니라, 권력 이외의 다른 어떤 목적에 대한 갈망이 훨씬 강함으로써 이 갈망의 달성을 위하여 권력이 도움이 되지 않는 경우에는 권력은 만족감을 주지 않게 될 것이라는 것을 시사하는 것이다. 둘째로는, 권력 이외의 다른 어떤 목적은, 그것이 달성된다면 다른 사람들의 욕구들을 충족시켜주는 데에 도움을 주는 그런 목적이라야 한다는 것이다. 즉 그 다른 목적은, 다른 사람들의 욕망, 욕구와 조화를 이룰 수 있는 것이라야 한다는 것이다. 셋째로는, 목적 실현의 수단은 실현되어야 할 목적의 우월성을 상쇄시키는 나쁜 결과와 부작용을 초래해서는 안 된다는 것이다. 즉 목적은 수단을 정당화한다는 폭력주의를 그는 원칙적으로 배격한다. 폭력사용에 의한 폭력과 불의의 악순환을 설명함으로써 그는 폭력의 위험성을 보여준다(러셀, "권력: 하나의 새로운 사회분석", 런던: 알렌과 언윈, 1975년 판 [초판 1938], 180쪽 이하 참조).

일반 민중들이 권력자 앞에서 공포심을 갖는 것은, 특히 그 권력자가 독재자이기 때문에 생존을 위한 본능적 반응이라고 볼 수 있지만, 좋은 교육에 의하여 다소 해소시킬 수 있을 것이다. 전통적 종교의식과 권위주의적 윤리에 근거한 종래의 교육은 독립적 지성과 비판적 사고능력을 기르고 남에게 친절한 감정과 동정심을 갖는 정서를 함양하는 대신에 무조건 권위에 맹종하고 남들이 생각하거나 행동하는 것을 그대로 옳다고 맹신하며 아첨의 기회주의와 인간이용의 실용주의를 실천하기에 숙달된 성품을 기르게 되어 있으므로 개인으로서의 인간 동일성형성을 전제로 하는 민주주의 사회에서는 적합하지 않는 인간들로 범람하게 한다. 민중의 대부분은 고유한 인격으로서의 자기 존중의식이 없고 생각의 독립성을 견지하려고 하지도 않으며 부화뇌동하는 기계적인 무리에 불과하다. 이러한 민중의 부정적 생태는 교육수준이 낮은 일반서민 중에서만 볼 수 있는 것이 아니라 해외유학의 경력을 가졌고 박사학위를 획득한 소위 최고의 지성인계층에서도 흔히 그리고 뚜렷이 볼 수 있다. 이들의 거의 유일하게 뛰어난 재능의 하나는 남의 눈치를 보는 데에 있다. 남의 눈치에 따라서 생각하고 행동하며 느끼기조차 한다. 이것을 사회학에서는 보통 "사회적 통제"라고 일컫는다. 사람들의 일반적 행동과 사고방식이 남의 눈치를 보는 것에 따라서 평준화되고 통제되는 것이 항상 나쁜 것이라고는 볼 수 없다. 왜냐하면 이런 사회적 통제가 있기 때문에 사회생활이 일반적으로 인정되는 규범에 따라서 질서 있게 영위될 수 있고 상대방의 기대하는 바를 예측할 수 있기 때문이다. 그러나 하나의 인간사회는 질서만 필요한 것이 아니라 개선과 진보를 위한 변화를 또한 필요로 한다. 변화가 없고 전통적 질서만 그대로 지속되는 사회는 새로운 문화를 창조할 수도 없고 생동하는 활력을 잃고 마침내는 정체상태에 빠지거나 퇴폐하고 말 것이다. 그러므로 사회발전에는 반드시 낡은 기존질서에의 반항아들이 필요하다. 이 반항아들이야말로 남의 눈치보기에만 한 삶을 보내온 민중들을 깊은 잠에서 깨우고 새로운 역사를 창조하는 인간다운 인간들이다.

김재규 씨가 주관적으로 그 동기진술에서 자기는 남의 눈치보기에 염증을 느낀 나머지 유신질서를 깨뜨리려고 박정희를 총살시킨 체제내의 반항아로 자처하는 것이 사실과 부합되는지를 알 수 없으나, 객관적으로는 유신질서의 존속에 큰 타격을 가한 것은 틀림없다. 폭력 이외에는 어떤 정당성도 결여한 유신체제가 존속되어야 할 이유는 전혀 없다.

김재규 씨를 살려야 한다는 이유를 나는 다만 유신체제에 대한 이러한 기본태도의 관점에서만 찾는 것이 아니라, 김재규 씨에만 국한되지 않는 보다 일반적인 문제로서 사형이라는 극형의 정당화에 대한 기본적 회의에 근거를 두고 있다. 여기에는 두 가지 문제가 제기된다. 하나는 여하한 동기와 경우를 불문하고 항상 보호해야 할 절대적 가치가 존재하는가의 문제다. 우선 인간의 생명을 그 예로 들 수 있다. 그런데, 인간의 생명은 무조건 항상 보호해야 할 최고 가치라고 한다면, 몇 가지 의문이 대두되는데, 정치적 동기에 의한 살인의 경우에, 가령 링컨 대통령의 살인범과 박정희 대통령의 살인범을 똑같이 취급해야 하느냐, 또는 안락사(euthanasia)의 문제로서 환자의 고통과 불치의 병이라는 의학적 진단에도 불구하고 환자의 생명을 자연적인 죽음의 순간까지 지속시켜야 하느냐, 또는 국가라는 집단의 명령에 따라 전쟁이라는 집단적 살인을 감행하고 집단적으로 살해당하게 하는 것은 인간생명의 절대가치의 원칙과 모순되지 않는가, 아니면 국가라는 것이 인간생명보다 더 높은 가치를 가지고 있는 것인가 등의 결코 단순치 않은 문제들이 야기된다.

두 번째의 문제는, 살인 등의 극악범은 사형에 처해야 된다는 논리의 배후에는 이런 범죄자는 개선의 여지가 전혀 없을 뿐 아니라 그 이상 더 인간으로서 살아있을 가치가 없다는 평가에 절대적 진리를 인정한다는 '철학'이 근거로 되어있다는 것을 의미하는데, 과연 그런 이론이나 철학이 옳은 것인가라는 의문이다. 그런 철학을 변호하는 생리학, 골격학, 인종학, 또는 성격학 등이 얼마나 학문적 신빙성이 있는지는 모르나, 나의 견해로서는 인간은 원래 성인으로도, 악인으로도 태어나는 것이 아니고 환경, 교육, 유전 등 각종 요인에 의하여 때로는 선인, 때로는 악인이 될 수 있는 잠재능력을 갖게 된다고 보인다. 하물며 원래 살인범으로 태어난 사람은 없다고 본다. 그렇다면, 살인범 등 극악범은 사형에 처해야 한다는 이론의 근거는 극히 박약하다고 볼 수 있다. 적어도 개선의 시간적 가능성을 어떤 범죄자에게도 허용하지 않으면 안 된다. 이 다음 순간에 무슨 일이 일어날 것인가를 누구도 절대적 확실성을 갖고 말할 수는 없기 때문이다. 이런 의미에서 나는 김재규 씨의 경우뿐만 아니라 보편적인 사형폐지를 주장한다.

('횃불', 제10호, 1980년 4월, 15-7쪽)

4.19. 민주혁명의 전진:
제2의 군사독재의 출현과 그 정치적 무지몽매와 잔인성을 보면서

지난 18일을 기하여 한국에는 전두환이라는 "새로운 박정희"에 의하여 5·16과 비슷한 제2의 군사독재가 출현했다. 이것은 작년 10·26 사태(박정희 살해) 이후 최악의 사태진전 가능성으로서 예상되었으나('횃불', 제9호에 실린 "박정희의 사멸에 즈음하여" 참조) 최근 광주시에서와 같은 시민전쟁 상태와 군대의 포악성을 볼 때에 격분과 비통을 참을 길이 없다.

전두환의 군부세력은 1) 작년 12·12사태("군부의 궁정혁명")로 유신체제에 대하여 다소 비판적인 입장을 취한 정승화의 군부세력을 전격적으로 체포, 배제하고, 2) 이어서 유신헌법에 근거하여 최규하로 하여금 과도정부의 대통령으로 취임하게 하면서 새 각료 구성에 있어서 두 명의 군인들(내무, 법무)을 투입시키며, 3) 전두환 자신의 보안사령관과 중앙정보부서리의 겸직(5. 14), 4) 그리고 김재규의 사형집행(5. 24)으로써 유신체제의 고수와 권력장악이라는 두 가지의 야욕을 행동으로써 선언한 것이다.

정권장악을 위한 전초작전으로서, 전두환은 이미 이후락을 미국에서 귀국하도록 하여 김종필과 세력다툼을 벌리게 하도록 계획적으로 유도한지도 모르며, 야당계열에서 김영삼과 김대중을 중심으로 다음 대통령후보 지명을 둘러싼 당파싸움에 은근히 박수를 치고 있었을 것으로 추측된다. 다른 한편 전두환과 이희성 등의 비상계엄사령부는 언론통제 등 기본적 자유권의 제한을 강화하고 개헌논의를 지연시킴으로써, 박정희 없는 유신체제의 개선("정치발전")이라는 일반적인 대세에 따라 학원의 정상화와 자율화 (어용총장·교수해직, 학도호국단 해체요구)에 의한 자유화물결이 넘쳐 사회에로 터져나온 지난 16일까지의 잇따른 10만 명, 30만 명의 대학생들과 다른 청소년들의 전국에 걸친 데모사태를 정권장악을 위한 절호의 기회로 포착한 것이다. 그 이유와 구실은 지난 18년 간 귀에 익은 국가보안의 "중대한" 위기와 북한남침의 위협이라는 것이나.

이에 대한 책임전가로서 여야를 막론한 김대중, 김종필, 이후락, 박종규 등 26명을 지난 18일에 체포하고, 국회폐쇄, 학원 휴교조치, 정부주요부서와 언론기관의 점령, 통제 등으로써 전두환의 군부세력은 우선 실권을 완전히 장악하였다. 최규하 대통령은 마치 내각책임제에 있어서의 국가원수라는 형식적인 지위로 전락된 것으로 보이며, 하물며 신현확 국무총리의 내각이 총사퇴하고 박충훈 총리 임명과 함께 새로운 내각이 구성되었다는 것은 지금의 시민전쟁상태에서는 아무런 권위도, 어떤 실질적 의미도 가질 수 없다. 위의 26명의 정치사회인사 체포는 그 구실로 1) 권력남용에 의한 부정부패자들, 2) 학생들의 선동을 통한 내란, 소요, 국가전복을 기도한 자들이라는 죄명을 씌움으로써 주로 민주공화당과 신민당의 기존정당을 마비시킴과 동시에 전두환의 군부세력이 불편부당의 애국정신에만 충만한 순수한 구국세력이라는 것을 부각시켜 그들의 정권장악의 도의적, 정치적 정당성을 일반 민중에게 설득시킬 수 있고 신뢰를 얻을 수 있는 수단으로 고안된 것 같다. 그러나 각성된 민중은 이미 전두환의 계획과 야욕을 꿰뚫어 보고 있는 것이다.

지난 18일의 전두환의 군사독재출현과 동시에 더욱 철저한 비상계엄에도 불구하고 광주시에서는 오늘까지 계속 학생, 시민의 공동봉기로 무력투쟁에 들어가고 있는 사실은, 다음의 중요한 점들에 있어서 큰 의미를 갖고 있고 문제해결의 핵심을 어디서 찾아야 할 것인가를 보여주고 있다고 생각된다.

1) 광주시의 학생시민봉기는 멀리는 동학혁명과 4·19학생혁명의 역사적 전통을 잇는 것과, 가까이는 작년 10월 중순의 부산, 마산 봉기의 유신체제의 전면거부, 민주혁명달성의 투쟁과정의 줄거리에서 보아져야 한다. 이 견해를 뒷받침하는 것으로는 우선 "비상계엄 해제하라"는 물론, "전두환(서울에서인지 모르나 前頭患으로 표현됨) 물러가라", '최대통령 물러가라"는 등의 구호, 그리고 민주주의를 조속히 확립할 것과 언론의 자유와 노동 3권을 비롯한 기본적 인권을 보장할 것을 한결같이 요구하고 있는 것이 이를 단적으로 보여주고 있다.

2) 전두환의 군부세력은 그 근본의도에 있어서 유신체제의 계속 유지를 밀고 나갈 것이 분명한데, 그러한 기본노선은 이미 그 정당성을 갖고 있지 않으며 여하한 술책을 쓴다할지라도 대학생들, 노동자들, 민주시민들의 신뢰를 얻을 수 없을 것이다.

3) 광주시의 시민전쟁사태는, 무장된 시민들은 그들의 정당한 요구를 관철하기 위하여 양보하거나 항복하지 않을 것이며, 군부는 공수대를 파견하고 포위망을 점차 좁혀감으로써 강경한 태도를 취하고 있다고 보도되고 있는데, 지금까지 보도된 바로는 130명의 사망자와 400명의 부상자가 생겼다고 하지만 어느 쪽도 쉽게 굽히지 않을 기세로 보인다.

4) 유신잔재세력이 계속하여 권력을 장악하거나, 새로운 유신세력이 등장할 때에는 대학생들과 책임 있는 지성인들을 포함한, 민주의식이 고조된 민중은 유신체제적 반민주세력에 대항하여 그 뿌리가 완전히 뽑힐 때까지 끈기 있게 투쟁해 나갈 것이며, 이 민주혁명은 1) 더욱 조직화되어 갈 것이고, 2) 광주시의 봉기처럼 무력을 수단으로 하는 것이 불가피할 것이며, 3) 따라서 전두환의 군부가 신유신체제를 고집하는 한, 시민전쟁의 장기화를 초래하게 될 것으로 보인다.

5) 이 시민전쟁에서 적과 동지의 제1차적 구별기준은 친유신이냐, 아니면 반유신이냐에 있고, 해결의 실마리는 의사표현의 자유, 노동 3권 등 기본인권의 보장에 기초한 투명한 민주질서의 확립에 있다.

6) 광주시의 시민전쟁이 수백 명의 사상자를 내고 시민들의 무장해제로 일단 정지된다면, 이것은 잠정적이며 피상적인 평온에 불과하고, 광주시는 물론 다른 지방의 다른 도시들과 서울에서도 지하에서의 투쟁운동이 조직화되어 갈 것은 불가피하다고 본다.

7) 전두환의 군사독재가 민주시민세력에 굴복하고 최대통령과 함께 물러나지 않는 한, 또한 유신체제를 근본에서부터 청산할 수 있는 다른 군부세력과 지금까지 반독재 민주화 투쟁을 전개해온 재야 민주인사들에 의하여 새로운 민주질서가 확립되지 않는 한, 위에서 언급한대로 민주화 시민전쟁은 불가피할 것이다.

8) 전두환의 군부세력이 광주시의 민주시민에 대하여 잔인무도하기 짝이 없는 야만성과 포악성을 드러내면서 강경히 대전하고 있는 것은 미국이 우선 질서회복이라는 명분 아래 이를 묵시적으로 지지하고 있기 때문인 것으로 보이는데, 이러한 미국 측의 잘못된 기본태도는 아직도 미국정부 당국은 이란혁명에서 조금도 배우거나 뉘우친 것이 없다는 것을 사실로 보여주는 것이다. 미국은 얼마 후에 한국에서 민주혁명이 성취될 때에 군사독재체제의 공범이었다는 역사적 심판을 면할 길이 없을 것이다. 이런 견지에서 민중 사이에 반미의식이 일반화되어가고 있고 더욱 강화되어 갈 것은 어쩔 수 없는 사실의 논리적 귀결이다.

9) 그렇다고 하여, 한국의 민주적 민중세력이 북한의 공산체제에 호감을 갖는다는 것으로 비약추리해서는 안 된다. 작금의 서울과 광주 등지에서의 대학생들의 데모와 시민봉기에서 북한의 침투세력이 다소간 영향을 미쳤을 것이라고는 짐작할 수 있지만, 그 반면에 대다수의 학생들과 시민들은 여하한 경우에도 언론의 자유, 노동 3권 등 인간존엄성의 바탕이 되고 민주사회의 기둥이 되

는 인간기본권의 보장을 결코 양보할 수 없는 최우선 요구조건으로 사수할 것이기 때문에, 공산주의적 독재체제도 지금의 군사폭력독재에 대해서와 마찬가지로 단연코 거부할 것으로 믿는다. 바로 이점을 북한의 당국자들은 통일정책과 다른 대남정책에 있어서 가장 중요시하여 고려해야 할 것이다.

10) 광주시의 시민전쟁사태가 전국적으로 퍼져서 거의 무정부상태로 된다면, 이것을 무력통일의 기회라 속단하고 북한이 남침을 시도할는지 모르지만, 가) 이는 미, 중, 소의 강대국의 개입을 불가피하게 할 것이므로 현실적으로는 실현가능성이 희박하다고 보며, 나) 아무리 유리한 조건에서 전쟁을 일으킨다고 할지라도 일단 전쟁에 들어가면 양쪽이 많은 인명의 손실과 건설시설과 문화의 파괴를 가져오게 될 것이며, 다) 북한이 반드시 무력에 의한 공산화통일을 달성하리라는 보장은 어디에도 없으므로, 그러한 무모한 시도는, 북한 측이 현명하다면 하지 않는 것이 좋을 것이다.

지금 우리들 한국인의 공동운명은, 유혈이건 무혈이건 간에 혁명을 통하지 않고는 갈구해온 민주주의가 확립될 수 없고, 자유 안에서 정의가 구현될 수 있는 참된 평화로운 사회가 건설될 수 없는 역사의 한 진통기에 처해 있는 것이다. 지금까지 온갖 강도적 수단에 의하여 약탈해 온 기득권 확보와 자기생명보전을 위한 유신잔재세력의 본능적 투쟁이 하나의 큰 악마적 세력으로 단일화되지는 않을지라도 어느 정도 이해관계의 통일의식으로 뭉쳐질 수 있는 반면에 이에 대항하고 있는 민주적 시민세력은 군부내의 반유신 세력의 지원이 없이는 효과적으로 조직화되기 어려운 형편에 있다. 아무튼 지금의 비상계엄에 의한 군부의 철권폭력정치로 인한 사회 정치적 제도들과 기관들의 폐쇄와 사회전체의 암흑화는 결코 문제해결의 항구적 수단은 될 수 없으며, 대내외적으로 적대관계의 다원화가 더욱 분명히 부각되고 따라서 민중의 정치의식이 날카롭게 일깨워지면서 투쟁의 조직화가 더욱 강화될 것이다. 이것은 시민전쟁의 일상화에로 발전될 가능성이 짙다.

위에서도 지적한 바와 같이 앞으로도 한 가지 더 분명한 것은, 유신체제와 그 잔재세력이 완전히 근절되지 않는 한, 민주혁명은 불가피하며 이것이 바로 역사의 진행과정의 논리라는 것이다. 왜냐하면 군사독재 등 여하한 반민주체제도 자유의 횃불과 정의의 깃발을 드높이 들고 인간존엄성과 민주주의를 향하여 전진하는 각성된 민중의 의지와는 상극이기 때문이다.

지금의 심각한 사태에 처하여 역사의 논리는 다음의 사항들이 관철되고 실천에 옮겨져야 될 것을 우리 모두에게 요청하고 있다.

1. 비상계엄은 즉시 해제되어야 한다.

2. 전두환의 군사독재세력과 최규하 대통령은 즉시 물러남으로써 유신헌법의 무효와 유신체제의 철폐가 선언되어야 한다.

3. 반유신군부세력과 경찰력은 협력하여 당분간 언론자유의 최대한 보장과 폭력의 철저한 금지를 사회질서유지와 안보의 기본원칙으로 삼고 이를 수행함을 그 유일의 의무로 간주해야 한다.

4. 지금까지 유신체제 아래서 투쟁해온 재야 민주화투쟁 인사들로서 민주혁명 수습위원회를 구성한 다음, 유신체제의 청산(부정축재의 국고환수, 악독 반민주 정치인들의 혁명재판에 의한 처벌 등)은 물론 새로운 민주헌법의 초안을 조속히 마련하여 국민투표에 부치고 새 헌법에 따라 새로운 민주정부가 설립되도록 해야 한다.

5. 지금까지 침묵을 지켜왔거나 소극적으로 민주화운동에 참여하여온 민중들은 각 지방과 도시에서 한결같이 일어나서 광주시민들의 민주화투쟁에 연대적으로 성원을 보내며 공동 투쟁해 나가야한다.

6. 군사독재의 출현을 묵인하며 이에 대한 미온적인 비판에 그침으로써 이를 간접적으로 지원하는 결과를 가져오는 미국 측의 제 2의 군사독재구축의 공범적 태도를 규탄해야 하며, 미국 측의 태도가 여전히 불투명할 때에는 온 국민은 미국을 더 이상 우방국으로 간주해서는 안 된다.

7. 북한당국은 남한에서의 민주혁명과정을 공산화 무력통일의 유일한 기회

로 보는 근시안적 책략을 떠나서 보다 원대한 민족전체 앞에서의 역사적 책임의식을 갖고 여하한 경우에도 동족상잔의 전쟁을 피하도록 해야 한다. (퀼른에서, 1980. 5. 26)

('횃불', 제11호, 1980년 6월, 22-5쪽)

4.20. 혁명의 생각과 생각의 혁명

생각한다는 것은 인간이 가진 하나의 특수한 능력이고 인간의 인간됨을 보여주는 한 표징라고 보여진다. 다른 동물도 생각할 수 있다고 해도 그것은 다만 본능적 충동과 직접적인 인과관계를 가진 거의 자동화된 의식의 흐름이라고 보일 뿐, 사람에게서처럼 본능과 자기존재를 초월해서까지 모든 것을 객관화하여 생각할 수 있는 것 같지는 않다. 그러면, 본능이라는 것이 무엇이냐고 질문하게 된다. 생각하는 것도 본능의 일부인가, 아니면 본능이라는 것은 인간이 그려낸 어떤 추상적 구성체인가, 즉 본능은 인간의 생각의 산물인가? 어디서 어디까지 본능의 영역이라고 말할 수 있는가? 아무튼 극히 어려운 문제인 것만은 틀림없지만, 한 가지 여기서 말할 수 있는 것은 생각하기 나름이고 생각으로써 어떻게 본능을 정의하느냐에 있는 것 같다. 여기서 나는 이런 깊은 심리학적인 문제를 꺼내고자 한 것이 아니고 보통 우리가 일상생활 가운데서 생각한다는 사실과 문제들에 관해서 생각이 생각의 꼬리를 물고 한없이 생각해 가는 인간적인 평범한 경험의 일면을 관찰하고자 한다.

인간의 특성을 또한 언어를 사용한다는 데에서도 찾을 수도 있다. 그러나 말의 원천은 생각에 있다. 말은 생각의 그릇일 뿐이다. 따라서 생각 없이 되어진 말에서는 마치 정신병환자가 지껄이는 것과 마찬가지로 일관된 의미를 찾을 수 없고 신뢰성이 없기 때문에 아무런 기능을 찾을 수 없고 전혀 효과를 가져오지 못한다. 방금 말한 대로 인간의 특성, 즉 인간의 인간됨 또는 존엄성은 바로 생각과 말에 그 핵심이 있다고 보인다. 행동도 결국은 생각에 그 근원이 있는

것이다. 한 사건에 당면하여 행동을 달리하는 것은 그 행동의 주체자들의 생각
이 각기 다르기 때문이다. 행동에는 생각이 있는 행동과 생각이 없는 행동이
있겠고 생각이 있는 행동은 생각이 잘된 행동과 생각이 잘못된 행동으로 나눠
볼 수 있겠다. 우선 생각이 없는 행동을 보기로 하자.

가령 광주의 민중학살을 빚어낸 군인들의 행동을 생각이 있는 행동으로 볼
수 있는가? 그들의 만행은 생각이 없는 행동으로밖에는 볼 수 없다. 생각이 없다
는 것은 이성을 거치지 않는, 이성을 떠난, 또는 이성과는 아무런 관련이 없다는
것을 의미한다. 여기서 이성이라는 것이 무엇이냐고 묻는다면 솔직히 말해서
이것이 바로 이성이라고 한마디로 답변할 수는 없지만, 우리가 일반적으로 이
해하는 대로는 감성과 구별될 수 있는 생각의 기능을 담당하는 능력이라고 볼
수 있겠다.

한국역사상에 그토록 잔인무도한 동족학살의 예가 있었는가? 독일나치체제
에서의 유대인학살의 경우에는 그릇되긴 하지만 인종주의라는 명분이 있었고
온갖 잔인한 학살방법에 있어서도 가능한 한 비밀리에 행해졌다. 그리고 일반
동물들의 세계에서도 동족을 대량으로 무작정 죽이는 예는 거의 찾아볼 수 없
다. 이처럼 인류 역사상에 보기 어렵고 동물세계에서도 찾아볼 수 없는 동족학
살을 자행한 전두환의 군대는 인간도 아니요 동물에도 속하지 않는 것이 분명
하다면, 어디에 속하는 특별악종 동물이라고 규정할 수 있겠는가? 악마라는 것
이 실제로 존재한다고 믿어지지는 않지만 아마도 전두환과 그의 군대는 악마와
같은 부류에 속한다고 우선 규정하는 수밖에 없다고 생각된다. 전두환의 악마
적 군대는 이미 이성과 오성과 감정의 인간적 세계와는 단절된 전혀 다른 세계,
생물의 세계의 질서를 초월한 원시적 폭력, 폭력을 위한 폭력, 즉 순수폭력의
세계에서 거짓과 폭력의 도구되기를 거부하지 못하거나 않은 것은 그들의 인간
적 약점이라고 보기보다는 인간으로서의 그들 자신을 스스로 노예화, 도구화시
킨 자기배반이요, 자기경멸이며 인간에 대한 무조건적 저주이며 인간존엄성의
유린이다. 그러나 군대를 폭력의 도구로 전락시키고 자기의 사병으로 만든 전

두환은, 아무튼 생각 없이는 12·12사태를 저지르지는 않았을 것이고 그의 "아버지" 박정희의 원수를 갚겠다고 선언하지 않았을 것이며 5·17 제 2의 군사독재체제의 구축을 기도하지 않았을 것이다. 그의 가장 기본적 생각은 유신체제의 자기모순을 보지 못하고 있고 유신체제의 반민주성, 반민족성을 그대로 인정하지 않는다는 것을 뜻한다. 유신체제의 자기모순은 학생들의 데모와 많은 민주인사들의 비판적 언행이 국가안보를 위태롭게 하는 것이 아니라, 유신체제의 존속자체가 국가안보를 근본에서부터 흔들리게 해왔다는 데에 있다. 따라서 아무리 데모를 금지시키고 많은 사람을 감옥에 넣고 고문하고 죽인다고 해도 아무 소용이 없는 노릇이다. 안보위기의 근본원인은 유신체제 자체에 있는 것이다.

일반적으로 말해서, 유신체제를 좋다고 생각하는 이는 누구나, 민주주의가 무엇인지를 아직 모르고 따라서 민주주의의 필요성을 절실히 느끼지 못하는 사람이라고 볼 수 있다. 어떤 인간사회에서도 민주주의가 필요 불가피하다는 것을 뼈저리게 인식하지 못했다는 것은 이승만 독재시대는 고사하고 박정희 독재체제 18년간을 적어도 한국 사람으로서 살지 않고 공백기간으로 보냈다는 것을 의미한다. 민주주의의 핵심은, 내가 지금까지 여러 번 명백히 했듯이, 바로 의사표현의 자유의 보장에 있다. 위의 전두환의 생각은 분명히 잘못된 생각이다. 그의 근본적으로 잘못된 생각에서 잘못된 명령이 나오고 잘못된 행동이 나온 것은 뻔한데, 잘못된 생각의 근원은 여러 가지로 나눠볼 수 있을 것이다. 교육수준이 낮은 것, 잘못된 교육을 받은 것, 바람직하지 못한 욕심들을 갖는 것, 편견을 갖는 것, 사실들을 구별하여 볼 수 있는 분석적 판단능력이 없는 것 등을 일반적인 원인들로 들 수 있겠다. 그러나 누구나 등잔 밑이 어둡다는 식으로 자기가 잘못 생각하고 있다는 사실을 스스로 알지 못하는 경우가 많다. 이 오류를 고칠 수 있는 한 가지 유익한 방법은, 자기 주위의 다른 사람들로 하여금 자기의 생각의 잘못된 것을 발견한 즉시 자기에게 알려주도록 하는 것이다. 이것이 바로 개인의 계발성장과 사회발전에 있어서 갖는 의사표현자유의 중요성을 보여주는 것이며 또한 민주주의의 기본원칙을 단순화하여 표현한 것이다. 전두환 군사독재체제가 유신체제와 마찬가지로 언론의 자유 등 의사표현의 자유를 거의 완전히 묵살하는 것을 통치의 기본원칙으로 삼고 있는 것은 거짓을 바탕으로 하는 '정치'를 하겠다는 것을 의미하고 그렇게 거짓을 근거로 한 통치는 바로 폭력에서만 그 정당성을 찾는 폭력강제체제("국가보위비상대책위원회"가 이를 상징적으로 표현하고 있다)를 그 당연한 논리적 귀결로서 초래하게 된다. 그런 사회에서는 오늘의 한국현실이 보여주고 있듯이 유언비어가 사실이 되고 정부가 정치 분야에서 사실이라고 발표하는 것은 근본적으로 거짓이라고 의심해야 되며, 공포정치사회에서의 안정과 평화는 민주혁명 폭발직전의 침묵이거나 묘지의 죽은 고요함인 것을 의미한다. 한 마디로 말해서 모든 질서가 거꾸로 된 사회인 것이다. 따라서 지금 감옥에 갇혀있는 분들이 자유를 되찾고, 지명수배자들에게 현상금까지 걸어 전국을 수색하는 전두환과 그의 경찰이 지명수배 받아 감옥에 들어가고, 김대중씨 등 민주인사 37명을 국가 대역죄로 몰고 있는 전두환이 오히려 국가 대역죄로 처형되어야만 한국의 질서는 정상화되기 시작한다고 볼 수 있다.

오늘 저녁에 이곳 서독 제1텔레비전에서 "법의 사나이(Lawman)"라는 서부극 명화를 아주 흥미 있게 보았다. 버트 랑카스터가 주연으로 나오는데 매독스라 일컫는 법질서 유지를 임무로 하는 "로맨"이다. 그는 팔리지 않는 강직한 성격의 소유자로서 권총의 명사수이지만 결코 먼저 상대방을 공격하지 않고 항상 상대방이 자기를 향해 쏘려고 할 때에만 누구보다 빨리 권총을 꺼내서 자기를 방어하는 정당방위의 규율을 지킴으로써 살인범들을 체포하며 법질서를 확립시키는 것이다. 오늘의 한국도 마치 이 영화의 마을처럼, 법질서가 거꾸로 되어 있어서 모든 것을 돈으로 살 수 있거나 폭력으로 다스릴 수 있는 것이 정상적 질서로 되어 있다. 법이 없는 폭력의 사회, 법이 지켜지지 않는 사회, 폭력이 법으로 되어 있는 사회에서 매독스는 그의 정당방위라는 단순한 원칙으로써 비로소 법을 세우고 법이 살아서 질서유지의 바탕을 이루는 사회를 만든다. 지금의 한국은 살인자들이 그들의 폭력을 유일한 법으로 삼고 있는 무법사회다. 한국에도 매독스 같은 법의 사나이가 나타나서 참된 법을 세우고 질서를 바로 세워야 한다는 소망을 절감하지만, 이것은 구세주를 기다리듯이 앉아서 기도만 해서는 이루어지지 않을 것이다. 그리고 매독스는 한 상징적 존재이지 실제로 어느 한 사람의 능력으로 한국사회가 법이 지배하는 사회로 되기는 거의 불가능하다. 수많은 매독스들이 각 분야에서 함께 일어나야 한다. 얼마 전에는 역시 이곳 서독 텔레비전에서 "크롬웰: 왕에 대한 전쟁"이라는 영국영화를 보면서 한국에도 하나의 올리버 크롬웰이 나타나야 한다고 생각되었다. 이 영화는 크롬웰이 등장한 1600년대의 역사의 기록을 재연시킨 것이다. 요컨대, 크롬웰은 법을 무시하고 법 위에 군림하여 자의에 의하여 통치하는 국왕 찰스 1세에 대항하여 의회에서 국민적 주권에 근거하여 투쟁하고 마침내 국왕의 군대와의 시민전쟁에서 승리하여 국왕을 처형토록 함으로써 영국에 있어서의 민주주의 확립의 길을 터놓은 것이다.

작년 10월의 부산·마산 민중봉기와 금년 5월의 광주 시민 무력봉기에서 흘린 피가 마지막 민주혁명의 불길로 되살아날 수밖에 없는 것이 역사의 진행법칙임을 확신하기 때문에, 나는 우선 영원히 잠든 아름다운 형제자매들의 넋을 위로하며 지금의 폭력지배자들이 찰스 1세처럼 광화문 네거리에서 처형당하는 역사적 심판의 날을 향하여 그들 의로운 넋들과 우리 모두 어깨를 겨누고 거침없이 행진해 나가야 한다고 생각한다.

이러한 생각이 잘못되었다면, 그 잘못된 점들을 누구에게나 납득이 되도록 명확히 지적해주면서 그 잘못된 이유들을 설명해주는 이가 있다면, 나는 기꺼이 그를 나의 스승이나 벗으로 삼겠다. 위의 생각들은 혁명을 그리워하는 혁명적인 생각으로 다만 전두환 일파에게만 위험한 생각일 뿐이다.

아무튼 이 혁명을 부르는 생각은 지금의 한국사회와 우리민족의 근본문제들을 해결하고 바람직한 방향으로 우리 공동운명의 앞날을 타개해 나가기 위하여 나의 감성과 이성의 모든 능력을 총동원하여 추리하고 궁리한 나머지 몇 번이고 확인할 수밖에는 별도리가 없는 마지막 생각임에 틀림없다. 혁명에 대한 동경과 정열에서 참된 법의 질서를 세울 수 있는 혁명을 성취하기 위해서는 우선 생각하는 자세, 생각하는 방법, 생각의 제목들의 우선순위와 내용에 있어서의 혁명, 즉 생각의 혁명이 없이는 한 인간의 자기해방도, 한 민족의 대내적 억압과 대외적 의존으로부터의 해방도 있을 수 없을 것이다.

('횃불', 제12호, 1980년 8월, 11-4쪽)

4.21. 한국 정치경제의 이모저모

1. 국가보위비상대책위원회

광주시민봉기를 1000여명의 사망자와 수천 명의 부상자를 내고 우선 진압시킨 뒤에 서울에서는 지난 6월 초에 전두환 군사독재체제의 표면적 합법수단으로서 이른바 "국가보위비상대책위원회"가 구성되었는데, 현역장성 18명과 정부 각 부처 고급공무원 12명의 상임위원 30명으로 되어있고 위원장은 국군보안사령관 전두환이라고 한다(동아일보, 1980. 6. 5). 그런데, 이 위원장이 상임위원 30명중에 포함되어 있는 것으로 보도되지 않은 것으로 보아 그는 열외의 초월적 존재로 되어 있다는 것을 암시하는 것 같다. 그 동안의 여러 가지 보도를 종합해보면, 국가보위비상대책위원회는 초헌법적 위치에 있고 기존 유신체제의 모든 질서를 초월하여 지금의 최규하 대통령 위에 군림하고 있는 것으로 보인다. 그러한 권한이 누구로부터 주어졌고 어디서 왔는가를 아무리 따져보아도 결국은 전두환과 그의 군부세력의 폭력과 자의가 그 원천이고 그 초월적 위원회도 역시 전두환의 자의와 폭력에 의하여 운영되고 전국가사회의 기능도 따라서 폭력과 자의로 다스려질 수밖에는 별다른 길이 없다는 것을 보여주는 것 같다.

2. 사람잡기와 유언비어 신고하기

장기표씨 등 329명이 지명수배되었고 그중 20명에 대해서는 백만 원 씩 현상금이 붙어있다(동아일보, 1980. 6. 17). 유언비어 유포혐의로 언론인 8명이 연행되었다고 하며(동아일보, 1980. 6. 9) 유언비어 신고포상제가 실시되어 가령 택시운전사들이 유언비어를 신고하면 경우에 따라 모범운전사 자격을 부여하는 등 포상해주기로 한다는 것이다. 특히 유언비어가 악성일 경우에는 신고자에게 경찰국장표창을 한다는 것이다(동아일보, 1980. 6. 23).

억눌린 자유를 되찾아야 한다거나 민주주의 질서를 하루빨리 확립해야 한다고 주장한 사람들을 현상금까지 걸어서 잡도록 하는 운동을 전국적으로 실시하는 것이 국가정책의 한 중요한 항목이 되어있고 이것을 위해 동분서주하는 군인과 경찰을 먹여 살리기 위해 국민들은 혈세를 바치고 있다는 사실은 무엇을 의미하는가? 도대체 이런 현실에서 국가라는 것이나 정부라는 것이 누구를 위하여 존재하는가를 다시금 곰곰이 따져보게 된다.

유언비어가 떠돌아다니는 소문이라면 우선 그런 소문이 사실인지 아닌지를 따지도록 하는 기관이 있어야 할 것이고 사실이 아닌 유언비어만을 유포·금지토록 해야 할 것이다. 그런데 전자의 한 기능을 담당하는 것이 신문, 방송, 잡지 등 언론기관이라면 이들을 전면통제하고 전두환 일파에게만 듣기 좋은 이야기만을 보도케 한다든가 사실을 조작하여 보도할 수도 있게 하도록 되어있기 때문에 무조건 유언비어 유포를 엄벌에 처하는 것은 아무런 의미가 없는 노릇이라고 생각된다. 오늘의 한국에서 사실상 무엇이 어디까지 사실이고 거짓인가를 판별할 수 있는 사람이나 기관이 있을까 의문시된다. 다만, 여기서 한 가지 예외가 있음을 주의해야 한다. 그것은 오로지 전두환만이 진리요, 길이요, 생명이라는 것이다.

3. 개헌과 정권이양일정

정부는 새로운 개헌안을 오는 10월에 국민투표에 부치고 내년 6월까지 정권을 이양할 계획이라고 발표하였는데(동아일보, 1980. 6. 12) 이것은 혹시 정부의 유언비어가 아니기를 바란다. 개헌만 하면 되는 것이 아니라 문제는 어떤 상태에서 개헌안이 작성되고 어떤 상태 아래서 어떻게 그것이 국민투표에 부쳐지느냐에 있다. 지금과 같은 비상계엄상태에서는 유신개헌 아닌, 하느님이 보아도 완전무결한 천당헌법이라고 할지라도 국민투표에 부친다는 것은 아무런 의미가 없는 것 같다. 왜냐하면 그런 식으로 유신헌법이 1972년 10월에 만들어지고 국민투표에 부쳐졌기 때문이고 그런 헌법개정절차와 내용 속에 바로 작년 10월 26일의 김재규에 의한 박정희 암살이 잉태되어 있었기 때문이다. 지금의 독재체제는 박정희보다도 한 수를 더 뜬다는 것을 광주시민학살로써 "자랑스럽게" 보여주었다. 그러나 한 가지 명심할 것은 역사는 전두환이가 재촉하듯이 거꾸로 거슬러 올라가든지, 곤두박질을 하든지 간에 사필귀정의 제 갈 길을 가고야 만다는 철칙이 한국사회에도 마침내 현실화된다는 것이다. 이것을 모르고 지금까지의 한국역사와 인류역사에서 배우지 못한 자들은 그 '아버지'를 능가하는 폭력과 거짓의 아들 전두환을 위대한 영도자로 모시고 추종할지어다. 그리고는 자멸의 묘혈을 다급히 서둘러 파나갈지어다.

4. 부정축재수사와 공무원 숙청

권력층부정축재 수사발표로 온 신문이 뒤덮여있다. 김종필(216억), 이후락(194억), 김진만(103억), 김종락(92억), 박종규(77억), 이병희(24억), 오원철(21억), 장동문(11억) 등 모두 853억원을 국가에 자진 헌납시키고, 모든 공직을 사퇴하도록 하며, 그 대신 형사처벌은 유보한다는 것이다(동아일보 1980. 6. 18). 그리고는 소위 "7.9 공직자 숙청선풍"이 불어 고급공무원 232명이 숙청되어 이로써 사회정화의 일대 전기가 되는 대개혁 선풍이라는 것인데, 그 중에는 1명의 장관, 6명의 차관, 5명의 청장 등 차관급 37명이고 국장급 이상의 고위공무원 12.1%가 현직을 떠났다고 하며, 이것은 건국 후 초유의 최대숙청이라고 보도되고 있다. 숙청대상자가 30%이상인 부처는 교통부, 철도청, 조달청, 국세청, 서울시이며,

10% 이상인 부처는 검찰청, 감사원, 국회사무처, 법원이라고 한다(동아일보, 1980. 7. 10). 최규하 대통령은 "국가기강확립"을 연발하고 있다. 이런 "선풍"들로써 신문을 휩쓸게 보도하는 것으로 전두환 체제가 마치 천사처럼 청렴결백한 것같이 보이게 하여 민중들의 신뢰를 얻고자 하는 속셈이 빤히 들여다보인다. 이곳의 "슈피겔"지에 의하면 전두환은 작년 박정희 살해 이후 2주일 만에 서울 외교관주택지역에 거창한 별장저택을 자기 사위로부터 선사 받았다고 하는데 이것은 권력형 부정부패와는 상관없는지 모르겠다('슈피겔'[Der Spiegel], 1980. 6. 30일자 참조).

　　최근에는 행정부 3급 이하 공무원 4760명을 숙청했다고 한다(동아일보, 1980. 7. 16). 이러한 일련의 숙청선풍은 박정희의 옛날 술책과 비슷한 것으로서(5.16 쿠데타 직후 국가재건최고회의는 2천명의 정치인들, 17000명의 공무원들, 2천명의 군장교들을 구속했고 약 4만 1천명의 공무원들이 결국은 해직되었다고 함) 첫째는 민중의 인기끌기와 정당성인정을 받는 수단이고, 둘째는 유신체제 아래서 자라난 국가적 및 개인적 관료체제 안에서 충성을 확립시키며, 셋째로는 야전군사령관으로서의 스파르타적 청렴결백성을 과시코자 할 것이라고 돈 오버도르퍼(Don Oberdorfer) 기자는 평가하고 있다. 그는 또 지적하기를 이번 숙청에서 군부에는 거의 손대지 않았고 특히 박정희 전 대통령 자신의 부정축재 혐의는 전혀 불식되지 않았다고 하며, 박정희의 사위이며 전 캐나다 대사인 한병기의 5월 중 실시구속심문과 박근혜 양과의 관련인물에 관한 조사 등에 관해서는 일체 한국 신문에 보도되지 않았다고 한다(인터내셔널 헤럴드 트리뷴, 1980. 7. 21). 숙청하는 것이 잘못이라고 할 사람은 없을 것이다. 그러나 그것은 이미 오랫동안 공개된 비밀을 나중에 서류상으로 공식 발표하는 것에 불과하고 마치 환율을 현실화하여 나중에 조정하는 것과 마찬가지로 앞으로의 긍정적인 발전을 위한 제도적 보장이 될 수는 없는 것이다. 왜냐하면 지금의 전두환 체제는 근본적으로 유신체제와 하등 질적 차이가 없고 오히려 그 극악성의 정도가 옛것보다 훨씬 심한 것이며 그런 체제 아래에서는 정의가 싹틀 수 없도록 그 제도적 생리가 되어있기 때문이다. 무릇 자유가 숨 막힌 사회에선 정의가 구현될 수 없다. 그 이유는 자유 안에서만이 진리가 규명되고 사실이 사실로서 밝혀지며 사실의 확인 없이는 옳고 그릇된 것, 좋은 것과 나쁜 것의 판별이 불가능하기 때문이다. 거짓에서 폭력을 낳고 폭력은 온갖 불의와 부정부패를 산출하게 되거늘 자의와 폭력지배체제인 제 2의 유신체제 안에서 어떻게 진실이 싹틀 수 있고 이성이 발현되며 정의가 실현될 수 있을 것인가?! 그것은 근본적인 자기모순일 수밖에 없다. 제도 자체가 불의의 제도이므로 그 속에서 국부적으로 정의를 강압정책으로 실현코자 한들 전반적인 개선의 가능성이 있을 수 없다.

5. 김대중씨 등을 없애려는 계획

소위 "김대중 일당의 내란음모 사건"이 신문의 한 면을 전부 차지하고 대문짝만한 활자로 보도케 하고 있다. 김대중(55, 무직), 문익환(62, 목사), 이문영(53, 교수), 예춘호(52, 전 국회의원), 고은태(47, 시인), 김상현(45, 한국정치문화연구소 소장), 이신범(30, 대학생), 장기표(35, 대학생), 심재권(34, 대학생)을 내란음모, 국가보안법 위반, 반공법 위반, 외국환관리법 위반, 계엄포고령 위반 등 죄목으로 육본 계엄보통 군법회의 검찰부로 구속 송치했다는 보도다(동아일보, 1980. 7. 12). 같은 날짜의 동아일보는 광주사태 관련 유언비어 유포혐의로 신부 등 7명을 연행조사 중이라고 계엄사령부가 발표했다고 보도한다.

김대중씨 등 위의 인사들을 공산주의자로 둔갑시키는 긴 소설을 쓴 전두환 일파의 이러한 유언비어를 다스릴 수는 없단 말인가? 민주국민들의 눈초리에서는 불이 타오르고 있다. 전두환은 이 불살을 피할 도리가 있는가?!

7. 12일자 The Economist지의 34쪽에는 "Scapegoat Kim"이라는 제목 아래 "민주인사들을 가두는 것은 한국 군인들이 민주주의 건설을 출발하는 길이 전혀 될 수 없다"고 부재를 달아 전두환 일파의 만행을 날카롭게 비판하고 있다. 또한 7.18일자 서독의 "남독신문"(Süddeutsche Zeitung)은 서울발 AP통신을 인용하여 보도하기를, 한국정부당국은 스웨덴, 노르웨이, 덴마크, 아이슬란드, 서독,

프랑스가 김대중씨를 옹호하는 견해를 취한 데 대해서 크게 실망했다고 한다. 한국의 한 정부 당국자는, 한국은 한국의 법들의 불가침성(Unantastbarkeit)이나 그것들의 적용의 공정성을 부당하게 의문시하는 여하한 선언이나 행동도 예리하게 거부한다고 말했다 한다. 이런 말은 물론 파렴치하기 짝이 없는 헛소리에 불과하다. 일본 신문보도에 의하면, 김대중씨가 고문당하여 감옥소 병원으로 옮겨졌다는 의혹이 짙다고 한다. 인명진 목사는 심한 고문으로 두 발이 부러져서 바로 서지 못하게 되었다고 한다. 몇 년 전에 최종길 교수가 중앙정보부에서 고문으로 살해된 것을 우리는 아직도 기억하고 있다. 만일 김대중씨를 처형하게 된다면 민주국민들은 죽음을 두려워하지 않고 총궐기할 것이다. 이 경우에 미국정부가 다시금 전두환의 시민학살을 지원한다면 전두환의 종말은 다소 지연될는지는 모르나 그의 "아버지"와 같은 종말의 운명을 피할 수는 없을 것이다. 그리고 미국은 더 이상 한국의 우방국이 될 수 없으리라는 것도 당연한 논리의 귀결이다. 그러면, 한국은 독재체제의 폐허 위에 새로이 민주주의 건설의 작업을 시작하게 될 것이다. 남에게 의존하지 않고 뚜렷한 자아의식을 갖고 작업을 시작하게 될 것이다. 남에게 의존하지 않고 뚜렷한 자아의식을 갖고 자유의 횃불을 드높이 밝혀들고 인간존엄의 새로운 사회를 건설해 나갈 것이다.

6. 인플레와 빈부격차의 심화

지금 한국의 인플레 상승률은 작년보다 약 2배가 증가된 30%에 이른다고 하며 실업은 지난 15년간을 통하여 최고수준을 보이고 있고 많은 기업체에서의 노동자들의 임금투쟁, 노동 3권의 보장을 위한 투쟁으로 어느 기업분야에서는 높은 임금비용을 지출하게 되어 외국 투자업자들은 지금까지의 한국에서의 저임금비용 제조업 투자를 대만, 홍콩, 또는 중공으로 이전시키는 경향이 있다고 한 외지(뉴스위크, 1980. 6. 16, 54쪽)는 보도하고 있다.

동아일보는 한국근로자들의 실질임금이 일반적으로 7.1% 감소되었다고 보도하고(6.19일자) 노동청의 조사에 의하면 여자임금은 남자의 43.3%, 생산직은 사무직의 48.2% 수준에 머물러 정부의 임금격차해소 노력이 실효를 거두지 못하고 있다한다(동아일보, 1980. 6. 28). 또, 한국개발연구원 추계에 의하면, 전체인구에 대한 절대빈곤 인구비율이 65년 41%, 70년 23%, 78년 12%로 급격히 낮아졌으나 분배 불균형의 심화로 소득이 전체평균의 3분의 1이하인 상대적 빈곤인구비율은 70년 5%, 78년 14%로 크게 높아졌다고 하며, 경제기획원은 이에 따른 사회적 불만해소를 위해 사회보장확대 등 소득재분배 기능강화가 요청된다고 지적했다 한다(동아일보, 1980. 6. 25). 다른 한편, 위의 고도상승의 인플레에 부채질하는 격으로, "국제통화기금(IMF)은 연말 총통화증가율을 당초의 연율 20%에서 27%로 높여 하반기에 여신공급을 늘릴 필요가 있다고 지적했다. 올해 총재정수지는 지난 70년 이후 4년 만에 처음으로 적자로 바뀌어져 4천 6백 50억 원의 통화증발을 불러올 것으로 전망된다.

이 같은 재정적자의 확대는 경기대책적인 경비지출에 따라 빚어진 것이기는 하나 인플레이션 중에서도 가장 고질적인 재정 인플레이션의 가능성을 말해주는 것이기 때문에 특히 우려된다고 한다(동아일보, 1980. 6. 13).

7. 구조적 모순과 산업정책의 부재

동아일보는 6월 11일자 "위기경제의 몸부림"이라는 제목 아래 변상근 기자는 "우리 경제가 수렁으로 빠져들게 된 근본원인은 아무래도 산업정책의 부재에서 찾아야 할 것 같다. 공업화 20년이라지만 우리에겐 재정금융정책만 무성했지 산업정책은 없었다"고 논평하고 있고, 경제기획원과 한국개발연구원은 작년 경제성장률은 7.1%에 머물렀으나 석유소비는 14.9%나 늘어 원유가 상승에 따른 수입인플레 압력이 더욱 가중되고 있는 구조적 모순을 안고 있고 설비투자의 80%가 중화학공업에 집중돼 경공업부문의 공급능력이 상대적으로 줄어든데다 중화학 투자효과는 시설과잉 중복투자 및 생산지연으로 제대로 나오지 못해 심각한 인플레요인이 되고 있는 등 산업구조의 전면개편이 시급하다고 지적했다고 한다(동아일보, 1980. 6. 11).

한국의 경제정책이 "대기업 중심의 고도성장을 추구한 나머지 재벌기업의 문어발식 기업확장과 대기업의 시장지배력 강화에 따른 독과점현상이 갈수록 심화되는 반면, 중소기업은 상대적으로 위축되는 결과를 빚고 있다." "20대 재벌기업의 주요제품에 대한 독과점도가 74년 69.8%에서 77년에는 86.1%로 상승" 되었다고 한다(동아일보, 1980. 7. 2).

이러한 근본적으로 방향이 잘못된 경제정책의 여러 가지 모순점들이 뚜렷이 노정되고 있는 것을 전두환 일파는 유언비어로 보도 금지시킬 수는 없는 노릇 이며 더구나 폭력으로 다스린다고 해서 시정될 수 있는 성질의 것이 아니라는 것을 그들은 알고 있는지 모르겠다. 대기업의 정치권력과의 결탁과 모든 것을 돈으로 삼으로써 문제를 해결하려는 풍조가 국내에서는 물론 해외에서도 일어 나 한국민의 얼굴에 스스로 똥칠을 하는 국제적 수치를 가져오는 실례를 외지 에서 여기에 인용 보도한다. 사우디아라비아 정부는 현대건설에 대해 부패방지 법(Anti-corruption Laws) 침해로 2년 간 영업정지처분과 90만 불의 벌금형을 내렸 다고 한다. 내용인즉, 한 현대건설 직원은 사우디아라비아 정부 공무원에게 뇌 물을 제공한 것 때문에 30개월 징역형을 선고받았다고 한다. 그 현대건설 직원 이 누구인지는 밝혀지지 않았다. 또한 사우디 신문인 알·리야드(Al-Riyadh)지는 어떤 사우디내외국상사라도 위의 영업정지처분 기간 동안 현대건설과 거래하 면 벌금형에 처하게 될 것이라고 보도했다고 한다(인터내셔널 헤럴드 트리뷴, 1980. 5. 6).

8. 정치와 경제

무릇 어느 사회를 막론하고 정치와 경제는 상호의존 관계에 있고 따라서 서 로 영향을 미치게 마련이다. 이것은 물론 이 두 분야에만 아니라 문화, 예술, 교육, 도의 등 다른 각 사회기능 분야에도 그대로 해당되겠으나 특히 정치와 경제는 한 국가사회의 효율적인 생존을 위해서 무엇보다도 먼저 그 기본질서가 확립되어야 할 중추적 주요분야들이다. 지금의 거의 파탄상태에 직면한 한국경제를 산출해낸 것은 원래 정치질서의 근본적 결함에 있다. 반민주적 독재체제가 점차 구조화되면서 파시스트적 전체주의로 굳어지고 정치권력의 경제순환 과정에의 직접적 간섭통제로써 경제질서를 기형화시키게 되고 따라서 부정부패의 제도화와 구조적 악순환의 자동화를 초래케 했다. 정치와 경제의 원천적 결탁은 결국은 부조리와 비합리를 그 질서의 원칙으로 삼게 되고 사회전체를 파멸로 이끌게 마련이다. 이 종말적 단계를 우리는 한국에서 직면하고 있다고 본다. 경제문제를 하루아침에 해결할 수는 없다. 그러나 최후의 희망은 우선 정치질서의 민주화를 통하여 정치적 평화가 국민적 정당성합의 위에 되돌아오고 폭력에 대한 공포와 불안 없이 저마다 의사표현의 자유를 행사하며 모든 사실을 알아야 할 권리가 보장되게 함으로써 이러한 민주적 정치질서 안에서 합리적인 경제질서가 세워지고 기능을 발휘하게 될 것이라는 데에 있다. 따라서 무엇보다 시급한 것은 지금의 전두환 폭력지배체제가 민주혁명을 통하여 완전히 철폐되도록 하는 데에 있다.

('횃불', 제12호, 1980년 8월, 28-33쪽)

4.22. 1980년 8 · 15 광복절을 맞는 의의

35년 전의 오늘은 우리나라가, 아니 우리 민족전체가 일본의 식민지로 36년 간 예속된 굴욕상태에서 제 2차 세계대전의 종결과 더불어 해방되어 우리민족이 우리나라의 주인됨을 되찾은 날로서, 그때의 해방의 기쁨은 한없이 큰 것이었으나, 그것은 다만 소극적인 차원에서의 해방이었다. 소극적인 의미에서의 해방은 어떤 억압과 착취와 굴욕의 예속상태에서 풀려나서 자유를 찾음을 의미하나, 이것이 바로 해방의 정수인 자유의 구현을 뜻하지는 않는다. 진정한 자유는 이 소극적 해방에서 한 걸음 더 나아가서 미래지향적인 새로운, 창조적인 가치실현에로의 해방을 전제로 할 때에 그 의미가 있다. 이것이 바로 적극적인 의미에서의 해방이다. 자기 운명을 자기가 결정하는 자유, 진리가 자유로이 탐구되고 천명될 수 있는 학원, 사실이 사실대로 보도되는 신문, 방송, 텔레비전 등 대중의사전달수단, 비판적 지성을 계발하고 사회적 책임의식이 투철한 시민을 기르는 교육제도, 진실되고 의로운 정치인들이 존경받는 정치사회, 거짓과 불의와 폭력이 자취를 감출 수밖에 없는 사회질서, 이러한 복합적 가치구현이 가능한 상태가 곧 적극적 해방이 생동하는 사회, 적극적 자유가 생활화되는 사회임을 의미한다.

1980년 바로 오늘에 있어서의 8·15광복절은 우리에게 무엇을 뜻하는가? 지금의 한국은 다른 민족이 아닌 동족인 전두환 일파의 파시스트적 군사독재제체에 얽매어 있다. 거짓과 폭력과 무지의 거창한 체제에 예속 당한 노예상태에 처해있다. 이 무지막지한 폭력체제로부터의 해방, 이것이 우리 모두가 인간으로서, 한국사회와 민족의 일원으로서 떳떳이 살아가는, 한 존엄한 보람찬 삶의 전제조건이 되는 자유를 누릴 수 있는 첫 출발점이다. 지금의 한국사회에서는 우리가 다 아는 대로, 무엇이 사실이며 거짓인지, 신문, 방송 등의 보도가 어디에서 어디까지 사실인지, 보도되는 것이 사실의 전부인지 아닌지를 분간할 수 없는 폐쇄사회요, 억압사회다. 시민의 눈과 귀와 입을 완전히 막아놓은 사회, 묘지의 침묵처럼 죽은 고요가 소름끼치게 뒤덮인 가짜평화의 사회다. 해는 오늘도 동녘하늘에 떠서 온 천하를 비추고 있으나 모든 사람들의 가슴 속은 무거운 먹구름으로 짓눌린 암흑사회다. 정부에서 금지하는 유언비어가 오히려 사실이고 정부당국이 사실처럼 보도하게 하는 것(문화공보부발행, "광주사태의 진상", "국가보위비상대책위원회는 왜 설치되었는가" 등과 영문으로 된 "Report on the investigation of Kim Dae-Jung"[July 1980], "Kwangju Turmoil: Facts vs. Rumor"[2. June 1980], "The special Committee for national security measures: Background and Necessity"[June 1980], "Nationwide Martial Law"[June 1980] [이들 영문 선전자료는 Korean Overseas Information Service, Seoul에서 발행] 참조)이 거짓된 유언비어라고 볼 수 있으며, 김대중씨를 공산주의자로 조작하고 국가대역죄로 몰아 사형에 처하려는 음모를 공공연히 자행하고 있는가 하면, 기본적 자유의 보장과 민주주의의 조속한 확립을 외치는 학생들, 종교인들, 노동자들을, 지식인들을 "불순분자"로 몰아 현상금까지 걸어 지명수배하고 있는 것을 볼 때에, 지금의 한국사회는 모든 가치와 질서가 거꾸로 서있는 사회, 전두환 군대의 폭력만이 그 유일한 정당화의 수단이 되어 있는 폭력사회, 억압사회라고 규정지을 수밖에는 없다.

우리가 바라는 좋은 사회가 건설되고, 모든 사람이 행복을 추구할 수 있고 사회 정의가 구현될 수 있기 위해서는 무엇보다도 현실을 현실 그대로 볼 수 있고 알 수 있는 사실의 객관적 보도가 요청되며, 사실을 사실대로 보도할 수 있기 위해서는, 사실을 사실이라고 말할 수 있는 자유, 어떤 문제의 해결책에 관하여 자기의 의견을 아무런 두려움 없이 표현할 수 있는 자유, 즉 의사표현의 자유, 언론의 자유, 비판과 토론의 자유가 필요불가결하게 된다. 이 자유의 보장으로부터 민주주의가 세워지게 된다. 이 가장 기본적인 자유가 없는 나라는 민주주의 국가라고 볼 수가 없다. 이 가장 상식적이고 기본적인 원칙을 무시하고 무작정 폭력으로만 "법과 질서"를 세우려는 데에 바로 박정희 유신체제의 자가당착이 있고 지금의 전두환 독재체제는 그것을 반복할 뿐만 아니라 한 수 더 떠서 더욱 강화하고 있다. 전두환 장군은 소위 "국가보위비상대책위원회"의 최고 책임자로 되어 있으나 실은 그 자신이 한국의 안보를 근본적으로 위태롭게 하고 있는 가장 위험한 인물이 되어버렸다. 즉 한국 안보저해의 제1차적 요소가 바로 전두환과 그 동조자들이다. 무릇 독재체제가 이런 자기모순으로 마침내 무너지는 것은 시간문제다. 그러나 우리는 이 시간을 하루빨리 단축시켜서 그 체제의 존속에서부터 빚어지는 온갖 인명희생과 물질적 낭비를 방지해야 한다. 이 반인간적, 반민주적, 반민족적인 전두환 독재체제로부터의 해방, 진정한 자유와 민주주의에로의 해방을 기약하고 이 해방을 하루 속히 우리 모두가 누리기 위하여 공동 투쟁해 나가야 한다는 데에 오늘 1980년 광복절을 맞는 뜻이 있다고 생각한다. 더 이상 주저하지 말고 우리 모두 한결같이 일어나자! 승리는 이미 우리의 것이다. 다만 보람찬 내일의 자유롭고 민주적인 한국을 향해 우리 모두 어깨를 나란히 겨누고 굳게 손을 잡고 전진해 나갈 뿐이다. 이것이 광주에서 무참히 희생당한 고결한 우리 부모, 형제자매와 영혼들에게 다소나마 보답하는 길이요, 이 영혼들은 우리의 의로운 투쟁의 길에 지혜로운 반려자가 되어 줄 것으로 믿는다. 진정한 인간존엄성은 그의 자유정신이 얼마나 생생하게 살아있느냐에 있다. 불의의 권력 앞에서의 굴종과 비겁한 노예상태에서 우리 각자가 스스로를 해방하자!

('횃불', 제13호, 1980년 11월, 19-20쪽)

4.23. 재독 민주한인 교포들의 광복절데모 보고

금년 8·15 광복절을 기하여 이곳 서독 쾰른에서는 지금까지 한국교포사회에 있어온 두 가지의 서로 다른 세계가 부각되어 나타났다. 8월 6일 한편에서는 쾰른한인회가 주최가 되어 있으나 어느 때나 마찬가지로 주독대사관을 등에 업고 체육대회와 소위 "광복절 기념 한국연예인단 초청공연"이 쾰른시에서 있었고, 다른 한편으로는 "서른다섯 돌 8·15 기념행사에 모인 재독 한국인 모임"이라는 이름 아래 지금까지 반독재민주화 운동에 참여해온 사람들과 지난 5월의 광주 시민 봉기와 전두환의 민중학살사건 이후에 새로이 분기한 이들이 독일인들과 함께 전두환의 군사독재체제와 미국의 전두환 지원정책에 반대하며, 김대중씨를 비롯한 민주인사들의 석방과 민주주의의 조속한 확립을 위한 성토대회와 시위행진이 역시 쾰른시에서 거행되었다.

이 행사에 참여하기 위하여 백림에서는 벌써 그 전날 이곳 쾰른에 도착하였고 괴팅겐에서는 새벽에 일어나 5시간의 자동차여행을 감행해서 이곳까지 왔다. 그밖에 프랑크푸르트, 마르부르그 등 먼 곳에서도 온갖 어려움을 무릅쓰고 이곳으로 모여들었다. 우리는 이 데모에 참가하기 전에 위의 한인회와 대사관의 체육대회 입장식이 거행된다는 쾰른시의 남쪽 포르츠에 있는 한 고등학교 앞에 오전 9시부터 모여 광주사태에 관한 사진과 보도자료, 데모한다는 전단

등을 놓고 체육대회 행사에 오는 교포들에게 이를 배포했다. 그와 동시에 김대중씨 구출을 위한 서명운동을 아울러 벌렸고, 나중에 성토대회 장소에서도 많은 서명을 독일인들로부터 받았다.

한국 현실에 관한 많은 자료를 배포하기 위해 이미 독일당국의 허가를 얻었기 때문에 우리는 한인회와 대사관의 방해공작에 저항하면서 떳떳하게 우리의 의사를 교포들에게 전달할 수가 있었다. 우리가 그곳에 11시까지 있는 동안에 우리의 행사에 반대하는 대사관과 한인회 사람들과 몇 번에 걸쳐 옥신각신하거나 거의 폭행사건이 벌어질 뻔하기도 했다. 그들은 우리들의 합법적인 행사를 무시하거나 방해하려고 전전긍긍하며 애를 썼으나, 그들의 상투수단인 욕지거리와 주먹다짐이 이곳에서는 통하지 않는다는 것을 깨닫게 해 주었다. 왜냐하면, 우리들 주위에는 이미 독일경찰들이 와 있어서 불법적인 폭행사건이 일어나지 않도록 예의 주시하면서 언쟁이 심해질 때마다 서로 격리시켜 수었기 때문이다. 가령 영사라고 자처하는 자(김의식이라고 알려짐)는 우리들에게 와서 배포자료들을 진열해 놓은 책상을 걷어치우라고 뻔뻔스럽게 외치는 것을 나는 그냥 지나칠 수 없다고 생각되어 당신이 무슨 권한으로 그런 명령을 하느냐고 대꾸하자, 그는 욕설을 퍼부으며 나를 구타할 기세로 나오기 시작했다. 그가 나에게 대한 가볍기는 하나 구타임에는 틀림없는 불법행위를 이유로 나는 독일경찰에게 그를 체포할 것을 요청했다. 경찰은 우리와 그를 격리시키고 그에게 대하여 자중할 것을 권고하자, 그는 영어로 "나는 영사다"라고 외치며 자기는 마치 독일의 법 위에 존재하며 영사이면 전부인줄 아는 것 같이 안하무인격으로 행세하는 것이었다. 그리고 재독한인회 총회장으로 있는 여우종이라는 자(몇 년 전에 이곳 쾰른대학에서 법학을 공부한다고 할 때에 가끔 만난 적이 있고 나의 서울법대 선배로 알고 있음)는 "해봐야 아무 효과도 없는 일을 왜 하느냐"는 등, 트집 잡을 것이 없으니 처음부터 조용히 존칭만을 써왔고 반말로 말한 적이 없는 나에게 "왜 반말을 하느냐"고 얼토당토 않는 소리를 외치며 욕설과 폭행으로 급진전할 기세로 나오는 것을 경찰이 역시 제재를 가하여 그들을 운동장으로 끌고 가버리고 말았다. 그밖에도 이와 비슷한 언쟁과 주먹다짐이 오고갔다. 이러한 예들은, 한국에서의 전두환 폭력지배체제의 정체를 그대로 반영하여 보여주는 것이다. 그 철면피를 쓴 부끄러워할 줄 모르는 무지와 야만성, 깡패근성, 비굴함, 잔인성으로 스스로의 인간존엄성을 헌신짝처럼 내던지고 대사관 직원이 자기 얼굴에 스스로 똥칠을 함으로써 남의 나라에까지 와서 국가위신을 실추시키고 있는 것이다. 이런 자들을 위하여 한국의 무지각한 우리 동포들은 피땀 흘려 혈세를 국가에 바치고 있는 것을 생각할 때에 통탄스럽기 한이 없다.

버스를 대절해서까지 그곳 운동장을 찾아오는 한인회에 속해 있는 재독교포들에게 우리는 정문에 서서 광주사태에 관한 사실보도자료, 전두환 독재체제의 정체, 그날 데모에 관한 전단 등을 일일이 나누어주었지만, 상당히 많은 사람들이 받기를 거부했다는 것은 우리들을 놀라게 하는 또 하나의 한국현실이었다. 일반 교포들의 대부분은 아직도 대사관을 통하여 뻗혀오는 전두환의 악마적 폭력 앞에 굴종하는 정신적 노예상태에서 해방되지 못하고 있는 것이다. 이 억압과 예속의 쇠사슬을 스스로 끊어버리고 인간으로서 존엄 있는 자유로운 세계에로 뛰어나올 용기가 없는 것이다. 자기의 고귀한 인격과 생명의 존엄성을 스스로 내던지고 불의한 권력 앞에 자기 운명의 결정권을 백지위임해 버린 것이다. 사실을 사실대로 알 권리조차 포기하고 자기 나름대로 독립적 의견을 갖거나 표현하기를 거부한 인간들, 이것이 인간들의 모습인지 의심스럽다.

지난 11일 저녁에 쾰른한인회장인 장재인 씨가 나를 찾아와 2시간 동안 갑론을박을 한 뒤에 16일의 8·15광복절 기념식순 중에 이문용 주독대사의 경축사에 이어 나에게 말할 기회를 주기로 했다고 하면서 나더러 서명하라고 하기에 "나는 재독교포의 한 사람으로서 '1980년 8·15광복절을 맞는 의의'에 관한 본인의 소견을 피력합니다"라고 쓰고 서명해주었다. 나는 15일 저녁에 전화로 장재인 씨로부터 원래 약속대로 내가 대사 다음에 약 10분간 위와 같이 의견을 발표하게 된다는 것을 확인하고 이 '횃불'지에 실린 글을 준비하여 가지고 16일

아침에 그 체육대회 장소에서 그를 만나 물어본 즉, 내가 이야기 할 수 없게 되었다는 것이었다. 나 대신 한인회의 8·15 행사 준비위원 중 4명의 고문들의 한 사람으로 되어있는 김광혁 신부가 이야기하기로 되었다는 것인데, 나중에 들으니 이 김 신부도, 대사도 기념식에 나오지 않았다고 한다.

우리는 11시경에 체육대회장 앞에서의 홍보활동을 마치고 12시부터 시작하게 되어있는 데모장소인 쾰른 대성당 앞으로 이동했다. 독일친구들도 상당수가 참가한 가운데 12시 30분에 30분간의 성토대회가 나의 사회로 진행된 다음 1) 국내동포에게 보내는 메시지(뒤셀도르프에서 온 한영태 씨가 낭독), 2) 독일연방공화국수상 헬무트 슈미트씨에게 보내는 메시지(보쿰에서 온 이정의씨 낭독), 3) 미국대통령에게 보내는 메시지(쾰른에 거주하는 배동인 낭독) 등의 낭독이 있었고 시위행진으로 들어갔다. 약 1시간에 걸친 시가행진 동안에 "석방하라 김대중!"(Freiheit für Kim Dae Jung!), "몰아내자 전두환!"(Nieder mit Chun Doo Hwan!), "몰아내자 양키놈들!"(Yankee Go Home!), "잊지 말자 광주봉기!"(Solidarität mit Kwangju!), "타도하자 유신잔당!" 등의 구호를 외치고 "해방의 노래"를 불렀다. 시가행진의 종점인 "노이마르크트" 광장에 도착하여 성토대회를 계속했다. 1) 국제사회주의 연맹의장 빌리 브란트 씨에게 보내는 메시지(백림에서 온 마르크그라프 씨 낭독), 2) 독일신교지도자 중의 한 분인 쿠르트 샤르프 주교의 연대사(프레헨에서 온 울리히 붕거 씨 낭독), 3) Korea-Komitee(한국의 반독재 민주화운동에 연대하는 독일인들의 모임)를 대표하여 신학박사이며 도르트문트 대학목사인 게르하르드 브라이덴슈타인 씨의 연대사(본인 낭독), 4) 우리와 연대하여 이번 데모에 참가한 서독의 "녹색" 정당인 Die Grünen(환경오염문제를 주제로 한 정당)을 대표하여 요세프 보이스 교수(뒤셀도르프 예술원의 전위예술가)의 연대사(본인 낭독), 5) 우리가 신문사, 방송국 등 보도기관에 배포한 독일어로 된 press release(보쿰에서 온 이영준 씨 낭독) 등이 낭독되었고, 이어서 우리들의 구호를 마지막으로 한번 씩 외치고 '해방의 노래'를 한 번 더 부른 다음, "광주시민 만세", "민주주의 만세", "대한민국 만세"의 만세 3창으로 성토대회와 데모를 2시 45분경에 마쳤다. 독일 경찰당국은 이 행사가 평화적으로 원만히 잘 마쳐진 것에 대하여 모든 참석자들에게 감사한다는 것을 전해달라고 친절히 인사해왔고 나 역시 이 모임의 책임자로서 경찰당국의 협조에 감사드린다고 했다. 이 성토대회와 데모에는 독일인을 포함하여 약 200명이 참여한 것으로 추산되었다. 우리는 피곤한 몸을 이끌고 그날 오후 4시부터 시작될 예정인 토론회에 참석하기 위하여 쾰른대학교의 신교기숙사(ESG)로 갔다. 준비된 음료와 빵 등으로 휴식시간을 가진 다음 4시 반 경부터 토론이 시작되었는데 몇 분의 독일친구들을 포함하여 약 50여명이 참석했다. 본에서 온 전미자 씨의 사회로 우선 이번 행사의 준비경위, 행사의 평가 등에 관하여 의견을 교환했고 주제인 "재독한인민주화운동의 어제와 오늘과 내일"에 관하여 논의되었는데 이번 행사로써 그냥 헤어질 것이 아니라 앞으로도 계속하여 서로 연대하여 한국에서 독재체제가 무너지고 진정한 민주주의가 성립될 때까지 공동투쟁해 나가기로 결의했다. 모임의 명칭을 "재독민주한인회"로 정하고 각 지역의 연락책임자를 2명씩 정한 다음 이들의 간단한 앞으로 할 일에 관한 의논을 한 뒤에 모임을 마쳤다.

지금이 방학 중이고 휴가계절임에도 불구하고 멀리서 이곳 쾰른시까지 이번 행사에 참여키 위하여 외주신 여러 동지들에게 나는 이번 행사의 준비를 맡은 한 사람으로서 충심으로 깊은 감사를 드린다. 한국인으로서 물론 당연한 일이라고 생각되지만, 행동으로써 우리들의 해방에의 투쟁의지를 이렇게 온 세계를 향해 표현한다는 것은 결코 쉬운 일이 아니라는 것을 새삼스레 절감했다. 동시에 우리가 임시로 살고 있는 외국 땅에서조차 한민족으로서 수치스럽기 짝이 없는 전두환 폭력지배체제의 정체를 폭로시키고 이에 저항하며 독일인들의 연대적 지원을 호소하는 일이 정말 부끄러운, 썩 맘내키지 않는 일이라는 것을 은근히 느끼면서도, 그럼에도 불구하고 이런 민족적 수치를 스스로 우리자신이 만방에 고발하지 않을 수 없는 것은, 이 수치를 모르는 척 하거나 무관심하며 침묵을 지키는 것은 당사자인 우리 한국인으로서는 더욱 수치스러운 일이라는 것을 알기 때문이라고 생각된다. 박정희나 전두환과 같은 야만적 독재체제가 나오도록 하고 몇 년이나 존속되도록 한 것은 결국에는 우리들 한국인들에게 그 책임이 있다고 밖에는 볼 수 없다.

　해방이후 3번째로 체험하는, 가장 잔인한 전두환 독재체제를 뿌리째 무너뜨릴 때까지, 우리가 진정한 자유를 누리고 정의를 구현하며 인간답게 살 수 있는 참된 민주주의를 확립할 때까지 우리들 한국인들은 국내국외를 막론하고 지금 모두 한결같이 궐기하여 줄기차게 공동 투쟁해 나가야 한다. 이것만이 우리가 인간으로서 보람 있는 삶을 사는 길이라고 확신한다(8월 16일의 양쪽의 행사에 관하여 이곳 서독 제2텔레비전에서 18일 밤 9시에 시작된 "heute journal" 프로그램 중에 보도되었고 이곳 쾰른 지방신문인 Kölner Stadtanzeiger와 Kölnische Rundschau [둘 다 8월 18일재]에 간단히 보도되었다.). (1980. 8. 18)

　〈'횃불', 제13호, 1980년 11월, 21-4쪽〉

4.24. 한 동지에의 편지

쾰른, 1982. 3. 17

Y 형,

　보내주신 편지와 함께 제5회 민주통일심포지엄에의 초대문을 감사히 받았습니다. 얼마 전에 여기 두이스부르그(Duisburg)의 L 씨로부터 이 심포지엄에 관한 소식을 듣고 우선 그런 모임을 갖고 서로 대화를 나눌 수 있도록 하는 일에 대해서 전폭적인 찬동과 격려를 드리고 싶습니다. 가능한 한 저도 참석해 보고 싶지만 아마 시간적 여유 때문에 불가능할 것 같습니다. '횃불'지를 최근 몇 호에 걸쳐 보셨으면 짐작하셨겠지만, 적어도 1년 전부터 책임져야 할 자리를 모두 내놓고 오로지 학위마치는 일에 전념해 왔습니다. 늦어도 내년에는 예전처럼 서로 활발히 우리의 공동문제에 관해 논의 할 기회가 올 것으로 희망하고 있습니다. 이번에 객관적으로 좋은 기회임에도 불구하고 제가 참석할 수 없게 될 것을 전제로 하여 여기에 간단히 저의 견해들을 말씀드리고 싶습니다.

1. 국내외 정세는 전두환 집권 이후 별로 큰 변화가 없는 것으로 판단되고 따라서 통일문제에 관해서도 별로 새로운 면이 보이지 않습니다. 다만, ①반미/반외세의 의식이 국내에서도 점차 강화·확대되리라 추측되고 ②대학교의 분위기는 여전히 반정부, 전두환 타도의 방향을 더욱 분명히 보여주고 있는 반면 ③전 정권은 야간 통행금지 해제 등 피상적인 자유화 경향을 보여주는 듯하면서 통일정책을 다양화, 공세적 입장을 취하고 있는 듯하지만 현실여건(즉 반민주적 체제와 현실정치양상)에 비추어 스스로 실천에 옮길 수도 없고 북한이 받아들일 수도 없는 것으로 보입니다.

2. 저의 기본견해는 통일문제는 역시 민주화의 바탕 위에서 해결되어야하고 사리상 그렇게 될 수밖엔 없다는 것입니다. 그리고 통일문제는 민주화과정에 있어서의 한 문제분야(비록 다른 분야들에 비하여 그 중요성의 우선순위를 높이 두어야 한다 할지라도)로 봅니다. 즉 민주화는 우선 정치적 분야(정치질서의 민주화, 특히 언론·출판·집회·결사의 자유 등 기본적 자유권, 평등권의 실질적 보장 등), 경제적 분야(자유시장 경쟁체제와 사회주의적 경제질서를 부문적으로, 발전 단계적으로 조화, 조정시키는 문제 등), 문화적 분야(학문, 교육제도의 개혁, 문화활동의 장려, 자유화, 매스컴의 합리화, 자율적 민주화 등) 등에서, 그 문제점들에 따라 실현되어야 하겠고 그럼으로써 사회전체가 민주화되도록 일관성 있는 정책 방향이 설정되어야 하며, 이와 병행해서 통일문제도 이런 전사회적, 국가적 민주화의 정책노선에서 민주화의 일환으로 해결되도록 해야 된다는 견해입니다.

3. 통일문제는 일방적으로 해결될 수 있는 성질의 것이 아니고 우선 한반도에 현실적으로 존재하고 있는 남·북의 두 정치체제가 직접적 당사자로서 문제의 상황을 규정하고 있음을 직시해야 하겠습니다. 그리고는, 물론 일본, 미국, 중공, 소련 등 국제적 관련세력을 고려해야 하겠지요, 그러나 중요한 변수

(variable)로서는 우선 남·북의 두 체제가 문제시되는데, 지금 누구나 다 알고 있듯이, 양쪽 다 그 현 체제상 민주주의와는 거리가 먼 형편에 있으니, 구체적인 사업들(우선 전 정권이 제안하고 있는 20개 사업 등)이 다만 탁상공론에 불과합니다. 북한은 김일성의 후계자로 아들 김정일이 거의 문제를 일으키지 않고 등장하게 되어 있어, 공산주의적 군주체제로 경화되어 가고 있어서 자유화, 개방화, 민주화의 기미가 거의 보이지 않고 있으며, 따라서 통일에의 실질적 기여의 여유가 극히 적다고 봅니다. 남쪽의 전두환 체제는 더 말할 필요도 없이, 반민주, 반인간적 폭력체제로서 군부 내의 권력암투와 사회적·경제적 불안, 모순 등의 폭발이나 민주세력의 지하운동의 조직화를 통한 타도전략을 통하여 또 한 번 혁명을 겪어야 할 것 같습니다. 이런 판국에 통일의 실현가능성은 더욱 멀어만 가는 것 같습니다.

4. 반미→공산주의자라는 공식에 걸려들지 않도록 각자, 각 그룹이 태도를 분명히 할 필요가 있다고 봅니다. 저의 기본입장은, 반미/반외세주의를 적극 찬동하지만, 공산주의자도 친북한주의자도 아니고, 반전두환 체제, 반군사 독재, 반독재를 분명히 하면서 적극적으로는 기본권의 보장을 주축으로 한 민주적 사회주의를 지향하는 것으로 요약되겠습니다. 이것은 예나 하등 다름이 없습니다.

5. 위의 3에 추가하여 저는 따라서 북한의 "고려연방체제"의 통일안에 대해서도 상당히 회의적, 비판적으로 보고 있습니다. 추상적으로 또는 꿈꾸는 식으로 문제를 볼 것이 아니고, 현실적 여건을 대조하면서 좀 더 비판적으로 봐야 할 것입니다.

6. "기통회"가 통일에의 정열로 이북에도 드나들면서 일종의 "통일주의"를 내세우는 것 같은 일은 현실여건을 무시하고 기본 구상(concept)이 결여된 것으로 오로지 북한의 이용물이 된 것과 한국국민들로부터의 불신을 산 것이 그 결과인 것 같습니다. 그야말로 돈키호테(Don Quiote)식으로밖엔 볼 수 없습니다. 원래 기독교적 광신자들은 거의 모두 머리가 혼동된 인물들이지만 너무 몰지각

한 것 같습니다.

아무쪼록 이번 심포지엄에서 많은 성과를 거두시고 소식들을 수 있기를 바랍니다.

배동인

추신: 이 편지의 사본을 L 씨에게 보냅니다.

4.25. 통일문제와 민주주의

통일문제의 해결에 접근하는 태도는 대개 다음의 5가지 유형으로 나눠볼 수 있다.

제1유형은, 남한의 정부당국이 취하고 있는 태도와 제안들이며,

제2유형은, 북한의 정부당국이 취하고 있는 태도와 제안들이고,

제3유형은, 해외에서 민주화운동에 참여하고 있는 인사들 중에서 북한의 제안에 주로 찬성하고 있는 태도를 취하고 있는 그룹이며,

제4유형은, 국내외를 막론하고 정치일반에 의식적으로 또는 무의식적으로 무관심하거나 참여할 여유가 없기 때문에 통일문제에 대해서도 수수방관하는 소극적 태도를 취하는, 침묵하는 대다수이며,

제5유형은, 남북한의 태도와 제안들에 대해서 회의적, 비판적 견해를 가지고 민주화의 큰 맥락에서 통일문제해결의 실마리를 찾고자 하는 소수자다.

이 유형들을 개별적으로 분석하기 전에, 우선 필자는 제5유형에 속함을 밝혀둔다. 제1유형과 제2유형의 공통점은 현실적 여건, 즉 남북 양체제의 반민주성을 도외시하고 자기 나름대로의 책략의 실현도구로서 통일을 외치는 선전적 효과에 치중하는 경향이 짙다는 것이다.

먼저 제1유형을 보자. 전두환(편의상 직위, 존칭은 생략함)은 지난 1월 22일

통일에 관한 제안에서 "통일은 어디까지나 민족자결의 원칙에 의거하여 거레전체의 자유의사가 반영되는 민주적 절차와 평화적 방법으로 성취되어야 한다"고 했고 "통일헌법을 마련함에 있어서는 쌍방주민의 뜻을 대변하는 남북대표로" 협의기구를 구성하고 "그 기구에서 민족, 민주, 자유, 복지의 이상을 추구하는 통일민주공화국을 실현하기 위한 통일헌법을 기초"토록 하자고 했다. 이 글귀 자체만을 볼 때에는 하등 반대할 이유도 없고, 오히려 대폭 찬성할 수밖에 없는 원만한 민주주의 원칙을 말하고 있다. 그러나 전두환의 권력장악 경위와 현 체제의 현실을 볼 때에 그의 고상한 민주주의원칙에 입각한 통일안은 신빙성이 없고 따라서 설득력을 전혀 상실하고 있음을 곧 알 수 있다. 왜냐하면, 그는 1979년 12월 12일에 국방임무수행에 전념해야 할 부하군대를 자의로 동원하여 야음을 타서 동료군인들을 살해 체포함으로써 권력을 장악한 비겁하기 짝이 없는 폭력강도집단의 괴수에 불과하다는 사실을 온 천하가 다 알고 있으며, 특히 1980년 5월의 광주 민주시민 대량학살사건으로 그가 얼마나 잔인하고 파렴치한 폭군인가를 재확인했기 때문이다. 이것은 누구도 부인할 수 없는 역사적으로 기록된 사실이다. 그리고 지금의 전두환 체제가 자행해왔고 자행하고 있는 자의적 구속, 무자비한 고문 등 인권유린과 반민주적 행태는 일일이 여기에 다 열거할 수 없을 만큼 항다반사적으로 허다하며 지극히 유치하고 야만적인 양상을 보여주고 있다. 전두환 정권은 따라서 국민을 다스릴 정당성을 전혀 갖고 있지 않을 뿐만 아니라 통일을 논의할 자격이 전혀 없다.

도대체, 지금 한국 땅에서 국민 각자가 자유로이 자기의사를 말이나 글로써 표현할 수 있는가? 지금의 한국신문들이 과연 자유로운 언론을 반영하는 신문들인가? 그는 이미 방송, 신문 등 모든 언론기관, 대중의사 매개수단들을 제도적으로 획일화, 전체주의화시켜버린 것도 온 세계가 다 아는 사실이다. 전두환의 폭력지배체제를 비판하는 선량하고 민주의식이 투철한 학생들, 언론인, 종교인들 등 시민들을 무작정 구속하고 죽지 않을 정도만큼 잔인하게 고문하여 공산주의자로 허위 날조시켜 소위 법정재판절차를 밟게 하고 있는 것도 온 천하에

다 알려지고 있는 사실이다. 이런 현실 속에서, 이런 공포에 싸인 무법천지에서, 통일협의과정에서만 갑자기 "겨레전체의 자유의사가 반영"되고 "민주적 절차와 평화적 방법"이 시행될 것이라고 누가 믿을 수 있으며 이를 보장할 수 있겠는가?

전두환은 1.22 제안을 연설할 때에 도대체가 자기가 "민족자결"이니, "자유의사"니, "민주적 절차"니 하는 용어의 뜻을 알고 지껄인 것인지, 자기비서가 써준 것을 다만 앵무새처럼 읽은 것에 불과한 연설자동기인지, 아니면 정신분열증환자인지 알 수 없을 정도의 혼란한 상황이다. 바로 위에 인용한 "민족, 민주, 자유, 복지의 이상을 추구하는 통일민주공화국을 실현…"이라는 대목에서 그는 그의 1.22 제안의 허구성, 허위성, 파렴치의 극치를 표현하고 있다. 지금의 전두환체제의 현실에 비추어 그는 1.22 제안 안에 포함된 7개 항목들이 모두헛소리에 불과하지만, 특히 그 허구성을 다시금 확인하게 하는 것으로서 다섯째 항목 중 "…민족적 신뢰와 화합의 분위기를 조성하기 위해 상호 교류와 협력을 통하여 사회적 개방을 추진해 나가기로 한다"고 하는데, 도대체 지금 남한사회 안에서나마 정부와 국민사이에 신뢰와 화합이 이뤄지지 않고 있고, "사회적 개방"은커녕 탄압적이고 폐쇄적인 정신풍토를 조성해 놓고 있다는 사실을 부인할 수 없지 않은가? 야간통행금지 해제자체와 정치질서에 있어서의 자유화, 개방화, 민주화와는 아무런 내용적 연관성이 없는 것이다. 김대중씨를 20년 징역형으로 감형하는 등 정치범들을 일부 풀어놓거나 감형시키는 것이 민주화는 아니다. 왜냐하면, 이들 투옥된 민주인사들은 원래부터 무죄이기 때문이다. 그런 피상적인 조치만으로써 한국사회의 자유화, 개방화를 과시하려고 의도했다면, 그것은 전두환의 머리보다 훨씬 예리한 지성과 판단력을 소유한 한국국민대중은 물론, 세계만인을 우롱하려는 얕은 수작에 불과하다. 오늘의 세계는 더욱 상호의존관계가 깊어져 있고, 교통통신관계가 더욱 단축, 긴밀화되어 있기 때문에, 옛날처럼 사실을 감추거나 거짓수작을 꾸밀 수 없게 되어 있다는 것을 새삼 분명히 인식해야 할 것이다.

전정권이 김대중씨를 비롯하여 수많은 민주인사들을 여전히 불법부당하게 장기간에 걸쳐 구금하고 있고 박정권보다도 더욱 악랄하게 고문하고 있어 민주주의의 가장 기본적 주축이 되는 의사표현과 사상의 자유, 집회, 결사의 자유등 기본적 자유권과 평등권, 즉 기본인권을 유린하고 있는 것은 전두환과 그의 노예들이 "민주"나 "자유"의 의미를 이해하지 못하고 있다는 사실을 현실로써 확증하고 있는 것이다. 민주주의정치체제는, 단적으로 말하자면, 의사표현과 사상의 자유를 국가권력으로 보장하는 데에 그 1차적 존재이유가 있고, 따라서 자유로운 의견발표와 토론과정이 없는 여하한 정치체제도 민주적 체제는 아니다.

전두환은 금년 신년사에서 현 체제를 "제5공화국"이라고 되풀이했지만, 그것은 공화국이라고 일컫기에는 너무나 치졸하고 야만적 폭력국가에 불과하다. 그것은 마치 흉측한 강도살인범이 흰 와이셔츠와 나비넥타이에 검은 예복을 입고 엄숙히 서있으면 신사처럼 보이는 것과 마찬가지로, 형식도 걸레 같은 형식으로 떼워 기운 민주주의라는 옷을 입었지만, 실상은 파시스트 독재국가에 불과하다. 해외에 있는 한국인들은 이것이 크나큰 치욕임을 느끼고 있다. 박정희 독재 치하의 한국이 공화국일 수 없었던 것과 같이, 지금의 전두환의 한국은 공화국과는 거리가 먼, 반공화국적, 반민주적, 반인간적, 반민족 경찰국가이며, 강도, 고문, 학살을 전문적으로 하는 군대폭력 만능국가다. 하물며, "정의로운 민주복지국가를 지향"한다고 뇌까리는 것은 가소롭기 짝이 없는 노릇이다. 전두환의 말대로 "후진적 사고와 해독 많은 낡은 질서에 결연히 종지부를 찍어야 한다"면, 투옥된 모든 민주인사 정치범들을 즉시, 무조건 석방 복권시키고 의사표현의 자유 등 천부의 인권을 보장할 것이며 전두환 자신이 대통령자리에서 물러나 역사의 심판을 받음으로써 그의 폭력지배체제의 존재에 종지부를 찍어야할 것이다. 이것이 바로 그가 말하는 "정의"의 구현의 첫발걸음이 될 것이다.

국토통일원 장관이 지난 2월 1일 북한에 제의한 소위 20개 시범사업들의 내용은 각종 형태의 남북 간의 "자유로운" 교통을 주로 하고 있다. 문제의 핵심은

"자유로운" 통행, 방문, 방송청취, 왕래, 공동어로 설정, 기자취재활동 등으로 연거푸 반복되는 "자유로운" 행동의 의미가 어떻게 해석되며 어디까지 자유로운가에 있다. 그러나 가령 한국내에서 지금 기자들의 자유로운 취재활동이 신문에 진정 자유로이 게재되고 있는가? 이미 위에서도 지적했듯이, 이것이 제도적으로 이미 불가능하게 되어 있는 것이 오늘의 한국의 현실이다. 그러면, 국토통일원장관 손재식은 분명히 현실적으로 불가능한 헛소리를 하고 있음에 틀림없다. 자유로운 취재활동을 보장하되 신문에 실리고 안실리는 결정은 전두환이가 한다는 의미에서의 "자유로운" 취재활동보장이라면, 그것은 전두환의 자의일 뿐, 기자들의 자유는 될 수 없다. 또 한 가지 주목될 만한 사실은, 국토통일원장관의 2월 25일 대북성명서에서 한편으로는, "…북한 측의 행위는 동서고금에 유례가 없는 몰상식하고도 파렴치한 작태로서 어떠한 괴변을 농하더라도 결코 용납될 수 없는 해괴한 소행"이라고 북한의 "남북정치인연합회의" 개최안과 남한 측의 대표로 참가해줄 것을 희망하는 50명의 명단발표를 비난하면서, 다른 한편으로는 곧 이어서 남한 측이 제안하는 남북한과의 대표회담에서 북한 측의 "남북정치인연합회의" 개최안도 협의하자는 것이다. 이것은 마치 상대방의 빰을 치면서 동시에 악수인사를 하는 것과 같이, 남한 측 제안의 한갓 만화적 유치성과 비현실성을 스스로 드러내고 있음에 틀림없다. 한마디로 말하여, 남한 측의 태도와 제안은 현실적으로 실현불가능하고 스스로 책임지고 실현할 능력이나 자격도 없는 탁상공론에 불과하다는 것이 분명해진 것 같다.

제2유형인 북한 측의 태도와 제안을 보면, 역시 제1유형의 그것과 대동소이하다. 북한 측의 연방제 통일방안(해외한민보, 1982. 2.15자 제3면 참조)에서 가장 중요시되는 것은, "나라의 전 지역과 사회의 모든 분야에 걸쳐 민주주의를 실시"한다고 하는데, 그들이 의미하는 "민주주의"가 무엇을 내용으로 하는 것이냐에 있다. 이 의문에 대한 명확한 해답을 북한 측이 발표한 지금까지의 통일에 관한 모든 제안들 속에서 찾아볼 수 없는 것이 그들의 제안의 신빙성을 의심케 하는 한 요인으로 보인다. 따라서 그들의 주요제안 중에, "북과 남 사이에…

전국적 범위에서 교통 체신수단의 자유로운 이용을 보장해야"한다고 하는데, 그 자유의 질(質)이 어느 정도의 것이냐에 다분히 회의를 품게 된다. 북한에는 철저한 정부통제 아래에 있는 "로동신문"이 있으나, 의사표현과 사상의 자유가 보장되어 있지도 않고, 방송은 오로지 북한의 획일적인 방송만 들을 수 있도록 제도적, 기술적으로 라디오의 수신장치를 고정시켜놓고 있다는 것을 북한을 방문한 해외기자들이 한결같이 보도해왔다. 또 한 가지 특히 기이한 현상은, 북한의 거리에는 자전거를 거의 볼 수 없다는 것인데, 그 이유는 개개인의 자유로운 기동성을 억제함으로써 신체적 정신적 자유를 박탈해야만 북한의 정치권력체제가 유지될 수 있기 때문인 것으로 추리된다. 북한은 이런, 극단적으로 반민주적이며 폐쇄적인 체제를 해방 이후 오늘까지 37년간이나 지속해오고 있다. 북한 측이 지향하는 민주주의가 이처럼 인간의 바탕이 되는 개인의 기본적 자유를 극도로 억압하고 오로지 김일성 개인의 우상숭배, 신격화를 정치, 경제, 문화(특히 교육)의 기본원칙으로 하는 것을 뜻한다면, 그들도 원하는 통일은커녕 1천7백만의 북한동포들을 더욱 노예화, 기계화시켜서 암흑세계에서 헤어나오지 못하게 할 뿐, 결코 행복되게 하지는 못할 것이다. 김일성이가 조만간 그의 아들 김정일에게 실권을 물려준다면, 이것은 북한을 공산주의적 군주체제로 경화시키는 것이 되므로, 공산진영국들로부터도 환영을 받지 못하고 서구진영과 제3세계에서는 비웃음의 대상이 될 뿐이다.

북한 측의 통일방안은, 남한의 그것과 마찬가지로 국민의 밑바닥에서부터 조성되어야 할 진정한 민주적 의사형성과정에 관한 구체적 방안이 결여되어 있다. 그 이유는 명약관화한 것으로, 북한이나 남한이나 간에 현 체제의 성격상 그것을 허용할 수 없게 되어 있는 반민주주의적 정치체제를 견지하고 있기 때문이다. 결과적으로 "고려연방민주공화국"이나 다른 이름으로 통일이 되느냐가 중요한 것이 아니라, 어떤 절차와 과정을 거쳐서 어떻게 통일이 될 수 있으며 실제로 되어 가느냐가 최대의 중요성을 지닌 근본문제다. 통일은 단순히 양정부형태만의 통일, 또는 양 독재체제의 연방체제화를 의미해서는 안된다. 통일은 민족의 통일을 의미하며, 개인의 인간존엄과 주체적 자유가 살아있는, 진정한 민주주의가 전 사회를 통하여 실현되어가는 데에 있다. 개개인의 정신적 독립성을 근간으로 하지 않는 김일성식의 "주체"사상은 민주주의와는 근본적으로 배치되는 노예의 원칙에 불과하다. 민주주의는 권력이나 이념에의 맹목적 굴종과 노예화를 배격하고 이것들로부터의 해방을 위한 투쟁에서 기원했던 것이다. 북한국민들은 이러한 민주주의의 실현을 위한 투쟁을 과감히 전개하지 않고는 우리가 다 한결같이 염원하는 통일을 쟁취하지 못할 것이며 영원히 전체주의와 개인숭배의 쇠사슬에 얽매인 노예로 머물러 있을 수밖에는 없을 것을 심히 우려하게 된다.

북한 측이 "…조국통일을 실현하려면 어느 한쪽의 사상과 제도를 절대화하지 말아야"한다는 것은, 이론적으로 전폭적인 찬성을 받을 만하다. 그런 태도가 바로 민주주의의식의 한 바탕을 이루는 것이지만, 문제는 북한의 체제자체내에서부터 김일성 또는 김정일 개인의 신격화, 절대화를 철폐함으로써 민주주의실현의 토대를 마련해야 할 것이며, 그럼으로써 남한국민들에게 북한국민들의 민주주의적 실천역량을 보여주고 민주적 평화통일제안의 신빙성을 설득시킬 수 있어야 할 것이다. 그러나 지금의 북한의 현실여건으로 보아서는 불행하게도 그런 긍정적인 발전경향을 볼 수 없다. "남북정치인 100인 연합회의"를 제안하는 북한 "조국평화통일위원회"의 2월 10일자 성명(해외한민보, 1982. 3.1 일자, 제5면 참조)에서도 통일은 "민주주의적 원칙"에 기초하여 이루어져야 한다고 하며, 남한민주인사들의 "민주주의적 통일정부수립을 위한 의로운 투쟁"을 높이 평가하고 있지만, 도대체 그들이 이해하는 민주주의적 원칙이 무엇인가에 관해서는 설명이 없는 것은 지극히 유감스러운 일이다. 요컨대, 제2유형은 제1유형과 마찬가지로 북한의 현 체제의 양상에 비추어 그 태도와 제안의 신빙성과 실현가능성을 뒷받침하고 있지 못하며 내용적으로 애매모호성을 내포하고 있음을 알 수 있다.

다음으로 제3유형을 보면, 그 특징은, 5천만 한민족의 어느 누구도 통일에의 열망은 크겠지만, 특히 제3유형에 속한 인사들은 그 통일에의 염원과 열정이 워낙 큰 것으로 보이는 반면에, 통일에의 접근태도와 방안구상에 있어서 주어진 현실을 고려하지 않고, 대체로 추상적인 통일의 환상 속에서 헤매는 듯한 인상을 주고, 통일이 달성된 것을 전제로 할 때에 우리민족의 다른 문제들이 이렇게 또는 저렇게 순조로이 해결된다는 미래에 거점을 둔 논거방식을 취하고 있는 것 같으며, 어느 한쪽의 통일방안을 거의 맹목적으로 지지하고 나서는 데에 있다. 이들에게서 얻을 수 있는 교훈은, 그 비합리적 또는 비과학적 문제접근방법의 반대측면에 있다. 즉, 통일의 방안은 남한 측과 북한 측의 두 방안들을 놓고 우리가 양자택일을 하는 데서만 반드시 찾아야할 것은 결코 아니라는 것이다. 양쪽의 방안들 중에는, 형식적인 면에서만 볼 때에는, 위에서도 언급했듯이, 서로 공통되는 좋은 점들을 찾아볼 수 있다. 그러나 원칙적으로 그 두 안들 중에서 어느 하나를 결국에는 선택해야만 된다는 논리적 또는 실제적 필연성은 전혀 인정될 수 없다. 제3, 제4 등 다른 제안들이 나올 수도 있다는 가능성을 항상 염두에 두어야 할 것이며, 문제는 위에서 지적했듯이, 어떻게 민주적 절차가 가능하냐라는 구체적 실제문제에 있다는 것을 명심해야 할 것이다. 이렇게 볼 때에, 제3유형에서는 결국 부화뇌동하기 쉬운 맹목적 당파성이 부각되어 있으며, 비판적 사고와 지성적 독립성, 그리고 상상력이 결핍되어 있다고 보여진다.

제4유형은 무관심주의 또는 현실도피주의라고 볼 수 있다. 이들에게는 통일이 되면 좋지만, 어떻게, 어떤 형태의 통일이 되든지, 영원히 통일이 안되든지간에 아무 관심사가 못된다. 이것은, 근본적으로는 "정치"라는 것과는 아예 외면하려는 잘못된 의식의 소치다. 정치라는 것이 따로 있는 것이 아니라, 각자가 일상생활을 계획하고 영위해나가는 가운데에 바로 무의식적인 정치활동을 사생활범위 안에서 하게 된다. 정치의 기본기능은, 현실의 모든 여건을 삶의 주체자인 인간 개개인이 원하는 방향(욕구, 가치관)에 따라 개조, 변화시키는 데에 있고 그럼으로써 인간의 삶을 보다 행복되고 인간다운 좋은 삶으로 창조하며 이 좋은 삶을 살 수 있도록 하는 데에 있다. 그런데, 이 인간 개개인은 일정한 사회의 구성원으로 태어났기 때문에 서로의 이해관계와 욕구의 충돌을 가급적 피하고 평화적으로 조절, 조화시킬 수 있도록 하기 위하여 민주주의라는 제도와 절차를 필요로 하게 된다. 따라서 사회생활은 곧 민주주의의 공동운영으로 귀결되고, 정치는 이 사회생활의 형성과, 이와 불가분리의 관계에 있는 민주주의의 운영과정에 참여하는 데에 있는 것이다. 따라서 누구나 사회구성원으로서 정치적 창조활동에 참여해야 되고 참여할 수 있어야 한다. 그렇지 않으면, 남의 결정에 자기의 운명을 내맡겨버리는 것으로 된다. 그런 태도처럼 자기의 단 한 번밖에 없는 삶에 대해서 무책임하기 짝이 없는 처사는 더 없을 것이다. 그러므로 통일문제는 물론이고, 다른 국가적, 지역사회적, 직업적, 가정적 문제 등 모든 분야의 인간생활문제의 해결에 있어서 적극적으로 참여하는 것(이것이 곧 정치에의 참여를 뜻한다)은 민주국가의 계몽된 시민으로서는 당연한 권리요 의무인 것이다. 이런 시민적 정치참여를 가능케 하는 가장 기본적 전제조건이 바로 의사표현의 자유, 사상의 자유의 절대적 보장이며 이것을 토대로 건설되는 정치체제가 민주주의국가일진대, 이것을 불가능케 하는 것이 오늘의 전두환 군사독재정권임에 틀림없다면 우선 이 장애물을 분쇄하는 일에 누구나, 자기 삶에 스스로 책임을 지고 보다 나은 삶을 살기 원한다면, 적극 참여해야 할 것이다. 이 원칙은 북한국민에게도, 이 지구상의 다른 모든 나라의 국민들에게도 한결같이 해당되는 인간사회의 보편적 창조원칙이며 이 원칙의 실현을 지향하는 것이 바로 민주주의인 것이다.

끝으로, 제5유형은 근본적으로 통일문제는 민주화의 바탕 위에서 해결되어야 하고, 장기적으로 보아 사리상 그렇게 될 수밖에는 없다는 견지에서, 즉 민주정신의 궁극적 승리에 대한 확신에서, 위에서 검토분석한 바와 같이 현실적 여건이 다소 비관적이라 할지라도, 결코 통일에의 희망을 버리지 않고, 민주주의의 실현과정에서 이상과 현실을 함께 대조하며 비판적으로 현실을 분석검토하고 어느 한편을 맹목적으로 추종함이 없이 민주화의 정도(正道)를 추구해 나가고자 한다. 통일문제는, 다른 분야들에 비하여 그 중요성이 우선순위를 높이 두어야 한다 할지라도, 국가사회전체의 민주화과정에 있어서의 하나의 문제분 야로 본다. 통일만 되면 모든 문제들이 자동적으로 해결될 것이라는 통일광신 주의자는 여기에 속하지 않는다. 전두환 아래에서의 통일은 여전히 국가안보를 구실로 한 인권유린, 반공법, 사회안전법 등에 의한 사상의 자유의 억압, 고문에 의한 민주인사들의 공산주의자로의 날조 등을 그대로 존속시킬 것이며, 김일성 아래에서의 통일은 여전히 개인숭배와 전체주의체제의 기계화, 노예화를 면치 못할 것이다.

민주화는 우선 정치적 분야에서 언론, 출판, 집회, 결사의 자유 등 기본적 자유권, 법 앞에서의 만인평등의 평등권, 중립적 법원에서 정당한 절차에 따라 재판을 받을 권리, 법치국가의 원칙 등이 보장, 실현되어야 한다. 무엇보다도 중요한 것은, 누구도 사상의 자유를 가지며 신체적 심리적 위협을 받음이 없이 의견을 자유로이 발표하는 것이 보장되어야 하고, 여하한 형태의 심리적 물리 적 폭력행사도 엄벌에 처해야 한다는 것이다.

경제분야에서는 자유시장경제체제와 사회주의적 경제질서를 부문적으로, 발전단계적으로 조화·조정시키는 문제를 사회민주주의적 이념에 따라 해결 하는 것이 바람직하다고 보며, 문화적 분야에서는 학원의 자유화, 자율적 운영 등 교육제도의 개혁, 모든 예술창작활동의 자유화, 매스컴의 합리화와 자율적 민주화가 실현되어야 할 것이다. 그럼으로써, 사회전체가 조직과 운영 면에 있 어서 민주화되두록 일관성 있는 정책방향이 설정되어야 하며 이와 병행해서 통일문제도 이런 전사회적, 국가적 민주화의 정책노선에서 민주화의 일환으로 해결되도록 해아 할 것이다. 이것이 실현되기 위해서는 물론 새로운 민주정부 가 수립되어야 한다. 이런 민주화의 성숙정도에 따라 국가적, 민족적 주체성 또는 자기동일성(self-identity)의 확고부동 여부가 결정된다. 민주의식이 투철하 지 않은 국민은 주체성이 약할 수밖에 없다.

북한이 자화자찬하는 주체사상은, 위에서 언급한 바와 같이, 전체주의적 강요와 위협에 따라 조작된, 부자연스럽고 배타적 획일주의일 뿐, 사회구성원인 개개인의 자발적 창의력과 정신적 자유와 독립성을 말살하기 때문에, 스스로 발전성장해 나가는 생명력을 오히려 상실하고 있다. 그런 주체사상은 사회주의와는 아무런 상관도 없는, 오히려 사회주의사상과 배치되는 노예철학에 불과하다. 오로지 명령과 지시에 따라 움직이는 주체성이란 언어의 자가당착이요, 그런 사회나 개인은 자기분열적 내면의 모순을 항상 내포하고 있다. "무엇보다 중요한 것은, 작은 문제에 있어서나 가장 큰 문제들에 있어서, 인류를 위한 신념들과 희망들을—이 신념들과 희망들에 동조하는 사람들이 다수거나 극소수거나 전혀 없거나 간에—표현할 수 있는 개인적인 인간정신의 자유라는 것이 늘 기억되어야 한다. 새로운 희망들, 새로운 신념들, 그리고 새로운 사상들은 인류에게 어느 때를 막론하고 항상 필요하다. 그런데, 한 죽은 획일체제에서 그런 새로운 무엇이 나오리라고는 기대될 수 없다." (버트란드 러셀, "왜 나는 기독교인이 아닌가" 중 "자유와 대학"[1940년 5월 처음 발표됨]의 마지막 구절)라고 러셀이 40년 전에 갈파한 이 말은 오늘의 우리에게도 절실한 타당성을 갖고 있고, 특히 통일문제의 해결에 있어 원칙적 방향을 가리키고 있다고 본다.

대외적으로는, 통일은, 미국, 일본, 중공, 소련 할 것 없이 여하한 외세의 간섭을 받음이 없이 민족의 자기운명자기결정의 원칙에 입각하여 남북한 국민과 정부의 민주적 의사형성 및 결정과정을 거쳐서 실현되어야 하며, 남한에서는 특히 미국과 일본의 정치적, 군사적, 경제적 영향력행사가 단호히 배격되어야 한다. 전두환 정권의 이들 외세에의 종속적 경향은 국가주권에 대한 치명적 모독임을 국민 개개인이 직시해야 한다. 80년 5월 광주민중학살사건을 통해서 온 세계는 미국적 제국주의의 반자유, 반평화의 본성과 반인간적 잔인성을 뚜렷이 보았음을 우리는 항상 기억해야 한다. 남북한 양체제의 비민주성에 비추어, 남한의 폭력지배체제와 북한의 폐쇄적 전체주의가 존속하는 한 평화적이며 민주적인 통일은 달성되기 어렵다는 것이 분명하다. 통일의 길을 앞당기기 위해서는 남한에 진정한 민주정부가 서야하며, 북한에서는 사이비 사회주의적 요인과

전체주의적 군주적 권력구조와 결별하고 개방화, 자유화, 민주화가 이루어져야
한다. 통일은 개개인의 의식과 행태의 민주화, 정치질서를 비롯한 모든 사회제
도의 민주화를 통하여 민족자주적으로, 그리고 평화적으로 남북한동포 개개인
이 참여하여 책임지고 성취해야 할 역사적 과업이다.

('횃불', 제18호, 1982. 4. 19, 13-20쪽)

4.26. 자유와 자연과 인간

오늘, 6월 17일은 이곳 서독에서는 공휴일로 되어있다. 29년 전(1953) 오늘에
동백림을 필두로 하여 동독 각지에서 노동자들과 일반시민들이 공산독재체제
에 대항하여 봉기했다. 그들은 모든 권력을 독점한 거창한 정치체제에 맞서서
누적된 불의와 부자유에 참다못해 일어선 것이다. 생존권과 자유를 쟁취하기
위하여 궐기한 것이다. 동독의 작은 도시인 빗텐펠트(Bittenfeld)에서는 당초에는
한 공장에서 견습생으로 일하고 있던 "메르텐스"라는 젊은이가 갑자기 나타나
지 않아 그의 행방을 찾고자하는 노동자들의 인도적 동지애에서 발단되었다고
한다. 결국에 밝혀진 사실은 그 견습생이 비밀경찰에 의하여 연행되어갔다는
것이었고, 그 이유는 그가 다만 라디오를 통하여 동백림에서 노동자들을 비롯
하여 시민 폭동이 일어났다는 사실을 자기 동료들에게 이야기했기 때문이라는
것이었다. 노동자들은 비밀경찰당국에 대하여 만일 그 견습생이 돌아오지 않으
면 총파업하겠다고 선언했다. 그와 동시에 그들은 회사 측 또는 정부 측에서
이미 합의되었던 기준임금인상을 일방적으로 취소한 것에 대하여 격분하고 있
었다. 마침내 그들은 6월 17일 오전 9시를 기히여 일손을 멈추고 무리를 지어
구호를 외치며 공장 밖으로 나왔다. 공장의 대지를 거치는 동안에 다른 분야들
에서 일하던 노동자들도 이에 합세하게 되어 순식간에 큰 인파를 이루었다. 시
가지로 나와 자유와 빵을 요구하는 구호를 외치며 시가행진을 하는 노동자들에
게 일반시민들도 합세하고 심지어 한 경찰관은 모자를 내던지고 이들의 대열에

들어와 근본적인 방향전환을 행동으로 표현했다. 그들은 한 운동장에 모여 즉흥적인 성토대회를 열었다. 그 중에 평소 동독체제에 비판적이었던 한 교사가 정신적인 지도자역할을 담당하였는데 그들은 주로 기본적 자유권과 생존권을 포함한 요구사항을 관철하기로 결정했다. 이렇게 일어선 민중들은 불과 몇 시간 안에 감옥에 갇힌 정치범들을 석방시켰고 경찰서와 시청을 점령하여 실권을 장악하게 되었다. 그들은 그처럼 모두 단결하면 안될 일이 없다는 것을 체험하면서 통쾌한 혁명적 승리감에 넘쳐있었다. 그러나 잠시 후에 그들은 방송을 통하여 정부가 전국에 걸쳐서 계엄령을 선포했음을 알자, 그들은 결국 실패를 눈앞에 보게 되었다. 얼마 후에 소련탱크들이 시가지로 굴러오는 것을 그들은 직접 보게 되었고 이 제도화된 거창한 폭력 앞에서 분노와 무력감을 억제할 수 없지만 그들에게는 뿔뿔이 흩어져 귀가하는 길 이외에는 다른 길이 없었다. 그들은 당초부터 전혀 폭력을 행사하지 않기로 했고 다만 맨주먹으로, 그리고 오로지 자유에의 투지만으로 그들의 뜻을 이룰 수 있을 것으로 확신했다. 그들은 소위 인민민주주의라는 폭력체제와 소련식 제국주의의 파렴치성과 야만성을 불꽃이 튀기는 눈으로 쏘아보고 있었다. 서글픈 역사의 한 순간이었다. 이날을 이곳 서독에서는 자유를 되찾고자한 동독시민들과 연대함과 동시에 미래지향적인 견지에서 동·서독의 재통일을 기약하기 위하여 기념하고 있지만, 결코 기쁜 휴일일 수는 없다. 그것은 한마디로 말하자면, 억눌린 백성들의 자유에의 갈망의 폭발이었다고 볼 수 있다.

일본에서 발행되는 "통일일보" 5월 20일자는 지난 4월말과 5월초에 북한의 양강도와 함경북도에 김일성 김정일 세습을 반대하는 노동자와 청년들의 대규모 폭동이 일어났는데, 그들은 김일성 동상을 파괴하여 길에 끌고 다녔고 김정일의 생모 김정숙의 유적지, 열차와 선박 등을 파괴했다고 하며 김일성 동상파괴는 북한 건국 이래 처음 있는 사건이라고 보도했다 한다(캐나다, 토론토의 "민중신문" 1982.5.28일자 12쪽 참조). 이것이 사실이라면, 이 사건은 북한에도 자유를 찾아 일어서는 '인간'들이 살아있고 그들의 가슴속에 타고 있는 자유의 횃불이 밖으로 폭발하여 널리 밝혀지고 있음을 보여주고 있는 희망찬 고무적인 소식이다. 그러한 투쟁을 끈기 있게 지속 확대시키기를 바란다.

자유는 원래 주어진 것이다. 왜냐하면, 인간은 대자연의 일부로서 자연 안에서 태어났기 때문이다. 즉, 자연은 곧 자유의 세계라고 볼 수 있다. 그러나 이것은 절반의 이야기에 불과하다. 왜냐하면, 인간은 또한 사회의 일부로서 일정한 사회 안에서 태어나기 때문이다. 비록 크게 보면, 이 인간사회 역시 우주적 대자연의 일부에 불과한 것이지만, 인간은 스스로 만든 사회의 여러 가지 구조들 속에 본연의 자유를 상실했거나 박탈당해왔고 오늘도 이 자유의 상실과 박탈의 역사를 계속하고 있다. 이 얽매인 역사를 깨뜨리고자 하는 투쟁이 바로 자유에의 갈망의 폭발, 즉 시민봉기와 혁명의 형태로 나타나고 있다.

인간이 스스로를 얽어매는 각종 사회구조들로서는 정치체제, 경제제도, 법질서, 교육, 문화, 종교, 도덕 등이 있다. 그러나 이들 사회구조의 형태들은 오로지 인간의 자유를 제한하고 억누르기 위해서만 생겨진 것은 아니다. 그것들의 존재이유는 원래 인간사회 안에서의 인간들의 평화적 생활영위, 즉 기본적 욕구 충족과 행복의 구현에 있다고 볼 수 있다. 그러나 오랜 역사를 통하여 이 사회구조들은 진화적 또는 혁명적 변화를 거치는 동안에 고정화되고 화석화되기도 하여 그 본래의 존재이유에서 소외되기 쉽고 그 자체의 존속 이외의 다른 건설적 목적이 확인되기 어려울 만큼 맹목적 기계구조로 전락되기 쉽다. 이 병폐를 드러내는 구조적 경화현상 또는 사회구조의 목적소외현상은 흔히 전통적 사회의 특징으로 되어있다. 그 예를 오늘의 한국에서도 여러 면에서 볼 수 있다.

사실을 알리고 알 자유와 의견을 발표할 자유를 보호하고 장려해야할 정치체제가 그런 기본자유를 박탈하고 억압하는 독재체제 또는 전체주의체제로 되어 있는가 하면, 인간의 기본적 욕구충족과 행복한 사회공동생활을 가능케 해야할 경제체제가 무자비한 경쟁원칙과 약육강식의 생존투쟁원칙 아래 오로지 이윤 축적 자체를 경제활동의 기본동기로 삼게 하고 있다. 또한 태고의 가부장제도의 권위주의가 뿌리 박혀있는 윤리도덕과 종교가 오늘의 과학시대, 공업기술문명사회에서 그대로 위세를 떨치고 있는 것은 가관이려니와 새삼스럽게 놀랍기도 하다. 또 하나의 뚜렷한 예를 특히 이곳 서구 각국과 미국, 일본에서 빈번히 일어나고 있는 핵전쟁반대, 평화운동의 공격대상이 되는 미·소 양대국을 중심으로 한 동·서 양진영의 핵무기 축적경쟁에서 볼 수 있다. 이것은 스스로 자랑하는 두 문명국가의 그야말로 시대착오적인 어리석음과 야만성을 그대로 나타내고 있다. 화살과 칼을 전쟁무기로 쓰던 원시시대의 전쟁방식을 고도로 발달한 기술문명시대인 오늘에 있어 인간사회를 포함한 온 지구상의 자연생물계를 완전히 소멸시킬 수 있는 핵전쟁전략에 그대로 적용하려는 이 저열한 의식과 동기가 가소로울 뿐 아니라 가공할 일이다. 러셀이 그의 책 "인간에게 미래가 있는가?"(Has Man a Future?, 1961)의 제4장 "자유냐 죽음이냐?"에서 지적했듯이 "얼마 전까지만 해도 사적인 분쟁들은 자주 결투로 해결지어졌는데, 결투하기를 고수한 이들은 결투의 철폐는 인간 본성에 어긋나는 것이라고 주장했다. 그들은, 지금의 전쟁찬동자들처럼, 이른바 '인간의 본성'이라는 것은 주로 습관과 전통과 교육의 결과이며 문명인들에게 있어서는 다만 극소부분만이 원시적 본능에 따라 행동한다는 것을 망각했다." 고도로 발달한 과학기술을 악용하고 있는 미·소 양대국의 정치적 유치성과 야만성이 정부수뇌들의 엄숙한 정상회의와 연설들로써 자명하게 드러나고 있으니, 정말 웃기는 일이다. 거창한 세계적 규모의 희극이나 캬바레가 세계 제2차 대전 종료 후 거의 40년 동안이나 계속 연출되고 있는데, 오늘의 그 주연자들은 워싱톤의 로널드 레이건과 모스크바의 브레즈네프다. 이와 함께 변조적인 격을 맞춘 조그만 마을의 지역적 규모의 희극과 비극을 연출하고 있는 것이 다름 아닌 제3세계의 다양한 군사독재체제들이며 그 중에 서울의 전두환과 평양의 김일성이다.

앞에서 말한, 자연으로부터 인간에게 주어진 자유가 이런 크고 작은 정치희극배우들과 이들이 주도하거나 이들을 유도하고 있는(왜냐하면 위정자들은 흔히 체제에 얽매인 노예일 수 있기 때문이다) 정치체제에 의하여 박탈당하거나 억압당하고 있는 것이 오늘의 일반적 현실이라면, 이 속박의 상태에서 해방되는 길은 오로지 저항과 투쟁으로써만 가능하다. 이 자유를 다시 쟁취하기 위한 투쟁에는 무엇보다도 투쟁에의 결단과 용기가 필요하다. 누구나 이 결단과 용기를 행동화하지 않는 한 그는 영원히 노예의 구렁텅이에 처박혀있을 수밖엔 없다. 이 저주스러운 굴욕적 노예상태를 좋아할 사람이 있을까? 대부분의 인간들의 태도를 관찰하노라면, 그들은 사실상 부자유와 노예상태를 즐기고 있는 것 같기도 하다. 19세기의 독일의 역사학자, 문필가, 민주주의실현을 위한 정치투사, 회의적이며 비관적 경향이 짙은 예리한 사회비평가였던 요하네스 쉐르(Johannes Scherr, 1819-1886)의 견해대로, 보통 인간들은 오늘도 자유를 아예 원치 않거나 자유를 누릴 능력이 없는지도 모른다. 그 부자유의 노예상태를 의식하지 못하기 때문에 자유쟁취에의 결단을 내리지 못한다면 그것은 무지의 탓이겠지만, 그 상태를 감지, 의식하면서도 일어설 결단의 용기를 스스로 일깨우지 않는다면, 그것은 스스로 인간존엄성을 똑바로 견지하기를 거부하는 것으로서 인간될 자격을 이미 상실한 것이다. 이런 인간형제자매들은 겉모양은 인간일지 모르지만 그 정신의 깊은 곳에서는 인간 아닌 다른 무엇일 뿐이다. 인간본연의 생명은 이미 죽은 것이다. 이러한 하나의 사이비인간 또는 비인간의 운명은 단순한 동물이나 식물의 그것과 하등 다름이 없다. 다른 비인간에게 먹힘을 당하거나 다른 동료인간을 잡아먹을 따름이다. 이것이야말로 그 진정한 의미에 있어서의 인간의 타락이라고 볼 수 있다. 어떤 목사는 오늘까지 30여년간을 일요일, 수요일 예배 때마다 곧잘 창세기의 아담과 이브의 타락의 설화를 비유하여 그럴듯한 설교를 온갖 정열을 쏟아 외쳐왔고 지금도 외치고 있을 것이다. 그러나 그 목사가 아직도 자유쟁취의 결단을 내리지 않고 있다면, 그가 아직도 자기와 억눌린 이웃인 대중의 자유를 되찾기 위한 싸움을 싸우기 위해 일어서지 않고 있다면, 이것이 바로 그 목사의 인간으로서의 근원적 타락을 의미한다. 이것은 다만 목사에게만 해당되는 것이 아니라, '너'와 '나', 우리 모두에게 그대로 적용된다. 이런 관점에서 볼 때에, 근원적 타락은 단순한 범죄행위나 부도덕한 행위를 범하는 데 있는 것이 아니라, 인간존엄성의 핵심인 자유에의 자기동일성의 분열상태라고 볼 수 있다. 이 인간실존의 본질적 타락에서 구원되는 길은, 방금 예를 든 목사의 경우처럼 종교적 신앙에의 헌신에 있는 것이 아니라, 자기 내면정신의 직접적 성찰 가운데에서, 즉 자유와 비자유의 현실적 문제상황에 직면하여 실천적 결단을 내림으로써 인간으로서의 자기동일성의 온전함(integrity)을 회복하는 데에 있다. 달리 표현하면, 그것은 분열된 자기와 자기의 통일을 의미하며 자기기만의 타락 상태에서 자기존중과 자기의 자기에의 정직의 건강상태로 자기의 인간성을 해방시키는 것을 뜻한다. 이것이 바로 자유를 향한 첫걸음이며, 이로 인한 인간의 내면적 평화는 비로소 사회적 평화의 구현으로 번져갈 수 있게 될 것이다.

맨 처음에 언급한 동독에서는 북한에서와 마찬가지로 유치원에서부터 전쟁찬양, 국방의무주입과 애국주의 양성을 위한 교육을 철저히 시행하고 있을 뿐만 아니라, 전쟁도 하나의 예술이며 전쟁터에서 피를 흘리는 것은 아름다운 일이라고 이를 "사회주의적 미학"으로 승격시키고 있다. 붉은 꽃은 아름답고, 피는 붉은 색이며, 사회주의 깃발이 빨간색으로 되어있는 것은 이런 피와 빨간색과 붉은 꽃의 아름다움의 연관성을 분명히 해주는 것이라고 한다. 이런 원칙에서 평화는 무장되어야 한다고 한다. 다시 말하면, 평화는 적을 제거해야 실현되고 적을 전쟁터에서 죽이는 것은 사회주의적 아름다움이며 역시 전쟁 중에 죽는 것은 자연을 빨갛게 물들이는 아름다운 예술적 창조행위이고 숭고한 영웅적 죽음이라는 것이다. 동독수상 호네커는 한 연설에서 "머리가 몸뚱이에서 떨어져나가면 더 이상 이발소에 가야할 걱정이 없게 된다"고 했다. 농담도 이 정도면 잔인성의 극치에 이르렀다고 하겠다. 여기에서 한결 심각한 것은, 전쟁을 자연의 아름다움과 연결시킨 것이다. 자연의 아름다움으로 비유될 만큼 전쟁은 아름답고 하나의 숭고한 예술인가? 아무튼 현기증이 날 정도로 정상적인 사고를 혼란시키는 '놀라운' 논리다. 그것은, 그러나 분명히 전쟁을 정치의 한 수단으로 보는 잘못된 원시적 사고에서 나온 것이다. 이는 마치 전두환이가 미군을 등에 업고 1980년 5월에 2천여 명의 광주시민들을 최악의 잔인성을 증거하며 학살한 뒤에 권좌에 오른 것을 스스로 강자라고 자부할는지도 모르는 것과 흡사하다.

우연히도 라디오에서 베토벤의 교향곡 제6번 '전원'이 흘러나온다. 베토벤은 이 곡에서 자연 속에 있는 인간이 자연의 아름다움에 홍취되는 기쁨을 그렸다. 이 기쁨은 추상적인 것이 아니라 그가 스스로 피부로 느낀, 생생한 내면적 인상을 그대로 표현한 것이다. 그는 자기처럼 자연을 깊이 사랑하는 사람은 없을 것이라고 1810년의 한 편지에 썼고 숲 속에 한번 거닐 수 있는 것에 대해서 어린애처럼 기뻐한다고 하며 이것을 한 큰 행복(Glückseligkeit)이라고 했다. "시골 자연 속에 가면 마치 나무 하나 하나가 나에게 말을 건네는 것 같으니, 성스럽고 성스럽다! 숲 속의 황홀함이여! 누가 이 모든 느낌을 표현할 수 있을 것인가? … 숲의 달콤한 고요함!"이라고 그는 1815년의 일기장에 썼다. 숲의 시인이라고 일컫는 아이헨도르프(Joseph von Eichendorff)는 1848년의 혁명이 실패한 뒤에 쓴 "자유의 탄식"(Der Freiheit Klage)이라는 시에서 그 당시의 독일의 정치적 혼란상태에 관련시켜 숲과 자유를 동격으로 비유했다고 해석된다.

자연은 인간을 포함한 모든 생명체의 보금자리일 뿐만 아니라 인간자유의 고향이라고 볼 수 있다. 베토벤에서 볼 수 있는 바와 같이 자연에 대한 사랑과 사회구성원으로서의 인간의 자유의식은 불가분리의 관계에 있는 것 같다. 그는 "할 수 있는 한 선을 행하고, 자유를 무엇보다 사랑하며, 진리를 비록 왕좌 앞에 서라 할지라도 결코 부인하지 않을 것"(Wohltun, wo man kann; Freiheit über alles lieben; Wahrheit nie, auch sogar am Throne, nicht verleugnen. 1792)이라고 말했다고 전해오고 있다. 이 말은 아마도 베토벤 자신의 생활지침이었던 것으로 짐작된다. 그의 '전원'교향곡의 마지막 악장인 제5악장의 "목동들의 노래"에 이어 "폭풍우가 지난 뒤의 기쁘고 감사한 감정들"이라고 표제한 부분에서는 자연에의 그리움, 자연과 혼연일체를 이룬 인간정신의 영원한 안식과 평화와 환희, 종달새가 푸른 하늘 드높이 치솟으며 날듯이 자연 속에서 한없이 펼쳐나가는 자유의 정신, 자연이 항상 그대로의 모습으로 고이 보존되기를 바라는 장엄한 기원

등의 숭고한 정서들이 얽혀 대하처럼 거침없이 유유히 흘러가는 것을 느낄 수 있고 마치 온 하늘을 수놓은 찬란한 저녁노을을 상상할 수도 있다. 그야말로 문자 그대로 눈물겹도록 한없이 아름다운 정서의 온갖 흐름과 성스럽기조차한 자연예찬의 음악을 창조한 그가 또한 자유를 위한 투쟁을 주제로 한 힘찬 음악을 남긴 것은 앞에서 언급한대로 자연과 자유의 긴밀한 내면적 연관성에 연유한 것으로도 해석될 수 있다. 물론 자연예찬을 주요테마로 삼은 모든 예술가들이 자동적으로 자유를 위한 투쟁을 예술창조의 내용으로 삼은 것은 아니다. 그이유는 예술가마다 다른 철학과 경험과 가치관을 가지고 있기 때문인 것 같다. 베토벤의 작품 중에 자유와 이를 위한 투쟁을 주제로 한 대표적인 예로서는 그의 교향곡 제3번(영웅), 제5번(운명), 그의 유일한 가극 "피델리오", 그리고 "괴테의 비극 에그몬트에 부치는 음악"을 들 수 있겠다. 에그몬트는 1568년에 참수형을 당했으나 그의 자유정신은 오늘도 화란국민들의 가슴 속에 생생히 살아있을 것이고, 자유를 위한 투쟁정신과 자연과의 일체화를 지극히 아름답고 힘차게 그린 베토벤의 음악은 그의 고매한 정신을 발현하고 있어 "자유를 무엇보다도 사랑"할 줄 아는 인간들에게 항상 참신한 생명력을 불어넣어 줄 것이다. 그 반면에, 베토벤의 "피델리오"나 "에그몬트"를 즐겨들을 수 있는 어느 폭군이나 독재자가 이 지구상에 있을 것 같지는 않다. 작년 8월 14일에 이 세상을 떠난 저명한 지휘자 카를 뵘(Karl Böhm)은, "가극 '피델리오'로써 베토벤은 어떤 특정한 자유를 위해서가 아니라 인간의 인격적 자유 자체를 위하여 싸운 것"이라고 말했다 한다. '인간'이 살아있는 한, 자유의 횃불은 꺼지지 않을 것이다.

('횃불', 제19호: 1982. 7. 15, 7-11쪽)

4.27. "이산가족찾기운동"의 허구성

얼마 전부터 전두환 정권은 매스미디어를 총동원하여 소위 이산가족 찾기 운동을 벌리고 있다. 물론 오랜 동안 헤어져있던 가족들이 다시 만나는 것은 참으로 기쁜 일이고 그렇게 가족 상봉의 기회를 마련해주는 정부당국과 매스미디어에 종사하는 분들에게 만시지탄을 금치 못하지만 감사해야 할 것이다. 그러나 상봉의 극적인 장면과 그 기쁨의 눈물이 사회적으로 번지는 전시효과가 정부의 이미지를 마치 자애와 평화와 화목과 인도주의정신이 충만한 것으로 부각시키고 있다면, 이것은 사실과 부합하지 않는 허구일 뿐만 아니라 일종의 사기술책임에 틀림없을 것이다. 왜냐하면, 전 정권은 당초부터 체제본질적으로, 그리고 제도적으로 이산가족을 무자비하고 잔인한 방법으로 적극적으로 만들어왔기 때문이다.

전정권이 폭력지배체제를 구축하기 위하여 3년 전의 광주시민 봉기사태를 초래함으로써 자유와 정의를 갈구하던 수많은 젊은이들을 야만적으로 살해한 것은 이들을 영원히 만날 수 없는 이산가족으로 만들어버린 것이며 현상금까지 걸어 자유투쟁인사들을 체포하기에 혈안이 된 것은 이들을 이산가족이 되도록 강요한 것이었다. 인간존엄성의 핵심인 자유와 평화로운 사회공동체건설의 기본원칙인 민주주의에 대한 갈망을 말이나 글로써 공개발표했다는 행위는 지극히 당연하고 장려해야할 일임에도 불구하고 이를 국가변란음모죄니, 국가원수모독죄니, 반국가간첩행위니 하여 사형, 무기징역, 10년형 등 장기간의 부당한 형벌에 처하고 있는 것이 전두환 정권의 근본통치책으로 일관되어오고 있는데, 이것이야말로 위에 이미 지적한대로 전정권의 제도적 이산가족산출정책이다. 그런 무법적 형벌을 소위 법의 시행이라는 허울과 국민의 이름이라는 사기조작으로, 국민의 혈세를 받아먹고 있는 간도 쓸개도 없고 골이 텅 빈 소위 검사, 판사들이 선량하고 용감한 자유투쟁인사들에게 내리도록 하고 있으며, 그러기까지에는 온갖 야만적이며 악마적인 방법으로 이들을 불구가 되도록, 심지어는 죽음에 이르기까지 고문하고 있고, 사회주의자나 공산주의자로 강제둔갑시키고 있는 것은 이들의 용감한 법정진술로 만천하에 잘 알려진 사실이다. 여기에서 잠깐 현행 헌법 제11조 2항에 "모든 국민은 고문을 받지 아니하며 형사상 자기에게 불리한 진술을 강요당하지 아니한다"라는 규정을 보면—나는 여기서 결코 현행 헌법과 전정권의 정당성을 인정하면서 논의하는 것은 아니지만—전정권자체가 반헌법적 범죄행위를 항다반사로 자행하고 있음이 분명하다. 신문보도에 의하면 어느 경우에는 감옥살이를 하고 있는 분들에게 가족면회까지 금지시키고 있으니, 이런 정부시책이야말로 극악에 이른 이산가족 만들기 정책이다.

해외에 있는 민주화 투쟁인사들은 전정권의 인권억압, 인간존엄성 말살정책 때문에(그 이전의 박정권 때에도 마찬가지였다) 조국여행은커녕 부모형제친지들조차 만나보지 못하고 있다. 나 역시 학업을 위해 고국을 떠난 지 지난 13년 동안 광주에 계신 고령의 어머님을 단 한 번도 만나 뵙지 못하고 있다. 박정권과 전정권은 우리들을 완전히 이산가족으로 만들어버린 것이다. 인간 기본권을 말살하고 민주주의의 기본원칙과 제도를 구호에만 그친 형식으로 만들어버린 정부를 비판하는 것, 그런 독재정권의 총책임자인 소위 대통령직에 있는 자의 기본정책들을 비판하며 그의 퇴진을 요구하는 것이 민주주의 국가에서는 주권자인 국민의 당연한 권리이며 또한 의무인 것이다. 자유와 민주주의 제 원칙들의 보장을 요구하며 정부시책에 대한 비판을 공개적으로 떳떳이 발표하는 것을 범죄시하는 처사—그 근거를 마련해주는 어떠한 실정법도 민주국가에서는 불법적이며 그 효력이 인정될 수 없는 것이다—자체가 오히려 범죄행위인 것이다. 이렇게 볼 때 지금의 한국은 그 정치질서에 있어서 180도 거꾸로 되어있다. 범죄자들이 권력을 쥐고 있고 정상적인, 민주정신이 투철한 백성들을 범인으로 몰아 극형에 처하고 있는 형편이니 완전히 전도된 혼돈사회이다. 따라서 "참되고 성실하게 살아보려는 것이 바보처럼 여겨진다"는 가치전도를 초래한다. 폭력과 금력이 영예를 차지하고, 권력자의 부패와 불의는 당연한 일이며, 고문을 잔인하게 하는 정보국 깡패가 상관의 칭찬을 받고, 불의를 불의라고 직언하며 자유와 민주주의를 갈구하여 비판적 의견을 자유로이 표현하는 것을 국가대역죄로 처형하는 것이 전정권의 가치질서요, '통치원칙'으로 되어있다.

지금 한국의 학원에서는 정부정보요원들을 학생으로 위장시켜 학원에 들여 보내서 교수들과 학생들 사이, 학생들 사이에 전혀 자유로운 대화와 토론이 불가능하게 만들고 있다고 한다. 심지어는 학생들 몇 명이 길거리에서 함께 있는 경우에 이들을 검색하는 등 범죄자 취급을 한다는 것이다. 인간들이 함께 살도록 마련된 한 사회 속에서 이처럼 인간 사이의 의사소통과 친교까지 불가능하도록 서로 뿔뿔이 갈라놓는 것을 정부의 기본시책으로 일관하고 있는 것이 지금의 전정권이다. 사태가 이쯤 되면, 도대체 이런 정부의 존재이유가 어디에 있는가를 누구나 스스로 묻지 않을 수 없다. 가소롭기 짝이 없는 일 중의 하나는 "1983년도 대통령각하 국정연설요지" 가운데 전두환은 "민주정치의 토착화"라는 제목 아래 일부 다음과 같이 선언한 것으로 되어있다. "참다운 정치는, 정치인을 위한 정치가 아니라 국민을 위한 정치, 국민을 주인으로 하는 정치여야 한다. 새시대의 정치는 정치인들의 암투와 이해관계추구의 장이 결코 되어서는 안되며, 오로지 전체국민의 권리와 행복, 그리고 사회정의의 구현을 위한 토론의 광장이 되어야한다⋯ 공개정치가 실현되어야 한다. 어떠한 정책결정도 국민적 토론과 여론의 수렴을 거치지 않고서는 이루어질 수 없다." 이것이 문자 그대로 거짓말이라는 것을 현실과 사실이 뚜렷이 증언하고 있다. 그런 현실과의 괴리가 너무나 큰 말들을 온 국민들 앞에서, 세계만방을 향하여 떳떳이 뇌까리는 전두환의 두껍기 한이 없는 철면피가 오히려 드문 역사적 기적처럼 보인다. 그가 그런 언어를 남발하고 있는 순간에 학원들에서는, 신문사 등 언론기관들 안에서는, 길거리에서는, 국회에서는, 감옥소 안에서는 어떤 일들이 일어나고 있는가? 정부당국에서 국민의 혈세를 받아 연명하고 있는 공무원들은 국민들을 어떻게 대하고 있으며, 어떤 조치들을 음양으로 취하고 있는가? 정보원들에 의한 학원과 언론사찰, 수위 '동빙고호텔' 등 수사기관들의 지하실에서는 그 순간에 선량하고 용기 있는 민주투사들에게 과연 인간대우를 하고 있으며 어떤 잔인한 고문을 하고 있는가? 두말할 것도 없이 전두환 자신이 그 해답을 잘 알고 있을 것이다. 그 자신뿐 아니라, 정치의식이 조금이라도 깨인 시민들은 그 분명한 해답을 알고 있고 온 천하가 다 알고 있다. 날로 고도로 발달되고 있는 현대

전자기술문명 덕분에 한국사회에 관한 그러한 중요사실에 대해서 세계만인들은 신속한 보도를 통해 듣고 보고 있다. 모든 사실은 점점 더 빨리 그리고 정확히 온 세계에 알려지고 있기 때문에 어느 귀신도 진실을 감출 수는 없게 된다. 전두환은 분명히 진실을 감추려는 의도로 위와 같은 "국정연설"을 한 것이겠지만, 그것은 어리석기 짝이 없는 수준 이하의 수작에 불과하다. 매일 언론보도를 접하고 있는 이 지구상의 인간들은 그의 말의 신빙성을 판단함과 동시에 그를 심판해버리고 말기 때문이다. 이런 견지에서도 "세계사는 세계심판이다"라고 한 옛 철인의 말이 오늘의 한국에도 타당성을 갖고 있다.

그러나 어떠한 폭력지배체제도 스스로 물러나거나 자연적으로 무너지는 것은 아니다. 그 아래에서 당해야할 인간고통을 조금이라도 감소시키고, 막대한 인적 물적인 사회손실을 막기 위하여 하루빨리 전두환 군부독재체제를 무너뜨리는 것이 각성된 인간의 의무이며 민주의식이 투철한 온 국민의 권리다. 우리의 자유권을 스스로 쟁취하여 새로운 민주정부를 수립하고 평화적 조국통일을 성취하는 것이 온 국민의 급선무로 인식되어야 한다. 지난 5월 18일 성균관대학생들이 "이 땅의 민주화를 위하여"라는 전단 속에 "강대국이라면 머리 숙여 황송하게 접대하고, 국민에 대해서는 인간 이하의 정책을 실시하는 전두환 군부독재정권을 타도하여 이 땅의 민주주의를 쟁취하자"라고 외친 것에 나도 전폭 찬동하여 여기에 함께 외친다. 지금의 한국은 한 강도집단의 폭력과 허위와 불의가 무법천지를 이루고 있는, 일종의 지옥적 현실 속에서 허우적거리고 있다.

우리의 운명은 우리 스스로가 개척해나가야 할 것이다. 우리들 한 사람 한 사람이 저마다 비겁과 인습과 노예적 굴종의 쇠사슬을 단연히 끊고 서로 손을 맞잡고 자유와 민주주의의 투쟁대열에 참여하여 전진할 때에 우리의 마지막 승리를 어느 누구도, 어떤 악마적 세력도 가로막을 수는 없을 것이다. 자유권 중에도 가장 기본적이고 보편적으로 보장되어야 할 의사표현의 자유가 없이는 인간의 존엄성도, 민주주의도, 행복의 추구도, 통일도 있을 수 없을 것이기 때문

에 무엇보다도 이 자유권의 쟁취가 가장 중요하며 동시에 인간 기본권을 침해
하는 어떠한 형태와 종류의 폭력도 제거, 금지하는 것이 민주사회건설의 초석
이 되어야 한다.

('횃불', 제22호: 1983. 8. 15, 11-3쪽)

4.28. 한석기(필명: 민호)(1945~1985)형의 죽음을 애도하며

민호형이 우리들과 이 세상을 영영 떠나셨다는 소식은 너무도 뜻밖이었습니
다. 사람은 저마다 홀로 이 세상에 태어나서 홀로 이 세상을 떠난다고 하지만
형은 평소의 지병과 싸우시며 외로움 속에 젊음을 다 누리지 못한 채 문자 그대
로 홀로 가셨다니 가시기 전에 한 번 더 뵙고 시간을 함께 나누지 못한 것이
한스럽기 그지없습니다.

방안의 의자 위에 앉으신 채 홀로 이 삶의 마지막 순간을 보내셨다는 것이
형의 삶에 대한 태도를 뚜렷이 남겨주신 것 같습니다. 분명히 형은 시인답게
생각을 멈추지 않고 생각의 바다를 헤매면서 수평선 저 너머로 사라지셨습니다.
그래서 이 순간에 금방 저 멀리 아련히 보이는 수평선 위에 어엿이 온화하고
조용한 형의 옛 모습이 다시 나타나 오실 것 같기만 합니다.

형은 무엇보다도 정말 투철한 시인이었습니다. 시인은 곧은 마음의 고뇌와
정열을 불사를 수밖엔 없습니다. 사실을 사실이라고, 참된 이치를 참되다고, 불
의를 불의라고 그대로 직언하던 형의 시인으로서의 고상한 모습을 새삼 그리워
합니다. 이 시인의 정신에서 형의 독재정권에 대한 불굴의 투쟁이 치솟아오른
줄 압니다. 형은 시인이있기에 또한 숭고한 비원을, 하염없는 그리움을 잃지
않았습니다. 조국땅에서 야만적인 독재체제가 무너지고 자유와 인간존엄성과
정의와 평화가 꽃피우고 민주화와 통일의 열매를 맺을 날을 그리며, 형은 때로
는 홀로, 때로는 동지들과 함께 싸워왔습니다. 이 고난 어린 투쟁의 길에서 형은
기독교신앙에서 이따금 위로를 찾으신 것 같지만, 형의 생각은 항상 인간 속에

숨은 좋은 뜻과 아름다운 넋을 기리는 인도주의적 철학에다 한국의 토속적 풍취를 불어넣는 데에 있었던 것 같이 느껴집니다. '횃불'지에 실린 형의 소박하고 아름다운 글월과 시들은 지금도 우리에게 새로운 힘을 불러일으킵니다. 그 속에 담긴 형의 뜻을 우리는 항상 잊지 않고 가슴속 깊이 간직하며 그 뜻을 이루기에 조금이라도 보탬이 되도록 형의 투지를 거울삼아 싸워나가야 할 것입니다.

1981년 "십이월 열아흐레"에 형이 손수 만들어 나에게 보내주신, 성탄과 새해를 맞음에 부친 민호형의 고운 뜻을 살아남은 우리들 속에 희망의 빛으로 길이 간직하고 싶어 여기에 형의 영전에서 조국하늘을 바라보며 낭송합니다.

"아득한 고향 동산에서
숱한 순간의 한해를 지새워
맑게 씻은 태양은 떠오를 것입니다.
溫故而知新 속에
어둠을 뚫고 달려오는 급행열차를
기쁜 마음으로 횃불을 들고 기다려봅니다.
이제 다하지 못한 서러운 해는 가고
미쁘고 향 맑은 마음으로
새해를 맞는 해방의 길목에서
우리 모두의 가슴속에
자유에의 꿈은 영롱히 맺혀
복 많은 새날을 맞으십시오"

민호형은 "다하지 못한 서러운" 젊음을 간직한 채 조용히 가셨지만, 우리는 이 어둠과 억압으로부터의 해방의 새날을 맞을 때까지 형을 그리워하면서 형의 길을 계속해서 행진해 갈 것입니다.

('횃불', 제22호: 1983. 8. 15, 38-9쪽)

5. 버트란드 러셀의 소리

5.1. '왜 나는 공산주의자가 아닌가'

'횃불' 편집부에서 알리는 말씀:

러셀의 "정치적 이상들"(Political Ideals, London: Allen & Unwin, 1963; 원래는 1917년에 New York에서 출판됨)을 몇 번 번역 소개한 일('횃불', 제1호-5호 참조)은 있지만 러셀의 사상을 발굴 보급하려던 당초의 계획에 충실하지 못했다. 핑계를 찾자면 박정희 반역 폭력집단을 우선 타도해서 자유를 찾아야 할 국민의 과제에 관심을 돌릴 수밖에 없었다고 할 수 있다. 어려운 문제가 쉽게 서술되고 있고 읽을수록 기쁨을 주는 러셀 경의 깊고 넓은 지식과 지혜를 독자들이 접할 수 있도록 "러셀의 소리"란을 새로 마련하여 우선 아래 글을 소개한다. 이것은 "Portraits from Memory and other essays"(A Touchstone Book, Simon and Schuster, New York, 1956)에 실려 있는 4쪽 싸리 짧은 글 "Why I am not a Communist"를 발췌 번역한 것이다.

왜 나는 공산주의자가 아닌가?

어떤 정치 이념(political doctrine)에 관해서나 다음의 두 가지 물음이 제기된다:

1) 그 이론적 원칙들이 참된 것인가?

2) 그 실제 정책이 인간의 행복을 증대시킬 것 같은가?

나의 소견으로는 공산주의의 이론적 원칙들이 거짓된 것이라고 생각하며, 나는 그 실제적인 지침들이 인간의 비참의 한 측량할 수 없는 증대를 산출하는 그런 것들이라고 생각한다.

공산주의의 이론적 원칙들은 대부분 마르크스로부터 도출된다. 나의 마르크스에 대한 반대는 두 가지가 있다. 하나는, 그는 혼동된 머리의 소유자였다는 것이고 (…he was muddleheaded), 다른 하나는, 그의 사고는 거의 전부가 증오에 의하여 일깨워진 것이었다는 것이다. (…his thinking was almost entirely inspired by hatred). 자본주의 체제 아래서의 임금노동자들의 수탈을 보여주기 위한 것으로 상정된 잉여가치론은 (가) 마르크스와 모든 그의 제자들이 명확히 반박하지만 말서스(Malthus)의 인구론을 은근히 자기의 독창적인 것처럼 받아들임으로써, (나) 리카르도(Ricardo)의 가치이론을 제조품의 가격들에는 적용하지 않으면서 임금에만 적용함으로써 이루어진 것이다. 그는 온통 결과에만 만족하는데, 이는 그것(결과)이 사실과 부합된다거나 논리적으로 일관성이 있기 때문이 아니라, 그것이 임금노동자들 가운데 분노를 불러일으킬 것으로 예상되기 때문이다. 모든 역사적 사건들의 동기가 계급적 갈등들(class conflicts)에 있다는 마르크스의 이론은 백년전의 영국과 불란서에서 부각된 어떤 양상들을 세계역사에까지 조급하고 참되지 못하게 연장한 것이다.

인간의 의지들(human volitions)과는 독립적으로 인류역사를 지배하는 변증법적 유물주의(dialectical materialism)라고 일컫는 한 우주적 힘이 존재한다는 그의 신념은 다만 신화에 불과하다. 그의 이론적 오류들은, 그러나 터툴리안(Tertullian)과 카알라일(Carlyle)처럼, 그의 주된 욕망이 그의 적들이 벌받는 것을 보는 것이었고 그는 그 과정 속에서 그의 동지들에게 무슨 일이 발생했는지에 관하여 거의 주의 깊게 염려하지 않았다는 사실을 제외하면 별로 문제되지 않았을 것이다. 마르크스의 이론은 충분히 나쁜 것이었지만, 레닌과 스탈린을 통한 사태 발전은 그것을 훨씬 악화시켰다(229~30쪽).

나는 항상 마르크스와 의견일치를 보지 못했다. 그에 대한 나의 첫 비판은

1896년에 출판되었다(이것은 그의 맨 첫 번째 책이기도 한 "독일 사회민주주의: German Social Democracy"를 가리키는데, 이는 그의 첫째 부인 Alys와 함께 여행한 1895년 두 차례에 걸친 베를린 체재의 결실로서 1896년 2~3월에 마침 창설된 London School of Economics에서 6개의 강의로 발표된 것임: 역자).

그러나 현대 공산주의에 대한 나의 반대는 마르크스에 대한 반대보다 더 깊이 근거한다. 즉, 그것은 민주주의의 폐기에 있다. 이는 특별히 처참한 것으로 나는 본다. 한 비밀경찰의 활동 위에 그것의 권력을 지탱하는 한 소수자는 잔인하고 억압적이며 애매모호주의적(obscurantist)으로 되기 쉽다(231쪽).

공산주의에 대결하는 방도는 전쟁이 아니다. 공산주의자들이 서구진영을 공격하는 것을 방지할 그러한 무장태세에 첨가하여 필요한 것은, 비 공산세계의 덜 발전된 지역에 있어서 불만의 근본원인들을 감소시키는 일이다. 아시아의 대부분의 국가들은 서구진영이 그 힘이 닿는 한 경감시켜야하는 비참한 빈곤상태에 처해 있다. 거기에는 또한 수세기 동안 유럽이 아시아를 모욕적으로 지배함으로써 초래된 큰 쓰라린 체험이 있다. …공산주의는 빈곤과 증오와 분쟁의 온상에서 나오는 한 이념이다. 그것의 전파는 빈곤과 증오의 지역을 감소시킴으로써만이 방지될 수 있다(232쪽). (배동인 옮김)

('횃불', 제7호, 1979년 8월, 5-6쪽)

5.2. 마르크스와 그의 이론에 관하여

우리는 '횃불' 제7호에 "왜 나는 공산주의자가 아닌가"라는 짧은 에세이의 일부를 소개힘으로써 러셀의 공산주의에 대한 기본직인 입장을 이해할 수 있었다고 본다. 그밖에 러셀은 그가 쓴 에세이들의 여기저기 여러 군데에서 마르크스 또는 마르크스주의에 대한 평가와 비판을 거듭하고 있다.

다음에 인용하는, 1934년에 초판 간행된 "자유와 조직 1814-1914" (Freedom and Organisation 1814-1914, London: George Allen & Unwin, 1934)라는 책 가운데

제20장 "마르크스주의의 정치"의 마지막 부분은 러셀의 마르크스에 대한 긍정적 평가의 일면을 보여준다.

"마르크스의 이론들은, 다른 사람들의 이론들처럼, 부분적으로 참되고 부분적으로 거짓된 것이다. 다툴 여지가 많은 점들이 있지만, 그의 이론에 있어서의 다음의 네 가지 점들은 그를 하나의 탁월한 지성인(a man of supreme intelligence)으로 인정할 만큼 중요성을 갖는다.

첫째는, 자유경쟁에서 독점으로 점차로 넘어가는 자본의 집중이다.

둘째는, 정치에 있어서의 경제적 동기 (economic motivation in politics)인데, 이것은 지금은 거의 당연한 것으로 인정되고 있지만, 그가 이 이론을 발표했을 때에는 하나의 과감한 혁신이었다.

셋째는, 자본을 소유하지 않은 이들에 의한 권력의 정복에 대한 필요성이다. 이것은 위의 경제적 동기에서 도출되는데, 로버트 오웬의 인간의 자비심에 대한 호소와 대조될 수 있다.

넷째는, 모든 생산수단의 국가 점유의 필요성인데, 그 결과로 사회주의는 당초부터 전 세계는 아닐망정 하나의 전 민족국가를 통하여 실현되어야 한다는 것이다. 마르크스 이전의 사회주의자들은 작은 공동체들에 국한하여 목표를 두어 사회주의는 작은 규모에서 실험적으로 시도될 수 있을 것이라고 생각했지만, 그는 모든 그런 시도들을 하잘 것 없는 것으로 보았다. 이들 네 가지 점들을 근거로 마르크스는 과학적 사회주의의 창시자로 간주될 만하다.

다른 이론창시자들처럼, 그는 여러 면에 있어서 수정을 필요로 하는데, 만일 그를 종교적 경외감을 가지고 대한다면 불행이 초래될 것이다. 그러나 만일 그가 과오를 범할 수 있는 인간으로 대접받는다면, 그는 아직도 가장 중요한 진리를 많이 내포하고 있는 것으로 밝혀질 것이다."(252~3쪽).

이에 앞서서 러셀은 마르크스의 변증법적 유물론, 잉여가치이론, 그리고 계급투쟁의 정당화로서의 무산대중의 증오심리 조장 등을 철저히 비판하고 있다. 러셀은 1951년에 발간된 그의 책 "변화하는 세계를 위한 새로운 희망들"(New hopes for a changing world, London: George Allen & Unwin, 1951) 제13장 "신조들과 이념들" (Creeds and Ideologies)에서 공산주의적 광신주의를 특히 많은 지면을 통하여 비판하고 있다(120쪽 이하 참조). 여기서 몇 군데를 인용한다:

"현재의 공산당을 특징짓는 광신주의는 두 가지 힘들의 결합에서 일어난다: 마르크스의 이론들과 러시아의 전통들이 그것이다."(120쪽).

"마르크스와 그의 후계자들에 있어서 똑같이 그 이론의 역동적 힘은 증오로부터 도출되었다. 비논리적이게도 그가 보기에는 자본가들의 야만성은 운명적으로 그렇게 되기 마련이었지, 그들이 개인적으로 악한 데에 기인한 것은 아니었다. 그의 견해들은 대체로, 곡물법(Corn Laws)에 의하여 인위적으로 유발된 유아 노동과 기근이 심한 지긋지긋한 기간인 1840년대 초기의 영국 공장 노동자들에 관한 연구에서 도출되었다. 증오는 하나의 자연적인 반작용이었지만, 마르크스가 한 것은 증오를 하나의 우주적 원칙으로, 그리고 모든 진보의 원천으로 끌어 올려 세우는 것이었다. 자연히 자산계급들은 그의 신조가 퍼뜨려진 곳에서는 어디서나, 폭력적 반작용에로 휩쓸려 들어갔고 19세기 중엽의 희미하게나마 선의에 찬 자유주의는 보다 비관적이고 참혹한 전망을 가져왔다.

마르크스에는 칼빈을 회상케 하는 한 차디찬 논리가 있다. 칼빈은 주장하기를 어떤 사람들은—그들의 덕성 때문이 아니라 임의적으로 선택되어—천당에 가도록 미리 예정되어 있고 그 나머지 사람들은 지옥에 가도록 예정되어 있다고 했다. 아무도 자유의지를 갖고 있지 않다. 만일 그 선택된 사람들이 선하게 행동한다면, 그것은 하나님의 은혜에 의한 것이고, 만일 그 버림받은 사람들이 악한 행동을 저지른다면, 그것은 역시 하나님이 그렇게 원했기 때문이다. 이와 마찬가지로 마르크스의 체계에 있어서, 만일 당신이 한 프롤레타리아(무산자)로 태어났다면, 당신은 변증법적 유물주의(Dialectical Materialism)(새로운 하나님으로 일컬어지는)의 목적들을 실현하도록 운명지어졌다. 다른 한편, 만일 당신이 한 부르주아(유산자)로 태어났다면, 당신은 빛을 향하여 헛되이 투쟁하도록, 그리고 당신이 도래하고 있는 혁명에까지 살아있다면 마침내 바깥 어두움 속으로 내던짐을 당하도록 미리 예정되어 있다.

역사의 전 과정은, 마르크스가 헤겔로부터 약간의 수정을 가하여 넘겨받은 한 논리적 체계에 따라 진행된다. 인간의 발전들은, 천체들의 운동들처럼 인간의 의지에 불가항력적으로, 그리고 독립적으로 되어간다. 사회적 문제들에 있어서 변화를 가져오는 힘은 계급들의 갈등이다. 프롤레타리아 혁명 이후에는 오직 하나의 계급만 존재할 것이며, 따라서 변화는 멈추게 될 것이다. 한동안 재산 박탈된 부르주아들은 고통을 당할 것이고, 선택된 자들은 터툴리안(Tertullian)처럼 집단 수용소에 버림받은 자들을 감상함으로써 그들의 축복을 다양하게 즐길 것이다. 그러나 마르크스는 칼빈보다는 더 자비스럽게, 그들의 고통을 죽음으로써 끝마치도록 허용할 것이다. 이 묘하게도 원시적인 신화는, 마치 기독교가 로마제국의 노예들에게 호소력을 가졌던 것처럼, 인류의 덜 행운받은 부류들에게 호소력을 가졌다. 그것은 한 천지개벽의 전환에 대한 희망을 가져왔는데, 그 전환 속에서 억압받은 이들은 행복, 권력, 그리고 무엇보다도 가장 달콤한 복수를 즐기게 될 것이다. 그것은 그 새로운 복음의 말씀에 따르면, 가장 발전된 국가들, 즉 영국과 미국의 공업 노동자들에게 먼저 호소했어야 할 것이다. 그러나 미국에서는 임금노동자들은 항상 번영(만일 그들이 이민들이나 유색인종이 아니었다면)했었고, 영국에서는 임금노동자들의 번영은 19세기의 후반기 동안에 매우 급속히 증대되었다. 이들 두 나라에는, 따라서, 마르크스는 거의 추종자들을 획득하지 못했다. 그는 독일에서 많은 추종자들을 얻었지만, 거기에서도 증대되어 가는 번영은 그의 정통이론을 부드럽게 만들도록 했다. 마르크스의 추종자들이 처음으로 정부의 정복을 성취한 것은 강대국들 가운데 가장 후진되고 가장 적게 공업화된 러시아에서였다."(121~2쪽).

계속하여 그 당시 독일의 마르크스주의적 운동, 레닌과 스탈린에 의한 소련의 현대공산주의 발전과정에 관하여 흥미 있게 서술되어 있다. 이 부분에서의 러셀의 주안점은, 이념적 광신주의의 해로움을 강조하고 그 위험성에 대하여 경고하는 것이라고 볼 수 있다.

러셀의 말대로 "신조의 차이들이 필연적으로 분쟁의 원인은 아니다; 그것들이 분쟁의 원인이 되는 것은, 다만 그것들이 광신적인 불관용과 결합되는 때인 것이다. …광신주의의 본질은 어떤 한 가지 것을, 다른 모든 것을 능가할 만큼 그렇게 중요하다고 간주하는 데에 있다."(116쪽, 126쪽).

마르크스주의와 공산주의에 관한 러셀의 다른 저서들로서는 그의 맨 첫 번째 책인 "독일 사회민주주의"(German Social Democracy, 1896)(독일어 번역판으로는 Die deutsche Sozialdemokratie, mit einem Anhang von Alys Russell, Die Sozialdemokratie und die Frauenfrage in Deutschland, Berlin u. Bonn: Verlag J.H.W. Dietz Nachf. GmbH, 1978)와 "볼셰비즘의 실제와 이론"(The Practice and Theory of Bolshevism, London: George Allen & Unwin, 1969, first published in 1920), 그리고 "자유에의 길들"(Roads to Freedom - Socialism, Anarchism and Syndicalism -, London: George Allen & Unwin, 1973, first published in 1918)이 있는데 오늘의 우리에게도 그 문제의식과 문제 해결추구에 있어서 현실적 타당성을 절감하게 한다(번역, 편집: 배동인).

"나는 혁명이 정당화 될 수 있는 경우들이 있다는 것을 역시 인정하지 않으면 안 된다고 생각한다. 합법적인 정부가 너무 악하게 되어 무정부상태가 초래될 모험을 무릅쓰고라도 폭력으로 그것을 정복시키는 것이 요망되는 경우들이 있다. 이 모험은 매우 현실적인 것이다. 주목할 만한 것은 지금까지 가장 성공적인 혁명들—즉, 1688년의 영국혁명과 1776년의 미국혁명—은 법에 대한 존경심으로 깊이 가득 찬 사람들에 의하여 관철되었다는 것이다. 이것(법에 대한 존중)이 없는 곳에서는 혁명은 무정부 상태가 아니면 독재체제에로 유두되기가 쉽다. 그러므로 법에 대한 복종은, 한 절대적인 원칙은 아니지만, 큰 비중이 주어져야 하고 예외들은 심사숙고를 거쳐 드문 경우에만 인정되어야 하는 원칙이다."(버트란드 러셀, "권위와 개인"에서).

유신헌법과 긴급조치 9호는 그 비민주적 제정절차와 반민주적 내용 때문에 러셀이 의미하는 '법'으로 간주될 수 없다는 것이 본 협회의 기본견해다. 유신한국에 대한 폭력적 민주혁명의 정당성을 명백히 한 것으로 '횃불' 제2호 21쪽,

제3호 3~6쪽("권력과 폭력"), 26쪽을 참조하기 바란다.

오늘의 유신한국은 혁명을 부르고 있다. 유신독재체제가 그 성립과 동시에 이미 혁명의 씨를 뿌렸기 때문에 오늘 혁명은 무르익어가고 있고(크리스천 아카데미 사건, 김영삼 총재와 야당제거공작, 서울, 부산 등지에서 요원의 불길처럼 일어나는 대학생들의 혁명적 봉기와 노동자들의 피나는 투쟁을 보라!) 곧 내일이면 그 열매를 거두게 될 것이다. 유신체제의 철폐 또는 자멸은 민주화의 필연적 전제조건이다.(주석: 배동인).

('횃불', 제8호, 1979년 10월, 2-4, 7쪽)

5.3. '비굴함의 유익한 점들'

다음의 짧은 에세이는 러셀이 위의 제목(The Advantages of Cowardice) 아래 1931년 11월 2일 미국에서 발표한 것인데, 헤리 루자(Harry Ruja) 교수가 1975년에 편집한, 1931년~1935년 사이에 미국에서 발표된 러셀의 에세이집(Mortals and Others: Bertrand Russell's American Essays 1931-1935, edited by Harry Ruja, London: George Allen & Unwin, 1975) 35~6쪽을 번역한 것이다. (번역: 배동인)

"불란서혁명 가운데에 공포정치(The Reign of Terror)가 끝났을 때에 정치가들 중에 그들의 머리를 그들의 어깨 위에 지탱할 만큼 충분히 재빨리 그들의 의견을 바꿨었던 신중한 비굴쟁이들을 제외하고는 아무도 살아남지 않았다는 것이 밝혀졌다. 그 결과는 20년간의 군대의 영광이었다. 왜냐하면, 정치가들 중에 장성들을 통제하기에 충분한 용기를 가진 이가 하나도 남아있지 않았기 때문이다. 불란서 혁명은 하나의 예외적인 시기였지만, 그러나 조직이 존재하는 곳에서는 어디서나 비굴이 용기보다 훨씬 유익하다는 것이 밝혀질 것이다. 기업체들, 학교들, 정신병원들, 그리고 그와 비슷한 기관들의 고위층에 있는 사람들 가운데에서 십중팔구는 독립적인 판단을 가진 투철한 인간(the outspoken man of independent judgment)보다는 오히려 굽실거리는 아부쟁이 (the supple lickspittle)를 더 좋아할 것이다. 정치에 있어서는 정당프로그램을 지지하고 당 지도자들에게 아첨하는 것이 필요하다; 해군에 있어서는 해군전략에 관한 낡은 골동품화한 견해들을 주장하는 것이 필요하다; 육군에 있어서는, 모든 것에 관하여 중세기적 견해를 견지하는 것이 필요하다; 기자들의 세계에서는 임금노예들이 그들의 두뇌를 백만장자들의 의견들을 표명하도록 하는 데에 사용하지 않으면 안된다; 교육에 있어서는, 교수들은 만일 그들이 문맹자들의 편견들을 존경하지 않으면, 그들의 직장을 잃게 된다.

이러한 사태들의 결과는, 실제적으로 모든 인생행로에 있어서 정직하고 용기 있는 이들은 실업자들의 집단 작업소와 감옥에서만 찾아볼 수 있게 되어 있는 반면에, 꼭대기에 오르는 이들은 비굴함에 관한 기나긴 훈련과 실습(a long apprenticeship in cowardice)을 거친 것이다. 이것이 과연 유감스러운 일인가?

현대세계는, 공업화에 힘입어, 세계역사에 있어서 이전의 어느 단계에서 필요하였던 것보다도 더 사회적 협력을 필요로 한다. 이제 당신이 다른 사람들과 협력하는 데에는 세 가지 이유들이 있다. 즉, 당신이 그를 사랑하기 때문에, 또는 당신이 그를 두려워하기 때문에, 또는 당신이 전리품의 한 몫을 차지할 희망을 가지고 있기 때문이다. 이들 세 가지 동기들은 인간협동의 서로 다른 분야들에 있어서 서로 다른 중요성을 갖는다. 즉, 첫 번째 동기는 생식(procreation)을 지배하고, 세 번째 동기는 정치를 다스린다. 그러나 국가에 있어서 또는 어느 다른 사회기관에 있어서 간에 통치의 정상적인 일상업무는 두려움(fear)에 의존한다. 두려워할 줄 모르는 사람들의 한 집단을 다스리는 것은 불가능할 것이다 (A collection of fearless men would be ungovernable).

바이킹족은 노르웨이 왕이 다스릴 수 없었던 사람들이었다. 그들 바이킹족은 노르웨이를 떠났는데, 그것은 그들이 왕의 권세에 스스로 굴복하지 않았기 때문이었을 것이다. 몇 세기의 모험 끝에, 그들은 아이슬란드의 얼어붙은 계곡들에 정착한 농부들이 되었다.

하나의 대조로서 위대한 말보로 공작(Duke of Marlborough)을 생각해 보자.

그는 그의 누이를 제임스 2세의 애인이 되도록 함으로써 그의 출세의 첫 단계들을 확고히 했다. 그의 전성시절은 그의 아내와 앤 여왕(Queen Anne)사이의 열정적인 우애에 연유한 것이었다. 그가 불란서와 싸울 때에는 언제나 그는 승리했지만 그는, 만일 불란서 왕이 그러기를 허용하면, 항상 싸움을 삼갈 용의가 있었다. 그는 한 위대한 이름과 한 큰 재산을 남겼고, 이날까지의 그의 후손들은 애국자들의 표본들이다. 민주주의의 명목적인 출현에도 불구하고, 성공의 기교들은 그의 시절 이래 거의 바뀌지 않았다. 지금은 과거에서와 마찬가지로, 만일 당신이 성공하기를 원하면, 당신은 대담하고 자기신뢰적이기보다는 점잖게 교활하고 겁이 많아야(insinuating and pusillanimous) 할 것이다.

그러므로 은행가들에게서 존경받고 친구들과 이웃들로부터 감탄의 찬사를 들으며 보편적으로 좋은 시민의 모범형으로 간주되어 성스러움의 분향 가운데 죽는 것이 야망인 이들에게 주는 나의 충고는 다음과 같다. "당신 자신의 의견들을 발표하지 말고 당신의 우두머리 되는 사람(boss)의 의견들을 발표하라; 당신이 스스로 좋다고 생각하는 목적들을 실현하려고 노력하지 말고, 오히려 백만장자들이 지지하는 어떤 조직에 의하여 겨누어진 목적들을 추구하라; 당신의 사적인 교우관계에 있어서 당신이 할 수 있는 한 영향력이 있게 될 것 같다고 생각되는 사람들을 선택하라. 이것을 실행하라. 그러면, 당신은 지역 사회에서 모든 최선의 인사들과 분야들의 좋은 평가를 얻을 것이다.

이것은 건전한 충고다. 그러나 나 자신에 국한하여 말한다면, 나는 이 충고를 따르기보다는 차라리 일찍 죽는 것이 낫겠다."

"저항 없이는 인류는 침체되고 말 것이며 불의는 퇴치될 수 없을 것이다. 권위에 복종하기를 거부하는 사람은, 따라서 어떤 일정한 상황에서는, 그의 불복종이 사사로운 개인적 동기보다는 오히려 사회적인 동기에서 나왔다는 것을 전제로 하면, 하나의 정당한 기능을 수행하고 있다. 그러나 이것은 그 자체의 성격상 규칙들을 설정하기가 불가능한 그런 일에 속한다."(버트란드 러셀, 권력: 하나의 새로운 사회분석[Power: A New Social Analysis], 런던: 조지 알렌 & 언윈,

1975년(초판 1938), 172쪽).

“Without rebellion, mankind would stagnate, and injustice would be irremediable. The man who refuses to obey authority has, therefore, in certain circumstances, a legitimate function, provided his disobedience has motives which are social rather than personal. But the matter is one as to which, by its very nature, it is impossible to lay down rules.”

—Bertrand Russell, Power: A New Social Analysis,

London: George Allen & Unwin, 1975(1938), p. 172 —

(‘횃불’, 제9호, 1980년 1월, 2-3쪽)

5.4. ‘한 합리주의자의 신앙’

다음의 글은 러셀의 에세이 “한 합리주의자의 신앙”(The Faith of a Rationalist)을 우리말로 옮긴 것인데, 원문으로는 미국에서 1947년에 “한 합리주의자의 신앙: 초자연적인 이유들이 사람들을 친절하게 만드는 데에 전혀 필요치 않다.”(The Faith of a Rationalist: No Super-natural Reasons Are Needed to Make Man Kind)(Girard, Kansas: Haldeman-Julius Publications, B-638, 1947, pp. 3-5)를 사용했다. 이 에세이는 원래 영국 BBC방송 시리즈 “내가 믿는 것”(What I Believe)의 하나로 1947년 5월 20일에 방송된 것이며 Listner지 제37권(1947. 5. 29) 826, 828쪽에 처음 실렸고, A.D. Ritchie 등이 편집한 “What I Believe”(London: Porcupine Press, 1948)에 제복 없이 재 전재되었으며, 런던의 다른 출판사에서도 발간했고, 캐나다에서는 러셀의 허가를 받아 제목을 “한 인도수의자의 신앙”(The Faith of a Humanist)으로 바꾸어 1960년에 발간됐다(Toronto: The Humanist Guild of the University of Toronto, 8 pp.). 그리고 다른 발행처는 다음과 같다. “The Faith of a Humanist” (Yellow Springs, Ohio: American Humanist Association, n.d., AHA Publication No. 205, 12 pp.); “The Faith of a Humanist”, in: Humanist Anthology, ed. Margaret Knight(London: Barrie &

Rockcliff, 1961). (번역: 배동인)

한 합리주의자의 신앙
버트란드 러셀

실제적으로, 그리고 이론적으로 무엇이 나의 의견들의 원천적 근원들인가를 찾아내려고 한다면, 나는 그것들의 대부분이 궁극적으로 친절감(kindly feeilng)과 진실성(veracity)이라는 두 가지 성품들의 숭상에서 분출되어 나오는 것을 발견한다. 친절감에서 시작하자면, 세상의 사회적, 정치적 악들의 대부분은 동정심(sympathy)의 부재와 증오, 시기 또는 두려움의 발현에서 초래된다. 이런 종류의 적대적 감정들은 민족들 사이에 보통 있는 일이다. 많은 경우에 그런 감정들은 한 민족 내부의 상이한 계급들이나 상이한 신조들 사이에 존재해 왔다. 많은 전문 직업들에 있어서는 시기는 흑인들의 인정에 대한 한 장애물인데, 이는 곧 백인이 아닌 모든 사람들에 대한 경멸을 의미하며, 억압당하는 이들에게는 물론 억압하는 이들에게도 큰 고통을 가져왔고 가져오고 있다. 각종 적대적 행동이나 감정은 반작용을 일으키고 이로 인하여 그것은 증대되며 그래서 하나의 무서운 활력을 가진 폭력과 불의의 후손을 낳게 된다. 이것은 오로지 적대감보다는 오히려 친밀함의 감정들을, 악감(malevolence) 보다는 오히려 잘되기를 바람(well-wishing)의 감정들을, 경쟁(competition)보다는 오히려 협력(cooperation)의 감정을 우리 자신들 안에 함양함으로써만, 그리고 젊은이들 안에 발생하도록 시도함으로써만 대처할 수 있다.

"왜 당신은 이것을 믿는가"라고 묻는다면, 나는 어떤 초자연적 권위에 호소하지 않고 다만 행복에 대한 일반적 소원에서 그 근거를 찾을 것이다.

증오로 가득 찬 세계는 슬픔으로 가득 찬 세계다. 상호간의 증오가 있는 데에서는 어느 편이나 오로지 상대방이 고통을 당할 것을 희망하지만, 이런 경우는 드물다. 그리고 가장 성공적인 억압자들까지도 두려움으로 채워져 있다. 가령 노예소유자들은 노예들의 폭동에 대한 공포에 사로잡혀 있다. 세상적인 지혜의 관점에서 볼 때에 적대적 감정과 동정심의 제한은 어리석음이다. 그것들의 열매들은 전쟁, 죽음, 억압 그리고 고문인데, 이것은 그들의 원래의 희생자들에게 뿐만 아니라 장기적으로는 역시 그들의 범행자들이나 그 후손들에게도 해당된다. 그 반면에 우리가 우리 이웃들을 사랑하기를 배울 수 있다면 세상은 금방 우리 모두를 위한 낙원이 될 것이다.

친절감 다음으로 다만 두 번째로 내가 중요하게 생각하는 진실성은 넓게 보아 어떤 신념이 편안하거나 즐거움의 한 원천이기 때문이 아니라 증거에 따라서 믿는 데에 있다. 진실성이 부재한다면, 친절감은 자주 자기 스스로를 속임(self-deception)에 의하여 패배 당할 것이다. 부자들이 보통 주장해온 것은, 가난한 상태로 있는 것은 즐거운 일이라든가, 가난은 기동성 없는 결과라고 한다. 어떤 건강한 이들은 주장하기를 모든 질병은 자기탐닉 때문이라고 한다.

나는 여우 사냥하는 이들이 우기기를 여우는 사냥 당하기를 좋아한다고 들었다. 예외적인 권력을 가진 이들에게는, 그들이 이득을 보는 체제가 다른 보다 더 정의로운 체제 아래에서 누릴 수 있는 것보다 하층민들에게 더 많은 행복을 준다고 생각하기가 쉽다. 그리고 전혀 뚜렷한 편견이 개입되지 않은 데에서조차도, 우리가 우리의 공동목표들을 실현하기에 필요한 학문적 지식을 얻을 수 있는 것은 다만 진실성의 수단에 의해서인 것이다. 얼마나 많은 옳은 것으로 견지되어온 편견들이 현대의학과 위생학의 발전과정에서 폐기되지 않으면 안 되었던가를 생각해 보라. 다른 종류의 예를 들면, 만일 전쟁에서 결국 패망한 편이 속임수와 주관적 소원달성의 환상(wish-fulfillment)에 근거한 대신에 전쟁의 전망에 관한 정당한 평가를 내렸다면, 얼마나 많은 전쟁들이 방지되었을 것인가?

진실성, 또는 진리에 대한 사랑(love of truth)은, 존 록크(John Locke)에 의하면 "증거들이 보증하는 이상으로 더 큰 확신을 가지고 어떤 명제를 견지하지 않는 것(not entertaining any proposition with greater assurance than the proofs it is built upon will warrant)으로 정의된다. 이 정의는 증거가 합리적으로 요청될 수 있는 모든 문제들에 관해서는 감탄할 만하다. 그러나 증거들은 기본전제(premise)를 필요로 하므로, 어떤 것들은 증거없이 수락되지 않으면 어떤 명제를 증명하는 것이 불가능하다. 우리는 그러므로 스스로 묻지 않으면 안된다. 어떤 종류의 것이 증거 없이 믿는 것이 타당한가? 나는 이에 대해 답변하겠다. 감각 경험 (sense-experience)의 사실들과 수학과 논리의 원칙들, 학문에 사용되는 귀납법적 논리를 포함하여. 이들은 우리가 거의 의심할 수 없고 인류 사이에 찬동의 한 큰 척도가 되는 것들이다. 그러나 사람들이 불일치하거나 우리들 자신의 확신들이 발견될 수 없다면, 우리는 무지를 고백하는 것으로 만족해야 할 것이다.

진실성은 한계를 가져야 한다고 주장하는 이들이 있다. 그들은 말하기를, 어떤 신념들은, 이것들이 참되다고 상정될 만큼 유효한 과학적 근거들이 있다고 말할 수는 없다하더라도, 견지하기에 편안하고 도덕적으로 유익하다고 한다. 이들 신념들은, 그들은 말하기를, 비판적으로 검토되어서는 안 된다고 한다. 나 자신은 여하한 그런 이론을 용납할 수 없다. 나는, 인류가 이런 또 저런 문제의 검토로부터 움cm림으로써 보다 나아질 수 있다고 믿지 않는다. 여하한 건전한 도덕도 회피 위에 근거될 필요가 없으며, 기쁨을 제외한 어떤 근거에 의하여 정당화되지 않은 신념들로부터 도출된 행복은 유보됨이 없이 감탄 될 수 있는 그런 종류의 행복은 아니다.

이들 고려들은 특히 종교적 신념들에 적용된다. 우리들의 대부분은, 우주는 하나의 절대 현명하고 절대 권력을 가진 창조주, 그의 목적들이 우리들에게는 악으로 보일 수 있는 것에서조차도 유익한 그런 창조주로 말미암아 존재한다고 믿도록 육성되어 왔다. 나는, 우리가 우리의 정서들에 덜 친근하고 덜 심오하게 접촉하는 것에 적용해야 할 종류의 실험들을 이 종교적 신념에 적용하기를 거절하는 것이 옳다고 생각하지 않는다. 그러한 초자연적인 실체의 존재에 관한 어떤 증거가 있는가? 의심할 필요 없이 그런 신에 대한 신념은 안일하고 때때로 성격과 행태에 어떤 좋은 도덕적 효과를 가져온다. 그러나 이것은 그 신념이 참되다는 증거는 전혀 아니다. 나 자신에 국한해서는, 그 신념은 그것이 한 때에 가졌던 어떤 합리성을 지구가 우주의 중심이 아니라는 것이 발견되었을 때에 상실했다고 나는 생각한다. 태양과 유성들과 별들이 지구 주위를 돈다고 생각 되었던 동안에는, 우주는 지구와 관련된 한 목적을 가졌다고 생각하는 것은 자 연스러웠고, 인간은 인간이 지구상에서 가장 감탄한 것이었으므로 이 목적은 인간 속에 구현되어 있는 것으로 생각되었다. 그러나 천문학과 지질학은 이 모 든 것을 변경시켰다. 지구는 수백만 개의 별무리들의 하나인 한 별무리 중에 있는 수백만 개의 별들의 하나인 작은 별(태양)의 한 작은 유성이다. 우리 자신 의 유성(지구)의 생애 중에서조차도 인간은 다만 한 짧은 간주곡에 불과하다.

인간 아닌 생명체는 인간이 진화되기 전에 헤아릴 수 없는 세월 동안 존재했 다. 인간은, 그가 과학적인 자살을 범하지 않는다고 할지라도, 물이나 공기나 온도의 결핍으로 인하여 궁극적으로 파멸 당할 것이다. 전능의 신이 그렇게 작 고 잠깐 지나가는 한 결과를 위해 그렇게 방대한 한 장치를 필요로 했다고 믿기 는 어렵다.

인종의 극소함과 순간적 존재를 떠나서, 나는, 그것이 그러한 하나의 엄청난 전주곡에 이르는 하나의 가치 있는 최고품(climax)이라고 느낄 수 없다. 인간은 그의 창조주 안에 있는 무한한 지혜와 무한한 힘의 증거가 될 만큼 그렇게 훌륭 하다는 논점에는 하나의 오히려 반발심을 일으키는 허황된 만족과 자기 안일이 있다. 이런 종류의 추리를 이용하는 이들은 항상 우리들의 주의를 극소수의 성 자들과 현인들에 집중시키려고 애쓴다. 그들은 네로들과 아틸라들과 히틀러들 과 그런 자들이 그들의 권력을 힘입은 수백만 명의 치졸한 비겁자들을 우리들 로 하여금 망각하게 하려고 한다. 그리고 우리들 안에 있는 최선의 것조차 처참 한 파국으로 이끌어지기 쉽다. 형제애를 가르치는 종교들은 박해의 구실로 이 용되어 왔고 우리의 가장 심오한 학문적 통찰은 대량학살과 파괴의 한 수단으 로 되어졌다. 나는 그의 향락을 위해서 우리를 생산하는 한 희롱하는 악마를 상상할 수는 있지만, 나는 인간이 그의 운명의 주인이 될수록 더욱 중대하는 경향으로 인간역사를 손상시킨 비참, 고통 그리고 최선의 것의 해학적 퇴영의 무서운 비중을 현명하고 자비롭고 전능한 한 존재(신)에 연유시킬 수는 없다.

전능하지는 않지만 한 저항하는 물질을 통하여 서서히 그의 작업을 진행하는 우주적 목적에 관한 한 다르고 보다 모호한 관념이 있다. 전능하고 자애롭지만 인류의 대다수처럼 고통과 비참에 그렇게 예속된 존재들을 교묘하게 산출해 온 하나의 신이라는 관념보다는 더 그럴듯한 관념이 있다. 나는 그러한 목적이 없다는 것을 안다고 자처하지는 않는다. 우주에 관한 나의 지식은 너무나 제한되어 있다. 그러나 내가 지금 말하고 내가 확신을 가지고 말하는 것은, 다른 인간들의 지식도 제한되어 있다는 것, 그리고 아무도 우주적 과정들이 무엇이 건 간에 어느 목적을 가지고 있다는 어떤 뚜렷한 증거를 제시할 수 없다는 것이다. 우리의 부적당한 증거는, 그것이 유효한 한, 그 반대방향을 가리키는 경향이 있다.

가치를 부여할 수 있다고 인정되는 모든 것은 불평등한 분배에 의존되어 있는 반면에 에너지는 점점 더 평준하게 분배되고 있음을 보여주는 것 같다. 그러므로 종국에는 우주가 가장 사소한 정도로도 흥미 있는 어떤 일이 발생함이 없이 영원히 그리고 항상 계속하여 존재하는 하나의 무미건조한 획일 상태(a dull uniformity)를 우리는 예상할 것이다. 나는 이것이 사실로 발생할 것이라고는 말하지 않는다. 나는 다만, 우리의 현재의 지식에 근거하면 그것은 가장 수긍할 만한 추측이라는 것을 말할 뿐이다.

영생불멸은, 만일 우리가 그것을 믿을 수만 있다면, 물리적 세계에 관한 이 절망적 어두움을 우리로 하여금 걷어치울 수 있게 할 것이다. 우리의 영혼들은, 그들이 여기 지구상에 머무는 동안에, 물질과 물리적 법칙들에 속박되어 있지만 그들은 죽음에 즈음하여 과학이 가시적 세계에서 들추어내는 것 같은 파멸의 제국을 넘어서서 하나의 영원한 세계에로 들어간다고 우리는 말할 것이다. 그러나 만일 우리가 서로 분리될 수 있고 서로 독립적으로 존속할 수 있는 영혼과 육체라는 두 부분들로 인간들이 구성되어 있다고 생각하지 않는다면, 이것을 믿는 것은 불가능하다. 불행하게도 모든 증거는 이것에 반대하고 있다. 정신은 육체와 같이 성장한다; 육체와 같이 그것은 부모 양편으로부터 특성을 이어받는다; 그것은 육체의 병에 의해서 그리고 약들에 의해서 영향을 받는다; 그것은 두뇌와 밀접하게 연결되어 있다. 죽음 이후에 정신이나 영혼은 그것이 살아 있을 때에 전혀 갖지 않았던, 두뇌로부터의 한 독립성을 획득한다고 상정할 하등의 과학적 이유도 없다. 나는 이 논거가 최종적으로 완결된 것이라고 자처하지는 않지만, 이것은 우리가 물리적 연구에 의하여 제공된 가냘픈 증거를 제외하고 진전하지 않으면 안 되는 모든 것이다.

많은 사람들은 나 자신이 거절할 수밖에 없다고 생각되는 이론적인 신념들 없이는, 내가 수락하는 윤리적 신념들이 명맥을 유지할 수 없는 것이라고 우려한다. 그들은 기독교에 반대하는 잔인한 체제들의 성장을 지적한다. 그러나 한 기독교적 분위기에서 자라 나온 이들 체제들은, 만일 친절감이나 진실성이 실천되어졌다면, 전혀 자라나올 수 없었을 것이다; 그들은, 증오에 의하여 일깨워지고 과학적 지지가 없는, 악의 신화들이다. 사람들은 그들의 열정에 알맞은 신념들을 가지는 경향이 있다. 잔인한 사람들은 한 잔인한 신을 믿고 잔인성을 행사하는 데에 그들의 신념을 이용한다. 오로지 친절한 사람들만이 한 친절한 신을 믿고 그들은 어느 경우에 있어서나 친절할 것이다. 그들의 신념들이 보다 더 정통파적인 많은 사람들과 똑같이, 내가 보기를 원하는 윤리에 대한 이유들이 이 세상에서의 사건들의 경과로부터 유출된 이유들을 능가한다. 우리는 잔인한 허위의 한 큰 체제인 독일 나치체제가 한 민족을 그 반대자들에 대한 막대한 값을 치루고 참혹한 파멸상태로 유도한 것을 보아왔다. 행복이 성취되어지는 것은 그러한 체제에 의해서는 아니다; 계시의 두움이 없더라두, 인간의 복지는 한 보다 덜 잔혹한 윤리를 필요로 한다는 것을 보는 것은 어렵지 않다. 갈수록 점점 더 많은 사람들이 전통적인 신념(신앙)들을 수락할 수 없게 되고 있다. 만일 그들이, 이들 신념들을 떠나서, 친절한 행태를 위한 하등의 이유도 없다고 생각하면, 그 결과는 말할 것도 없이 불행할 것이다. 이것이, 인간을 친절하게 만드는 데에 하등의 초자연적인 이유들이 필요로 하지 않는다는 것을 보여주는 것과 오로지 친절함을 통하여서만 인류는 행복을 성취 할 수 있다는 것을 증명하는 것이 중요하다는 이유다.

('횃불', 제10호, 1980년 4월 1일, 2-5, 17쪽)

5.5. '불가지론자란 무엇인가'

다음은 레오 로스톤(Leo Rosten)과 러셀이 면담한 것을 "룩"잡지("Look" Magazine)에 1953년에 발표한 것인데 나중에 "미국의 종교들"("The Religions of America", ed. Leo Rosten, London: Heinemann)에 전재되었다. 번역의 원문으로는 "버트란트 러셀의 기본적 저작집"(The basic writings of Bertrand Russell, 1903-1959, ed. Robert E. Egner and Lester E. Denonn, London: George Allen & Unwin, 1962(1961), 577-84쪽의 "What is an Agnostic?"을 사용했다. 이것은 '횃불' 제10호에 실린 "한 합리주의자의 신앙", 그리고 "왜 나는 기독교 신자가 아닌가?"와 더불어 러셀의 종교, 특히 기독교에 대한 기본적 입장을 가장 간결명료하게 표현한 것이라고 볼 수 있다. (번역: 배동인)

불가지론자란 무엇인가?

버트란드 러셀

불가지론자는 기독교나 다른 종교들의 관심사인 신과 미래의 삶과 같은 것들에 있어서의 진리를 안다는 것은 불가능하다고 생각한다. 또는 만일 불가능하지 않다면, 적어도 현재로서는 불가능하다고 생각한다.

문: 불가지론자들은 무신론자들인가?

답: 아니다. 무신론자는, 기독교신자처럼, 우리는 신이 있는지 또는 없는지를 알 수 있다고 주장한다. 기독교 신자는 하나님이 있다는 것을 우리는 알 수 있다고 주장하며, 무신론자는 하나님이 없다는 것을 우리는 알 수 있다고 주장한다.

불가지론자는 긍정적인 답변이나 부정적인 답변을 위한 충분한 근거들이 없다고 말함으로써 판단을 보류한다.

그와 동시에, 불가지론자는 하나님의 존재는 불가능하지는 않을지라도 매우 확률이 희박하다고 주장할 것이다. 나아가서 그는 하나님이 존재할 확률이 그렇게 희박하기 때문에 그것은 실제에 있어서 고려할 가치가 없다고 주장할 것이다. 이 경우에 그는 무신론자와 크게 다름이 없다. 그의 태도는 한 조심성 있는 철학자가 고대 희랍의 신들에 대하여 가질 것 같은 태도일 것이다. 만일 나더러 제우스(Zeus)와 포세이돈(Poseidon)과 헤라(Hera)와 올림피아의 나머지 신들이 존재하지 않는다는 것을 증명하라고 요청한다면, 나는 결정적인 논거들을 발견하기에 곤란한 처지에 놓이게 될 것이다. 불가지론자는 기독교적 하나님도 올림피아의 신들처럼 존재할 확률이 적다고 생각할 것이다; 이 경우에 그는 실제적인 목적들에 관해서는 무신론자와 똑같다.

문: 당신이 "하나님의 법"을 부정한다면, 무슨 권위를 당신은 행동의 지침으로서 수락하는가?

답: 불가지론자는 종교인들이 용납하는 의미에 있어서의 여하한 "권위"도 용납하지 않는다. 그는 인간이 행동의 문제들에 대한 해답을 스스로 생각해야 한다고 주장한다. 물론, 그는 다른 이들의 지혜에서 유익한 해답을 찾고자 할 것이다. 그러나 그는 현명하다고 생각되는 이들을 그 자신이 스스로 선택할 것이고, 현자들이 말하는 것이라 할지라도 전혀 의문의 여지가 없다고는 간주하지 않을 것이다. 그는 "하나님의 법"이라고 볼 수 있는 것이 때에 따라서 다름을 관찰할 것이다. 성경은 말하기를, 여자는 죽은 남편의 형제와 결혼해서는 안 된다고 하는가하면, 또 어떤 경우에 있어서는 그 여자는 그렇게 재혼해야 한다고 한다. 만일 당신이 결혼하지 않은 제수씨와 함께 살고 있는데 어린애 없는 과부가 되는 불행한 처지에 있게 된다면, 당신에게는 "하나님의 법"에 불복종하

기를 피하는 것이 논리적으로 불가능하게 된다.

문: 무엇이 선이며 무엇이 악인지를 당신은 어떻게 아는가? 불가지론자들은 죄라는 것을 어떻게 생각하는가?

답: 불가지론자는 무엇이 선이고 악인가에 관하여 어떤 기독교신자들처럼 그렇게 아주 확실성을 가지고 판단하지 않는다. 그는, 과거의 대부분의 기독교 신자들이 주장한 것처럼 신학의 난해한 점들에 관하여 정부와 의견을 같이 하지 않는 사람들은 고통스러운 죽음을 당해야 한다고 주장하지 않는다. 그는 박해에 대하여 반대하며 오히려 도덕적인 비난(moral condemnation)에 조심스럽다. "죄"에 관해서는 그는 그것이 유용한 개념은 아니라고 생각한다. 그는 물론 어떤 종류의 행동은 바람직스럽고 어떤 것은 바람직스럽지 못하다고 생각한다. 그러나 바람직스럽지 못한 행동들을 징벌하는 것은 그것이 예방적이거나 개혁적일 때에 다만 허용되어야 할 것이지, 악인은 고통을 받아야한다는 것 자체에 근거하여 그것이 좋은 일이라고 생각되기 때문에 형벌이 가해질 때는 아니라고 그는 주장한다. 사람들로 하여금 지옥이라는 것을 용인하도록 만든 것은 바로 보복적 형벌에 관한 이 신념이었다. 이것이 "죄"라는 개념에 의하여 행해진 해악의 한 부분이다.

문: 불가지론자는 그가 즐겨 하고 싶은 것은 무엇이나 행하는가?

답: 어느 의미에서는 아니다. 다른 의미에서는 각 사람은 그가 기꺼이 하고 싶은 것을 한다. 예를 들면, 가정해서 당신이 어떤 이를 매우 미워한 나머지 당신은 그를 살해하고 싶을 것이다. 왜 당신은 그렇게 행하지 않는가? 당신은 답변할 것이다. "살인은 하나의 죄라고 종교가 나에게 말하기 때문이다"라고 그러나 하나의 통계적인 사실로서, 불가지론자들은 다른 사람들보다 더 많이 살인을 범하는 경향을 보이지 않는다; 사실상은 오히려 보다 더 적을 것이다. 그들은 다른 사람들이 그러는 것처럼 살인을 삼가는 똑같은 동기들을 가지고

있다. 대체로 이들 동기들 중에 가장 강력한 동기는 형벌에 대한 공포다. 금광쇄도(gold rush)와 같은 무법상태에서는, 온갖 종류의 사람들은, 그들이 정상적인 상황에서는 법을 지키고 있었겠지만, 범죄행위를 저지를 것이다. 실제적으로 법에 의한 처벌만이 있는 것이 아니라, 발각될까 두려워하는 불안이 있고, 미움받기를 피하기 위해서 당신은 당신의 가장 가까운 친지들에게 대해서조차 가면을 쓰지 않으면 안 된다는 것을 아는 데서 오는 고독이 있다. 그리고 "양심"이라고 일컬어지는 것도 있다. 만일 당신이 살인을 생각해 봤다면, 당신은 당신의 희생자의 최후 순간들이나 생명 없는 시체에 관한 무시무시한 기억을 두려워할 것이다. 사실로 이 모든 것은 법을 지키는 공동체에서의 당신의 생활에 의존하지만, 그러한 공동체를 창조하고 유지하는 데에는 충분한 현세에 속하는 이유들이 있다.

나는 각 사람이 그가 원하는 대로 행하는 데 있어서 다른 의미가 있다고 말했다. 바보가 아니라면 아무도 모든 충동에 탐닉하지는 않는다. 그러나 한 욕망을 억제하는 것은 항상 어떤 다른 욕망이다. 어떤 사람의 반사회적 소원들은 하나님을 기쁘게 하기 위한 소원에 의하여 제약될 수 있을는지 모르지만, 그것들은 또한 그의 친구들을 기쁘게 하기 위한 또는 그의 공동체의 존경을 얻기 위한, 또는 모멸감 없이 그 자신을 성찰할 수 있기 위한 한 소원에 의하여 제약될 수 있을 것이다. 그러나 만일 그가 그러한 소원들을 전혀 갖고 있지 않다면, 도덕의 단순한 추상적인 규칙들은 그를 똑바로 지탱하지 않을 것이다.

문: 어떻게 불가지론자는 성경을 보는가?

답: 불가지론자는 계몽된 성직자들이 성경을 보는 것과 똑같이 그것을 본다. 그는 성경이 신적인 영감에 의하여 기록된 것이라고 생각하지 않는다. 그는 성경의 초기역사를 전설이라고 생각하며, 호머(Homer)의 그것보다 더 정확하게 참된 것이라고 보지 않는다. 그는 성경의 도덕적 가르침을 때로는 좋지만, 때로는 아주 나쁘다고 생각한다. 예를 들면, 사무엘은 사울에게 명하기를, 한 전쟁에

서 적의 각 남자와 여자와 어린애뿐만 아니라 모든 양과 소도 죽이라고 했지만, 사울은 양과 소는 살려두었다. 그래서 이것 때문에 그를 정죄하는 것을 우리는 성경에서 읽는다. 나는 엘리사를 비웃는 어린애들을 저주하는 데 대하여 그를 감탄 할 수 없었고, 또는 한 자비로운 신이 어린애들을 죽이기 위하여 두 여자 곰들을 보내리라는 것을(성경이 주장하는 대로) 믿을 수 없었다.

문: 불가지론자는 예수와 동정녀 탄생과 성 삼위일체를 어떻게 보는가?

답: 불가지론자는 하나님을 믿지 않는 고로, 그는 예수가 하나님이라고 생각할 수 없다. 대부분의 불가지론자들은 복음서에 적힌 예수의 생애와 도덕적 가르침들을 감탄하지만, 어떤 다른 사람들의 생애와 가르침들보다 필연코 더 많이 감탄하지는 않는다. 어떤 이들은 예수를 부처님(Buddha)과 같은 수준 위에, 어떤 이들은 그를 소크라테스와 같은 수준 위에, 또 어떤 이들은 그를 아브라함 링컨과 같은 수준 위에 놓을 것이다. 불가지론자들은 어떤 권위도 절대적인 것으로 수락하지 않기 때문에 예수가 말한 것은 의문의 여지가 없다고 생각하지도 않는다.

불가지론자들은 동정녀 탄생을, 그런 탄생들이 특수한 일이 아니었던 이방신화에서 넘겨받은 한 교리라고 본다. [조로아스터(Zoroaster)는 한 처녀에게서 태어났다고 하고, 바빌론의 여신인 이쉬타르(Ishtar)는 성처녀(The Holy Virgin)라고 일컫는다.] 불가지론자들은 그 교리에나 삼위일체의 교리에 신임을 줄 수 없다. 왜냐하면 어느 것도 하나님에 대한 신앙 없이는 가능하지 않기 때문이다.

문: 불가지론자는 기독교신자일 수 있는가?

답: "기독교신자"(Christian)라는 말은 시대에 따라 여러 가지의 다른 의미를 가졌었다. 그리스도의 시대 이후 대부분의 세기들을 통하여 그것은 하나님과 영혼 불멸을 믿고 그리스도가 하나님이라고 주장한 사람을 의미했었다. 그러나

Unitarian들은, 그들이 그리스도의 신성(divinity)을 믿지 않지만, 스스로 크리스천들(기독교신자들)이라고 부르며, 오늘날 많은 사람들은 하나님이라는 말을 원래 의미했던 것보다 훨씬 덜 정확한 의미로 사용한다. 스스로가 하나님을 믿는다고 말하는 많은 사람들은 하나님을 한 인격이나 인격들의 삼위일체라고는 더 이상 의미하지 않고 다만 진화에 내재하는 한 희미한 경향이나 힘이나 목적을 뜻한다. 다른 이들은, 한 걸음 더 나아가서, "기독교"(Christianity)라는 것을 단순히, 그들은 역사를 잘 모르기 때문에 그들이 기독교인들에게만 특수한 것으로 상상하는 윤리의 한 체계로 이해한다.

최근 한 책에서, 세계가 필요로 하는 것은 "사랑, 기독교적 사랑 또는 연민의 정"(love, Christian love, or compassion)이라고 내가 말했을 때에, 많은 사람들은, 비록 사실상 내가 그와 똑같은 것을 어느 경우에나 말했었지만, 이것은 나의 견해들에 있어서 어떤 변화를 보여준다고 생각했다. 만일 당신이 "크리스천"이라는 것으로 그의 이웃을 사랑하는 사람, 고통에 대하여 넓은 동정심을 갖는 사람, 그리고 지금 보여주고 있는 많은 비참과 참혹으로부터 자유로운 한 세계를 열렬히 바라는 사람을 의미한다면, 그러면 분명히 당신은 나를 한 크리스천이라고 부르는 데 있어서 정당화될 것이다. 그리고 이런 의미에서, 당신은 정통적 기독교신자들보다도 불가지론자들 가운데에서 더 많은 크리스천들을 발견할 것이라고 나는 생각한다. 그러나 나 자신에 국한한다면, 나는 그런 정의를 수락할 수 없다. 그것에 대한 다른 반대들을 도외시하더라도, 그것은 역사가 보여주는 한, 어떤 현대의 기독교신자들이 그들 자신의 종교에 특유한 것으로 교만하게 주장하는 미덕들을 실천하는 데 있어서 적어도 기독교 신자들만큼은 훌륭했었던 유태교인들, 불교신자들, 마호메트 교인들, 그리고 다른 비기독교인들에게 부당한 것처럼 보인다.

나는 또한 예전에 스스로 기독교신자라고 자처한 모든 사람들과 현재에 그렇게 하는 이들의 대다수가 하나님과 영혼불멸에 대한 신앙은 한 기독교신자에게 필수적인 것으로 여길 것이라고 생각한다. 이러한 이유들에 근거하여 나는 나 자신을 기독교신자라고 일컫지 않을 것이며, 불가지론자는 기독교 신자일 수 없다고 나는 말할 것이다. 그러나 만일 "기독교"라는 말이 단순히 한 종류의 도덕을 의미하는 것으로 일반적으로 사용되게 된다면, 그 때에는 분명히 불가지론자가 기독교신자가 될 수 있을 것이다.

문: 불가지론자는 인간이 한 영혼을 가지고 있다는 것을 부인하는가?

답: 이 질문은 만일 우리에게 "영혼"(soul)이라는 말의 정의가 주어져 있지 않다면 하등의 뚜렷한 의미를 갖지 않는다. 나는 그 말이 의미하는 바를 대강 한 사람의 생애를 통하여, 그리고 영생(eternity)을 믿는 이들에게조차도 미래의 모든 시간을 통하여 존속하는 비물질적인 어떤 것이라고 상정한다. 만일 이것이 그 말이 의미하는 바라면, 불가지론자는 인간이 영혼을 가지고 있다고 믿을 것 같지 않다. 그러나 내가 급히 여기에 덧붙여 말해두어야 할 것은, 이것은 불가지론자가 물질주의자이어야 한다는 것을 의미하지는 않는다. 많은 불가지론자들(나 자신을 포함하여)은 영혼에 관해서와 마찬가지로 육체에 관해서도 의심스럽게 생각한다. 그러나 이것은 어려운 형이상학으로 우리를 끌고 들어가는 한 긴 이야기다. 정신과 물질이라는 것도 마찬가지로 실제적으로 존재하는 것들은 아니고 논의에 있어서 편의상 만들어낸 상징들에 불과한 것이라고 나는 말할 것이다.

문: 불가지론자는 내세(a hereafter)를, 천국이나 지옥을 믿는가?

답: 사람들이 죽음을 넘어서서 살 것이냐는 질문은 그에 대한 증거가 가능한가에 관한 질문이다. 심리적 조사와 정신주의(spiritualism)는 그러한 증거를 제공한다고 많은 이들에 의하여 생각되어지고 있다. 불가지론자는 만일 그가 이런 또는 저런 방식의 증거가 있다고 생각하지 않는다면 죽음 후의 생존에 관하여 어떤 견해를 갖지 않는다. 나 자신에 국한하여 말한다면, 나는 우리가 죽은 뒤에도 생존하리라고 믿을 여하한 뚜렷한 이유가 있다고 생각하지 않는다. 그러나

나는, 만일 적절한 증거가 나타난다면, 신념을 달리 할 것이다. 천국과 지옥은 다른 문제다. 지옥에 대한 신앙은 죄의 보복적 징벌이, 그것이 미칠지 모르는 어떤 개혁적 또는 예방적 효과와는 아주 상관없이, 한 좋은 일이라는 신념과 결부되어 있다. 어떠한 불가지론자도 이것을 거의 믿지 않는다. 천국에 관해서는, 정신주의를 통하여 언젠가는 그 존재의 증거가 상상컨대 있을는지 모르겠다. 그러나 대부분의 불가지론자는 그러한 증거가 있다고 생각하지 않고 따라서 천국을 믿지 않는다.

문: 당신은 하나님을 부인함에 있어서 하나님의 심판을 두려워하지 않는가?

답: 분명히 그렇지 않다. 나는 또한 제우스와 주피터와 오딘과 브라마를 부인하지만 이것이 나로 하여금 양심의 가책을 갖게 하지 않는다. 나는 인류의 매우 큰 부분이 하나님을 믿지 않고 그 때문에 하등의 눈에 뜨이는 징벌로 고통을 받지 않는 것을 관찰한다. 그리고 만일 하나님이 있다면, 그 하나님이 그의 존재를 의심하는 사람들에 의하여 공격을 받을 만큼 그러한 불쾌한 허영심을 갖고 있으리라는 것은 거의 있을 수 없다고 나는 생각한다.(And if there were a God, I think it very unlikely that He would have such an uneasy vanity as to be offended by those doubt His existence.)

문: 불가지론자들은 자연의 아름다움과 조화를 어떻게 설명하는가?

답: 나는 이 "아름다움"과 "조화"가 어디서 발견된다고 상정되는지를 이해할 수 없다. 동물의 왕국을 통틀어서 동물들은 무자비하게 서로를 먹이로 삼는다. 동물들의 대부분은 다른 동물에 의하여 잔인하게 죽임을 당하든가 아니면 굶주림으로 서서히 죽는다. 나 자신에 국한하여 말한다면, 나는 회충 속에서 어떤 썩 커다란 아름다움이나 조화를 보기에 무능하다. 이 회충이 위의 죄들에 대한 징벌로서 보내졌다고 말해서는 안 되는 것은, 그것이 인간들 가운데보다는 동물들 가운데 훨씬 많이 퍼져있기 때문이다. 나는 질문하는 이가 별들이 많은

하늘의 아름다움과 같은 것들을 생각하고 있는 것으로 가상한다. 그러나 별들은 매순간마다 폭발하고 그들의 주위에 있는 모든 것을 한 희미한 안개로 만들어 버린다는 것을 우리는 기억해야 할 것이다. 아름다움이라는 것은 어느 경우에서나 주관적이고 관찰자의 눈에만 존재한다.

문: 불가지론자들은 기적들과 하나님의 전능의 다른 계시들을 어떻게 설명하는가?

답: 불가지론자들은 자연법칙에 어긋나게 발생하는 일이라는 의미에 있어서의 "기적들"에 관한 어떤 증거가 있다고 생각하지 않는다. 우리는 신념으로 병을 치료하는 것이 일어나고 어느 의미에서나 기적적인 것이 아니라는 것을 안다. 루르드(Lourdes)에서 어떤 병들은 치료될 수 있고 다른 병들은 치료될 수 없다. 루르드에서 치료될 수 있는 병들은 환자가 신뢰하는 어느 의사에 의해서도 아마 치료될 수 있을 것이다. 요슈아(Joshua)가 태양을 향해 정지하라고 명하는 것과 같은 다른 기적들의 기록에 관해서는, 불가지론자는 그런 것들을 전설로서 배격하며 모든 종교들은 그런 전설들을 많이 넘겨받는다는 사실을 지적한다. 성경에 있는 기독교적 하나님에 대해서와 꼭 마찬가지로 호머의 희랍적인 신들에 대해서도 많은 기적적인 기록이 있다.

문: 종교가 반대하는 천박하고 잔인한 욕망들(passions)이 존재해 왔다. 만일 당신이 종교적인 원칙들을 폐기한다면, 인류는 존재할 수 있을 것인가?

답: 천박하고 잔인한 욕망들의 존재는 부인할 수 없다. 그러나 나는 종교가 이들 욕망들에 반대해왔다는 증거를 역사에서 전혀 발견 할 수 없다. 그와 반대로 종교는 그것들을 신성시해왔고 사람들로 하여금 뉘우침 없이 그런 욕망들 속에 탐닉할 수 있게 했다. 잔인한 박해들은 다른 어디에서보다도 기독교 세계 안에서 더 보편화 되어왔다. 박해를 정당화하는 것처럼 보이는 것은 교조적인 신념(dogmatic belief)이다. 친절감과 관용은 다만 교조적인 신념이 쇠퇴하는 데

비례하여 널리 보편화된다. 오늘날에 있어서는 한 새로운 도그마적 종교가, 즉 공산주의가 나타났다. 도그마의 다른 체제들에 대하서와 마찬가지로 이것에 대해서도 불가지론자는 반대한다. 현재의 공산주의가 박해하는 특성은 옛날에 기독교가 박해하던 특성과 꼭 같다. 기독교가 덜 박해하게 되어온 것은 주로 교조주의자들을 오히려 덜 교조적으로 만든 자유사상가 등의 업적에 힘입은 것이다. 만일 그들이 옛날처럼 지금도 그렇게 도그마적이라면, 그들은 이단자들을 기둥에 매어 불태워 죽이는 것이 옳다고 아직도 생각할 것이다. 약간의 현대 기독교 신자들은 본질적으로 기독교적인 것으로 간주하는 관용의 정신은, 사실상 의문을 제기할 것을 허용하고 절대적 확실성을 부여한 것들에 관하여 회의를 품는 기질과 사고의 한 산물이다. 지나간 역사를 편파적이 아닌 입장에서 고찰한 이는 누구나 종교가 방지해온 것보다 그것이 더 많은 고통을 끼쳐왔다는 결론에 이를 것이다.

문: 불가지론자에게 인생의 의미는 무엇인가?

답: 나는 "인생의 의미"의 의미가 무엇인가라고 다른 질문을 함으로써 대답하고 싶은 느낌이 든다. 가상컨대, 그것이 의도하는 것은 어떤 일반적인 목적이라고 생각된다. 나는 인생이 일반적으로 어떤 목적을 가지고 있다고 생각지 않는다. 그것은 바로 발생했을 뿐이다. 그러나 개인적인 인간들은 목적들을 가지고 있으며, 이 목적들을 인간들에게 폐기하도록 유인할 아무것도 불가지론에는 없다. 인간들은 물론 그들이 목표로 한 결과들을 달성하는 데에 확신을 가질 수 없다. 그러나 당신은, 만일 승리가 확실하지 않으며 싸우기를 거부하는 한 군인을 잘못된 것이라고 생각할 것이다. 그 자신의 목적들을 뒷받침하기 위하여 종교를 필요로 하는 사람은 비겁한 사람이며, 나는 패배가 불가능하지 않다는 것을 인정하면서도 그의 기회들을 붙잡는 사람과 똑같이 그를 좋게 생각할 수는 없다.

문: 종교를 부인하는 것은 결혼과 정절을 부인한다는 것을 의미하지 않는가?

답: 여기에 다시금, 다른 질문으로써 답변하지 않으면 안된다; 이 질문을 제기한 사람은, 결혼과 정절이 여기 아래 지상에서의 행복에 기여한다고 생각하는가, 아니면 그것들이 여기 지상에서는 비참을 초래하는 반면에 그것들은 천국에 이르는 수단으로서 변호되어야 한다고 생각하는가?

후자의 견해를 취하는 사람은, 의심할 여지없이 불가지론이 그가 미덕이라고 부르는 것을 쇠퇴하게 할 것이라고 예상할 테지만, 그는 그가 미덕이라고 일컫는 것은 지구상에서의 인간의 행복에 봉사하는 것은 아니라는 것을 인정하지 않으면 안될 것이다. 만일, 다른 한편, 그가 전자의 견해를 취한다면 즉, 결혼과 정절을 긍정적으로 보는 지상적인 논거들이 있다고 본다면, 그는 또한 이들 논거들은 불가지론자들에게 호소할 그런 것들이라는 것을 주장함에 틀림없다. 불가지론자들은 성도덕에 관하여 아무런 뚜렷한 견해들을 갖고 있지 않다. 그러나 그들 중 대부분은 성욕의 무절제한 탐닉에 반대하는 타당한 논거들이 있다는 것을 인정할 것이다. 그들은, 그러나 이들 논거들을 하나님의 명령이라고 상정된 것들로부터서가 아니고 지상적인 근원들에서 도출할 것이다.

문: 이성에 대한 신앙만으로는 위험한 신조가 아닌가? 이성은 정신적이며 도덕적인 법칙 없이는 불완전하고 부적당하지 않은가?

답: 불가지론자라 할지라도 섬세한 사람은 누구도 "이성에 대한 신앙"만을 갖고 있지는 않다. 이성은 때로는 관찰되고 때로는 추리되는 사실들(matters of fact)과 관련되어 있다. 미래의 생명이 존재하는지 여부의 질문과 하나님이 존재하는지 여부의 질문은 사실들과 관련되며, 불가지론자는 그런 질문들이 "내일 월식이 있을 것인가?"라는 질문과 똑같은 방법으로 조사 연구되어야 한다고 주장할 것이다. 그러나 사실들만으로는, 그것들이 우리가 추구해야 할 목적들이 무엇인가를 우리에게 말해주지 않기 때문에, 행동을 결정하기에 충분하지 않다. 목적들의 영역에서는, 우리는 이성과는 다른 어떤 것을 필요로 한다. 불가

지론자는 그의 목적들을 그 자신의 마음속에서(in his own heart) 발견할 것이지 어떤 외부적인 명령에서는 아닐 것이다. 한 예를 들어보자: 당신이 뉴욕에서 시카고로 기차여행을 원한다고 상정해 보자; 당신은 기차가 언제 떠나는가를 발견하기 위하여 이성을 사용할 것이며, 기차 시간표를 알 수 있게 하는 어떤 통찰력이나 직관능력이 인간에게 있다고 생각하는 사람을 오히려 어리석다고 생각할 것이다. 그러나 어느 기차 시간표도 시카고로 여행하는 것이 현명하다고 당신에게 말해주지 않을 것이다. 그것이 현명하다고 결정하는 데에는 의심할 여지없이 다른 사실들을 고려하지 않으면 안될 것이다. 그러나 모든 사실들의 배후에는, 당신이 추구하기에 알맞다고 생각하는 목적들이 있을 것인데, 이것들은, 다른 사람들에게서나 마찬가지로 불가지론자들에게도, 비록 이성에 전혀 배치되어서는 안 된다 할지라도, 이성의 영역이 아닌 다른 영역에 속한다. 내가 의미하는 그 영역은 정서와 느낌과 욕망의 영역이다.

문: 당신은 모든 종교들을 미신이나 도그마의 형태로 간주하는가? 현존하는 종교들 중에 어느 것을 당신은 가장 존중하며, 그 이유는 무엇인가?

답: 많은 인구를 지배해온 모든 조직된 큰 종교들은 다소간의 도그마를 내포해왔지만, "종교"는 그 의미가 매우 분명하지 않은 말이다. 유교는 예컨대, 그것이 전혀 도그마를 내포하지 않아도, 한 종교라고 일컬어질 수 있을 것이다. 그리고 자유로운 기독교의 어떤 형태에 있어서는 도그마의 요소가 최소한도로 감소되어있다. 역사상의 대종교들 가운데 나는 불교를, 특히 그 초기 형태에 있어서의 불교를 좋아한다. 왜냐하면, 불교는 박해의 가장 적은 요소를 가졌었기 때문이다.

문: 공산주의는 불가지론처럼 종교를 반대한다. 불가지론자들은 공산주의자들인가?

답: 공산주의는 종교를 반대하지 않는다. 그것은 단순히, 마치 회교가 기독교

를 반대하는 것처럼, 기독교를 반대할 뿐이다. 공산주의는, 적어도 소련정부와 그 공산당에 의하여 변호되는 형태에 있어서, 특별히 악독스럽고 박해하는 종류의 한 새로운 도그마체계다. 모든 순수한 불가지론자는 따라서 그것에 반대하지 않으면 안 된다.

문: 불가지론자들은 과학과 종교는 화해할 수 없다고 생각하는가?

답: 이에 대한 대답은 "종교"라는 것이 무엇을 의미하는가에로 돌아온다. 만일 그것이 단순히 윤리의 한 체계를 의미한다면, 그것은 과학과 화해될 수 있다. 만일 그것이 의문시될 수 없이 참된 것으로 간주되는 도그마의 한 체계를 의미한다면, 증거 없이 사실들을 수락하기를 거절하며 또한 완전한 확실성은 거의 달성할 수 없다는 견해를 견지하는 과학 정신과 양립될 수 없다.

문: 무슨 종류의 증거가 당신을 하나님이 존재한다고 확신시킬 수 있을 것인가?

답: 만일 내가 극히 가망성이 희박한 것으로 보이는 사건들을 포함하여 오는 24시간 동안에 나에게 일어날 모든 일들을 예언하는 하늘로부터의 한 음성을 듣는다면, 그리고 만일 이 모든 사건들이 사실로 일어났다면, 나는 아마 적어도 어떤 초인간적 지성의 존재를 확신할 수 있을 것이라고 생각한다. 나는 나를 확신시킬 똑같은 종류의 다른 증거를 상상할 수 있지만, 내가 아는 한에서는 그러한 증거는 전혀 존재하지 않는다.(번역: 배동인)

('햇불', 제11호, 1980년 6월 9일, 3-11쪽)

나는 중학교 시절부터 나와는 성격이 판이하게 다른 한 친구를 따라 교회(기독교 장로회)에 나가기 시작하여 한때에는 광신도처럼 열심히 기독교 신앙에 몰입되어 있었으나 퀼른대학에서 사회학을 공부하면서, 특히 디플롬 시험을 준비하는 과정에서 나는 교회로부터 탈퇴하기로 결심했다. 불가지론자로서의 나

의 종교관의 재정립에는 러셀이 크게 기여했다. 나는 1975년 2월 22일 미국에서 1974년에 창설된 The Bertrand Russell Society, Inc.(BRS)에 회원가입했다(BRS의 홈페이지는 http:// www. users. drew.edu/~jlenz/brs.html 이다).

나는 1976년 3월 25일 아내 최순택과 함께 쾰른 법원을 방문하여 신교교회로부터 탈퇴함을 선언했으며 이 선언은 "1976년 4월 26일 경과와 더불어 법적 효력을 발생"하게 된다는 증명서를 법원으로부터 접수했다.

곧 이어 당시 서독 신교교회로부터 탈퇴이유에 관한 설문지를 받고 나는 쾰른 신교교회공동체(Evangelische Kirchengemeinde) 앞으로 다음과 같은 답변을 보냈다:

"저는 다른 종교적 신앙이나 교회에의 개종 때문이 아니고 기독교신앙 자체에 대한 거부 때문에 교회로부터 탈퇴합니다.

저는 의문스러운 교리체계에 기초하고 따라서 거짓 권위를—예전엔 지적과학적 영역에서, 그리고 오늘날엔 아직도 도덕적-윤리적 분야에서—표방하는 여하한 종류의 제도화된 종교를 거부합니다.

기독교라는 복합체에 있어서 저는 오로지 이웃사랑의 계명을 수락합니다. 그것을 저는 인간애로서 뿐만 아니라 오히려 우주적-보편적 사랑으로서 이해하기 때문입니다.

저는 최근에 예전보다 인식론적 근거에서 더욱 비판적이고 회의적으로 되었습니다. 저는 1974년 5월 이래 신의 존재도, 신의 비존재도 믿지 않는 불가지론자가 되었습니다. 저는 신이 존재하는지 또는 존재하지 않는지 알지 못합니다. 그래서 성경을 '성스러운 책'으로서 또는 '하나님의 말씀'으로서 맹목적으로 받아들일 수 없습니다.

지금까지 저는 그냥 암묵적으로 그런 것을 믿었고 특히 인간이 좋은(선한) 삶을 살기 위해서는 하나님이 존재해야 한다는 전제가 필요하다는 가정 아래 그렇게 믿었었습니다.

그러나 종교적 신앙은 인간에게 전혀 명확한 증거가 없는 어떤 명제(가령,

신의 존재, 삼위일체, 예수의 부활, 원죄, 영혼불멸 등)의 확실성을 확신하도록 강요합니다.

저는 위에 말한 불가지론적 입장만이 현대인을 위한 인간지성의 오늘날의 수준에 있어 정직하고 적절한 것이라고 믿습니다.

저의 세계관과 인생관, 특히 종교에 관한 저의 견해의 근본적 전환에는 버트 란드 러셀이 크게 기여했습니다. 여기에 다만 그의 삶과 저술들, 특히 그의 책들 과 에세이들, 가령 '왜 나는 기독교인이 아닌가'(Warum ich kein Christ bin, rororo-TB Nr. 6685)(Why I Am Not a Christian), '도덕과 정치'(Moral und Politik)(Human Society in Ethics and Politics[윤리와 정치에 있어서의 인간사회]의 독어번역판, 님펜부르거 출판사, 뮌헨), '종교와 과학'(Religion and Science), '과학 의 사회에 미친 영향'(The Impact of Science on Society), 그의 '자서 전'(Autobiography), '종교의 본질'(The Essence of Religion), '한 자유인의 숭배'(A Free Man's Worship), '불가지론자란 무엇인가'(What is an Agnostic?) 등을 참조하 시기 바랍니다.

1976. 5. 30, 배동인(사회과학방향의 경제학도 디플롬)"

그 즈음에 나는 "배동인 집사님께…"라는 1975년 성탄절 축하 카드를 당시까 지 내가 집사로 있었던 서울 장충동 '경동교회'로부터 받고 어딘가 생소한 느낌 이 들어 또한 경동교회 당회장(강원용 목사) 앞으로 위와 비슷한 내용의 교회탈 퇴서를 에어로그램 편지지에 친필로 써서 보냈다. 이로써 나는 그때까지 나의 내면세계의 한 고뇌덩어리였고 억압적 굴레였던 기독교, 나아가 종교 일반으로 부터 해방되었고 그때의 이 해방감을 지금도 생생하게 무한한 희열 속에 절감 하고 있다.

나의 종교관에 있어서 위의 코페르니쿠스적 대전환과 관련하여 매우 감명 깊게 본 기억이 있는 미국 영화 '엘머 간트리'(Elmer Gantry; 1960년 제작, 리차드 브룩스[Richard Brooks] 감독, 버트 랑카스터[Burt Lancaster], 진 시몬스[Jean

Simmons] 등 주연, 상영시간: 146분)가 생각난다. 그 영화의 마지막 부분에서 불타버린 천막부흥교회의 잿더미를 뒤로하며 떠나는 돌팔이 목사 '엘머'에게 교회를 다시 일으켜 세우지 않으려느냐는 한 신도의 권유에 대해 그는 '아닙니다!'라고 거부하면서 고린도전서 13장 11절을 보라고 말하며 그곳을 홀로 유유히 떠나가는 장면이 퍽 인상깊었다. 그 성경구절은 다음과 같다. "내가 어릴 때에는 말하는 것이 어린아이와 같고, 생각하는 것이 어린아이와 같았습니다. 그러나 어른이 되어서는, 어린아이의 일을 버렸습니다."(When I was a child, I spake as a child, I understood as a child, I thought as a child: but when I became a man, I put away childish things. 1 Corinthians 13: 11).

5.6. '사회주의를 지지하는 근거'

다음에 소개하는 에세이는 1935년에 처음으로 출판된 러셀의 에세이집 "게으름의 칭송"(In Praise of Idleness, and other essays, London: George Allen & Unwin, 1973)(독어번역판 제목은 Lob des Müssiggangs, Hamburg-Wien: Paul Zsolnay Verlag, 1957)에 들어있는데 그가 사회주의에 찬성하는 기본입장과 근거들을 상세히 설명하고 있다. 이외에도 그의 비 마르크스적인 사회주의에 대한 견해를 다른 책들과 에세이들에서 발견할 수 있는데 오늘의 서구 선진국과 후진국들의 발전문제와 관련하여 그가 얼마나 멀리 내다볼 수 있었고 아직도 타당성 있는 합리적인 문제해결 방인들을 많이 제시하고 있다는 것을 확인할 수 있다. 지면관계로 부분적으로 번역을 생략한 것을 양해해 주기 바란다(번역: 배동인).

사회주의를 지지하는 근거(The Case for Socialism)

버트란드 러셀

사회주의자들의 대다수는 오늘날(1935)에 있어서 칼 마르크스의 제자들인데, 그로부터 그들은 사회주의가 실현될 수 있는 그 유일하게 강한 정치적 힘은 소유 박탈된 무산자들이 생산수단의 소유자들에 대하여 느끼는 분노라는 신념을 넘겨받았다. 한 불가피한 반작용으로서 무산자가 아닌 이들은, 비교적 거의 예외 없이, 사회주의는 저항되어야 할 어떤 것이라고 단정했고, 그들이 그들의 적이라고 스스로 선언하는 사람들에 의하여 선전되어지고 있는 계급투쟁을 들을 때에는, 그들은 자연적으로 그들이 아직 권력을 쥐고 있는 동안에 스스로 전쟁을 시작해야 된다고 느끼는 경향이 있다. 파시즘은 공산주의에 대한 반작용으로서의 대답인데 그것은 아주 흉악한 대답이다. 사회주의가 마르크스주의적 용어들로써 선전되는 한, 그것은 그 성공이 선진국에서는 날이 갈수록 더욱 불가능하게 되는 그러한 세찬 반대를 불러일으킨다. 그것은 물론 여하한 경우에도 부자들로부터 반대를 불러일으켰겠지만, 그 반대는 덜 잔혹하고 덜 널리 퍼뜨려졌었을 것으로 생각된다.

나 자신에 국한하여 말한다면, 나는 가장 열렬한 마르크스주의자만큼 확신을 가진 한 사회주의자인 한편, 나는 사회주의를 무산자들의 복수를 위한 한 복음으로 간주하지 않으며, 하물며 무엇보다도 우선적으로 경제적 정의를 보장하는 한 수단으로조차 간주하지 않는다. 나는 그것을 우선 상식의 고려에 의하여 요청되고 무산자들의 행복뿐만 아니라 인류의 한 극소수를 제외한 만인의 행복을 증대시킬 것으로 계산된 기계화된 생산에 대한 한 조절(an adjustment to machine production)이라고 본다. 만일 그것이 지금 한 폭력적 전복 없이는 이해될 수 없다면, 이것은 대체로 그것의 지지자들의 폭력에 기인하는 것으로 볼 수 있다. 그러나 나는 아직도 한 보다 건전한 사회주의 지지는 반대를 누그러지게 할 것이고 하나의 덜 처참한 전환을 가능하게 만들 것이라는 어떤 희망을 갖고 있다.

사회주의의 한 정의로부터 시작하자. 그 정의는 경제적 분야와 정치적 분야의 두 부분들로 구성되어야 한다. 경제적 부분은 최소한도로 토지와 광산자본, 은행, 보험과 해외무역을 포함하는 궁극적인 경제력의 국가소유로 구성된다. 정치적 부분은 궁극적 정치권력은 민주적이어야 할 것을 필요로 한다.

마르크스 자신과 실제적으로 1918년 이전의 모든 사회주의자들은 정의의 이

부분에 의문 없이 찬성했었을 것이다. 그러나 볼셰비키들이 러시아 의회를 해산시킨 이후에는 한 다른 이론이 나타났는데, 이에 따르면 한 사회주의정부가 혁명에 의하여 성공하게 될 때에는 오로지 그의 열렬한 지지자들만이 정치권력을 갖게 된다는 것이다. 그러면, 물론 인정되지 않으면 안 되는 것은, 한 시민전쟁 후에 패배자들에게 당장 선거권을 주는 것이 항상 가능하지는 않게 되고 그런 경우인 한은 사회주의를 즉시 확립하는 것이 가능하지 않다는 것이다. 사회주의의 경제적 부분을 실시한 한 사회주의 정부는 그것이 민주적 정치를 가능케 할 만큼 충분한 민중적 지지를 확보하기까지는 그의 과업을 완수하지 못할 것이다. 민주주의의 필요성은 만일 우리가 한 극단적인 예를 든다면 명백하게 된다. 한 동양의 군주는 그의 영토 안에 있는 모든 자연자원이 그의 것이라고 선언할 수 있을지 모르지만, 그렇게 함으로써 한 사회주의체제를 세우는 것은 아니다. 또한 콩고의 레오폴드 2세의 지배가 모방을 위한 모델로서 받아들여질 수는 없다. 민중적 통제가 없다면, 국가정부가 그 자신의 치부를 위한 것을 제외하고는 그의 경제적 사업을 수행할 것을 기대할 이유가 전혀 있을 수 없고 따라서 착취는 단순히 한 새로운 형태를 갖게 될 것이다. 민주주의는, 따라서 한 사회주의체제의 정의의 일부로서 받아들여져야 한다.

사회주의정의의 경제적 부분에 관해서는 약간의 설명이 더 필요하다. 왜냐하면, 어떤 이들은 사회주의와 양립할 수 있다고 생각하는 반면에 다른 이들은 그 반대의 견해를 주장하는 사기업의 형태들이 있기 때문이다. 한 개척자가 국가로부터 대여 받은 토지 위에 한 통나무집을 짓는 것이 허용되어야 할 것인가? 그렇다. 그러나 사개인들이 뉴욕에서 마천루를 짓는 것이 허용되어야 한다고 추리되지는 않는다. 마찬가지로 한 사람이 그의 친구에게 1 실링을 빌려줄 수는 있겠지만, 한 금융가가 한 회사에게나 한 외국정부에 1 천만 불을 마음대로 빌려줄 수는 없다. 이것은 정도 문제이고, 여러 가지 법적 절차들이 큰 거래들에 있어서는 필요하지만 작은 거래들의 경우에는 필요치 않기 때문에 조절하는 것이 쉽다. 그런 절차들이 불가피한 경우에는, 국가가 통제 행사권을 갖게 된다.

다른 예를 들면, 보석은 그것이 생산수단이 아니므로 경제적 의미에 있어서의 자본은 아니지만, 사실대로 금강석을 소유한 사람이 그것을 팔고 주식을 살 수 있다. 사회주의 아래서는 그는 금강석을 계속 소유할 수는 있지만 팔 수 없다. 사적인 부는 법적으로 금지될 필요는 없지만 다만 사적인 투자만은 법적으로 규제될 필요가 있다. 그 결과로 아무도 이자를 받을 수 없게 될 것이므로 사적인 부는 적당한 약간의 개인적 소유물을 제외하고는 점차 사라지게 될 것이다. 다른 사람들을 지배하는 경제적 힘은 개인들에게 속해서는 안되지만, 경제적 힘을 부여하지 않는 그러한 사적 재산은 존속해도 좋을 것이다.

한 사회주의의 확립으로부터 기대되는 유익한 점들은, 이것이 모든 것을 황폐시키는 한 혁명적 전쟁이 없이 가능한 것으로 상정한다면, 많은 다른 종류의 것들이 있고 결코 임노동자 계급에만 국한되는 것이 아니다. 나는 이들 유익한 점들의 전부나 어느 것들이 한 오랜, 그리고 어려운 계급투쟁에서의 한 사회주의 정당의 승리로부터 결과되어질 것이라고는 확신하지 않는다. 그런 계급투쟁은 기질을 악화시키고 한 무자비한 군대형태를 득세케 할 것이며 사망이나 망명이나 투옥에 의하여 많은 고귀한 전문가들을 소모시키고, 이기는 정부에게는 한 교두보의 방과 같은 정신 상태를 가져다주게 된다. 내가 사회주의를 위하여 주장할 장점들은 모두 그것이 설득에 의하여 달성되어져야 할 것이라는 것과 필요하게 될는지도 모르는 그러한 폭력은 불만을 품은 작은 작당들을 격파시키는 데에만 한정될 것이라는 것을 전제로 한다. 나는 만일 사회주의 선전이 질투에 호소하지 않고 경제적 조직화의 명백한 필요성을 호소하면서 덜 증오심과 악착성을 가지고 행해진다면, 설득의 과제가 훨씬 원활히 달성될 것이며 폭력의 필요성이 따라서 감소될 것이라고 확신한다. 나는, 설득을 통해서 법적으로 확립된 것을 방어하는 경우를 제외하고는 폭력에의 호소를 부정적으로 평가한다. 왜냐하면 (가) 그것은 실패하기 쉽고, (나) 그 투쟁은 처참하게 파괴적이어야 하며, (다) 승자들은 끈질긴 싸움 뒤에는 그들의 원래의 목적들을 잊어버리기 쉽고 전혀 다른 어떤 것을, 아마도 한 군사적 폭군체제를 제도화하기 쉽기 때문이다. 나는 그러므로, 성공적인 사회주의를 위한 한 조건으로서 그 이론들의 수락에 대한 대다수의 평화적 설득을 전제로 내세운다.

나는 사회주의 지지를 위한 9가지의 논거를 제시하겠는데, 그중 어느 것도 새로운 것은 아니며 모두 똑같은 중요성을 갖는 것은 아니다. 그 목록은 한없이 연장될 수 있겠지만, 나는 사회주의가 하나의 계급만을 위한 복음은 아니라는 것을 보여주기에 이들 9개의 논거가 충분하리라고 생각한다.

1. 이윤동기의 타파

이윤은 한 별도의 경제적 범주로서는 공업발전의 일정한 단계에 있어서 오로지 명백하게 된다··〈생략〉···가령 한 면제조업자는 그 자신과 그의 가족을 위해서만 목면을 만들지는 않는다. 목면은 그가 필요로 하는 유일한 물건이 아니며 그는 그의 다른 필수품들을 충족하기 위하여 그의 생산품의 대부분을 팔아야 한다. 그러나 그가 목면을 제조할 수 있기 전에 그는 원료목면, 기계, 노동력, 전력 등 다른 것들을 사야 한다. 그의 이윤은 그가 이런 것들을 위해 지불하는 것과 그가 완성품에 대해 받는 것의 차액으로 구성된다. 그러나 그 자신이 그의 공장을 경영한다면, 우리는 똑같은 일을 하기 위해 고용된 한 경영자의 봉급에 해당하는 것을 공제해야 한다. 이것은 즉 제조업자의 이윤은 그의 총수입에서 가정적 경영자의 임금을 뺀 것으로 구성된다는 것을 말한다. 큰 기업체들에 있어서는 주식소유자들은 경영의 작업을 하지 않는데, 이들이 받는 것은 기업의 이윤에 속한다. 투자할 돈을 가진 이들은 이윤의 기대에 의하여 투자하게 되는데, 이윤의 기대는 따라서 새 투자가 개시되고 옛 투자가 확대될 것을 결정하는 동기다. 우리의 현 체제를 옹호하는 이들은 상정해오기를 이윤의 기대는 대체로 옳은 상품들을 알맞은 분량만큼 생산하도록 유도할 것이라고 생각되었다. 이것은 어떤 시점까지는 과거에는 사실이었지만, 지금은 더 이상 타당성이 없다··〈생략〉···

오늘날 이윤동기의 실패에 대한 하나의 다른 매우 중요한 이유가 있는데,

그것은 희소성의 실패(the failure of scarcity)라는 것이다. 어떤 종류들의 상품은 한 보통규모에서보다는 싼값으로 엄청나게 많은 양으로 생산될 수 있는 경우가 흔히 있다. 그 경우에, 생산의 가장 경제적 방식은 이런 종류들의 각 상품들에 대해서 전 세계에서 오직 하나의 공장만을 필요하게 하는 것일는지도 모른다. 그러나 점차로 사정이 진전되어온 바와 같이 사실상은 많은 공장들이 생겼다. 만일 세계에서 하나밖에 없다면, 그것은 모든 사람에게 상품을 공급하고 큰 이윤을 벌 수 있을 것이라는 것을 누구나 알고 있다. 그러나 실은 경쟁자들이 있어서 아무도 공장의 생산능력을 완전히 가동하고 있지는 않고, 따라서 아무도 안전한 이윤을 얻지 못하고 있다. 이것은 경제적 제국주의에로 향한다. 왜냐하면 이윤을 확보하는 유일한 가능성은 어떤 거대한 시장의 배타적 통제에 있기 때문이다. 그 동안 보다 약한 경쟁자들은 파산하고, 단위가 클수록 그들 중의 하나가 문을 닫게 될 때의 혼란도 크다. 경쟁은 이윤을 얻고 팔 수 없을 정도로 그렇게 많이 생산되도록 유도한다. 그러나 공급을 줄이는 것은 너무나 느리게 된다. 왜냐하면, 매우 값이 싼 기계를 설치한 경우에는, 생산을 전혀 하지 않는 것보다는 손실을 보면서라도 몇 년의 기간 동안 생산하는 것이 덜 처참할는지 모르기 때문이다. 모든 이런 혼돈과 혼란은 현대의 대규모 공업을 사적인 이윤의 동기에 의하여 운영되도록 내버려둔 데에서 기인한다.

자본주의체제에서는, 특정의 상품이 특정회사에 의하여 제조될 것이냐 아니냐를 결정하는 비용은 그 회사에 대한 비용이지 사회공동체에 대한 비용은 아니다. 그 차이를 한 상상적 예로서 그려보자. 어떤 사람이 가령 헨리 포드 씨가, 자동차를 싼값으로 만드는 방법을 찾아내서 어느 누구도 경쟁할 수 없게 되어 그 결과로 자동차 생산에 종사하는 모든 다른 회사는 파산했다고 가정해 보자. 사회공동체에 대한 그 값싼 자동차 한대의 비용을 산출하기 위해서는 포드씨가 지급해야 할 비용에다 다른 회사들에 속하는 지금은 소용없게 된 모든 공장설비와 그전에 다른 회사들에 고용되었으나 지금은 실업자가 된 그들 노동자들과 경영자들의 양육 및 교육비의 적절한 부분을 추가해야 한다(약간은 포드씨에게서 일자리를 얻을 것이지만 아마도 전부는 아닐 것이다. 왜냐하면, 새로운 생산과정은 값이 덜 먹히고, 따라서 노동력을 덜 필요로 하기 때문이다). 노사분쟁, 파업, 폭동, 별도 경찰력, 재판 그리고 투옥 등 사회전체에 대한 다른 비용들이 또한 있게 된다. 모든 이런 항목들이 감안될 때에는 사회공동체에 대한 그 새로운 자동차의 비용은 우선 옛 자동차의 비용보다도 훨씬 더 크다는 것을 알 수 있을 것이다. 그래서 우리의 현 체제에서 결정되어지는 개인적 제조업자에 대한 비용과는 대조적으로, 이제는 사회적으로 무엇이 유익한가를 결정하는 것이 사회공동체에 대한 비용이다. 어떻게 사회주의가 이 문제를 취급할 것인가를 나는 나중에 설명할 것이다.

2. 여가의 가능성

(필자: 나는 이 화제가 이 책의 맨 첫 에세이 "게으름의 칭송"에서 토의되었으므로, 이것을 여기에서는 간단히 취급하겠다)

기계의 생산성에 힘입어 이제는 예전에 필요했던 것보다 훨씬 적은 노동이 인류의 복지의 상당한 수준을 유지하는 데에 필요하게 되었다. 어떤 조심스런 저자들은 하루에 한 시간의 노동으로 충분할 것이라고 주장하지만, 아마 이 추산은 아시아 지역을 충분히 감안하지 않은 것 같다. 나는 안정을 기하기 위하여 추측하건대, 모든 성인들의 하루 4시간의 노동은 사람들이 이성적으로 원할 만큼 물질적 안락을 생산하기에 충분할 것이다. 현재에는, 그러나 이윤동기의 작용 때문에 여가는 평준하게 분배될 수 없다. 다른 이들은 완전히 실업인 한편, 어떤 이들은 과도하게 노동한다. 이것은 다음의 결과를 초래한다: 고용주에 대한 임금노동자의 가치는 그의 작업량에 의존하는데, 이것은 작업시간이 7 또는 8시간을 초과하지 않는 한, 작업일의 길이에 비례한다고 고용주는 생각한다. 임금노동자는, 다른 한편 낮은 임금에 매우 짧은 시간 일하는 것보다는 좋은 임금에 오히려 장시간 일하기를 더 좋아한다. 따라서 긴 작업일을 갖는 것이 양편에 적합하게 되고 그 결과로 실업자들을 굶주리도록 또는 공공비용으로 공공기관에 의해 돌보도록 방치하게 된다.

인류의 대다수가 현재로는 물질적 안락의 한 합리적 수준에 이르지 못하기 때문에, 하루에 4시간 노동 이하의 평균노동이 생활필수품들과 단순한 안락을 지금 생산하고 있는 정도로 생산하기에 충분할 것이다. 이것은 만일 취업자들의 하루 평균노동시간이 8시간이라면, 비효율성과 불필요한 생산의 어떤 형태들을 위한 것이 아닐 바에는 노동자들의 절반이상이 실업자가 될 것이다. 먼저 비효율성을 보자. 우리는 이미 경쟁에 내포된 낭비의 어떤 현상을 보았지만, 우리는 이것에다 광고에 소비되는 모든 것과 시장조사에 투입되는 모든 숙련작업을 추가해야 한다. 민족주의는 낭비의 다른 종류를 내포한다.

미국의 자동차 제조업자들은, 만일 그들이 미국에서 한 거대한 설비로 그들의 모든 자동차를 생산할 수 있다면 그것은 분명히 노동을 절약하는 반면에, 가령 유럽의 주요국가들에 공장을 설치하는 것이 관세 때문에 필요하다고 판단한다. 그리고는 군사장비와 군대훈련에 내포된 낭비가 있는데, 이것은 군대 복무가 강제적인 곳에서는 전 남성인구에 해당된다. 부자들의 사치와 함께 낭비의 이런, 그리고 다른 형태들 덕분에 인구의 절반이상이 아직 취업하고 있다. 그러나 우리의 현 체제가 지속하는 한, 낭비의 제거를 지향하는 모든 조치는 임금노동자들의 곤경을 지금보다도 더 악화시키기만 할 수 있을 뿐이다.

3. 경제적 불안전

오늘의 세계의 상태에서는 많은 사람들이 궁핍한 처지에 있을 뿐 아니라, 그렇지 않은 사람들의 대다수는 그들도 어느 순간에는 그렇게 될는지도 모른다는 완전히 이성적인 공포에 사로잡혀 있다. 임금노동자들은 항상 실업의 위험에 처해있고 봉급생활자들은 그들의 회사가 파산 당하거나 직원 수를 감소시키는 것이 필요하다고 판단할 수 있다는 것을 알고 있다. 기업주들은, 매우 부자라고 알려진 이들까지도 모든 그들의 자금의 손실은 결코 부당한 것이 아니라는 것을 안다. 전문적인 직업인들은 매우 심한 경쟁을 해야 한다. 그들은 자녀들의 교육을 위하여 큰 희생을 치른 뒤에 그들은 그들의 자녀들이 얻은 기술과 능력을 발휘할 기회가 열려 있지 않음을 발견하게 된다. 만일 그들이 변호사들이라면, 그들은 비록 심각한 불의의 문제들이 해결되지 않은 채 남아 있지만, 사람들이 법에 호소할 여유를 더 이상 가질 수 없음을 발견한다. …〈생략〉… 가장 낮은 계층에서부터 거의 가장 높은 계층에 이르기까지 모든 계층에 있어서 경제적 공포가 그들의 노동을 신경질나게 만들고 그들의 여가를 김빠지게 만들면서 낮에는 사람들의 생각을 지배하고 밤에는 그들의 꿈을 지배한다. 이 항상 현존하는 테러는, 내가 생각건대, 문명된 세계의 대부분을 휩쓸어온 미치광이의 기분을 낳게 한 주요원인이다.

부에 대한 욕망은 대부분의 경우에 있어서 안전에 대한 욕망에 기인한다. 사람들은 돈을 저축하고 그것을 투자하는데, 이것은 그들이 늙고 허약하게 될 때에 생계를 유지할 것에 대비하고 그들의 자녀들이 사회에서 낙오자가 되지 않도록 하기 위한 희망에서 그렇게 한다. 예전에는 이 희망은, 안전한 투자라는 것이 있었기에 합리적인 것이었다. 그러나 이제는 안전은 획득 불가능한 것이 되고 말았다. 최대의 기업체들이 실패하고 국가들이 파산 당하며 아직 건재하는 것은 무엇이나 내년에는 사라지기 쉽다. 그 결과는 한 바보의 낙원에서 계속 살고 있는 이들을 제외하고는, 가능한 치유법들에 관한 한 건전한 고려를 매우 어렵게 만드는 불행한 잔혹성과 무자비성이라는 어떤 기분을 갖게 하는 것이다.

경제적 안전은, 전쟁의 방지를 제외하고는 상상할 수 있는 어느 다른 변화보다도 문명된 사회공동체들의 행복을 증진시키기 위해 더 많은 기여를 할 것이다. 노동은, 사회적으로 필요한 정도까지, 모든 건강한 성인들에게 법적으로 의무화되어야 할 것이지만, 그들의 소득은 다만 그들의 일할 용의에만 의존해야 할 것이고, 어떤 이유로 그들의 봉사가 임시적으로 불필요할 때에 지급중단되어서는 안 될 것이다…〈생략〉…

예외적인 부에 대한 욕망이 결코 노동에 대한 필수적 자극은 아니다. 현재에는 대부분의 사람들은 부자가 되기 위해서가 아니고 굶어죽는 것을 피하기 위해서 일한다. 한 집배원은 다른 집배원보다 더 큰 부자가 되기를 기대하지 않으며, 한 육군병사나 해병은 그의 국가에 봉사함으로써 한 횡재를 차지할 것을 희망하지는 않는다. 한 큰 재정적 성공의 달성이 지배적 동기로 되어있는 사람들이 약간 있다는 것은 사실이고 그들은 예외적인 정력과 중요성을 갖는 사람들이라는 경향이 있다. 어떤 이들은 좋은 일을 하고 다른 이들은 증권시장 이나 부패한 정치인들을 조작한다. 그러나 그들이 원하는 것은 주로 성공이라 는 것인데 그 중에 돈이 그 상징이다. 만일 영예나 중요한 행정직과 같은 형태 로 성공이 얻어질 수 있다면, 그들은 아직 한 적절한 유인(incentive)을 가질 것이 며, 사회공동체에 유익한 방법으로 일하는 것이 그들의 지금의 노동보다 더 필요하다고 생각하게 될 것이다. 부에 대한 욕망자체는, 성공에 대한 욕망과는 반대로, 사회적으로 유용한 동기는 아니고 먹고 마시는 것을 지나치게 많이 갖고자하는 욕망보다 더 나을 것이 없다. 한 사회체제가, 따라서, 이런 욕망에 전혀 분출구를 마련하지 않는다고 하여 보다 나쁘다고 볼 수는 없다. 다른 한편, 불안정을 철폐시키는 한 체제는 현대생활의 정신적 질환(hysteria)의 대부분을 해소시킬 것이다.

4. 부자들의 실업(The Unemployed Rich)

임금노동자들 중의 실업의 해악점들은 일반적으로 인정되어있다. 그들 실업 자들 자신에 대한 고통, 사회공동체에 대한 그들의 노동력의 손실, 그리고 직장 을 구하기에 연속적으로 실패함으로써 초래되는 사기저하의 효과 등은 더 이상 길게 늘어놓을 필요가 없는 주지된 문제들이다. 부자들의 실업은 한 다른 종류 의 악이다. 이 세상은 교육을 거의 받지 않고 많은 돈을 갖고 있으며, 따라서 큰 자신(self-confidence)을 가진 할 일없는 사람들, 대부분 여성들로 가득 차 있다. 그들의 부에 힘입어, 그들은 많은 노동이 그들의 안락을 위해 헌신하도록 유인 할 수 있다. 비록 그들이 드물게 어떤 순수한 교양을 갖고 있지만, 그들은, 그것 이 나쁘지 않으면 그들을 즐겁게 해주지는 않을 예술의 주요 후원자들이다. 그들의 무용성(uselessness)은 그들을 한 비현실적인 감상주의(unreal sentimentality)에
로 몰아넣는데, 이것은 그들로 하여금 열렬한 성실성을 싫어하도록 하며 문화
에 비탄할만한 영향을 끼치게 한다. 돈을 버는 남자들이 대부분 너무 바빠서
스스로 돈을 쓸 수 없는 미국에서는 특히, 문화는 대체로 여자들에 의해서 지배
되고 있는데, 이들의 유일하게 존경받을 점은 그들의 남편들이 날로 큰 부자가
되는 기술을 소유하고 있다는 것이다. 사회주의보다는 자본주의가 예술에 대해
더 호의적이라고 주장하는 이들이 있지만, 내 생각에는 그들은 과거의 귀족체
제들을 기억하면서 현재의 금력지배체제들(plutocracies)을 망각하고 있다고 생각
한다.

할일 없는 부자들의 존재는 다른 불행한 결과들을 초래한다. 보다 중요한
공업분야들에 있어서는 다수의 작은 기업들보다는 소수의 대기업들이 지배하
는 것이 현대적 경향이지만 아직도 이 법칙에 대한 많은 예외들이 있다. 가령,
런던의 불필요한 작은 상점들의 수를 생각해 보라. 부유한 여자들이 장보는 구
역들을 통틀어서 거기에는 보통 러시아의 백작부인들이 소유하는, 저마다 다른
어떤 상점들보다 약간 더 훌륭하다고 말하는 수많은 모자상점들이 있다. 그들
의 고객들은 불과 몇 분간에 해야 될 한 거래에 몇 시간을 보내면서 한 상점에서
다른 상점으로 이동한다. 그 상점들에서 일하는 이들의 노동과 그 상점에서 물
건을 사는 이들의 시간은 똑같이 낭비되고 있다. 그리고 많은 숫자의 사람들의
활력이 사소한 일로 얽혀지게 된다는 것은 또 하나의 다른 악이다. 큰 부자들의
구매력은, 기생자들을 만들어내는데, 이들은 아무리 부로부터 소외되어 있어도
만일 그들의 상품을 살 할 일 없는 부자들이 없다면 그들은 멸망하게 될 것이라
는 두려움을 갖고 있다. 모든 이런 사람들은 어리석은 사람들의 금력에 방어할
수 없이 그들이 의존되어 있는 상태에서 도덕적으로, 지적으로, 그리고 예술적
으로 고통을 당하고 있다.

5. 교육

고등교육은 지금은 전부는 아니라도 주로 부유층의 자녀들에게 한정되어 있다. 노동자계층의 자녀들이 장학금을 받아 대학에 진학하는 예가 때때로 있는 것은 사실이지만, 일반적 상례로서 그들은 그 과정에서 너무 심하게 일해야 했기 때문에 그들은 기진맥진해져서 그들의 당초의 유망했던 목표를 달성하지 못한다. 우리의 현 체제는 능력의 엄청난 낭비를 초래하고 있다. 임금노동자인 부부들에게서 난 한 소년이나 소녀가 수학이나 음악이나 자연과학에 있어서 일류의 재능을 갖고 있다고 해도 그가 이 재능을 발휘할 기회를 갖는다는 것은 그 가능성이 매우 희박하다. 더구나, 교육은 적어도 영국에서는 아직도 허영에 찬 위신의식(snobbery)으로 온통 전염되어 있어서 사립학교와 초등학교에서 계급의식이 학교생활의 모든 순간에 학생들에게 침투되어 있다. 그리고 교육은 주로 국가에 의하여 통제되는 고로 현재 상태를 방어해야 되고 따라서 젊은이들의 비판능력을 가능한 한 흐리게 해야 하며 그들을 "위험한 사상들"로부터 보호해야 한다. 이 모든 것은 여하한 불안전한 체제에서도 불가피하다는 것이 인정되어야 하며, 이것은 영국이나 미국에서보다도 러시아에서 더 악화되어 있다. 그러나 한 사회주의체제는 앞으로 비판을 두려워하지 않을 정도로 충분히 안전하게 될 수 있는 반면에, 이것이 한 자본주의체제 하에서, 노동자들이 전혀 교육을 받지 않는 한 노예국가를 창설하지 않고는 발생하리라는 것을 지금은 거의 불가능하다. 그러므로 교육제도에 있어서의 현재의 경험들이 경제체제가 변형되어질 때까지 퇴치될 수 있다는 것은 기대 될 수 없다.

6. 여성해방과 유아들의 후생복지

여성의 지위를 개선하기 위하여 최근에 되어진 무엇에도 불구하고 가정주부의 대다수들은 그들의 남편들에게 경제적으로 의존되어있다. 이 의존성은 한 임금노동자의 그의 고용주에의 의존보다도 여러 가지 면에서 훨씬 더 나쁜 것이다. 한 피고용자는 그의 일자리를 내던질 수 있지만 한 가정주부에게는 이것은 어려운 일이다. 더구나 아무리 힘들게 그녀가 집안살림 유지를 위하여 일을 해야 한다고 해도 그녀는 화폐임금을 청구할 수 없다. 이런 상태가 지속되는 한은, 가정부인들이 남자들과 겨눌만한 경제적 평등이라는 것을 누리고 있다고 말할 수 없다. 그러나 사회주의 확립으로 어떻게 이 문제가 해결될 수 있다고는 보기 힘들다. 유아양육의 비용이 남편에 의해서보다는 오히려 국가에 의해서 부담되어야 한다는 것과 결혼한 여자들은 젖먹이는 동안과 임신후기를 제외하고는 가정 밖에서 노동함으로써 그들의 생계를 벌어야 한다는 것이 필요하다. 이것은(이 책의 한 에세이에서 고려된 바와 같이) 어떤 건축 상의 개혁과 아주 어린이들을 위한 간호양육학교들의 설치를 필요로 할 것이다. 어린애들에게 이것은 그들의 어머니에게와 마찬가지로 한 큰 기쁨이 될 것이다. 왜냐하면 애들은 한 임금노동자의 가정에서는 불가능한 공간과 햇빛과 식사의 조건들을 필요로 하고 한 양육학교에서 값싸게 마련될 수 있기 때문이다.

가정주부들의 지위와 어린애들의 양육에 있어서의 이런 종류의 한 개혁은 완전한 사회주의 없이도 가능할는지 모르는데, 이미 여기저기서 소규모로 그리고 불완전하게나마 실시되어왔다. 그러나 그것은 사회의 일반적인 경제변혁의 일보로서가 아니고는 적절히 그리고 완전히 실시될 수 없다.

7. 예술

사회주의의 도입으로 인하여 건축분야에서 기대할 수 있는 개선에 관하여 나는 이미 언급했다. 회화는 예전에는 큰 건축물에 동반되어 이를 장식했는데, 우리 이웃들에 대한 우리의 경쟁적 공포에서 유발된 누추한 사생활 보호경향이 공동체 안에서 함께 아름다움을 즐기고자 하는 소원의 경향으로 변할 때에는 회화는 다시 그렇게 될 수 있을 것이다. 현대적 영화예술은 막대한 가능성들을 갖고 있지만, 이 가능성들은 제작자들의 동기가 상업적인 동안에는 발전할 수 없다. 소련은 이들 가능성들을 실현시키기에 가장 유리한 형편에 이르렀다는 의견을 사실상 많은 사람들이 갖고 있다. 문학이 상업적 동기 때문에 얼마나 고난을 겪고 있는가를 각 작가들은 알고 있다. 거의 모든 활력 있는 저술은 어떤 부류의 사람들을 공격하게 되고 따라서 다른 책들보다 적게 팔리게 된다. 저술 가들에게는 그들의 작품의 장점을 그들의 보상금을 기준으로 하여 평가하지 않기란 어려운 일이며, 나쁜 작품이 큰 금전적 보수를 가져올 때에는 좋은 작품 을 내고 가난하게 머물러 있으려면 성격의 비상한 확고부동성을 필요로 한다.

사회주의가 사태를 더 악화시키기조차 할 수 있을 것이라는 것은 인정되어야 한다. 도서출판이 국가독점으로 되어있을 것이므로 국가는 자유가 없는 언론통 제를 쉽게 실시할 수 있을 것이다. 새로운 체제에 대하여 심한 반대가 있는 한 이것은 거의 불가피할 것이다. 그러나 과도기가 지났을 때에는 국가가 그들의 장점을 인정하려고 하지 않는 책들이, 만일 그 저자가 시간외 근무로써 그 비용 을 충당할 만큼 가치 있다고 생각한다면, 출판될 수 있도록 하는 것은 바람직한 일일 것이다. 근무시간이 짧을 것이므로 그것은 전혀 지나친 고충은 아닐 것이 지만, 그들의 책들이 값있는 어떤 것을 포함하고 있음을 진실로 확신하지 않는 작가들의 용기를 꺾기에는 충분할 것이다. 한 책이 출판되도록 하는 것이 가능 해야 한다는 것이 중요하지, 그것이 매우 쉽게 되어야 한다는 것이 중요한 것은 아니다. 현재에 있어서 책들은 양적으로는 월등히 많은 만큼 질적으로는 낮다.

8. 비영리적 공공사업들

문명된 정부가 생긴 이래로, 실현되어야 하지만 이윤동기의 우발적 작용에 떠맡겨둘 수 는 없는 어떤 일들이 있다는 것이 인정되어 왔다. 이것들 중에 가장 중요한 것이 전쟁이었다. 국영기업의 비효율성을 절감하는 이들까지도 국방은 사기업가들에게 넘겨줘야 된다고 제안하지는 않는다. 그러나 도로, 항만, 등대, 도시들의 공원들과 같이 공공기관들이 담당하는 것이 필요한 것으로 밝혀진 많은 다른 일들이 있다. 지난 백 년 동안 성장해온, 사회화된 활동의 한 매우 큰 분야가 공중위생이다. 처음에는 자유방임주의의 광신적 추종자들은 반대했 지만, 실제적 논거들이 더 우월했다. 만일 사기업 이론이 철저히 실시되어왔었다면, 치부하는 새로운 방법들의 모든 종류들이 가능했었을 것이다‥〈생략〉…

공공사업의 증대하는 숫자와 복잡성은 지난 세기의 특징적 면모들의 하나였다. 그 중에 가장 거대한 것은 교육이다. 교육이 국가에 의해서 보편적으로 강행되기 이전에는 존재했던 학교들과 대학들의 설립에 대한 여러 가지 동기들이 있었다. 중세기부터 있었던 종교적 재단들이 있었고, 계몽된 문예부흥시대의 군주들에 의해서 설립된 불란서대학(College de France)과 같은 세속적 재단들이 있었다. 그리고 우수한 가난한 이들을 위한 자선학교들이 있었다. 이들 중의 어느 것도 이윤을 위해서 운영되지는 않았다. 그러나 이윤을 위해서 운영된 학교들이 있었는데, 그들 중에 Dotheboys Hall과 Salem House가 그 예들이었다. 이직도 이윤을 위해서 운영되는 학교들이 있고, 교육당국의 존재가 그런 학교들이 Dotheboys Hall의 모델을 복사하는 것을 방지하고 있지만, 이들은 학문적 성취의 한 높은 표준보다는 그들의 말쑥한 외모의 치장에 의존하기 쉽다. 대체로 이윤동기는 교육에 별로 영향을 미치지 않았고 그것도 별로 나쁜 영향을 끼치지는 않았다.

공공당국이 실제로 그 사업을 이행하지 않는 경우에서도 그것을 통제하는 것이 필요하게 된다‥〈생략〉… 가옥들은 사기업에 의하여 지어질 수 있을 것이나 그 건축은 법령들로써 통제된다. 이 경우에, 보다 엄격한 규제가 바람직하다고 지금은 일반적으로 인정되어 있다. 크리스토퍼 렌경(Sir Christopher Wren)이 대화재 이후의 런던을 위하여 설계한 것과 같은 통합도시계획은 빈민굴과 교외의 추악함을 해소시키고 현대 도시들을 아름답고 건강하며 유쾌하게 만들 수 있을 것이다. 이 예는 우리의 고도로 유동적인 세계에 있어서 사기업에 반대하는 논거들의 다른 하나를 보여준다. 통합된 단위들로서 고려되어야 할 지역들은 큰 금력 지배자들에 의해서조차도 취급되기에는 너무나 광대하다. 예를 들면, 런던은 그 주민의 대부분이 한 지역에서 잠자고 다른 지역에서 일하기 때문에, 하나의 전체로서 고려되어야 한다. 성 로렌스(St. Lawrence) 운하와 같은 어떤 중요한 문제들은 두 나라의 다른 부분들에 걸친 커다란 이해관계를 내포한다.

그런 경우에는 한 단일정부로서도 해결하기 어려운 지역의 문제들이다. 사람들과 상품들과 전력은 모두 예전보다는 훨씬 쉽게 운반될 수 있는데, 그 결과로 말이 이동과 운반의 가장 신속한 수단이었던 때보다는 작은 지방들은 자율성과 자급능력을 더 잃게 되었다. 전력공급소들은 매우 중요하기 때문에, 만일 그것들이 사기업의 손에 놓여있게 되면, 중세기의 귀족이 그의 성곽에서 행세한 것과 비교될 수 있는 한 새로운 종류의 횡포가 가능하게 될 것이다. 발전소가 그 독점적 이익을 완전히 착취할 만큼 자유롭다면, 한 발전소에 의존하는 한 지역공동체는 적당한 경제적 안전을 가질 수 없다는 것은 명백하다. 상품들의 기동성은 아직도 철도에 의존되어 있고 사람들의 기동성은 부분적으로 도로에 의존되어 있다. 기차와 자동차는 도시들의 격리를 무의미하게 만들었고 비행기는 국가들 사이에 똑같은 효과를 가져오고 있다. 이렇게 하여 점점 더 큰 지역들이 점점 더 많은 공공기관의 통제(public control)를 받으면서 발명의 진보에 의하여 더욱 증대하여 필요하게 된다.

9. 전쟁

나는 이제 사회주의를 지지하는 마지막이며 가장 강력한 논거, 즉 전쟁방지의 필요성에 도달했다. 나는 전쟁이 일어날 가능성이나 그것의 해악성에 관해서는 그런 것은 당연한 것으로 인정될 것이므로 시간을 낭비하지 않겠다. 나는 두 가지 질문에 국한하고자 한다. (1) 현재에 있어서 자본주의에 결부된 전쟁의 위험성이 얼마나 큰가? (2) 사회주의의 확립이 그 위험성을 어느 정도로 제거할 것인가?

전쟁은, 그 원인들이 항상 주로 경제적인 것이었지만, 그러나 원래 자본주의에 의하여 발생하지 않은, 한 오랜 제도다. 그것은 과거에는 군주들의 개인적 야심들과 정력적인 부족들이나 민족들의 영토확장을 기도하는 모험성이라는 두 가지의 주요원인들에서 발생했다. 7년 전쟁과 같은 그런 분쟁은 이 두 가지의 면모를 나타내는데, 유럽에 있어서는 그것은 왕권적인 것이었고 그 반면에 미국과 인도에서는 그것은 민족들의 분쟁이었다. 로마인들의 정복들은 대체로 장군들과 그들의 군대들의 편에서의 직접적인 개인적 금전욕의 동기들에 연유한 것이었다. 아랍인들, 훈족들 그리고 몽고족들과 같은 유목민들은 그들의 이전의 목초 토지들의 부족에 의한 정복의 경력으로 거듭하여 형성되었었다. 그리고 한 군주가 그의 뜻을 강요할 수 있었던 때(중국과 후기 로마제국들에 있어서와 같이)를 제외하고는 모든 경우에, 전쟁은 승리에 확신을 가진 정력적인 남성들이 그것을 즐기는 한편, 그들의 여자들은 그 남자들의 용감성에 그들이 경탄한 사실에 의하여 기억되지 않으면 안 된다. 오로지 국제적 사회주의만이 전쟁에 대한 하나의 완전한 보호를 가능케 할 테지만, 모든 주요 문명국가들에 있어서의 단일 국가적 사회주의는, 내가 여기에 보여주려고 하는 것과 같이 전쟁의 발생가능성을 크게 감소시킬 것이다.

전쟁에로의 모험적 충동이 아직도 문명국가들의 인구의 일부에 존재하는 반면에, 평화에 대한 갈망을 일으키는 동기들이 지난 몇 세기동안의 어느 때보다도 훨씬 더 강하다. 사람들은 뼈저린 체험에 의하여 지난번의 전쟁이 승리자들에게도 번영을 가져오지 않았다는 것을 알고 있다. 그들은 다음번의 전쟁이 어느 때를 막론하고 그 규모에 있어서나 30년 전쟁 이후의 그 강도에 있어서 비교될 수 없을 만큼 큰 시민들의 생명의 손실을 초래할 것이라는 것과 이 손실은 아마도 결코 한쪽에만 국한되지 않을 것이라는 것을 이해한다. 그들은 수도들이 파괴되고 전 대륙이 문명을 잃게 될 것임을 두려워한다. 영국인들은 특히 그들이 오랫동안 침략으로부터 보호된 상태를 잃게 되리란 것을 알고 있다. 이런 고려들은 영국에서 평화에 대한 열렬한 갈망을 자아냈고 대부분의 다른 나라들에서도 아마 덜 강할는지는 모르나 똑같은 감정을 불러일으켰다.

이 모든 사실에도 불구하고, 왜 전쟁의 임박한 위험성이 있는가? 가까운 원인은 물론, 독일에 있어서의 전투적 민족주의의 결과적 성장을 가져온, 베르사유의 조약의 가혹성이다. 그러나 한 새로운 전쟁은 패배한 편에 더욱 야비한 반응을 불러일으키면서 아마도 1919년의 그것보다도 더욱 가혹한 조약을 만들어내

는 것에 불과할 것이다. 항구적 평화는 이런 끝없는 보복놀이(endless see-saw)로
부터 유출될 수는 없으며 오로지 국가 간의 적개심의 원인들의 제거로부터만
가능하다. 오늘날(1935년)에는 이들 원인들은 주로 어떤 일부의 경제적 이해관
계들에서 발견될 수 있을 것이고 따라서 하나의 근본적인 경제적 질서의 재구
성에 의해서만 철폐될 수 있을 것이다.

　…(생략)… 왜 독일인들이 불의로 고통받기를 계속해야 할 하등의 좋은 이유
도 없고, 만일 그 불의가 제거되었더라면 그들의 이웃들 가운데에 공포심을 자
아내도록 그렇게 행동할 하등의 합리적인 구실을 그들이 아직도 갖고 있지 않
을 것이다. 그러나 조용하게 되고 합리적으로 되도록 노력이 경주될 때마다,
선전이 애국주의와 국가적 명예에 호소하는 형태로 나타난다. 세계는, 마치 개
혁하려고 애쓰지만 그에게 술을 마시도록 권하는 친절한 친구들에 둘러싸인
한 술주정뱅이의 상태에 있고, 따라서 항구적으로 뒤쳐져 있다. 이 경우에 그
친절한 친구들은 그의 불행한 성향 덕분에 돈을 버는 사람들인데, 그의 개혁에
있어서의 첫 단계는 그들을 제거하는 것이지 않으면 안 된다. 현대 자본주의가
전쟁의 한 원인으로 간주될 수 있는 것은 오로지 이런 의미에서인 것이다. 그것
은 전체의 원인은 아니지만, 그것은 다른 원인들에 대한 본질적인 자극을 마련
한다. 만일 그것이 더 이상 존재하지 않는다면, 이 자극의 부재는 사실들로 하여
금 얼른 전쟁의 부조리를 직시하도록, 그리고 전쟁의 미래에 있어서의 발생을
불가능하게 만들 것과 대등할 만한 협약들을 맺도록 할 것이다.

　철강공업과 그와 비슷한 이해관계를 갖는 다른 공업들에 의해서 제시된 문제
의 완전하고도 최종적인 해결은 국제적 사회주의, 즉 관련된 모든 정부들을 대
표하는 한 권위기관에 의하여 그들이 운영되는 데서만 발견되어질 것이다. 그
러나 주도적인 각 공업 국가에 있어서의 국유화는 아마도 전쟁의 절박한 위험
성을 제거하기에 충분할 것이다. 왜냐하면, 만일 철강공업의 경영이 정부의 손
에 있고 그 정부가 민주적이라면, 그것은 그 자신의 이익을 위해서가 아니고
국민의 이익을 위해서 운영될 것이기 때문이다. 국가재정의 예산서에는 철강기

업이 사회의 다른 부분들의 대가로 달성한 이윤들은 다른 부분들의 손실들로써 상쇄되어질 것이며, 어느 개인의 소득도 하나의 개별공업의 이익이나 손실과 더불어 변동하지는 않을 것이므로, 아마도 공공비용으로 철강공업의 이해관계를 밀고 나갈 어떤 동기를 갖지는 않을 것이다. 군비증대에 기인한 강철의 증대된 생산은, 그것이 국민들 사이에 분배되어질 소비재 상품들의 공급을 감소시킬 것이므로, 손실로 나타날 것이다. 이런 방식으로 공공이익과 사적 이익이 조화될 것이며, 사기적 선전의 동기는 사라질 것이다.

우리가 지금까지 고려해온 다른 악들을 사회주의가 치유할 방도에 관하여 말할 것이 남아있다.

공업에 있어서의 주도적 동기로서의 이윤의 추구 대신에 정부의 계획이 있을 것이다. 정부가 잘못 계산할 수 있을는지 모르지만, 그것은 정부가 더 충분한 지식을 가질 것이므로 사적 개인보다는 덜 오산하게 될 것 같다. 고무값이 높았을 때에는 할 수 있는 모든 사람은 고무나무를 심었는데, 그 결과로 몇 년 뒤에는 그 값이 엄청나게 떨어졌고 따라서 고무의 생산량을 제한하는 협약을 맺는 것이 필요하게 됐다. 모든 통계를 소유하는 중앙정부당국은 이런 종류의 오산을 방지할 수 있다. 그럼에도 불구하고, 새로운 발명과 같은 예기치 못한 원인들이 가장 조심성 있는 평가조차 그릇되게 할는지 모른다. 그런 경우에는, 사회전체가 새로운 과정들에로 옮겨감으로써 점진적 발전을 하게 된다. 그리고 어느 순간에서나 실업자들에 관해서는 지금은 실업상태에 대한 공포심과 고용주들과 피고용자들 상호간의 불신과 의혹 때문에 불가능한 조치들을 사회주의 체제 아래서는 채택하는 것이 가능할 것이다. 한 공업분야가 쇠퇴하고 다른 분야가 확장되어 갈 때에, 젊은이들은 쇠퇴해 가는 공업분야에서 끌어내어 확장되고 있는 분야에서 숙련시킬 수 있게 된다. 실업의 대부분은 노동시간의 단축으로써 방지될 수 있다. 한 사람에게 전혀 일거리가 발견될 수 없을 때에라도, 그는 일하고자 하는 의욕(willingness to work)에 대하여 지급될 것이므로, 그는 완전한 임금을 받게 될 것이다. 노동이 강요되어야 하는 한, 그것은 형법에 의하여 강요될 것이지, 경제적 제재에 의해서는 아니다.

안락과 여가 사이의 균형을 짓는 것은 계획을 담당한 이들에게, 따라서 궁극적으로는 국민들의 표결에 맡겨지게 될 것이다. 만일 각 사람이 하루에 4시간 노동한다면, 각 사람이 5시간을 일하는 것보다는 덜 안락을 누릴 것이다. 기술적 개선들이 부분적으로 더 많은 안락을 마련하면서 또 부분적으로 더 많은 여가를 마련하도록 유용하게 쓰여질 것이다.

각 사람은 그가 범죄자가 아닌 한은 봉급을 받을 것이고 어린애들의 양육비는 국가에 의하여 부담될 것이므로, 경제적 불안정은 (전쟁의 위험이 아직 존재할 경우를 제외하고는) 더 이상 존재하지 않을 것이다. 가정주부들은 남편들에게 의존하지 않을 것이며, 어린애들은 그들의 부모들의 잘못 때문에 심각하게 고통받도록 허용되지 않을 것이다. 한 개인의 다른 개인에게의 경제적 의존은 없어질 것이며 다만 모든 개인들의 국가에의 경제적 의존만이 있을 것이다.

사회주의가 어떤 문명국가들에는 존재하지만 다른 나라들에는 존재하지 않는 동안에는, 전쟁의 가능성이 아직 있을 것이고, 사회주의체제의 유익한 점들이 충분히 이해될 수 없을 것이다. 그러나 나는 사회주의를 채택하는 각 나라가 공격적으로 전투주의적(aggressively militaristic)이기를 그치게 될 것이며 다른 나라들의 편에서의 공격성과 침략성을 방지하는 데에만 순전히 관심을 두게 될 것이라는 것은 건전한 추측이라고 생각한다. 사회주의가 문명된 세계를 통틀어서 보편화되었다면, 대규모 전쟁들에 대한 동기들이, 평화를 오히려 선택코자 하는 것에 대한 그 명백한 이유들을 극복할 만큼 충분한 힘을 아마도 더 이상 갖고 있지는 않을 것이다.

나는 반복하건대, 사회주의는 무산자들(프롤레타리아)만을 위한 한 이론은 아니다(socialism, I repeat, is not a doctrine for the proletariat only.). 경제적 불안전 (economic insecurity)을 방지함으로써, 몇 사람 안 되는 가장 부유한 사람들을 제외한 모든 사람들의 행복을 증대시키는 것이 사회주의 아래에서 가능하게 예상된다. 그리고 만일, 내가 확고히 믿는 대로, 그것이 제1급의 전쟁들을 방지할 수 있다면, 그것은 전 세계의 복지를 측량할 수 없이 막대하게 증대시킬 것이다. 반면에, 어떤 공업 대기업가들이, 그들의 견해를 그럴듯하게 만들 수 있는 경제적 논거에도 불구하고, 다른 또 하나의 세계대전에 의하여 이득을 볼 수 있을 것이라고 믿는 것은 과대망상환자의 한 미친 환상이다.

공산주의자들이 주장하는 대로, 사회주의는 그렇게 보편적으로 유익하고 그렇게 이해하기 쉬운 한 체제이고, 더구나 현재의 경제체제의 명확한 파탄 때문에, 그리고 전쟁을 통한 보편적 황폐의 긴박한 위험성 때문에 추천되는 한 체제라는 것이 참으로 옳은가? 이 체제는 무산자들과 극소수의 지식인들을 제외하고는 설득하여 제시될 수 없고 오로지 한 피비린내나고 의심스럽고 파괴적인 계급전쟁의 수단에 의해서만 도입될 수 있다는 것이 참으로 옳은가?

나는, 나 자신에 국한한다면, 이것을 믿는다는 것은 불가능하다. 사회주의는, 어떤 측면들에 있어서는, 오랜 옛날의 습관들에 역행하며, 따라서 다만 점진적으로 극복될 수 있는 하나의 충동적인 반대를 불러일으킨다. 그리고 그 반대자들의 마음속에는 사회주의는 무신론과 폭력의 지배(a reign of terror)와 연결되어 생각되어 왔다. 종교와 사회주의는 전혀 무관하다(With religion socialism has nothing to do.). 그것은 한 경제적 이론이며, 한 사회주의자는 아무런 논리적 비일관성 없이, 한 기독교인이나, 한 마호메트 교인, 한 불교 신자나 브라마(Brahma)의 한 숭배자 일 수 있을 것이다. 테러의 지배에 관해서 말하자면, 대부분이 반대자의 편에서 최근에 많은 테러의 지배가 있었고, 사회주의가 이들 중의 하나에 대한 한 폭력적 반항으로서 나타나는 곳에서는, 그것이 그 이전의 지배체제의 혹독성의 어떠한 것을 물려받을 것이 우려될 수 있다. 그러나 어느 정도의 사상의 자유와 언론의 자유를 아직도 허용하는 나라들에 있어서는 사회주의의 지지는, 정열과 인내를 겸비하여 노력한다면, 인구의 절반보다는 더 많은 사람들을 설득할 수 있도록 나타내보여질 수 있다고 나는 믿는다. 만일, 그때가 올 때에, 소수자가 불법적으로 폭력에 호소한다면, 다수자는 물론 그 반항자들을 억누르기 위하여 폭력을 사용하지 않으면 안될 것이다. 그러나 만일 설득의 그 이전 작업이 적절하게 이행되었다면, 반항은 분명히 아무 소용이 없을 것이기 때문에 가장 반동적인 이들조차도 그것을 시도하지는 않을 것이며, 또는 만일 그들이 반항한다면, 그들은 쉽게, 그리고 속히 패배할 것이기 때문에 테러의 한 지배에 대한 기회가 전혀 없을 것이다. 설득이 가능하고 대다수가 아직도 설득되지 않은 동안에는, 폭력에의 호소는 적합하지 않다; 대다수가 설득되었을 때에는, 무법적인 인사들이 한 소요를 일으키기에 알맞다고 보지 않는다면, 문제는 민주적인 통치의 정상적인 운영에 맡겨둘 수 있다. 그러한 소요의 탄압은 어떤 정부라도 취할 한 조치일 것이며, 사회주의자들은 민주적 국가들에 있는 헌법에 근거한 다른 정당들이 그러한 것보다 폭력에의 호소를 위한 기회를 더 많이 갖고 있지 않다. 그리고 만일 사회주의자들이 그들의 명령권 아래 폭력을 갖게 된다면, 그들이 그것을 획득할 수 있는 것은 오로지 사전 설득에 의해서만인 것이다.

사회주의가 아마 한번쯤은, 정치적 선전들의 정상적 방법들에 의하여 확립될는지 모르겠지만 파시즘의 성장이 이제 이것을 불가능하게 만들었다고 주장하는 것이 어떤 부류들에 있어서 통상 있는 일이다. 파시스트 정부들을 갖고 있는 나라들에 관해서는, 거기에는 헌법에 근거한 반대입장이 전혀 가능하지 않는 고로, 이것은 물론 사실상 그렇다. 그러나 불란서, 영국 그리고 미국에 있어서는 문제는 다르다. 불란서와 영국에는 강력한 사회주의정당들이 있다; 영국과 미국에는 공산주의자들은 수적으로 무시할 만하고 그들이 더 많은 지지자를 얻고 있다는 하등의 징조가 없다. 그들은 온건한 억압조치들에 대한 한 구실을 가진 반동분자들을 마련하기에 바로 충분했으나, 이들은 영국노동당의 재생이나 미국의 급진주의(radicalism)의 성장을 방지할 만큼 충분히 문젯거리가 되어오지는 않았다. 사회주의자들이 영국에서 곧 한 다수자의 위치에 있을 것은 그 실현성이 희박한 것은 아니다. 그들은, 그러면 의심할 여지없이 그들의 정책을 수행하는데 어려움들을 직면할 것이고, 보다 더 겁 많은 이들은 실수를 범해서 이들 어려움들을 사회주의 실현의 연기를 위한 한 구실로 삼으려고 시도할는지 모르는데, 왜냐하면 설득이 불가피하게 점진적인 동안에는 사회주의에로 최종적으로 옮겨가는 것은 빠르고 돌연히 되어야 하기 때문이다. 그러나 헌법에 근거한 방법들이 실패할 것이라고 상정할 하등의 좋은 이유가 아직은 없고, 어느 다른 방법들이 성공의 보다 나은 기회를 갖고 있다고 상정할 이유는 훨씬 더 없다. 오히려, 비합법적인 폭력에의 모든 호소는 파시즘의 성장을 돕게 된다. 민주주의 약점들이 무엇이 되었건 간에 사회주의가 영국이나 미국에서 성공하기를 희망할 수 있는 것은 오로지 민주주의의 수단에 의해서이며 민주주의에 대한 민중적 신념의 도움에 의해서인 것이다. 민주적 통치에 대한 존중을 취약하게 하는 이는 누구나, 고의적이건 고의적이 아니건 간에, 사회주의나 공산주의가 아닌, 파시즘의 출현가능성을 증대시키고 있는 것이다.

역자(배동인)의 소감:

위의 어려운 번역으로나마 러셀의 견해가 대체로 전달되었기를 희망한다. 그 내용에 있어서 우리는 이 글이 1935년경에 써졌다는 것을 기억한다면, 오늘에 있어서도 얼마나 현실적으로 절박한 문제의식과 얼마나 합리적이고 건전한 문제해결의 방향을 제시해주고 있는가에 스스로 놀라지 않을 수가 없다.

러셀은 그 당시에 벌써 "베르사이유의 조약의 혹독성"에 연유한 "독일에서의 전투적 민족주의의 성장"으로 제2차 세계대전이 일어날 것을 예견했고, 항구적 세계평화를 위해서는 "국가들 사이의 적개심의 원인들의 제거"가 급선무라는 것을 주창함으로써 오늘의 특히 동서양 진영 사이의 국제적 화해정책(detente, Entspannungspolitik)의 근본원칙을 분명히 했다. 여기에서 우리는 한반도와 한민족의 통일문제의 해결을 추구함에 있어서도 러셀의 말에 경청할 필요가 있다고 생각한다. 한편, 어떠한 경우에도 전쟁이 재발하지 않도록 경계해야 하겠지만, 다른 한편, 적극적으로는 한반도의 남쪽의 민중과 북쪽의 "인민"이 상대방을 적대시하거나 악마화해서는 안될 것이며, 비록 서로 다른 정치체제 아래서 격리되어 있어도 같은 민족이며 한 가족에 속하는 한 형제자매라는 것을 항상 재확인하고 사회생활의 모든 면에서 서로 공포심 없이 자유로이 유통할 수 있는 길을 모색해 나가야 할 것이다. 통일을 위해서는 이러한 동족의식의 보편화가 우선 필요하다.

통일의 핵심은 민족의 통일에 있는 것이지, 두 개의 정부가 하나로 되는 데에 있는 것만은 아니다. 남북 양쪽의 각 지배계층이 자기들의 현 지배체제 아래서의 통일이라야만 된다고 고집하는 것은 반민족적인 정신자세로서 근본적으로 반통일적인 입장이며, 그러는 한 통일은 성취되기 어려울 것이다. 통일을 지향해 가는 우리민족의 먼 길에서 지금이나 통일 후에 어떠한 국가체제가 바람직한가를 고려할 때에, 나는 우선 러셀이 위의 에세이에서 설명하고 있는 민주적 사회주의에 큰 관심을 두게 된다. 그의 사회주의는 민주주의의 바탕 위에 건설될 것을 전제로 하며 사회의 어느 한 계층이나 부분만을 위한 것이 아니고 전 민중, 전 민족, 나아가 세계의 온 인류를 한 가족이라고 보는 국제적 인도주의에 윤리적 기초를 두고 모든 분쟁과 문제에 당면하여 합리주의적(또는 이성주의적) 접근방법을 통하여, 즉 문제 상황의 과학적 분석과 자유롭고 민주적인 의사형성과정과 상호설득을 통하여 문제해결에 이르고자 하는 것이다. 따라서 그의 사회주의의 실현을 위해서 무엇보다 긴요한 것은 의사표현의 자유(언론, 출판, 집회, 결사의 자유)의 보장이다. 한반도의 통일을 위해서는 역시 남북양쪽에 이 의사표현의 자유가 제도적으로 보장되도록 하는 것이 급선무라는 것은 러셀적 사회주의에서 도출되는 당연한 논리적 귀결이다. 즉, 내가 발붙이고 있는 한국에서 우선 의사표현의 자유라는 가장 기본적 인권이 보장되도록 하는 것이 우리가 지난 몇 년 동안 해오고 있는 반독재 민주화운동의 최우선적 목표라고 볼 수 있다. 이 목표의 달성은 따라서 통일에로의 길로 통하는 것이다. 이것이 곧 내가 보는 통일문제의 핵심이다.

러셀의 위의 에세이에서 또 한 가지 경탄하는 것은, 그는 그 당시에 벌써 현대 공업사회에서의 실업문제의 한 해결방법을 지금 서독에서 얼마 전부터 논의되고 있는 노동시간단축(Arbeitszeitverkürzung)에서 찾았다는 것이다. 그리고 덴마크를 비롯하여 북유럽에서 몇 년 전부터 널리 논의되고 있는 새로운 제3의 사회경제체제의 모형에서 한 주요위치를 점하는 "시민 임금"(Bürgerlohn) 의 생각이 이미 러셀에게서 표현되고 있다는 것이다. (이 시민 임금은 직업을 갖고 있거나 실업자이거나를 막론하고 모든 시민에게 최소한도의 생존수준 유지를 위하여 국가에서 지급되는 보편적 사회보장조치라고 볼 수 있다. 자세한 것은 덴마크어에서 독일어로 번역된 Niels I. Meyer, K. Helveg Petersen, Villy Sörensen 공저의 Aufruhr der Mitte: Modell einer künftigen Gesellschaftsordnung(중도파의 폭거: 미래의 사회질서의 모델, Hamburg: Hoffmann und Campe Verlag, 1979) 를 참조하기 바란다.

마지막으로 러셀이 강조한 "위헌적 폭력(unconstitutional violence)"에 대한 반대에 관하여 오해를 피하기 위한 설명이 다소 필요할 것 같다. 러셀이 뜻하는 헌법은 언론, 출판, 집회, 결사의 자유가 보장된 가운데 자유로운 비판과 토론을 주로 하는 국민의 자유로운 의사형성과정을 통하여, 즉 민주적 절차를 거쳐서 정당하게 확정된 헌법, 즉 민주적 정당성을 가진 헌법을 말한다. 그렇게 성립되지 않은 헌법, 즉 민주적 정당성을 결여한 유신헌법과 같은 '헌법'은 그 효력을 상실한 것으로 간주되어야 하고 따라서 그것에 근거하여 소위 '정치발전'이니 정치·경제적 개혁을 논의할 필요가 없는 것이다. 가령 유신헌법이나 지금 곧 국민투표에 부쳐진다는 '전두환 헌법'은 그 성립과정에 있어서 순전히 폭력에 의하여 강요된 것이므로 이를 폭력으로써라도 철폐시켜야 한다는 것은 민주주의의 당연한 요청이다. 왜냐하면 유신헌법이나 전두환 독재체제 아래서는 사회의 구조적 개혁이 민주적으로, 그리고 평화적으로 진척될 수 없도록 그 체제 자체가 폭력지배체제로 되어있기 때문이다. 따라서 시급히 요청되는 것은 이 폭력체제를 민중의 일반적 동의에 기초한 민주적 통치체제(러셀이 말하는 democratic government)로 바꿔놓는 일이다. 그러기 전까지는 폭력의 행사는 경우에 따라서는 민주주의의 확립, 민주적 정당성을 가진 헌법의 성립을 위한 최후의 불가피한 수단으로서 정당화될 수밖에 없다. 그러나 모든 경우에 있어서 가능한 한 폭력의 행사 없이 분쟁이 해결되도록 다른 가능한 수단을 강구해야 한다는 것은 명백한 일반원칙이다. 폭력행사의 문제점에 관해서는 이미 '횃불'지의 다른 데에서 언급했으므로 더 이상 여기서 부연하여 설명하지 않기로 한다.

('횃불', 제12호, 1980년 8월, 3-10쪽), ('횃불', 제13호, 1980년 11월, 3-10쪽)

6. 독일유학기간 중 정치활동에 관한 정부제출 보고서

6.1. 13년간의 서독유학생활을 회고하며(1): 특히 나의 정치적 소신과 활동을 중심으로

1970년 8월초에 나는 서독 DAAD(Deutscher Akademischer Austauschdienst, Bonn-Bad Godesberg)의 장학생으로서 서독에 도착했고, 같은 해 10월부터 쾰른대학교 경제사회과학부에서 두 번째의 대학생시절을 시작했다. 객관적으로는 다소 늦었지만(당시 32세), 주관적으로는 아직도 옛날에 서울대학교 법과대학 재학시절의 학생에 못지않은 젊음과 새로운 희망과 보람에 넘치는 심정이었고, 이것이 나의 '제2의 청춘'이기 때문에 공부할 수 있는 마지막 기회임을 알고 가능한 한 조속한 시일 안에 뜻한 공부를 마칠 각오였다. 서울을 떠날 때에 나는 아직도 한국외환은행의 조사역(과장대리급)으로 있었고 은행규정에 따라 우선 2년간의 휴직을 승인 받았었다.

나의 전공분야는 제2학기인 1971년 여름학기부터는 사회학, 경제학, 정치학으로 확정지어졌다. 2년의 유학생활을 지내는 동안 벌써 많은 새로운 것을 배울 수 있었고, DAAD 장학금은 1년간밖에는 받지 못했기 때문에(그 이유는 내가 법학을 전공하지 않고, 서울대학교 재학 때의 전공과는 전혀 거리가 먼 경제학을 주전공으로 할 계획이었으므로, DAAD는 그렇게 처음부터 시작하는 장기간의 유학을 재정 보조해 줄 수 없다는 입장이었음) 상당한 재정적, 언어적 곤란을 겪지 않을 수 없었지만 공부는 순조롭게 진척되어 Zwischenprüfung(Diplom 시험 자격요건이 되는 중간시험)을 치르게 되었다. 그와 동시에 외환은행에서는 2년 간의 휴직기간이 지났으므로 내가 속히 귀국하여 은행업무를 계속 이행하기를 바라고 있었지만, 나는 위에 언급한 대로 나의 최종목표인 박사학위까지 마친 뒤에 귀국할 계획임을 밝혔고 심지어는 박정희 대통령께 진정서까지 올렸었지 만, 재무부와 외환은행 당국은 결국에는 나의 소원을 응해주지 않았다. 아울러 서 과학기술처 장관은 DAAD장학금을 일종의 해외로부터의 원조자금으로 간 주하여 나의 유학기간 연장신청을 허락하지 않았었다.

이처럼 외환은행과 정부당국과의 서면 상 '분쟁'이 지속되면서 나는 1973년 5월 4일자로 외환은행으로부터 면직 통지서를 받게 되었고, 나의 그 당시의 한 국정부에 대한 견해는 부정적인 방향으로 기울어지기 시작했다. 이런 개인적 문제를 기연으로 한 정부당국과의 불쾌한 충돌과 함께, 벌써 '유신헌법' 제정을 계기로 나의 당시의 한국정부에 대한 내면적 태도는 완전히 부정적이었다. 그 래서 쾰른대학교에서 학구생활을 통하여 사귄 독일학생들을 통하여 amnesty international이 무엇인가를 처음으로 알게 되었고, 인간기본권의 실현을 위한 것 이 그 유일한 목적이라면 나의 평소의 신념에 전폭적으로 부합되는 좋은 일이 라고 생각되어 독일 친구들과 함께 amnesty international을 위하여 공동협력하기 로 했다.

그러자, 1973년 8월 24일에 함병춘 대통령 특별보좌관이 이곳 쾰른의 Hotel Intercontinental에서 김영주 서독대사, 이동원 스위스대사를 비롯한 대사관직원 들, 그리고 쾰른대학과 아헨(Aachen)대학의 한국유학생들이 참석한 모임에서 "우선순위를 경제발전과 안전보장에 두었으므로 민주발전은 제 2순위로 물러 날 수밖에 없다"는 유신체제의 정당화를 위한 연설을 한 자리에서 나는 처음으 로 나의 비판적 견해를 공개적으로 함병춘씨의 연설내용에 대한 질문형식으로 밝히지 않을 수 없었다. 이것이 유신체제의 비정당성과 반민주성에 관한 나의 공적인 첫 정치행위였고, 구체적으로 이것은 amnesty international의 목적 실현을 위한 공동협력작업으로 표현되었다.

그래서 1974년 1월 8일자의 긴급조치 제1호와 제2호의 선포에 즈음하여 나는 amnesty international의 한 자료로서 "한국국민의 자유를 위하여"라는 글을 발표했다(1974년 1월14일자). 이것은 나의 정치적 소신을 처음으로 체계화하여 표현한 것이었고, 미국의 교포신문 "자유공화국"과 일본의 교포신문 "민족시보"에 여러 차례에 걸쳐 일부 발췌 연재되어 교포들 사이에 퍽 긍정적인 반응을 불러일으켰다. 그것은, 적어도 서독유학생 및 교포사회에서는 처음 있었던 과감한, 그리고 투명한 정치적 의사표현이었다(내용은 별첨 책자[위의 3.2.] 참조)(그 대체적 내용의 소신을 나는 오늘도 변함없이 견지하고 있다. 왜냐하면, 그것은 주로 민주주의의 핵심인 인간기본권의 보장, 특히 의사표현의 자유와 폭력거부의 중요성과 국민 개개인의 스스로의 자유권 수호를 위한 투쟁에 대한 책임과 의무를 강조한 것이기 때문이며 이것은 그야말로 역사적으로 모든 참된 민주국가사회에서는 자명한 질서원칙으로서 인정되어 있기 때문이다.).

"한국국민의 자유를 위하여"는 또한 나 자신의 유신체제에 대한 일종의 원칙적이며 공식적인 '절교선언'을 의미했고, 나는 동시에 쾰른대학 당국을 통하여 독일정부에 정치망명 신청을 단행했다.

그 동안 주로 반유신체제, 반독재, 민주주의 확립이라는 공통분모의 신념을 가지고 있던 다른 재독 학생들과 함께 1974년 3·1절을 기하여 모든 재독 교포들을 총망라한, 반독재·민주화를 요구하는 궐기시위대회를 본(Bonn)의 뮌스터 광장(Münsterplatz)에서 개최할 것을 계획, 준비, 실행하는데 공동 참여했다. 그날 궐기대회에서 낭독된 선언서를 나는 물론, 모두 55명의 재독 교포들(학생, 광부, 간호사 등)이 자기 이름을 뚜렷이 밝히고 서명했다. 이것은 재독 한국인들이 공동 연대하여 반독재·민주화를 외치며 단행한 최초의 공개적 시위였다. 이날을 계기로 하여, 이날 저녁에 Köln-Hürth에 있는 Haus der Naturfreunde("자연의 벗들의 집")에서 반독재·민주화 실현의 기본목표를 달성키 위한 조직으로서 "민주사회건설협의회"가 구성되었고 그 날 시위에 참가한 55명이 우선 창립

회원이 되었다.

"민주사회건설협의회"(민건회)의 중앙위원회(또는 집행위원회)의 일원으로서 나는 주요 모임과 사업·활동계획에 참여했고 많은 토론을 통하여 나의 의견을 기탄없이 피력했으며 민건회의 기관지였던 "광장"지에 글도 썼다(가령 "광장" 제3호[1975년 3월 15일자 발행]에 "국가나 정부의 신성불가침의 비리"라는 나의 글[위의 3.6.]이 실려 있음).

민건회에서 그 결성초기부터 절감한 것은, 기대했던 것과는 달리 사람들의 의견이 경우에 따라서는 반드시 같을 수 없다는 것이었다. 그 이유는, 각자의 교육수준, 경험, 가치관, 민주화운동에의 참여동기 등이 서로 다를 수밖엔 없다는 데에 있다고 생각된다. 그 결과로서 나는 민건회의 자기 동일성(Selbstidentität)이 내면적으로는 확고히 안정되지 않았다는 것을 알 수 있었다. 그래서 나로서는 위의 3·1절 시위 준비과정에서도 나의 이름이 전체 활동과 후에 민건회 자체에 관한 최종책임자의 위치에 오르지 않도록 그때그때마다 극구 사양하곤 했었다. 왜냐하면, 그런 유동적 그룹의 성격과 활동이 내가 책임질 수 없는 방향으로 기울어질 경우를 나는 우려했기 때문이었다. 다른 한편 나는 항상 공부하는 학생이라는 것을 의식하고 있었으므로 그런 "정치적 활동"이 나의 공부진행에 지장을 초래하지 않도록 각별히 신경을 써야만 했었다.

나의 공부는 순조로이 진행되어 1975년 5월 12일에 "사회과학방향의 경제학도 디플롬"(Diplom-Volkswirt sozialwissenschaftlicher Richtung)학위를 받았고 Diplom 학위 논문의 제목은 "한국에 있어서의 사회적 변화의 문제점들에 관한 이론적 고찰: 종교사회학적 분석의 한 시도"(Theoretische Probleme des sozialen Wandels in Südkorea: Ein Versuch der religionssoziologischen Analyse)였다. 그리고 위와 똑같은 날, 즉 1975년 5월 12일자에 나의 정치망명신청이 독일정부 당국에 의하여 수락되어 나는 정식으로 정치망명자로서 인정되었고 계속하여 서독에 체재할 수 있으면서 학업을 그대로 추진할 수 있게 되었다.

그 이후 1976년 초라고 기억되는데, 나는 민건회에서 탈퇴했다. 그 이유는,

첫째로는 민건회의 운영방법이 내가 기대한 정도만큼 민주적이지 못했다는 것과, 둘째로는 실제운동의 방향 설정에 있어서 우선 "민주주의"에 대한 이해에 서로 상당한 차이를 발견할 수 있었으며, 따라서 가령 통일문제의 논의에 있어서도 서로 융화되기 힘들었다는 것이었다.

그 즈음에 나는, 본 대사관에 영사로 근무하시다가 역시 정치망명신청을 하시게 된 김순태씨와 알게 되었고 이종성씨(광부), 이현구씨(Diplom-Ing.) 등과 함께 무엇보다도 이념적인 면에서 우리의 목표를 분명히 할 필요성을 절감한 나머지 "한국 버트란드 러셀 협회"를 조직할 것에 합의했다. 1976년 10월 17일을 기하여 이 협회가 발족됨과 동시에 우리는 "사회민주주의 선언"('횃불'지 제1호 [1977년 3월 발행]에 실려 있음; 위의 4.2.)을 발표하여 우리의 정치적 기본신념들을 명백히 했다. '횃불'지는 부정기적으로 발행되었고 한국 민주화를 위한 우리의 견해를 어디까지나 개인의 자유로운 의사표현의 원칙 아래 표명했다. 우리의 협회는 우리의 민주주의관(觀)을 확립함에 있어서 특히 버트란드 러셀의 사상과 이상을 토대로 하여 조직되었음을 선언서에서도 명백히 했다. 즉, 그의 이성주의적이며 인도주의적인, 투철한 정신적 독립성을 본받고 진리 탐구의 학문적 비판정신에 따라 만인이 행복하게 평화 가운데 함께 살 수 있는 세계의 건설을 지향하고자 한 것이었다. 러셀의 이름을 협회의 이름으로 삼고 그 내용적 구상을 내가 제안한 것이 대체로 찬동을 얻게 되었다. 러셀협회가 한 일은 주로 '횃불'지의 발행에 그쳤고, 때때로 시위, 세미나 개최 등 다른 모임들과 공동으로 행사를 추진할 필요가 있을 때에 함께 참여하여 협력했다.

나는 1977년 8월에 이종성씨와 함께 일본 동경에서 개최된 해외 민주화운동 단체·인사들의 회의에 참석했다. 그러나 우리 러셀협회는 민건회 측으로부터 뒤늦게 초청연락을 받게 되어 동경에 하루 늦게 도착했으므로 회의의 주요 내용인 "한민련"(민주민족통일해외한국인연합. 1977년 8월 13일자 동경에서 창립선언)결성은 이미 우리의 참여 없이 끝나고 말았었다. 우리 두 사람은 동경에 약 3일간 머무는 동안에 다만 '구경'하는 데에 그쳤을 뿐 충분한 의견교환의 여유를 갖지 못했다. 따라서 서독에 돌아온 뒤에 러셀협회는 "한민련"과는 조직 상 전혀 관계를 맺지 않게 되었다.

나의 두 번째 해외여행으로는, 1978년 5월에 캐나다의 해밀톤(Hamilton)에 있는 맥메스터 대학교(McMaster University)내의 러셀 Archives[문고]에서 개최된, 미국의 버트란드 러셀협회(The Bertrand Russell Society, Inc.)의 연례총회에 참석한 것이었다. 나는 1975년경부터 이 협회의 회원으로 되어 있다. 이 협회는 정치적 참여는 거의 소홀하거나, 그런 활동의 여유가 없고 다만 3개월 만에 발간되는 News Letter를 통한 회원 간의 친교와 러셀사상의 연구·선포에 주목적을 두고 있다고 볼 수 있다. 나는 우선 그 협회의 중심회원들을 만나고 싶었고 또 위의 Russell Archives를 통해 한번 보고싶었기 때문에 오로지 학문적 호기심에서 그곳까지 여행하였다.

마지막 세 번째 여행은, 1979년 6월에 뉴욕에서 개최된 민족문제 토의를 위한 해외동포회의에 참석한 것이었다. 거기에 김순태씨, 이현구씨와 함께 참석했다. 이 회의에서 밝힌 나의 통일문제에 관한 나의 기본적 견해는 그 해 8월에 발간된 '횃불'지에 명확히 표현되어 있음을 밝혀둔다.

위와 같이, 해외여행, '횃불'지 발행 등에 많은 시간을 소모하는 동안에 나의 박사학위과정은 별로 좋은 성과를 가져오지 못했기 때문에 나는 1980년 12월의 러셀협회의 정기총회에서 집행위원의 중책에서 물러 나왔고 오로지 학업에 열중하기로 결심했다. 그럴 즈음에 나는 그때까지의 나의 지도교수를 바꾸지 않으면 안되었고 새로이 나의 Doktormutter가 되실 Prof. Dr. Renate Mayntz에게 와서 박사학위과정을 밟게 되었다. 산업사회학과 조직사회학 분야에 관련된 "Job Design"에 관하여 학위논문을 썼고 경제학과 정치학을 부전공분야로 하여 1983년 2월 18일에 나는 드디어 경제사회학 박사(Dr. rer. pol.)학위를 취득했다. 쾰른 대학교 경제사회과학부에서의 나의 해외유학 13년간의 고난 어린 학업은 이로써 일단락 지어졌다. 나는 이제 귀국하여 이곳에서 배운 것을 한국사회발전을 위하여 미력이나마 활용할 수 있기를 희망한다.

내가 지난 13년간의 서독유학생활을 통하여 약 10년간에 걸쳐 학업추진과 동시에 조국의 민주화운동에 비교적 적극 참여해 온 것은, 진리탐구에의 정열에 못지않게 강한, 참된 민주사회의 실현에 대한 열망에서 비롯한 것이었다.

이 지구상에 존재하고 있는 어느 국가나 정부도, 어느 사회도 더 이상 개선될 필요가 없을 만큼 완전무결한 상태에 있지 못하다. 개인은 물론 한 조직체, 사회, 국가, 정부가 현재의 상태에서 보다 나은 상태에로 발전되기 위해서는 자기비판은 물론 그 구성원들이 선한 의지에서 잘못된 것을 잘못되었다고 기탄없이 지적해 주어야 할 것이고, 더 바람직한 개선책을 제안하는 것을 적극 장려해야 할 것이다. 여기에 바로 참된 민주사회, 정의롭고 질서 잡힌 복지사회의 필수불가결의 요건인 자유로운 의사표현의 인간기본권의 중차대한 의미가 있다. 이 점을 나는 항상 말이나 글로써 강조해 왔고 그와 동시에 여하한 형태의 폭력행사(심리적 · 물리적)도 철저히 배격, 저해되어야 한다는 것도 아울러 역설해 왔다.

한 국가가 그 정부를 통하여 무력적 폭력을 독점하고 있어 이를 국민들에 대하여 행사하는 것은 오로지 국민의 의사표현의 자유를 비롯한 인간 기본권이 침해되거나 침해될 우려가 있는 경우에 한하여, 즉 일종의 인간 기본권 보장을 위한 정당방위로서 허용되어야 할 것이다. 여기에 바로 경찰과 군인의 기본과제가 있다고 본다. 국가사회발전을 위한 충정에서 자기의 정치적 신념을 밝히고 잘못을 비판하며 기본권의 보장을 주장한 국민들을 국가권력으로 강제구속, 잔인하게 고문까지 서슴지 않는 것은 어리석기 짝이 없는 노릇일 뿐만 아니라 오천년 역사를 지닌 문화민족에게 어울리지 않는 야만적인 처사임에 틀림없다. 위에서 말한 인간의 기본적 자유 없이는 인간의 존엄성도, 사회의 평화도, 국가발전도 장기적으로 기대할 수 없다는 것이 나의 기본신념이다.

서독, 쾰른에서, 1983년 9월 27일
배동인

위의 '보고서'를 본(Bonn)에 있는 한국대사관에 제출하자, 담당자는 그 보고서는 너무 성의가 없이 작성된 것 같으니 더 자세히 써서 내라고 나에게 요구하였다. 나는 어쩔 수 없이 그 요구를 받아들일 수밖에 없었기에 다음과 같은 더욱 상세한 보고서를 써서 제출하게 되었다.

6.2. 13년간의 서독유학생활을 회고하며 (2): 특히 나의 정치적 소신과 활동을 중심으로

1. 이 글("회고문2"로 약칭)은 위와 같은 제목의 1983년 9월 27일자의 글(이하 "회고문1"로 약칭)을 보충한 것이다.

2. 회고문1의 제2면 아래에, 1973년 8월 24일자 쾰른의 Hotel Intercontinental 모임에서의 나의 첫 정치적 행위로서의 유신체제에 대한 비판적 발언에 관하여 그 동기 등에 관련된 보충설명을 하고자 한다.

그 때에 한국과 해외 교포사회 뿐만 아니라 전 세계적으로 큰 물의를 일으키고 관심을 모은 사건은 그 해 8월 8일의 일본 동경의 어느 호텔에서의 김대중씨의 극적인 납치사건이었다. 그것도 백주에 일본의 수도 한복판에서 한국의 야당지도자를 강제 납치했다는 데에 나는 경악과 분노를 금치 못했었다. 그 일주일 후인 8월 15일 경에 김대중씨가 서울에서 그 모습을 나타냈다는 소식은 우선 그분이 살아 계신 것만으로 안도감을 주었다. 나로서는 그런 큰 엄청난 사건이 아니라도 내 자신의 유학기간 연장문제를 중심으로 한 한국정부와의 "분쟁"으로 얼마 전에 출범했던 유신체제에 대한 부정적인 견해를 갖고 있었던 차였고 마침 8월 22일자 파리에서 발행되던 영자신문인 International Herald Tribune에 리처드 헬로런(Richard Halloran)기자의 "Seoul's Disturbing Intelligence Agency"라는 제목의 당시 중앙정보부(KCIA)의 조직구조와 활동상에 관한 논란이 크게 보도되었었다. 이 기사에는 특히 중앙정보부의 제1국, 제2국, 제3국, 제5국(제4국은 원래 없는 것으로 보임), 제6국, 제7국, 제8국, 그리고 제9국의 각 8개국에 관한 임무가 설명되어 있어서 나의 상당한 관심을 끌었다. 위의 Hotel Intercontinental 모임이 바로 내가 이 신문기사를 읽은 그 다음날에 있었으므로 나는 이 기사를 들고 그 모임에 참석했고 경우에 따라서는 이 기사를 함병춘씨에게 보이면서, 이 정도로 KCIA가 김대중씨 납치에 직접 관련된 혐의가 짙고 국내뿐만 아니라 해외교포들 사이에서도 한국인들을 못살게 구는 일을 주로 행하고 있다는 사실에 대해 항의할 생각이었다. 나는 함병춘씨의 긴 연설이 끝난 뒤에 내가 하고자 한 비판을 다소 흥분된 어조로 토로했고, 나중에 헤어질 때에 이동원 스위스 대사는 나에게 악수하면서 "아까 좋은 말씀을 잘 들었습니다"하며 웃음을 던진 것이 기억된다.

나는 다른 동료 학생들이 그 모임에서 나의 태도와 발언에 대해서 어떻게 생각하든 간에 무엇보다도 나 자신의 가슴속에만 품고 있던 생각을 벙어리 냉 가슴 앓듯이 억누르며 침묵을 지키지 않고 속 시원히 밖으로 토로해 버리고 나니, 일종의 해방감과 거기에서 나오는 깊은 기쁨과 긍지를 느꼈었다. 나는 평소에 불의를 보고는 그대로 참고 앉아있을 수 없는 성격이어서 그런 용기가 튀어나왔는지도 모르겠으나, 무엇보다도 그 당시의 한국정부의 반민주적 경향 성이 유신헌법 강제제정, 김대중씨 납치사건, 국민의 기본권 탄압 등으로 너무 나 격화되고 있었으므로 나는 진리탐구를 한다는 학생으로서는 당연히 해야 될 말을 해야 된다고 느낀 나머지 어떠한 박해를 무릅쓰고라도 잘못된 것을 잘못되었다고 직언해야 한다는 것을 바로 행동에 옮겼을 따름이었다.

나는 유신헌법의 제정절차에 있어서나 그 내용에 있어서 전혀 정당성을 결여 하고 있다는 나의 주장을 자세히 설명할 기회를 비로소 그 다음해인 1974년 1월에 긴급조치 제1호와 제2호의 공포에 즈음하여 갖게 되었다. 그것이 바로 "한국국민의 자유를 위하여"라는 나와 나의 아내 되는 최순택과 함께 이름을 밝히고 amnesty international의 한 Document로서 발표된 것이었다. 나의 아내는 그 당시에 큰 불안 속에서 별로 마음 내키지는 않으나 다만 형식상 나와 동조했을 뿐이었고, 따라서 그 글의 내용에 대한 전적인 책임은 내가 모두 진다는 것을 그 글의 끝에 명백히 해 두었다. 그 뒤에도 나의 아내는 나와 함께 망명신청을 하지 않았었음으로 지금도 한국여권을 그대로 소지하고 있다. 나는 속으로는 나의 아내가 그처럼 비정치적(apolitical)이고 한국 내의 수많은 인권탄압현상에 거의 무관심하려고 한 것에 몹시 불만족스러웠고 부끄럽게도 여겼지만, 남편이라고 해서 나는 그런 태도를 어떤 강제력을 써서 고칠 수도 없었고 나에게 복종할 것을 강요할 수도 없었다. 나는 어디까지나 나의 아내의 의사를 그대로 존중할 수밖에 없었다. 그리고 만일 내가 나의 아내에게 나와 똑같은 정치적 소신과 태도를 취할 것을 강요한다면, 그것은 바로 그 당시의 유신체제반대의 나의 기본태도에 스스로 모순되는 처사일 것임에 틀림없을 것이다. 나의 아내는, 그래서 오로지 공부에만 열중했다. 그러나 나는 위에 충분히 설명한 대로 그런 중대한 한국의 현실을 보고 가만히 앉아서 공부에만 열중할 수만은 없었다. 그것은 어디까지나 자유와 민주주의의 중요성을 깊이 인식한 나머지 학구적인 열정에서 역시 우러나온 것이었음을 다시금 분명히 해둔다.

　3. 회고문1의 제4면 중간에 '민건회'의 회지 "광장" 제3호에 실린 나의 글 "국가나 정부의 신성불가침의 비리(非理)"에 관하여, 그 동기와 내용에 관한 설명을 보충코자 한다.

　1974년 8월 1일자 "민족시보"에 실린 "김지하씨 공소장"에 의하면 김지하씨는 결국 한마디로 말한다면 "현 정부를 타도·전복"하려고 했다는 데에 그를 사형에 처해야 될 만큼 큰 죄를 범했다는 것으로 되어 있었다. 그래서 나는 생각하기를 그냥 형식 논리적으로 무조건 현존정부를 무너뜨리려고만 했다고 사형감으로 된다면, 1961년 5월 16일에 쿠데타를 일으킨 박정희씨, 김종필씨, 이후락씨 등도 사형감이 되어야 하지 않겠느냐고 의문을 제기하게 되었었다. 그런 나머지, 나는 역시 학문적 태도에서 도대체 "국가"니 "정부"니 하는 것이 무엇인가를 따지기 시작했다. 그래서 내가 아무리 따져보아도 도달한 한 가지 근본명제는 "국가"나 "정부"는 하늘에서 떨어졌거나, 땅에서 제멋대로 솟아 나온 것은 결코 아니고, 사람들이 공동생활을 합리적이고 행복하게 영위하기 위하여, 즉 필요에 따라서 그 사람들의 뜻에 따라 만든 것이라는 것이다. 즉, 국가나 정부는 다른 크고 작은 사회조직이나 기관과 마찬가지로 일정한 영토 위에 정주하는 한 사회의 구성원들이 스스로의 구상에 따라 구성한, 그 사회 안에서는 그러나 가장 크고 원초적인 공동생활 조직체이며 기관일 뿐이라는 것이다. 따라서 그 논리적 당연한 귀결로서 어느 국가나 정부도 그 사회의 구성원들의 의사에 따라서 없앨 수도, 고칠 수도 있다는 것이다. 여기서 다만 문제되는 것은 "어떻게" 없애며 고치느냐라는 방법과 절차이며, 이는 역시 그 사회의 구성원들이 어떤 성격의 국가며 정부를 원하느냐에 따라 그 구성되어야 할 국가나 정부의 체제, 내용이 규정지어질 것이라는 것이다. 그래서 이 지구상에는 이 근본문제에 대한 대답의 상이함에 따라 공산주의적 또는 사회주의적 국가와 정부, 자유민주주의적 또는 사회민주주의적 국가와 정부의 두 가지 큰 그룹의 국가들이(동·서 양진영) 존재하고 있다. 그러나 엄밀하게 따지자면 정당하게 성립된 국가며 구성된 정부라면 반드시 민주적 절차를 거친 것일 수밖엔 있을 수 없으므로, 국민의 자유로운 선택이 제도화되어 있지 않은 공산주의적(또는 전체주의적, 사회주의적) 또는 다른 전체주의적 국가나 정부는 진정한 의미에 있어서의 "민주국가/민주정부"이기 위해서는 그 기본법인 헌법의 내용과 실제적인 정치행태에 있어서 무엇보다도 우선 국민의 기본권(자유권과 평등권)이 명확히 규정, 보장되어 있어야 할 것과 정치권력을 국민이 통제, 감독할 수 있도록 최소한도 법치국가의 원칙(이것이 바로 의회민주주의의 기본이 될 것이다.)과 국가권력 상호간의 견제와 균형을 위한 삼권분립의 원칙이 제도적으로 구현되어 있어야 할 것이 그 기본적인 전제조건이 된다는 것이었다. 그 글에서 나는 또한 "국가" 라는 것과 "정부"라는 것을 구별하여 동일시해서는 안 되는 이유를 명백히 했다. 즉, "국가"라는 것은 한 사회가 정치적, 법적으로 제도화되고 조직화된, 단일

생활공동체이며 사회의 공간적 범위와 일치하게 되는 것인 반면에, "정부"라는 것은 이러한 "국가"라는 법제화된 정치적 단일체의 일부조직체이며 그 중추적 기관으로서 대내·외적으로 국가를 대표 또는 대변하는 것이라는 것이다. 따라서 "정부"가 "국가"를 위하여 있는 것이지 그 반대일 수는 없음을 알 수 있다. 나아가 "국가"는 "사회"의 구성원의 필요에 따라서 구성된 것으로서 국가 그 자체가 존재 목적을 갖고 있는 것은 아니라는 것이다. 여기서 명백하게 된 것은, "국가"나 "정부"가 그 자체에 존재 이유가 있는 것이 아니라 그 바탕을 이루고 있는 "사회"의 구성원들, 즉 "인간"을 위하여 인간들 개개인의 행복한 삶을 촉진시키고 창조하는 데에 그 존재 이유가 있다는 것이다. 유엔 인권선언에 규정된 인간의 기본적 자유권의 보장, 실현이 국가와 정부의 제1차적 존재근거가 된다는 것은 그러한 기본인권, 특히 인간의 자유가 그의 행복의 창조를 위한 필요불가결의 요소가 되어 있기 때문이라는 것이다. 인간이 인간으로서의 존엄성을 갖게 되는 것은 그가 스스로 자유를 누리게 될 때 비로소 가능하다는 것이다. 이러한 논거의 맥락에서 나는 위의 글에서 버트란드 러셀이 그의 "자유에의 길들"(Roads to Freedom, 1918) 속에서 적절히 표현한 다음의 구절을 인용했다.

"국가를 영광되게 하는 것과 국가를 섬기는 것이 모든 시민의 의무라는 도그마적 이론은 근본적으로 진보에 대하여, 그리고 자유에 대하여 거슬리는 것이다. 국가는 많은 악의 근원이기도 하지만, 어떤 좋은 것들을 인간에게 가능케 하는 하나의 수단이며, 인간사회 안에 폭력적이고 파괴적인 충동요인들이 잔존해 있는 한 필요로 하게 될 것이다. 그러나 그것(국가)은 단순히 하나의 수단인 것이다. 즉, 그것이 선한 것보다도 더 큰 해를 끼치지 않는다면 매우 조심성 있고 극히 제한하여 사용될 필요가 있는 수단인 것이다. 우리가 섬겨야 하는 것은 국가가 아니고, 생활 공동체, 현재와 미래의 온 인류의 세계적 공동체다. 그리고 하나의 좋은 공동체는 국가의 영광에서 솟아 나오는 것이 아니며, 각 개인들의 속박 받지 않는 발전에서부터 비롯하는 것이다.(중략) 모든 좋은 것이 실현되어져야 하는 것은 바로 개체로서의 인간에게서 이며, 따라서 개인의 자유로운 성장이 세계를 개조할 어떤 정치적 체제의 최고 목적이어야 한다."

이러한 러셀의 명쾌한 말과는 대조되는, 정반대의 논리를 나는 그 당시 박정희 대통령의 1974년 광복절 담화 속에서 분명히 엿볼 수 있었다. 즉, "영원한 민족의 생명은 국가를 통해서만 성장하고 발전하는 것이다." 라고 박정희씨는 주장한 것이다. 여기에 바로 유신체제의 전체주의적 성격을 타진할 수 있었다.

나는 또한 위의 글에서 자유와 민주주의가 보장되는 참된 민주사회의 건설을 위하여 함께 싸워나갈 결단을 내리지 못하고 있는 국민 개개인들의 태도를 연민의 정에서 비판했다. 즉, 인간기본권 중에서도 가장 중요한 자기의 자유권을 다른 사람의 지도 없이 오직 자기의 인격적 결단으로써 행사할 줄 모르는 자, 아예 자유로워지려고 애쓰지 않는 자, 모든 다른 사람의 자유를 존중하고 보호하지 않는 자는 자유민주주의 체제 안에서 살기에는 성숙하지 못한 국민이라는 것을 지적했다.

위의 글을 나는 다음과 같은 러셀의 말을 인용함으로써 마감하였다.

"민주주의자의 일반적 목표는 폭력에 의한 정부를 국민의 일반적 동의에 의한 정부로 대체시키는 것이다."

4. 회고문 1의 제5면 중간에, 내가 민건회에서 탈퇴한 이유로 두 가지를 지적한 것에 관하여 더 보충 설명코자 한다.

첫 번째 이유인 비민주적 운영방법에 관해서는, 그 당시에 어떤 특별한 그런 사례가 있었던 것으로 기억되는 것은 없으나, 민건회의 일반적인 다양한 인적 구성상황으로 보아 각종 토의·의결과정에서 불투명한 행태들을 자주 목격함으로써 나로서는 몹시 못마땅하게 여겼던 것으로 짐작된다. 나는 평소에 대인관계에 있어서 사적(私的)으로나 공적(公的)으로 표리부동하거나 애매한 언행을 아주 싫어하는 성격이어서 민건회의 토론에 있어서도 나의 진심을 완전히 털어놓고 내가 옳다고 생각되는 것을 지나칠 정도로 강력히 주장하며 다른 친구들로 하여금 나의 의견이 보다 낫다는 것을 수락하지 않을 수 없도록 하는 설득에의 정열이 특히 강했다고 본다. 그래서 지금 내가 그 당시에 누가 구체적으로 민건회를 비민주적인 방식으로 운영해 나가는 주동적인 역할을 했는지를 기억할 수는 없어도, 아무튼 그 대체적 분위기가 그런 불투명한 방향으로 되어가는 것을 상당한 기간 동안 느껴온 나머지, 나는 그런 모임에서 더 이상 함께 일한다는 것은 정력과 시간의 낭비가 좋은 성과보다 더 크다고 판단하고 민건회와 결별하기로 결정하게 되었었다. 지금 생각하면, 그것은 나의 성격이 위에 언급한대로 너무 까다로웠기 때문이고, 사실상 어느 모임을 보더라도, 특히 그런 일종의 정치적 그룹에서는 다양한 수준과 성격의 인사들이 모인 것이기 때문에 다소나마 수준 이하의 비민주적인 처사들이 나타날 수 있다는 것은 현실적으로 어쩔 수 없는 노릇임을 인정했어야 할 것으로 생각된다. 아니, 어쨌든 나의 기대가 너무 컸고 너무 높은 기준으로 민건회 자체의 활동을 평가하려고 했기 때문에, 나의 민건회에 대한 환멸도 그만큼 더 커질 수밖엔 없었다고 본다.

두 번째 이유로 "민주주의"에 대한 이해의 상당한 차이를 지적했는데, 이것은 물론 첫 번째 이유보다도 훨씬 더 중요한 이유로 평가되지만, 한 가지 결정적인 계기가 있었다. 원래 민건회의 발기가 1974년 3·1절 데모(Bonn)를 계기로 하여 추진될 때부터 특히 나의 주장이 대폭 수락되어 민건회의 규약가운데, 민건회가 지향하는 기본적 태도로서 "자유민주질서의 회복"이라는 것이 들어있었다(다른 목표로서는, "독재체제의 철폐", "자립경제의 확립", "국민대중의 생존권 보장과 복지향상", 그리고 "조국의 민주적 평화적 통일"을 규정했다). 언젠가 한번은, 민건회의 총회 또는 그와 비슷한 중요회의였다고 기억되는데ㅡ지금 역시 누가 또는 민건회 내의 어느 그룹이 그런 제안을 내놓았는지는 알 수 없으나ㅡ하나의 규약개정안으로서 "자유민주질서의 회복"을 "민주질서의 회복"으로 고치자는 의견이 나왔었다. 나는 즉시 이의를 제기했다. 그 이유는 간단명료한 것으로 "자유"라는 민주질서의 수식어를 제거함으로써 제3자가 볼 때는 우리가 지향하는 "민주질서"의 성격이 분명해지기는커녕 오히려 애매모호하게 되고 자유민주주의를 배격하는 어떤 다른 방향의 민주주의를 지향하는 것으로 간주되며 스스로 좌경의 의혹을 받게 될 것이라는 것이었다. 공산주의 국가들에서도 "인민민주주의"라고 하여 저마다 "민주주의"를 지향한다고 하므로, 특히 민건회의 초창기에 우리의 지향하는 "민주주의"가 어떤 성격의 것인지를 특히 한국정부에 대면하여 분명히 함으로써 불필요한 공산계열혐의를 뒤집어 쓸 필요가 없다는 것이 또한 나의 현실주의적 안목이었다. 물론 겉으로만 우리가 "자유민주주의"를 지향한다고 하며 속으로는 아무렇게나 해도 좋다는 뜻에서 그런 주장을 한 것은 결코 아니었다. 위에서도 분명히 누차에 걸쳐 서술했듯이, 나는 예나 지금이나 비록 사회주의 국가라 할지라도 그 기본적 정치질서에 있어서는 어디까지나 인간기본권인 자유권과 평등권의 존중ㆍ보장을 근간으로 하는 자유민주주의의 제도화 없이는 진정한 사회주의 국가라고 할 수 없다는 것이 나의 뚜렷한 신념이다. 그리고 우리가 그 당시에 "자유민주질서의 회복"을 지향한다는 것은 또한 국내의 민주화 운동의 목표에도 그대로 부합되고 연대화하는 일이라며 위와 같은 어처구니없는 제안을 내놓은 다른 회원들에게 어디까지나 국내 현실에로 눈을 돌이키기를 종용했었다. 왜냐하면, 국내에서 특히 그 당시에 한결같이 학생들, 종교인들, 언론인들이 주장해온 것은 무엇보다도 언론자유, 학원의 자유, 정보정치의 배격, 집회ㆍ시위의 자유 등 기본적 인권의 보장을 요구한 것이었기 때문이고 이런 주장들이야말로 바로 자유민주질서의 회복을 위해서는 가장 기본적인 요건을 이루고 있기 때문이었다. 다시금 강조하거니와 예나 지금이나 국민 각자에게서 의사표현의 자유를 박탈해버린다면 그 사회는 이미 진정한 의미에서의 민주주의 사회ㆍ국가라고 볼 수 없을 것이다. 이것이 나의 변함없는 주장이었고 이것은 그대로 불란서혁명, 미국 독립선언을 줄거리로 하고 영국의 민주주의 확립과정을 통한 서구민주주의의 역사적 사실로서 그 주장의 옳음을 입증해주고 있다고 본다. 내가 지난 10년 동안 서독 유학생활을 통하여 정치적 면에서 주장해 온 것은 오로지 이 한 가지 주장을 강조하여 반복해 온 것이라고 해도 과언이 아니다. 특히 학문의 발전을 위해서는, 즉 진리탐구를 위해서는(따라서 사회발전을 위해서는), 개인의 의사표현의 자유는 절대적으로 필수불가결의 요건으로서 보장되어야 하고 국가권력은 이를 보호하는 데에 그 기본적 임무를 갖고 있다고 믿는다. 이러한 견지에서, 나는 대다수의 민건회 회원들의 의견이 나와는 근본적으로 다름을 포착하고 결국은 민건회를 떠나기로 결정했었다. 나는 사실상 당초부터 민건회 안에서 항상 외로운 위치에 있음을 절감했고 따라서 그때그때 토론과정에서 내가 옳다고 생각하는 바를 철저히 주장하는 데에 많은 고충을 겪지 않으면 안되었다. 그와 관련하여 또 한 가지 중요한 의견 차이는 통일문제에 관한 입장이었다. 나의(그리고 김순태씨 등 러셀협회의 일반적인 입장은) 견해는 우선 한국에 민주질서가 회복된 다음에야 북한과의 통일문제에 관한 대화가 효과적으로 가능하고 어디까지나 민주적 절차를 통하여 국민대다수가 원하는 통일이 이루어져야 한다는 이른바 선민주·후통일론을 주장했었고 이것은 김재준 목사님의 견해와 같은 것이었다. 이런 견지에서 나는 나중에 '횃불'지에 그 당시 서독 대통령이었던 구스타프 하이네만(Gustav Heinemann)씨가 독일의 통일문제에 관해서 한, 다음과 같은 말도 한국에 그대로 해당된다고 생각되어 그것을 인용했다. 즉, "자유와 평화가 독일의 재통일에 앞서서 우선순위를 차지한다. 하나로 되는 것(단일성, 통일)은 그 자체가 하등의 가치는 아니다. 하나인 것은 또한 강제의 지배와 부자유 아래에서의 통일을 의미할 수도 있다."

나는 자유와 민주주의가 없는 통일은 거부하는 태도였다. 나는 유신체제에 반대했을 뿐만 아니라 동시에 북한의 김일성 개인숭배와 공산당의 일당 독재체제도 똑같이 반대했다. 왜냐하면, 남·북의 두 체제가 그 방향은 다르나 모두 진정한 의미에서의 민주주의와는 거리가 멀기 때문이었다.

5. 회고문 1의 제5면 아래의 러셀협회의 "사회민주주의선언"에 관하여:

러셀협회 발족에 즈음하여 발표한 사회민주주의선언에서 우선 왜 우리가 버트란드 러셀(1872-1970)이라는 인물을 우리의 생각과 행동의 초점에 놓게 되었는가를 설명했다. 즉, 그의 회의적이며 솔직한 지성은 명확한 사고와 비판적

자기 계몽의 잠재능력을 갖고 있어서 자기 절대화의 오류를 범하는 어떠한 도
그마에도 빠지지 않고, 진리에의 접근을 가능케 하는 인간이성의 힘을 신뢰하
기 때문에 항상 발전적 희망의 빛을 밝혀주고 인류애의 열정으로 인간의 좋은
삶과 행복의 실현을 향하여 꾸준히 전진할 수 있다는 것이며, 따라서 그는 우리
에게 이상적 인간상과 사회상을 시사해 주는 삶의 한 표본이라고 명시했다. 그
러나 그는 우리에게 있어서 어떤 절대적인 숭상의 대상은 아니며, 만일 우리가
하나의 러셀 개인숭배집단을 만든다면, 그것은 20세기의 볼테르(Voltaire)이며
우상파괴자였던 그의 사상과 희망과는 정면충돌하는 자기모순에 빠지게 된다
는 것도 명백히 했고, 우리는 다만 그의 사상을 더욱 깊이 발굴하고 보완·발전
시켜 나가고자 한다고 했다. 나아가서 투철한 자유민주주의자, 국제주의자, 평
화주의자, 인도주의자, 사회주의자였던 그의 정치적 견해에서 우리가 지향하는
사회민주주의를 도출할 수 있다고 밝히고, 그와 함께 마르크스주의와 공산주의
를 배격하면서 진정한 민주적 사회주의 또는 사회민주주의를 지향한다고 선언
했다. 러셀은 공산주의도 자본주의도 지지하지 않았는데, 그 이유는 전자는 비
민주적이고, 후자는 인간에 의한 인간의 수탈을 초래하기 때문이었다. 이러한
러셀의 사상을 좇아, 우리는, 만인과 만국이 평화가운데 행복을 누릴 수 있기
위해서는, 서로 동등한 가치 비중을 가진 자유민주주의, 사회주의, 그리고 국제
주의의 세 가지 사상이 병행하여 실현되어야 한다고 믿었다. 위의 선언서에서,
따라서 이 세 가지 사상의 주요 골자를 우리가 이해하는 대로 서술했는데, 여기
에 그 내용을 서술하고자 한다.

　우리가 가장 중요하다고 생각한 자유민주주의의 원칙은, 모든 문제가 폭력에
의해서가 아니고 자유로운 토론에 의해서 해결되어야 한다는 데에 있었다. 이
는, 사회구성원의 의견은 무엇에도 구애되지 않는 토론과, 현존하는 모든 정보
(information)와 견해의 자유로운 유통에 의하여 형성되어야 할 것을 전제로 하고,
이런 자유로운 의사형성과정(freie Willensbildungsprozesse)은 하나의 단체적 의사
결정의 정당성을 위한 필요 불가결한 요소라는 것을 명백히 했다. 자유민주적

정치질서는, 인간의 존엄성과 그 근본이 되는 자유권과 평등권을 비롯한 기본적 인권의 존중, 주권재민, 국가권력의 국민으로부터의 도출, 법치의 원칙, 삼권분립에 의한 국가권력의 상호견제와 균형 등 고전적 자유민주주의 정치원칙에 입각한 국민의, 국민에 의한, 국민을 위한 정부의 수립에서 출발한다고 정의했다. 그와 아울러, 오늘날처럼 고도로 공업화된 복합적 다원사회에서 자유민주주의가 그 기능을 충분히 발휘할 수 있기 위해서는, 분화된 정치권력통제가 사회구조 안에 제도화되어야 한다고 보았고, 따라서 정치적, 경제적, 사회 문화적 조직체들의 상대적 자율성과 상호 유기적인 교류, 정부와 사회 각계 각층간의 의사소통의 제도적 합리화를 위한, 매스컴을 통한 자유여론의 조성과 보장이 없이는 투명하고 개방된 민주사회가 이루어질 수 없다는 것이었다.

그 다음으로, 우리가 생각한 사회주의의 정신적 바탕은, 한 사회의 모든 정신적·물질적 자원이 그 사회구성원 전체의 균등한 복지달성을 위하여 생산·개발·사용되어야 하고, 인간에 의한 인간의 착취와 지배, 인간의 상품화는 철폐되어야 하며, 기회균등원칙에 의한 개인의 창의적 자기실현을 저지하지 않음과 동시에 운명공동체로서의 사회구성원 전체의 연대성에 의한 만인의 실질적 자유와 평등을 구현코자 하는 데에 있다고 표명했다. 이러한 사회주의는 따라서 진정한 민주주의의 실현과 상충되는 것이 아니고 협소한 민족주의적 민주주의의 시야를 보다 넓혀주고 보완시켜 준다고 보았다. 그런 이성주의적이고 인도주의적인 사회주의는, 앞에 설명한 자유민주주의와 결코 대립되지 않는 것이라는 것을 명백히 함과 동시에, 그러나 자유민주주의가 자본주의와 결코 동일한 것도 아니고, 사회주의가 반드시 공산주의로 변질될 필요가 없으며, 흔히 현존 공산주의는 우리가 그리는 사회주의의 이상을 파괴하고 있다는 것을 지적했다. 즉, 우리가 그리는 사회주의는 정치적 자유민주주의와 경제적 민주주의 없이는 실현될 수 없으며, 자유민주주의는 사회주의 없이는 좋은 결과를 맺을 수가 없다고 했다(이 대목은 서독의 사회민주당[SDP]의 Bad Godesberger Programm(정강)과 내용적으로 거의 같음을 아울러 밝혀둔다.). 이렇게 자유민주주의를 바탕으로 하는 사회주의는, 따라서, 여하한 독재체제나 전체주의체제와도 양립할 수 없으며, 모든 국민이 정치권력형성과 행사에의 동등한 참여를 통해서만 성취된다고 내다보았다. 그러므로 법 앞에서의 만인의 평등, 사상의 자유, 언론의 자유, 집회결사의 자유 등 자유민주제도의 기본 원칙들의 확립은 사회주의 실현을 위한 필수적 전제조건이라는 입장이었다. 이것을 더욱 부연하여, 우리가 지향하는 사회주의는, 인간의 자유 없이는 실현될 수 없으므로 특정한 개인과 사상을 절대화·우상화하며 정신의 자유를 파괴하는 모든 교조주의를 철저히 배격한다고 천명했다.

사회주의의 기본정책으로서는, 1) 경제적 분야에서 노동자의 경영에의 민주적 참여를 통한 공동결정·공동책임의 제도화에 의하여 재화의 생산과 분배가 사회구성원 전체의 복지증진을 실현케 하며, 2) 정치적 분야에서는 권력의 분배가 자유민주적 원칙과 저촉됨이 없이 사회구성원 전체에게 기능적으로 공정히 실현되도록 하는 데에 있고, 3) 교육, 학문, 예술 등 문화면에 있어서는, 개인의 창의력이 아무런 제약을 받음이 없이 자유로이 발휘되도록 하는 데에 있다고 보았다. 특히 경제정책수립에 있어서, 무엇보다도 생산수단의 소유에 근거하여 기본적 필요욕구의 충족을 과도히 초과하여 공익을 침해하는 사적 이윤추구는 억제되어야 할 것과, 절대적 사유재산제도의 인정과 이기적 이윤동기에 의한 과도한 생산증대와 부의 무제한한 축적을 허용함으로써, 한편으로는 인간을 끊임없는 돈벌이의 노예로 전락시키고 만인의 만인에 대한 전쟁상태에서 극심한 상호경쟁을 불가피하게 하며, 상호증오감과 시기심을 만성화하며, 따라서 정신적·물질적 자원의 낭비를 초래하며, 다른 한편으로는 국민경제구조의 지나친 공업화와 성장위주의 정책으로 생활환경의 오염, 자연의 파괴와 고갈, 빈부의 양극화를 초래해서는 안될 것을 중요시했다. 국제적 시야에서, 신식민주의적 또는 제국주의적 현상은 서구와 북미주의 자유방임 일변도적 자본주의와 동구의 전체주의적 국가사회주의의 필연적 귀결현상이라고 보았고, 합리주의적·인도주의적인 사회주의의 실현으로써 현재의 부조리를 극복해야 할 것으로 내다보았다. 이와 관련되는, 우리가 생각한 국제주의는 국수주의적 애국주의나 배타적 민족주의를 배격하며, 만인의 연대적 인류애와 세계평화의 구현에 그 항구적 기능이 있다고 했고, 이러한 국제주의는 개별국가의 외부로부터의 무력 침략의 방어, 고유문화의 보존발전을 지향하는 건설적 민족주의를 포용하되, 인류전체의 인간다운 생활영위를 저해하는 무제한한 절대적 주권행사는 억제되어야 한다고 보았다.

하나의 특별조항으로 인간기본권의 중요성을 강조했는데, 유엔의 세계인권선언에 명시된 기본적 인권은 국경의 차이로 분리됨이 없이 보편적으로 보장·실현되어야 한다고 보기 때문에, 즉 이러한 인권의 보편성과 비분리성 때문에 개별국가의 내정불간섭의 국제외교 정치관습은 인권 문제에는 적용될 수 없다고 보았다. 이와 아울러, 전 세계의 중요 자연자원은, 인류의 공유재산으로 간주되어야 하며 세계 평화구현과 만인의 행복증진에 기여할 수 있는 원칙과 방법으로 국제기구에 의하여 공동관리·생산·분배되어야 한다고 상당히 이상주의적 견해를 표현했다. 그리고 전쟁은 포기되어야 하며, 모든 국제분쟁은 평화적 방법으로 해결되어야 할 것과, 개별국가는 다만 헌법질서유지에 필요한 최소한도의 경찰력만을 보유해야 하며 항구적인 국제평화는 모든 군사력의 국제적 관리·통제에 의하여 실현되어야 한다고 주장했다.

끝으로, 통일문제에 언급하여, 한반도의 통일은 민주적 방법과 평화적 수단에 의하여 자주적으로 실현되어야 한다고 했고, 통일된 한반도에는 자유민주주의적 사회주의의 이상의 실현을 지향하는 연방정부가 수립될 것을 우리는 기대했고, 통일된 한반도의 연방국가(일종의 서독체제와 비슷한 "Bundesrepublik"을 뜻함)는 한반도를 둘러싼 미·소·중·일 등이 참여하는 국제적 평화보장의 전제 아래 동서 어느 진영에도 가담되지 않는 중립국이 될 것을 희망했다.

위에 상술한 러셀협회의 "사회민주주의선언"의 내용은 대체로 이상주의적 정열과 동경에 넘쳐 있다고 볼 수 있으나, 어디까지나 학구적 태도에서 러셀의 주요 정치적 사상들을 한국적 현실문제해결에 적용해보려는 한 시도였다. 이상

과 현실의 차이는 항상 메워질 수 없는 것이지만, 좋은 이상은 현실타개에 도움
이 될 수 있다고 본다.

　6. 회고문1의 제6면 중간에, 1977년 8월의 동경여행에 관하여:
　우선 한 가지 교정해야 할 것은, 내가 김순태씨와 이종성씨와 함께 동경에
간 것은 아니었고, 다만 이종성씨와 둘이서(김순태씨는 동행하지 않았음) 갔다
왔었다는 것이다. 그 모임이 그 때로서는 해외의 민주화운동에 참여하고 있는
단체, 개인들을 총망라하여 초청된다고 했기 때문에 나는 상당히 호기심을 갖
고 있었고 지상을 통해서만 알던 인사들을 직접 만나보고 싶었으며 그들의 진
정한 견해들이 무엇인가를 직접 알아보고 싶었다. 그러나 우선 동경으로 떠나
기 전에 민건회 측(발송인으로는 서백림에 있던 송두율 박사로 되어있었음)으
로부터 상당히 늦게, 자기들이 일본의 한민통으로부터 받은 초청장을 받았으므
로 불쾌할 뿐만 아니라 회의참석에 대해 회의적 의사를 이종성씨에게 표시하지
않을 수 없었다. 즉, 시일이 너무 촉박하여 제때에 그곳 회의 장소에 도착한다는
것이 의문시되었었다. 참석여부를 논의한 끝에, 나는 결국 오랜만에 몸을 움직
여 여행을 해볼 겸, 동경시도 볼 겸, 그곳에 모일 사람들, 특히 한민통의 주요
인사들이 어떤 분들인가를 알아보기도 할 겸, 이종성씨와 함께 갔다오기로 동
의했다.
　동경의 회의 장소에 도착하니, 회의는 하루 전에 시작하여 첫날에 벌써 "한
민련"("민주민족통일해외한국인연합")결성의 결정이 끝나고 난 뒤였다. 그리고
예견했던 대로, 윤이상씨를 비롯하여, 강돈구씨, 송두율씨, 김길순씨 등 민건회
회원들 상당수가 이미 도착했었고 회의 개최 전에 그곳에 도착했던 것으로 알
려졌다. 그들은 이종성씨와 내가 늦게나마 그곳까지 온 것에 놀란 기색을 보였
다. 도착한 날 저녁에, 자기들도 미안한 감을 느꼈던지 윤이상씨 등이 우리 두
사람더러 한 방에(그때 참석자들은 모두 한 호텔에 묵게 되었음) 모여 참석경위
에 관해 얘기를 나누기로 하자고 하여 쾌히 승낙하고 한 방에 모였다. 나는 왜

민건회 측은 이곳에 일찍 도착했으면서 우리에게는 초청장을 늦게 보내줌으로써 고의적으로 우리들로 하여금 회의참석을 저지하려고 했는가를 따지기 시작했었다. 윤이상씨는 화를 버럭 내면서, "아니, 그럼, 당신들 두 사람은 그것을 따지기 위해서 여기까지 왔소?"하며 위협하는 식으로 흥분하여 오히려 적반하장 격으로 고성을 올리는 것이었다. 나는 분명히 그런 것이, 즉 회의초청 절차상의 하자로 인한 "한민련"결성의 정당성 결여의 근거가 된다고 했다. 그것은 분명히 비민주적 절차를 거쳐서 성립된 것이므로 용인할 수 없다는 뜻을 분명히 했다. 동경에서 그때에 마침 광복절을 맞게 되었고—한민련 결성 일자는 8월 13일로 되어있음—따라서 한 큰 극장 비슷한 장소에서 광복절 기념식에도 참석하는 등, 김대중씨 납치 4주년도 맞게 되어 모두들 흥분된 상태에 있었다. 우리 두 사람은 처음부터 회의에 참석하지 못했으므로 어쩔 수 없이 일종의 방청객 비슷한 처지에 있을 수밖에 없었다. 물론 개별적으로 미국에서 오신 분들(가령, 선우학원씨, 고원씨, 지창보씨, 최도식씨, 서정균씨 등, 최홍희씨, 물론 임창영씨도)과 주로 식사시간을 통하여 처음으로 인사를 나누며 얘기를 하게 되었으므로 별로 자세히 어느 문제에 관해 충분히 대화할 시간이 없었다. 일본에 계신 분들 중에서는 특히 그 당시에 "민족시보"의 주필로 계시던 정경모씨를 만나서 어느 아침식사 중에 잠깐이마나 이야기를 주고받은 것이 신기로웠다. 이야기의 내용은 서독 땅에서 특히 모든 것이 상이한 조건아래서, 어려움 가운데 민주화 운동을 하는 데에 많은 고충이 있었다는 점, 내가 쓴 글 "한국국민의 자유를 위하여"를 통해서 나의 이름은 잘 기억하고 있다는 것 등 지나가며 건네는 이야기 정도였고 어떤 특별한 공동사업에 관한 약속이나 다른 언약을 한 것은 없었다. 저녁식사 이후에는 주로 즉흥적으로 어느 분의 방에 우연히 모여 술을 들며 각종 이야기를 나누는 듯했지만, 특히 한민통에 속한 재일교포 분들은 대부분이 우리보다 훨씬 연로하신 분들이어서 별로 함께 어울리기 힘들었고 나는 별로 술을 즐겨하지 않아서 그런 좌담모임에 거의 참석하지 않았다. 출발일인 듯 기억되는데 오전 중에 시간을 내서 나의 아내가 동양예술사전공관계로 필요한 한국예술에 관한 책들을 부탁한 것을 찾으러 서점가를 헤매는 것으로 시간을 보내던 것이 유일한 시내구경이 되었었고 거의 동경시를 볼 시간이 없었다. 따라서 나로서는 공식적인 회의자체에 관해서 뿐만 아니라 전반적으로 그때의 동경여행에 대해서 실망이 오히려 컸다. 조급히 단시일 안에 그런 긴 여행을 하고 오니 피곤할 뿐만 아니라 시간과 금전을 소홀히 버리고 온 것 같아 허전한 느낌이었다. 특히 한민통이 그런 모임을 진행시키는 양식이 나의 구미에 맞지 않았던 것은, 거창한 대중 집회를 즐겨한 듯해서 개별적인 토론과정이 거의 없는 점이었다. 한 가지 지금 생각나는 것은, 스웨덴에서 온 김영두씨가 그곳 한국대사관을 방문했다는 등 하며 간첩혐의가 있다고 하여 떠나는 날에 그 본인이 없는 가운데 장시간 동안 논의가 많았었으나 나는 그때에 직접 관련되지도 않았고 논의되는 점들에 관해 전혀 아는 바도 없어서 그냥 듣고만 있었을 뿐이었다.

그곳을 떠날 때에 한민통에서는 고맙게도 여비에 보태 쓰라면서 800불(미화)이라고 손에 쥐어주는 것을 거절할 수 없어서 그대로 호주머니에 넣어두었는데, 비행장에 와서 세어보니 600불밖엔 안되어 오히려 불쾌하기만 했다. 아마도 내 짐작에 그 돈을 나에게 전달한 "한청동"의 한 회원이었던 것으로 추측되는 사람이 중간에 200불을 사취해 버린 것으로 생각되었다. 이 사연을 이종성씨와 얘기한 결과 자기는 800불을 받았다고 하여 결국에는 각각 700불씩 똑같이 나눠서 비행기표 값에 충당했었다. 이런 사실을 나는 여기에 도착하자마자 한민통의 배동호씨에게 편지로 자세히 통보했었다. 이 배동호씨와는 그곳에 동경회의 때 같은 배씨로서 반갑다는 인사를 나눴을 뿐 별 특별한 얘기를 나누지 못하고 말았다. 그분은 아마 회의 관계로 너무 자유시간이 없었기 때문이었던 것으로 짐작되었다.

결론적으로, 민주주의에 대한 인식과 행태양식의 차이, 통일문제를 중심으로 한 북한체제에 대한 태도 등이 서로 맞지 않아 러셀협회로서는 차츰 Frankfurt에서의 민건회, 재독한인노동자연맹 등과의 모임 이후(이 모임은 모두들 동경에 다녀온 뒤에 "한민련" 구주지역 운영문제를 두고 모인 것이었음. 날짜는 기억할 수 없음) 한민련과 사실상 협력하지 않게 되었다. 우리는 우리의 원래의 태도를 그대로 견지하기로 했고 우리의 자기동일성을 잃지 않기로 한 것이어서 퍽 다 행한 일로 여기고 있다.

이와 관련하여 여기에 한 가지 회고되는 것은, 내가 1981년 1월 20일자로 한민련 수석의장인 임창영 박사에게 그분의 스페인 마드리드에서의 사회주의 인터내셔널 제15회 총회에서의 1980년 11월 15일자 연설문(1980년 12월 15일자 "민족시보" 제3면에 실렸음)의 일부를 비판·질의하는 공개서한을 발표한 것이다(나의 공개서한은 "민주화운동의 행방을 찾아서"라고 제목 붙여졌고 캐나다의 교포신문 "민중신문" 1981년 3월 6일자에 게재되었음). 위의 연설 가운데 임창영 박사는 "한민련은 해외 1백 50만 한국인을 대표할 뿐만 아니라 압제정치와 싸우고 있는 모든 국내 동포도 대표하고 있습니다. 한민련의 목적은 명백합니다. 즉 한민련은 사회정의가 서로 모든 사람의 경제안전을 보장하고 자주를 위주로 하는 민주적 한국을 건설하는 것을 목표로 하고 있습니다. …" "…이처럼 사회주의 인터와 한민련의 목적이 동일한 것이라면 사회주의 인터는 한민련의 가입신청을 당연히 수락할 수 있으리라 믿습니다." "한민련은 한국을 사랑하고 보다 나은 한국을 건설하기 위하여 노력하는 한국 사람들의 단체입니다." 라고 말했다고 되어있다. 이에 대해 내가 제기한 질문은 다음 세 가지였다.

"1. 한민련이 해외에 있는 1백 50만 한국인들을 대표하며 더구나 국내에서 반독재 민주화운동을 전개하고 있는 모든(!) 국내 동포도 대표하고 있다는 임창영 박사의 주장은 과연 사실과 부합되는가? 사실과 부합된다면, 그 근거는 무엇인가? 만일 사실과 부합되지 않는다면, 임창영 박사께서 연설문 서두에서 시사했듯이 스스로 존경과 감사의 대상으로 여기는 '영향력 지대한 국제조직 사회주의 인터'의 총회 참석자들 앞에서 무슨 동기에서 그런 허무맹랑한 거짓말을 떳떳이 할 수 있었는가?

2. 사회주의 인터와 한민련의 목적이 똑같다는 주장은 어디에 그 근거를 두고 있는가? 3. 한 단체의 최고 책임자가 스스로 자기 단체는 애국 단체요, 그 구성원들은 애국자들이라고 자가선전 한다면, 그 발언 전체의 신빙성이 도대체 조금이라도 있다고 볼 수 있는가?"

나는 위의 공개서한에서 이 공개질문들에 대한 답변을 임창영 박사께서 역시 공개적으로 명확히 해 주실 것을 기대한다고 하면서, 이에 관한 나 나름대로의 비판적 견해를 다음과 같이 밝혔다.

"첫째로, 우선 밝혀 둘 것은, 임창영 박사의 위의 발언 내용을 내가 이렇게 문제시하는 것은 지난 몇 년 동안 다른 선배·동료들과 함께 해외에서 반독재·민주화운동에 어느 정도 적극적으로 참여해 온 한 사람으로서, 결코 해외의 이 운동을 분쇄하거나 방해할 의도에서가 아니며, 오히려 우리의 전반적 운동 자체 내에서의 건설적 비판과 토론을 통하여 우리들의 공동목표를 더 알차게 그리고 유효하게 달성할 수 있게 하기 위해서인 것이고 우리들 자체 내의 불의와 잘못을 우리 스스로가 시정할 수 있도록 하기 위한 것이다. 왜냐하면, 해외에서 민주화운동에 참여하고 있는 개인들과 단체들이 모두 한결같이 완전 무결하거나 진정으로 민주적으로 생각하며 행동한다고 볼 수 없으며 그들 자체 내의 민주화문제는 역시 끊임없이 해결해 나가야 할 항구적 과제이고 진정한 민주주의는 자기 비판적이며 자유로운 토론을 통해서만 발전·성숙되고 실현되어질 수 있다고 보기 때문이다."

"둘째로, 이러한 의미에서 우리가 민주주의를 지향해 나간다는 것은, 그리고 진정한 사회정의가 구현되는 민주사회의 건설을 목표로 한 정치적 투쟁을 전개해 나간다는 것은, 무엇보다도 사실에 근거한 의견과 주장과 정보를 필요로 함을 그 전제조건으로 한다. 사실에 근거하지 않는 정책수립은 마침내 실패하고야 말 운명을 이미 내포하고 있다. 지금까지 역사적으로 모든 독재자들이 결국에는 자멸하고 만 것은 현실을 현실 그대로 보고 정직하게 우선 인정하려고 하지 않는 데에 바로 그 멸망의 근원이 있는 것이다. 사실을 사실대로 파악한

다음에 그 진정한 현실파악을 토대로 하여 좋은 정치적 이상을 실현할 수 있게
된다. 사실을 사실 그대로 알기 위해서 언론, 출판, 집회, 결사의 자유가 절대적
으로 필요하며 이를 우선 가능케 하는 정치질서의 이념을 민주주의라고 한다.
이런 견지에서, 사실을 사실대로 파악하려고 하지 않거나 인정하지 않으려고
하는 이를 나는, 따라서, 민주주의자라고 볼 수 없다…" "진정한 민주주의 사회
에서는, 마치 학문의 세계에서 거짓이론이나 진리와는 거리가 먼 이론은 학문
적 토론과정에서 점차 사라지고 참되고 진리에 가까운 이론들만이 학문적 인식
으로서 일반적인 인정을 받고 남아 있게 되듯이, 거짓된 사실 보도나 현실파악
은 자취를 감출 수밖엔 없으며 진정한 사실에 입각하여, 그리고 보다 좋은 이상
과 가치를 지향하여 제시된 보다 합리적이고 효과적인 문제해결을 위한 의견들
만이 다수의 지지를 받게 되기 마련이다."

　"셋째로, 임창영 박사가 세계만방에 거짓말을 해가면서까지 한민련을 사회
주의인터에 가입시키려고 한 것은, 내가 보기에는 진정한 '민주적 한국을 건설'
하고자 하는 것보다는 우선 권력욕, 명예욕의 충족이 그 깊은 동기의 밑바닥에
놓여 있는 것 같다. 아무리 자세히 읽어보아도 임박사의 연설문에서나 한민련
의 문서들 속에서 한민련의 목적과 사회주의인터의 목적이 똑같다고 판단을
내릴 수는 없는 것 같다. 한민련의 성립과정 자체가 민주적이었다고 볼 수 없으
며 한민련의 목적·강령에는 민주주의에 대한 명확한 이해를 찾아볼 수 없고
더구나 사회주의 이념에 관한 태도표명은 전혀 찾아볼 수도 없다. 간단히 표현
하자면, 한민련은 그 목적과 정치적 이념의 지향에 있어서 애매모호한 단체이
며 그 행태에 있어서 반민주적인 또는 비민주적인 인사들도 지도적 위치를 점
하고 있는 단체라고 볼 수 있다. 내가 알고 있는 한 지금까지 해외에서 그 정치
적 이념 방향을 "사회민주주의"로 명확히 천명한 단체는 1976년 10월에 이곳
서독에서 발족된 '한국버트란드러셀협회'밖에는 없다. 해외 민주화운동단체로
서 사회주의인터에 가입할 필요가 있다면, 그 이념을 사회주의 또는 사회민주
주의(또는 민주사회주의)로 설정하고 민주적 의사형성과정을 거쳐서 정당하게

일을 추진해 나가야 할 것이다. 지난번 마드리드에서의 사회주의인터 총회에서
처럼 한민련이 전혀 사실의 근거를 상실한 허무맹랑한 거짓 주장을 해가면서
불과 몇 사람이 마치 해외 한국인 전체와 국내 민주화 투쟁인사들 전체를 대표
하는 것처럼 조작하여 억지로 서둘러서 허세를 부리는 것은 결국에는 우리들
모두의 민주화운동의 발전을 저해할 뿐만 아니라 마치 뿌리가 없는 나무처럼
조만간 시들어 버리고 만다. 그런 행태는 전혀 민주적 정당성을 결여한 것으로
서 마땅히 지탄의 대상이 되어야 한다고 보며, 더구나 해외에서도 '외세배격'을
가장 크게 외치는 이들이 오히려 일종의 외세라고 볼 수 있는 사회주의인터에
회원으로 받아주십사하고 굽실거리는, 한국적 고질인 아첨과 비굴의 외세의존
동기에서 나온 것으로 보아 철저한 반성과 청산이 요청된다고 믿는다.…"

"넷째로, 고래로 자기가 가장 애국자라고 자처하지 않는 독재자며 폭군이
있었는가 곰곰이 생각해볼 일이다. 그리고 한 국가를 사랑한다는 것이 도대체
무엇을 의미하는가를 따져볼 필요가 있다. 국가라는 것은 하나의 인간사회의
법적 구성체로서 극히 추상적인 것이다. 러셀도 이미 지적했듯이 국가라는 것
은 사실상 흔히 지배계층 몇 사람의 대명사에 불과한 경우가 많다. 그리고 가령
'한국'이라는 추상적 대상 속에는 여러 가지의 자연적, 인적, 문화적 요소들이
내포되어 있어서, 나 자신에 국한하여 말한다면, 그런 모든 것들을 다 좋아한다
고 말할 수는 없다. 아무리 나의 조국이라고 할지라도 나의 가치관, 세계관에
따라서 궁극적으로 받아들일 수 있는 요소들이 있는가하면, 없어지거나 개조되
기를 원하는 요소들도 있다. 무엇이 됐건 한국 것이라면 다 좋고 세계에서 최고
로 자랑할 만하다고 말하는 사람을 국수주의자 또는 광신적 애국주의자라고
할 수 있겠다. 그런 견해는 마치 우물 안 개구리의 편협한 견해라고 밖엔 볼
수 없으며 거기에서는 어떤 창조적 발전이 있기 어려울 것이다.…"

끝으로, 나는 위의 공개서한에서 나 자신을 포함하여 모든 민주화운동참여
인사들에게, 특히 임창영 박사를 비롯한 한민련의 지도적 인사들에게 엄숙히
물었다: "우리가 온갖 역경을 무릅쓰면서 민주화운동에 나서고 있는 것은 한국

정치풍토의 전통적 고질과 구악들을 청산하기 위한 것인가, 아니면 그런 구악들을 그대로 반복하면서 어떤 수단을 써서라도 권력만을 장악하기 위한 것인가? 해외교포 전체와 국내 민주화 투쟁인사들을 도매금으로 팔아가면서 사회주의인터에 한민련이 가입하면 해외민주화운동의 목표는 달성되는 것인가?” 위의 나의 공개서한에 대해서 임창영 박사는 1981년 2월 12일자로 회신했고 이것은 이에 대한 나의 회신과 함께 “민중신문” 4월 17일자에 전부 또는 일부 게재되었다. 임창영 박사의 회신 요지는, “중요한 수사가 생략되어 오해를 준 때문”이라면서 자기의 연설본문(영어)은 다음과 같다는 것이었다.

　　“In opposing tyranny , The Union of Oversea Koreans for Democracy and Unification represents not only a million and half overseas Koreans, but also virtually all the Korean people at home who love freedom.····”

　　(‘참주정체를 반항하는데 있어서 「한민련」은 1백 5십만 해외동포들 뿐 아니라 자유를 사랑하는 국내 동포 거의 전체를 대표합니다.’)(임창영 박사의 번역).

　　결국에는 ‘대표’ 한다는 말에 대한 이해의 차이인 것으로 짐작되어 그에 대한 회신에서 나는 “···represents···”(“···대표한다···”)라는 말의 의미에 관한 나의 견해를 분명히 했다. 이것으로써 그때의 공개서한 교환은 일단 마감되었다. 그때에 또 한 번 새삼스레 절감한 것은, 인간은 그의 사회생활을 언어를 통해서 영위하는 동물이기 때문에 자기가 사용하는 용어나 문장의 뜻이 자기가 뜻한바와 일치하는가, 그리고 그것이 상대방에게 그대로 전달·이해되는가가 항상 문제된다는 것이었다. 지금 내가 이 글을 쓰는 데에 있어서도 이 문제는 똑같이 의식될 수밖엔 없다. 따라서 의사표현과 상호이해는 결코 쉬운 일이 아님을 알 수 있다.

　　7. 회고문 1의 7면에, 1979년 6월의 뉴욕회의에 참석한 것에 관하여:

그 해 6월 8일~10일에 뉴욕에서 개최된 "민족문제해외동포회의"에 참석한 나의 동기는, 약 2년 전에 일본 동경에서 모임에 실망한 것과는 대조적으로 미국에 있는 분들이 모임을 준비한다고 하며, 특히 김재준 박사, 임창영 박사 및 최덕신 장군 세 분이 그런 회의의 발기인으로 되어 있어서 큰 기대를 갖고 그 분들과 중요문제들에 관하여 진지하게 토의할 수 있으리라 믿어 김순태씨, 이현구씨와 함께(아마 이종성씨도 동행했던 것으로 기억됨) 뉴욕으로 가기로 한 것이었다. 물론 처음으로 세계 대도시 중의 하나인 뉴욕을 대강 볼 수 있을 것이라는 것도 상당한 흥미를 끌었다. 회의가 시작하기 전에, 김재준 박사께서 원인 모를 상황 속에서 뉴욕시에서 "납치"되셨다는 둥, 아무튼 참석할 수 없게 되었다는 소식이 들렸다. 결국에 그 분 없이 회의가 진행되었는데, 대개 알려진 사실은 그 분의 그룹에서는 그 분이 이 모임에 참가하는 것에 반대하는 분들이 있어서 그 분을 그 모임에 참가하지 못하도록 한 것으로 이해되었다. 구주에서 러셀협회 측이 민건회나 한민련 측과 뜻이 맞지 않는 것과 마찬가지로 북미주에서는 김재준 박사를 비롯한 교회관계그룹과 임창영 박사를 중심으로 한 다소 친북한적 성격을 띤 그룹과는 얼마 전부터 서로 잘 융화되지 못하고 있었다. 그래서 그런 근본이유 때문에 김 박사께서 뉴욕모임에 참석할 수 없게 된 것으로 추정된다. 회의의 토의주제는 주로 통일문제, 민중과 민주주의, 민족의 자주성 등으로 되어 있었고 나중의 두 주제에 관해 한영태씨(재독한인노동자연맹소속)와 오석근 박사(서베를린에서 나온 "주체"지 발행인)가 각각 발제 강연했고 이어서 의견교환·토론이 있었다. 나로서는 특별히 뚜렷이 기억되는, 중요하다고 생각되는 일은 없었고, 통일문제에 관한 나의 의견을 발표했는데, 이것을 나중에 독일에 돌아와서 보충하여 "통일추진과정의 세 가지 전제조건들"이라는 제목으로 '횃불'지 제7호(1979년 8월 발행)에 실리도록 했다. 여기에 그 요지를 적어보면, 첫째로는, 무엇보다도 중요한 전제조건은 전쟁방지라는 것이었다. 어떤 수단·방법을 가리지 않고 제2의 한국전쟁을 통해서라도 통일을 해야 된다는 입장을 나는 광신적 통일주의라고 보았고 그 무책임성을 지적했다. 나는 통일촉진과정에서 여하한 난관에 부딪힌다고 할지라도 동족상잔의 야만적 전쟁은 피해야 한다고 했다. 왜냐하면, 전쟁을 통하여 갈등이 해소된다거나 문제가 해결된다고 생각하는 것은 너무나 단순하고 어리석은 소치이기 때문이다. 둘째로는, 우선 남쪽(한국)에서의 새로운 민주정부의 수립이며, 북쪽에서도 현존체제의 실질적 민주화가 요청된다고 했다. 한반도의 통일이 진정한 민족의 통일이 되기 위해서는 민주적 의사형성과정을 통하여 민주적 정당성이 인정되고 민족의 통일의지가 투철하게 뭉쳐진, 하나의 민주적 정부가 우선 남쪽에서 형성됨으로써 이 정부는 남쪽 민중의 대변자로서 떳떳이 북쪽의 체제대변자와 통일에의 대화를 효과적으로 추진할 수 있다고 보았다. "유신체제가 국가 안전보장을 구실 삼아 국민의 인간기본권을 박탈하고 있는 것은 전혀 설득력이 없는 강도의 폭력수법에 불과하며 그럼으로써 체제 안에서조차 자기의 적들이 더 많이 생기도록 하여 자멸의 길을 닦고 있는 것이라고 볼 수 있다"고 예견했다. 셋째로는, 위의 두 번째 전제조건과도 관련되는 것으로서, 우리가 북쪽의 통일에 대한 모든 제안에 동의하는 경우라 할지라도 어느 경우에나 추호도 양보할 수 없는 최후의 조건은 인간기본권, 특히 사상의 자유와 의사표현의 자유를 핵심으로 하는 정치적 자유권의 보장이라는 것이었다. 이 조건을 설명하여 나는 "지금까지의(그때까지의) 모든 반독재·민주화운동의 선언서들 속에 한결같이 표명된 가장 제1차적인 주장은 항상 인간기본권의 보장이었고 특히 언론의 자유, 학원의 자유 등 의사표현의 자유를 보장하라는 것이었다."고 지적했고, 그 이유는 단순히 세계인권선언의 중요부분이 이 기본적 자유권에 해당하고 불란서혁명의 구호가 자유, 평등, 박애였기 때문만은 아니고, 그 가장 기본적 이유는, 인간생활을 위하여 가장 필요한 것은 사실에 관한 정확한 이해, 즉 진리의 파악이기 때문이며, 진리는 모든 사람에게 의사표현의 자유가 주어지지 않고는 규명될 수 없기 때문이라는 것이었다. 어떤 의견이 사실에 부합되는 정보에 근거했느냐를 판별하기 위해서는, 그 문제되는 사실을 보는 사람들의 사실보도의 자유가 보장되어 그 사실보도들의 내용이, 대다수의 보도자들이 부인할 수 없고 사실과 어긋남이 없는 보도라고 인정될 수 있어야 한다는 것; 진정한 자유사회에서는 사실과 어긋난 거짓된 보도는 자연히 그 거짓됨이 밝혀지고 신빙성을 잃게 될 것이기 때문에 차츰 자취를 감추게 될 것이며 사실을 사실대로 보도하는 언론만이 존경받게 될 것이라는 것; 이러한 참된 사실에 대한 보도를 얻을 수 있게 하는 정치체제가 곧 자유민주주의 체제이기 때문에 이 체제의 핵심인 의사표현의 자유의 보장을 우리는 주장하는 것이라는 것을 강조했다. 나는 이점을 더욱 부연하여 설명하기를, "사실을 정확히 파악하는 데에서 올바른 문제의식이 생기며, 문제의 해결을 효과 있게 하는 것도 사실에 관한 정확한 정보에 크게 의존한다."고 했다. 나아가, "이러한 견지에서 참된 민주사회는 곧 학문적인 사회라고 볼 수 있다. 학문의 과제는 진리의 추구 또는 규명에 있다고 보면, 민주사회야말로 학문이 발전할 수 있는 바탕을 마련해주며 학문의 발전을 통하여 사회 각 분야의 합리적 개선과 발전을 가져오게 될 것이다. 그런데, 이 민주사회의 가장 중심적인 구성 원칙이 바로 의견발표의 자유의 보장인 것이다. 이 기본적 자유 없이는 여하한 민주주의도 참된 민주주의라고 볼 수 없다. 의사표현의 자유, 정보의 자유 없이는 어떠한 사회도 암흑사회, 폐쇄사회가 될 수밖에 없고 인간행복의 실현이나 전체사회의 발전을 기대할 수 없게 된다. 그리고 진정으로 평화로운 사회도 이 자유 없이는 형성될 수 없다. 왜냐하면, 의사표현의 자유가 보장되는 사회에서는 저마다 자기 나름대로의 의견을 발표할 수 있게 되고, 서로가 다른 의견을 가질 수 있다고 인정하고 남의 의견을 존중할 줄 알게 되며 여하한 인간의 의견도 항상 절대적으로 옳다고 볼 수 없다는 통찰이 보편화되어 자기의견과 다른 의견을 역시 관대하게 존중하는 관용의 미덕이 생활화하게 될 것이기 때문이다. 모순과 갈등과 차이를 인정할 줄 알고 문제해결을 위한 공통분모를 찾아 건설적으로 자유로이 비판·토론할 수 있는 사회 속에서만이 평화로운 분위기 가운데 사회정의가 구현될 수 있다. 자유로운 비판과 토론은 의견들의 경쟁을 통해서 항상 보다 나은 의견의 설득력을 강화시켜주는 발전적 의미를 갖고 있다. 한반도의 통일추진과정에서도 가장 기본적

인권인 의사표현의 자유를 최대한으로 보장함으로써 온 겨레가 전폭적으로 환영할 수 있는 평화적인 원만한 통일이 이루어질 수 있게 될 것이다."라고 희망적, 고무적인 의견을 표현했고, 통일은 남·북 양체제의 통일이나 어느 권력층의 권력욕의 충족수단이 되어서는 안될 것이며, 온 겨레의 참된 자유와 평화가 현실화되고 겨레와 민중이 주인이 되는 한 겨레의 한 나라로 되는 것을 의미하기 때문에, 어떠한 정치체제도 통일을 지향한다면, 의사표현의 자유의 보장에 조금도 반대할 이유가 없을 것이라고 보았다.

뉴욕회의에의 참석자들은 마지막으로 워싱턴으로 가서 백악관 앞에서 카터 대통령의 한국방문 계획에 반대하는 가두시위를 벌였는데, 나는 다른 러셀협회 회원들과 함께 이 시위에 참여했다. 나는 그때보다 약 한달 전에 뉴욕에 오기 전에 벌써 쾰른에서 러셀협회 회장의 이름으로 카터 대통령에게 한국방문계획을 취소해 달라고 호소하는 공개서한(영문)을 보냈었고, 역시 이것은 '횃불'지 제7호(1979년 8월 발행)에 실렸었다. 뉴욕에서 발행되는 "해외한민보"(발행인: 서정균)의 그룹이 원래 좌경, 친북한의 경향이 농후하다는 것을 알았지만, 그 모임에서처럼 함께 의견교환, 토의하는 정도의 행사에 협력하기로 했고, 가능한 한 공통분모를 찾아서 민주화라는 큰 목적을 위하여 연대적으로 일할 수 있기를 희망했다. 그러나 아마 1982년이라고 기억되는데, 해외한민보 창간 10주년 특집호를 내기 위해서 축사 등 각종 글들을 보내주기를 바란다고 하여 나는 서정균씨 앞으로 10년이라는 세월 동안 *꾸준히* 민주화운동을 위해 헌신해 온 것을 축하하면서 "해외한민보"의 너무 친북한적 경향이 농후함을 비판하기도 하는 편지를 보냈더니 그 뒤로는 그 신문을 전혀 보내주지 않는 것이었다. 내 짐작으로는, 서정균씨는 나의 그런 비판적 견해를 소화할 여유가 없는 편협된 인간인 것으로 인정할 수밖엔 없었다. 그는 역시 자기를 선의에서 비판해 주는 것에 대하여 불쾌하게만 여길 뿐 한 걸음 더 나아가서 그런 편지에 회신해 주는 것은 고사하고 그 비판의 정당성 여부를 검토하려고 하지 않는 것으로 판단하게 되었다. 뉴욕에 있을 때에도 서정균씨와 별로 자세한 의견교환을 할 시간이 없었지만, 내가 평소에 그분의 인간됨에 관해 짐작했던 것과 별로 어긋나지 않음을 확인하게 되었다. 서독에 돌아온 뒤로도 그분의 신문을 받아보는 것을 제외하고는 전혀 의사소통도, 특별한 공동의 유대관계도 없었다.

8. 러셀협회의 회지인 '횃불'에 쓴 나의 글들에 관하여:

1) "머리말"('횃불' 제1호, 1977년 3월) : 억압과 어둠과 혼돈과 증오가 충만한, 거짓과 폭력의 역사를 엮어가고 있던 그 당시의 현실을 개탄하면서, 우리가 밝혀든 횃불이 무엇보다도 먼저 "자유의 횃불"일 것을 바랬다. 왜냐하면 "자유가 없이는 인간의 존엄성은 있을 수 없으며, 진리 탐구의 기본능력인 이성이 그 기능을 발휘할 수 없고 인간가족 사이의 연대적 사랑을 실천할 수 없게" 되기 때문이다. 그 당시 유신체제 아래에서의 거짓평화와 "총력안보"와 항구화된 비상사태에 대해서 비판하고, 끝으로 러셀의 유명한 지표라고 볼 수 있는 말, "좋은 삶은 사랑에로 넋 채워지고 앎의 빛으로 이끌어지는 삶"이라는 것을 인용함으로써 마감했다.

2) "자유주의자로서의 러셀"(위와 같음) : 역시 유명한 러셀의 "자유인의 십계명"(A Liberal Decalogue)을 인용(원문, 한국어, 독어)하며 주석을 한 것이었는데, 그것은 특히 학생들과 학자들이 갖추어야 할 가장 기본적인 요건이라고 보았다. 그의 십계명은 다음과 같다: "1. 어떠한 것에도 절대적으로 확실하다는 느낌을 갖지 마라. 2. 증거를 숨기면서 무슨 일을 해 나가는 것이 가치가 있다고 생각하지 마라. 왜냐하면 증거는 반드시 밝혀지기 마련이다. 3. 생각하기를 결코 억제하지 마라. 왜냐하면, 너는 거기에 반드시 성공할 것이기 때문이다. 4. 반대의견에 부딪힐 때에는, 비록 그것이 너의 남편이나 애들로부터라 할지라도, 권위에 의해서가 아니고, 합리적 근거를 제시하는 토론에 의해서 그것을 극복하려고 노력하라. 왜냐하면, 권위에 의존하여 달성된 승리는 참되지 못하며 허황된 것이기 때문이다. 5. 다른 사람들의 권위에 조금도 존경심을 갖지 마라. 왜냐하면, 언제나 그와 반대되는 권위들이 나타날 수 있기 때문이다. 6. 네가 해롭다고(위

험하다고) 생각되는 의견들을 억압하려고 권력을 사용하지 마라. 왜냐하면, 네가 만일 그렇게 하면, 그 의견들이 너를 억압할 것이기 때문이다. 7. 괴상한 의견을 갖는 것을 두려워 마라. 왜냐하면, 지금 일반적으로 용납되는 모든 의견이 처음에는 괴상한 것이었기 때문이다. 8. 수동적으로 찬성하는 데에서보다도 지성적으로 반대하는 데에서 보다 큰 기쁨을 찾아라. 왜냐하면, 네가 응당 평가해야 하는 만큼 지성의 가치를 높이 평가한다면, 후자는 전자보다 더 깊은 찬동을 함축하고 있기 때문이다. 9. 비록 진실함이 불편스러울지라도 신중히 진실되라. 왜냐하면, 네가 진실을 감추려고 애쓰면, 더욱 불편하게 될 것이기 때문이다. 10. 바보의 낙원에서 사는 사람들의 행복에 대하여 질투감을 느끼지 마라. 왜냐하면, 오로지 바보만이 그것을 행복이라고 생각할 것이기 때문이다."(나의 번역임)

3) "Ideologie und Bertrand Russell"(이념과 러셀)(위와 같음. 독문으로 쓴 것임): "이념"의 상대성, 비판가능성을 지적했고, 러셀의 사회민주주의적 이념을 그의 글을 인용하여 설명했음.

4) "우리 모두 횃불을 밝혀들자"(위와 같음): 위의 "머리말"과 비슷한 내용의 글로서 특히 러셀의 다음의 말을 인용했다. "세상을 구원하기 위해서는 믿음과 용기가 필요하다. 즉 이성에의 믿음과 이성이 참이라고 보여주는 것을 선포하는 용기인 것이다. 세상을 구원하는 것이 희망을 걸 수 없는 절망적인 일은 아니다. 그러나 그 일은 그것이 희망을 걸 수 없는 절망적인 것이라고 스스로 생각하는 사람들에 의해서는 결단코 성취되지 않을 것이다." (러셀과 그의 부인 Dora Russell 공저, "공업문명의 전망"[1923], 221쪽).

5) "한국의 폭력지배 1961~1975"(위와 같음. 독일어로 쓴 것): 1961년 5·16 군사변란 이후의, 특히 유신체제의 폭력지배의 전개과정을 대강 중요사건을 중심으로 서술한 것이었음.

6) "한 한국인의 호소"(위와 같음. 독일어로 쓴 것): 독일정부와 독일 국민들에게 한국의 민주화를 위하여 연대하는 노력을 강화해 줄 것을 호소하는 글이었음.

7) "정치적 이상들"(Political Ideals): 이것은 러셀의 1917년 발간된 저서인데 '횃불' 제1호~제5호에 걸쳐서 내가 번역하여 연재한 것으로, 그 내용에 있어서는, 특히 자본주의와 사회주의의 두 가지 경제·사회체제에 대한 비판이 주로 되어 있음.

8) "인생의 목적"('횃불' 제2호, 1977년 7월): 러셀의 자서전 제1권 서두에 있는 "내가 위하여 살아온 것"(What I have lived for) 라는 간략하면서도 의미심장한 글을 번역 소개한 것인데, 러셀은 "단순하지만, 압도적으로 강한 세 가지의 열정들이 나의 삶을 지배해 왔다. 즉, 그것은 사랑에의 동경, 지식의 탐구, 그리고 인류의 고난에 대한 참을 수 없는 동정이다.…"라고 했다.

9) "한국의 삭코와 반제티"(위와 같음): 1920년대에 미국에서 실제로 일어났던 사건을 그린 "Sacco and Vanzetti"라는 영화를 그 당시에 보고 나서 한국의 현실과 대조하여 수많은 죄 없는 사람들이 불의의 권력 아래 고난당하는 것을 개탄한 내용이었음(Sacco와 Vanzetti는 이태리에서 미국에 이민 온 노동자들로서 살인·무정부주의자들이라는 혐의를 쓰고 결국에는 전기의자에서 처형된 이들로, 나중에 미국정부는 그들에 대한 재판이 공정하지 못했음을 공개적으로 인정하게 되었음).

10) "권력과 폭력"('횃불' 제3호, 1977년 11월): 순전히 학술적 견지에서 "권력"과 "폭력"의 구별, "폭력혁명"에 관한 카알 포퍼(Karl Popper)의 견해 등을 그 당시의 유신체제의 현상과 대조하여 설명한 것이었음.

11) "오늘의 세계 속의 한국의 갈 길은 어디인가?"(위와 같음): 이것도 역시 사회과학도로서의 한국의 발전에 대한 전망을 표현한 것으로, ① 나의 민주주의관을 "과정적 민주주의"와 "제도적 민주주의"로 구분하여 설명했는데 그 핵심은 자유로운 의사형성 과정에 있었고, ② 통일문제에 관해서는 7·4공동성명을 "민주적" 통일의 원칙이 결여되었다는 점에서 비판했으며, ③ 경제문제에 있어서, 국민의 기본적 욕구충족을 지향하는 생산구조는 우선 농업경제에 큰 비중을 두고 이를 보완하는 것으로서의 공업생산을 촉진시켜야 한다고 보았다.

그리고 기업경영면에서는 "경제적 민주주의"의 원칙이 제도화되어야 할 것도
주장한 것으로, 당초 협회의 "사회민주주의선언"을 부연 설명한 것이었음.

12) "민주주의의 논리와 어리석음의 운명"('횃불' 제4호, 1978년 5월): 민주주
의의 원천적 필요성은 인간 개개인들의 참된 것, 좋은 것, 아름다운 것(진, 선,
미)에 관한 상이한 견해 차이에 있다는 것을 설명했고, 그러한 의견들의 상대성
을 인정하려고 하지 않는 독재 권력의 어리석음을 지적한 것이었음.

13) "국민교육헌장 비판"('횃불' 제5호, 1978년 9월): 1978년 6월에 전남대학교
교수들 11명이 "국민교육헌장"을 비판한 것을 나 나름대로 해설한 것이었음.

14) "유신체제가 왜 나쁜가?"('횃불' 제6호, 1979년 4월): 남들이 모두 유신체
제를 반대하니 자기도 덩달아 반대하는 경우가 많은 것을 비판적으로 보고, 나
로서는 유신체제가 인간의 행복추구와 실현을 저해하기 때문에, 인간 행복의
가장 원초적인 필수조건인 자유를 박탈·억압하기 때문에 나쁘다고 전제하고
이를 부연하여 설명한 것이었음.

15) "이념과 언어와 민주주의"('횃불' 제7호, 1979년 8월): 일종의 권두언으로,
이념, 주의 등 용어는 인간생활영위를 위한 수단이라는 것, 그 내용들의 상대성
을 강조했고, "한국적 민주주의"의 교조주의적 성격을 비판했음.

15a) "나는 왜 공산주의자가 아닌가?"(위와 같음): 러셀의 Essay의 번역.

16) "죽음을 위한 조직과 정권욕의 운명"('횃불' 제8호, 1979년 10월): 그 당시
한국정부의 국방비가 국가예산 또는 국민총생산에 차지하는 큰 비중을 비판적
으로 고찰한 것으로 특히 전쟁의 무의미함을 역설한 것이었음.

17) "비굴함의 유익한 점들"(The Advantages of Cowardice)('횃불' 제9호, 1980년
1월): 러셀의 글(Essay)의 번역: 비굴한 인간상을 해학적으로 비꼬아서 쓴 것으로
한국 현실에도 타당성을 갖고 있다고 여겨서 번역한 것임.

18) "박정희의 사멸에 즈음하여"(위와 같음): 박대통령의 암살사건(1979. 10.
26일)을 듣고 11월 7일자로 쓴 글인데, 앞으로의 사태전망을 분석한 나머지 오
랫동안 존속되어온 유신체제가 당장에 청산되리라는 큰 기대를 갖지 않았었고

다만 내가 평소에 주장해 온 대로 민주적 절차를 거친 새로운 민주정부가 수립될 것을 희망·호소했음.

19) "한 합리주의자의 신앙"(The Faith of a Rationalist)('횃불' 제10호, 1980년 4월): 러셀의 Essay를 번역한 것임. 러셀은 자기의 의견들의 원천적 근원이라고 볼 수 있는 두 가지 성품, 즉 "친절감(kindly feeling)과 진실성(veracity)"에 관해서 설명했음.

20) "민주혁명의 전진"('횃불' 제11호, 1980년 6월): 그 해 5월 광주사태를 보고 이를 비판적으로 평가한 것임.

21) "불가지론자란 무엇인가?"(What is an Agnostic?)(위와 같음): 러셀의 1955년 "Look"지에 발표된 그의 종교적 신앙에 관한 인터뷰를 번역한 것임.

22) "김재규의 운명"('횃불' 제10호, 1980년 4월): 김재규씨의 박정희씨 살해 행위를 분석했고, 김재규씨라는 특정개인에 국한하지 않은, 일반적인 사형폐지론을 주장하면서 그 근거를 분명히 했음. 가장 중요한 이유로서, 나의 인생관·세계관에 따라 인간은 원래 성인으로도, 악인으로도 태어나는 것이 아니고, 환경, 교육, 유전 등 각종 요인에 의하여 때로는 선인, 때로는 악인이 될 수 있는 잠재능력, 가능성을 갖고 있을 뿐이라는 것이었다. 따라서 한 사람이 범한 과오를 근거로 하여 그를 물리적으로 없애버린다면, 그가 개선·변화될 가능성조차 없애버리는 결과가 되므로 옳지 않다는 논리였다. 이런 논거는 amnesty international에서도 견지하고 있어서 나도 찬동하고 있다.

23) "혁명의 생각과 생각의 혁명"('횃불'지 제12호, 1980년 8월): 인간의 생각할 수 있는 능력, 생각과 언어와 행동의 연관성, 민주적 사회발전에 있어서의 "생각"하는 개인들의 중요성 등에 관하여 서술했고 결론적으로, 생각에 있어서의 혁명이 없이는 한 인간의 자기 해방도, 한 민족의 대내적 억압과 대외적 의존으로부터의 해방도 있을 수 없을 것이라는 것을 역설했음.

24) "사회주의를 지지하는 근거"(The Case for Socialism)(위와 같음): 러셀의 한 Essay를 번역한 것임. 이 글에서 러셀은 1. 이윤동기의 타파, 2. 여가의 가능성,

3. 경제적 불안전, 4. 부자들의 실업, 5. 교육, 6. 예술, 7. 여성해방과 유아들의 후생복지, 8. 이윤추구하지 않는 공공사업, 9. 전쟁으로 나누어 자기의 사회주의에 대한 이해와 찬동할 수 있는 점들을 설명한 것임. 거기서 그는 특히 자기가 생각하는 사회주의는 "프롤레타리아의 독재"로서의 그것, 즉 무산대중들만 위한 것이 아니고 모든 사회구성원을 위한 것이라는 점을 강조했음.

25) "1980년 8 · 15광복절을 맞는 의의"('햇불' 제13호, 1980년 11월): 근본적으로 "자유", "해방"이라는 것이 무엇을 의미하는가를 고찰한 것임. 역시 기본적 자유권인 의사표현의 자유의 중요성을 강조했음.

26) "재독 민주한인 교포들의 광복절 데모보고"(위와 같음): 그 해 8월 16일자 쾰른에서의 민주화운동 측의 시위와 쾰른한인회 측의 기념행사(체육대회와 한국 연예인단 초청공연)에 관한 경과보고였음.

27) 서독수상 Helmut Schmidt씨에게 보낸 서한(독문)('햇불' 제14호, 1981년 3월): 1980년 11월 5일자로 Schmidt씨의 수상재선을 축하하면서 투옥된 민주인사들의 석방(광주사태를 계기로 5명이 사형선고를 받았었음), 한국에서의 인권보장, 민주화를 위하여 더욱 힘써 줄 것을 호소하는 편지였음.

28) "음악과 정치"('햇불' 제15호, 1981년 7월): 아름다움을 추구하는 인간의 정서를 분석하면서, 러셀의 철학, 내가 항상 즐겨듣고 숭상하는 베토벤, 인권을 위한 투쟁을 예술가로서 감행한 파블로 카잘스 등, 특히 베토벤의 음악세계를 중심으로 현실적인 정치에 대한 의식과의 관련성을 검토해 본 것임.

29) "통일문제와 민주주의"('햇불' 제18호, 1982년 4월): 통일문제의 해결에 접근하는 태도를 5가지 유형으로 나누어 분석, 비판한 것임. 제1유형은 남한의 정부당국이 취하고 있는 태도와 제안들, 제2유형은 북한의 그것들, 제3유형은 해외민주화운동 인사들 중에서 북한의 제안에 주로 찬성하는 태도를 취하고 있는 그룹, 제4유형은 국내외를 막론하고 정치에 무관심하며 통일문제에 대해서도 수수방관하는 소극적 태도를 취하는 침묵하는 대다수, 제5유형은 남북한의 태도와 제안들에 대해서 회의적, 비판적 견해를 갖고 민주화의 큰 맥락에서

통일문제해결의 실마리를 찾고자 하는 소수자로 분석적으로 구분했고, 나는 우선 제5유형에 속함을 미리 밝혀두었음.

30) "자유와 자연과 인간"('횃불' 제19호, 1982년 7월): 1953년 6월 17일 동백림을 비롯하여 동독 노동자들이 공산체제에 대항하여 봉기했던 역사적 사건을 기념, 매년 서독에서는 이날을 공휴일("Tag der deutschen Einheit", 독일단일성의 날)로 지내고 있음을 계기로 그 사건의 경위를 고찰하면서, 북한에서도 저항세력들의 움직임이 있음이 보도되고 있다는 것, 자유와 자연의 일부로서의 인간의 상호관계, 사회구조들이 인간의 자유를 구속, 제한할 수 있는 가능성, 베토벤의 교향곡 제6번 "전원"의 자연예찬의 아름다운 음악, 자유를 주제로 한 그의 음악작품들 등에 관한 수필형식의 글이었음.

31) "이산가족 찾기 운동의 허구성"('횃불' 제22호, 1983년 8월): 오랫동안 헤어져 있던 가족들이 다시 만나는 것은 참으로 기쁜 일이고 그렇게 가족 상봉의 기회를 마련해 주는 정부당국과 매스미디어에 종사하는 분들에게 만시지탄을 금치 못하지만 감사해야 할 일이지만, 정치적 이유 때문에, 즉 자기의 비판적 견해를 현 정부에 대하여 말이나 글로써, 시위 등 행동으로써 표현했다는 것 때문에 그 당사자들과 그들의 가족들을 이산가족으로 만들어 버리고 있는 사실을 비판적으로 고찰한 에세이이며, 그 가운데 특히 의사표현의 자유의 중요성과 함께 폭력의 제거·금지를 강조했다.

이상이 내가 지금까지 '횃불'지에 썼던 글들인데, 그 내용이나 표현방법에 있어서 본의 아니게 오해할 수 있거나 잘못된 점들이 있을런지도 모른다. 그런 경우에는, 나는 과거의 잘못된 점들을 기꺼이 고치고 개선할 용의가 있다. 이것이 배우는 사람으로서의 당연한 자세라고 믿는다. 다른 한편, 어느 누구도 절대적 진리를 주장할 수 없는 한, 나의 의견들이, 특히 정부당국에서 볼 때에, 다소 못마땅하다고 여겨질지라도, 그것을 관용의 정신에서 용인해 주기를 기대하며, 나 자신도 나의 의견과는 다른 의견을 주장하는 이들을 역시 그런 관용으로 듣고 이해하려고 애쓸 것이다.

9. 내가 지난 9월 26일에 10년 만에 처음으로 Bonn의 Adenauerallee 124번지에 있는 한국대사관의 문턱을 넘어 한영택 참사에게 조만간 귀국하기로 결정했다는 것을 몸소 알린 것은, 나로서는 지금까지의 나와 한국정부 사이의 단절과 냉전상태를 지양하고 평화의 공동생활을 가꾸어 나갈 것을 행동으로써 제안한 데에 그 기본적 의미가 있다고 본다. 이것은 하나의 새로운 차원에서의 삶의 시작이라고 평가하고 싶다. 그것은 지금까지의 적대감을 서로 불식시키고 보다 시야를 넓혀, 폭력이 없는 보다 나은 공동의 삶을 창조해 나가고자 하는 의지의 선언이라고 본다. 즉, 평화에의 첫 발걸음이다. 평화로운 사회 속에서 산다는 것은, 어떤 문제에 관하여 그 사회구성원들 사이에 반드시 의견을 같이 한다는 것을 뜻하기보다는 오히려 서로 의견을 달리함에도 불구하고 상대방의 의견을 존중하며 즉, 상대방에게 자기의견을 수락하도록 강요함이 없이, 합리적인 논의를 통하여 상대방을 설득시키고자 노력함과 동시에 이해관계의 공통분모를 찾아내고 이를 함께 실현해 나가는 것을 뜻한다고 생각된다. 다시 한 번 더 강조하거니와, 지금까지의 나의 생각이나 언행에 있어서 잘못된 것이 있음이 분명할 때에는, 나는 한순간도 주저함이 없이 그 잘못된 것을 기꺼이 고칠 것이며, 그런 과오를 나로 하여금 깨닫게 해주는 인사나 계기에 대하여 충심으로 감사해야 할 것으로 믿는다.

나는 지금 조국 하늘을 향한 깊은 동경 속에서 이 글을 마감하고자 한다. 나는 13년간을 하루같이 나를 기다리고 계시는 80세 가까이 되시는 고령의 어머님과 가족들을 그리워하고, 조국 땅에서 우리 동포들과 함께 한국사회의 긍정적인 발전을 위하여 동고동락하며 일할 수 있기를 그리워한다.

서독, 쾰른에서, 1983년 10월 5일

배동인

추기 : 금년 5월 18일에 14:30~17:30 사이에 이곳 Bonn의 재독한국대사관 앞에서 Osnabrück 대학교 철학교수인 Günter Freudenberg박사와 함께 "광주시민봉

가" 제3주년을 맞아 일종의 시위형태인 "Mahnwache"(경고보초)를 시행했던 것을 이에 추가한다. 우리의 요구는 일반적인 민주화로서 옛날의 시위들에서 주장한 것과 같은 것이었고, 다만 광주사태의 참혹한 사건을 계기로 한 것이었다.

위의 두 글은 앞에서 언급했듯이 정부의 강요에 의해 쓰인 것이었다. 나로서는 독일에서의 정치망명권을 포기하고 귀국하기 위해서 어쩔 수 없이 거쳐야 할 절차로서 마지못해 쓰기를 수락하여 이루어진 기록 작업이었다. 그래서 위의 글은 나의 자기정당화, 자기변호의 진술이었다. 그러나 그것은 조금도 거짓되거나 과장 또는 축소됨이 없이 내가 알고 체험한 사실 그대로를, 그리고 나의 양심적인 가치평가를 정정당당히 표현한 것이었다. 나는 지금도 이 진술의 내용에 대해 떳떳하며 자부심을 느낀다.

위의 글은 결국 내가 의도하지 않은, 타율적 동기에 의해 써진 나의 13년 반의 독일유학시절을 공적, 정치적 측면에서 총정리한 회고록이 된 셈이다.

내가 나중에 귀국한 뒤에 알게 된 사실인데 위의 이른바 나의 독일에서의 '정치활동 보고서'를 놓고 정부가 나의 귀국허가 여부에 대해 심사하는 과정에서 나의 중고등학교 시절의 후배인, 당시 여당 소속 국회의원(전두환 비서실장도 역임했음)이었던 이영일 씨가 나와는 사전에 아무런 협의도 하지 않고 자발적이고 일방적으로, 순전한 호의에서 나에 대한 '신원보증인'으로 나서줌으로써 나의 귀국허가 결정에 적극적인 도움을 주었다고 들었다. 나로서는 내가 한 일들이 귀국 못할 근거가 전혀 될 수 없음을 확신했지만 이영일 씨의 그러한 노력에 대해 이 기회에 다시금 깊이 감사의 뜻을 표한다.

7. 강원대에서의 새 삶

7.1. 정숙의 이데올로기와 현실

지난 토요일엔 오랜만에 청량리행 통일호를 남춘천역에서 타고 가는데, 기차 안에 설치된 확성기를 통해서 줄곧 잡다한 음악이 흘러나왔다. 그 음악소리는 마침 책을 읽고 있는 나에겐 소음에 불과했고 따라서 독서에 방해가 되었다. 경춘선의 운영을 맡은 공무원들은 그것을 승객들을 위한 일종의 서비스로서 특별한 선심을 베푸는 조치인 듯하지만 그런 착상이 불충분하고 천박한 생각에서 비롯되었다는 것은 분명하다. 그것은 결국 불필요한 서비스였다. 내가 지나가는 차장더러 저 음악소리가 시끄러우니 꺼줄 수 없겠느냐고 요청했을 때에 그는 "예, 즉시 끄도록 하겠습니다"라고 그 자리에서 대답했고 조금 후에 음악은 더 이상 흘러나오지 않고 기차 안은 조용해졌다. 나는 이맛살을 찌푸리지 않고 유쾌한 기분으로 책을 계속해서 읽게 되었다. 그 음악의 중간이 물론 나 혼자만을 위하여 실현된 것이라고는 볼 수 없다. 왜냐하면, 거기에는 나처럼 책이나 신문을 읽는 사람 외에도 눈을 감고 잠을 자거나 명상에 잠긴 듯한 사람, 다른 승객들과 대화를 나누는 사람 등 음악듣기와 결코 조화될 수 없는 여러 가지의 행위형태들이 있었기 때문이다. 음악듣기만으로 그 시간을 채우기로 작정한 승객들의 경우에도 그 음악이 반드시 자기가 좋아하는 음악만이 확성기에서 흘러나오라는 보장은 전혀 없다. 요컨대 기차나 버스 등 대중교통수단에 있

어서는 가능한 한 음악, 라디오 방송 등을 통하여 소리를 내지 않는 것이 최선의
서비스일 것이다. 그렇잖아도 그런 대중교통수단자체와 다른 교통수단들이 불
가피하게 내는 소음만으로도 우리의 청각신경에 큰 부담이 되고 있는 형편인데,
게다가 또 다른 소음을 더 첨가해야 될 필요성이 있을까? 그런 음악은 그 상황에
처한 일부의 사람에게만 어떤 긍정적 기능을 수행할 수 있는 반면에, 그런 음악
이 없는 정숙과 고요는 그 상황의 모두에게 저마다 욕구의 충족을 가능케 하는
분위기로서 보편적으로 긍정적 기능을 발휘한다.

이러한 기차 안에서의 음악이라는 소음의 문제와 질적으로는 똑같은 정숙과
소음의 갈등문제를 나는 강대인의 일원으로서 의식하게 되었다.

그것은 아침저녁으로 캠퍼스에 방송되는 음악과 말소리다. 아침 일찍 연구실
에 나와서 저마다 강의준비나 연구에 조용한 시간을 갖기를 원하는 교수들, 강
의 시작되기 훨씬 이전에 등교하여 도서실이나 강의실에서 공부하는 학생들,
그리고 캠퍼스에 인접되어 사는 주민들에겐 그런 방송이 하나의 역기능을 수행
하는 소음에 지나지 않을 것이다. 나는 아무리 따져봐도 이 방송의 긍정적 기능
을 발견할 수 없다.

나는 평소에 음악듣기를 무척 좋아하지만 음악듣기에는 일정한 때와 곳이
필요하다. 그리고 그 방송에서 나오는 정보나 소식 등은 그 기술적 제한성과
상황적 우연성 때문에 강대인 전체를 대상으로 전달될 수는 없다.

방송이 초래하는 인력 및 설비, 에너지의 소모와 소음적 성격이 주는 피해는
막대하다.

복도에 세워놓은 "정숙은 지성인의 자세입니다"라는 구호의 아이러니를 제
도화된 非(또는 反) 정숙이라고 볼 수 있는 강대의 방송을 아침저녁으로 들을
때마다 절감한다. 흔히 우리나라를 "land of morning calm"이라고 시적으로 표현
하지만 사실은 그 정반대의 측면들을 보게 된다. 날로 급변해가는 산업화 과정
속에서 소음을 완전히 배제할 수는 없을 테지만, 불필요한 소음은 아예 내지
않도록 할 뿐만 아니라 불가피한 소음도 가능한 한 줄이고 낮게 해야 할 것이다.

(강대신문, 청화냉담, 1984년 10월 15일)

7.2. 삶 속에서의 생각들: 자연 속에서

최근에(1986년 4월) 이곳 춘천 후평동에서 옥천동으로 이사를 했는데 그 이유들 가운데 적지 않은 비중을 차지한 것은 옥천동의 새 집('동보빌라')은 햇볕이 잘 들고 바람이 잘 통할뿐만 아니라 봉의산에 더 가깝게 자리잡고 있다는 점이었다. 잔인한 4월이라지만 그 셋째 일요일에 이사를 하는데 지겹기 한이 없었다. 비록 온 가족(나의 아내와 나)이 결정한 일이지만 그 하루해의 '잔인함'은 씁쓸한 여운을 며칠이고 남겨두고 일렁거렸다. 며칠 지나니 어느 정도 이삿짐들이 정리되고 한숨 쉴 여유가 생겨서 그 동안 가보지 못한 봉의산을 아침 일찍 오르고 싶은 충동을 느꼈다. 후평동('엘리트 아파트')에 있을 때에도 일요일 아침이면 꼭 봉의산을 오르는 버릇이 들었었다. 일년 남짓 전에 후평동에 우연히도 정착한 것도 아마 나의 잠재의식 속에 마침 봉의산 아래에 주거가 자리잡고 있었기에 거기에 기꺼이 주저앉은 지도 모른다.

이제 옥천동에서는 불과 이삼분이면 '봉의산 순의비'에 이를 수 있고 거기서 바로 산을 접하게 되니 흐뭇하기만 하다. 이 순의비는 봉의산이라는 자연과 춘천이라는 한 지역사회 공동체의 삶을 위한 투쟁의 역사가 접합되어 있음을 보여주고 있다. 아니, 자연의 역사와 인간의 역사가 교차된 순간을 기록해 놓은 것이라고도 볼 수 있고 인간이 사연 속에서 살아왔고 그 삶을 인간답게 살기 위해서 목숨까지 바쳐가면서 싸워온 사실을 증거하고 있다고도 볼 수 있다.

봉의산에 갔다 올 때마다 새삼스레 느끼는 것이 하나 있다. 그것은 어쩐지 집으로 그냥 되돌아가기 싫고 산 속에 더 오래 머물고 싶은 은근한 아쉬움의 심정이다. 이것은 다만 봉의산에만 한정된 것 같지는 않다. 어쩌다가 산에 오를 때면 귀갓길 에 똑같은 그런 심정을 느끼곤 했던 것을 기억한다. 그것은 마치 오랜만에 만난 님과 헤어지지 않으면 안될 순간의 애절한 심정과도 비슷하다고 생각된다. 이러한 자연에의 친밀감을 느껴보지 않은 사람은 아마 거의 없을 것이다. 그처럼 자연이 좋은 이유는 어디에 있을까? 가장 근본적 이유는 아마도 인간 역시 자연의 일부분이고 자연 속에서 나온 때문이라고 짐작된다. 지금 내가 인간은 자연 속에서 나왔다고 주장한다면 어떤 이는 그렇지 않다고 당장 이의를 제기할지도 모른다. 그(녀)는 인간은 만물의 창조주이신 하나님이 창조했다고 우겨댈 것 같다.

이 문제, 곧 인간과 우주의 기원을 밝히는 문제는 아직도 명확한 해답을 찾지 못하고 있지만 한 가지 분명한 것은 인간이 역사상 지금까지 갖고 있는 가장 나은 방법인 과학 또는 학문(science)을 통하여 그 해답을 찾을 수밖에 없다는 것이다. 물론 과학이 모든 인지적 물음에 대한 해답을 줄만큼 충분히 발전되어 있지는 않다. 그러나 적어도 어떤 것의 존재 여부, 그 생성의 근원과 발전과정에 관해서는 과학적 방법을 통해서 규명하는 것이 가장 현명할 것이다. 태초에 어떤 초자연적인 존재가 있어서 수많은 별과 지구, 그 안에 담긴 공기와 물과 흙과 동식물과 인간을 의도적으로 만들어 냈는가는 실로 과학의 대상이 되는 문제이다. 그래서 최근 미국사회에서는 한편으로는 휴머니스트들을 중심으로 한 진화론자와 다른 한편으로는 근본주의적 기독교신자들을 중심으로 한 창조론자 사이에 논쟁이 가열되고 있다. 아무튼 문제를 좁혀서 볼 때에 '하나님'의 존재 여부를 따지는 것은 과학의 과제에 속한다고 볼 수 있고 거기에는 세 가지 해답이 가능하다. 첫 번째 해답은 '하나님은 존재한다'는 것이고, 두 번째 해답은 '하나님은 존재하지 않는다'는 것이며, 세 번째 해답은 '하나님이 존재하는지 존재하지 않는지를 인간은 아직까지는 모른다'는 것이다. 이들을 각각 유신론, 무신론, 불가지론(不可知論)이라고 일컫는다. 그런데 지금까지 유신론과 무신론의 주장을 뒷받침할 만한 명확한 증거가 제시되지 못하고 있다. 따라서 하나님의 존재 여부에 대한 과학적 해답으로서는 불가지론밖에 남지 않게 된다. 흔히 이 문제를 논의할 때 마치 유신론과 무신론 가운데서 하나를 선택해야 하는 양자택일의 문제로 생각하기 쉽다. 그것은 분명히 생각을 충분히 하지 않은 결과이다. 찬성과 반대의 해답이 분명치 않을 경우에는 판단을 보류하는 제3의 해답, 곧 위의 경우에는 불가지론의 입장이 있을 수밖에 없다. 이렇게 논리적 사고를 통해 문제를 보는 경우에는 하나님의 존재 여부에 관한 한 비교적 간단히 해답을 찾을 수 있다고 보지만 문제는 사람들이 그런 불가지론적 해답에 만족하지 않는 데에 있다. 그래서 첨단과학이 날로 발전해 가는 20세기의 막바지 길에서 여전히 전통종교가 위세를 떨치고 신흥종교들이 난무하고 있는 지도 모른다. 무릇 종교는 초자연적 존재를 상정하지 않고는 성립될 수 없고 그런 존재를 인간은 애당초부터 갈구해 왔기 때문에 그런 인간의 역사적, 집단적 습관이 종교의 속성인지도 모른다.

종교의 얘기가 나왔으니, 방금 종교의 성립조건으로서 초자연적 존재의 상정을 들었지만 불교나 유교를 본다면 반드시 초자연적 존재를 종교가 꼭 필요로 하는 것은 아닌 것 같다. 물론 수많은 원시적 민속종교들이나 기독교, 회교 등 대부분의 종교에 있어서는 초자연적 존재로서의 신(神)의 존재를 믿는다. 여기서 다시 한 번 분명히 해야 될 것은 앞에서 말한 유신론, 무신론, 불가지론의 해답에 관한 논의는 인식론적인 문제에 국한하여 되어진 것이라는 점이다. 곧 신의 존재를 안다는 것과 믿는다는 것은 전혀 서로 다른 문제라는 점이다. 앎에 있어서는 그 객관적 증거 또는 근거가 뒷받침되어야 하지만 믿음에 있어서는 그런 명확한 증거가 충족되기 어렵기 때문에 다만 주관적 결단의 문제이다. 그런데 중요한 것은, 이미 러셀이 지적했듯이, 어떤 명제를 믿을 만한 증거가 없음에도 불구하고 믿는 것은, 곧 참이라고 또는 옳다고 받아들이는 것은 바람직하지 못하다는 데에 있다(It is undesirable to believe a proposition when there is no ground whatever for supposing it true.). 이것은 러셀의 책 '회의적 에세이들'(Sceptical Essays)의 첫 장인 '회의주의의 가치에 관하여'(On the Value of Scepticism)라는 글의 서두에 나오는 것으로서 나는 이를 회의주의자의 기본명제라고 이름붙이고 싶다. 그는 이 명제의 의미를 설명하면서 그가 변호하는 회의주의는 다음의 세 가지 명제들로써 요약된다고 한다. "1) 어떤 문제에 관하여 전문가들의 의견이 일치할 때에는 그 반대의견은 참될 수 없다; 2) 전문가들의 의견일치가 이루어지지 않는 경우에는 비전문가의 여하한 의견도 참되다고 간주될 수 없다; 그리고 3) 어떤 긍정적인 의견을 뒷받침할 만큼 충분한 근거가 없다고 전문가들이 생각하는 경우에는 보통사람은 그의 판단을 보류하는 것이 좋을 것이다.”라는 것이다. 이어서 러셀은 강조하기를 이들 세 가지 명제들이 평범하고 온건한 것처럼 보이지만 만일 그들이 일반적으로 수락된다면 이 명제들은 인간생활을 틀림없이 혁명적으로 변화시킬 것이라고 한다. 그 이유는 사람들이 어떤 의견들을 위해서 기꺼이 투쟁하고 다른 이들을 박해하려고 하는 그런 의견들은 모두 그가 뜻하는 위와 같은 회의주의가 경고하는 세 가지 경우들 가운데 어느 하나에 속하기 때문이라고 한다.

흔히 남들이 모두 그렇다고 믿으니까 자기도 덩달아 믿는 것이 보통인데 이런 습관이 인간으로 하여금 스스로 무지몽매 속에 안주하게 만든다. 왜 그럴까? 대개 사람들은 생각하는 일에 게으른 때문이라고 생각된다. 자아의식이나 독립적 판단능력, 곧 스스로 생각하는 정신적 독립성이 없이 남의 생각에 의존하고자 하는 게으른 생각 때문이다. 이것이 바로 대중 또는 군중의 속성이다. 그래서 군중은 자기의 행위에 대해 책임질 줄 모르는 무책임성과 다분히 감정적 흐름에 따라 행동하는 자의성을 그 특성으로 지니고 있다.

다른 한편으로 사람들이 종교의 세계에 기꺼이 안주하고 초월자의 존재를 믿고 싶어하는 다른 이유가 있을 것이다. 그 이유를 나는 인간의 보다 나은 것에 대한 욕구 또는 동경에서 찾을 수 있다고 생각한다. 더 나은 ‘나’, 더 아름다운 세계, 더 좋은 삶을 누구나 희구한다. 이런 욕구를 넓은 의미의 ‘정치적’ 욕구라고 일컬을 수 있겠다. ‘정치적’이라는 말은 어떤 생각이나 행위의 근저에 일정한 가치관이 깔려있다는 뜻이다. 곧 가치실현에의 욕구가 전제되어 있는 것이 ‘정치적’ 사고와 행위인 것이다. 그런데 종교에는 이러한 정치적, 규범적 욕구, 곧 실재변혁에의 욕구와 함께 실재인식의 인지적 욕구가 내포되어 있다. 과거에 천동설과 지동설을 둘러싼 종교와 과학의 싸움에서 이를 확인할 수 있다. 인지적 욕구는 세계와 인간의 존재양식의 이해에 관련되어 있고 정치적 욕구는 더 나은 세계와 삶을 추구하는, 곧 주어진 실재를 인간의 가치관에 따라 변경시키고자 하는 의지와 결부되어 있다.

여기까지 생각의 길을 가다보니 어느 새 자연에서 벗어나서 사회 속으로 들어오고 말았다. 흔히들 자연을 관찰대상으로 놓고 볼 때에 자연의 아름다움을 입에 올린다. 어떤 자연경치의 아름다움이나 절묘한 형상을 볼 때에는 누구나 경탄의 환호성을 외칠 것이다. 그러나 이것은 피상적인 평가일 수가 많다. 자연 속에는 삶이 움직이고 있다. 수많은 종류의 삶의 세계가 그 안에 유구한 역사를 통해서 펼쳐져 내려오고 있다. 저마다 고유한 삶을 지니고 있어서 그 존속을 위해 끊임없이 노력하고 있다. 그 노력의 양상도 독자적 노력, 상호협력, 적대적 투쟁 등으로 다양하고 변한다. 일반적인 원칙은 약육강식이다. 실로 자연 속의 삶은 아름답다기보다는 잔인성으로 가득 차 있다. 자연은 하나의 거창하고 복잡한 잔인성과 힘의 체계라고 일컬을 수 있을 것이다. 인간이 이들 자연 속의 삶의 주체들을 객체화하여 어느 정도로 지배할 수 있기 때문에 자기중심적으로 자연을 볼 때에만 자연은 온통 아름다운 것으로만 보이는 것이 아닌가 생각된다. 여기서 인간도 자연의 일부분임을 망각하고 근시안적 자기욕구의 충족만을 위해서 자연을 더럽히고 파괴함으로써 조만간 자기의 생존마저 위태롭게 하는 결과를 초래하는 어리석음을 인간은 저지르고 있지는 않은가! 현대인의 슬기가 다음 순간에 어리석음으로 변질되어버리는 것을 자주 보게 된다. 조금 전까지는 합리적이던 것이 비합리적인 것으로 될 수 있다. 관점과 가치관과 문제의식이 달라진 때문이다. 그런 돌이킬 수 없는 과오를 범하지 않기 위해서는 무엇보다도 먼저 생각할 수 있는 능력을 갖는 것이 중요할 것 같다.

그러나 과학과 기술로써 모든 문제를 해결할 수 있을 것으로 믿는 과학주의의 낙관론에 빠질 위험성도 주의해야 할 것이다. 인간이 지금까지 찾아낸 앎보다는 모르는 것이 더 많을 것이다. 앎의 탐구과정에서 모르는 것은 모른다고 솔직히 시인해야 한다. 러셀적 회의주의, 데카르트적 끈질긴 의문의 제기를 되새겨 보면서 봉의산의 낯익지만 또한 처음 걷는 것처럼 느껴지기도 하는 오솔길을 내려와서 다시 집으로, 사회 속으로 되돌아 왔다. 내일 아침에 그 산에 또 오르리라는 조용한 그리움과 기대를 안고 하염없는 아쉬움 속에 오늘의 하루해를 살아간다.

(1986년 5월 어느 일요일 수상록)

7.3. 자살현상의 진단과 처방: 최근 도내에서의 사례를 보고

최근 들어 도내 곳곳에서 발생한 자살 사건이 보도되고 있다. 자살은 삶의 주체로서 개인이 자기의 총체적 존재를 의식적으로 거부하는 행위다. 그것은 이 우주 가운데 오직 하나밖에 존재하지 않는 자기의 생명을 완전히 파괴하여 무기물로 변경시키는 것이므로 인간 생명이 내포하는 미래의 모든 잠재능력도 소멸시키는, 인간사회와 그 역사와의 단절을 의미한다. 여기에 분명히 자살현상이 던지는 개인적, 그리고 사회적 문제의 심각성이 있다.

자살이라는 사회현상을 사회학적 또는 사회심리학적인 관점에서 설명하려는 첫 시도는 프랑스의 고전적 사회학자인 「뒤르카임」(1858~1917)의 「자살론」(1897)이었다. 그는 자살을 이기주의적, 이타주의적, 아노미(anomie)적, 그리고 숙명론적 자살의 네 가지 유형으로 구분했다. 이기주의적 자살은 개인의 사회에의 결속관계자체가 이완됨으로써, 다시 말하자면 그 개인이 모든 사회관계로부터 고립됨으로써 또는 고립되었다고 느낌으로써 인간의 삶에의 애착도 희박해지는데서 연유한다고 분석했다. 또 이타주의적 자살은 개인이 사회에 너무 강하게 통합되어 있어서 자기의 삶의 의미가 자기가 속한 집단이나 조직의 목표실현과 동일시되는 데서 비롯하고, 아노미적 자살은 사회적 규범체계의 혼란과 갈등으로 인하여 개인의 행위지향에 있어서 일반적인 가치관과 규범·윤리체계가 규율적 기능을 상실케 하는데서 일어난다고 보았다. 그리고 숙명론적 자살은 규범체계의 과잉규율로 인하여 특정개인들의 미래에로의 활로가 막힌다든지 그들의 욕구와 열정이 표출되지 못하는 상황에서 발생한다는 것이다.

최근 발생하고 있는 자살사례를 「뒤르카임」의 유형들에 비추어 본다면 이른바 운동권 대학생들의 분신자살은 이타주의적 자살에 속한다. 민주화와 통일이라는 목표와 이상에 자기의 삶 자체를 완전히 결부시킴으로써 그러한 정치적 이상을 절대화한 나머지 종교적 광신주의와 흡사한 삶에 대한 극단적 태도에서 그런 자살을 감행케 된다고 본다.

여기에는 삶의 가치에 대한 개인적 평가가 분명히 적절한 평형을 결여하고 있거니와 다른 한편으로 그러한 정치적 이상의 실현가능성이 희박하다고 판단될 수 있다는 사회제도적 환경의 경직성에도 그 주요원인이 있다고 본다.

중고등학생들이 학교성적불량 때문에 자살하는 경우는 숙명론적 자살과 이기주의적 자살에 속한다고 볼 수 있다. 이 경우는 득히 한국의 교육제도와 무관하지 않다. 교육의 목적이 학생들로 하여금 주입식 암기에 의한 수동적 지식축적의 컴퓨터가 되도록 하는 데에 있는가, 또는 무작정 상급학교에의 진학에 있는가, 아니면 세계와 사회현실의 과학적 이해를 위한 명확한 사고능력과 비판적 지성의 독립성 함양, 그리고 개인고유의 창의력 개발에 있는 것인가를 분명히 하지 않고는 교육제도의 존재이유는 석연치 않다.

지적 이해력과 도덕적 가치판단능력에 있어서 독자적 사고가 결여된다면 그런 교육은 다만 허수아비나 기술전문인만을 산출해낼 뿐 자주적 인격을 가진 민주시민이나 자유인을 길러낼 수는 없을 것이다. 무의미한 통속적 교육과정내용과 경직화된 취업제도가 학생들로 하여금 숙명론적 자포자기와 미래에 대한 비관적 전망에서 자살을 유인한다고 본다.

그리고 가난과 가정불화 소외상황 등에 의한 젊은이들의 자살사건들은 아노미적, 숙명론적 및 이기주의적 자살의 복합적 경우라고 볼 수 있다. 정직과 근면과 성실성으로 일한다고는 해도 그 대가가 만족스럽지 않거나 특권계층의 과시적 소비가 있을 때 그는 자기를 초라하게 만드는 상대적 박탈감을 해소시킬 수 없는 답답한 가슴을 태우며 전전긍긍할 것이다. 자기의 삶의 하소연을 진지하게 경청해주고 함께 논의할 동료와 이웃이 존재하지 않을 때 궁지에서 헤어날 수 없다는 무력감, 좌절감, 허무감에 사로잡혀 어느 계기에 자살에의 충동을 결행할 수 있게 될 것이다. 자살은 자기초월적 결단에서 나온 비범성을 보여주기도 하지만 역시 삶에 대한 엄숙한 무책임성과 비겁함을 드러낸다.

자살한 그는 강한 듯하나 약하다. 포기하기 전에 생각하기를 멈춘 것이다. 그러면 사회적 병리현상으로 인식되고 있는 자살의 처방은 무엇인가? 대체로 제도적 측면과 개인적 측면으로 나누어 고려될 수 있을 것이다. 제도적 측면에서는 정치, 경제, 사회, 문화 등 각 분야에서의 민주화와 합리화가 이루어져야 한다.

민주화의 기본요건은 의사표현자유의 절대적 보장과 폭력행사의 철저한 근절에 있다. 민주주의 구현은 인간의 존엄성을 국가제도로써 보장하고 사회생활 규칙의 공정성을 확립하는 것을 뜻한다. 이와 함께 개인적 측면에서의 처방은 가족과 이웃과 직장에서의 개인적 상호작용관계를 보다 더 긴밀하고 개방적으로 형성해 나가는 것이 중요하다.

서로 무관심과 고립된 증오의 벽을 쌓게 되면 결국엔 각개인의 항구적 욕구 충족을 저해하게 될 것이다. 그리고 무엇보다도 인간생명의 존귀함과 무한한 잠재능력을 재인식하고 일시적 고난과 역경을 인내와 투지로써 극복해 나가야 할 것이다.

(강원일보, 江原時論, 1986년 6월 19일)

7.4. 사회학적 견지에서 본 평화의 이해와 실현가능성

갈퉁(Johan Galtung)이 지적하듯이 평화는 흔히 "전쟁이 없는 상태(nonwar)"로 정의되는 경향이 있다. 그는 전쟁이란 "조직화된 집단적 폭력(organized group violence)"이라고 보고, 평화는 두 가지 측면에서 구별될 수 있다고 한다. 즉 부정적 평화(negative peace)는 국가를 포함한 인간집단들 사이에 있어서의 조직화된 폭력의 부재를 뜻하고, 긍정적 평화(positive peace)는 인간집단들 사이의 협력과 통합의 한 유형이라고 한다.

아무튼 평화는 인간사회, 즉 구조지어진 인간관계의 한 상태를 가리키는데, 진정한 평화는 두 가지 요건을 충족시키는 상태라고 보인다. 즉 그 하나는 소극적 요건으로서 인간의 사회관계에 있어서 갈등이 없는 상태이며, 다른 하나는 적극적 요건으로서 사람들 사이에 선한 의지와 친절한 감정, 즉 사랑이 지배하는 상태다. 그러나 이러한 평화는 현실세계에서는 거의 찾아보기 어려운 매우 이상적 상태이므로 현실주의적 평화로서 폭력이 없는 상태가 최소한도의 평화의 필요조건으로 인정될 수 있을 것이다. 그러면 한걸음 더 나아가 사회와 인간의 삶의 성격을 고찰해 보기로 한다. 인간의 삶이란 욕구충족을 추구하는 부단한 과정이며, 사회는 인간의 욕구충족을 위한 개인, 집단, 조직의 상호작용의 관계망의 복합체계라고 정의될 수 있다. 사회의 모든 제도와 시설은 결국에는 인간의 욕구충족에 그 궁극목표가 있다. 인간은 시간과 공간에 따라 다양한 욕구를 감지한다. 구체적, 실질적 욕구들로서 목마름을 해소시키고자 하는 욕구, 배고픔을 없애려고 하는 욕구, 잠을 자고자 하는 욕구, 즉 의식주에 대한 욕구, 성적인 욕구 등 생물학적인 욕구, 어느 집단이나 조직에 속하고자 하는 소속감과 다른 사람들로부터 존경받고자 하는 명예에 대한 욕구, 권력에 대한 욕구 등 사회적 욕구, 자기의 재능과 이상을 실현시키고자 하는 자기실현의 욕구 등을 들 수 있고, 이들 구체적 욕구들을 충족시키기 위한 전략적 욕구로서 현실과 세계의 이해와 변경에 대한 욕구를 구별할 수 있다. 이러한 다양한 욕구들의 충족과정에서 불가피하게 갈등현상이 나타난다. 왜냐하면 인간의 욕구는 무한하지만 그 충족수단인 자원(물질적 · 자연적 자원으로는 천연자원, 상품생산원료, 상품이 있고, 비물질적 자원으로는 용역, 정보, 지식, 기술 등이 있으며, 사회적 자원으로는 소득, 지위, 권력, 위세 등이 있다)은 제한되어 있기 때문이다. 욕구충족을 둘러싼 갈등은 행위주체에 따라 개인적 갈등(개인의 내면적 욕구체계에 있어서의 갈등, 특히 욕구의 우선순위결정의 갈등), 개인들 사이의 갈등, 그리고 집단이나 조직 간의 갈등으로 구분되고 문제상황에 따라 잠재적 갈등과 현재적(顯在的) 갈등으로 나눠 볼 수 있는데, 갈등이 심화되고 누적되면 폭력화될 가능성이 크다.

폭력의 속성, 즉 어떤 행위가 폭력적 성격을 띠게 되는 요건으로서는 1) 행위의 일방성, 2) 강제성, 그리고 3) 파괴성을 들 수 있다. 폭력이 지배하는 사회에서는 언어적 의사소통기제를 통한 사회적 상호작용이 존재하지 않고 물리적 힘이나 권위의 우위를 점하는 자가 약자의 복종을 강요함으로써 인간존엄성과 인성의 자유로운 발전을 파괴·저해하며 인간생명마저 파괴하는 결과를 초래한다. 이런 폭력행사가 가장 적나라하게 자행되는 경우가 바로 국가 간 또는 사회집단 간의 전쟁이며 이는 곧 평화의 소멸상태다.

그러면, 사회적 갈등해소, 즉 평화를 실현하기 위해서는 어떤 조건들이 전제되어야 하는가? 첫째로 어떤 문제상황에 관련된 각 행위주체의 자유로운 욕구 표출이 필요하다. 이는 언어를 필수적으로 필요로 하고 언어적 표현의 자유가 절대적으로 보장되어야 하며 인격의 평등한 존중이 일반화되어야 한다. 이런 조건이 국가권력이나 국제협약에 의하여 보장되지 않는 사회는 인간관계의 불평등 구조와 부자유(특히 언어의 억압) 때문에 폭력 지배적 사회로서 평화가 깃들 수 없게 된다. 둘째로 사회적 욕구의 조정의 제도화가 긴요하다. 이는 국가나 다른 사회조직의 합리화를 위한 민주주의 제 원칙의 중요성의 인식으로 연결된다. 이런 의미에서 갈퉁이 "평화는 사회조직화(social organization)의 한 문제"라고 한 명제를 이해할 수 있다.

평화는 결국 인간의 공동노력에 의하여 실현되고 유지되어야 할, 바람직한 인간사회건설을 위한 가장 기본적 가치이며 인간이성의 '명확한 사고능력(clear thinking)'에 기초한 합리주의적 정신과 인류는 한 가족이라는 의식에서 나오는 인류애의 '친절한 감정(kindly feeling)'(버트란드 러셀)의 일상적 발현으로써 현실화될 수 있을 것이다.(1986년 8월 6일, 히로시마에의 원폭투하 41주년 기념일)

7.5. 한국의 사회발전, 무엇이 문제인가?

1. 사회발전에 관한 논의에는 그 인식에의 관심에 따라 두 가지 접근방법이 있을 수 있다. 하나는 과거부터 현재까지의 사회발전의 역사를 분석함으로써 사회발전의 기제와 법칙을 규명하고 미래의 사회발전의 전망이나 예측을 가능케 하는 하나의 사회현상(이 경우에는 "사회발전")의 설명에 인식의 관심을 두는 접근방법(인식론적 방법)이고, 다른 하나는 현재까지의 사회발전에 대한 평가에 근거하여 보다 바람직한 사회발전의 전략과 청사진을 제시코자 하는 하나의 새로운 사회현실의 창조에 인식의 관심을 두는 접근방법(당위론적 방법)이다. 두 번째의 당위론적 방법에는 다시 두 가지가 있다. 하나는 실천적 방법으로서 직접 사회발전을 위한 어느 현장에 참여하는 행동의 경우이고, 다른 하나는 이론적 방법으로서 사회발전의 실천에 관한 문제들을 관찰대상으로 삼는 정책학적 접근방법이다. 여기서는, 위의 방법론들 사이에 상호연관성이 있지만, 인식론적 방법보다는 당위론적 방법에 더 큰 비중을 두고, 특히 정책학적 접근방법으로 논의코자 한다.

2. 사회발전에 관한 논의에 있어서의 준거 틀은 논자의 사회관과 발전관이 될 것이다.

사회는 인간의 욕구충족을 위한 개인, 집단, 조직의 상호작용의 복합적 관계망의 체계라고 정의될 수 있다. 지금 사회를 하나의 체계(system)로서 정의했지만, 대체로 사회구조라는 개념과 동의이로 이해될 수 있다. 구태여 "사회"와 "사회구조"를 구별하여 논의하자면, "사회"는 사회구조와 사회과정으로 이루어진다고 본다. "사회구조"는 상호작용 속에 얽혀있는 각 행위주체 간의 제 사회관계의 틀이라면, "사회과정"은 사회구성원들 사이의 상호작용의 흐름, 즉 사회구조의 역동적 측면이라고 볼 수 있다. 이러한 사회적 상호작용이 바로 한 인간사회를 사회로서 인식되게 하는 사회성(Sociality: Gesellschaftlichkeit)의 주요특성을 이룬다는 것이 논자의 기본적 사회관이다. 그리고 사회적 상호작용에는 사회구성원들 사이의 상호작용뿐만 아니라 그들이 만들어 낸 다양한 조직과 제도와 욕구충족수단인 자원과 자연환경 사이의 상호작용이 내포되어 있으므로 보다 포괄적인 현상, 즉 사회생태학적 상호작용으로 이해된다.

3. "발전"(development ; Entwicklung)은 원래 가치중립적 개념이다. "발전"은 어떤 현상의 변화의 일정한 시계열상의 전개과정이라고 정의될 수 있다. 그래서 관찰자의 주관적 가치관에 따라서 하나의 변화현상을 긍정적 발전(가령, "진보")으로, 또는 부정적 발전(가령, "퇴보")으로 평가할 수 있을 것이다. 그러나 대체로 발전개념의 사용에 있어서 긍정적인 방향의 발전을 묵시적으로 전제하는 경향이 있다.

개인에 있어서나 사회에 있어서 누구나 긍정적 발전을 바라는 것은 인간의 욕구충족의 일정한 지향성을 떠나서는 삶을 생각하기 어렵기 때문에 여기서도 "발전"을 긍정적 내용이 함축된 것으로 간주할 것이다. 여기서 우리가 "사회발전"을 논의하게 되는 연유도 인간의 삶이 욕구충족을 지향하는 데에 있다고 본다. 누구나 지금까지 누려온 삶보다는 더 나은, 더 바람직한 삶을 추구한다.

가장 이상적인 삶을 살 수 있는 사회가 있다면, 그런 사회에서는 삶의 주체인 각 사회구성원이 감지하는 욕구를 가장 효율적으로, 즉 아무런 제약이나 제한 없이 가장 쉽게(또는 보다 현실적으로 표현하자면, 최소한의 자원을 소비함으로써) 충족시킬 수 있는 사회일 것이다. 그런 이상사회는 자연세계와 사회현실에 관한 지식과 정보가 사회구성원들에게 충분히, 그리고 널리 활용가능하며 욕구 충족을 위한 자원을 충분히 획득할 수 있고 그러한 자원을 사회구성원들에게 평화적으로 공정하게 분배할 수 있는 사회제도가 마련되어 있는 사회일 것이다. 그런 사회는 무지와 궁핍과 억압으로부터 해방된 사회일 것이다. 적극적으로는 그것이 자유와 정의가 구현되는 사회일 것이다. 그러나 현실적으로 그러한 이상사회는 존재하기 어렵고, 다만 그런 사회의 실현을 위하여 우리는 현존 사회를 부단히 변경시켜 나갈 뿐이다. 이것이 해방지향적 사회이며 합리적 사회일 것이다. 이렇게 볼 때에 긍정적 사회발전은 바로 사회성과 합리성의 자율적 전개과정이라고 규정될 수 있을 것이다.

4. 사회발전의 관건은 사회성의 바탕 위에서의 합리성의 구현에 있다고 본다. 합리성(rationality; Rationalität)은 두 가지의 서로 질적으로 다른 차원들로 구분된다. 하나는 인지적 합리성(cognitive rationality)이요, 다른 하나는 규범적 합리성(normative rationality)3)이다. 전자는 자연세계와 사회현실의 인식을 가능케 하며 역사적으로 학문체계로서 제도화되었고, 후자는 자연세계와 사회현실의 변경을 가능케 하며—이 경우에 인지적 합리성과 그 산물이 기초구조를 이룬다—역사적으로 넓은 의미에서의 정치영역으로서 다양하게 분화되었다(가령, 정당정치, 도덕·윤리체계, 예술분야 등). 인지적 합리성은 다시 두 가지로 분화되는데, 하나는 "이해합리성"으로서 학문적 인식자체가 그 목적인 경우에 작용하는 인지적 합리성으로서 기초과학 분야가 이에 해당되며, 다른 하나는 "수단합리성"4)으로서 특정목적의 효율적 달성을 위한 수단, 방법, 절차를 모색하는 경우에 작용하는 인지적 합리성으로서 정책학, 응용과학분야가 이에 해당된다. 인지적 합리성은 이론의 차원과 관련되어 있다면, 규범적 합리성은 실천의 차원과 관련되어 있다. 전자의 동기는 있는 그대로의 실재의 세계를 알고자 함이요, 후자의 동기는 실재의 세계에 대한 가치결부적 평가로부터 출발하여 현존 세계와는 다른, 보다 나은 세계에로의 변형을 시도하는 것이며 당위의 세계를 창조코자 함이다.

합리성의 개발가능성의 근거는 물론 인간이 천부적으로 갖고 있다고 생각되는 이성(reason; Vernunft)에 있다. 이성은 자유 없이는 아무런 기능을 발휘할 수 없다. 자유는 이 경우에 무엇보다도 사고의 자유, 사고내용의 표출로서의 언어의 자유를 의미한다. 다시 말하자면, 이성의 생명은 자유에 있고 따라서 사고와 언어의 자유를 최대한으로 활용할 수 있도록 하는 것이 합리성의 개발을 통한 사회발전을 성취하는 궁극적 요건이 된다.

5. 현재의 한국사회의 상황을 거시적 관점에서 특징화한다면, 우선 사회구조적 특징으로서는, 첫째로 분단사회라는 특수상황에서 한편으로는 정치·경제적인 대외의존성이 자주적이기보다는 종속적 의존성의 구조적 경화를 가져왔고 다른 한편으로는 남북한 간의 이데올로기적 양극화와 군사적 권위주의 체제의 고착화가 초래되었고, 둘째로는 불균형 고도 경제성장정책의 추진에 따르는 공업화와 도시화구조의 파행성을 노정하면서 사회 제조직의 기술지배적 성격이 지배하게 되었으며, 셋째로 전통문화구조는 유교문화와 토속신앙을 근간으로 외래문화를 수용, 이와 공존 또는 혼재하고 있어서 다면적 문화지체의 갈등현상을 일으켜 왔다. 다음으로 사회과정적 특징으로서는 첫째로 다른 기능적 하위체계들에 대한 정치체계의 우위성으로 인하여 정치결정론적 사회과정이 부각되는데 이는 전체사회구조의 미분화상태의 고착화경향을 반증해 주고 다른 하위체계들의 타율성의 사회화를 조장하게 되며, 둘째로 비합리적 온정주의가 유교적 문화구조 아래 일상화되어 있는데 이는 분석적·합리적 사고방식의 저개발(가령, 공과 사의 구분이 분명치 못함)을 반영하는 것으로 볼 수 있고, 셋째로 가부장제적인 권위주의가 지배하는 의사결정기제의 보편화를 들 수 있는데 이는 행위양식의 반사회성과 사회관계의 억압적 불평등구조를 드러내는 것이다.

이러한 사회상황 속에서 사회문제들의 연쇄반응의 악순환이 나타난다. 무엇보다도 정치적 지배정당성의 확립문제(정치적 민주화), 경제적 불평등문제, 생태계의 파괴와 환경오염문제 등이 경제적 풍요의 대가와 한계에 대한 의문을 제기하는데 이들 문제의 해결방향을 사회성과 합리성의 관점에서 볼 필요가 있다.

6. 한국에서의 사회발전의 주요 저해요인들은 폭력, 전통주의, 특수주의, 인물중심주의의 네 가지로 집약될 수 있다.

우선 폭력은 크게 두 가지로 구분된다. 하나는 물리적 폭력이요, 다른 하나는 구조적 폭력이다. 전자는 직접 감지할 수 있는 현재적(顯在的)인 것이며, 후자는 눈에 보이지 않지만 제 사회관계 안에 잠재되어 있는 것이다. 폭력은 언어배제적 의사소통행위, 일방성, 강제성, 그리고 파괴성의 4가지 특성을 지닌다.

폭력은 하나의 의사표시행위이지만, 언어배제적이며 상대방에게 육체적, 심리적 고통을 주는 가해적 행위다. 폭력은 또한 일방적 행위이므로 상대방으로부터의 응답에 관해서는 아예 관심을 두지 않는다. 그러나 모든 일방적 행위가 폭력은 아니다. 일방적 행위가 폭력이기 위해서는 강제성을 띠어야 한다. 즉, 자기의 욕구충족만을 관철하기 위하여 상대방의 욕구를 전혀 고려하지 않는 행위인 것이다. 다시 말하면, 상대방을 자기와 동등한 인격체로서 보지 않고 하나의 조작가능한 물건으로 취급하는 것이다. 폭력은 이러한 특성들의 결과로서 파괴성을 드러낸다. 폭력의 행사는 물리적 파괴, 인성의 손상, 사회관계의 파탄을 초래한다. 폭력은 사회성, 즉 사회적 상호작용의 규칙을 파기하기 때문에 반사회성이라는 가장 기본적 기능을 갖는다. 여기서 그것은 인간의 야만화, 비인간화, 물상화를 초래함을 확연히 보여준다.

현재의 한국사회는 전체적으로 그렇다고 규정할 수는 없다고 할지라도 여기저기에 다분히 폭력이, 특히 구조적 폭력이 제도화되어 있니 않느냐하는 의구심을 자아내게 한다. 특히 정치체계에 있어서는 5·16이래 국민의 자유로운 의사 형성과정과 의사결정과정이 보장되지 않는 여건 아래서 등장한, 즉 민주적 정당성이 결여된 정치적 지배체제가 줄곧 이어져 내려오고 있고, 여기에 앞에 언급한 정치결정론적 사회과정 때문에 노동세계, 교육제두, 사회제두, 사회법질서체계, 신문, 방송 등 매스커뮤니케이션체계, 문화, 예술세계 등 사회의 제분야에서 합리적 의사형성과 논의가 이성을 바탕으로 하여 이루어지지 않는 언어배제적 경향을 보여주고 있다.

여기에 전통적으로 이어 온 사회문화적 배경을 유교문화라고 특징짓는다면, 유교적 사회관계가 다름 아닌 폭력적 성격을 보여준다. 유교적 사회관계는 군주(정치적 지도자)와 연장자와 남성이 일반시민과 연소자와 여성에 대하여 권위적 우월성을 갖는 불평등의 상하 위계질서를 근간으로 하며 다분히 언어배제적이고 일방적이며 수직적인 의사소통체계를 이루고 있다. 이러한 유교적 사회관계는 인성의 갈등과 손상을 초래하고 이중적 인성을 만들어냄으로써 평등한 사회적 상호작용 관계를 파괴시키는 잠재력을 지니고 있다. 따라서 유교적 사회관계는 하나의 폭력지배적 사회관계라고 규정될 수 있다.

7. 전통주의는 농경사회의 한 두드러진 특징이며 관습고수(의례주의)와 과거지향적 보수성을 내용으로 한다. 그것은 따라서 합리성과 정면으로 상치되는 것이다. 합리성은 항상 "왜"라는 물음에 대한 타당한 해답을 근거로 하여 생각하고 행동하는 것을 의미하므로 관행과 전통자체가 거의 무조건적인 정당성의 기준이 되는 것과는 조화될 수 없다. 세 살 버릇이 여든까지 간다는 속담이 있듯이 습관의 힘은 개인의 인성형성에 있어서나 전체사회의 구조형성에 있어서 막강하지만 개인의 성장과 사회발전을 얽어매는 쇠사슬이 되기도 한다는 것을 항상 의식할 필요가 있다.

전통주의가 가장 위력을 발휘하는 것을 제도화된 종교에서 볼 수 있다. 종교는 전통주의를 그 생명으로 한다고 해도 과언이 아니다. 많은, 근거없는 금기와 미신과 숙명론적 인생관을 절대화함으로써 창조적 사고력을 제약하고 현실도피적 신비주의로 유도하는 경향을 전통종교에서 흔히 볼 수 있다. 종교는 인지적 합리성과 규범적 합리성을 모두 충족시키기 위하여 인간에 의해서 창안된 신념체계이지만 과학의 발달 등 인간이성의 개념에 의하여 현대에 와서는 불필요하지 않느냐는 문제를 제기할 정도로 그 존재이유가 회의적이다.

전통은 흔히 사회적 안정과 정치적 지배정당성의 원천으로 간주되기도 한다. 전통이 사회질서의 주요지주가 되지만, 이미 존재해 온 것이 항상 이상적인 것일 수는 없으므로 너무 전통에 얽매이게 되면 사회발전을 가로막는 장애물이 되기 쉽다. 따라서 전통은 미래지향적인 규범적 합리성의 개발에 의한 새로운 사회질서가 도입될 때까지 항상 잠정적인 것으로 간주되어야 할 것이다.

8. 특수주의는 인간의 행위지향성에 있어서 인류, 민족, 사회일반, 국가 등 보편적 범주에의 관심에서보다는 특정지방이나 특정집단, 즉 지연적 또는 혈연적 관계에 국한된 이해관심에서 인지적 또는 규범적 합리성을 추구하는 것을 뜻한다. 특수주의로부터 내집단의 외집단에 대한 배타성과 자민족중심주의의 편견이 나올 가능성이 많다. 이조시대의 하나의 질곡인 당쟁의 폐습, 오늘의 지역감정의 대립, 동창회와 종친회의 범람현상 등은 특수주의적 관심에 근거한다. 이러한 특수주의는 사고의 편협성과 다른 사회환경에 대한 폐쇄성을 조장하여 비합리적 삶으로 정체화할 가능성이 많으므로 지양되어야 할 것이다.

9. 인물중심주의는 조직이나 제도의 합리적 운영을 특정한 카리스마적 지도자에 의존하는 경향을 뜻한다. 물론 사회조직의 효율적 기능발휘에는 지도력이 중요한 역할을 담당한다. 그러나 어느 사회조직에서나 그 목표의 달성을 위한 구조적이며 기능적인 분화와 권력분배가 필요하며 사회성(상호작용의 제관계와 과정)의 활성화가 긴요하다. 특정인물의 지도력에 사회조직의 운명을 거는 것은 그 조직을 독재체제로 만들 가능성이 크다. 이런 의미에서 인물 중심주의는 민주주의적 조직원리와는 상치되는 것이다.

마르크스도 인물중심주의의 오류에 빠졌었다. 그의 계급갈등 또는 계급투쟁 이론은 사회혁명, 즉 역사창조의 주체를 오직 노동자계급에게서 찾고 있다. 그는 자본주의 사회구조의 분화와 재조정 가능성을, 즉 그 사회성과 합리성의 발전가능성을 예측하지 못했었다. 요즘 한국에서의 민중사회학에서도 민중이라는 인물집단이 민주화와 통일의 주체세력이 된다는 기대와 환상에 기초하고 있음을 엿볼 수 있는데 이 역시 인물중심주의의 한 변형이다. 현대사회는 기본적으로 다원화 사회임을 재확인할 필요가 있다.

특정인물의 권위가 절대화될 수 있는 시대는 이미 지나갔다. 어느 특정분야에서의 권위가 등장하면 그에 대한 대안적 권위가 반드시 나타나기 마련이다. 사회조직에 있어서도 특정집단의 세력이 위세를 떨치게 되면 거기에 대항하는 반대세력이 나타나게 된다. 한 사회의 개혁에 주동적 역할을 수행할 수 있는 개인이나 집단(또는 계급)의 영향력은 현대의 다원화된 복합사회에서는 상대적일 수밖에 없다.

10. 위에서 한국에서의 사회발전의 저해요인들을 간략하게 검토했지만, 적극적으로는 해방지향적 사회에서는 그러한 저해요인들의 극복과 함께 인간존엄성을 최고의 가치로 삼는 인도주의에 근거하는 민주주의의 확립이 사회발전을 위한 가장 기본적이며 시급한 과제라고 생각된다. 민주화는 곧 인간 사회의 사회성과 합리성을 활성화시킬 수 있는 제도를 마련함에 있다. 이를 위한 가장 기본적 요건은 언어의 자유화, 즉 사고와 의사표현의 자유의 절대적 보장이며 여기서 바로 국가의 존재이유가 있다고 본다. 왜냐하면 언어야말로 현대의 복합사회에서 가장 보편적인 개인적 욕구의 표출수단이며 사회현실의 진상을 반영시켜 주는 거울과도 같은 기능을 수행할 뿐만 아니라 가장 효율적인 사회적·집합적 욕구의 조정수단이며 국가목표의 조종수단이고 사회적 갈등의 해소수단이기 때문이다. 언어를 억압하는 것은 곧 인간의 존엄성을 유린하는 것이나 다름없고 사회발전을 저해할 뿐이다.

(제1회 백령 대토론회, 때: 1987. 5. 13 15:00-19:00, 곳: 백령회의관 주관: 강원대 학생생활연구소)

7.6. 1987년 6월 민주화를 위한 항쟁시기의 갈등상황: 폭력의 현장에서(1)

춘천. 1987. 6. 18. 저녁 10:50

「호헌철폐」, 「독재타도」, 「비폭력」, 「질서」… 춘천여고 앞에서 들려오는 시위학생들의 구호와 행진의 노랫소리가 저녁공기를 찢으며 들려온다. 한참 후에 조용해진 듯하다가 저 멀리 팔호광장이나 도심지부근에서 이번에는 최루탄, 아니 독가스탄이 터지는 소리, 마치 폭죽 터뜨리는 소리같이 어두워진 밤의 장막

을 뚫고 들려온다. 아니, 그것은 폭력의 발악이다. 폭력으로 전락한 국가권력이
국민을 적으로 삼고 대결하는 전쟁상황이 여기 춘천에도 벌어지고 있다.

국민의 뜻을 들으려하지 않고 묵살하는 정부, 국민의 의사표현의 자유를 억
압하는 정부, 기본적 인권을 유린하면서 그 위에 군림하고 있는 정부, 적나라한
폭력만이 그 존재기반이 되어 있는 정부, 국민의 주권을 탈취하여 사리사욕만
을 위해 악용하는 정부, 이런 정부는 더 이상 그 존재이유가 없다. 온 춘천사회
를 최루탄으로 뒤덮어 숨 쉴 수도 없게 만든 경찰은 이미 국민의 경찰이 아니다.
그런 폭력화한 경찰은 더 이상 이 땅에 존재할 근거가 없다. 지금 이러한 불의와
폭력의 화신에 불과한 정부에 대하여 국민의 분노는 폭발하고 있다. 의로운 민
주시민들이여, 이 반인간적이며 반민주, 반민족적 폭력의 장막을 뚫고 전진하
여 그 뿌리를 송두리째 뽑아버려야 한다. 폭력화된 권력집단은 영원히 이 땅에
서 사라져야 한다. 이 국가는 어떠한 권력기관이나 어떠한 독재자를 위해서도
존재하지 않는다. 그것은 오로지 국민을 위해서 국민의 뜻에 따라 존재할 따름
이다.

각성된 국민과 민중의 힘, people's power는 마침내 승리할 것이며 민주주의를
이 땅위에 확립할 것이다. 그때까지 민중은 오로지 전진할 따름이다. 폭력화된 정
부의 잔해를 불태워 새로운 민주역사의 횃불을 사해만방에 드높이 밝힐 때까지!

7.7. 폭력의 현장에서(2)

춘천, 1987. 6. 19.

19:30분 경 중앙로타리에 나가 시위하는 학생들과 대치하고 있는 전경들을
보면서 도로변에 서있는 시민군중 속에 들어가서 한참동안 서있었다. 오른쪽
앞에서 "최루탄 쏘지 마라"는 남성과 여성의 목소리가 들려왔고 조금 후에 봉고
차가 오더니 몇 사람의 남자들을 강제로 그 차안에 구겨 넣듯이 태워가버렸다.
나는 그들이 무슨 이유로 강제 연행되어 갔는지 확인할 수도 없었고 그 원인이

바로 위의 구호와 관련되었던 것이라고는 생각하지 않았다. 나는 이곳에 오기 전에 저 멀리서 벌써 전경들의 최루탄 발사양상을 보았었다. 페퍼포그차의 지붕 위에서 연발식으로 불꽃을 튀기며 최루탄이 저만치 대치하고 있는 도로상의 학생들을 향해서 마치 대포를 쏘듯이 발사되면서 그 넓은 거리는 온통 뿌연 가스로 자욱하게 채워졌다. 학생들은 순식간에 어디론지 사라졌다. 한참 뒤에 가스가 거의 다 날아가자 학생들은 다시 여기저기서 길 복판으로 나타나 운집하기 시작했다.

나는 이 무자비한 전쟁상태를 보고 전경들의 최루탄 발사를 하나의 적나라한 폭력행위로 규정할 수밖에 없다고 생각하니 울분이 치밀어 오르고 가슴이 죄어 왔다. 어느 순간에 나는 우리 시민들 앞에 몇몇이 서있던 전경들을 향해서 "최루탄을 쏘지 마라"고 외쳤다. "우리 국민들이 낸 세금으로 만든 최루탄을 국민들에게 쏘는 경찰은 도대체 누구를 위한 경찰이냐? 그런 경찰은 이미 국가권력 기관이 아니고 폭력경찰에 불과하다. 우리는 사람답게 살 권리가 있다. 인권을 보호하고 언론자유를 보장하지 않고 평화적 시위도 허용치 않는 국가며 정부는 누구를 위한 것이냐? 그런 정부나 경찰은 존재할 이유가 없다!…" 내 주위의 시민들은 옳다며 박수를 치거나 환호성을 지르기도 했다. 전경들은 방독면을 쓰고 있었고 그 중에 무궁화 계급장을 달고 있는 한 전경이 나에게 "대표로 앞에 내려와서 애기하라"고 했다. 나는 그 요청을 거부하고 옆에 서서 나에게 뭐라고 비난하는 교통순경더러 나는 "당신은 교통정리나 잘하라"고 쏘아댔다. 내 주위의 시민들은 나의 이 대꾸에 웃음을 터뜨렸다. 앞의 전경은 나더러 선동한다고 했지만 나는 오로지 나의 의견을 자유로이 애기할 뿐이라고 말했다. 한 평복을 입고 방독마스크를 한 사람이 나를 강제로 아래로 끌어내리려고 손을 앞으로 내밀어 화분 위로 나에게 뛰어오르기에 나는 급히 그를 피해 뒤로 빠져 나와 달려나오는데 주위 사람들이 그를 제지하여 그가 땅위에 넘어지는 것을 뒤로 보면서 나는 허겁지겁 그 곳을 뒤로하고 옆길로 들어가 달려나왔다.

방독면이 그들에겐 일종의 가면 역할도 하고 있음을 뒤늦게 깨달았고 그들의 언행이 바로 폭력의 정체를 드러냄을 보여줬다. 그곳은 폭력의 대결장이었지 토론의 장은 아님을 미처 인식하지 못한 것이 나의 실책이었다. 폭력은 언어배제적이며 자기절대화의 심성에서 나오므로 일방적이며 강제성을 띤다. 내가 만일 그들에게 붙들려졌다면 무차별 집단구타를 당했을 것이고 어디론가 연행되어 사라져갔을 것임에 틀림없다.

7.8. 총장과의 갈등

수신: 강원대학교 총장
제목: 경고에 관한 문의와 요청
1987년 6월 24일

1. 제가 어제 11:00시경부터 11:40분까지 교무처장, 학생처장, 그리고 인사대학장의 참석 아래 총장님으로부터 지난 18일과 19일의 춘천시내 시위현장에서의 저의 발언에 대하여 "공적인 경고"를 들었는데, 총장실을 나온 뒤로 이 일을 다시금 되돌아보고 되새겨 본 결과 아직도 명확치 않는 것은 "왜 내가 그런 경고를 받아야 되느냐"는 물음에 대한 해답이었습니다. 그리고 총장님께서는 저의 발언내용을 저의 본의와는 달리 왜곡하여 해석하신 듯한 느낌을 씻을 수가 없습니다.

2. 이제도 말씀드렸듯이 저는 전경들과 토론을 벌일 곳이 아닌 장소에서 근본문제에 관하여 논의하자는 식으로 저의 의견을 표현한 그 방법에 대해서는 적절치 못했다고 뉘우친 반면에 시민의 한사람으로서 국가 사회발전을 위한 거시적 견지에서 (총장님께서 주장하시는 대로 "대학교수로서, 공무원으로서"라고 해도 상관없습니다) 토론한 의견의 내용에 대해서는 지금도 옳다고 생각하고 있습니다.

저는 전경들의 페퍼포그차로부터의 엄청난, 소위 "지랄탄"의 발사를 목격하고 시민전쟁과 같은 인상을 받았고 폭력사태가 악순환되는 것이 우려되어 바로 앞에 있던 전경들을 향해서 최루탄을 쏘지 말라는 요지의 발언을 강하게 했었습니다.

제가 관찰한 바에 의하면, 지금까지 항상 그랬듯이 정부당국이 학생들의 집회 및 시위에 대하여 그 자체를 불법으로 간주하고 경찰이 무차별적으로, 그리고 다량으로 최루탄을 발사한 것에 대응하여 시위학생들이 각종의 폭력을 행사하게 된다고 보았기 때문에, 폭력이 폭력을 유발하는 악순환을 끊기 위해서는 우선 언론, 출판, 집회, 결사, 시위 등의 기본적 자유권의 보장과 함께 경찰의 최루탄 발사 중지가 시급히 요청된다고 생각합니다. 위의 기본권을 보장하기 위해서 존재해야 할 경찰이나 다른 국가기관이 오히려 그것을 억압 또는 제약하는 수단으로 최루탄을 국민의 세금으로 제조하여 국민에게 던지는 처사는 그 경찰이 도대체 누구를 위한, 무엇을 위한 경찰이냐는 물음을 제기하게 됩니다. 그런 경찰은 민주경찰일 수는 없고, 이미 신문지상에서 부각된 "폭력경찰"에 지나지 않는다고 봅니다.

3. 위의 1항에서 제기된 물음에 대한 명확한 해답을 찾기 위하여 저는 어제 그냥 구두로만 된 총장님의 저에 대한 경고를 서면으로 작성하여 저에게 보내주실 것을 여기에 요청 드리오니 저의 뜻을 받아주시기 바랍니다. 누구나 그렇겠지만 저는 부당하다고 생각되는 경고를 받아들일 수는 없습니다. 요컨대 총장님의 경고가 부당한 것인지 아닌지를 명확히 판단하기 위해서는 서로가 냉철한 이성으로 표현한, 즉 서면형식으로 표현된 경고일 필요가 있다고 뒤늦게 느꼈기 때문에 이런 요청을 드리는 것입니다.

그리고 어제의 모든 대화내용이 만일 녹음되어졌다면 그대로 보관해 주시기를 아울러 요청드립니다.

저는 오로지 지금 이 순간 이 나라와 이 사회의 민주화를 위한 충정에서 이 글을 드립니다. 끝.

인문사회대학 사회학과 부교수 배 동 인

나는 총장으로부터 이에 대한 서면회신을 받지 못했고 이 '사건'은 더 이상 거론되지 않았다.

7.9 자유민주주의의 수호자와 파괴자

지난 1989년 2월 20일 오후에 변호사회관에서 '민주주의와 사상의 자유: 사상의 자유를 위한 공청회'가 있었다(주최: 민주사회를 위한 변호사 모임, 민주화를 위한 전국교수협의회, 후원: 한국 출판문화운동 협의회). 거기에서 시간관계로 충분히 토의되지 못한 점이 있다고 느껴져서 아쉬웠다. 그것은 지금까지 역대정권이 비판적 민주인사들과 민주화 운동에 대하여 특히 '좌경세력척결'을 위하여 이른바 공권력의 강력한 행사가 불가피한 이유가 '자유민주주의체제 수호'에 있다고 주장해 왔고 그것을 법제화한 것이 '반공법' 또는 '국가보안법'인데 과연 자유민주주의를 진정으로 수호하는 자는 누구며 파괴하는 자는 누구인가를 분명히 따져봐야겠다는 것이다.

우선 자유민주주의란 무엇인가를 규명해야 한다. 자유민주주의는 17세기 영국에서, 18세기 미국과 불란서에서 폭력지배적 전제군주체제를 청산하고 합리적 근대국가를 탄생시킨 끈길긴 시민혁명과정에서 창출된 주권재민에 근거한 국가조직의 이념이다. 따라서 그것은 국가의 자기정체성의 역사적 확인과 불가분리의 관계에 있다.

국가란 한 인간사회의 가장 포괄적인 조직형태이며 그것은 자연발생적으로 형성된 것이 아니고 해당 사회의 구성원에 의해서 의도적으로, 즉 일정한 목적의식 아래 계획된 것이다. 그 목적을 보편적 개념으로 표현하자면 행복의 추구라고 말할 수 있다. 문제는 "행복"이란 구체적으로는 각 개인마다 그 의미내용이 다를 수 있다는 데에 있다. 그리고 더욱 심각한 문제는 비록 공통내용의 행복개념을 당사자들이 감지한다고 할지라도 그것을 실현시킬 수 있는 수단의 강구와 방법의 선택에 있어서 다양한 의견이 나오게 마련이라는 것이다. 수단의 문제는 행복추구라는 이름으로 대변되는 사회구성원의 욕구충족을 위한 자원의 조달문제로 귀결된다. 즉 재화와 용역의 생산이라는 경제문제이며 이 문제의 해결을 위한 전체사회의 조직화문제인 정치문제로 이어진다. 그런데 어느 경우든지 어떤 특정방안만이 해당 문제해결을 위한 최선의 것이라고 주장될 수 없다는 기본논리에 대한 인식이 전제되어 있는 것이 바로 자유민주주의라는 정치제도의 이념인 것이다. 다시 말하면 어느 누구도 자기의 의견이 절대적으로 옳다고 주장할 수 있는 객관적 근거는 있을 수 없다는 인간사회의 구성논리에 대한 근본적 인식이 자유민주주의 정치체제의 기초로 된다는 뜻이다. 이점을 좀 더 자세히 검토해보자.

대체로 의견은 세 가지 범주로 구분될 수 있다. 하나는 사실과 존재자체의 인식에 관한 의견이고, 둘은 주어진 현실이 바람직하지 못하다는 가치판단의 전제가 되는 인간의 소원과 이상에 관한 의견이며, 셋은 그러한 현실 또는 대상의 인식이나 이상의 실현에 도달하는 문제에 관한 방법론적 의견이다. 첫 번째 범주의 의견에서 추구하는 가치는 진리의 발견이다. 두 번째 범주의 의견에서는 진리 이외의 제 가치, 즉 좋은 것(善), 아름다운 것(美), 옳은 것(正義), 평화 등의 현실화, 즉 창조가 추구된다. 세 번째 범주의 의견은 첫 번째와 두 번째의 범주에서 해결되어야 할 실질적 문제에 관한 문제들의 차원에 속하는 아주 추상적 기술적 이론(metatheory)의 문제이므로 여기서는 생략키로 한다.

요컨대 사회적 의사소통의 장에서 거론되는 실질적 문제들, 즉 의견들은 무엇이 사실이냐의 현실인식 또는 진리발견의 문제와 새로이 창조되어야 할, 보다 바람직한 세계의 실현 또는 현실변경의 문제로 요약된다. 진리발견의 문제를 다루는 전문분야가 학문이라는 사회체계이며, 새로운 현실창조의 문제를 다루는 전문분야가 정치라는 사회체계인 것이다. 학문세계에서는 어떤 의견이 현

실을 있는 그대로 객관적으로 인식하는 참된 의견인가가 궁극적 진리판정의
기준이 되는데 어느 누구도 자기의 의견이 절대적 진리라고 주장할 수는 없다
는 것이 오늘의 학문세계에서 일반적으로 인정되고 있는 상식이다. 정치세계에
서는 어떤 의견이 현실을 보다 나은 현실로 만드는 데에 필요한 목표설정과
정해진 목표달성을 위한 수단과 방법의 강구를 위해 가장 적절하며 옳은 의견
인가가 그 궁극적 평가기준이 되는데 역시 어느 누구도 이런 측면에서 자기
의견만이 절대적으로 옳다고 주장할 수 없는 것이다.

요컨대 모든 의견은 항상 상대적 타당성만을 가질 수밖에 없다는 기본인식
을 여기서 재확인 할 수 있는데 이것이 바로 자유민주주의의 핵심을 이루는
것이다.

이렇게 볼 때에 이 기본인식에 대하여 근본적으로 어긋나는 생각을 법제화하
는 것이 바로 국가보안법이나 사회안전법임이 분명해진다. 자유민주주의와 반
공주의는 국가적 차원에서는 양립할 수 없다는 것이다. 즉 자유민주주의를 지
향한다면서 어느 특정의견(가령 공산주의 사상)을 범죄시하는 것은 자가당착일
수밖에 없다. 왜냐하면 자유민주주의라 함은 모든 사회구성원은 저마다 위의
첫 번째와 두 번째 범주에 관한 의견을 달리 가질 수 있음을 의미하기 때문이다.
각 개인의 입장에서는 가령 공산주의 사상을 가질 수도, 찬성할 수도, 또는 반대
할 수도 있지만 국가의 입장에서는 그 국가가 적어도 자유민주주의를 지향한다
면 어느 특정사상만을 옹호하거나 거부할 경우에는 독재체제나 전체주의체제
와 다름없기 때문에 사회구성원의 다양한 의견이나 사상이 제자리를 지킬 수
있도록, 즉 모든 의견이 정정당당하게 표출될 수 있도록 제도와 질서가 마련되
어야 한다.

이 지구상에 자유민주주의를 지향하는 나라들 가운데 사회주의나 공산주의
이념의 표출과 조직화를 불법시하는 나라는 아마도 한국밖에 없을 것이다. 한
마디로 말하여 국가보안법, 사회안전법 등이 효력을 발생하고 있는 한국의 정
치체제는 자유민주주의체제라고 볼 수는 없다. 그것은 "자유민주주의"라는 이

름의 전제정치체제 또는 폭력지배체제라고 규정지을 수밖에 없다. 무릇 자유주의 국가에서는 그 국가를 대외적으로 대표하는 정부는 그 성립절차와 내용에 있어서 민주적이라야만 지배정당성을 획득하는 것이다. 5·16 군사쿠데타로 등장한 3공화국은 물론이고 유신체제(4공)나 5공(전두환 정권)도 무엇보다도 먼저 그 성립절차에 있어서, 그리고 그 통치내용에 있어서도 자유민주주의적 기본원칙들을 완전히 무시한 적나라한 폭력지배체제였다. 6공은 그 성립절차에 있어서 국회에서 여·야 타협에 의한 대통령직선제에 근거한 대통령선거를 통하여 정부 최고책임자인 대통령이 선출되었다는 점에서는 민주적 정당성을 획득한 것처럼 보이지만 이것도 지난 87년 12·16선거가 부정선거였다는 주장을 펴는 측에서 볼 때에는 완전한 정당성이 인정되기 어렵다. 그리고 대통령선거법의 입법과정이 절차상의 정당성을 갖는다고 할지라도 그 내용은 비민주적이라고 볼 수밖에 없다. 왜냐하면 투표자의 과반수득표가 아닌 36퍼센트 정도의 지지표를 획득한 후보자가 대통령이 될 수 있도록 한 것은 분명히 주권자인 국민의 입장에서 볼 때에 분명히 민주적 정당성을 인정할 수 없는 것이다. 이런 결과에 대해서는 제도권내의 여·야당이 공동책임을 져야한다. 다음번 대통령 선거에서는 반드시 투표자의 과반수 득표 후보자가 대통령으로 당선되도록 현행 선거법이 개정되어야 한다. 또한 6공의 노태우 정부의 내용을 보면 지금까지 5공 비리 청산을 위한 국회청문회를 통하여 어느 정도 드러났듯이 엄청난 비리와 범죄를 자행한 5공의 핵심인물들이 6공의 권좌에 그대로 앉아 있는 것이 현 정권의 실태일진대 민정당이 진정으로 민주화의지가 투철하여 환골탈태하지 못한다면 현 정권은 깨끗이 퇴진하는 것이 국가사회 발전을 위해서 현명한 일일 것이다.

　　결론적으로 말하면 지금까지 자유민주주의 체제수호를 가장 큰 소리로 외쳐온 정부·여당이 바로 자유민주주의를 파괴해왔고 반독재·민주화운동에 참여해온 비판적 민중세력이 곧 자유민주주의의 확립을 위해 투쟁해왔다고 평가하지 않을 수 없다. "사회안정"이라는 것을 지금껏 정부·여당이 생각해온 것처럼 정치적 무관심에서 또는 현상유지에 찬성해서든 간에 모든 사람이 침묵을 지키는 것과 동일시한다든지 그렇게 되기를 바라는 것은 어리석은 노릇이다. 안정, 안정 외친다고 해서 사회안정이 이루어지는 것이 아니고 그것은 정치과정의 결과로서 산출되는 것이다.

모든 인간사회는 사회구성원의 욕구의 다양성과 그 충족수단의 희소성 때문에 갈등현상을 존재론적으로 내포하고 있다. 사회는 갈등의 복합적 구조라고 해도 과언이 아니다. 이러한 사회적 갈등관계가 개인·집단·조직 간의 민주적 의사형성과 의사결정과정을 거쳐서, 다시 말하면 사회적 상호작용으로서의 의사소통의 기제를 통하여 상호조정됨으로써만 사회안정과 평화가 이룩될 수 있는 것이다. 이것이 바로 민주화의 역동성을 의미하는 것이다. 우경, 좌경 중도의 의견들은 물론 좌, 우의 가장 극단적 의견들도 공존할 수 있는 것이 바로 자유민주주의사회인 것이다. 모든 의견은 다만 상대적 타당성밖에 가질 수 없기 때문에 다른 의견에 대한 존중과 관용이 필연적으로 요청되는 것이다. 이들 다원적 의견들이 가능한 한 평등하게 표출되도록 하고 보다 높은 타당성을 가진 것으로 인정되는 의견이 여론과 사회적 의사결정으로 선택되도록 모든 필요한 제도와 절차와 질서를 마련하고 유지·개선시켜나가야 할 임무를 정부는 갖고 있고 이런 임무수행에 곧 정부의 존재이유가 있는 것이다. 정부가 스스로 어느 한쪽의 의견에 편을 든 나머지 다른 의견을 탄압한다면 그것은 자유민주주의적 정부는 아니며 일종의 독재정권에 지나지 않는다. 자유민주주의체제에서의 정부는 정부 자체에 대한 모든 비판을 감수하고 경청할 줄 알아야 한다. 자유민주주의체제에서 허용될 수 없는 유일한 의견은 자기의견의 타당성과 합리성을 절대화함으로써 다른 의견을 무조건 무시하거나 배격하는 경우의 의견이다. 그런 의견의 태도를 광신주의라고 일컬을 수 있는데 광신적 의견이야말로 자유민주주의의 적인 것이다.

(1989. 2월말 경, 수상록)

7.10. 폭력근절선언은 폭력지배체제 강화의도

한국사회는 지금까지 거의 반세기 동안 제도화된 폭력에 의해서, 특히 70년대 유신체제 등장 이후 폭력의 악순환의 일상화로 줄곧 시달려 왔고 이제 전체 사회적 위기에 처해 있다. 한 가닥 비극 어린 희망이 있다면 그것은 국가와 사회의 기반을 위태롭게 하는 총체적 혼돈의 와중에서 새로운 사회질서가 잉태되는 진통을 겪고 있다는 것이다. 현 정권은 얼마 전에 자유민주주의체제의 수호를 위해서 공권력의 강력한 행사가 불가피하다고 선언했다. 그러나 그 정치행태를 보면 정부가 자유민주주의의 실현을 지향하거나 수호하기보다는 그것을 오히려 파괴하고 있다고 평가된다. 다시 말하면 현 시국은 국가권력의 폭력화를 드러내고 있음을 지적하지 않을 수 없다. 이런 현상은 국가와 정부자체의 존재이유에 대한 근본적인 물음을 제기케 한다.

국가, 특히 자유민주주의를 지향하는 국가는 홉스적 자연상태에서의 폭력지배적 상황으로부터 벗어나기 위해서 사회구성원들의 합의에 따라 하나의 초거대조직으로서 형성된 것이다. 이 국가의 가장 궁극적 목적은 인간존엄성의 보장에 있고 이 목적의 항구적 실현을 위하여 폭력을 독점적으로 행사할 권능이 그 구성원들에 의해 국가를 대내외적으로 대표하는 정부에게 부여된 것이 바로 국가의 성립과 함께 이루어진 폭력의 권력화, 즉 정당화된 폭력의 국가적 조직화인 것이다. 따라서 6공의 출범 이후에도 명백해져 오듯이 만일 공권력이 인간존엄성을 짓밟는 것에, 헌법상의 국민기본권을 억압하는 것에 악용된다면 그러한 국가권력은 이미 폭력으로 전락했음을 뜻하며 따라서 정당성을 상실한 것이다. 여기에 바로 폭력과 권력의 질적 차이가 드러난다. 폭력은 인간사회와 국가의 형성이전의 단계인 원시적 야만상태에서 인간의 상호관계가 인간의 자연에 대한 관계와 구별됨이 없이 욕구충족의 규율매체의 기능을 수행한데 반하여, 권력은 인간의 사회적 상호작용관계에 근거하여 사회의 조직화로서의 국가형성과 함께 폭력의 규범적 기능전환, 즉 제도적 정당성의 인정을 얻게 됨으로써 전체사회를 구속할 수 있는 권위를 행사하게 된다. 권력은 인간사회의 상호성이라는 구조적 역학관계에서 나오는 것이므로, 그 작용과정이 예측가능하지만, 폭력은 사회나 국가자체의 존재를 도외시하는 반사회성을 기본속성으로 견지하기 때문에 그 행사는 예측불가능하다. 권력은 인간의 사회관계를 떠나서는 존재할 수 없으나 폭력은 인간의 사회관계의 해체를 전제로 하여 나타난다.

현 정권이 폭력지배체제로 전락하고 있음은 폭력의 일반적 속성인 언어배제성, 일방성, 강제성, 사회관계의 수직성, 그리고 파괴성이 현 정권의 주요 정치행태의 성격으로 부각되어 드러나고 있는 사실들에서 엿보인다. 가령 6·29선언이 「속이구」로 평가된다든지, 중간평가의 약속이 일방적으로 무기연기 또는 취소된다든지, 공권력의 노사분쟁에의 투입방식이 적나라한 폭력성을 드러낸다든지, 광주시민학살의 진상규명과 5공 비리의 척결에 있어서 정부·여당은 문제해결의 의지와 능력이 없음을 행동으로써 표현하고 있다든지, 고문기술자 이근안씨를 검거하지 않고 있다든지, 분당·일산의 신도시건설계획의 무모함과 반민주성과 불합리성이 현지주민들의 인권과 생존권의 유린으로 나타나고 있다든지, 조선대생 이철규씨의 변사사건의 진상이 밝혀지기는커녕 더욱 짙은 의혹 속에 은폐되고 있다든지 그밖에 일일이 열거할 수 없이 많은 인간생명의 경시 사례들에서 극명히 드러나는 인간존엄성의 괴멸이 공권력에 의해서 자행되어 온 사실 등이 국가권력의 폭력화를 반증해준다.

여기서 폭력은 크게 두 가지 형태로 나타나는데 하나는 가시적·물리적 폭력이요, 다른 하나는 비가시적·구조적 폭력이다. 전자의 경우에는 인간존엄성의 파괴효과가 직접적이고 그 피해범위가 명확히 확정될 수 있지만 후자의 경우에는 그 파급효과가 간접적·장기적으로 지속되며 그 피해내용과 범위가 분명치 않아 인식되기 어렵다는 점에서 훨씬 그 위험의 심각성이 크다. 지금의 민주화과정에서 특히 중요성을 띠는 구조적·제도적 폭력으로서는 각종 악법을 들 수 있다. 가령 국가보안법, 사회안전법, 노동관계법, 교육관계법 등으로 악법이란 그 성립과정과 내용에 있어서 민주적 정당성과 합리성을 결여하거나 미흡하게 갖춘, 즉 정당하지 않은 법이다. 그것들은 자유민주주의의 기본원칙에 따른 절차, 즉 당사자를 포함한 국민의 자유로운 의사형성과정과 의사결정과정을 거쳐서 성립된 것이 아니고 집권세력에 의해서 일방적으로 선포된, 형식상으로만 법률의 형태를 갖춘 것들이다. 따라서 그런 악법은 국가권력의 폭력화의 구체적 산출물로서 전혀 정당성을 인정받을 수 없다. 그 성립경위야 어떻든 간에 모든 실정법은 준수되어야 한다는 단순한 형식논리만이 강변된다면 그것은 곧 폭력지배체제의 존속이나 재등장을 정당화하려는 의도에서 나온 것이라고 밖에 볼 수 없다. 국가나 정부나 법자체가 자유민주주의국가에서는 무조건 신성불가침한 것일 수는 없다. 오로지 그 국가, 정부, 법이 구체적으로 어떻게 어떤 과정을 거쳐서 성립되었느냐, 그리고 그것들의 궁극적 존재이유인 인간존엄성의 보장이라는 목표실현에 비추어 그 구조와 내용과 운영과정이 합리성과 일관성을 갖추고 있느냐에 대한, 긍정적 해답이 주권자인 국민, 특히 직접 영향을 받는 사회집단과 계층에 의해서 주어질 때에만 그것들은 정당성과 사회적 구속력을 갖게 된다. 무릇 폭력은 폭력을 불러일으킨다. 지금까지 이 땅에 폭력의 악순환이 얼마나 많은 인적·물적 손실과 시간낭비를 초래했고 깊은 상처를 남겼는가를 숫자로 계산할 수 있다면 그 수치는 아마도 경제성장의 증대치를 훨씬 능가하는 것으로 평가되리라고 짐작한다.

현 정권의 최고책임자인 대통령의 지난 번 폭력근절선언에서 동의대 사태의 대학생들의 화염병이라는 폭력만이 응징의 대상으로 지적되고 그 원인이 되는 최루탄 등 공권력이라는 이름의 물리적 및 구조적 폭력은 전혀 문제시되지 않은 것은 폭력지배체제를 더욱 강화시키겠다는 의지표명으로 밖에는 달리 해석될 수 없다. 그러나 그런 정부는 자유민주주의 국가를 대내외적으로 대표할 자격을 상실한 것으로서 더 이상 존재할 이유가 없다고 본다. 따라서 그런 반민주적 정부는 보다 더 민주적인 정부로 가능한 한 조속히 대체되어야 할 것이다. 그럼으로써 진정한 의미에서의 민주화가 실질적으로 진척될 수 있고 사회와 국가의 발전을 기약할 수 있기 때문이다.

인간다운 삶을 영위할 수 있는 사회를 가꿔나가기 위해서 우리는 국가를 조직했으나 이 국가가 폭력지배체제로 전락한다면, 그것은 스스로 자신의 존재근거를 무너뜨린 것이다. 인간의 존엄성을 보장할 수 있는 국가·사회의 최우선적 과제는 모든 형태의 폭력으로부터의 해방이다. 이 과제는 무엇보다도 먼저 국가가 폭력 대신 권력의 권위를 되찾는 데서부터 풀리게 될 것이다.

(동대신문, 1989년 5월 24일)

7.11. '동창회 문화'로부터의 해방

지난 4월 14~15일에 유성관광호텔에서 한국사회학회가 주최하고 한국일보사가 후원한 학술토론회가 '한국의 지역주의와 지역갈등─현상과 대책'을 주제로 열렸었다. 나는 거기서 발표된 논문들 중 절반밖에 직접 들을 수 없었지만 많은 것을 배웠고 지역 갈등 문제에 관하여 집중적으로 생각할 좋은 기회를 가졌다. 토론 과정에서 나는 지역감정이 일종의 지역적 동창회 소속의식이라고 풀이하고 동창회가 지식인들 사이에 지역 갈등을 암암리에 조장시키는 데에 기여하는 역기능을 수행함을 지적하면서 각종 동창회의 철폐운동을 대학 사회에서부터 일으킬 필요성을 역설했다. 바로 이 문제와 관련된 주제인 '연고주의와 지역감정'이라는 제목의 논문이 부산대 홍동식 교수에 의해 거기서 발표되었지만 나는 그 분과에 참석하지 못했다. 그러나 나는 나중에 미리 배포된 그의 논문을 매우 흥미 있게 읽었다. 홍교수는 혈연(血緣)·지연(地緣)·학연(學緣)을 바탕으로 한 인간관계의 편향을 연고수의라고 성의하고 이런 경향이 '우리 사회의 지역감정을 배태시켜 온 사회적 토양'을 마련했고, 특히 '영·호남인간에는 지역감정을 크게 조장하는 부정적 사회요소로 작용하고 있음'을 밝혀내고 있다. 그는 연고주의 현상에 대한 인지적 분석과 설명에 한정시켜 현실 이해에 다소 기여했다고 보지만 현실변경을 위한 정책학적 또는 실천적 함의를 명시적으로 그의 연구 결과로부터 도출하는 것을 시도하지는 않았다.

나는 여기서 한국 사회의 한 두드러진 문화 형태인 연고주의(緣故主義)의 일반적 특성을 재음미해 보고, 특히 학연의 구체적인 사회 조직화 현상으로 나타나는 동창회(同窓會)의 정체를 분석해 봄으로써 지역감정을 넘어선 사회 갈등의 해소와 함께 보다 나은 해방된 삶을 추구하는 실천적 태도 결정을 끌어내 보고자 한다.

위의 '3연(緣)'의 공통된 특성으로는 ①과거지향성, ②특수주의, ③그런 연고를 바탕으로 한 사회조직에 있어서 목적의식의 애매모호성으로 집약될 수 있다고 본다. 이들 특성들로부터 연고주의의 다음과 같은 부정적 파급 효과가 도출될 수 있다. 첫째로 보수주의의 정체성, 둘째로 배타주의의 폐쇄성과 편협성, 셋째로 반합리주의(anti-rationalism)의 반지성성과 반해방 지향성이 그것이다. 여기서 '반합리적'이라는 것은 인간의 사고와 행위에 있어서 납득할 만한 근거가 해당 행위 주체의 인식 체계나 동기 속에 존재하지 않거나 명확히 의식됨이 없이 행해지는 경우를 지칭한다.

그러면 동창회의 관찰을 통해서 위의 가설적 견해의 타당성 여부를 가늠해 보기로 한다.

각 대학마다 동창회가 그 졸업생들 사이에 조직되어 있다. 그것이 종합대학인 경우에는 각 단과대학별로, 그리고 졸업 연도별로 동창회가 있다. 아마도 동창회 없는 대학의 존재를 한국에서는 상상할 수 없을 것이다.

나는 한두 번 동창회에 나가 본 일이 있다. 처음에 나갈 때에는 그저 맹목적으로 가게 되었다. 그러나 동창회 모임을 마치고 집에 돌아오면서 매번 어딘가 께름칙한 뒷맛을 느끼게 되었다. 그 이유가 분명치는 않았지만 한 가지 분명한 것은 아예 참석할 필요가 없는 모임에 왔다는 느낌을 떨쳐 버릴 수 없다는 것이었다. 동창회의 모임에서 행해지는 일이란 흔히 회장의 내용 없는 인사말, 간사의 이러저러한 경과보고, 회원소식, 감사의 결산보고 등을 간단히 듣고 본격적인 핵심 프로그램은 준비된 식사를 함께 하는 것이고 그러는 중에 평소에 낯익은 분들과는 다시 만나서 반갑다는 얘기와 함께 악수를 교환하며 잡다한 담소를 즐기거나 전혀 낯선, 처음 만난 이들과는 마치 오래 전에 헤어졌던 가족이 우연히 상봉해서 더욱 반가운 것처럼 정중하고도 다정하게 서로 인적사항을 말이나 명함 등으로 교환하고 역시 잡다한 대화를 나눈다. 거기서는 어떤 특정 주제를 중심으로 모두 주의를 집중시켜 함께 토론하거나 대화를 나누지 않는다. 우연히 군데군데 모인 주위 참석자들로써 이루어진 집단들 안에서 말의 잔치가 제멋대로 벌어진다. 때로는 남성들 사이에는 술기운이 오르기 시작하면 시끌벅적한 소음 생산 공장이 되어 버린다. 그것이 평소에 강제성이 짙은 직업 노동 과정에서 쌓인 스트레스와 울분의 분출구 역할을 하는지도 모른다. 그러나 다른 한편으로는 대부분이 처음 만나는 사람들이기 때문에 분위기는 자연히 어색스럽고 서먹서먹할 수밖에 없다. 아마도 동창생이라는 가족 의식을 일부러 곤두 세워가면서 함께 식사를 즐기는 것이 가장 흐뭇하고 중요한 대목인 것 같다.

사람들이 그러한 동창회 모임에 나오는 동기가 무엇일까 짐작해 본다. 우선 그런 모임에 나올 만큼 시간이 남아돌아가는 사람들이 오는 것일까? 이 바쁜 세상에 그렇게도 한가로운 시간을 가질 수 있는 사람이 도대체 그렇게도 많을까? 거기에 실업자인 동창생들은 거의 나타나지 않는 것 같고 거의 전부가 사회 경제적 지위의 측면에서 객관적으로 그럴 듯하게 명함 정도는 남에게 내보일 수 있는 사람들이라고 스스로 자부하는 듯한 인상을 받는다. 다시 말하자면 거의 모두가 거기에 나오는 이들은 직업상 매우 바쁜 사람들임에 틀림없다. 그럼에도 불구하고 그런 엉성한 모임에 나오는 이유는 흔히 사회심리학적으로는 -내가 사회심리학자는 아니지만- 소속감에의 욕구를 충족시키려 함에 있다고 보는 것이 통설인 것 같다. 이 소속감의 계기가 과거에 같은 학교를 다녔다는 공통 체험의 사실에서 비롯되고 그런 체험이 한 장소에서 다수에 의해 가시적으로 재확인·재연출됨으로써 소속감의 강도가 증폭되는 효과를 거두는 것처럼 보인다. 즉 일종의 군중 심리의 흥분 상태가 빚어진다. 참석자들은 모두 과거로 되돌아가서 누구도 부인 할 수 없이 절대적인 확실성의 세계 속에 옛날이야기의 향연을 즐긴다. 그것은 확고부동한 불변의 세계로서 다만 기억과 회상이라는 정신 신경에너지를 동원하기만 하면 된다. 거기서 현재와 미래의 불확실성이 안겨주는 불안감에서 벗어날 수 있다. 그 대신에 권태로움을 숨길 수는 없다. 왜냐하면 이미 지나간 삶의 체험 기록을 담은 필름을 주기적으로 반복하여 재상영해야 되기 때문이다. 동어 반복의 지루한 놀이가 아닌가? 그것은 마치 과거를 기억하고 잊지 않기 위해서 현재와 미래의 삶을 사는 것처럼 보인다. 즉 뒤쪽을 돌아보면서 앞쪽으로 걸어가는 것과도 같다.

또한 동창회 모임에서 선·후배 관계를 따지는 것이 통례로 되어 있는데 이 것도 동창회 특유의 엄숙한 희극이라고 볼 수 있다. 선배는 무조건 존경의 대상으로 모셔진다. 그러나 이 세상에 먼저 태어났다는 사실이 그렇게도 존경받을 만한, 따라서 자랑스럽게 여겨질 근거가 되는 것일까? 모든 선배는 후배를 갖게 마련이고 선배는 권위의 상징이 되어 후배 위에 군림하는 지배자의 역할을 수행하며 후배는 그에게 맹종하는 피지배자가 되는 것이다. 수직적 상·하 관계가 시간적 선·후 관계에 의해서 기계적으로 확정된다. 이러한 허구적 권위의 지배가 특히 우리의 유교문화적 전통과 잘 어울리는 맥락을 동창회에서 확인하게 되는데, 이는 곧 한국사회에 팽배한 구조적 폭력과 정치적 폭력지배체제의 존속 배경을 다소 설명해주고 있다고 본다.

위에서 본 소속감에의 욕구, 문제성과 불확실성이 생겨날 수 없는 과거에 안주하고자 하는 욕구, 그리고 선·후배 관계를 따지는 데서 엿보이는 권력에의 욕구 등과 서로 맞물려서 나타나는 자기정체성의 확인 또는 재확인에 대한 욕구충족을 추구하는 데에 동창회 모임에 나오는 보다 깊은 동기가 숨어 있는 것으로 보인다. 동창회는 참석자에게 자기표현을 통한 사회적 인정에의 욕구 충족을 위한 좋은 기회가 된다. 그것은 서로 자기 잘남을 은근히 과시하는 인상관리의 경쟁시장이나 자아 존중의 실험장이 된다. 이 자기 표현이라는 수단의 사용에는 회비를 내는 것 이외에는 거의 다른 비용이 들지 않는다. 다만 엄숙하고 진지하며 정중하고 점잖은 태도를 견지하는 데에 다소의 신경 에너지를 소모하면 된다. 즉 자기는 몇 년도에 입학했고 몇 회 졸업생이며 지금은 어디서 무슨 일을 하고 있다는 것만 간단히 소개함으로써 족하다. 결국 사람들은 동창회 모임을 통하여 서로가 서로를 자랑스러운 모교의 졸업생으로 인정해 주자는 속셈이다. 그것이 아마 동창회가 실제로 하고 있는 사업 중에 가장 중요한 일인 듯싶다. 그런 자기표현의 사회과정을 통하여 예외 없이 동창회의 공식 목적으로 표방되는 '상호간의 친목도모'가 이뤄진다고 착각하는 것이다. 과거에 어느 학교를 통시적으로 함께 다녔다는 사실만으로써 서로 직접 친목을 도모할 수 있다면, 한국인으로 이 땅에 태어났다는 명백한 사실, 아니 인간으로서 하필이면 광대무변한 우주 가운데 이 조그마한 지구상에 태어났다는 명백한 사실을 공통분모로 한 하나의 조직체, 가칭 '한반도 태생 한국인 동창회'나 '지구출신인류동창회'를 결성하여 왜 친목을 도모할 수 없는가 라는 물음이 제기된다. 그런데 이처럼 자기표현→사회적 인정→친목 도모로 일관되게 이어질 수 없는 사연이 있다. 문제의 매듭은 '사회적 인정'이라는 대목에 있다고 보여진다. 그것은 표현된 자기정체성은 자기가 모교를 졸업한 뒤에 무엇을 했는가를 드러내고 그 업적이 사회적으로 바람직한 것이었는지, 그렇지 않은지를 동창 회원들이 서로 평가한 결과로서 사회적 인정 여부가 판가름나고 이에 따라 친목 도모의 가능성 여부가 결정될 수 있을 것이기 때문이다. 사회적으로 바람직하지 못한 짓을 줄곧 해왔음에도 불구하고 그런 행적을 긍정적으로 평가하고 인정한다는 것은 정신병자가 아니고는 할 수 없는 논리적 모순이다. 가령 저 유명한 'T.K 동창회'에서의 친목 도모 광경을 상상해 본다. 오늘(5월16일)로써 백일기도를 백담사에서 마쳤다는 전직 대통령 전두환씨가 만일 광주 민주시민 학살과 5공 비리의 최고 책임자로서 판명되었다면 그래도 T.K 동창회에서는 그가 7년간의 대통령직을 최루탄으로 지탱해왔을 망정 역시 대통령이었으니까 자랑스러운 동문으로서 그를 뜨거운 박수로 환영함으로써 긍정적으로 인정해 주어야 할 것인가? 만일 그렇다면 그것은 아무리 좋게 해석한다고 해도 오늘의 한국민의 일반적 도덕 감각과는 상치되는 태도일 것으로 보인다. T.K 동창회가 군인출신대통령을 세분이나 배출했다는 사실을 자랑이 아닌 불명예로 여기는 T.K 동창회원들도 혹시 적지 않다면, 그들 사이에 진정한 친목이 도모될 수 있을지 의문이다.

사람들이 동창회 모임에 참여하는 행태와 그 운영방식이 빚어내는 사회현상을 일반적으로 '동창회 문화'라고 개념화한다면, 그것은 대체로 구렁이가 담 넘어가는 식의 두루 뭉실 문화라고 특정화될 수 있을 것이다. 동창회 문화의 특수주의적 측면은 대학 교수들 사이에도 암암리에 출신학교 중심의 파당의식이 상당히 강하게 작용함을 때때로 관찰하게 된다. 위에서 고찰한 바와 같이 앞에 언급된 '3연(緣)'의 공통 특성에 관한 가설이 동창회 문화에서 타당함을 입증해 주는 것이라고 판단된다. 동창회 문화는 결국 반합리주의라는 기본 성격을 지니고 있어서 해방지향적 삶과는 상치되는 것으로 보인다. 이러한 성격의 동창회 문화는 진취적이며 합리적인 사회발전을 저해하는 역기능을 수행할 것이 분명하다. 거기서는 결코 새로운, 보다 자유롭고 열린 문화가 창조될 수 없을 것이다. 그것이 대학교육에 미치는 악영향도 분명해진다. 대학교육의 주요 목적이 무엇보다도 먼저 인간의 비판적 인식 능력의 함양에 있다고 본다면 그것은 곧 합리주의 정신을 떠나서 이루어질 수 없다.

그런데 반합리주의적 동창회 문화 속에 습관적으로 젖어 있거나 그것을 적극 추진해 나가는 일에 몰두하는 교수들이 학생들 앞에서만은 어떻게 갑자기 합리주의자가 될 수 있으며 비판적 이성으로 학문연구에 임할 수 있을는지 매우 회의적이다. 만일 그것이 가능하다면 그것은 해당 교수가 지닌 인성(人性)의 자기 분열적 이중성을 반증해주는 것으로서 자기모순에 빠질 수밖에 없게 될 것이다.

동창회 문화에서 볼 수 있는 불명확한 사고방식과 비합리적 행위양식을 무비판적으로 내면화함으로써 초래되는 지역감정을 비롯한 사회갈등을 항구적으로 확대 재생산하게 된다면 그런 문화는 하루속히 청산되어야 마땅할 것이다.

이런 시각에서 나는 작년 12월 9일자로 모교(母校)동창회장 앞으로 다음과 같은 서한을 발송하였다.

"저에게 동창회 연 회비를 납부해 달라는 통지서를 받고 저는 새삼 저와 동창회와의 관계에 대하여 검토하게 되었습니다. 숙고한 결과, 제가 동창회회원으로 기록되어 있다면, 이것은 저의 자발적 의사와는 달리 되어진 것으로 판단되고, 따라서 저를 지금까지 동창회 회원으로 간주하셨다면 저는 지금부터는 동창회에서 탈퇴한 것으로 이해하여 주시기 바랍니다. 이러한 의사 표시의 주요 이유는 다음과 같습니다.

1. 저는 분명히 1963년 2월 26일 법과대학 행정학과에서 법학사 학위를 취득함으로써 졸업했었습니다. 그러나 저는 이 사실이 바로 동창회의 회원이 되는 것으로 자동 연결된다고 보지 않습니다. 왜냐하면 '동창회'는 엄연히 하나의 조직체이고 이 조직체는 그 창립에 즈음하여 회칙이 있었을 것이고 그 회칙에 따라, 즉 그 회의 목적에 찬동하는 졸업생들에 한하여 조직된 것으로 생각됩니다. 저는 스스로 동창회 회원이 되겠다고 의사 표시를 한 적도 없고 동창회의 목적이 분명히 무엇인지도 모릅니다. 연회비가 '동창회 발전과 장학금에 쓰이고 있다'고 위의 통지서에 표현되어 있지만 '동창회 발전'이 무엇을 의미하는 것인지 모르겠고, 장학금 관계는 그 취지에는 저도 찬동하지만 저의 경제적 형편상 후배들에게 장학금을 줄만큼 여유가 있지 못하므로 저는 그런 동창회의 목적에 실제로 참여할 수 없음을 매우 유감스럽게 생각합니다.

2. 동창회는 대체로 매년 한두 번 모이게 되고 거기에는 같은 학교를 다녔을 뿐 동기 동창생들 이외에는 전혀 모르는 분들이 모이게 되는데, 특히 최근 한국 현대사에 있어서 반민주·반민족적인 정치집단(특히 유신체제하의 공화당과 5공화국의 민정당)에 적극 참여하여 역사를 더럽히고 동문들뿐만 아니라 많은 국민을 고통 속에 빠뜨리는 일을 자행한 졸업생들(특히 저와 가까운 법대동창생들)도 한자리에 뻔뻔스럽게도 나타나게 되어 그런 모임의 성격 자체가 애매모호할 뿐만 아니라 어색하고 희극적(아니 비극적이기도 할 것임)입니다. 대체로 어떤 조직체든지 공통의 가치관과 목적의식이 전제되어 뜻을 같이하는 이들

의 자발적 의사에 근거하여 결성되고 운영되는 것이 기본 원칙입니다. 그러나 동창회에서는 이 원칙이 관철되지 않는 것이 일반적 현상입니다.

3. 동창회는 전형적인 특수주의적(particularistic)조직이어서, 특히 지연·혈연·학연 등 과거지향적 의식화 행위 양식이 지배적인 한국의 전통적 문화유형을 무비판적으로 답습·유지·강화시키는 데에 큰 역할을 수행하고 있습니다. 이런 문제점은 동창회와 비슷한 각종 종친회에도 그대로 해당됩니다. 급변하는 사회변동의 시대에 미래지향적이며 합리적·민주적 의식을 고양함으로써 세계사의 흐름에 선도적·진취적으로 대처해 나가야 할 우리 대학교 졸업생들이 과거의 인연에만 신경을 써야 되는지 의문입니다.

앞으로 저에게는 동창회보를 보내주실 필요가 없겠습니다. 위와 같은 동창회에 대한 저의 견해와 태도를 너그러이 양찰하여 주시기 바랍니다.”

지금까지 동창회장으로부터는 아무런 반응이 없다. 반론을 제기할 여지가 없이 나의 견해에 찬성하는지, 아니면 나의 견해를 무조건 묵살해 버린 것인지 알 수 없다. 그러나 적어도 최고의 지성인들의 대학 사회에서 어떤 이견이 표명되면 그에 대한 반응을 어떤 식으로든지 보여야 우리의 삶의 사회성이 유지된다고 볼 때에 아쉬운 느낌이 든다. 아무튼 이로써 나는 적어도 내면적으로는 동창회 문화와의 영원한 결별을 재확인했고 사회적으로 이를 분명하게 밝힌 셈이다. 내가 느끼는 이 해방감을 다른 이들과도 함께 나누고 싶다.

('대학교육'[한국대학교육협의회 발행], 1989. 7월호[통권40호], 115-9쪽)

7.12. 인간존재의 조건

인간을 만물의 영장이라고 한다. 그러나 인간존재의 기본적 한계는 그의 생물학적 존재와 시간적 존재라는 사실에 있다고 보여진다.

인간은 몸이라는 생명의 그릇 안에서만 생존할 수 있고 그의 모든 활동은 시간의 영역을 뛰어넘을 수는 없다.

몸과 시간은 인간존재의 자연적 조건이다. 우리의 몸으로부터 인간존재의 사회적 생존조건을 도출할 수 있다. 우리의 몸은 따라서 우리의 자연적, 그리고 사회적 생존조건에 의해서 태어나고 성장하고 소멸한다.

우리의 조그마한 행복도 우리의 몸과 시간의 조건 속에서만 실현될 수 있다.

우리는 이제 이번 체육대회(강원대 인문사회과학대학)를 통하여 고달픔과 시달림에 지친 몸에 다시 활력을 불어넣고 서로 다정한 친교의 시간을 갖게 되었다. 이것은 사회제도들이 만들어 놓은 몸의 억압적 굴레를 초월코자하는 우리의 상징적 노력이기도 하다.

몸의 움직임이 주는 해방의 기쁨과 건전한 마음은 우리 젊음을 새로운 희망과 힘으로 넘치게 하리라.

(1989년 10월 5일 수상록)

7.13. 정치외교학과 학생들에게 주는 글

얼마 전에 이 글을 써 달라는 부탁을 받았을 때에 몹시 당황하지 않을 수 없었다. 왜냐하면 우선 특별히 정치외교학과라는 특수전공분야의 학생들에게만 주고 싶은 얘기가 무엇일가를 나 자신이 평소에 전혀 생각해 본 적이 없기 때문이다. 나는 결국 특수한 얘기보다는 오히려 보편적 주제에 관한 얘기를 하는 것이 더욱 의미 있다고 생각하게 되었다. 이를테면 우리 각지기 저미다 누리고 있는 삶 자체에 관한 얘기다.

지금은 가을이다. 가을은 흔히 사색의 세절이라고 사람들은 밀한다. 그러나 그런 말처럼 우스꽝스러운 말은 없다고 생각된다. 그 밖의 계절인 봄, 여름과 겨울에는 사색하기에 어울리지 않느냐는 반문을 제기할 수 있기 때문이다. 도대체 삶은 살아가는 과정 속에서 한 순간도 생각함이 없이도 어떤 의미 있는 삶이 가능할 것인지 의문이다. 보다 값진, 의미 있는 삶이라는 것은 곧 그 삶의 주체가 끊임없이 자기의 삶에 대한 태도를 정립해 나가는 생각을 게을리 하고서는 있을 수 없다고 생각된다.

바로 어제 저녁에 피카디리(보다 정확히는 "피카딜리"라고 해야 할 것이다) 극장에서 요즈음 화젯거리가 되고 있는 "달마가 동쪽으로 간 까닭은"이라는 영화를 보았다. 이 영화는 불교적 세계관을 그린 것이라고 한마디로 해치워버릴 수 있을는지도 모르겠지만, 그것은 불교신자나 불교에 특별히 호감을 갖고 있는 사람이 아닐지라도 관람자로 하여금 진지하게 직접 삶과 세상에 대면하여 생각하도록 끈질기게 끌어당기는 힘을 발하는 영화라고 느껴졌다. 우리 인간은, 나의 삶은 어디서 와서 어디로 가는 것인가? 산천초목, 이 세상의 모든 것은 무엇 때문에 존재하는가? 이런 철학적인 근본문제에 관한 물음에 대하여 생각하기를 다그치는 영화다. 그것은 또한 한없이 아름다운 시적인 표현이 영화라는 의미전달매체를 통해서도 가능하다는 것을 실증해 주고 있다. 아니, 엄숙한 물음에 대한 성실한 사고는 바로 아름다운 삶을 드러냄을 보여준다.

삶에 대한 태도를 정립하고자 하는 데에 모든 종교와 학문이 생겨난 근원이 있는 것이 아닐까 여겨진다. 그것은 우리 각자가 저 나름대로 생각하고 결정해야 할 매 순간, 매 시간, 매일의 문제이며 영원히 새로운 문제일 수밖에 없다. 삶이란 그 삶의 주체인 우리가 저마다 삶에 대한 태도를 결정하는 일로써 시작되고 끝나는 것이라고 보아도 지나친 말은 아닐 성싶다. 이 문제에 있어서 무엇보다도 중요한 것은 "명확한 사고"라고 생각된다. 명확한 사고능력을 기르는 데에 곧 모든 교육의 목적이 있다고 볼 수 있다. 그리고 교육이나 학문은 궁극적으로는 삶에 대한 태도를 바로 세우는 데에 그 존재이유가 있다는 순환논법은 타당성을 갖는다.

우리는 자연 속에서 나와서 몇 십 년 동안 생명을 유지하다가 자연 속으로 다시 사라져버린다고 생각할 때에 삶이 곧 죽음이요, 죽음이 곧 삶이라는, 앞에 말한 영화 속의 스님의 말이 이해될 만하다. 그러나 다른 한편, 그렇게 허무한 것만이 삶은 아니라는 것을 우리는 또한 일상적으로 체험한다. 그 이유는 바로 우리가 몸을 가지고 있는 생명체이기 때문이 아닐까 여겨진다. 몸이 살아있는 한 우리는 이 생명이 마치 영원히 지속될 것으로 착각하거나 희구한다. 그러기 때문에 박정희라는 독재자는 그가 권좌에 있으면서, 대통령노릇을 하면서 살아 있을 동안에는 자기가 마치 영원히 유신체제를 유지할 것으로 착각했는지도 모른다. 이 생각을 지금 하게 되는 것은 바로 이 글을 쓰는 순간이 10월 26일로 넘어가는 시간이기 때문이다. 다른 독재자도 자기의 삶에 대한 태도에 관하여 정직하고 성실하게, 그리고 꾸준히, 항상 새로이 생각했을까 의문스럽다. 삶에 대한 태도의 정립에 관하여 최선을 다하여 생각한다면 그렇게도 오랜 세월동안 수많은 백성들을 억울하게 죽이고 괴롭히고 불안과 공포 속에 떨게 만드는 범 죄를 짓지는 않을 것이라고 생각된다. 삶에 대한 태도가 바람직한 것이었는지 아닌지는 그 삶의 주체의 삶의 행적으로 나타나게 마련이다. 우선 다른 사람들, 다른 사람의 삶을 고통스럽게 만드는 결과를 가져오는 데에 한 몫을 담당했다 면 그런 삶은 바로 그 삶의 주체가 자기의 삶에 대한 태도를 잘못 세운 데에서 비롯하며 이는 곧 그의 생각이 명확치 못했기 때문이라고 추정된다.

이렇게 볼 때에, 나는 솔직히 말해서 이승만, 박정희, 전두환, 지금의 대통령 인 노태우씨는 물론이거니와 그들이 만든 정당들에 속했고 속하고 있는 당원들 은 적어도 자기의 삶에 대한 태도에 관해서 명확히, 진지하게, 정직하게 생각할 줄 모르는, 천박한 생각의 소유자들이라고 단정할 수 있다. 왜냐하면 그들의 잘못된 정치권력의 행사로 인하여 수많은 국민들이 고통을 당했고 지금 이 순 간에도 당하고 있는 사실을 보기 때문이다 정치권력의 막대한, 돌이킬 수 없는 영향력을 고려한다면, 권력을 가진 사람들은 그 만큼 더욱 진지하고 정직하게 자기의 삶에 대한 태도를 끊임없이 성찰해야 할 것은 두말할 여지없이 자명한 요청이다. 정치가 인간을 보다 행복하게 만들지는 못할망정 괴롭히는 결과를 가져와서는 안될 것이다. 그런 정치는 오히려 없는 것이 더 낫다. 국가라는 이름 으로 인권을 짓밟고 억압하는 자들의 삶을 유지하기 위해서 그들에 의해서 죽 임을 당하기도 하고 감옥에서 몇 년씩 갇혀있거나 안기부라는 국가기관에 끌려

가서 어느 국법으로도 정당화될 수 없는 고문을 당하는 선량한 국민들은 세금을 꼬박꼬박 내고 있는 현실을 직시할 때에 이것이 희극인지 비극인지 분간할 수 없는 노릇이다.

생각할 줄 모르는 정치인, 생각할 줄 모르는 국회의원, 검사, 판사, 대통령, 모든 직업인, 교수, 학생… 무릇 생각할 줄 모르는 인간은 틀림없이 다른 사람과 이 세계를 고통 속에 빠뜨리기 쉽다고 단정할 수 있다.

고요한 밤에 기숙사로 올라가면서 고성방가를 거침없이 내뿜는 대학생은 분명히 이 대학의 주인이라고 자처할는지 모르지만 철저히, 명확히 생각할 줄 모르고 있음에 틀림없을 것이다. 더구나 강의실과 세미나실과 교수연구실이 양쪽에 길게 이어져 있는 복도에서 역시 고성방가를 부르든지 큰 소리로 시끄럽게 떠드는 학생도 마찬가지다. 이런 학생이 도대체 자기의 삶에 대한 태도를 주제로 언제 한번 밤새워 생각해 본 적이 있을까 극히 회의적이다. 대학은 생각하는 집이다. 그리고 대학은 사회의 한 부분이다. 대학의 삶은 다른 사람들과의 상호작용이 자유와 평화와 정의 속에 이루어지도록 조직적으로 생각하는 것을 그 생명으로 삼기 때문에 다른 대학구성원의 생각할 자유와 평화를 해치는 행동은 바로 대학 자체를 파괴하는 야만적 작태인 것이다. 그것은 앞에 말한 생각할 줄 모르는 대통령이나 국회의원 등 정치가들의 야만성과 질적으로 다를 것이 전혀 없다.

이러한 생각들이 이 생각의 주체인 나 자신만은 제외하는 것으로 여긴다면, 그것은 가장 근본적으로 잘못된 생각일 것이다. 어떤 생각이나 이론의 보편타당성은 그 생각의 주체도 논의의 대상으로 포함될 때에 비로소 인정될 수 있기 때문이다.

이제 이러한 위의 생각들이 과연 명확히 표현되었는지, 내용적으로 그릇됨이 없는지 되새겨 생각해 볼 일이 남아있다. 삶을 연습삼아 살 수는 없지만 생각은 삶의 연습을 가능케 한다는 데에 바로 생각의 유익함이 있다고 생각된다. 그릇된 생각을 바로 잡을 수는 있어도 한번 잘못 산 삶은 더 이상 고칠 수 없는 사실로 굳어져버린다. 그런데 우리의 삶은 순간마다 단 한번뿐이다. 카알라일 (Thomas Carlyle)의 말이 떠오른다: "Millennia had to pass ere thou camest to life; millennia wait in silence for what thou shalt do with this thy life."

➡ 이 글은 1989년 10월에 씌어졌으나 정치외교학과 학생들이 원고를 가져가지 않았다.

7.14. 진실 찾는 새해의 비원

1990년의 새해를 맞으면서 희망찬 미래를 내다보고 활기에 넘쳐있어야 할 텐데 이번 연말연시에는 어쩐지 씁쓸한 뒷맛과 우울함을 떨쳐버릴 수 없다. 오직 시간만이 새로울 뿐 모든 것이 구태의연하게 보이기 때문인 것이다. 지금 국가·사회적으로 새로운 역사의 발전을 기약하기 어렵다고 전망하게 되는 가장 중요한 이유는 진실이 바로 서지 않는 데에 있는 것 같다.

무엇보다도 윗물이 맑지 않은데 아랫물이 맑을 리가 없는 것이다. 국내·외적으로 큼직한 거짓말들을 공공연히 하고 다니는 대통령을 볼 때에 내가 한국사람이라는 사실이 수치스럽게 느껴지고 서글퍼진다.

우리 강원대의 총장 역시 자기의 공약과는 정반대의 비민주적 행정을 일삼는 것을 볼 때에 한탄과 슬픔을 느낀다. 총장후보로 나선 이춘근 교수는 1988년 6월 9일과 10일자로 교수들에게 보낸 후보 소견서에서 특히 다음과 같이 공약했다.

"넷째로 학과중심제 대학행정의 개혁입니다. 세계적으로 앞서가는 모든 국가의 대학들은 학과중심의 대학행정체계를 대학조직의 기틀로 하고 있습니다. 조교, 직원, TA등 학과행정조직의 확충은 물론 학과예산의 확대, 학과인사권의 보장 등 대학은 학과가 중심이 되어 자율적으로 그 기능이 수행되어야만 바람직한 대학행정이 이루어질 수 있다고 믿습니다. 다섯째로 대학행정의 체질개선입니다. 대학의 개념은 자율성을 토대로 정립된다고 생각합니다. 따라서 대학행정에 있어서 권위주의적, 일방적, 하향적 행정은 그 뿌리가 뽑혀져야 될 것이며 참여적, 공유적, 상향식 행정이 하루속히 정착되어야 할 것입니다."

그러나 1989년 11월에 이춘근 총장은 학과중심의 대학운영원칙과는 거리가 먼 신임교수채용에 있어서의 본부전형제도를 교무과에서 입안토록 하여 사전에 평교수들의 의견을 묻지 않고 대학평의회에서 통과시켰고, 이에 따라, 즉 정당치 못한 절차를 거쳐 만들어진 제도에 따라 전형 위원회를 총장의 자의로 구성하고 전형위원들이 누구이며 그들이 어떤 절차와 방법으로 응모자들을 심사·결정토록 함으로써 권위주의적 하향식의 구태의연한 행정을 자행했다.

그 결과 사회학과에서는 이번에 신임교수를 채용할 수 없게 되었다. 위의 본부전형제도는 공개채용이라는 미명 아래 행해지는 비밀주의에 지나지 않음을 드러낸 것으로서 그런 제도에서 객관적이며 공정한 교수채용이 나올 수는 없다.

노 대통령과 이 총장은 오랜 폭력지배체제를 벗어나 시행된 직선에 의하여 그 지위에 이르렀다는 점과 말로만 민주화를 강조할 뿐 실제로는 그 반대로 실천해 온 점에 있어서 공통된다는 사실을 발견하게 된다. 윗물, 곧 정치와 학문의 세계에서 지도자들의 거짓말이 드러난 이 현실의 흙탕물이 아랫물, 즉 사회 전반에서의 확산과 번성으로 이루어지는 것은 어쩔 수 없는 사회적 진실의 논리다. 거짓과 그것이 낳는 폭력을 청산하고 진실과 자유와 정의와 평화가 꽃피는 희망을 우리는 과연 가질 수 있는가? 거짓이 주는 슬픔을 여의고 참 기쁨의 새날을 우리는 과연 가질 수 있는가? 거짓이 주는 슬픔을 여의고 참 기쁨의 새날을 우리는 살 능력을 갖고 있는가?

(강대신문, 청화냉담, 1990.1.15, 7쪽)

7.15. 독립 요구는 개혁논리에 부합한 시대적 요청: 폭력지배 체제 배제한 개방정책으로 민중여론 수렴해야

리투아니아의 독립에의 몸부림을 비롯하여 점차 확산되어 가고 있는 소련

내의 민족문제를 고찰하기 전에 그 선행과정인 소련을 주축으로 지탱되어온 동구사회주의 국가권에서의 '조용한 혁명' 현상부터 진단해 볼 필요가 있다.

현상적으로는 폴란드를 선두로 한 헝가리, 체코슬로바키아, 루마니아 등의 소련위성국들에서는 '아래로부터의 혁명'이 소련에서는 '위로부터의 혁명'이 전개되어 나가고 있다고 볼 수 있지만 소련에서의 위로부터의 '개방'과 '개혁'이라는 이름의 혁명을 통하여 폴란드 등의 위성국들에서의 아래로부터의 혁명이 더욱 가속화되었다고 보여진다.

1917년 러시아 혁명이 72년간의 과도기를 지낸 오늘 왜 참된 공산주의사회를 구축하지 못하고 스스로를 개혁시키거나 무너뜨리지 않으면 안되는가? 그것은 72년 전의 혁명을 완성시키기 위한 제2의 러시아 혁명인가, 아니면 그것에 대한 반전으로서의 반혁명인가? 물론 아직 더 지켜봐야 되겠지만 예측컨대 후자일 가능성이 더 크다고 보여진다. 동구권에서 일어나고 있는 변화는 분명히 혁명적 성격을 띤다고 보지 않을 수 없다. 왜냐하면 현존체제가 정치권력구조와 경제체제에 있어서 질적 변혁을 겪고 있기 때문이다. 이러한 변혁의 원인은 두 가지 차원, 즉 국가이념적 차원과 경제구조적 차원에서 발견될 수 있다. 국가이념에 있어서 모든 사회주의국가에서는 자유와 평등의 실현을 이론적으로는 함께 추구한다고 선언하지만 실제적으로는 '전체의 평등'에 편중되었다.

이점은 자본주의국가에서의 국가이념이 '개인의 자유'에 편중되어 왔던 사실과 대조를 이룬다. 전체의 평등을 실현키 위해서는 이른바 사회주의이념의 절대화와 그 체현주체인 공산당의 독재가 불가피했고 그러한 국가이념은 종교적 교조주의화되어 추호의 비판과 의문이 제기될 수 없을 만큼 완전무결한 신념체계로서 숭상되었고 숭상되도록 강요당했다. 따라서 그런 이념을 견지하기 위한 국가권력구조는 폐쇄적이고 배타적일 수밖에 없고 전체사회구조도 경직화 될 수밖에 없었다. 이론으로써 미화된 사회주의가 아닌 실제로 존재했던 동구의 사회주의는 인간해방을 가져오기보다는 철통같은 억압체제를 구축하여 비인간화를 빚어냈다. 거기엔 인간의 가장 기본적 존재조건이 망각된 것이다.

즉 자유 중에서도 가장 기본적 자유인 생각의 자유와 그것을 표현할 자유가 없이는 인간의 존엄성은 공허한 구호에 지나지 않고 인간다운 삶은 궁극적으로 영위될 수 없다는 원칙이 완전히 무시된 국가와 사회였다.

이 자유가 억압되면서 하나의 지배체제가 지탱될 수 있는 데에는 한계가 있다. 그 한계에 도달하기까지 동구권 사회주의국가는 거의 70년이 걸린 것이다.

경제구조적 차원에서는 무엇보다도 소련에서 위에서부터의 개방과 개혁이 추진되지 않으면 안된 연유는 미국을 비롯한 자본주의 진영과의 군비증강경쟁을 뒷받침할 수 있는 경제성장능력이 역시 한계에 부딪친 때문이다. 노동의 생산성 향상을 지속적으로 자극할 수 있는 자발적 성취동기가 결여된 경제구조는 항구적 생산증대를 보증할 수 없다. 인간사회의 합리적 경제구조는 최소한도의 개인적 이해관심과 욕구충족을 추구하도록 유인하는 노동에 대한 정당한 보상의 지급이라는 경제적 교환기제를 필요로 한다. 이것이 자본주의사회에서는 사적 이윤 추구의 동기와 시장의 교환체제로서 마련되어 있다.

자본주의의 병폐가 누적되어 왔음에도 불구하고 그 붕괴의 위기를 모면하게 된 것은 사회복지정책의 제도화에 의한 평등이념의 수용, 즉 사회주의적 요소의 도입에 기인한다. 물론 사회주의경제체제에서도 교환관계가 형성되어 있지만 매우 간접적이고 추상적이기 때문에 노동실적의 만족감을 충족시켜주지 못한다. 따라서 노동의욕을 고취시키기에는 사회주의적 공동생산과 공동소유와 공공소비의 이념의 강요된 내면화만으로는 너무나 미흡한 것이다. 인간은 누구나 원초적으로 자기보존의 욕구를 갖고 있다. 여기에 경제적 동물로서의 인간의 이기주의적 기본성격이 근거한다. 이러한 이기적 자기보존의 욕구를 충족시키는 한도 안에서 인간은 다른 사람이나 외부세계와의 상호작용관계에 들어가게 된다. 현실적으로 존재하는 인간의 기본욕구를 고려하지 않는 경제체제는 효과적일 수도 효율적일 수도 없게 된다는 사실을 동구권사회주의 국가들은 그들 자체 내의 혁명을 통하여 입증하고 있는 것이다.

또 한 가지 관점은 자유와 평등의 평가기준이 서로 다르다는 것이다. 앞에서

'전체의 평등'이라는 것은 주로 경제적 평등을 의미하는데 그 평등의 실현여부는 양과 정도의 기준에 따라 평가될 수 있지만, '개인의 자유'의 경우에는 질의 기준에 따라 평가된다. 즉 자유가 있느냐, 아니면 없느냐의 물음이 제기되고 질적인 평가로써 대답될 수 있다.

그러나 평등의 경우에는 어느 정도로 평등한가의 양적 평가가 요구된다. 사회주의국가에서는 상대적 경제적 평등이 상당한 수준에서 실현되었다고 볼 수 있겠으나 거기에 개인의 자유를 허용할 수는 없었다. 왜냐하면 그렇게 될 경우에 그것은 곧 사회주의정치체제의 붕괴를 초래하게 될 것이기 때문이다.

그러기 때문에 개인의 자유의 억압과 통제가 불가피했지만 그런 폐쇄체제를 더 이상 유지하기에는 정치·사회적 긴장과 갈등의 확산에서 오는 심리적·사회적 비용을 감당해 낼 수 없음을 소련의 권력상층부는 뒤늦게나마 깨닫게 된 것이다. 그래서 탈 이데올로기와 신사고, 개방과 개혁을 선언하게 된 것이다. 요컨대 교조주의적 국가이념의 폐쇄성과 배타성과 경직성을 탈피함과 동시에 자유주의와 민주주의에 근거한 사회주의를 표방할 수밖에 없게 되었다. 공식적으로는 '민주적 사회주의'를 지향한다고 말하지만, 실제로는 개인과 집단과 조직의 자유로운 의사형성과 의사결정의 제도화 없이는 민주주의는 성립될 수 없으므로 각 행위주체의 정치적 자유(무엇보다도 언론·출판·집회·결사의 자유)가 허용되지 않을 수 없게 된다.

이러한 자유의 물결이 각 민족단위에도 흘러들어 온 것이 리투아니아 등 발트해 연안 3국은 물론 우크라이나에서도 독립을 주장하게 된 소련의 민족문제다. 개방과 개혁의 논리에 이들 소수민족의 자율성과 독립성에의 욕구는 하등 어긋남이 없다고 본다. 이 욕구는 이미 거부될 수 없는 시대적 요청이며 역사적 필연이라고 해도 좋을 것이다.

그 동안 소련을 구성한 소수민족집단은 정치적 자주권을 박탈당하고 경제적으로 착취당해 왔다고 볼 수 있다. 소련의 사회주의식 민주주의, 즉 민주적 중앙집중주의는 마르크스·레닌주의라는 절대적 지배이데올로기와 획일적 일당통치 조직과 막강한 군사력에 의해 유지되어 온 일종의 폭력지배체제였다고 일컬을 수 있다. 따라서 소련이라는 거대한 국가는 그 구성부분인 개인과 조직과 민족집단에게 상대적 자율성을 인정하기는커녕 거의 완전히 중앙정부의 통제 아래 흡수될 것을 강요할 수 있었고 대부분의 위성국들도 정치·경제·군사적으로 소련에 예속 당하게 되었다.

리투아니아의 독립문제에 대처하는 소련정부의 태도에서도 여전히 폭력지배적 속성을 엿볼 수 있다. 폭력행사자는 상대방에 대해서 언어배제적, 일방적, 강압적, 파괴적인 태도로써 자기의 욕구만을 충족시키려고 한다. 그는 피지배자의 저항과 자유에의 의지를 도외시하기 쉽다. 그러나 억압과 강제의 힘이 클수록 그에 대한 저항의 힘도 커지게 마련이다. 이것이 바로 사회적 상호성의 원리인 것이다.

무릇 민족 간의 갈등과 영토의 분쟁은 결국 국제적 민주주의의 문제로 귀결된다. 그것은 한 국가사회 안에서의 민주주의의 확립문제와 질적으로 다를 것이 없다. 그리고 민주주의는 보편성을 갖는 사회조직의 기본원리임을 재확인하게 된다. 미국적, 한국적 또는 소련적 민주주의가 따로 있는 것이 아니다. 그 핵심적 구성원칙에 있어서는 모두 공통적 명제들에 근거한다. 즉 모든 사회구성원은 개인이든 집단이든 조직이든 간에 저마다 고유한 행위주체로서 그 존재가 인정되어야 하며 각자의 욕구충족은 상호성과 합리성의 원칙 아래 추구되어야 한다. 각 행위주체의 존재의 존중은 인간존엄성과 의사표현의 자유의 보장으로 이어지고 상호성의 원칙은 사회구조의 개방화와 평화적 분위기를 조성하며 합리성의 원칙은 모든 문제해결의 과학화와 정치화를 제도적으로 조직하게 됨을 뜻한다.

여기에 폭력이 개입할 여지는 없는 것이다. 민주주의와 폭력은 서로 배치되는 것이다. 지금 한국의 민주화과정에서 최루탄과 화염병이라는 폭력의 상호작용이 반복되고 있는 것은 어느 한쪽이 민주주의의 기본원칙을 묵살한 데에 연유한다. 왜냐하면 흔히 폭력은 폭력을 낳기 때문이다.

단적으로 지적하자면 한국에서의 폭력의 악순환은 최루탄으로 상징화되는 국가공권력의 폭력화에 기인한다고 분석된다. 국가권력이 정당치 못한 법을 제정하여 국민들로 하여금 그런 법을 지키도록 강요하는 것 자체가 바로 국가권력을 폭력으로 전락시키는 것이나 다름없고 따라서 거기서부터 폭력화된 공권력은 민주주의 자체를 파괴시킬 수밖에 없으며 모든 폭력은 거짓에서 비롯되기 때문에 그것을 행사하는 정부는 이미 신뢰성을 상실한, 하등의 권위도 인정받지 못하는 폭력조직에 불과하게 된다.

무릇 법의 정당성은 그 성립절차와 내용에 있어서 위에 언급한 기본적 민주주의 원칙에 부합될 때에만 인정될 수 있는 것이다.

소련에서의 민족문제의 해결도 크게 보아 법의 문제이며 이는 곧 민주주의의 문제나 다름없다. 왜냐하면 법은 민주주의의 실행과정에서 산출되는 당사자 사이의 약속이기 때문이다. 약속은 당사자의 자유로운 의사가 존중되고 합리적 교섭과정을 통해서 이뤄져야만 법적 구속력을 갖게 된다. 즉 폭력이 개입된 약속은 무효인 것이다. 바람직한 구체적 해결방안으로서는 리투아니아(물론 다른 민족집단도 마찬가지이지만)가 완전히 독립하여 소련으로부터 분리되어 명실공히 자주권을 획득하든지, 아니면 소련 내의 하나의 연방국가로서 상대적 자율성을 확보하면서 소련의 한 구성요소로 되는 길이다. 이 두 가지 길 가운데 어느 것을 선택할 것인가는 리투아니아 사람들의 의사와 이들과 소련 정부 사이의 민주적 교섭과정을 통하여 결정될 문제다.

이 결정에 영향을 미치는 요인들은 많다. 무엇보다도 리투아니아인들의 독립과 자유에의 의지의 강도와 소련정부 지도층의 개방과 개혁의 일관성 있는 정책지향여부가 중요성을 띤다고 보며 소련민중의 여론도 무시하기 어려울 것이다. 지난 메이데이(노동절)의 모스크바 붉은 광장에서 행진하는 대중들이 '리투아니아에게 자유를' 주라는 구호를 외쳤다고 한다. 폭력의 사용은 현 개혁 체제의 자멸을 재촉할 뿐이다.

➡ 이 글은 동구권 사회주의국가들의 몰락에 즈음하여 한림대학교 신문사의 원고청탁을

받고 쓴 것으로 '한림학보', 1990. 5. 24일자에 실린 것이다.)

7.16. 현 정국의 진단과 전망

한국사회에는 지금 정치부재와 혼돈상태가 지속되고 있는데 무엇보다 국회가 제 구실을 하지 못하고 있다는 점이다. 오는 12월 18일까지 1백 일간 열리는 제151회 정기국회가 지난 10일 의원직을 총사퇴한 평민당, 민주당, 무소속 등 야당의원 전원이 등원을 거부한 가운데 민자당의원들만으로 개회됐다.

개점휴업상태의 국회가 만들어진 근본원인이 우선 여당 쪽에 있음을 누구도 부인할 수 없을 것이다. 26개 법률안을 단 30초 만에 민자당 의원들만으로 날치기 통과시킨 것은 우리 의정사상 다수 횡포극의 또 하나의 기록으로 남게 되었는데, 그 작태는 구조적 폭력의 위력을 주권자인 국민 앞에 노골적으로 드러내는 것에 다름 아니었다. 그것은 여당에 의한 국회의 형해화(形骸化)였고, 따라서 자기존립 근거를 스스로 무너뜨리는 것이었다. 여기서 또한 분명히 해두어야 할 것은 그렇게 날치기 통과된 법률은 우선 절차상으로 법으로서의 성립요건을 갖추지 못한 것이므로 정당한 법으로 인정될 수 없다는 것이다. 무릇 어떤 법률이 정당한 법으로 인정되려면 두 가지 요건을 충족시켜야 한다. 하나는 제정절차의 민주성인데 이는 국민대표인 국회의원들이 국민들, 특히 이해집단들의 의견을 폭넓게 수렴하여 자유로운 토론과 의사결정과정을 거쳐서 법률안의 통과가 선언되어야 한다는 것이고 다른 하나는 내용의 합리성인데, 이는 법률안의 내용이 과학적 지식과 규범적 헌법정신에 근거한 사회적 공동의지에 어긋나지 않는 합리적인 것이어야 한다는 것이다.

주권자인 국민의 의사와는 무관하게 민정·민주·공화 3당총재들에 의해 만들어진 3당 야합은 헌법 제1조에 명시된 주권재민에 의한 민주적 국가권력의 구성 원칙에 정면으로 위배되는 행위였다.

현 정권의 민주화에의 개혁의지가 지극히 박약함은 6·29선언 이후 오늘까지 정부의 많은 실정사례, 예를 들면 전교조 탄압, KBS 언론탄압 등에서 확인된다.

정부·여당의 반민주성은 이처럼 명백하다고 볼 수 있는데 야당의 형편은 또한 어떠한가? 민자당의 법안날치기 통과, 내각제개헌 움직임에 대한 야당의 원들의 의원직사퇴서 제출, 등원거부로의 대응과 야권통합 논의는 국민적 지지를 받고 있다고 관측된다. 그러나 야권통합이 평민·민주간 지역감정·지분다툼 등으로 시원스럽게 진전되고 있지 못한 데 대해 우려를 금할 수 없다.

게다가 최근 평민당에서는 우루과이라운드 등 민생치안문제와 관련하여 여당 측과 논의할 용의가 있음을 밝히고 있어 그것이 혹시 등원의 명분을 찾고자 하는 데서 나온 것이 아닌가 하는 의혹을 자아내게 하고 있다. 정치협상에 있어 원칙을 포기한 타협은 국민적 지지를 얻기 힘들다.

연내에 국정감사·내년의 예산심의를 마쳐야 한다는 어려운 상황일지라도 야당의원들의 국회 재등원은 기본적으로 내각제 포기, 지자제 실시, 날치기 통과에 대한 민자당의 대국민사과가 전제되어야만 하는 것이고, 그것이야말로 현재의 정치부재상황을 끝낼 수 있는 근본치유책이 될 것이다.

(강대신문 사설, 1990.9.17)

7.17. 안면도 사태의 교훈

안면도 핵폐기물 처리장 설치반대 시위와 관련하여 지난 12일에 7명이 집시법 위반과 폭력행위 등 처벌에 관한 법률위반 혐의로 구속되었다는 보도에 이르기까지 국가정치와 행정에 대한 불신과 거부감이 지역주민 전체의 결속되고 강력한 저항운동으로 표출된 안면도 사태를 주시하면서 우리는 대체로 두 가지 문제가 있다고 본다.

하나는 에너지 공급원으로서의 핵발전과 핵폐기물처분이라는 과학기술적 문제이고 다른 하나는 정치의 과학화 문제이다.

첫 번째 문제에 관해서 오늘날 고도로 발달된 과학기술을 거의 절대적으로 신뢰한 나머지, 아무리 핵발전의 경제성·안전성과 핵폐기물의 안전한 처분가능성을 강조한다고 할지라도 지금까지의 역사적 경험을 통해서 밝혀진 사실은 핵발전은 안전하지도 않고 핵폐기물을 영구적으로 안전하게 처분할 방법을 인류는 아직 발견하지 못하고 있다는 것이다. 과학기술의 선진국인 미국에서조차 핵폐기물 처분장소를 결정함에 있어서 해당지역 주민의 강한 저항 때문에 난관에 봉착하고 있는데 그 결정적 이유는 핵폐기물 수송과정에서 온갖 사고가 일어날 수 있고 수송설비조차 완전무결하게 안전할 수 없다는 것 때문이다. 미국 과학아카데미는 지난 7월에 지층지각의 변화, 지진과 화산폭발의 가능성 등으로 미국 행정부의 주장과는 정반대로 '일 만년 동안의 안전은 과학적으로 불가능하다'는 연구결과를 발표했다고 한다. 이것은 한국에도 그대로 적용될 것이기에 보다 안전하며 공해를 유발하지 않는 다른 에너지원을 개발해내는 데 과학기술연구를 집중시켜야 하며 더 이상의 핵발전소 설립을 막고 기존의 것도 점차 없애도록 해야 한다.

다음 문제는 우리의 민주화과정에서 명심해야 할 원칙문제다. 현대사회에서의 국가정치와 행정은 다른 부문에서도 마찬가지이지만, 특히 과학화되어야 한다. 과학적 정치와 행정은 무엇보다도 합리주의 정신에 투철할 때에만 실현될 수 있다. 왜냐하면 모든 과학은 합리성의 추구 없이는 존재할 수도, 발전할 수도 없기 때문이다. 과학적 정치의 궁극요건을 합리적 사고에서 찾는다면 과학적 정치로서의 민주정치와 삶의 과학화는 인간 행위와 사회조직의 합리화 과정이라고 볼 수 있다.

이런 기본인식에서 볼 때 과학적 정치는 세 가지 요건을 충족시켜야 한다. 첫째는 진실성이다. 이번 안면도 사태에서 볼 수 있듯이 정치가와 행정가가 국민에게 진실을 밝히기는커녕 국민을 속이거나 애매모호한 말로써 진실을 은폐, 조작 또는 호도함으로써 오해와 불신을 불러일으킨다면 그런 정책은 필연적으로 실패할 수밖에 없다.

이와 함께 약속을 지키지 않으며 위헌적인 공권력의 폭력화를 묵인하는 정치 행태가 청산될 때에만 법과 질서, 정치의 권위가 되살아 날것이다.

둘째는 목표의 정당성이다. 정치는 물론 과학기술도 인간을 위한 것이라야 한다. 정권연장이나 개인적 부의 축적을 위한 정치·정책은 정당성을 갖지 못한다. 국가와 정부의 존재이유도 궁극적으로 인간의 존엄성을 보장하는 데에 있는 것이다.

마지막으로 수단의 합리성이다. 좋은 정책목표의 실현수단도 과학적 논리에 따라 선택되는 합리적인 것일 때에만 정당화될 수 있다. 그렇기에 과학기술처의 비과학적 행정은 개탄을 금치 못할 일이다.

(강대신문 1990. 11. 19일자 사설)

7.18. 참 자유인이란

문익환 목사님의 출감하심과 유가협 후원회에 회장으로서 돌아오심에 대하여 충심으로 축하하며 환영합니다.

이 시간에, 이 자리에서는 자유, 해방, 억압, 속박, 죽음, 죽임 등의 낱말들이 저의 뇌리에 가득 차 있는 느낌입니다. 문 목사님은 해방된 몸으로, 자유인으로 여기에 지금 우리와 함께 계십니다.

"자유"라는 말은 통속적으로는 속박이 없는 상태이며 다른 사람의 똑 같은 욕구충족을 저해하지 않고 자기가 하고 싶은 행동과 일을 맘대로 할 수 있는 것을 뜻합니다. 이런 뜻풀이는 한 개인의 시각에서 나온 것이고 그 개인은 고립된, 또는 자기의 고유한 삶의 영역에 대한 주권 행사자로서의 인간존재의 모습을 보여줍니다.

그러나 오늘 우리가 생각하는 자유는 인간의 사회관계적 맥락에서 보는 인간의 존재 양식입니다. 이런 관점에서는 자유란 삶의 주체인 '나'가 나와 관계하는 다른 사람이나 대상과 서로 갈라져 있지 않고 반목하지 않으며 하나가 되는 삶의 상태를 뜻합니다. 이런 의미에서 자유인은 해방된 인간입니다. 따라서 자유인은 다른 사람이나 대상과 조금도 껄끄러운 관계에 있지 않고 유무상통하며 상호 침투하는 가운데 기쁨을 느끼며 공통의 뜻과 바람을 위하여 함께 일하는 데서 보람을 찾게 됩니다.

문 목사님께서는 한반도의 분단의 장벽을 뛰어넘어 평양에 몸소 가서서 그곳 동포들을 만나고 오셨습니다. 이런 모험은 오직 투철한 자유인만이 감행할 수 있습니다. 겨레의 하나됨, 민족의 통일은 이미 이뤄졌다는 말씀은 따라서 해방된 인간으로서의 문 목사님께는 그대로 자연스러운 표현입니다. 그것은 하나의 체험된 사실의 확인일 따름입니다.

우리가 해결해야 할 문제는 이 땅의 모든 사람들이 함께 자유인이 되고 해방된 삶을 누리는 날이 하루 빨리 와야겠다는 것이고 온 겨레가 실제로 하나로 되어 평화와 복지의 삶을 누리는 날을 앞당기는 것입니다.

그런데 우리는 지금 어떤 형편에 있습니까?

인간을 위해 봉사해야 할 국가권력이 겨레와 인간을 서로 갈라놓고 자연스러운 삶을 억압하며 자유로운 삶을 속박할 뿐 아니라 인간의 생명을 죽이는 일을 항다반사적으로 자행하고 있습니다. 이 국가와 정부는 하나의 적나라한 폭력지배체제에 불과합니다. 그런데 이런 국가와 정부는 아이러니컬하게도 우리가 피땀 흘려 꼬박꼬박 내는 세금에 의해서 운영되고 있다는 사실입니다. 인간의 존엄성을 보장 할 수 없는 국가나 정부는 그 존재 근거를 이미 상실한 것입니다.

국가와 정부는 인간해방을 위한 사회조직일 때에만 존속될 정당성이 인정됩니다. 자유인이 억압당하고 죽임을 당하는 국가는 더 이상 존재할 필요가 없습니다.

정부의 궁극과제는 모든 사람이 자유롭게 살 수 있는 사회를 조직하고 운영하는 데에 있습니다. 이것이 바로 자유민주주의를 지향하는 정부입니다. 그러나 오늘의 한국은 그와는 정반대의 상황에 있습니다. 소수의 집권자와 가진 자만이 자유롭고 그 밖의 다수는 부자유와 굴종과 질곡 속에 갇혀있고 묶여 있습니다.

누구를 위해서, 무엇 때문에, 얼마나 더 오랫동안 이런 상태에서 연명하면서 질질 끌려다녀야 합니까?

한국은 하나의 거대한 감옥과 같습니다. 우리가 이 나라의 주인일진대 우리 스스로 이 감옥 문을 부수고 우리 몸을 얽어매고 있는 쇠사슬을 끊어버리고 참된 자유를 되찾아야 할 것입니다.

➡ 1990년 11월 24일 동대문 부근 "한울삶" 집 앞에서 유가협 후원회 주최로 열린 행사, '고 이경환 동지 추모식과 문익환 목사 환영식'에서 발표됨

7.19. 광역의회선거를 앞둔 현 정세의 전망: 현 상황에서의 지자제는 허구에 불과하다

지방자치시대가 30년 만에 다시 열리고 있다. 기초의회가 출범했고 조만간 광역의회 의원선거가 있을 예정이다. 정부는 '6·29선언의 마지막 약속이행'이니 '최초의 공명선거 실현'이니 과대선전하면서 자화자찬하는가 하면 국민들과 재야정치권에서는 은근히 풀뿌리 민주주의 활성화에 대한 기대와 함께 희망찬 격려와 충고를 아끼지 않는다.

그러나 많은 문제점을 안고 있는 선거법에다 마치 도깨비장난처럼 치른 기초의회선거의 결함이 치유될 여유도 없이 또 다시 다른 지자제선거를 실시한다고 해서 기계적으로 민초들의 참여민주주의의 꽃이 피어난다고는 볼 수 없다.

무엇보다도 진정한 의미에서의 민주적 지방자치의 구현을 위한 헌법적 전제조건이 충족되지 않는 상황에서는 지자제는 허구에 불과하게 될 것이다. 즉 주권자인 국민들의 자유로운 의사형성과정을 실질적으로 일상화하는 데에 필수 불가결한 언론·출판·집회·결사의 자유와 신체의 자유, 양심·사상의 자유가 보장되지 않고 있는 작금의 고질적 정치현실이 근본문제다. 이 전제조건이 현 정권 아래서는 충족될 가능성이 지극히 희박하다. 주권재민의 민주정치의 기본원칙을 완전히 무시하면서 출현한 3당 야합의 민자당에 의해 지탱되고 있는 현

정권의 기만성과 폭력성과 반민주성은 더욱 노골화되고 있다. 수서 비리에 대한 국민들의 해명요구를 왜, 어떤 근거에서 노 대통령은 묵살해 오고 있는가?

현 정권이 헌법상의 기본적 인권을 보장하기는커녕 이를 공공연히 항다반사적으로 유린해 오고 있음은 주지의 사실이며 정부 스스로가 환경파괴를 막기 위한 환경영향평가 제도를 어기고 있다는 의혹을 사고 있음도 최근에 밝혀지고 있다. 환경범죄 처벌 특별조치법안을 확정짓는 과정에서 정부와 민자당이 환경 범죄처벌을 크게 완화시킨 사실에서도 현 정권이 환경보호에의 강력한 의지를 갖고 있지 않음을 엿볼 수 있다. 그 배후에는 정경유착의 족쇄와 정치자금조달의 비리가 숨어있음을 짐작할 수 있다.

따라서 4·19날에 개원된 임시국회에서도 국가보안법, 안기부법 등 반민주 악법의 개폐를 기대하기 어렵다는 전망은 당연한 사리의 귀결로 볼 수밖에 없다. 민자당이 '힘의 정치'를 과시할 기세로 나오고 있다고 하지만 그것은 오히려 '폭력의 정치'라고 일컬어야 더 적합한 표현이 될 것이다. 그러나 그런 정치는 '정치'라고 이름 붙일 수조차 없는 유치한 작태에 불과하다.

여권이 위에서부터 뿌리 없는 정당성결여의 권력구조를 노정하는 양상과는 대조적으로 야권은 아래에서부터 뿌리를 국민대중 속에 확고히 내리지 못하고 있는 상황이 지속되고 있다. 지금까지 제도권 야당들마저 근시안적 자기보존과 집단이기적 당리당략에 얽매인 나머지 전체사회의 진정한 민주화와 통일에의 역사적 욕구를 충족시키기 위한 자세정비와 능력함양에 힘을 기울이지 않았다.

특히 신민당이 전국적 지지기반을 확보할 수 있기 위해서는 그 지도층의 살신성인의 결단과 당내의 실질적 민주화가 이루어지는 것이 긴요하다. 대권경쟁에 있어서는 물론 지난번의 과오를 되풀이하지 않도록 야권의 대동연합이 필수적으로 요청된다.

그러나 어느 경우에도 주권자인 국민, 즉 유권자들의 투철한 역사의식과 민주의식이 어느 정도로 발휘되느냐가 현 정권의 퇴진여부와 이 나라가 총체적 위기를 극복할 새로운 기회를 잡을 수 있느냐를 결정하게 될 것이다.

(강대신문 사설, 1991. 4. 22)

7.20. 법이라는 이름의 구조적 폭력

10월 14일에는 우리나라의 사법부의 현주소를 암시하는 두 사건에 대한 재판결과가 보도됐다. 강경대 열사와 박종철 열사의 아버지인 강민조씨와 박정기씨의 법정소란에 대한 1년 징역의 실형과 1년 징역에 집행유예 2년이 각각 선고됐고 외국어대 학생들의 정원식 국무총리에 대한 폭행을 징벌하는 선고가 있었다.

두 사건의 공통점은 우선 정치적 문제성을 지닌 이른바 시국사건이라는 데에 있고 이들에 대한 재판부의 판결은 아직도 6공이라는 폭력지배체제의 구조 속에 갇힌 사법부도 역시 법치주의라는 미명아래 또 하나의 범죄행위를 자행할 수밖에 없음을 행동으로 고백한 것에 불과하다고 해석된다.

법정소란은 이번에 처음으로 일어난 것은 아니고 인권탄압이 법의 이름으로 정당화되는 시국사건들의 경우에 자주 있어 왔다. 재판관들은 과연 사람들이 왜 법정에서 다소 과격한 언행으로 재판진행과정에서 항의하지 않으면 안되었던가를, 대학생들이 왜 정원식 강사의 마지막 강의를 방해하고 밀가루를 뿌리는 등 모욕적 행위를 저지르지 않으면 안되었던가를 깊이 생각했었는지 의문시된다. 모든 사회현상은 당사자와 관련요소들 사이의 상호작용구조 안에서 일어난다. 그러므로 어떤 행위를 그 구조적 맥락을 떠나서 이해하기는 어렵다. 법정소란 행위는 법정의 권위를 부시함을 뜻한다. 이는 다시금 법정이 그 동인 제기능을 올바로 수행하지 못했음을 반증하는 것이다. 이러한 추리의 결론으로서 법정소란의 근본원인은 사법부가 지금까지 상식이하의 정의롭지 못한 판결을 다반사적으로 해옴으로써 스스로 권력의 시녀임을 누적적으로 드러내 온 결과로 사법부의 권위를 스스로 떨어뜨린 데에 있다고 판단된다. 실로 이 나라에서 법과 법집행기관의 권위가 땅에 떨어진지 오래다. 실정법의 합법성은 다수당의 폭력에 의한 날치기통과의 많은 사례들에서 보듯이 그 입법과정의 반민주성 때문에, 그리고 해당 법안내용의 불합리성 때문에 근본적으로 의문시되는 경우가 많다. 심지어는 헌법 자체의 일관성결여(가령 제21조와 33조의 경우)도 문제시될 수 있다. 그리고 법의 집행과정에서도 무법적 행태가 자주 나타나 법의 구속력에 대한 신뢰의 약화를 가져오는 경향을 볼 수 있다. 무릇 법의 근본은 "약속은 지켜져야 된다"는 원칙에 있는데 대통령부터 약속을 지키지 않는다면 누가 자발적으로 법을 지키려는 마음가짐을 견지하겠는가? 대통령이 심지어는 UN총회에서 '자유와 인간존엄성'을 강조하면서 국내 정치과정에서는 그것이 전혀 보장되지 않을 뿐만 아니라 자유와 인간존엄성이 유린되고 억압되는 일이 국가권력기관에 의해서 공공연히 자행되고 있는 사실을 묵과하는 듯한 인상을 짙게 주고 있는데 국민들이 대통령과 그가 기회 있을 때마다 말하는 '법과 질서'의 권위를 내면적으로 인정한다고 볼 수 있는가?

위의 두 사건에 대한 판결은 정치적 폭력행위에 대한 처벌이라는 점에서 또한 같다. 그러나 해당행위의 폭력성을 올바르게 평가하기 위해서는 역시 그 사회구조적 연관성을 고려해야 한다. 하나의 작은 폭력행위가 그 보다 더 큰 구조적 폭력에 대한 반작용으로 나온 것이라면 그 범죄성은 오히려 후자에게서 확인되어야 할 것이다. 두 아버지의 법정소란행위는 국가권력의 폭력화가 법의 이름 아래 호도되고 있음을 직시한 데서 나온 지극히 자연스럽고 정당한 분노와 저항의 표출에 다름 아니다. 불공정한 재판진행은 하나의 구조적 폭력이다. 그리고 정원식 문교부장관에 의한 1500여명의 교사해직은 또한 엄청난 구조적 폭력행위였다. 그 근거법률은 적어도 헌법정신과 국제적 수준에 비추어 볼 때 전혀 정당화될 수 없다. 그가 지금 국무총리로서 행세하고 있음은 6공의 폭력지배적 성격을 사실로서 과시하는 것 이외의 다른 아무 것도 아니다.

6공과 같은 반민주적 폭력지배체제 아래서나마 사법부가 독립성을 어느 정도 견지하고 판·검사들이 법복을 입은 범죄자들이 되지 않으려면 재판부는 법정에서 진정한 정의를 가려냄에 있어서 최소한 두 가지에 유념할 필요가 있다. 첫째로 법조문의 형식논리에 따라서가 아닌, 법의 정신에 따라 판결해야 하며, 둘째는 사건의 진상규명에 있어서 피상적 범죄구성사실 자체만이 아닌, 사건의 역사적, 그리고 사회구조적 연관성을 고려해야 한다는 것이다. 앞으로도 법정이 불의의 권력을 비호하는 '회칠한 무덤'이기만을 되풀이한다면 한국은 국제사회에서 야만국가라는 지탄을 면치 못할 것이며 폭력국가에 대한 국민의 폭력적 저항을 막을 길이 없을 것이다. 폭력지배체제는 조만간 혁명을 자초한다는 것이 역사의 교훈임을 명심할 필요가 있다.(1991년 10월 16일 수상록)

7.21. 우리 모두의 해방된 삶을 향해 함께 손잡고 나아갑시다

유가협후원회가 세워진지 15개월이 지났습니다. 회장이신 문익환 목사님께서 또다시 옥중에 계시기 때문에, 제가 회장님을 대신하여, 그 동안 실무를 맡아 많은 노고를 아끼지 않으신, 권은경 전 총무와 박은숙 현 총무를 비롯하여 운영위원 여러분들께, 그리고 후원회의 발전을 위해 꾸준히 물심양면으로 도와주시고 후원금을 보내주신, 회원 여러분들께 깊이 감사드립니다.

이 나라에 유가협과 유가협후원회가 존재하고 있다는 사실은 무엇을 뜻하는지 되새겨보게 됩니다. 그것은 국가가 국민을 위해, 국민의 생명을 보호하고 인간다운 삶과 행복의 증진을 위해 존재하는 것이 아니라, 소수의 지배자들이, 그들만의 특권과 부귀영화를 영속적으로 누리기 위해서, 많은 각성된 국민의 천부적 자유를 억압하거나 박탈하고, 자유로이 양심에 따라 좋은 삶의 실현을 지향하면서 살고자하는 선의의 사람들을, 고통과 죽음으로 내몰아 가는 야만적 폭력기구로 전락했음을, 만천하에 드러내고 있는 것이라 생각합니다.

특히 지난 4월, 강경대 열사의 공권력에 의한 타살사건에서 우리는 국가권력의 폭력화의 극치를 보았고, 6공의 폭력적 실상은 아직도 매일 신문지상에서 확인·보도되고 있습니다. 참으로 비참한 현실입니다.

대통령이 거짓말을 국제무대에서 하고 돌아다녀도, 멀쩡하게 대통령 행세를 하고 있는가 하면, 개별 법률이 헌법보다 더 우위에 자리잡고 있는, 거꾸로 선

법체계 아래, 사법부는 죄인 아닌 죄인들을 양산하고 있고, 정부의 소속기관인 안기부는 법치국가와는 아무런 관계가 없는 것처럼 인권유린을 자행하는 것이 그 주요업무가 아닌가 하는 의혹을 불러일으키며, 가시적 공권력인 전경은, 현 정권에 대해 비판적인 국민대중을 상대로, 전쟁과 비슷한 전투자세로 맞서고 있는, 이 대한민국이라는 나라는 정말 희한한 나라입니다. 도덕적 타락과 불법 자행의 근원지가 바로 청와대인 것은, 5공에서와 마찬가지로 6공에서도 변함없는 사실이라는 점이 점점 더 명확해지고 있습니다.

그러나 우리는 절망하거나 비관하지는 않습니다. 왜냐하면 무릇, 역사는 곧 심판이기 때문입니다. 그리고 심는 대로 거둔다는 것이 자연의 이치이기 때문입니다.

노동자 해방의 시인이, 말이나 글로써 사회주의 혁명을 외쳤다고 해서 무기징역을 살고 있지만―이 사실 자체가 또한 이 나라는 자유민주주의 국가가 아니라는 것을 말해 주고 있습니다,―청와대는 행동으로써 국민들에게 폭력혁명을 촉구하고 있는 것이나 다름없는 상황에 이르고 있습니다.

법을 만드는 국회에서는, 다수당의 일방적인 날치기 법안 통과 행태가 다반사적으로 자행되고 있는데, 그렇게 만들어진 법은 그 성립 요건을 충족시키지 못한 것이므로 정당한 법으로 인정될 수 없고, 따라서 효력을 발생할 수 없습니다. 또한 행정부가 스스로 법을 지키지 않는 판국이니, 무정부 상태나 다름이 없습니다.

이 엄청난 현실을 6공은 5공에 이어 누적적으로 조성해 왔고, 이에 대한 역사적 책임을 면할 길이 없을 것입니다. 역사는 어김없이 거짓과 폭력으로 가득찬 6공 정권의 정체를 완전히 밝혀내고 준엄하게 심판할 것입니다. 우리는 이제 다만, 새로운 미래를 향하여, 새로운 참된 자주·민주·통일의 국가를 건설하기 위하여, 뜻과 힘을 합하여 전진할 따름입니다.

유가협후원회의 궁극적 목표는, 폭력화된 국가권력을, 폭력을 다스리는 국가권력으로, 인간생명을 죽이는 국가권력을, 인간의 존엄성을 보장하고 드높이는 국가권력으로 대체시킴으로서, 모든 거짓과 폭력의 근원을 제거하는 데 있다고 봅니다. 우리의 희망은, 이제 밤이 깊을 대로 깊어 더 이상 깊어질 수 없는, 전환의 시간을 맞이하고 있다는 데에 있습니다. 우리가 저마다 우선 할 일은, 깨어나서 현 상황에 대한 역사적 구조적 인식을 공유하면서, 각자가 할 수 있는 일을 서로 돕고 격려하며, 추진해 나가는 것입니다. 갇혀있는 분들의 해방과 우리 모두의 해방된 삶을 향해 함께 손잡고 나아갑시다.

(이 글은 1991년 11월 전국민주화운동유가족협의회 후원회 회장대행 부회장으로서 행한 연설내용이다.)

7.22. 민교협의 민주주의관의 진단과 조직 활성화 방안으로서의 '정기토론회'의 항구적 실시에 대한 제언

민교협이 당면하고 있는 여러 가지 문제들이 있지만 이들은 조직체로서의 민교협의 '자기정체성의 재발견'이라는 근본 문제로 귀결된다고 생각한다. 이것은 물론 민교협이라는 조직체에만 해당되는 것은 아니고 무릇 모든 삶의 주체는 항상 자기정체성을 올바르게 발견하고 세워나가는 일을 게을리해서는 안 될 것이다.

민교협의 목적은 규약 제2조에 '대학과 사회에서 민주주의를 실현하는 데 있다'고 되어 있다. 여기서 핵심문제는 민교협이, 또는 민교협 구성원들이 '민주주의'라는 것을 어떻게 이해하고 있느냐로 압축된다. 다시 말하면 민교협이 오늘까지 누적적으로 지녀오고 있는 문제들, 특히 그 가운데서 조직활성화의 문제는 조직으로서의 민교협의 민주주의관에 문제성이 개재되어 있지 않느냐는 의문을 제기하게 된다는 뜻이다.

내가 평소에 우리나라의 현대사에서 가장 위대한 지도자로 존경하는 백범 김 구 선생께서 '나의 소원'에서 간명하게 밝힌 그의 민주주의관을 재음미하게 된다. 그는 '민주주의란 국민의 의사를 알아보는 한 절차 또는 방식이요, 그 내용은 아니다. 즉 언론의 자유, 투표의 자유, 다수결에 복종, 이 세 가지가 곧 민주주의다'라고 정의한다. 이 의견에 나는 전폭 찬성한다. 민주주의를 '형식적 민주주의'와 '실질적 민주주의'로 구분하는 것은 타당치 않다. '민주주의'는 하나의 역사적 개념이므로 마음대로 조작하여 정의하는 데는 한계가 있다. 김 구 선생과 비슷한 맥락에서 버트란드 러셀은 민주주의의 바탕이 되는 자유주의적 신조에서는 '무슨' 의견을 갖느냐 보다는 '어떻게' 의견을 견지하느냐가 더 중요하다는, 즉 항상 자기비판적이고 열린 마음으로 의견을 견지해야 한다는 의미의 견해를 그의 에세이 '철학과 정치'(Philosophy and Politics, 그의 책 '인기 없는 에세이들' [Unpopular Essays]에 수록되어 있음)에서 설명하고 있는데, 민주주의란 사회의 조직생활이나 국가의 구성과 운영에 있어서 자유로운 의사형성과 의사결정의 방법이라는 의미에서 둘 다 공통된 민주주의관을 표현하고 있다고 본다.

그러면 민교협의 현실은 어떤가? 스스로 민주화를 외치면서 민교협은 과연 구성원들의 다양한 의견들이 자유로이 표출될 수 있고 토론의 장에 참여할 수 있도록 충분히 관심과 힘을 기울여왔는가?

교수가 대학의 테두리 밖에서 사회와 국가에 대해서 할 수 있는 가장 적합한 일은 시민의 한 사람으로서 현실문제에 관해 말이나 글로써 보다 체계적인 의견을 표현하는 것이라고 볼 수 있다. 그런데 민교협은 오로지 교수들로써 구성되어 있으면서 각 회원교수의 대사회·국가적 발언 통로를 마련하는 데에 지금까지 거의 관심을 두지 않았다고 해도 과언이 아니다. 주로 민교협이라는 단일 집합체의 이름으로 또는 다른 조직들과의 연대적 집합체로서 성명서 발표나 시위라는 형태로 의견을 표명해왔고 가끔 많은 경비를 들여 특정 주제를 중심으로 어렵게 실시하는 공청회나 토론회에서는 대부분 판에 박은 듯한 스테레오 타입식 내용의 주제발표와 토론이 반복되어 왔다. 성명서의 내용에 있어서도 단선적인 이데올로기의 인상을 주는, 일정한 성향의 논조로만 반복적으로 채워져 왔다고 볼 수 있다. 그 결과 회원교수들로 하여금 정서적 이질감과 이념적 소외감을 느끼도록 했고 따라서 조직활동 전체가 활력을 띨 수 없게 됐다고 진단된다. 벌이는 사업이 회원들의 흥미를 끌고 신선한 자극을 주기보다는 지루함을 느끼게 하지는 않았는가?

이른바 정책토론회의 주제선정이 우선 일방적으로, 그리고 오로지 현실정치의 문제들에 한정되었고 따라서 주제발표와 토론의 내용이 다분히 교조주의적이거나 단조로울 수밖에 없도록 조직되었다. 그러나 민교협은 다양한 정치의식과 전문지식을 가진 교수들로써 구성되어 있어 전혀 단조롭거나 동질적인 조직이 아니다. 그들의 이념적 지향성은 다양하고 폭 넓다. 그런 조직체에서 어느 한쪽으로만 전체 의사를 몰아가려는 시도가 실패하리라는 것은 예측 가능하며 그런 조직상의 조종은 오히려 역기능적 부작용을 초래하기 마련이다. 물론 매번 어떤 현안 문제에 대한 전체의사의 민주적 결정은 당위적 요청이다. 그러나 실제로 결정권을 가진 소수자가 주도하는 어떤 사업이나 의견을 관철시키기 위해서는 다른 의견의 형성과 표출이 제약되어서는 안 된다. 지금까지 다만 다수의 소극적 용납과 수동적인 묵인 아래 민교협이라는 정치·사회 운동조직의 배가 항해를 지속해 온 셈이다.

조직구성원의 적극적 참여를 끌어내기 위해서는 구성원 개개인이 자발적으로 어떤 역할을 담당할 수 있도록 사업계획을 수립하여 구성원들의 여론에 항상 조명해가면서 추진해야 할 것이다. 그 하나의 방법으로서 나는 정기적 토론회의 개최를 민교협의 항구적 사업으로 실시할 것을 제안했었고 작년 대의원대회에서 합의됐지만 실시되지는 않고 있다. 지금 실시되고 있는 간헐적 '정책토론회'의 형식으로는 풀뿌리 회원들의 능동적 참여를 유도하기에는 너무나 불충분하고 비용도 많이 든다. 내가 제안한 정기 토론회는 4주나 2주에 한번씩 일정한 요일에 주로 서울에서 일정한 장소에서 열리도록 하는데 그 주요 특성은 다음과 같다.

1) 그것은 회원 개개인의 대사회·국가적 의견 발표의 장이다. 2) 개최지를 서울로 정하는 이유는 아직도 대한민국은 '서울 공화국'이라고 일컬을 만큼 모

든 면에서 서울 중심적이며, 전국적 규모에서 결성된 민교협의 발생성격과도 상응하기 때문이다. 물론 각 지회에서도 여건에 따라 그런 정기토론회를 실시하는 것이 가능할 것이며 또한 바람직하다. 3) 그것은 회원 상호간의 이해증진과 지적 호기심을 자극하고 친목도모를 위한 만남의 장으로서도 활용될 수 있다. 4) 그것은 민교협과 회원들이 사회·국가와 직접 만날 수 있는 의사소통의 통로로서 합리적 문제해결과 비판적 사고를 함양할 수 있는 민주주의의 보편적 학습장이 된다.

그 기획·실시 방식은 (1) 우선 회원들로 하여금 발표주제와 소요시간을 정책위에 제출토록 한다. (2) 발표문안이나 요약문을 반드시 미리 작성하여 제출할 필요는 없다. 이는 발표자에게 심리적, 시간적 부담을 가능한 한 주지 않고 자유로이 자기 의견을 발표할 수 있도록 돕고자 함이다. 그러나 매번 발표내용은 녹음될 필요가 있다. (3) 장소와 일시는 고정시키는 것이 좋다. 효율적 홍보를 위해서다. 벽보나 플래카드를 따로 만들 필요가 없고 처음에는 한겨레신문 등에 짧은 광고로써 모임을 널리 알리는 것으로 족하다. 첫 술가락에 배부르기를 기대하는 것은 어리석은 발상이다. 토론회가 정례화되고 시간이 지나면 거의 홍보비용이 들지 않을 것이다. 다만 장소 빌리기에 다소 비용이 들것이다. (4) 토론자와 사회자는 회원 중 자발적으로 또는 권유하여 누구든지 맡을 수 있도록 한다.

이러한 정기토론회의 효과는 민교협 조직 내의 구성원 각자의 표현에의 욕구를 충족시킴으로써 자기성장의 체험을 얻게 되고 조직운영에 활력을 불러일으킬 수 있을 것이며 대사회적으로는 민주주의의 생활화와 전반적 민주화의 모델을 제시할 수 있다는 것으로 요약된다. 이런 제안의 근거는 회원들이 교수들이기 때문에 저마다 어떤 문제에 관해 할 말이 있으리라는 가정에 있는데 이 가정이 사실인지 아닌지는 여론조사를 하든지 그런 토론회를 일단 실시해 봄으로써 밝혀질 것이다. 누군가 '교수'는 '의견을 가진 사람'이라고 정의했다고 어렴풋이 기억한다. 이 세상에 삶을 영위하고 있는 사람이라면 누구나 어떤 관심사에 관해 의견을 갖고 있을 것이다. 그러나 중요한 것은 갖고 있는 의견을 솔직히, 그리고 때로는 용기 있게 이 사회와 세계를 향해 표출하는 일이다. 위의 교수의 정의는 이 일을 잘 할 수 있는 사람이 교수임을 뜻한다고 해석해본다.

그리고 또한 중요한 문제는 '어떻게' 자기의견을 견지하느냐에 있다. 자기의견을 절대화함으로써 그것의 노예로 전락하느냐, 아니면 자기 의견을 주장하되 타당성이 인정될 때까지만 고수하고 그 타당성의 근거가 희박하다고 판단되면 과감히 그것을 버리거나 수정할 수 있는 사람이 곧 참된 민주주의자이며 자유주의자이다. 민교협이 이런 민주주의관을 가진 교수들로써 실제로 구성되고 운영된다면 민교협은 그 목적을 실현해가고 있다고 평가될 수 있으며 이 나라와 사회에도 민주주의가 실현될 수 있다고 확신한다.

민주화가 다양한 의견의 꽃피움을 통하여 보다 나은 공동체적 삶을 누리는 데에 있다면, 이를 실현함에 정치, 경제, 문화 등 삶의 다양한 문제들에 관한 다양한 전문분야의 회원교수들의 의견발표와 토론의 조직적 일상화인 '정기토론회'가 다소나마 기여할 수 있을 것이다.

(민교협 월보['민주화를 위한 전국교수협의회' 기관지], 제11호[1992년 11월], 2-4쪽)

7.23. 선진대학의 조건

선·후진국의 판별기준은 무엇일까?

흔히 GNP 등 사회경제적 통계지표의 차이에 그 기준을 두는 경향이 있지만, 이것은 결과의 비교이지 원인의 차이에 관해서는 아무런 정보를 말해주지 않는다. 스스로 문민정부임을 자처하면서 '변화와 개혁'을 핵심정책으로 내걸고 있는 김영삼 정부가 출범한지 1년 1개월 째 되었고, '수도권의 명문대학'으로 강원대를 격상시킬 것을 주요목표로 세운 문선재 총장이 등장한지 1년 8개월 째 되었다. 공통된 점은 후진에서 벗어난 선진의 대열로 도약하겠다는 의지의 표명에 있다. 그런데 문제는 단순히 의지의 표명만으로 해결되는 것이 아니다.

하지만 우선 표명된 목표 자체에도 문제성이 엿보인다. 모든 '변화'가 항상 좋은 것일 수는 없으며 모든 '개혁'은 이미 변화를 내포하는 것일진대 '변화'라는 구호는 불필요한 수식어에 불과하다. '개혁'이 바람직한 변혁을 뜻한다면 이 또한 하나마나한 빈 소리에 불과하다. 왜냐하면 좋은 정치란 바로 주어진 현실을 더 좋은 방향으로 변경시키는 사고와 행위를 뜻하기 때문이다. 현 정부의 정치의 부실함은 가령 무분별한 규제완화 조치들에서 뚜렷이 드러난다. 더 규제를 강화해야 할 환경정책의 후퇴를 보는 것으로 족하다. 근본적 질서정책 (Ordnungspolitik)의 결여를 정치적 민주화와 인권문제에서도 간파할 수 있다. 현 정부가 과연 민주주의와 문민정치의 핵심이 무엇인지를 알고 있는지 의심스럽다. 생각할 줄 모르는 정치인들에게는 겉치레의 요란스러운 조치들만 난무할 뿐 근본적으로 달라지는 것은 거의 없다.

우리 강원대의 사정도 비슷하다. '수도권의 명문대학'이 되는 것이 이 대학의 목표로 적절한가? 너무나 공허한 구호다. 시야의 넓기가 기껏 수도권인가? 이 질문은 '한국의 또는 세계의 명문대학'으로 고치라는 뜻이 아니다. 그런 의지는 마음속에 다지는 것으로 족할 뿐, 근본문제는 그런 대학이 되기 위해서 당장 무엇을 개선하고 어떻게 생각과 행동을 변혁시켜나갈 것인가에 있다. 생각은 하지 않고 허공을 향한 구호만 외치고 있는 형편이다. 창조적, 비판적 생각이 없으니 의미 있는 참신한 행동이 나올 까닭이 없다. 한 가지만 거론하자면, 대학 캠퍼스에는 시각과 소음의 공해가 여전히 심각하다. 각종 현수막이 눈을 피로케 한다. 한국사회가 곧 현수막사회라고 해도 좋을 정도다. 가령 '강대신문사는 수습기자를 찾습니다'라는 커다란 현수막이 보인다. 대학의 정보·광고매체가 현수막뿐인가 하는 의구심을 자아낸다. 그런 현수막 위주의 홍보·광고에 길들여진 강대인들은 강대신문을 덜 보게 될 우려가 있다. 중요한 사항이 모두 현수막으로 알려진다면 누가 구태여 신문을 읽으려고 할 것인가? 게다가 이른바 '교육방송'이라는 교육방해와 소음제조자인 구내방송도 기승을 부린다. 불필요한 잡다한 매체들을 가동시킴으로써 자원과 에너지를 낭비하고 정보내용도 저열하게 만든다. 10년 전이나 지금이나 구태의연하다. 후진국일수록 온갖 구호로 시끌벅적하고 요란한 반면 선진국일수록 간판도 눈에 잘 띄지 않을 정도로 단순·소박하고 현수막이나 구호는 찾아보기 어렵다. 생각할 줄 모르는 대학, 생각을 '교육방송'으로 방해하는 대학, 더구나 그것을 학생처장과 총장이 제도화해놓고 21세기를 앞둔 지금까지 초지일관 감행하고 있는 대학, 이런 대학은 영원히 후진대학으로 머무를 수밖에 없다. 선진대학은 그 구성원의 생각이 넓고 깊고 합리적일 뿐만 아니라 그런 생각의 실천이 습관화된 대학이다.

(강대신문, '청화냉담', 1994.3.14)

7.24. 5·18검찰수사의 함의와 해결방안

검찰이 5·18 수사결과 전두환·노태우 두 전직 대통령을 포함한 이 사건 피의자 58명 전원에 대해 '공소권 없음' 결정을 내린 것은 자유와 평등과 법치주의라는 민주국가의 기본이념에 정면으로 어긋나는 치명적 오류를 범함으로써 법의 수호자로서의 검찰의 설자리를 스스로 허물어뜨렸을 뿐만 아니라 민주공화국의 존립기초를 뒤흔드는 결과를 빚어냈다. 검찰은 법 앞에서의 국민의 평등권을 침해했다. 모든 국민의 모든 행위는 실정법에 비추어 그 합법성 여부가 판별되어야 하고 피의자들이 실정법에 위반되는 행위를 자행했음이 이번 검찰의 수사과정에서 다분히 밝혀졌음에도 불구하고 그들에 대한 사법적 심판의 기회를 막아버린 것은 법적 판단이 아니라 특성인을 법초월적 위치에 올려놓았기 때문이다. 그것은 따라서 검찰이 판단기준으로 삼아야 할 실정법 자체의 무효화를 초래하는 월권 또는 불법행위라고도 해석될 수 있다. 정권창출 행위가 다른 어떤 사회적 행위와는 달리 실정법을 초월하여 검찰의 정치적 판단에 의해서만 판별될 만큼 특별취급을 받아야 할 근거는 전혀 없다. 국민의 어떤 행위도 실정법에 의한 심사대상이 될 수 없는 행위는, 이 나라가 법치국가라면, 이 나라에서는 있을 수 없기 때문이다. 검찰은 정치적 변혁의 주도세력이 새로운 정권창출에 성공하여 국민의 심판을 받았다고 판단하고 있으나 그러한 판단의 근거가 되는 그 성공의 기준과 국민심판의 절차와 과정에 관해서는 전혀 언급하지 않음으로써 설득력을 결여하고 있다. 검찰의 논리 아닌 논리에 따른다면, 이제는 성공한 강도나 살인의 범죄행위도 사법심사가 불가능하다고 주장해도 검찰은 반론을 제기할 수 없을 것이다. 위의 검찰의 결정은 '힘이 곧 정의'라는 그릇된 원칙을 천명한 것이나 다름없다. 이로 말미암아 종래의 한국사회의 가치전도 현상을 더욱 강화시키고 도덕적 규범체계의 혼란을 가중시킬 소지가 있다. 검찰은 그릇된 판단으로써 앞으로도 군대 안의 위계질서를 무시할 자유와 정권장악을 위해서는 많은 민주시민을 학살할 자유를 소극적이나마 인정하는 결과를 가져왔다. 검찰이 그런 기회주의적 판단을 하게 된 데에는 5·18사건에 대한 심판은 역사에 맡기자는 김영삼 대통령의 직무유기적 발상이 큰 영향을 주었으리라고 추정된다. 5·18수사가 합리적으로 종결되기 위해서는 '공소권 없음' 결정을 내린 검찰의 책임자들을 퇴진시키고 사건을 재수사하든지 5·18진상규명과 책임자 처벌을 위한 특별법을 제정하여 시효에 구애됨이 없고 검찰의 정치적 중립성이 보장되는 특별검사제도 아래 재심하도록 하여야 한다. 그럼으로써 비로소 철저한 과거청산과 함께 법과 정의와 민족정기가 바로 세워질 수 있을 것이다. 바야흐로 해방 50주년을 맞아 그릇된 과거로부터의 해방없이는 올바른 현재와 미래는 있을 수 없음을 명심해야 할 때이다.

(강대신문, 사설, 1995. 8. 28)

7.25. 자기정체성의 발견

늦더위가 기승을 부리는 요즘 기후의 변화에도 적응하기 어려운 인간의 삶은 자연과의 관계에서뿐만 아니라 다른 인간들과의 관계, 즉 사회적 관계에서도 많은 어려움을 겪게 됨을 새삼 절감하게 된다. 일상적인 삶의 소용돌이 속에 허우적거리다 보면 도대체 산다는 것이 무엇을 뜻하는지를 생각할 겨를이 없게 된다. 삶이란 일반적으로 욕구충족에의 부단한 추구과정이라고 정의될 수 있지만, 개인적 차원에서는 자기정체성(正體性)의 발견을 끊임없이 시도하는 과정이라고 볼 수도 있다. 그러면 자기정체성이란 무엇인가? 그것은 두 가지 부분으로 이뤄진다고 생각된다. 하나는 자기의 현 위치에 대한 인식인데 크게 보아 '나'의 자연에 대한 관계와 사회에 대한 관계를 내가 어떻게 이해하고 있느냐의 문제이고, 다른 하나는 보다 나은 '나', 즉 내가 어떻게 달라져야 된다고 생각하느냐의 문제인데 이것은 내가 바라는 보다 나은 자연과 사회는 어떤 모습의 것이어야 된다고 생각하느냐의 문제로 이어진다. 다시 말하면 '나'의 자기정체성의 발견은 '나'와 자연과 사회의 전체적 관계가 오늘 어떤 상태로 존재하고 있느냐의 문제와 내일 어떤 상태로 변경되어야 하느냐의 문제를 해결하는 데 있다. 즉 자연과 사회 속에 있는 '나'의 존재에 대한 이해와 당위에 대한 실천의 문제가 해결된다면 그것은 곧 나는 나의 자기정체성을 발견했다고 볼 수 있다는 말이다. 자기정체성은 개인에게만 해당되는 것이 아니고 집단, 조직의 경우에도 똑같이 적용된다. 따라서 그것은 사회조직의 가장 포괄적 형태인 국가에도 해당된다. 그런데 국가는 정부에 의해서 대내외적으로 대표된다.

　오늘의 한국을 대표하는 현 정권의 자기정체성은 곧 국민 개개인의 삶과 직결되어 있기 때문에 온 국민의 공통관심사일 수밖에 없다. 일제 식민지배로부터 해방된 지 46년이 되지만 오늘의 한국은 과연 모든 면에서 떳떳한 자주독립국인가? 일제로부터의 각종 피해배상 문제가 아직도 완결되지 못하고 있고 국내적으로 일제 잔재가 청산되지 못했을 뿐만 아니라 경제적 예속은 날로 심화되고 있는 형편이다. 미국에 대한 군사적 정치적 종속상황은 한국이 미국의 신식민지나 다름없지 않느냐는 의혹을 불러일으킬 만큼 석연치 않은 양상들을 드러내고 있다. 한국에서 과연 인간다운 삶이 실현될 수 있는가를 가늠해 볼 수 있는 측면들로서 우선 정부의 환경정책과 인권정책만을 점검해 본다면 부정적 종합평가를 하지 않을 수 없다. 골프장 건설허가를 남발해 온 것은 정부의 정책 우선순위가 결코 항구적 자연환경보호에 있지 않음을 행동으로 천명하고

있고 국가보안법 등 반민주악법들을 적용하여 선량한 인간생명을 죽이는 일을
공공연히 자행하고 있음은 주지의 사실이다. 이러한 정부가 과연 국가를 대표
할 수 있으며 존재할 가치가 있는지 의문시될 지경이다. 대한민국의 국가로서
의 정체성이 암담함을 시인하지 않을 수 없는 이 현실 앞에 우리는 참된 자기정
체성을 찾기에 생각과 행동의 초점을 맞춰야 할 것이다.

(강대신문, '청화냉담', 1997 8. 26)

7.26. 통일문제에의 체계이론적 접근: 개회사에 가름하여

1. 한반도의 통일문제(여기서 필자는 통일의 당위성 또는 필요성을 당연한
것으로 전제한다)는 체계이론적 관점에서 세 가지 측면에서 접근할 수 있다.
1) 정치적 통일은 한반도에 현존하는 남쪽의 '대한민국'(이하 '한국'으로 약칭)
과 북쪽의 '조선민주주의인민공화국'(이하 '북한'으로 약칭)이 하나의 새로운
국가(이하 '통일한국'으로 가칭)를 형성함을 의미한다. 가령 한국이 북한을 흡수
통일하는 경우에는 그것은 북한이 소멸함(북한정권의 붕괴)과 동시에 계속 존
속하는 한국에 편입되는 상황이지만 이 통일한국은 한반도 전체로의 영토확장,
북한주민의 수용, 행정조직의 개편 등의 새로운 요소들의 추가로 말미암아 기
존의 한국과는 다른 성격의 국가정체성을 지니게 될 것이다. 북한정권의 붕괴
는, 현재의 체제를 유지하는 한, 동구 사회주의국가들의 붕괴 경우와 마찬가지
로 시간문제라고 본다. 왜냐하면 북한은 극단적 형태의 폭력지배체제로서 한
사회의 법적 구성체로서의 국가의 항구적 존속요건인 상호성과 합리성을 결여
하고 있기 때문이다. 2) 경제적 통일은 통일한국이 체계적 일관성을 지닌 단일
경제체제를 형성함을 뜻한다. 3) 사회·문화적 통일은 통일한국이 문화적 동질성
을 기초로 하는 사회구조적 및 사회제도적 통합체계를 구성함을 의미한다.

현존하는 두 국가들의 통일한국으로의 통일은 형식적인 국가적 통일, 곧 정
치체계적 및 경제체계적 통일에 그치는 것이 아니라 실질적인 민족적 통일, 곧

사회문화체계적 통합으로써 완성된다고 볼 수 있다. 통일의 과정은 정치적 통일→경제적 통일→문화적 통일의 점진적 과정을 거치는 것이 정상적이며 논리적 합리성을 띤다고 볼 수 있겠지만 현실적으로는 정치적 통일은 경제적 통일을 수반할 가능성이 많고 문화적 통일은 다소간 시간적 지체를 감내할 수밖에 없을 것이다.

정치체제와 경제체제에 있어서 서로 이질적인 한국과 북한이라는 두 국가가 통일되는 과정을 상정하여 흔히 '2국가의 평화공존의 단계', '1국가 2체제의 병존단계', '1국가 1체제의 통일단계' 등 단계론을 생각해 볼 수는 있겠으나 이것은 어디까지나 하나의 사고실험에 그칠 뿐 특히 '1국가 2체제'의 국가형태가 실제로 존재할 수 있을지는 매우 회의적이다. 왜냐하면 이 경우의 '국가'라는 것을 대내외적으로 대표하는 정부가 서로 다른 체제를 유지하려면 하나가 아니고 둘이지 않으면 안될 것이며 그럼에도 불구하고 하나의 국가적 주권을 어느 쪽의 정부가 담지할 것인가를 결정하는 문제는 쉽게 풀리지 않을 것이기 때문이다. 따라서 그런 사변적 단계론은 통일정국의 실제적 상황에서 나타날 수 있는 여러 가지 우연적 요인들이 남북한 세력들 사이의 교섭과정에서 복합적으로 작용하게 될 것이라는 점을 고려하면 현실적합성이 희박하게 될 가능성이 높다고 볼 수 있다.

반면에 정부의 '한민족공동체 통일방안'의 주요내용은 너무나 당연하고 추상적이다. 이 방안의 근저에는 크게 보아 남북한 민족의 역사적, 문화적 동질성의 강조의도가 깔려있고 이를 토대로 하여 한국의 힘의 우위에 의한 자유민주주의 정치체제로의 평화적 통일을 지향하고 있다고 해석된다. 이 방안이 통일정국에서 직면하게 될 문제는 1) 남북한의 경제발전 수준의 격차 극복과 2) 분단 이후 반세기 동안의 '문화적 동질성'의 성격을 어떻게 인식하고 그 동안 형성되었을 것으로 추정되는 '동질적 이질성'을 어떻게 신속히 극복하여 통합적 문화공동체를 재구성할 수 있는가에 있다고 예견된다.

2. 통일의 이념적 지향성에 있어서 정치적 통일은 자유민주주의를 기본이념
으로 하는 연방제적 공화국체제로 이루어지는 것이 바람직할 것이며 이는 또한
세계사적 조류와 현재의 한국의 힘의 상대적 우위에 비추어 실제로 가능할 것이
다. 경제적 통일도 현실적 여건에 비추어 한국의 자본주의체제를 채택하는
방향으로 이루어질 가능성이 크다고 전망된다. 한국의 자본주의체제는 이미 자
유방임적 시장경제체제는 아니며 국가적 개입(계획적 규제)과 사회복지제도의
도입과 같은 사회주의적 요소를 내포하는 혼합경제체제이므로 여기에 북한이
지녀온 사회주의체제의 장점의 수용가능성은, 그 체제의 어떤 장점이 확인된다
면, 통일과정에서 검토될 수 있을 것이다. 문화적 통일은 '문화'의 보편적 특성
에 따라 다원적 자유주의를 지향하되 한민족의 역사적 전통문화를 계승, 발전
시켜나가기를 기조로 삼아 실현될 수 있을 것이다.

통일한국의 실현과정과 통일 이후 지탱가능한 발전을 위해서는 적어도 1)
평화, 2) 자유, 3) 정의의 보장이 필수적 조건으로 충족되어야 할 것이다. '평화'
는 소극적으로는 폭력의 부재를 의미하며 적극적으로는 사회구성원들 사이의
자유로운 상호작용(상호성)이 일상화되는 상태를 뜻한다. 곧 평화는 상호성의
현실화로부터 도출된다. '자유'는 인간의 사회적 및 국가적 삶의 기본조건이자
궁극적 목표라고 볼 수 있다. '정의'는 욕구충족의 수단이 되는 자원의 배분
문제를 해결함에 있어서 당사자들이 수락할 수 있는 근거의 인정에 기초한다는
의미에서 사회관계적 합리성의 문제로 귀결된다고 보여진다. 이 세 가지 조건
을 충족시킬 수 있는 정치체제로서 역사적으로 고안된 것이 바로 민주주의체제
인 것이다. 달리 말하면 이 세 조건의 실현정도가 한 국가의 민주주의의 성숙도
또는 발전수준을 가늠케 해준다고 볼 수 있다.

3. 통일한국의 정치체제가 자유민주주의를 근간으로 하여 구성되어야 한다
면 정치적 통일에 대한 준비는 무엇보다도 한국에서의 자유민주주의의 확립으
로부터 출발하는 것이 바람직하다. 이런 시각에서 정치적 통일에의 지름길은

한국에서의 정치적 민주화의 수준을 최대한으로 높이는 데에 있다고 결론지을
수 있다. 그렇다면 오늘의 한국 현실은 어떠한가를 냉철히 점검해볼 필요가 있
다. 만일 지금 통일정국으로 들어간다면 한국의 민주화의 저열한 수준 때문에
큰 혼란이 초래될 위험성이 짙다고 보인다. 오늘의 한국의 민주주의적 토대는
허약하다. 무엇보다도 먼저 인간기본권 체계가 일관성과 명료성을 결여하고 있
다(가령 헌법 제21조[언론, 출판, 집회, 결사의 자유]와 제33조[노동3권의 제한]
사이의 모순, 제19조[양심의 자유], 제22조[학문, 예술의 자유]와 국가보안법 사
이의 모순, 제31조[교육권, 특히 대학의 자율성보장]와 교육관계법의 모순 등).
또한 사법부, 특히 검찰의 정치적 중립성이 보장되어 있지 않다. 그리고 지방자
치제의 실시는 연방제를 전제함에도 불구하고 이를 국가조직의 원칙으로서 명
확히 규정하지 않았기 때문에 실효를 거두지 못하고 있다. 가령 중앙정부와 지
방자치단체(지방정부) 사이의 권한과 관할 업무영역의 조정, 제반 정책의 수립
과 실시과정에서의 상호교섭과 협의 등이 체계적, 합리적으로 조직화되어 있다
고 보기 어렵다.

4. 민주주의는 사회구성원들이 서로 다름을 인정하고 존중하는 데서 출발한
다. 다른 의견을 가질 자유와 다른 의견에 대한 존중과 관용의 정신은 민주적
기본질서라는 동전의 양면과 같다. 정치적 이념의 다양성은 민주사회에서는 따
라서 자연스럽고 당연한 것으로 여겨진다. 이러한 인식, 곧 민주주의 의식이
제도화된 것이 비로 민주주의 정치체제이며 그것은 또한 상호성의 규범화라고
말할 수 있다. 이 인식이 특히 통일정국에서 중요하다. 왜냐하면 통일정국에서
나타날 가능성이 많은 이념적 갈등을 비롯한 의견의 충돌과 혼란은 서로 다름
에 대한 관용의 생활화를 통해서 극복될 수 있기 때문이다. 그렇지 않으면 정부
는 법과 질서의 유지라는 명분 아래 물리적 강제력을 발동할 것이며 이는 다시
금 국가권력의 폭력화와 독재체제의 재현으로 악화되기 쉽다.

사회통합으로서의 문화적 통일은 결국 우리 한민족 모두가 상호존중과 관용

이라는 의미에서의 상호성의 규범적 내면화와 일상화를 통해서 실현될 수 있을 것이다. 이를 위해서 특히 정치적 지도력과 사회 각 계층의 엘리트들의 각성과 실천이 요망된다.

5. 경제적 통일에 있어서는 모든 자원의 상품화와 시장교환기제를 중심으로 하는 자본주의 경제체제의 합리적 운영을 근간으로 하여 추진되겠지만 남북한의 경제발전 수준의 큰 격차를 좁혀나가기 위해서 다소간 탈상품화(decommodification) 정책(사회복지정책)의 도입이 필요할 것으로 전망된다. 북한 주민의 생활수준이 한국의 그것과 어느 정도 평준화되기까지는 상당한 시일이 걸릴 것이므로 그들이 경제적 곤경을 감내하면서 희망을 갖고 노력할 수 있도록 실질적 지원책을 강구해야 할 것이다.

그러나 기본적으로는 정직, 성실, 공정성 등 윤리적 가치관의 확립과 함께 경제적 합리성이 투명하게 관철되는 경제 질서가 제도화되어야 할 것이다. 이를 위해서도 물론 우선 한국에서 통일을 대비하여 경제 질서의 합리화가 높은 수준으로 이루어지는 것이 급선무이다.

6. 경제적 및 문화적 통일의 실현과정에서 정치적 통일이 중추적 역할을 수행하게 되리라는 것은 분명하다. 한반도에서 새로운 국가를 건설하는 일이나 다름없는 통일한국의 탄생에 있어서 정치체계(실질적으로 그 공식적 기능수행자인 정부)가 주도적 역할을 담당하지 않으면 안되며 특히 통일과정의 조종(steering)과 조정(coordination)의 과제를 합리적으로 완수해야 한다. 이 과제는 대내적 및 대외적(외교적) 관계에 있어서 전반적으로 해당된다. 주변국들과의 관계개선과 통일에의 협력유도는 정부의 대내적 힘의 결집과 목표지향적 조종에 있어서의 주체적 역량에 의존할 것이다.

➡ 이 글은 1997년 10월 29일 강원대 사회과학연구소가 주최한 '통일문제 논의의 재검토'를 주제로 한 학술세미나에서 사회과학연구소장으로서 발표한 것이다.

7.27. 교육자치와 강원교육의 방향

1. 교육은 인간이 사회적 삶을 바람직한 방식으로 살아갈 수 있는 능력을 기르는 데에 궁극적 목적이 있다. '사회적 삶'이란 인간의 욕구충족에의 부단한 추구과정이 사회라는 구조 안에서 이루어짐을 뜻하며, '사회구조'는 삶의 주체인 개인들과 이들이 만드는 집단들과 조직들 사이의 다변적 상호작용 관계망으로써 형성되고 이 사회구조 안에서 특정한 행위양식이 규범화될 때 이를 '사회제도'라고 일컫는다. 교육도 제도화되어 있고 주로 가족이라는 집단과 학교라는 조직에 의해 실시된다. 그런데 사람들은 욕구충족을 위해 상호의존관계 속에서 상호작용하게 되며 욕구충족의 수단이 되는 자원을 합리적(효과적 및 효율적)으로 획득하지 않으면 안되는데 전자를 사회적 삶의 상호성의 원칙이라고 일컫는다면 후자는 그 합리성의 원칙이라고 말할 수 있다. 현대사회에서 교육은 국가라는 포괄적 조직 안에서 일정한 이념적 목표 아래 제도적 틀 안에서 그 공식적 주요주체인 학교라는 사회조직에 의해 실시된다. 물론 기존의 교육제도와 학교조직은 불변의 것이 아니며 그 당사자들과 구성원들에 의해서 달리 구성될 수 있다.

모든 삶의 문제, 곧 각 개별적, 구체적 욕구의 충족문제는 궁극적으로는 실재를 알고자 하는 욕구(인지적 욕구)와 실재를 변경시키고자 하는 욕구(규범적 욕구)의 두 가지 전략적 욕구의 충족문제로 귀결된다. 학교교육에 있어서 지식과 기술의 습득(인지적 욕구와 관련됨) 뿐만 아니라 인성의 함양(규범적 욕구와 관련됨)이 중요시되는 연유도 이런 맥락에서 이해될 수 있다.

여기서 중요한 것은 교육의 지향이념과 목표가 달성되기 위해서는 교육제도와 학교를 비롯한 교육관련 조직을 어떻게 합리적으로 구성하고 운영하느냐에 달려 있다는 점이다. 교육뿐만 아니라 사회의 모든 기능 분야에서의 발전수준, 곧 그 합리성 수준은 결국 해당 조직들의 합리적 구성과 운영에 의존한다고 볼 수 있다. 가령 정치는 정당, 행정조직 등의 정치조직에 의해서, 경제는 기업이라는 경제조직에 의해서 주로 수행되고 그 발전수준은 이들 해당 조직의 합리성에 따라 평가된다.

그런데 어떤 조직의 합리성은 그 조직의 대내적 및 대외적 상호성으로부터 도출될 수 있다는 데에 문제의 핵심이 놓여 있다. 대내적 상호성은 조직의 구성원들 사이의 자유롭고 열린 의사소통과 문제해결을 위한 논의와 상호조정의 기제가 마련되어 있고 문제해결을 지향하는 구성원 간의 상호작용이 어느 정도로 원활히 이루어지고 있느냐를 뜻하며 대외적 상호성은 해당 조직과 다른 관련조직들 사이의 상호작용 관계를 의미한다.

또 하나의 주요 관점은 각 기능적 사회체계 또는 하위체계(정치, 경제, 문화 등)가 저마다 유리되어 있는 것이 아니라 서로 연관되어 있다는 사실이다. 다시 말하면 각 사회체계나 사회조직은 상대적 자율성을 지님과 동시에 상호의존성 아래 존재한다는 사실이다. 요컨대 사회적 기능의 원활한 발휘는 해당 기능분야의 조직들이 어느 정도의 상호성과 합리성의 발전수준에서 움직이느냐에 달려 있다.

2. 한국에서의 학교교육의 현실은 헌법 제31조에 명시된 "교육의 자주성, 전문성, 정치적 중립성 및 대학의 자율성의 보장"과는 거리가 먼 상태에 처해 있다. 그 거시적 현황을 살펴본다면, 대체로 국가, 곧 중앙정부가 모든 제도적 통제권을 독점하고 자신의 교육이념, 교육과정, 평가절차(진학, 입시 등) 등을 획일적으로 각급학교로 하여금 실행하도록 되어 있다. 국가와 학교의 관계는 수직적 상명하달, 일방적 지시복종의 관계로 되어 있어 매우 저열한 상호성의 구조를 드러내고 있다. 지금까지 역대 정부는 대학을 포함한 모든 학교에서 그 구성원인 교사들이나 교수들이 학교 안에서 자발적으로 조직을 결성하는 것을 막아 왔다. 정부는 학교 교직원들이 저마다 고립되고 원자화되어 의사소통과 토론의 장을 마련하지 않기를 원했다. 그런 상태가 정부로서는 분할통치하기 (divide and rule)가 쉽기 때문이다. 전교조와 민주노총을 합법화하지 않은 것도 이러한 폭력지배적 악습에서 연유한 것이다. 이것은 구시대의 제국주의적 또는

독재체제적 관행이었다. 진정한 민주 정부는 사회구성원들 사이의 의사형성과 의사결정이 자유롭고 합리적으로 이루어지도록 의사표현과 조직결성의 자유를 최대한 보장하고 장려, 고무하는 것을 주요과제로 삼는다. 민주주의는 열린사회, 자유사회에서만 실현될 수 있기 때문이다. 이런 의미에서 다음 달 25일에 출범하는 김대중 대통령의 새 정부에 기대하는 바가 크다.

위에서 밝혔듯이 무릇 사회체계의 합리성은 그것의 상호성의 성격과 수준으로부터 도출될 수 있다. 다시 말하면 저열한 상호성 구조는 저열한 합리성을 낳는다는 뜻이다. 지금까지의 한국의 학교교육의 불합리성은 국가라는 포괄조직의 상호성과 합리성 수준의 저열함과 함께 다분히 이에 기인한 조직으로서의 학교의 상호성 구조의 열악함과 불합리한 교육과정의 구성에서 그 주요원인을 발견할 수 있다. 대학입시 위주의 주입식 교육, 과외 자율학습의 문제, 엄청난 사교육비, 교사 촌지, 내신성적의 불공정성 등 학교교육의 부실문제를 해결하기 위해서는 각급학교 교사들의 자유로운 의사소통, 민주적 조직결성과 운영, 교사조직들 사이의 협의조직의 형성, 학부모회의 활성화, 교사와 학생과 학부모의 협의체의 민주적, 합리적 운영 등이 절실히 요망된다.

3. 교육자치의 당위성은 지방자치제도의 일환으로서 자명하다. 지방자치제도는 현대사회에서의 국가운영의 민주주의 이념에서 비롯된다. 현대사회는 고도로 분화된 구조와 기능을 가진 복합사회 또는 다원화된 사회이며 또한 조직사회이다. 사회구조가 비교적 단순한 전통사회에서는 중앙집권화된 국가조직으로써 전체 사회구성원의 욕구충족이 어느 정도 가능했었다. 그러나 공업화과정이 촉진되면서 현대적 민주국가는 종래의 중앙집권적 단선국가체계(centralized unilateral state system)에서 지방의 자율성이 존중되는 지방분권과 중앙과 지방, 지방과 지방의 상호조정이라는 고도의 상호성 구조를 띠는 연방제적 복선국가체계(decentralized, multilateral federal state system)로의 구조적 변혁을 겪게 되었다. 각 지방은 중앙정부로부터 상대적 독립성 또는 자율성을 갖는 지

방정부를 갖게 되고 중앙정부와 지방정부 사이에는 일정한 분업체계 아래 상호 조정과 협력의 관계를 유지하게 된다.

4. 교육자치의 의미는 각 지방의 경제적, 문화적 특성에 따라 학교교육과 교육행정의 자율성을 견지함으로써 그 지방 나름의 창조적 교육을 합리적으로 성취하는 데에 있다. 따라서 다음의 중요시되는 보편적 관점들은 강원지방뿐만 아니라 다른 지방들에도 똑같이 해당된다.

1) 중앙정부의 교육이념, 가령 민주주의적 시민의식의 함양, 창조적 민족문화의 계승발전, 유능하고 성실한 직업인의 양성 등의 목표를 달성함에 있어서 고도로 분화된 현대적 복합사회에서는 지방자치의 활성화, 곧 교육자치의 기제를 통하여 그러한 국가적 이념이 실현되는 길을 찾을 수밖에 없다. 이들 교육이념은 다시금 독립적 사고능력, 공동체적 사회의식, 자유와 평화의 애호정신, 전통문화의 보존과 뿌리의 인식, 합리적 문제해결 능력, 정직성의 일상화 등으로써 더 구체화될 수 있다.

지금까지 오랜 동안 한국에서 초·중·고등학교의 교육은 대학입시합격을 위한 준비라는 매우 편협되고 기형적인 목표달성에만 집중되어 왔다고 말해도 지나치지는 않다. 그래서 이제는 그러한 그릇된 교육에 대한 반성으로서 진정으로 지덕체의 균형잡힌 전인교육의 필요성을 강조하게 되었다. 교육의 보편적 목표는 학생들이 저마다 자기정체성을 발견 또는 확립할 수 있도록 도와주는 데에 있다고 생각된다. 그러기 위해서는 러셀이 강조하듯이 '정신의 독립성'을 함양하는 것이 무엇보다도 중요하다. 그는, "교육의 주요목적은 젊은이들로 하여금 지금껏 당연한 것으로 여겨져 온 것들에 대해 질문을 던지고 의문을 제기하도록 고무시키는 것이어야 한다. 중요한 것은 정신의 독립성(independence of mind)이다. 교육에 있어서 나쁜 것은 학생들에게 일반적으로 수용된 견해들과 권력을 가진 인사들에 대해 도전하는 것을 허용하지 않으려는 태도이다. 새로운 사상들(new ideas)이 나타나려면 젊은이들이 그들 시대의 온갖 어리석음과 그릇된 것에 대해 근본적으로 반대하는 자세를 취하도록 격려하는 것이 필요하다. 존경할 만한 대부분의 사람들과 기본적으로 옳다고 여겨지는 대부분의 사상들은 인간의 창조적 성취에 대한 장애물들이다."라고 말했다(Russell, Bertrand, 1969, Dear Bertand Russell…: A selection of his correspondence with the general public 1950-1968, introduced and edited by B. Feinberg and R. Kasrils, London: Allen & Unwin, p. 106-7).

2) 각 교육목표의 실천과정에 관하여 중앙정부와 지방정부의 교육자치기구 사이에, 그리고 지방정부들 사이에 원활한 의사소통과 문제해결을 지향하는 토의와 의사결정이 필요하다.

3) 지방정부의 교육자치기구의 구성은 해당 지방의 교육주체들의 자발적 조직화, 곧 각급학교 안에서의 교사들의 의사소통과 담론을 위한 조직, 지방 및 전국 차원에서 교사들의 자율적 조직, 학부모들의 조직, 이들 조직들 사이의 협의조직을 전제로 한다. 다시 말하면 의사소통과 논의의 열린 마당과 흐름체계가 전제된다.

지금 관심의 대상인, 오는 2월 17일에 춘천 강원대 백령문화관에서 실시될 제2대 강원도 교육감 선거는 선거인단의 투표에 의한 간접선거 방식인데, 문제는 선거인단의 주민대표성의 인정 여부에 있다. 선거인단은 학교별 회의(운영위원회 또는 학부모회)에서 추천된 사람들로써 구성되는데1) 각 학교별 회의가 진정으로 민주적으로 조직되고 운영되고 있느냐에 선거인단의 민주적 대표성 여부가 달려 있다. 그런데 이 문제점에 대해 의문이 제기되고 있다. 이처럼 선거인단의 민주적 대표성이 불투명한 경우에는 주민의 투표에 의한 교육감의 직접선거가 더 바람직할 것이다. 이로써 교육에 대한 주민의 민주적 통제를 실현할 수 있으므로 교육자치를 더욱 충실하게 만드는 데에 기여하게 될 것이다2). 다른 한편 주민들의 투표에 의해 교육감을 선출하는 경우에 주민들이 과연 교육감 후보자와 교육의 전반적 문제상황에 관해 충분한 정보를 공유하고 있으며 이를 토대로 열린 사회적 의사형성 과정을 거쳐 합리적 의사결정을 할 수 있으며 그것이 가능하도록 여건이 마련되어 있느냐가 의문스럽다. 이 의문점을 극복하기 위해서는 역시 주민들을 중심으로 하는 범사회적 상호성의 기제가 제도적으로 확립되고 활성화되어야 한다. 민주주의의 일상화가 요망된다. 그러나 이러한 직접민주주의의 실현을 위한 전제조건이 미비한 상태에서나마 주민에 의한 교육감의 직선은 적어도 민주적·절차적 정당성을 보장할 수 있으므로 불완전한 간선제보다는 더 나을 것이다.

4) 교육자치의 재원확충을 위해서는 연방제적 재정 재분배 방식이 헌법질서로서 제도화될 필요가 있다. 중앙정부는 지방정부들과의 협의를 통해 재정 자립도가 낮은 지방정부에게는 국가 전체의 조세수입에서 일정한 비율의 보조금을 지원해야 한다. 이것이 연방제에서의 국가재정 운영의 일반적 관례이다(가령 독일의 기본법에는 그 기본원칙이 규정되어 있다.).

➡ 이 글은 1998년 1월 23일 13:30에 춘천시 공영빌딩 5층 대회의실에서 '교육자치와 교육개혁을 위한 시민 연대회의' 주최로 열린 '올바른 교육감 선출을 위한 시민공청회(주제: 교육자치와 교육감선거)'에서 발표된 것이다.

7.28. 언론의 기능과 문제상황과 개혁방향

1. 사회적 삶에 있어서 언론의 중요성은 아무리 강조해도 지나치지 않을 것이다. 그것은 언론이 욕구충족에의 부단한 추구과정으로서의 삶을 살아감에 있어서 해결해야 할 '두 가지 전략적 욕구', 곧 인지적 욕구(실재를 알고자 하는 욕구)와 규범적 욕구(실재를 변경시키고자 하는 욕구)의 충족문제와 직결되어 있기 때문이다. 언론은 기본적으로 두 가지 기능을 수행한다. 하나는 인지적 기능, 곧 현실인식을 위한 사실보도의 기능이고 다른 하나는 규범적 기능, 곧 현실변혁을 위한 비판의 기능이다. 전자의 기능수행을 위해서는 언론인의 주관적 가치판단의 배제가 요구된다. 객관적 사실확인과 명확한 사실서술이 그 생명이기 때문이다. 그러나 후자의 기능수행에는 언론인의 가치관에 따른 사실에

대한 가치평가의 개입이 전제된다. 전자는 진실규명을 과제로 삼기 때문에 과학적 진리탐구의 차원에 속하고, 후자는 더 나은 현실의 창조를 지향하고 그 길을 탐색하면서 비판적 여론 조성과 시민계도의 담론형성을 주도하기 때문에 정치적 현실변혁의 차원에 속한다. 이 두 가지 기능은 서로 질적으로 다른 속성을 지니고 있기 때문에 둘 사이에는 서로 영향을 주고받는 힘의 긴장관계가 형성된다. 그래서 이 두 기능은 언론인의 직무수행에 있어서 명확히 구별될 필요가 있다. 그렇지 않으면 언론은 자기정체성을 확립할 수 없으며 따라서 시민의 신뢰를 얻을 수 없고 제대로 기능을 발휘할 수 없게 되기 때문이다.

언론의 기능수행에 어려움과 복잡성을 더해주는 것은 하나의 사실에는 여러 가지 측면들이 있을 수 있고 그 가운데 어느 측면을 그 사실의 핵심적인 것으로 보느냐에 인지적 판단능력과 규범적 가치판단이 개입될 수 있으며 현실변혁의 비판기능에서는 아예 언론인의 주관적 가치관, 세계관이 전제되므로 다양한 평론이 제시될 수 있다는 점에서 연유한다.

2. 언론의 문제상황은 사회제도와 사회조직으로서의 언론이 위의 기능을 제대로 수행할 수 없을 정도로 자기정체성을 견지해 나갈 수 없는 상태에서 발생한다. 특히 자율성과 사회적 책임성을 상실하거나 지켜나갈 자정력이 약화되는 데에서 비롯한다. 거기에는 외부로부터의 힘과 내부적 조건들이 작용한다. 전자에 있어서는 정치권력과 금력의 압력을 들 수 있고 후자에 있어서는 조직구성과 운영의 불합리성, 특히 비민주성이 주요요소로 꼽힌다. 정치권력과 언론의 유착관계는 이미 오랜 역사적 체험으로서 특히 60년대 이후의 폭력지배적 군사독재체제 아래서 시민들의 삶 속에 뼈저리게 각인되어왔다. 이에 대한 반작용으로서 1987년 6월 항쟁 이후 자유화, 민주화 물결을 타고 약 1년 뒤에 비판적 언론인들과 독자주주에 의해 '민주, 민족자주 언론'으로서 태어난 것이 '한겨레신문'이었다. 그러나 희망찬 창간 후 2, 3년이 지나면서부터 한겨레신문사 내부에서, 그리고 경영진과 독자주주들 사이에 경영비리를 놓고 갈등이 표출,

심화되기 시작했다. 1992년 1월부터 자발적으로 조직된 '한겨레신문전국독자주주대표자모임'과 이를 기초로 한 '전국독자주주모임'의 한겨레신문 정체성 회복을 위한 끈질긴 투쟁의 10년사가 "언론을 바로세우는 사람들"이라는 책으로 발간(1998. 5. 30)된 일은 한국 언론사에서 매우 중요한 의미를 지닌다. 무엇보다도 그것은 실종될 뻔한, 진실하고 용기 있는 '창조적 소수자'의 진실을 바로 세우는 싸움이었기 때문이다. 이 싸움은 마침내 승리를 거두고 있다. 그러나 이 싸움은 오늘도 지속되고 있다. 그 근본이유는 한겨레신문사가 다른 언론사와 마찬가지로 하나의 조직이라는 사실과 아직 조직내적 개혁이 이루어지지 않고 있는 데에 있다. 무릇 조직 안에는 다양한 이해집단들이 존재하며 이들 사이에는 자원배분을 중심으로 역동적 권력관계가 형성되기 마련이다. 조직구성원은 개인적으로나 집단적으로 특수주의적 이해관심(지연, 학연, 가치관, 정권에 대한 선호도, 기득권 확보 등)에 따라 부단한 학습과정과 교섭과정 속에서 상호작용하게 된다. 갈등의 조정과 해소, 내적 평화와 통합, 직무수행의 합리성 제고 능력은 조직운영의 민주화의 정도에 의존한다고 볼 수 있다.

3. 언론의 개혁은 합리성과 민주성의 판단기준에서 체계적으로 추진되어야 한다. 이 두 원칙에는 의사형성, 의사결정, 집행, 평가 등 조직운영의 모든 과정에서의 진실성, 공개성, 상호성, 책임성 등이 포함된다. 여기서 '합리성'은 수단선택의 도구적 합리성뿐만 아니라 목적설정의 실질적 합리성도 포함하는 개념이다. 1) 지금의 IMF 규제시대에 언론계도 과거청산과 구조정비가 시급히 요망된다. 과거의 불합리성과 비민주성이 청산, 근절되어야 한다. 무엇보다도 인적 교체가 중요하다. 새 물은 새 부대에 넣어야 한다. IMF 규제의 요체는 경제적 합리성의 정도(正道)를 실천하는 데에, 곧 합리화(rationalization)에 있다. 언론분야에도 마찬가지로 해당된다. 2) 정권과 금권과 언론의 유착관계가 조성될 가능성이 법적, 제도적으로 봉쇄되어야 한다. 무엇보다도 각 언론주체의 자율성이 보장되어야 하고 어떠한 외부적 통제나 간섭이 배제되어야 한다. 3) 조직으로서

의 언론사의 민주적 조직체계 구성과 합리적 운영을 위해 언론사 구성원들의 노조결성 등 자유로운 조직결성과 민주적 운영이 장려되고 보장되어야 한다. 그럼으로써 결과되는 조직의 투명성이 대 사회적으로 드러나도록 해야 한다. 그렇게 하여 조직 내의 책임경영과 사회적 신뢰도를 높일 수 있다. 4) 언론사의 주주와 독자(또는 청취자)의 자율적 조직결성을 통해 언론사의 논조와 운영을 감시, 견제할 수 있어야 한다. 5) 정부, 언론사(또는 언론사 집단), 언론노조, 독자 /시청자인 시민조직(또는 그 연합체) 사이의 담론의 장이 마련되어야 한다.

각 언론기관의 자율적 합리화 조치가 이루어지지 않을 경우에는 다른 관련 행위주체들로부터 개혁의 압력을 받게 될 것이다. 사회적 의사소통체계가 과거 에는 정부→언론기관→시민의 수직적, 폐쇄적 지배관계로 이루어졌으나 오늘 의 지구화 시대에는 모두 수평적 평등관계에서 상호성에 근거한, 열린 교류와 담론의 장으로 바뀌고 있다.

(1998. 6월 수상록)

7.29. 담배피우기에 관한 비판적 명제들

1. 담배피우기는 반자연적이고 반사회적이며 백해무익하다. 담배피우기는 인간의 자연적 욕구로부터 비롯된 것이 아니며 인위적, 가공적 욕구에서 나온, 하나의 장난거리로서 그 의학적 효과는 인체의 건강에 해롭다는 것이 보편적으 로 인정되어 있다. 담배피우기는 폐암, 기관지염, 구강염 등의 직접적 원인이다. 담배피우기가 스트레스의 해소에 도움을 준다는 주장은 습관적 착각의 합리화 라는 자기기만에 지나지 않으며 비록 순간적으로 스트레스를 해소시킨다고 느 낄지라도 그것이 그와 동시에 실제로 자신의 몸을 파괴시킨다는 부정적 결과를 상쇄할 만큼 긍정적인 효과일 수는 없다. 담배피우기는 또한 다른 사람들에게 수동적 담배피우기를 부과함으로써 이들의 건강도 해치는 의도하지 않은 효과 를 가져오며 환경을 오염시키기 쉬우므로 반사회성을 지닌다.

2. 담배피우기는 흔히 성년이 된 남성의 독점적 기호거리에 속하는 것으로서
일상화되어 왔기 때문에 기성세대에 도전하는 미성년자들과 남성지배와 가부
장제도에 반대하는 여성들은 그 저항의 몸짓으로서 담배피우기를 공공연히 드
러내보인다. 그러나 이러한 행태가 성년남성만의 특권적 향유라는 전통적 고정
관념을 깨뜨린다는 해방지향적 반작용이라고 볼 수 있을지라도 그것은 피상적
성년 흉내내기나 남성 흉내내기에 지나지 않으며 사이비 해방일 뿐이다. 왜냐
하면 이러한 담배피우기의 흉내내기로써 그들이 성년이 되거나 남성과 동등한
사회적 지위를 누리게 되는 것은 아니며 그런 발상 자체가 천박한 단세포적
사고이며 순전한 착각이기 때문이다.

3. 담배피우는 사람은 남성, 여성, 성년, 미성년을 막론하고 위에서 지적된
근본적 사고의 오류와 불합리한 습관의 속박 안에 안주한다. 특히 흡연여성은
흡연남성에 비하여 또 하나의 추가적 오류를 범한다. 그것은 피상적 남성모방
으로써 여성과 남성의 인격적 및 사회적 평등과 여성의 실질적 해방을 실현할
수 있다고 생각하는 표피적 착각의 오류이다. 더구나 거리에서의 여성흡연을
주장하는 행태는 불치의 착각의 늪 속으로 한 층 더 깊이 빠져들어감을 보여주
므로 안타깝기 그지없어 연민의 정을 금치 못하게 한다.

4. 담배피우기를 자기결단으로써 그만두지 못함은 자기의 습관을 스스로 통
제하지 못하는 인간적 나약함으로서 이해할 만하지만 그것은 인간의 자기모순
적 비극이다. 담배피우기를 비롯하여 알코올, 마약 등 유해물질에 의존되어 있
는 상태, 곧 그 유해물질에 중독된 상태는 인간이 물질의 지배 아래 예속되어
물질이 자신의 주인노릇을 하도록 스스로 허용하는 한편 자신은 인간으로서의
존엄성을 지키고 있다고 생각하며 행복을 추구한다는 모순된 사실을 보여준다.
담배피우기는 다른 유해물질의 경우와 마찬가지로 인간의 자연적 욕구를 충족
하는 데에 필요한 에너지와 시간을 불필요하게 낭비하게 되고 자연스러운 삶의

참된 즐거움을 누릴 기회와 능력을 상실하게 되기 쉽다. 따라서 담배피우는 사람은 사람이면 누구나 저마다 추구하는 행복의 큰 몫을 버리거나 누리지 못하게 될 가능성이 크다. 그 또는 그녀는 담배피우기로써 자신의 건강을 자신도 모르는 사이에 해치고 있기 때문이다.

5. 담배피우는 사람은 내면적 갈등상황 속에서 방황한다. 그것은 담배피우기라는 나쁜 습관의 인지와 그 습관의 파기라는 당위적 필요성과 실천적 결단 사이의 갈등이며, 자기분열과 자기 속박의 상태가 지속되는, 스스로 하나되지 못하는 자아의 불합리한 자기선택 또는 자업자득의 비극적 모습이다. 인간은 자기와 온전히 하나됨으로부터, 곧 자기해방으로부터 비로소 참된 인간해방을 체험할 수 있다. '나'의 자기해방 없이는 '우리'의 정치적, 경제적, 문화적 해방을 포함한 사회적 해방은 불완전하며 불가능하다. 내가 나의 습관의 노예상태로부터 해방되기 위해서는 지식(인지적 합리성)과 지혜(규범적 합리성), 특히 자기사랑의 결단과 실천에의 용기(이것도 엄밀하게는 '지혜'에 속한다)가 필요하다. 담배피우는 친구여, 언제까지 방황할 것인가?! (1998.5.20)

('광야', 강원대 사회학과 학생회 편집부, 1998. 여름호, 28-9쪽)

7.30. 교육의 목적

최근 매스 미디어에서 거론되는 문제들 가운데 '교실붕괴' 또는 '학교붕괴' 현상이 나를 우울하게 만든다. 중고등학교에서 수업시간이 시작되었어도 학생들은 떠들거나 옆 친구들과 장난하거나 책상에 엎드려 잠자거나 한다는 것이다. 교사가 아무리 조용히 하라고 소리쳐도 반응이 없다고 한다. 교사들은 '교권'이 무너졌다고 한탄한다. 학생들은 학교에서 수업받는 것보다 학원에 가서 배우는 것이 더 효과적이라고 생각하고 학교는 '감옥'이라고 느낀다는 것을 거리낌없이 토로한다. 이러한 교육현실의 병리상태는 교육주체들 사이의 상호성의 부재,

곧 교육제도의 폭력성에 그 근본원인이 있다고 나는 진단한다.

고등학교까지의 제도교육은 대학입학을 위한 준비과정에 불과하고 일방적 주입식 교육, 타율적 '자율학습'의 제도화, 심한 체벌, 촌지수수 등이 오랜 동안 누적된 결과가 '교실붕괴'로 폭발하고 있다. 거기에는 교육주체들 사이의 물음과 대답, 대화와 토론이 존재하지 않고 위에서 아래로, 상위자의 명령하달과 하위자의 절대복종이 관행으로 굳어진 일방통행식 관료주의가 지배해왔다. 정부의 교육부 관료, 학교장, 교사는 저마다 자기만이 교육주체이고 그 아래에 있는 사람들과 학생과 학부모는 객체라고 간주하는 경향이 짙다. 그래서 아마도 현행 '학교운영위원회'의 구성에서 학생대표가 빠져버린 것도 그런 권위주의적 교육철학에서 나온 당연한 결과일 것이다. 상호존중 의식이 있는지, 상대방의 욕구를 고려하고자 하는 마음가짐이 있는지 의문스럽다.

교육의 보편적 목표는 학생들이 저마다 자기정체성을 발견 또는 확립할 수 있도록 도와주는 데에 있다고 생각된다. 그러기 위해서는 러셀이 강조하듯이 '정신의 독립성'을 함양하는 것이 무엇보다도 중요하다. 그는, "교육의 주요목적은 젊은이들로 하여금 지금껏 당연한 것으로 여겨져 온 것들에 대해 질문을 던지고 의문을 제기하도록 고무시키는 것이어야 한다. 중요한 것은 정신의 독립성(independence of mind)이다. 교육에 있어서 나쁜 것은 학생들에게 사회에서 일반적으로 수용된 견해들과 권력을 가진 인사들에 대해 도전하는 것을 허용하지 않으려는 태도이다. 새로운 사상들이 나타나려면 젊은이들이 그들 시대의 온갖 어리석음과 그릇된 것에 대해 근본적으로 반대하는 자세를 취하도록 격려하는 것이 필요하다. 존경할 만한 대부분의 사람들과 기본적으로 옳다고 여겨지는 대부분의 사상들은 인간의 창조적 성취에 대한 장애물들이다."(그의 서한집에서)라고 말했다.

그런데 나는 때때로 대학에서도 '교실붕괴'의 현상이 잠재되어 있는 것 같이 느낀다. 나 자신을 포함하여 강사는 자기의 강의내용이 항상 절대로 참되거나 옳다고 생각하는지를 성찰하는 것이 필요하다. 더욱 큰 문제는 학생들이 스스로 질문을 하지 않거나 강사가 '질문 있습니까?'라고 물을 때조차 아무런 질문이 없이 침묵을 지키는 경우이다. 대체로 질문이 없다는 것은 생각을 하지 않는다는 증거일 가능성이 크다. 생각하기를 게을리하거나 남의 생각을 무비판적으로 받아들이기만을 습관화한다면 '대학붕괴'는 이미 시작되고 있다고 볼 수 있지 않을까?

(강대신문, '청화냉담', 1999.11.1.[858호])

7.31. 대학교육의 계획적 부실화

대학은 피교육자인 개인의 지적, 예체능적 및 그 밖의 잠재능력의 계발, 함양 및 평가를 주요과제로 삼는 제도교육의 최종 단계에 위치하고 있고 학생의 대학에서의 학업성적은 곧 그 또는 그녀의 사회경제적 지위의 획득에 결정적으로 영향을 미친다. 따라서 성적평가의 공정성과 엄격성은 대학교육의 주요주체인 교수에게 부과된 규범적 요망사항이며 대학의 권위를 지탱하고 대학교육에 대한 신뢰의 근거가 되는 핵심적 가치들 가운데 하나다.

그런데 대학이 오래 전부터 학생들에 대한 성적평가를 불합리한 제도 아래 교수의 자의적 조작이 가능하도록 실시함으로써 스스로 대학교육을 결과적으로는 계획적으로 부실화해오고 있다. 그릇된 제도 가운데 한두 가지만 지적한다면 상대평가제와 계절수업제를 들 수 있다. 상대평가제의 문제점은 어떤 학생의 성적이 그 학생이 속한 수업반의 평균적 성적에 따라 가변적이라는 데에 있다. 그래서 가령 한 학생이 특정 시험문제에 대한 답안을 출제교수가 상정한 만점에 못 미치는 50점밖에 얻지 못했다고 할지라도 그 수업반의 전반적 성적 수준이 매우 낮다면 그 학생은 60점이나 70점을 얻을 수 있게 된다. 이것이 불합리하고 불공정한 평가라는 것은 자명하다. 얼마 전에 우리 대학 교무처는 A－B학점이 전체의 몇 십 퍼센트를 차지하도록 성적을 상대평가해달라고 교수들에게 정식 공문으로 요구했었다. 이것은 중고등학교에서의 '내신성적 뻥튀가'와 다를 것이 없다. 그렇게 함으로써 당장은 강대 학생들의 성적수준이 표면적 수치로는 높은 것으로 나타나겠지만 그런 평가는 가짜임에 틀림없고 장기적으로 강대 교수들의 성적평가의 공정성에 대한 신뢰도를 떨어뜨리게 될 것이다.

계절수업제도 마찬가지 결과를 가져올 것은 뻔하다. 나는 오래 전부터 계절수업의 폐지를 기회 있을 때마다 주장해왔다. 강대신문(1998. 11. 30일자, 1쪽)은 "학점 따먹기식 계절수업"이라는 제목의 기사를 실었다. 그러나 이 기사는 계절수업의 폐지를 주장하지는 않고 계절수업이 "실속있게 운영되기 위해서는 학점 표준화 도입" 등을 요구하고 있어 문제의 핵심을 빗나가고 있다. 한 학기의 수업을 15일에 해치우는 것은 분명히 수업의 부실화를 낳을 수밖에 없고, 대학교육의 희화화에 지나지 않으며 대학의 위상을 스스로 손상, 추락시킬 것이다.

최근 강대신문(2000. 11. 13일자 1쪽)은 박용수 총장의 이름으로 "'명문'의 이름을 새로 새깁니다.… 확 바뀐 강원대학교에서 여러분 자신을 확 바꿔보세요. 확 바뀐 강원대학교, 이제는 여러분이 주인입니다"라고 역설하고 있지만, 무엇이 확 바뀌었단 말인가?! 근본적으로 달라져야 할 것은 구태의연하게 온존시켜 오면서 어떻게 명문대학이 될 수 있는가? 그것이 빈 말로 그치지 않으려면 우선 현실을 있는 그대로 볼 수 있는 최소한도의 정직성, 진실성에서 출발하여 깨어있는 비판적 사고와 용기있는 실천이 무엇보다 긴요한 시점이다. 강대가 명문대학이 되려면 교육과 연구의 수준은 물론이거니와 학생들의 학업성적의 평가도 국제적 수준에서 그 엄정성에 대한 신뢰를 인정받지 않으면 안될 것이다.

(강대신문, '청화냉담', 2000.11.27[882호])

7.32. 학생들이여, 생각하며 공부하고 또 생각하며 살자!

대학은 제도교육의 최종단계이기 때문에 대학생활을 어떻게 보내는가에 따라 학생 개개인의 미래의 삶이 결정된다. 그래서 내가 오늘을 어떻게 보내는가의 문제는 매우 심각하고 엄숙한 함의를 지니고 있다. 그런데 이와 관련하여 우리는 '콩 심은 데 콩 나고 팥 심은 데 팥 난다'는 속담을 잘 알고 있다. 무릇 심고 기른 대로 거둔다는 생명과 삶의 이치는 보편적 진리이다. 그것은 또한 체계이론에서 투입(input)과 산출(output)의 관계와 같다. 에너지(노력)의 투입이 없는 데서는 하등의 산출물이 나올 수 없다. 젊은 시절에 고생은 사서도 한다는 말이 역시 이를 두고 음미될 수 있다.

내가 왜 공부를 해야 되는가? 내가 대학생이라는 사실은 무엇을 의미하는가? 내가 하나의 인간으로서 이 지구에, 그리고 한반도에 태어나서 살고 있는데 나는 어떻게 살아가야 할까? 이 우주와 대자연 속에 하나의 생명체로서 살아가는 인간인 나는 도대체 무슨 존재인가? 인간의 존재와 삶의 의미는, '나'라는 인간의 존재의미는 무엇인가? 내가 살고 있는 한국사회와 한국이라는 나라는 어떻게 이루어져 있고 다른 나라들과 사회들과의 상호의존관계가 더욱 긴밀하게 되어가고 신속히 변화해가고 있는 이른바 '지구화'(globalization) 현상은 어떤 특성을 지니고 있는가? 인류역사를 어떻게 이해할 것인가? 고전 사회학자들, 철학자들, 과학자들은 이런 물음들에 대해서 어떻게 생각했을까? 또 작은 것 같지만 '왜 내가 담배를 피워야 하는가?', '왜 나는 술을 마셔야 하는가?'도 마찬가지의 엄숙한 물음들이다.

한 가지 내가 학생들에게 권고하는 것은 모든 이론과 종교와 철학을 나의 생각과 판단을 위한 참고자료로 간주할 뿐 그것들을 무비판적으로 곧바로 나의 생각이나 입장으로 그냥 받아들이지 말라는 것이다. 그것들은 나 자신의 생각(세계관, 인간관, 사회관, 인생관 등 이론)을 정립하는 데에 사용될 수 있는 지식이나 정보나 자료(data)에 불과한 것이라는 점을 잊지 말아야 할 것이다. 의미 있는 삶을 살려면 우선 생각하는 방법을 배워야 하는데 무엇보다도 혼자 독립적으로 생각하기를 게을리 하지 않아야 할 것이다. 독립적으로 생각하지 못하면 항상 남의 종노릇밖에 하지 못한다. 정신적인 노예가 되는 것이다. 그것은 인간다운 삶의 길이 아니다. 내가 사는 것이 아니라 나는 다만 외형상 사는 시늉을 하는 것밖엔 안 될 것이다. 이런 삶은 가장 비극적일 것이다. 우리 삶을 어떤 것으로 만들 것인가는 우리 각자의 선택에 달려 있다. 선택은 생각의 결과일 때 유의미하다. 나는 지금 무엇을, 왜, 어떻게, 생각하고 있는가?

('광야' [강원대 사회학과 학생회지], 2001년 봄+여름호, 35쪽)

7.33. 동창회의 정체성

강대 동창회로부터 원고청탁을 받았을 때 다소 난감했다. 나는 '동창회'에 대해서 별로 긍정적 인상을 가지지 않고 있고 그러한 나의 솔직한 견해를 "대학교육"(한국대학교육협의회 발행) 1989년 7월호(115~19쪽)에 '동창회문화로부터의 해방'이라는 제목의 글에서 밝힌 바 있기 때문이다.

우선 동창회는 정체성이 분명치 않다. 동창회가 하나의 조직이라면 다른 여느 조직체와 마찬가지로 그 목적에 찬성하고 그 목적달성을 위해 협력할 의사가 있는 사람이 회원이 되고 회원은 정한 바에 따라 회원으로서의 의무와 권리가 주어진다고 봐야 할 것이다. 그러나 동창회는 그렇지 않다. 일반적으로 어느 대학을 졸업하면 그 졸업자는 자동적으로 그 대학의 동창회 회원이 되는 것으로 간주된다. 이는 강제성을 띠게 된다. 동창회라는 조직체에의 회원가입 절차가 어디에, 그리고 어떻게 명시되어 있는지 나는 아직 모른다. 아무튼 동창회의 정체성에는 분명히 불투명한 측면이 있다.

동창회의 목적 가운데 가장 두드러진 것은 모교의 발전을 도모한다는 것일 것이다. 어느 학교를 졸업한 사람은 아마도 누구나 자기의 모교가 더욱 발전하기를 원할 것이다. 그러나 모교의 발전을 주요목적으로 하는 조직체를 결성, 운영하는 일은 별개의 문제이다.

동창회가 갖는 부정적 성향은 대체로 세 가지인데 과거지향성과 특수주의적 연고주의와 폐쇄성이다. 이들은 서로 연관되어 있다.

여기서 우리의 생각을 기울여야 할 문제는 동창회의 긍정적 정체성이 무엇일 수 있는가이다. 물론 미래지향적이고 보편주의적 가치실현을 지향하고 개방적으로 바뀌는 것이다. 가령 강대 동창회는 지역사회의 발전을 위해서 무엇을 할 수 있을 것인가? 우선 강대가 자리잡고 있는 춘천이 옛날에 비해 더 쾌적하고 아름다운 지역사회로 발전해 왔다고 우리는 자부할 수 있는가? 여기서 나는 두 가지만 문제삼고자 한다. 하나는 교통문제이고 다른 하나는 고층 아파트 난립으로 인한 지역사회 환경의 추악화이다. 10년 전에 비해 개인용 승용차의 수가 크게 증가했고 버스타기가 별로 편리해지지 않았음을 실감할 수 있다. 특히 강대 후문 앞에 있는 버스정류장에서 시내로 가는 버스를 타려면 지금도 15년 전과 마찬가지로 20분 정도는 기다려야 한다. 버스를 오랜 시간 기다리면서 승객은 시 당국에 대해서, 그리고 대학 당국에 대해서, 동창회에 대해서 원망과 불만으로 가득찬 가슴을 태우고 있으리라는 것을 짐작하고도 남음이 있다. 이렇게 버스이용이 불편하기 때문에 학생들과 시민들이 웬만하면 자가용 승용차를 구입하려고 한다. 이렇게 해서 자동차 수가 늘어나고 교통은 더욱 혼잡해진다. 가끔 시커먼 배기가스를 내뿜는 버스나 트럭도 여전하다. 전국적 차원에서 기름 한 방울 생산되지 않는 나라에서 그렇게 많은 자동차를 굴리고 다니는 꼴을 외계인이 와서 본다면 어리둥절할 것이다. 고층 아파트 난립에 관해선 지면상 자세히 거론할 여유가 없다.

끝으로 한 가지 덧붙인다면 춘천시의 주요 간선도로는 물론이고 어느 길에도 전혀 이름이 붙어 있지 않다. 올해를 '한국관광의 해'로 지정하여 야단법석을 떨지만 이른바 관광명소를 찾아가려면 길을 따라 가야 할 텐데 길 이름도, 지도도 마련되어 있지 않는 상황에서 어떻게 관광객을 유치할 수 있는가 어떤 대상에 대해 이름이 붙여져 있지 않는 한 그것은 사회적으로 아직 존재하지 않는 것이나 다름없다. 거기엔 애향심도, 발전에의 구상이나 동기도 유발되기 어려울 것이다. 이러한 지역사회의 문제들에 대해서 동창회가 어떤 긍정적 영향력을 발휘할 수 있기를 기대해 본다.

(강대동창회보, 2001.8.5, 10쪽)

7.34. 내가 감명 깊게 읽은 책

버트란드 러셀(Bertrand Russell, 1872-1970)의 '왜 나는 기독교인이 아닌가?'(Why I am not a Christian, and other essays on religion and related subjects, London: Routledge)는 내가 가장 감명 깊게 읽은 책들 가운데 하나다. 이 책은 종교와 윤리에 대한 러셀의 견해를 표현한 그의 14개의 에세이, 하나의 대담(주제: '하나님의 존재'), 하나의 사건기록으로 구성되어 있다. 첫 번째 에세이 '왜 나는 기독교인이 아닌가'는 그가 1927년 3월 6일에 영국 세속협회(National Secular Society)에서 행한 강연이다. 두 번째 에세이는 '종교가 문명에 유용한 공헌을 했는가?'(1930)이고 세 번째 에세이는 '내가 믿는 것'(1925)인데 거기엔 '좋은 삶'(good life)에 대한 그의 유명한 정의가 들어 있다. 다음으로 '우리는 죽음을 넘어 생존하는가?'(1936), '마담, 그렇게 보이지요? 아니죠, 그렇습니다'(1899), '가톨릭 및 프로테스탄트 회의주의자들에 관하여'(1928), '중세의 삶'(1925), '토마스 페인의 운명'(1934), '멋진 사람들'(1931), '새 세대'(1930), '우리의 성 윤리'(1936), '자유와 대학'(1940), '하나님의 존재: 러셀과 코플스톤 신부 사이의 토론'(1948년 BBC방송), '종교는 우리의 문젯거리들을 치유할 수 있는가?'(1954), '종교와 도덕'(1952), 그리고 마지막으로 부록으로서 '어떻게 러셀이 뉴욕 시티 칼리지에서 가르치지 못하도록 저지되었는가'로 채워져 있다. 이 책을 우리말로 옮긴 것으로는 범우사의 '종교는 필요한가'(이재황 옮김. 범우사상신서 37)를 추천하고 싶다.

내가 이 책을 읽기 전에는 나는 거의 광신도처럼 기독교신앙에 몰입되어 있었지만 이 책을 읽고 나서 나는 기독교나 다른 종교로부터 해방된 자유인이 되었고 종교에 대한 나의 기본입장은 러셀처럼 '불가지론자'(agnostic)로 바뀌었다. 그것은 1970년대 중반 나의 독일유학 시절에 내가 체험한 가장 획기적 내면적 사건이었고 지금도 이를 회상할 때마다 나는 무한한 자기해방적 희열감을 느끼곤 한다. 종교에 대한 태도에 있어서 현대인으로서 선택할 수 있는 가장 적절한 입장은 유신론자도, 무신론자도 아니고 불가지론자라고 판단된다. 이에 관한 더 상세한 논의는 나의 책 '인간해방의 사회이론'(1997, 전예원)을 참조하

기 바란다. 나의 오랜 고뇌의 역정에 비추어 나는 적어도 '큰 배움의 집' 대학에
서 학생들과 교수들이 러셀을 읽고 성찰함으로써 더 이상 종교문제로 시간과
정력을 낭비하는 안타까운 일이 일어나지 않기를 간절히 바란다.

(강대신문, '내 인생의 책 한권', 2001.9.3, 5쪽)

* *

버트란드 러셀 지음, 이재황 옮김, 종교는 필요한가(Why I Am Not a Christian),
범우사, 1999:

이 책은 러셀이 1927년 영국 세속협회에서 행한, '나는 왜 기독교인이 아닌
가'라는 제목의 강연과 종교, 윤리 등에 관한 에세이를 모은 것이다. 번역본에는
그의 다른 에세이 '자유인의 신앙'과 '나의 신조'가 추가 수록돼 있다.

종교관은 세계관 정립의 중심일 뿐 아니라, 명확한 생각하기의 시금석이다.
최고의 지식인이라고 일컬어지는 교수들도 종교관에 있어서 다양하며 갈팡질
팡하고 있는 듯하다.

나는 학창시절에 이 책 읽기를 스스로 거부했다. 그 당시 나는 광신적 기독교
인으로 기독교적 세계관과 인생관에 몰입돼 있었고, 반기독교적 또는 종교 비
판적 사상은 불필요하다고 생각했기 때문이다. 그러나 70년대 중반에 이 책을
비롯한 러셀의 저작들을 읽으면서 만시지탄을 금치 못했다. 나는 종래의 나의
편협하고 닫힌 사고방식을 통회하고 기독교로부터의 탈퇴를 선언했다. 종교인
에서 불가지론자로의 코페르니쿠스적 대전환은 내게 형언하기 어려울 만큼 흐
뭇한 해방감과 희열을 안겨주었고, 지금도 그 감격은 생생하다. 불가지론자로
서의 러셀의 관점이 명시적으로 표명된 것은 1953년 '룩'지와의 인터뷰 '불가지
론자란 무엇인가'(졸저 '그리움의 횃불', 전예원 간행)에서다.

위의 책을 비롯한 러셀의 다른 책들은 나에게 명확히 생각하기에 큰 도움이
됐다. 위의 책을 읽고 성찰함으로써 대학인들이 개인의 종교에 대해 좀 더 성찰

하길 바란다. (배동인. 전 강원대 교수. 사회학)

위의 글은 '교수신문'(2003. 11. 10, 제291호), '함께 읽고 싶은 책' 난(6쪽)에 실린 것이다.

내가 감명깊게 읽은 책들 가운데 특히 학생들에게 권장하고 싶은 이른바 '교양필독서'를 강원대학교 홈페이지 안에 있는 '교직원 홈페이지' 나의 게시판에 다음과 같이 올려놓았었다.

내가 권장하는 교양필독서

다음은 내가 감명 깊게 읽은 책들인데 학생 여러분에게 꼭 읽어보기를 권하고 싶습니다.

1. 김구, 백범일지(백범 김구 자서전. 도진순 주해), 도서출판 돌베개, 2002(개정판)
2. 막스 뮐러(차경아 옮김), 독일인의 사랑, 문예출판사
3. Erich Fromm, The Art of Loving
4. 로맹 롤랑(이휘영 옮김), 베토벤의 생애, 문예출판사
5. 도스토예프스키, 가난한 사람들
6.   " , 백야
7. 한비야, 바람의 딸 걸어서 지구 세바퀴 반, 1-4권, 도서출판 금토, 1996-98
8.   " , 바람의 딸, 우리 땅에 서다, 도서출판 푸른숲, 1999
9. 버트란드 러셀(이재황 역), 종교는 필요한가(Why I Am Not a Christian), 범우사 (범우사 상신서 37)
10. B. 러셀(양병탁 옮김), 행복은 지금도 가능한가, 서문당(서문문고 127)
11. B. 러셀, 러셀과의 대화, 서문당(서문문고 43)
12. Bertrand Russell, The Problems of Philosophy, London etc.: Oxford University Press, 1976(first published 1912)
13. Bertrand Russell, The Conquest of Happiness
14. 페인버그, 카스릴스 편(최혁순 역), 러셀의 철학노트 (원제: Dear Bertrand Russell), 범우사(범우사상신서 15)
15. Bertrand Russell, Autobiography, Vol. 1-3, London: Allen & Unwin
16.   " , A History of Western Philosophy, London: Allen & Unwin, 1974(first published 1946)

(그밖에 러셀에 관해서는 나에게 개별적으로 문의하기 바람)

17. Thomas Carlyle, On Heroes, Hero-worship, and the Heroic in History, 1841(토마스 칼라일[박상익 옮김], 영웅숭배론, 한길사, 2003)
18.   ″   , Sartor Resartus, 1838[1836]
19. Peter Singer, Hegel, Oxford: Oxford University Press, 1983
20.   ″   , Marx,   ″   , 1980
21. Karl Popper, Open Society and its Enemies
22.   ″   , The Poverty of Historicism
23. Karl Loewith, Max Weber and Karl Marx, London: Routledge, 1993
24. Louis Althusser, The future lasts a long time and Facts, London: Vintage, 1994
25. Anthony Giddens, The Third Way and its Critics, Cambridge: Polity, 2000
26. Erich Fromm, The Art of Being, New York: Continuum, 2000
27. 이경숙, 노자를 웃긴 남자, 서울: 자인, 2000
28. 황대권, 야생초 편지, 도솔, 2002
29. 존 로빈스(안의정 옮김), 음식혁명, 시공사, 2002
30. 촘스키(강주헌 옮김), 누가 무엇으로 세상을 지배하는가, 시대의창, 2002

여기에 오늘 다음을 추가할 수 있겠다:

31. 노자(이경숙 완역, 주해), 도덕경(제1권 도경, 제2권 덕경), 서울: 명상, 2004
32. 최한기(혜강, 1803-1877)(손병욱 옮김), 기학(氣學, 1857), 서울: 통나무, 2004
33. 정 민, 미쳐야 미친다: 조선 지식인의 내면 읽기, 서울: 푸른역사, 2004
34. 슈테판 츠바이크(안인희 옮김), 광기와 우연의 역사, 서울: 휴머니스트 2004 (이 책에 언급되지 않은 원본은, Stefan Zweig, Sternstunden der Menschheit: Vierzehn historische Miniaturen, Frankfurt a.M.: Fischer Taschenbuch Verlag, 2003 인데 번역본엔 마지막 두 장, 'Cicero'와 'Wilson versagt'가 수록되지 않음)
35. 새뮤얼 스마일즈(공병호 편역), 인생을 최고로 사는 지혜(Self-Help), 서울: 비지니스북스 2004
36. Stefan Zweig, Romain Rolland, Frankfurt a. M.: S. Fischer Verlag, 1987
37. 슈테판 츠바이크(곽복록 옮김), 어제의 세계(Die Welt von Gestern, 1941[탈고], 1944), 서울: 지식공작소, 1995, 544쪽
38. 슈테판 츠바이크(박찬기 옮김), 황혼의 이야기(그 외 '모르는 여인의 편지', '마음의 파멸'), 서문당(서문문고 010), 2003
39. 슈테판 츠바이크(원당희 옮김), 환상의 밤(Phantastische Nacht), 자연사랑, 1999

40. 슈테판 츠바이크(안인희 옮김), 정신의 탐험가들(Die Heilung durch den Geist), 푸른숲, 2000

41. 슈테판 츠바이크(안인희 옮김), 발자크 평전, 푸른숲, 2002(5쇄: 1998 1쇄)(691쪽)

42. 레이첼 카슨(Rachel Carson)(표정훈 옮김), "자연, 그 경이로움에 대하여"(The Sense of Wonder), 에코리브르, 2002

43. 틱낫한(Thic Nhat Hanh)(진우기 옮김), 힘(Power), 명진출판, 2003

44. 로저 본 외흐(Roger von Oech)(정주연 옮김), 생각의 혁명: Creative Thinking(A Whack on the Side of the Head), 에코리브르, 2002

45. 정민, 죽비소리: 나를 깨우는 우리 문장 120, 마음산책, 2005

46. 루스 웨스트하이머/스티븐 캐플란(김대웅 옮김), 간통에서 동성애까지 권력을 둘러싼 스캔들의 역사(Power: The ultimate aphrodisiac), 이마고, 2004

47. 김상운, 내 몸을 망가뜨리는 건강상식 사전, 이지북, 2004

48. 법정 스님(류시화 엮음). 산에는 꽃이 피네. 동쪽나라, 1998(2판 2004. 11월)

49. Bronislaw Malinowski, A Scientific Theory of Culture and other essays, Chapel Hill: The University of North Carolina Press, 1944

50. Erich Fromm, Psychoanalysis and Religion, New Haven and London: Yale University Press, 1978

51. 김종철 편, 녹색평론선집1(1991년 창간호-1992년 9-10월호), 대구: 녹색평론사, 1993

52. 노암 촘스키(인터뷰어: 데이비드 바사미언, 옮긴이: 강주헌). 촘스키, 세상의 권력을 말하다 1, 2. 서울: 시대의창. 2004

53. 노엄 촘스키(박행웅, 이종삼 옮김). 촘스키, 9-11. 서울: 김영사. 2001

54. 법정. 홀로 사는 즐거움. 서울: 샘터. 2004

55. 헨리 데이빗 소로우(강승영 옮김). 월든(Walden). 경기도 파주: 도서출판 이레. 2004

56. Robert Wokler. Rousseau: A Very Short Introduction. Oxford: Oxford University Press. 2001

57. 노암 촘스키(홍건영 옮김). 테러리즘의 문화(The Culture of Terrorism). 서울: 이룸. 2002

58. Robert Spaethling(edited and newly translated). Mozart's Letters, Mozart's Life: Selected Letters. New York: Norton paperback. 2006. 479 pp.

59. Peter Singer. A Darwinian Left: Politics, Evolution and Cooperation. New Haven and London: Yale University Press. 1999. 70 pp.

60. J.W.N. Sullivan. Beethoven: His Spiritual Development. New York: Vintage Books. 1960. 174 pp.

61. George R. Marek. Ludwig van Beethoven: Das Leben eines Genies(Aus dem Amerikanischen uebertragen von Renate Kebelmann, Titel der Originalausgabe: Beethoven. Biography of a Genius. New York: Funk & Wagnalls. 1969). Muenchen: Moderne Verlags GmbH. 1970. 661 S.

62. Maynard Solomon. Beethoven. New York: Schirmer Books. 1979. 400 pp.

63. Renate Ulm(Hg.). Die 9 Symphonien Beethovens: Entstehung, Deutung, Wirkung. Kassel: Baerenreiter Verlag. 2002[1994]. 284 S.

64. Ernst Hilmar. Franz Schubert. Reinbek bei Hamburg: Rohwohlt(rm 50608). 2002[1997]. 158 S.

65. 로맹 롤랑(박영구 옮김). 괴테와 베토벤: 시성과 악성의 운명적 만남과 사랑. 서울: 웅진닷컴. 261 쪽

66. Bertrand Russell(edited by Al Seckel). Bertrand Russell on God and Religion. New York: Prometheus Books. 1986. 350 pp.

67. Michael Newman. Socialism: A very short introduction. Oxford: Oxford University Press. 2005. 171 pp.

68. Stefan Zweig. Montaingne. Frankfurt a,M.: Fischer Taschenbuch Verlag. 2005[1942, 1960, 1995]. 96 S.

69. Stefan Zweig. Joseph Fouche: Bildnis eines politischen Menschen. Frankfurt a.M.: Fischer Taschenbuch Verlag. 2003[1929]. 286 S.

70. 라마찬드라 구하(Ramachandra Guha)(권태환 옮김). 환경사상과 운동 (Environmentalism: A Global History, 2000). 서울: 다산출판사. 2006. 209쪽

71. 몽테뉴(Montaigne)(손우성 옮김). 나는 무엇을 아는가(Les Essais). 서울: 동서문화사. 2005. 1358쪽

72. Stefan Zweig. Der Kampf mit dem Daemon: Hoelderlin, Kleist, Nietzsche. Frankfurt a.Main: S. Fischer Verlag. 2004[1925]. 348 S.

73. 최재천. 알이 닭을 낳는다. 서울: 도요새. 2006. 408쪽

7.35. 생명이란 무엇인가?

1. 생명의 기원

생명이 존재하게 된 원인과 그 기원은 아직 과학적으로 밝혀져 있지 않고

있다고 알고 있다. 그러나 지금까지 축적된 과학적 지식과 우리들 인간의 역사
적 삶의 체험에 비추어 하나의 가설을 설정할 수 있을 것으로 생각한다. 그것은
곧 다음과 같다. 생명은 자연세계의 원자적 요소들 사이의 상호작용으로부터
출현했을 것이다.

이 가설적 명제를 분석적으로 풀이해 보자. 우선 생명은 인간과 다른 유기적
생명체들과 무기적 물질을 포함하여 모든 실체적 존재들이 그 안에 존재하는
대자연에서 발생했고 발생하고 있는 현상이라는 점이다. 곧 생명의 근원지는
자연이라는 것이다. 그러면 다시 이 '자연'이라는 것은 무엇이며 어떻게 존재하
게 되었는가 라는 물음에 이른다. 이 물음에 대한 해답 역시 과학의 세계에서
아직 제시되지 않고 있다. 아무튼 '자연'이란 존재하는 모든 물질과 물체, 곧
유기체와 무기체의 존재방식 또는 존재의 장이라고 볼 수 있다. 생명은 자연
속에서 나왔고 자연에 의해서 창조되었다는 것이다. 곧 생명은 자연의 자기창
조의 결과물인데 이 '자기창조'는 자연의 구성요소들 사이의 상호작용, 곧 상호
성 기제의 작동을 뜻한다.

자연은 생명의 탄생과 존속의 장일뿐만 아니라 자연 자체가 하나의 거대한
생명체라고 볼 수 있다. 미시적인 관점에서는 스스로 움직이는 유기체만이 생
명체이고 무기체는 무생명체로서 분류될 수 있지만 거시적 관점에서는 유기체
와 무기체는 상호의존관계에 있고 무기체는 유기체의 생명을 구성하는 요소로
작용하므로 유기체와 무기체의 결합체인 자연은 곧 하나의 생명체인 것이다.
여기서 우리는 생명체는 독자적으로 존재하는 것이 아니라 다른 생명체와 무기
체와의 상호의존관계에서 어느 정도의 자율성을 누리면서 존재한다는 것을 알
수 있다. 다시 말하면 생명체로서의 자연의 구조는 유기체, 무기체, 이들 사이의
상호작용의 복합적 관계망으로써 이루어져 있다는 것, 그리고 이 자연구조는
끊임없이 생명을 재창조하고 있고 각 생명주체는 기존의 자연구조 안에서 이를
매개로 하여 자연구조를 재생산 또는 변화시킨다는 것을 확인할 수 있다. 이런
관점에서 기든스(Anthony Giddens)의 구조화이론(structuration theory), 곧 사회구

조는 행위주체의 행위의 매개체이자 그 결과물이라는 '구조의 이중성' 논리가 자연과 생명의 관계에도 그대로 적용된다고 볼 수 있다. 자연에는 자연구조가, 사회에는 사회구조가 각각 내재하며 이들이 구조로서 존재한다면 모든 역동적 구조에는 구조의 이중성 논리가 보편적으로 관철된다는 것을 추리할 수 있다.

여기서 생명의 기원에 관한 종교적 세계관에 대하여 언급하지 않을 수 없다. '신'과 같은 초자연적 존재를 상정하는 것은 두 가지 문제점이 있다. 하나는, 초자연적 존재로서의 신이 인간과 모든 다른 생명체와 무기물질을 포함한 대자연을 창조했다는 명제(창조설)는 아직까지 과학적으로 그 진리성 여부가 판명되지 않았다는 점, 곧 과학적 증거가 뒷받침되지 않은, 인간의 소망적 사고(wishful thinking)의 한 표현이라고 볼 수 있고, 다른 하나는 그 창조설의 핵심적 존재인 '신'은 무엇이 또는 누가 창조했느냐 라는 물음을 낳게 된다는 점이고 이 물음에 대한 해답은 점점 더 모호한 미궁 속으로 빠져들게 된다는 것이다. 따라서 어떤 의인화된 생명창조의 주체의 존재를 전제한다는 것은 스스로 논리적 모순과 한계에 부딪히게 된다. 왜냐하면 모든 존재는 과학적 연구의 대상이 될 수 있고 모든 인식의 대상은 그 존재 자체의 존재 여부부터 확인되어야 하기 때문이다. 이처럼 생명의 기원에 대한 명확한 해답을 인간은 아직 갖고 있지 않다. 이런 맥락에서 생명의 신비로움과 '생명 앞에서의 외경'(Ehrfurcht vor dem Leben)을 우리는 자주 되새기게 된다.

그러면 이제 생명은 어떤 특성들을 지니고 있는지 살펴보기로 한다.

2. 생명의 특성

2.1. 상호성

생명의 첫째 특성은 상호성이다. 생명체들은 욕구를 충족시키기 위해 상호작용의 관계를 맺게 된다. 물론 생명체와 무생명체 사이에도 상호작용이 일어난다. 그리고 상호작용이 지속되는 한 평화는 유지된다.

2.2. 자율성

생명은 자연스럽다. 자연스러움은 곧 자유로움으로 나타난다. 그래서 생명은 자율적이다. 생명은 다른 생명체와의 영향을 주고받지만 자율성을 잃지 않는다.

2.3. 생명체의 원초적 욕구는 자기보존에의 욕구이다. 따라서 생명체는 자기이해관심에 민감하다. 또한 자기정체성의 발견 또는 재확인을 게을리하지 않는다.

2.4. 생명은 부드럽다. 따라서 생명체는 상호침투를 용이하게 한다. 생명의 유연성은 물과의 밀접한 관계에서 비롯된다.

2.5. 생명은 강하다. 생명체는 힘의 담지자이다. 생명체는 힘의 논리에 따라 움직인다.

2.6. 생명은 통일성, 곧 자기완결의 한 체계이다. 공동체성, 연대성, 포용성을 지니며 하나됨을 지향한다.

2.7. 생명은 하나의 흐름체계이다. 항상 열려 있고자 한다. 생명체의 질병이나 죽음은 막힘 또는 흐름에 대한 장애에서 비롯된다.

2.8. 생명은 성장한다. 부단히 자기 확장을 추구한다. 그래서 자기존재의 재생산이 주요관심사이다. 이를 위해 환경과의 교류와 상호작용에 들어간다.

2.9. 생명은 욕구충족을 끊임없이 추구한다. 욕구충족을 통해서 생명체는 자기존재를 유지한다. 이는 해방지향성과 권력지향성으로 나타난다. 생명체는 해방주체이며 해방에의 그리움을 먹고사는 존재이다.

2.10. 모든 생명은 자연으로부터 생성되어 나오며 종국에는 자연으로 되돌아간다. 자연 자체가 하나의 거대한 생명체이다.

(2001년 12월 수상록)

7.36. 통일문제에의 해방사회학적 접근

한반도의 분단상황은 우리 한민족에게 지워진 하나의 억압체계이다. 분단의 원인은 외생적 및 내생적 요인들에 있고 특히 그 내생적 요인의 극복을 위해서 우리들 한민족의 뼈저린 자기성찰이 필요하다. 통일은 곧 분단이라는 억압구조로부터의 해방을 뜻한다.

통일을 실현하고자 하는 데에 있어서 몇 가지 반드시 고려되어야 할 측면들에 관해서 나의 견해를 밝히고 토론에 부치고자 한다.

1. '통일'은 한반도에 현존하고 있는 두 국가와 사회가 하나되는 것을 뜻한다(토론거리: 국가와 [시민]사회의 차이, 민족국가의 형성과정). 두 국가가 하나로 된다는 것은 기존의 두 국가의 지양과 종합으로서의 하나의 새로운 국가가 건설된다는 것이다. 새로운 국가는 물론 새로운 헌법을 필요로 하고 그에 근거한 새로운 정부의 수립으로써 그 모습을 드러낸다. 무엇보다도 중요한 것은 조직으로서의 국가의 목표, 곧 정치적 이념의 설정인데 그것은 국가의 구성원인 국민의 민주적 의사형성과 결정을 통하여 작성되어야 할 것이다(토론거리: 학습과정과 교섭과정, 두 가지 전략적 욕구). 이처럼 국가적 통일은 형식적 또는 체계적 통일이어서 일정한 절차를 거쳐 비교적 신속히 이루어질 수 있는 반면에 두 사회가 하나로 된다는 것은 실질적 사회구조적 통합을 뜻하므로 단시일 안에 이루어지기 어렵다(토론거리: 체계통합과 사회통합). 독일의 경우가 이 사회통합의 어려운 문제상황을 잘 보여준다. 옛 동독이 서독에 흡수됨으로써 서독의 기본법(헌법) 아래 평화적 국가통일이 1998-99년에 이루어졌으나 특히 경제적 불평등과 문화적 부적응 때문에 동서독의 사회적 통합은 아직도 원만히 이루어지지 않고 있다.

2. 한반도의 통일의 당위성은 아무리 강조해도 지나치지 않을 것이다. 민족의 문화적 동질성의 회복은 당연한 역사적 요청이며 그동안 반세기 이상의 타율적 분리로 말미암아 초래된 생명과 재산과 자원의 손실, 고통과 원한과 비원의 사무침, 정치적, 군사적 갈등의 잠재적 불안상황('휴전상태')의 일상화, 심리적 긴장의 지속 등의 해악이 끼친 부정적 효과는 이루 헤아릴 수 없다(토론거리: 박정

희 정권의 개발독재에 대한 평가). 이 분단상황을 더 이상 지속시키는 것은 누구에게도 이롭지 못하다. 한반도의 통일은 한민족 내재적 갈등해소와 함께 인접국가와 전 지구적 인류사회의 안전과 평화의 구축에도 도움이 될 것이다(토론거리: 하위체계들의 자율성과 상호의존관계).

3. 한반도의 국가적 통일은 민주주의적 원칙과 절차를 거쳐서 실현되어야 하며 통일국가의 정치적 기본질서는 자유민주주의적 이념을 토대로 구축되는 것이 바람직하다. 통일국가의 경제체제의 이념적 지향을 어떻게 설정할 것인가? 곧 현재의 남한의 자본주의적 시장경제체제를 그대로 견지할 것인지, 아니면 거기에 북한적 사회주의체제의 요소들을 수용하여 혼합체제를 지향할 것인지는 민주정치적 절차와 과정을 거쳐서 선택되어야 할 것이다(토론거리: 통일정국에서의 숙제로서 1) 방법론[정치, 경제, 문화제도의 정립을 위한 절차문제], 2) 위의 세 제도분야의 내용 채우기).

여기서 우리는 '민주주의'가 어떤 실질적 내용을 가진 정치적 프로그램이 아니라 모든 국가적 문제의 해결을 위한 방법론적 절차의 체계에 지나지 않음을 재인식할 필요가 있다(토론거리: '형식적' 및 '실질적' 민주주의 개념의 허구성). 달리 말하면, 민주주의라는 형식과 절차를 통해서 어떤 문제의 해결, 파기 또는 유보라는 내용이 산출된다고 볼 수 있다. 이는 체계이론에서의 투입(input)과 산출(output)과 환류(feedback)의 기제가 그대로 적용됨을 뜻한다(토론거리: 사회체계의 변증법적 자기발전).

남한의 지금까지의 헌정사는 자유민주주의의 현실화, 생활화를 지향해 왔다고 요약할 수 있고(토론거리: 국가보안법과 '자유민주적 기본질서의 확립') 북한은 그 국가명칭을 '조선민주주의인민공화국'이라고 하여 양쪽이 '민주주의'를 지향한다는 데에 있어서는 이의가 없다고 볼 수 있는데 다만 문제는 각각 말하는 '민주주의'의 의미를 어떻게 해석하고 있느냐에 있다(토론거리: 북한의 '주체사상'의 논리적 모순, 사회주의의 이상과 현실). 북한의 민주주의공화국이 '인민'의 공화국이라면 이 '인민'을 구성하는 것은 무엇인가라는 물음부터 생각을 정리해 나가자면, 그것은 행위주체로서 개인, 집단, 조직을 포함한다고 밖에 달리 생각할 수 없다. 그리고 어떤 민주주의든지 기본적 공통요소는 인간의 존엄성, 곧 행위주체의 자기운명자기결정의 권리의 인정과 국가적 보장이라고 볼 수 있다. 이는 곧 개인을 비롯한 행위주체의 천부적 자유권이라고도 말 할 수 있다(토론거리: 민주주의의 핵심가치). 만일 국가가 개인의 자유를 제한할 필요가 있다면 주권재민의 민주주의국가에서는 반드시 개인들, 곧 국민의 동의를 얻은 다음에 개인의 자유를 제한할 수 있다(토론거리: 정권의 정당성의 판단기준의 두 측면).

4. 위의 논의에서 우리는 통일의 실현은 곧 민주주의의 성숙화와 불가분리의 관계에 있음을 확인하게 된다. 민주주의는 통일문제의 해결에 있어서만 그 방법론적 원칙인 것이 아니라 실은 모든 국가적, 사회적 문제의 합리적 해결을 위한 필수적 방도가 된다.

민주주의는 이런 맥락에서 다음과 같은 사실과 규범을 행위주체들이 인식하는 데서 살아 움직이게 된다:

1) 당사자들은 여러 측면, 곧 상황인식, 이해관심, 가치관 등에 있어서 흔히 서로 다르다(토론거리: 삶의 정의, 두 가지 전략적 욕구).

2) 다른 사람이 나와는 다르다는 사실을 인정하고 서로 존중해야 한다.

3) 당사자들은 공통의 관심사인 문제해결을 위해 자유롭고 평화적인 의사소통에 적극적으로 참여해야 한다(토론거리: 권력과 폭력의 구별).

4) 상대방의 욕구와 이해관심과 현상인식 방식을 이해하는 것이 나의 욕구충족과 문제해결을 위해 도움이 된다(토론거리: 계몽된 자기이해관심[enlightened self-interest]의 추구, 자기해방과 해방된 삶의 추구).

5) 문제해결의 합리성은 의사소통적 상호작용의 결과물이다(토론거리: 상호성과 합리성의 원칙).

➡ 이 글은 '평화와 통일을 위한 시민연대'에서의 발표와 토론을 위한 초안으로서 2002년 2월에 작성된 것이었지만 공식 발표되지는 않았다.

8. 신문에 발표된 의견

8.1. 헌법질서와 교직원 노조

아직도 해결의 기미가 보이지 않는 전교조 문제는 정부의 실정법 위반이라는 형식논리와 전교조의 민주적 정당성이라는 실질논리의 대결로 요약될 수 있다.

첫째로 현행 교육관계법은 정부와 여·야당이 모두 원칙적으로 개정해야 한다는 데 합의가 이뤄져 있고 특히 교육담당자인 교사들과 교수들의 조직체가 그 민주적 개정을 촉구함과 동시에 공동개정안을 내놓고 있는 상황에서 정부는 조만간 개정될 실정법에 근거하여 전교조 가입 교사들의 해임 또는 파면이라는 극한 징계조치를 강행하고 있다. 이러한 정부의 법집행 태도는 형평의 원칙에 크게 어긋나는 처사로서 '맹목적 실정법 광신주의'라고 평가될 만하다. 무릇 모든 법은 궁극적으로 주권자인 국민, 특히 당사자 집단의 의사에 근거한다는 것이 자유민주주의의 기본원칙에 속한다는 점을 정부는 망각해서는 안 될 것이다. 또한 악법인 실정법은 이미 법의 권위를 상실한 것으로 국민의 자발적 준수를 기대할 수 없다는 것도 자명한 사실이다.

둘째로는 전교조 자체의 인정은 헌법상의 결사의 자유권 보장과 관련된 문제다. 이에 관하여 우리 헌법은 일관성이 결여되어 있음을 보여준다. 왜냐하면 헌법 제21조 1항은 "모든 국민은 언론·출판의 자유와 집회·결사에 대한 자유를 가진다"라고 조직체 결성 자유권의 보편성을 선언하고 그 2항은 "언론·출판에 대한 허가나 검열과 집회·결사에 대한 허가는 인정되지 아니한다”라고 이들 자유권에 대한 국가적 통제의 무조건적 불법성을 명시하고 있는 반면에 제33조는 근로자에 대해서만 결사 자유의 허용 또는 제한 규정을 두고 있기 때문이다. 즉 그 1항은 근로자의 이른바 노동3권(단결권, 단체교섭권, 단체행동권)을 인정하고 2항과 3항은 공무원인 근로자와 주요 방위산업체에 종사하는 근로자의 경우에는 노동3권의 허용여부를 법률로써 정하도록 통제하고 있다. 더구나 이 두 조항(21조와 33조)은 상호연관성을 전혀 언급치 않고 있는 점이 헌법의 일관성 결여를 더욱 돋보이게 한다.

이렇게 우리 헌법에서 드러나는 모순과는 대조되는 법체계의 일관성을 모범적으로 보여주는 경우를 우리는 서독의 헌법인 ‘기본법’에서 볼 수 있다. 서독의 기본법 제9조는 ‘결사의 자유’라는 제목 아래 3개항으로 설정되어 있다. 그 중에 특히 우리의 주목을 끄는 3항에서는 “노동 및 경제조건의 보호와 촉진을 목적으로 하여 단체를 결성할 권리는 누구에게나 그리고 모든 직업종사자에게 보장된다. 이 권리를 제한하거나 저해코자 하는 담합은 무효이며 그러한 목적으로 취해진 조치들은 위법이다”라고 규정하고 이어서 병역의무의 집행, 비상계엄하의 공권력 행사 등의 경우에도 위의 직업상의 단체결성권과 노동투쟁을 저해하지 못한다고 못박고 있다.

이처럼 서독의 경우와 비교할 때에 우리 헌법이 자유민주주의를 지향하면서 결사의 자유권 보장에 관한 한 자유민주주의 원칙의 실종과 자가당착 또는 자기모순의 결함을 내포함으로써 일관성 없이 구성되어 있음을 분명히 볼 수 있다.

구태여 법의 논리를 따지지 않더라도 인간사회에서의 삶의 이치를 생각한다면 모든 개인은 다른 사람의 같은 자유를 침해하지 않는 한 서로 공통의 욕구와 이해관심의 실현을 위하여 조직체를 결성할 자유를 가져야 한다는 것은 당연한 일이다. 거기에 ‘국민’, ‘근로자’, ‘공무원인 근로자’ 따위의 차별을 둘 이유가 없다.

이런 차별규정은 평등권의 원칙에도 어긋난다. 노동3권은 ‘근로자’에게 뿐만 아니라 모든 국민에게 허용되어야 한다. 육체노동이건 정신노동이건 간에 모든 사람은 노동을 통하여 삶을 영위하게 되며 이 삶은 사회적으로 제도화된 구조 속에서, 즉 사회적 상호작용이라는 의미의 사회성 아래서 그리고 거기서 도출되는 합리성 아래서 원만히 이뤄질 수 있다.

그리고 각 개인이 행위주체이듯이 각 단체는 하나의 행위주체로서 다른 단체나 개인에 대하여 의견·주장을 표명함으로써 서로 교섭하고 타협할 수 있고 다른 행위주체의 자유를 침해하지 않는 한 단체행위를 결행할 수 있어야 한다는 것도 당연한 이치다.

요컨대 "나라와 겨레의 무궁한 발전을 위하여" 정부는 전교조를 합법 조직체로 인정해야 할 것이며, 교육관계법은 물론 헌법도 기본권의 일관성 있는 체계적 재정립을 위하여 조속히 개정되어야 할 것이다.

(한겨레신문, "더불어 생각하며", 1987. 7.29,)

8.2. 책임 따르는 표현의 자유

● 主體명시 안된 傳單 벽보 책자는 금지돼야

얼마 전에 '한국민중사'라는 책의 내용이 사법적 심판의 대상이 되고 있음이 보도되었고 한 대학생의 외신기자와의 인터뷰내용이 특정법률에 위반된다고 하여 그 학생은 구속된 것으로 전해졌다. 그밖에 많은 책들이 좌경용공사상을 담고 있다는 이유로 판매금지되고, 마르크스의 '자본론' 우리말 번역판을 출판했다하여 고발된다든지 특정사상의 공개적 표출이 범죄시되는 사건들이 자주 일어나고 있다. 이러한 일련의 사건의 공통점은 국민의 역사와 사회현실과 어떤 문제점 해결에 대한 의견이 특정법률에 근거한 국가적 심판의 대상이 되고 있다는 사실이다. 이 같은 현상은 전 국민적 민주화에의 의지와 노력이 사회의 각 분야에서 거세게 분출되고 있는 현시점에서 국민의 의견에 대한 국가의 통제허용여부와 통제범위에 관하여 많은 문제점을 제기하게 된다. 근본적으로 '국가나 정부는 무엇 때문에 존재하는가', 국가기관은 자유민주주의를 지향한다고 선언하면서 특정의견의 옳고 그름을, 다시 말하면 어떤 의견은 발표되어서는 안 된다고 미리 결정할 수 있는가, 과연 '자유민주주의'라는 것은 무엇을 의미하는가 등의 물음에 대하여 학문적으로나 실제적으로 진지하게 생각하지 않을 수 없다. 이러한 물음에 대한 명확한 해답이 범국민적으로 수긍될 때에 비로소 순조로운 민주화의 기틀이 마련된다고 보겠는데 아직도 그런 해답에의 합의가 일반적으로 이루어져 있지 않다고 생각된다.

정치적 민주화의 첫 단계인 민주정부 성립의 정당성은 국민들의 자유로운 의사형성과정을 통한 자유로운 의사결정의 결과로 나타나는 국민적 동의에 근거한다. 따라서 자유로운 의사형성과정이 생략되거나 제한된 상황에서 탄생된 지배체제는 그 정당성이 결여된 것이며 그런 정부는 필연적으로 폭력지배체제로 전락하게 되어 각종 악법(실정법적 형식적 합법성은 인정된다할지라도 정당성이 결여된 법)에 근거한 권력의 악용, 즉 폭력화에 의하여 지탱될 수밖엔 없게 된다.

의사형성과정은 각 개인, 집단, 조직이 다른 의견이나 정보, 지식을 습득하는 것과 자기들의 의견을 주장하는 것으로 이루어진다. 어느 경우에 있어서나 절대적으로 참되거나 옳은 의견을 갖는다는 것은 인간에겐 거의 불가능하며 모든 의견은 사회적 의사소통과 토론을 통하여 저마다 상대적 타당성만을 인정받을 수밖에 없다. 여기에 바로 자유민주주의체제에서 다른 의견에 대한 존중과 관용이 강조되는 이유가 있다. 어느 누구도, 어느 국가기관도 자유민주주의체제에서는 국민의 의견의 내용을 통제할 수 없는 것이다.

생각과 그 표현의 자유를 억압함은 곧 인간의 존엄성을 짓밟는 것이나 다름없고 사회발전을 저해하게 된다. 어떤 위험하다고 간주되는 의견의 자유로운 표현이 자유민주주의 체제를 위태롭게 한다기보다는 그런 의견표현을 억압하거나 제한하는 것이 곧 자유민주체제를 파괴하는 처사다. 국가는 다만 국민들이 아무런 박해나 불이익을 받을 것을 우려함이 없이 다양한 의견을 자유로이 표출케 하고 그들 사이의 개방적이며 비판적 토론이 원활히 이루어지도록 사회 여건과 분위기를 조성해 주는 데에 힘을 써야 한다. 다른 한편 모든 의견의 내용에 대하여 책임소재가 명백해져야 한다. 즉, 어떤 의견을 가진 개인, 집단 또는 조직은 그 발표된 내용에 대하여 책임을 져야 한다. 따라서 책임질 의견주체가 명시되지 않은 전단, 벽보, 책자 등 모든 의견표출방식은 철저히 금지되어야 한다.

요컨대 자유로운 의견표현을 적극 조장함과 동시에 의견의 내용과 표현방법에 대해여는 누구나 책임지도록 함으로써 이른바 극렬좌경사상이나 다른 절대주의사상, 광신주의적 편견 등의 문제가 안고 있는 심각성도 점차 풀릴 수 있을 것이다.

(동아일보, '언단', 1987. 9. 23)

8.3. 누가 자유민주주의 파괴자인가

6공화국이 출범한 지 1년이 되었어도 5공이나 그 이전의 군사독재체제와 조금도 달라지지 않은 한 가지를 지적한다면 그것은 자주 정부당국이 '자유민주주의 체제수호'를 위해서는 '좌경세력'을 척결해야 하며 이를 위해 공권력의 강력한 행사가 불가피하다는 것을 강변해 왔다는 사실이다.

최근에 노 대통령 자신이 그러한 강경대응책을 시시했나고 들린다. 이른바 '좌경'이 무엇을 뜻하는 것인 지도 문제시되지만, 여기서 무엇보다 근본적인 의문을 자아내는 것은 도대체 '자유민주주의'가 무엇이기에 그것을 지키기 위해서는 사람들이 특정한 사상, 정치이념, 의견을 갖는 것이 범죄시되어야 하느냐인 것이다.

이 물음은 최근 민주화과정의 악법개폐문제 중에 특히 국가보안법, 사회안전법 등의 합헌성 또는 정당성 여부의 문제와도 직접 관련되어 있을 뿐 아니라

한 민주국가의 정치적 기본질서를 확립하는 데에 최우선적 중요성을 띠는 문제라고 생각된다.

우선 자유민주주의에 대한 올바르고 명확한 이해가 필요하다. 자유민주주의는 17~18세기에 영, 미, 불 등 서구에서 폭력지배적 절대군주체제가 끈질긴 시민혁명과정을 거쳐 청산되면서 합리주의 정신과 자연법 사상에 근거한 주권재민의 근대민주국가가 탄생될 때에 그 기초가 된 국가조직의 방법론적 이념으로서 역사적 필연성과 논리적 당위성이 인정된다.

국가란 한 인간사회의 가장 포괄적인 초거대 조직체이며 그 궁극목적은 해당 사회구성원의 행복의 실현에 있다고 말할 수 있을 것이다. '행복'의 의미는 생활주체에 따라 다양하며 그것을 실현시킬 수 있는 수단의 강구와 방법의 선택에 있어서도 다양한 의견이 나오기 마련이다. 더구나 전체사회적 시야에서 볼 때에 목표설정이나 그 실현을 위한 수단, 방법의 결정에 있어서 어느 특정방안만이 해당 문제해결을 위한 최선의 것이라고 단정지을 수는 없는 것이다. 그 근본이유는 하나의 대안에는 항상 반론의 여지가 있고 그 배경에는 인간의 인식능력과 지혜의 한계성과 가치상대성이라는 숙명적 존재조건이 놓여 있기 때문이다.

이러한 기본이치에 대한 인간의 경험적, 논리적 인식이 전제되어 있는 것이 바로 자유민주주의라는 사회조직의 이념인 것이다.

요컨대 인간의 행복추구를 중심으로 한 많은 의견들은 저마다 표출될 자유가 주어지고 공통의견을 가진 사람들끼리 그 실현을 위한 조직활동의 자유가 다른 조직의 활동을 방해하지 않는 한 최대한 보장되어야 한다는 것이 자유민주주의를 지향하는 국가질서라고 본다면, 어느 특정의견(가령, 사회주의나 공산주의사상)을 범죄시하면서 자유민주주의를 수호한다는 것은 자가당착일 수밖에 없다.

'사회안정'은 말로써 그 필요성을 외친다고 해서 이뤄지는 것이 아니고 다양한 의견들의 사회적 교섭과정의 결과로서 산출되는 것이다. 모든 인간사회는 사회구성원의 욕구의 다양성과 그 충족의 희소성 때문에 갈등현상을 보편적으로 내포하고 있다.

사회란 갈등의 복합적 구조라고 해도 과언이 아니다. 이 사회적 갈등관계가 구성원 간의 민주적 의사형성과 의사결정과정을 거쳐서, 다시 말하면 사회적 상호작용으로서의 의사소통기제를 통하여 상호조정됨으로써만 사회안정과 평화가 이룩될 수 있다. 우경, 좌경, 중도 등 각양각색의 의견들은 물론 좌우의 가장 극단적 의견들도 공존할 수 있는 사회가 바로 자유민주주의 사회인 것이다. 거기서는 모든 의견은 상대적 타당성 밖에 가질 수 없기 때문에 다른 의견에 대한 존중과 관용이 필연적으로 요청된다. 이들 다원적 의견들이 가능한 한 평등하고 자유롭게 표출되도록 하고 보다 높은 타당성을 가진 것으로 인정되는 의견이 사회여론이나 집합적 의사결정으로 선택되도록 모든 필요한 제도와 절차를 마련하고 이를 부단히 개선해 나가야 할 임무를 수행하는 데에 정부는 그 존재이유가 있는 것이다. 정부가 어느 한 쪽의 의견에 편을 든 나머지 다른 의견을 탄압한다면 그것은 자유민주주의적 정부는 아니며 독선적인 폭력지배 체제에 불과하다. 정부가 싫어하는 어떤 의견을 법의 이름 아래 억압하는 처사는 자유민주주의와는 근본적으로 상충되는 것이다.

현행 국가보안법이나 사회안전법이 자유민주주의체제와 양립될 수 없음은 분명하다. 이들 악법으로 지탱되는 오늘의 한국 정치체제는 따라서 자유민주주의체제라고는 볼 수 없다. 자유민주체제에서 허용될 수 없는 유일한 의견은 자기 의견의 타당성과 합리성을 절대화함으로써 다른 의견을 무조건 무시하거나 배격하는 경우다. 그런 광신주의적 의견이야말로 자유민주주의의 적이다.

이렇게 볼 때에 지금까지 '자유민주주의 체제수호'를 가장 강력히 외쳐 온 역대 정권들이 바로 그것의 파괴자임이 분명해진다.

(한겨레신문, '더불어 생각하며', 1989.3.4, 6쪽)

8.4. 국가권력과 인간존엄성

지난 6월 8일 새벽의 강원대 경찰난입사건(<한겨레신문> 6월 13일자)은 필자가 몸담고 있는 대학에서 일어난 데에 기인한 자기중심적 편견으로서가 아니라 학문에 임하는 사람으로서 당연히 요구되는 객관적 현실인식을 위한 이성적 노력으로 판단하건대 온 국민이 열망하는 민주사회의 건설에 역행하는 중대한 도전이라고 보지 않을 수 없으며 경악과 개탄을 금치 못한다.

이러한 사건이 이번에 강원대에서만 일어난 것이 아니라 오래 전부터, 특히 6공 출범과 민자당 결성 이후부터 전국적으로 각 분야에 걸쳐, 그리고 계획적으로 정부당국에 의하여 빚어지고 있다는 점에 주목하게 된다.

이 사건은 첫째로 국법과 이에 근거했다고 하는 공권력행사의 이름으로 자행된 야만적 폭력행위가 과연 헌법정신과 국민의 통상적 정의기준에 비추어 정당화될 수 있느냐는 의문을 제기한다. 이른바 '불법집회와 시위'에 대처하는 경찰병력의 무분별한 연행과 구타 장면들을 볼 때에 그러한 인명경시의 작태를 뒷받침하는 국법은 전혀 정당한 법일 수는 없다는 추론에 이르게 된다. '집시법'은 이미 '민주집회의 원천봉쇄를 위한 법'으로 변질된 듯한 인상이 짙다.

국가권력이 인간존엄성을 보장해주기는커녕 오히려 이를 유린하는 처사를 항다반사로 반복함으로써 국가권력이 스스로 폭력으로 전락하고 이는 다시금 그에 대한 학생들의 화염병폭력을 불러일으키고 있는 폭력의 악순환이 한국 정치사회의 현주소임을 만천하에 거듭 확인시켜 주고 있다. 국가권력의 폭력화는 일반사회에서의 인신매매 등 조직폭력범의 확산을 낳게 되고 법과 사법기관의 권위에 대한 회의와 불신을 빚어내며 아노미적 사회해체 현상이 일상화되고 있다고 분석된다. 그렇다면 그 책임은 우선 정부당국에 있다고 진단하지 않을 수 없다. 윗물이 맑아야 아랫물이 맑기 때문이다.

둘째로, 보다 자세히 각론적으로 이 사건에 접근해 보면, 그것은 이 사회에 만연된 불신풍조의 한 표출양상이라고 보여진다. 이 사회는 이미 진실과 정직이 바로 서지 못하는 지경에 이르렀다. 위정자의 말은 신빙성이 없는 것으로 인식되고 있다. 대통령이 해외에서 '한국에는 정치범이 한 명도 없다'는 거짓말을 공공연히 했다는 사실, 주권자인 국민의 의사와는 아무 상관없이 밀실에서 조작된 3당 야합으로 태어난 민자당 결성, 토지공개념의 기대에 못 미치는 입법화와 공약된 금융실명제와 지자제의 방기, '한국방송공사 사태'가 보여주는 정부의 언론재장악기도, 이문옥 감사관의 구속 등 일련의 사건들은 현정권에 대한 국민의 불신을 사기에 충분하다.

또한 최근의 한소 정상회담이 그야말로 획기적인 역사적 사건으로 크게 부각되는 만큼이나 더욱 극명하게 드러나는 정부의 북방정책과 국내정치 사이의 괴리와 모순도 마찬가지로 국민의 불신을 자아내게 한다. 북방정책이 표방하는 대외적 개방과 화해와는 대조적으로 정부의 대내적 폐쇄와 탄압이 특히 민자당 등장 이후 강화되고 있기 때문이다. 무릇 거짓은 폭력을 낳게 마련이다. 이러한 정부의 자기모순은 국가보안법의 폐지와 그 제정절차와 내용에 있어서 정당치 못한 다른 법률들(노동관계법, 교육관계법 등)의 개폐를 통하여 진정한 의미에서의 자유민주주의적 헌법정신의 확립 없이는 해소될 수 없다. 정부는 국가보안법 등 악법들이 '자유민주주의적 기본질서'와는 양립될 수 없음을 인정해야 한다.

그러면 '총체적 난국'을 극복하는 길은 무엇인가? 그것은 우선 정치체계에 있어서 위에서 본 바와 같은 혼돈과 가치전도의 현실을 바로잡는 데에 있다. 그런데 노태우 대통령과 민자당은 그 속성상 민주화에의 의지와 능력에서 이미 한계점에 이르렀다고 진단하지 않을 수 없다.

현정권은 정치적 민주화와 경제적 정의실현에 있어 오히려 장애요인이 되고 있다는 여론이 높아가고 있다. 지금까지의 정치행태를 통해 볼 때 현정권은 반민주성과 기만성과 폭력성을 그 주요속성으로 하는 폭력지배체제로서의 정체를 스스로 국민 앞에 밝혀주고 있는 것이 아닌가 보여진다.

다시 말하면 현 정권은 스스로 국가권력의 책임 있는 담당자로서의 자격과 지배 정당성을 상실시켜 왔다. 따라서 그것이 새로운 민주정부로 조속히 대체되어야 한다는 것은 당연한 논리적 귀결이다.

'6·23선언' 3주년이 되고 있는 지금 근본적으로 달라진 것이 거의 없음을 아무도 부인할 수 없을 것이다. 자주 헌법 개정을 하는 것보다는 책임정치의 원칙에 따라 집권세력의 교체가 빈번히 일어나는 것이 더 합리적이다.

(한겨레신문, '더불어 생각하며', 1990. 6.16)

8.5. 민주주의 핵심원리를 아는가

최근에 정부가, 구체적으로는 경찰과 검찰과 법원이 협력하여 월간 '말' 1991년 1월호를 배포 전에 압수했다. 이런 소식을 접하며 다시금 현 정권은 자유민주주의를 지향하지 않으며, 폭력지배체제에 불과하다는 평가를 내리지 않을 수 없게 됐다.

문제의 발단은 문익환 목사의 글에 대한 국가보안법 위반 혐의를 당국이 절대화한 데 있다고 본다. 이 문제의 심각성은 문 목사라는 특정인이 '김일성 주석에게 보내는 편지'라는 특별한 글을 발표한 데에 있는 것이 아니고 '자유민주적 기본질서' 위에 서 있는 국가에서 국민의 의사표현의 자유를 국가가 어디까지 통제해도 좋은가라는 근본문제에 관하여 현 정부가 올바른 입장을 정립하고 있지 못하고 자기모순에 빠져 있다는 데 있다.

현 정부는 결국 그 존재이유인 인간행복의 증진에 기여하기보다는 이를 해치고 있는 것이다. 인간사회에서의 행복의 추구는 의사표현의 자유가 절대적으로 보장되어야 함을 전제로 한다. 이러한 점이 곧 자유민주주의의 핵심원리로서 역사적으로 확립되었다는 사실을 대통령을 비롯한 정부당국자들이 분명히 알고 있는지 의문이다.

이런 까닭에 우리 헌법은 제21조에서 허가나 검열이 인정되지 않는 언론·출판·집회·결사의 자유 보장을 규정하고 있다. 이 네 가지 자유는 좀 더 보편적 개념인 의사표현 자유를 보장하는, 좀 더 구체적인 형태들에 불과하다. 이때 의견 또는 의사란 대체로 두 가지로 구분된다. 하나는 현실인식 또는 사실규명 자체에 관한 의견이고 다른 하나는 현실변경 또는 가치실현에 관한 의견이다. 전자는 그 진위가 학문적 차원에서 밝혀질 의견인 반면 후자의 경우에는 그 옳고 그름 또는 좀 더 바람직함의 정도가 정치적 차원에서 당사자들에 의해서 결정되어야 한다. 그러나 어느 경우를 막론하고 특정의견의 절대적 진리성 또는 정당성이 사회적 논의과정에 앞서서 주장될 수는 없다. 바로 이 점에 있어서 정부의 '말'지 압수행위는 중대한 과오를 범하고 말았다. 그 행위는 곧 정부기관이 자기 의견을 절대화하는 독선적 태도를 적나라하게 보여주기 때문이다. 서구의 선진국에서는 그런 야만행위가 일어나지 않는다.

그 까닭은 인간의 의견에 대한 국가적 통제는 전혀 정당화될 수 없다는 역사적·논리적 인식을 적어도 위정자들이 소신으로 견지하고 있기 때문이다. 더구나 어떤 의견이 사회에 공표되기도 전에 그 표현이 원천 봉쇄된다는 것은 독재체제나 전체주의체제와 같은 폭력지배체제에서만 가능한 노릇이다. 한국의 정치와 행정이 이토록 지극히 상식적인 일반론의 수준에도 아직 이르지 못하고 있음은 국제사회에서 매우 수치스러운 일이다. 인간존엄성과 직결되어 있는 의사표현의 자유를 정부가 잔인하게 탄압하면서 우리가 5천년 역사의 문화민족임을 다른 나라 사람들에게 설득시킬 수는 없다.

여기서 구체적으로 문제되는 것은 또다시 국가보안법의 위헌성이다. 지금까지 정부가 국민기본권을 탄압해 온 사례들을 볼 때 정부는 국보법이 마치 헌법보다 상위에 있는 법규범인 것처럼 이를 자의적으로 적용해 왔음이 확연히 드러난다. 한마디로 말하자면 정부자신이 위헌행위를 자행하고 있다고 볼 수 있다.

한국은 법치국가임에도 불구하고 이처럼 법체계의 일관성이 결여되어 있을 뿐 아니라 정부가 헌법정신을 무시하고 자의적으로 법을 적용하며 불법행위를 일삼고 있다.

이러한 사실을 직시한다면 오로지 국민들에게만 국법준수를 강요할 수는 없는 노릇이다. 정부의 정치행태와 행정양식의 폭력성과 위헌성이 노골화된 사회에서 국가권력의 권위가 실추되고 정부에 대한 불신 속에서 각종 범죄가 극심해지는 것은 당연한 현상이다. 이런 관점에서 '범죄와의 전쟁'은 우선 정부자신에게 향해져야 한다고 본다. 이른바 총체적 사회해체의 근원이 바로 정부 지도층의 그릇된 국가관에서 비롯되었다고 보기 때문이다.

헌법을 준수하지 않는 정부를 주권자인 국민은 더 이상 지지할 수 없고 혈세로써 그런 반국민적·반민주적 정부를 더 이상 지탱해 줄 하등의 이유가 없는 것이다. 노 대통령은 외국에서는 '자유'와 '개방'을 역설하면서 국내 정치행태에 있어서는 잔인한 억압과 폐쇄를 지속함으로써 민주화와 통일에의 의지와 능력을 결여하고 있음을 보여주고 있다. 정부는 대오각성하여 정치의 방향을 바로잡든지, 아니면 퇴진하든지 선택해야 할 것이다.

(한겨레신문, '더불어 생각하며', 1990. 12. 28)

8.6. '희생'막을 유일한 길, 정권퇴진

강경대군의 타살사건에 이어 박승희양, 김영대군, 천세용군의 분신이 감행된 최근의 사태는 사람으로 하여금 말을 잃게 한다.

그런데 이 사건과 관련해 자기가 펼치고 있는 말들이 실은 기회주의적 양비론에 불과함에도 그것이 마치 보편타당성을 가진 논리인 양 외치는 경우가 있다.

조선일보 <김동길 칼럼>(5월 3일자)이 바로 그것이다. 그는 학생들의 화염병과 전경들의 최루탄이 왜 나오지 않으면 안 되는가를 캐묻지 않고 각 현상자체의 좋지 않음을 피상적으로만 질타하는 얄팍한 도덕론을 전개함으로써 반합리적, 기계적 사고를 드러냄과 동시에 위에 지적한 역사적 맥락에서 단절시킨 강군 타살사건 자체의 비극성을 언급함으로써 이 사건의 역사적 의미를 직시하지 못하고 있다. 학생들더러 무조건 "화염병 만들지 말고… 내일을 위해 준비해요. 그대들은 오늘을 위해 존재하지 않고 내일을 위해 존재"한다는 말은 전혀 설득력이 없다. 학생들로 하여금 조용히 앉아 공부만 하지 못하도록 만들어 온 정치·사회적 환경과 그 근원은 어디에 있는가를 캐묻는 것이 탐구자의 태도가 아닐까? 그리고 무릇 현재 없는 미래란 있을 수 없을진대 학생들로 하여금 현재의 삶에 무관심한 채 공부만 하라고 강요하는 것은 비교육적 처사이다. 또한 '공부'라는 것이 도대체 무엇이어야 하는가를 되묻지 않을 수 없다. 졸업장과 학위만을 따는 것인가? '현재'를 위해 기성세대가 해야 할 일을 제대로 하지 못하고 현재를 파멸로 이끌고 있음을 보고 학생들이 참지 못해 일어나는 것이 아닌가! '현재'는 생존하고 있는 모두의 책임이다. 현재의 삶을 더 나은 것으로 만들기 위하여 저마다 할 수 있는 일을 해야 한다. 김교수는 그렇지 않아도 혼미스러운 이 사회의 의식세계를 더욱 어지럽게 하고 결국 비판의식 없는 독자들의 현실 이해를 오도하는 데 기여했다고밖에 볼 수 없다.

그런데 실제로 문제해결을 위한 주요 결정권을 가진 정부의 최고책임자인 대통령의 반응도 이에 못지않은 우려를 자아내게 하고 있다. 노 대통령은 오늘의 한국 현실이 "민주화가 이루어진 상황"이라고 주장하는데 이것이야말로 그의 또 하나의 거짓말이다. 그 증거는 날마다의 신문보도가 제시해 주고 있다. 나는 노 대통령에게 묻고 싶다. 이 나라에는 과연 양심의 자유, 사상의 자유, 신체의 자유, 언론·출판·집회·결사의 자유가 보장되고 있는가? 이들 기본적 자유기 보장됨이 없는 민주화가 도대체 무슨 의미가 있는가?

노 대통령은 또한 "전경의 시위진압을 해산위주로 개선하라"고 지시했다고 한다. 여기에도 근본적으로 인식이 잘못되어 있다. 시위는 의사표현의 한 방법으로서 민주국가에서는 진압의 대상이 아니라 보호의 대상이어야 한다. 3공 이후 오늘까지 시위가 진압대상이 되어 온 것은 정권의 성격상 자유민주체제가 아닌 폭력지배체제임을 반증해 준 것에 다름 아니다.

신민당 등 일부 재야에서는 현 정권의 기본구조의 존속을 전제하면서 대통령의 공개사과와 내각 총사퇴, 백골단 해체 등을 요구하고 있으나 이들은 모두 지엽적이며 일시적 해결방안에 불과하다. 지금까지 그러해 온 것처럼 얼마든지 입으로만 '사과' 할 수도 있고, 현 내각이 총사퇴하면 이름만 다른 낡은 인물들이 새 내각을 다시 구성할 뿐 질적으로 달라질 가능성은 희박할 것이며, 백골단이 해체된 뒤에는 경찰이 폭력을 휘두를 것이다. 신민당도 몰역사적, 반합리적 사고의 늪에 빠져 있지 않나 우려된다.

국회에서도 민자당이 폭력집단화되지 않을 수 없는 연유는 민자당의 출현과정을 돌이켜 보면 자명해진다. 유권자의 투표결과로 구성된 여소야대의 국회를 하루아침에 3당 수뇌의 밀실야합에 의한 여대야소로 바꿔 버린 짓거리는 국민의 주권을 도적질한 것이나 다름없었고 거기에 현직 직선대통령이 적극 가담했다. 국민은 이렇게 주권을 강탈당했고 국가권력의 폭력화는 노골적으로 위세를 떨치며 오늘에 이른 것이다.

따라서 최근 사태의 근본적 해결을 위한 첫 단계로서 노 대통령은 적어도 6·29선언의 약속불이행과 3당 합당이라는 주권 유린 그리고 국가권력에 의한 잇따른 인명살상사태에 대해 정부의 최고책임자로서 책임을 통감하고 즉각 대통령직을 사퇴할 것을 요청한다. 그가 광주시민 학살 등 5공 비리청산과 진정한 민주화에 대한 국민의 기대를 저버린 것은 주지의 사실이다. 노 대통령을 포함한 민자당 정권이 계속 집권하는 한 이 나라에서는 화염병과 최루탄이 역시 사라지지 않을 것이다. 이것은 현 정권의 역사적·구조적 특성에서 도출된 사리 상 필연적 결론이다.

노태우씨가 대통령직을 스스로 내놓지 않을 경우에는 국민들은 주권을 되찾기 위해 싸울 수밖에 없다. 그리고는 국회 해산과 조기 총선거가 실시되어야 한다. 진정한 민주정부가 새로이 세워져야 한다. 국민들은 선거에 임하여 더 이상 인간존엄성을 유린하고 생명을 죽이는 정권을 탄생시키지 않도록 각성해야 할 것이다.

끝으로 학생들의 잇따른 분신에 대해서 고언하고자 한다. 우리 각자의 생명은 오직 하나뿐이며 한번밖에 없는 가장 고귀한 것이다. 하나뿐인 생명을 그토록 쉽게 버리는 것은 참된 용기라고 보기 어렵고 문제해결의 포기로 간주될 수도 있다.

(한겨레신문, '더불어 생각하며', 1991. 5. 5)

8.7. 고통과 어둠 속에서 헤어나려면

3월 4일자 <한겨레신문>에서 16mm영화 규제의 문제상황을 보며 현 정부 문화정책의 수준과 정신상태를, 그리고 '대한민국'의 현주소를 적나라하게 드러내주는 대표적 예라고 생각했다. 결론적으로 단언할 수 있는 것은 현 정부는 생각과 양심과 표현의 자유를 억압함으로써 인간정신 자체를, 인간존엄성을 말살하는 야만적 문화정책을 조금도 부끄러움을 느끼지 않고 강행하고 있다는 것이다.

영화문제에 관해서는, 문화부가 헌법22조의 학문과 예술의 자유보장 규정에 정면으로 어긋나는 정책으로 이제껏 일관해온 것을 누구도 부인할 수 없을 것이다. 그것은 이른바 영화법이라는 하위법에 근거하여 공공연히 자행되어왔다. 헌법에 "예술가의 권리는 법률로써 보호한다"고 되어 있음을 보면 문화부는 결국 맹목적인 행정으로 예술가를 '보호'하는 것이 아니라 못살게 구는 일을 하고 있다고 말할 수 있다. 그러면 그런 위헌적 법률은 왜 계속 발효되고 있는가? 그것은 이 정부가 바로 '구조적 폭력'의 행사주체라는 것에 근거하는 것 이외에 다른 이유가 발견될 수 없다.

순리와 합리에 거슬러서 어떤 일이 행해진다면 거기엔 반드시 거짓과 폭력이 근원적으로 자리 잡고 있는 것이다. 그런 악법을 누가 만들었으며 누가 공포했는가? 여당과 대통령, 국회와 정부에서 그 일을, 그것도 국민의 피땀 어린 세금에서 나온 봉급을 받으면서 한 것이다. 우리는 지난번 국회에서 여당에 의해서 법안들이 무더기로 날치기 통과되던 장면들을 생생히 기억하고 있다. 결국 그

짓을 하기 위해서 김영삼씨는, 이미 80년에 유신체제와 더불어 사라졌어야 할 김종필씨와 함께 유권자들을 배반하고 여당으로 변절함으로써 3당 야합이라는 주권 사기극을 벌인 것이다.

그렇다면 그런 정치와 행정은 국민에게 해를 기치는 결과를 가져왔는데 누가 이를 바로잡을 것인가? 주권자인 국민이 나서야 한다. 그래서 선거가 있고 헌법은 각종 기본권을 보장하고 있다. 그런데 지금까지 주권자는 투표를 통해서 이런 근본 문제를 시정해 왔는가?

선거 때마다 각종 부정·타락선거의 의혹으로 진실이 아직도 가려져 있지만 87년의 대선 때는 유권자들을 나무랄 수만은 없었고 두 김씨의 근시안적 어리석음 때문에 노태우 후보에게 어부지리를 안겨주어 기존여당의 재집권으로 이어져 왔다. 그러나 중요한 것은 유권자들의 분명한 결단이다. 지금까지는 대체로 유권자들 대부분이 전혀 합리적으로 생각할 능력을 갖지 못했다는 평가를 할 수밖에 없다. 유권자인 국민은 지금 냉정히 다시 생각해야 할 때다. 그렇지 않으면 앞으로 4~5년을 또다시 지금까지와 같은 고통과 어둠 속을 헤매지 않으면 안되기 때문이다.

3당 야합의 '구국의 결단'은 실은 망국의 결과를 초래하고 있는 거짓 구국이었다. 그것은 세 당수들의 개인적 정치생명의 연장과 기득권에 기생하는 정상배들의 사악한 욕심의 관철을 위한 것이었음이 오늘날 만천하에 드러나고 있다. 6·29선언도 허위연극이었고 노 대통령이 정주영씨 등으로부터 받은 엄청난 금액의 이른바 '불우이웃돕기' 자금의 행방도 대통령이 스스로 밝히지 못하고 있는 사실, 청와대에서부터 기자들에게 촌지를 주어온 사실, 정부가 방송을 장악하고 있는 사실, 죄 없는 양심수들을 계속 법의 이름으로 감옥에 가둬놓는 폭력행사를 제도화하고 있는 사실 등 그밖에도 많은 비리와 거짓과 폭력이 정부당국에 의해 저질러지고 있는 것이 매일 보도되고 있다.

그리고 수서비리 등 아직도 밝혀지지 않고 있는 대형비리와 범죄들이 얼마나 많은가? 대통령 자신이 거짓말쟁이라는 비난을 들으면서도 반론이나 해명은커

넝 여전히 권좌에 버젓이 앉아서 대통령 노릇을 연출하고 있는 웃지 못할 현실을 '폭력지배체제' 이외의 다른 개념으로 어떻게 설명할 수 있겠는가?

청와대에서부터 말단공무원에 이르기까지 거짓으로 가득찬 정부에서 어떤 진실이나 좋은 정책이 나온다는 것은 논리적으로도 모순되는 일이다. 대통령이나 문화부의 영화규제 담당과장이 텔레비전에 나와서 하는 말이 무엇을 의미하는지 스스로 알지도 못하는 것으로 추정할 수밖에 없는 한심스럽기 짝이 없는 현실이다. 혁명을 외치고 있는 주체는 어떤 극렬좌경 집단이 아니라 바로 이러한 현실 자체다.

이번 총선과 대선에서 선거에 의한 민주혁명을 성취하지 못하면 그 다음에는 참으로 무서운 폭력혁명이 일어나지 않을까 우려된다. 유권자들은 깊이 생각하여 슬기롭게 투표함으로써 역사적 문책에 응답해야 할 때다. 지금 총선을 앞두고 유권자들이 주로 '인물'을 보고 투표하겠다는 여론이라고 하는데, 아무리 개인적으로는 훌륭한 인물이라 할지라도 그가 속한 정당의 집단행태 속에 매몰되어 그 자신의 독립성을 견지할 수 없게 되기 때문에 이번에도 정당을 보고 선택해야 한다는 결론에 이른다.

유권자들이 현단계에서 최우선적으로 성취해야 할 근본과제는 현 6공 정권을 대체할 민주적 민간정부의 수립에 있다. 진보적 민주화 운동집단의 정치세력화는 그 다음에야 비로소 실질적으로 가능하며 유의미성을 갖게 될 것이다. 따라서 이번 선거에서는 여당을 견제할 수 있고 집권 가능한 다수 야당이 창출되어야 하며 이를 위해 이념적·정책적 차이를 넘어서서 모든 야권이 대동단결해야 한다.

우리는 이번 선거를 누적되어온 잘못된 과거를 일부나마 청산할 기회로 삼아야 한다. 잘못된 과거의 청산 없이 미래의 진보는 있을 수 없다.

어떤 경우에도 반민주적, 반민족적 사기꾼 집단에 불과한 정당에 국가권력을 또 다시 맡기는 잘못을 저질러서는 안된다. 모두가 비슷비슷한 사기꾼들이라고 생각된다면 그 중에서도 덜 나쁜 '사기꾼'을 선택하는 것이 가장 현명한 주권자의 임무일 것이다.

(한겨레신문, '더불어 생각하며', 1992년 3월 15일, 10쪽)

8.8. 고의로 법 어긴 유일한 대통령

답답증에 숨이 막힐 것만 같다. 무더위 때문에 답답한 것은 머지않아 계절이 바뀌면 없어지겠지만 사회구조의 불합리성에 기인한 답답증은 단순히 시간이 지나간다고 해서 해소될 리는 없고 그 원인이 제거됨으로써만 치유될 수 있다.

지금 이 나라에 살고 있는 사람은 적어도 텔레비전 뉴스만을 보고 듣는 것으로 세상 돌아가는 형편을 알 정도라고 해도 누구나 나라가 되어가고 있는 꼴에 답답증을 느끼고 있을 것이다.

개인적으로 일상생활의 흐름 속에서 느끼는 사사로운 답답증은 고사하고 무엇보다도 큰 구조적 답답증은 우선 국회가 제 할 일을 전혀 하지 못하고 자동 폐회되어버린 데 있다. 그 직접적 원인이 법에 규정된 지방자치단체장 선거를 대통령이 실시하지 않고 있는 데 있음은 주지의 사실이다. 이 문제를 일반국민들은 여느 정치 문제와 마찬가지로 대수롭지 않게 여기고 정치인들이 하는 꼴을 구경만 하고 있는 듯한 인상을 주지만, 곰곰이 생각해보면 매우 심각한 문젯거리임을 알 수 있다.

문제의 심각성은 대통령이 법을 지키지 않음으로써 대통령과 법 자체의 권위를 떨어뜨리고 마침내 국가의 해체라는 최종적 위기를 초래하고 있다는 데 있다. 왜냐하면 국가라는 것은 사회구성원들이 바람직한 삶을 누리기 위해 일정한 법체계로 구성한 조직체, 즉 사회 자체의 법적 구성체이기 때문이다. 다시 말하면 국가는 법에 기초한 초거대 사회조직이며 그 법은 사회구성원인 국민의 의사에 존재근거를 둔다.

따라서 일단 주권자인 국민의 의사에 따라 구성된 의회에서 제정된 법은 모든 국민에 의하여 준수되어야 한다는 원칙, 즉 만인의 법 앞에서의 평등의 원칙이 기본적 자유권과 함께 민주주의 국가의 초석이 된다. 그것은 이 원칙이 흔들리게 될 때 국가의 존립도 위태롭게 됨을 뜻한다. 물론 어느 법이나 관점에 따라서는 그 정당성, 합헌성 또는 실효성에 관해 논란의 여지가 있을 수 있다.

그러나 지금 문제되고 있는 지방자치법에서처럼 대통령이 자기의 주관적 의견에 불과한 이유로 법에 정해진 자치단체장 선거를 한 번도 실시해보지도 않고 일방적으로 상당기간 유보시킴으로써 그 효력발생을 정지시키는 일은 법치국가에서는 있을 수 없는 일이다. 대통령은 법 위에 존재할 수 없다. 국민에게는 악법도 법이므로 그 법이 개정될 때까지는 지켜야 한다고 강변하면서 법의 집행부인 행정부의 수반인 대통령 자신이 자의적으로 법을 지키지 않는다면 그것은 법치국가를 무법천지로 만드는 처사라고 해석할 수밖에 없다. 노대통령은 한국 역사상 고의적으로 법을 지키지 않은 유일한 대통령으로 기록되고 싶은지 묻고 싶다.

그런데 문제의 더 큰 심각성은 이러한 어처구니없는 상황, 즉 거짓말을 하며 법을 지키지 않는 대통령을 보고도 주권자인 국민은 속수무책으로 방관만 하고 있는 데 있다. 삼권분립으로 구성된 국가의 세 기둥인 입법부(국회)와 행정부, 사법부 모두가 법대로 운영되지 못하고 있는 이 나라의 현실을 '총체적 위기', '총체적 난국', '총체적 부패' 등으로 묘사해온 지 꽤 오래되어 간다. 국회나 정부나 검찰이 스스로 합리적으로 자기 임무를 수행할 수 있기를 기대할 수 없는 상황에서는 주권자인 국민이 직접 나서는 도리밖에 없다.

그래서 여기에 하나의 제안을 한다. 합리적으로 생각하고 행동할 수 있다고 스스로 느끼는 국민들이 주권을 보호하고 인간다운 삶을 살기 위하여 국가를 감시·비판하는 기능을 수행하는 가칭 '주권보호 국민회의'를 각 지역별로, 전국적으로 조직하는 것이다. 그럼으로써 국민이 뽑은 대통령이 국민을 더 이상 무시하거나 법을 지키지 않음으로써 대통령 취임식 때의 선서를 거짓으로 했음이 결과적으로 드러났음에도 불구하고 계속 대통령자리에 앉아 있는 일이 없도록 하고 주권자의 뜻이 항상 공명정대하게 관철될 수 있도록 해야 할 것이다.

그러나 이 일은 국민들이 책임 있는 주인의식과 합리적·자주적 사고능력을 가질 때에만 이루어질 수 있다.

지금과 같은 혼돈과 무정부 상태가 지속된다면 참된 민주화와 통일은 성취되기 어려울 것이며 머지않을 것으로 예견되는 통일정국에서는 더 큰 혼란상태가 야기될 것이 우려된다. 이에 대비하는 민주적 국민들의 거국적 연대화와 조직화가 절실히 요망된다고 생각한 나머지 위의 제안을 범국민적 토의에 부치고자 한다.

우리는 엄숙히 저마다 자신에게 물음을 던져야 할 것이다. 언제까지 우리는 이 숨막히는 구조적이며 총체적인 답답증을 안고 살아가야 할 것인가? 지금 우리의 삶이 진정으로 인간다운 삶이라고 볼 수 있는가? 우리가 함께 할 수 있는 일이 무엇인가?

(한겨레신문, '더불어 생각하며', 1992년 7월 30일, 12쪽)

8.9. 선거법 이제는 고칠 때

새해는 밝았지만 이 나라의 앞뒤에는 침침한 안개가 깔려 있어 전망이 불투명하다. 무엇보다도 대선 후유증이 국민들의 가슴을 덮어 누르고 있는 듯하다. 한마디로 표현하면 대선 결과가 결코 '사필귀정'이라고는 볼 수 없다는 꺼림칙한 뒷맛을 남기고 있다는 느낌이다.

후유증의 종류와 근원에는 여러 가지가 있겠으나 지난 대선이 후유증을 남길 수밖에 없었던 필연성은 그 선거법 자체가 불합리한 미봉책에 불과했다는 데 있다. 그 핵심은 결선투표를 배제한 종다수 득표에 의한 대통령 당선자의 결정 방식에 있다. 더욱 한심스러운 점은 이 오류를 지난 87년 대선에 이어 두 번이나 겪고 나서도 이를 거론하지 않는 범사회적 문제의식 부재인 것이다. 지난 대선을 통하여 차기 '정권의 정통성'이 완벽하게 확보됐다고 보기에는 적잖은 의문이 제기된다.

모든 집단·조직에서 중요한 의사결정은 적어도 과반수의 찬성으로써 해결되는 것이 민주주의 원칙으로 일반적으로 인식되어 있고 실제로 관행화되어 있는데도 왜 대선이라는 국가적 중대사에서만 이 원칙이 실천되지 못하는가. 그것은 물론 직접적으로는 그런 선거법을 만든 국회에 책임이 있고 그 법안에 대해 거부권을 행사하지 않은 대통령에게도 책임을 물을 수 있다. 특히 원내 다수당인 민자당에 결정적 책임이 지워질 수밖에 없다. 그러나 간접적으로, 그리고 최종적으로는 주권자인 국민, 즉 유권자들에게 그 책임이 돌아갈 수밖에 없다. 유권자들이 87년에 한번 뼈저리게 통감하고도 이 문제에 관해 철저히 생각하지 않았고 결연히 대처하지 않았다고 밖에 볼 수 없다. 의심할 여지가 없을 때까지 철저히 합리성을 추구하지 않았음이 분명하다.

현실적으로 불행하게도 물은 이미 엎질러진 상황이고 돌이킬 수 없게 됐다. 김영삼 차기 대통령은 겨우 유효투표의 40% 정도 지지에 의존해서 그 직무를 수행할 수밖에 없는 부담을 안고 정부를 이끌어가야 하고 그를 지지하지 않은 60%의 유권자들은 마지못해 그의 권위를 인정할 수밖에 없는 시원찮은 압박감을 느끼게 됐다. 서로가 완전히 유쾌하지 못한 꺼림칙한 처지에 놓여 있다.

김영삼 정부의 출범이 그가 당선 직후 첫 기자 회견에서 시사한 대로 참된 '정권교체'가 되기 어렵다는 전망의 뿌리는 민자당의 성립근거인 3당 합당이라는 주권유린적 위헌행위에 있다. 주권자의 동의에 근거하지 않은 '구국의 결단'의 정당성은 전혀 인정될 수 없다. 그는 '정직한 정치'를 하겠다고 약속했다. 그렇다면 일의 순서가 뒤바뀐 노릇이지만 지금이라도 '국회 다수당의 조작'에 대해 주권자에게 사과해야 할 것이다. 지역감정을 부추긴 일과 색깔론 문제에서도 마찬가지다, 잘못된 것은 솔직히 시인하고 국민 앞에 사과함으로써 '대도'를 걸어야 할 것이다. 그것이 곧 신뢰회복의 첫걸음이다.

과거를 반성함이 없이는 바람직한 현재와 미래를 기대할 수 없다는 의미에서 앞에서 제기한 대선 결선투표의 당위성을 재삼 강조하고자 한다. 지난 대선에서 결선투표를 실시했을 경우에 김영삼 후보와 김대중 후보의 대결 결과 누가 과반수의 득표자로 나타났을지는 아무도 모른다. 김영삼 후보가 역시 과반수의 득표를 했으리라는 보장도 없고 김대중 후보가 과반수 득표에 실패했으리라고 단정지을 수도 없다. 결선투표는 특히 부동표의 재이동이 불가피하므로 지역감정이나 각종 선거비리에 대한 반성과 정책대결 중심의 선거풍토 조성의 계기가 될 수도 있었기 때문이다.

어딘가 떳떳하지 못하고 불유쾌한 뒷맛을 남긴 후유증을 빚어낸 지난 대선의 문제점은 마치 출제된 대학입시문제 자체에 흠이 있는 경우와 같다. 또는 크게 보아서 문제를 풀어가다가 중도에서 그만둔 경우와 비슷하다. 하자있는 문제를 아무리 잘 풀어봤자 그 답은 문제 자체가 안고 있는 결함을 그대로 이어받을 수밖에 없다. 결함 있는 문제제기나 출제로는 해당 문제를 해결할 수 없다. 근본적으로 중대한 결함을 내포한 선거법을 통하여 만들어진 대통령은 참된 권위를 인정받기 어렵다는 것은 자명한 이치이고 지난 대선에서 온 국민이 거듭 체험했다.

문제는 앞으로도 이처럼 매사에 어정쩡한 미봉책으로만 일관해 나갈 것인가에 있다. 이런 수준으로는 선진국이 될 수도, '신한국'을 건설할 수도 없을 것이다. 오늘의 세계는 고도의 합리성 추구로 요약되는 치열한 경쟁상황을 펼치고 있기 때문에 적당히 얼버무리고 겉보기에만 그럴듯한 수작으로는 더 이상 통하지 않는다. 오로지 철저히 생각할 줄 알고 철저히 합리성을 실천에 옮기는 길밖에는 다른 도리가 없다.

(한겨레신문, '더불어 생각하며', 1993년 1월 13일)

8.10. 문민정부의 '날치기 폭력'

김영삼 정부의 출범 이후 첫 번째로 열린 정기국회가 법안의 날치기 통과를 감행하거나 시도함으로써 정부의 권위를 스스로 실추시키고 정부에 대한 국민의 기대와 신뢰를 허물어뜨리고 있다.

한국 국민과 세계는 이 나라의 헌정사에서 지금까지 수많은 날치기 국회의 몸싸움을 지켜봐 왔지만 이번의 날치기 사태는 특별한 역사적 의미를 함축하고 있다.

김영삼 대통령은 지난해 12월 당선 뒤 첫 기자회견을 통해 자신이 이끌 새 정부의 출범이 6공의 연장이 아니라 정권교체임을 의미한다고 선언했다. 그러나 김영삼 정부는 그 선언이 거짓이었음을 행동으로 보여준 것이다. 또한 문민 정부의 실체가 진정한 의미의 문민성 대신에 폭력성과 야만성에 기초한 것이 아닌가 하는 의구심을 자아낸다.

이는 다시금 김영삼 정부의 정치철학인 변화와 개혁이라는 것이 한갓 거짓구호에 불과하며 속 빈 강정임을 실증하고 있다. 또 호랑이를 잡으러 호랑이 굴에 들어갔다가 호랑이를 잡기는커녕 호랑이 잡는 시늉만 하면서 결국 스스로 호랑이가 되어 나온 자신의 정체를 스스로 폭로했다.

여기서 나는 두 가지 역사적 교훈과 경고에 귀 기울이고자 한다.

하나는 너무나 보편적이고 일상적인 것이어서 오히려 망각하기 쉬운 것인데 모든 진실의 자기표출적 특성과 인간행위의 자기심판적 성격이다. 내면적 진실은 조만간 스스로를 햇빛 아래 드러내고야 만다는 진리가 다시 한 번 확인되고 있음에 엄숙히 주목할 필요가 있다. 외형적 진실은 내면적 진실에서 나온다. 내면적 진실성이 없이 단순히 겉으로만 표현된 진실이 거짓으로 밝혀지는 것은 시간문제일 뿐이다.

적어도 자기 자신에게 정직하지 못한 사람은 한 나라와 겨레의 운명에 대한 책임을 질만큼 지도자로서의 기본적 능력과 의지를 가지고 있다고 평가할 수 없다. 우리들 인간의 말과 행위는 그 자체가 곧 자기심판임을 되새기게 된다. 김 대통령이 주장하듯이 역사에 심판을 맡길 필요조차 없다. 이 따위의 언설 자체가 이미 자기심판을 진행하고 있음을 알아야 한다.

다른 하나는 이 나라의 정치인들, 특히 대통령과 그를 보좌하는 청와대의 비서들과 다수당 국회의원들이 민주주의를 올바르게 이해하고 있는지 의문을 강하게 불러일으키고 있다는 점이다. 이번 국회의 날치기 작태는 이 나라의 앞날에 먹구름을 뒤덮게 하지는 않을까 하는 우려와 함께 경종을 울리는 것으로 보인다. 민주주의적 의사결정의 정당성은 단순히 다수결원칙의 결과적 실행에만 의존하는 것이 아니고, 한편으로 자유로운 의사형성과 자유로운 의사결정의 과정에 기초하며, 다른 한편으로 해당 의사결정 내용의 합리성에 대한 사회적 수락에 근거한다.

그런데 날치기로 통과된 법안들은 타당성과 합리성이라는 두 가지 요건을 거의 예외 없이 결여했음을 확인할 수 있다. 따라서 그렇게 하여 성립된 법률은 전혀 민주적 정당성과 합법성을 부여받았다고 볼 수 없기 때문에 그 효력도 발생한다고 볼 수 없다. 그러한 법은 정당한 법이 아닌, 이른바 악법에 불과하기 때문에 그런 법의 집행은 필연적으로 공권력이라는 이름의 폭력을 수반하게 된다. 이것이 바로 지난 군사독재체제 아래서 다반사적으로 자행된 법이라는 이름의 구조적 폭력이었다.

이번 국회의 날치기 행태에 대한 책임의 주요 부분을 김영삼 대통령에게 묻지 않을 수 없다.

김영삼 대통령의 정부는 지금 중대한 위기에 처해 있다. 현 정부도 또 하나의 변형된 폭력지배체제로 전락할 것인지, 아니면 자신의 내면적 진실성을 되찾아 겉과 속을 똑같이 하나로 투명하게 국민 앞에 보여주는, 참된 문민정부로 거듭날 수 있을지의 갈림길에 서 있다.

대통령이 해야 할 일은 두 가지로 요약된다. 우선 이미 저질러진 잘못에 대해 이를 솔직히 인정하고 주권자인 국민에게 사과하는 것이 하나요, 다른 하나는 심기일전하여 자기 자신에게 정직함을 국민들이 마음으로 느끼고 화답할 수 있도록 근본적 민주화에의 의지를 힘차게, 행동으로 관철해나가는 것이다.

(한겨레신문, '더불어 생각하며', 1993년 12월 5일)

8.11. 지역사회와 언론: 도민일보의 탄생배경을 회고하며

현대 공업사회에서 전문적 지식과 정보의 중요성이 크게 부각되고 기술공학의 발달에 의한 통신기술의 발전 속도가 빨라지면서 대중의사 전달매체(매스미디어)의 정교화와 확산이 진행되고 있다. 여기서 텔레비전을 비롯한 영상매체의 영향력은 더욱 막강해짐을 부인할 수는 없다. 그러나 이들 매체의 특성은 전달내용의 일시적 표출이라는 시간적 제약과 함께 영상배경의 제시와 동시에 언어적 서술의 방법에 따르는 감성에의 직접적 호소효과를 유발하는 데에 있다. 이와는 대조적으로 신문 등 전통적 인쇄매체는 시간적 전달신속성이 뒤떨어지는 반면에 내용의 포괄적, 반복적 수용, 영속적 보존과 함께 독자의 문자이해력에 기초한 이성적, 비판적 사고에의 유인효과를 가져올 수 있다. 따라서 신문의 기능은 앞으로도 다른 경쟁적 언론매체의 빌딜에도 불구하고 그 중요성을 잃지 않을 것이다.

그런데 신문을 비롯한 언론매체의 기능은 대체로 두 가지로 귀결된다. 하나는 사실보도이고 다른 하나는 비판적 여론형성이다. 전자는 사실인지의 객관성과 사실서술의 공정성을 기본적 준수규범으로 한다는 의미에서 과학 또는 학문의 기능과 공통성을 지닌다. 물론 많은 사실 또는 사건 가운데 어떤 것을 보도대상으로 선택하느냐에 가치판단이 개입된다. 이 가치판단은 해당 취재기자나 신문사의 언론철학, 세계관, 사회관 등 넓은 의미의 문화적 차원의 특수성에 기인하는 것으로 그 근거가 명확히 제시되고 정당화될 수 있어야 한다. 그러나 이러한 보도사실의 선택의 전제가 되는 가치판단이 사실보도의 객관성과 공정성을 침해할 수는 없다.

이들 기본적 기능을 수행하는 주체는 구체적 조직으로서의 특정 신문사 또는 언론사이다.

「강원도민일보」는 이제 창간 일주년을 맞고 있는데 그 탄생 자체가 적어도 두 가지 측면에서 중요한 의미를 내포한다. 첫째로 그것은 후진사회에서의 조직일반의 문제 상황에서 태어났다는 데 있다. 곧 기자들의 노동조합을 인정하지 않은 하나의 폐쇄체계였던 신문사의 내면적 병리현상에서 나타난 깨인 기자들의 개방체계로서의 독립된 민주적 조직체 결성에의 자기해방적 결단의 성취였다. 무릇 사회조직은 그 구성원들 사이의 자유롭고 합리적인 상호작용을 가능케 하는 의사소통체계, 곧 의사형성과 의사결정의 사회체계 없이는 항구적 존속과 발전이 기대될 수 없다. 이는 조직결성 이전에 인간사회 자체가 형성되는 데에 기본적으로 작용하는 상호성의 원리인 것이다. 이 원리를 무시하는 언론사가 있다면 그것은 분명히 반사회적일 뿐만 아니라 언론의 기능수행과는 정면으로 상치되는 자가당착의 오류의 사실적 자기표출에 지나지 않는다. 조직이 합리적으로 발전하기 위해서는 고용주와 피고용자를 통틀어서 구성원인 개인들과 집단들 사이에 수직적, 수평적으로 의사소통의 통로가 다방적 교류체계로 열려있을 필요가 있다. 모든 생명체가 저마다 하나의 흐름체계이듯이 언론사도 하나의 사회적 흐름체계라면, 구성원의 말과 행위의 흐름이 합리적으로 조직화되지 않고는 위에 밝힌 언론사의 기능을 제대로 수행할 수 없으리라는 것은 자명하다.

둘째로 「강원도민일보」는 강원지역사회의 지방신문이라는 특수성을 지닌다. 강원지역은 한국의 다른 지역에 비해 지리적으로나 사회 문화적으로 또는 정치, 경제적으로 소외되어 있다. 이 소외가 외적요인에 의해 강요된 면도 없지 않지만 내재적 요인에 의해 가중되고 있다는 느낌을 지울 수 없다. 곧 강원지역 사회 자체가 하나의 폐쇄체계의 성격을 띠고 있다고 볼 수 있다는 데 문제가 있다. 한 지역사회가 생동발전하기 위해서는 그 지역 안에서 삶을 영위하는 사람들과 집단들과 조직들 사이에 활발한 상호교류가 다방면에 걸쳐 일상화되어야 한다. 그런데 가령 춘천시만 보아도 시민들이 자유로이 만나서 어떤 공동의 관심사에 관해 서로 의견을 교환하며 토론할 수 있는 장이 거의 마련되어 있지 않은 현실은 예나 지금이나 변함이 없다. 이 기회에 행정당국에게 하나의 제안을 하고 싶다. 춘천의 도로에 이름을 지어 누구나 알아 볼 수 있도록 길 이름 표지판을 길마다 세우라는 것이다. 그렇게 되면 시민들의 일상적 의사소통과 사회적 상호교류를 원활히 할 뿐만 아니라 외부에서 오는 관광객들에게도 큰 도움이 될 것이며 특히 시민들이 애향심을 더욱 깊게 키워갈 수 있을 것이다. 주요도로에조차 이름이 붙여져 있지 않은 도시는 짜임새가 엉성한 도시임에 틀림없고 합리적 발전을 스스로 저해하고 있는 것이다. 각 주요부분의 이름이 명확히 시민들에게 알려져 있지 않은 도시가 시민들에게 바른 자기정체성을 심어줄 수 있을지 의문이다. 이 점은 한국의 다른 대부분의 지방도시에도 해당된다. 그런 도시는 형식만 도시이지 내용적으로는 닫혀있고 막힌, 사회적으로 죽은 도시나 다름없다. 의사소통의 흐름이 막히거나 불완전한 사회는 바람직한 삶의 터가 될 수 없다. 이런 상황에서 지방신문으로서의 「강원도민일보」의 역할은 매우 중요하다. 우선 조직으로서의 민주적 자주적 생명력을 더욱 튼튼히 다지면서 지역사회의 잠재력을 일깨우고 성장시키는 데에 힘을 기울일 필요가 있다. 신문은 어디까지나 사실보도와 여론형성을 위한 하나의 매개체이다. 따라서 과학적 지식과 정치적 지혜를 계발하고 결합시키는 조직적 합리성을 성실히 추구해 나갈 때 「강원도민일보」의 앞날에는 보람찬 발전이 기약될 것이다.

(강원도민일보, 1993.11.26 특별기고)

8.12. 촌지의 종합적 근절대책

새 정부가 출범하면서 이해찬 신임 교육부장관에 대한 교육개혁에의 기대가 적지 않은 것 같다. 최근 촌지문제기 대중매체에서 지주 거론되고 있는데 니는 다음과 같은 대책들의 동시적이고 종합적인 실시를 통해 촌지수수를 근절하기를 교육부장관에게 공개 건의한다.

크게 미시적, 개별적 대책과 거시적, 구조적 대책으로 나눠볼 수 있다. 전자에 속하는 것으로 첫째 촌지를 받는 교사는 면직 또는 파면에 처해져야 하고 촌지를 주는 학부모도 해당 학교와 지역사회에 그 이름이 공개되도록 함과 동시에 촌지 금액의 10배에 해당하는 금액을 벌과금으로서 국고에 납부하도록 해야 한다. 왜냐하면 촌지를 받는 교사는 교사의 권위를 스스로 훼손시킴으로써 교육자로서의 자격을 상실했기 때문이며 촌지를 주는 학부모는 금권만능의 망국적 풍토를 온존시키고 사회악과 불합리의 확산에 기여한 데 대한 책임을 깨달아야 하기 때문이다. 특히 임모 교사(지난 4월 15일 MBC-TV 뉴스에서 보도됨)처럼 촌지를 상습적으로 강요해온 교사의 파렴치한 언행은 경악을 금치 못할 범죄행위로서 파면조치하여 엄격히 다스려져야 한다. 둘째 고발이 장려되어야 한다. 촌지수수는 공무원의 수뢰행위와 마찬가지로 범죄행위로 간주됨이 마땅하므로 이를 고발하는 것은 사회정의의 실현에 기여하는 좋은 일로서 적절히 표창되어야 한다. 고발자의 신분은 법에 의해 보장되어야 하며 어떠한 불이익도 받아서는 안된다. 물론 위증의 경우에는 엄중한 처벌로써 다스려 투명하고 정직한 사회를 건설해 나가야 한다.

거시적, 구조적 대책으로서는 첫째 교사들, 학생들, 학부모들이 각각 자발적으로 조직체를 결성하여 민주적으로 운영하도록 입법, 제도화함으로써 이들 교육관련 집단들의 문제들을 스스로 표출하고 제기하며 해결방안을 자체 안에서 또는 상호 협의하여 모색해 나갈 수 있도록 해야 한다. 이런 의미에서 전교조의 합법화는 늦었지만 매우 뜻 있는 개혁인데 그 합법화의 실시시기를 앞당기는 것이 바람직하다. 다시 말하면 촌지문제뿐만 아니라 다른 교육비리의 문제들의 해결에 대한 접근이 단순히 당사자들의 도덕적 설득만으로써는 미흡하며 근본적 해결책이 될 수 없으므로 학교라는 사회조직의 개혁의 차원에서 추진되어야 한다. 둘째 이와 똑같은 맥락에서 교장, 교감 등은 해당 학교의 교사들에 의해서 직접 선출되어야 한다. 그래야 책임행정과 교육자치가 실질적으로 민주화되고 그 합리성의 수준이 높아질 수 있다. 지금까지의 거의 모든 교육 부조리는 정부(교육부)가 수직적, 일방적 명령지시의 하달체계를 고수함으로써 각급 학교를 전적으로 통제, 지배해온 데 기인한다고 해도 과언이 아니다. 셋째 교사의 전반적 처우개선이 필요하다. 이 문제는 막대한 국가예산의 조정과 국민의 추가적 조세부담으로 이어지므로 교사봉급의 적정수준에 관한 당사자 집단들의 사회적 논의를 거쳐 합리적으로 해결되어야 한다. 위의 개별적 및 구조적 대책들이 종합적으로 강구될 때 비로소 촌지문제는 해결될 것이며 맑고 밝은 학교, 창조적 교육이 꽃피울 수 있을 것이다.

(한겨레신문에의 투고를 위해 1998.4.16 작성)

'학교금품' 사라지게 하려면

요즘 자주 거론되는 학교촌지 문제는 미시적, 개별적 대책과 거시적, 구조적 해결책으로 나눠 접근할 필요가 있다. 우선 촌지를 받는 교사를 면직, 파면하고, 촌지를 주는 학부모도 해당 학교와 지역사회에 이름을 공개하는 동시에 촌지금액의 10배에 해당하는 벌과금을 내도록 해야 한다. 돈 봉투를 받는 교사는 교사의 권위를 스스로 훼손시킴으로써 교육자로서의 자격을 상실했으며, 돈 봉투를 주는 학부모는 금권만능의 망국적 풍토를 온존시키고 사회악과 불합리의 확산에 기여한 책임을 깨달아야 하기 때문이다. 또한 고발이 장려되어야 한다. 사회정의의 실현에 기여하는 고발을 적절히 표창하고, 고발자는 어떠한 불이익도 받아서는 안된다.

구조적 대책으로서 먼저 교사, 학생, 학부모가 각각 자발적으로 조직체를 결성하여 스스로 문제를 제기하고 해결방안을 모색해 나갈 수 있도록 해야 한다. 이런 의미에서 전교조 합법화는 뜻 있는 개혁이다. 교육비리의 문제에 대한 접근은 단순히 당사자들의 도덕적 설득만으로는 미흡하며 학교라는 사회조직 개혁 차원에서 추진해야 한다. 둘째, 교장, 교감 등은 교사들이 직접 선출해야 한다. 그래야 책임행정과 교육자치가 실질적으로 이뤄지고 합리성의 수준이 높아질 수 있다. 셋째, 교사의 처우개선이 필요하다. 이 문제는 국가예산 조정과 국민의 조세부담으로 이어지므로 적정수준에 관한 사회적 논의를 거쳐 합리적으로 결정해야 한다. 이런 대책들이 종합적으로 추진될 때 촌지문제가 해결되고, 맑고 밝은 학교, 창조적 교육을 꽃피울 수 있을 것이다.

(한겨레, 독자칼럼, 1998. 4. 28, 6쪽)

8.13. 정부의 '신지식인' 정책에 대한 진단

원래 '지식인'은 두 가지 합리성을 추구한다. 하나는 인지적 합리성으로서 실재를 알고자하는 욕구에서 나왔고 순수지식과 응용지식의 과학적 지식체계를 구축, 제도화해왔다. 다른 하나는 규범적 합리성인데 실재를 변경시키고자 하는 욕구에서 유발되었으며 정치적 비판과 실천의 사회운동적 전통을 확립해왔다. 이 두 가지 지식인 유형 또는 기능은 서로 연관되기도 하지만 지식인의 자기정체성에 대한 인식에 따라 어느 한쪽으로 기울어질 수 있다. 그러나 후자는 전자를 전제로 할 때 제 기능을 발휘할 수 있다. 그래서 세상을 관조하고 분석하기만 하는 조용한 지식인이 있는가 하면 또한 세상의 소용돌이 속에 뛰어드는 행동하는 지식인도 있다. 이 둘의 종합적 통일이 가장 이상적 지식인일 것이다. 그런데 '국민의 정부'가 강조한 '신지식인'의 고무정책은 수단적 합리성만을 추구하는 응용지식 일변도의 절름발이 지식인을 지나치게 높이 평가할 우려가 있다. 그것은 시장에서의 교환가치를 극대화하는 합리적 경제인, 화폐가치의 단기적 증식을 실현할 수 있는 전문 기업경영인, 창의적 발명가로 지식인을 축소, 왜곡시킴으로써 정신문화를 오염시킬 위험성도 있다. 거기서 지식의 상품화, 학문적 연구활동의 상업화, 대학의 시장화라는 부정적 부수결과를 낳을 수 있다. 그것은 마침내 균형 잡힌 가치체계의 붕괴, 정신풍토의 황폐화, 황금만능주의, 약육강식의 야만세계를 가져올 지도 모른다. 과학기술과 공업문명의 병폐에 대한 비판적 성찰 없이 자본주의적 국제경쟁력만을 외치는 것은 마치 나침반 없이 항해하는 것과 같이 무의미하다.

(한겨레신문에의 투고를 위해 1999. 7월 작성)

지식의 상품화 초래 우려

지식인은 두 가지 합리성을 추구한다. 하나는 실재를 알고자 하는 인지적 합리성이다. 다른 하나는 실재를 변경시키고자 하는 욕구에서 나온 규범적 합리성인데 정치적 비판과 실천의 사회운동적 전통을 확립해 왔다. 뒤엣것은 앞엣것을 전제할 때 제 기능을 발휘한다. 그래서 세상을 관조·분석만 하는 지식인이 있는가 하면, 행동하는 지식인도 있다. 둘의 종합적 통일이 가장 이상적일 것이다. 그런데 '신지식인'은 수단적 합리성만을 좇는 응용지식 일변도의 지식인을 과대평가할 우려가 있다. 시장 교환가치를 극대화하는 경제인, 화폐가치의 단기적 증식을 꾀할 수 있는 전문 기업경영인, 창의적 발명가들로 지식인을 축소·왜곡시킬 수 있다. 지식의 상품화, 학문적 연구활동의 상업화, 대학의 시장화라는 부정적 부수 결과를 낳을 수 있다.

(한겨레, 신지식인 운동에 관한 특집기사, 1999.7.13)

8.14. 서민 울리는 파산법

지난해 12월 21일 (주)우성건설과 (주)동보건설 두 회사에 대한 법원의 파산선고 판결로 말미암아 춘천 동보임대아파트 687세대, 전국적으로 4834세대의 임차인들은 보증금 전액을 잃게 됐다.

만약 이들이 실제로 그들의 보증금을 보상받지 못한다면 해당 실정법('파산법')의 야만성과 그러한 실정법의 효력을 지속시키는 국가와 정부는 반국민적 폭력기구임이 현실로 드러날 것이며, 국민은 그러한 국가와 그가 만든 실정법을 단호히 거부할 자연법적 저항권을 행사함이 정당할 것이다. 국민은 이 국가의 주권자라는 사실과 국가가 선의의 국민의 생명과 재산에 중대한 손상을 초래하도록 방지한다는 것은 서로 모순되기 때문이다. 앞의 임차인들처럼 신의의 국민이 그들의 아무런 잘못 없이 그들의 재산을 모조리 잃어야 한다면 그런 불의와 비리를 현실로 만드는 국법질서는 전혀 정당성을 지닌다고 볼 수 없다.

춘천의 동보임대아파트의 건설, 분양에 있어서 채권자는 주택은행이고 채무자는 (주)동보건설인데 이들 사이의 분쟁에 대한 책임을 선의의 임차인들이 져야 한다는 것은 건전한 상식에 어긋난다. 오히려 채권자도 신용도 낮은 채무자에게 거액을 대출한 데 대해 응분의 책임이 있다. 동보건설은 물론이거니와 주택은행의 무책임성을 선의의 임차인들이 고스란히 넘겨받게 만드는 비논리의 손을 들어줄 현행 '파산법'은 정의롭지 못하다.

무릇 실정법은 사람이 만든 것이어서 항상 완벽하지 못하며 신성불가침한 것도 아니다. 나쁜 또는 불완전한 실정법을 신속히 폐기하거나 개정하기 위해 존재하는 것이 국회이며, 행정부와 법원은 그런 법을 적용하거나 집행함에서 선의의 국민이 피해받지 않도록 매우 조심성 있게 다루어야 한다. 이를 게을리 하는 국가는 주권자인 국민에 의해 거부당하는 것이 마땅하다.

불안과 초조 속에 날을 지새우고 있는 위의 임차인들에게 그들의 보증금이 전액 보상되기를 바란다.

(한겨레, 2001.2.13, 10면, '독자칼럼')

8.15. 내부 불합리 극복하는 '담론'의 장으로 한걸음 더 나아가야

먼저 교수신문의 창간 9주년을 축하합니다. 교수신문도 이제 한국사회에서 언론의 한 몫을 담당하고 있음을 확인하면서 새삼 언론의 기능을 되새겨 보게 됩니다.

언론은 기본적으로 두 가지 기능을 수행합니다. 하나는 인지적 기능, 곧 현실 인식을 위한 사실보도의 기능이며 또 다른 하나는 규범적 기능, 곧 현실변혁을 위한 비판의 기능입니다. 그런데 새 천년을 맞고 있는 오늘 대학사회는 안팎으로 구태의연한 자세를 하고 있습니다.

밖으로는 헌법이 보장하고자 하는 '대학의 자율성'을 정부는 법 개정을 통해 보장할 의지가 있기나 한지 의문입니다. 또 교수(협의)회의 최고의결기구화를 허용하지 않음으로써 대학의 민주화와 합리적 운영을 저지해 오고 있습니다. 이에 대해 일부 교수들은 교수노조 결성을 서두르고 있습니다. 왜 노조라는 조직형태만이 단결권, 단체교섭권, 단체행동권을 가져야 합니까? 실정법이 그렇게 규정하기 때문입니까? 그런 법은 민주주의 원칙에 어긋납니다. 모든 조직은 그 구성원에 의해 민주적으로 결성되고 운영되는 한 사회적 행위주체로서 정부나 다른 조직들과의 관계에서 자율적으로 교섭하고 행동할 권리를 가질 수 있습니다. 노조만이 그런 특권을 누려야 한다는 것은 시대착오적인 발상입니다.

안으로 대학교수들은 대부분 마치 철옹성의 독불장군처럼 교수라는 지위에 안주하며 보수적 인습에 젖어 대학발전을 위해 한 발짝도 전진하지 못하고 있습니다. 그래서 4년마다 오로지 현상유지에만 탁월한 재능을 발휘하는 엉터리 총장들을 선출하고 있습니다. 신임교수 채용절차에서 학연, 지연의 노예로 전락하는 교수들, 한국대학의 국제신뢰도를 저하시키는 성적상대평가제, 계획적으로 대학교육의 부실화를 빚어내는 계절수업제, 학습의 타율화를 조장하는 출석 부르기, 회식 후에 2차, 3차 가기 등 불합리한 관행과 제도가 계속해서 온존되고 있습니다.

교수신문은 앞으로 대학교육에 관한 주요문제들을 체계적이고 철저하게 제기하며, 그 해결방안을 모색하기 위한 담론의 장을 마련하는 데도 큰 관심을 기울이길 바랍니다.

(교수신문 창간 9주년을 축하하며 보낸 글, 교수신문 2001년 4월 16일자, 27쪽)

9. 해방지향적 삶의 방법론

9.1. 행복추구의 삶: 삶의 의미, 행복추구, 해방과정으로서의 삶, 앎의 중요성, 민주시민의 의견 견지태도

청취자 여러분, 안녕하십니까? 저는 강원대학교 사회학과에서 일하고 있는 배동인입니다. 지금 이 방송을 통하여 여러분과 직접 대화를 나눌 수는 없지만 어떤 주제에 관하여 함께 생각할 수 있는 기회를 갖게 되어 매우 기쁩니다. 우리가 함께 생각해 볼 수 있는 수없이 많은 주제들 가운데 가장 일반적이고 흥미 있는 주제는 아마도 '우리들 인간의 삶의 의미는 무엇인가'라는 문제일 것 같습니다. 이 문제에 대한 가장 보편적인 대답은, 저마다 그 내용은 다를지라도 '행복의 추구'라고 짐작됩니다. 행복의 추구는 자기의 현재의 삶에 만족하지 않기 때문에 보다 더 나은 삶을 바라는 데서 비롯됩니다. 여기에 바로 행복추구가 함축하고 있는 활력과 역동성이 있습니다. 왜냐하면 그것은 현재와 미래, 이미 주어진 것과 새로이 이루어져야 하고 만들어내야 할 것, 즉 존재와 당위 사이의 긴장관계이기 때문입니다. 보다 나은 새로운 현실은 저절로 주어지는 것은 아니기 때문에 우리가 저마다 바람직하다고 생각되는 모습의 것으로 바꿔지고 창조되지 않으면 안됩니다. 앞으로도 그렇겠지만 지금까지의 인류역사의 총체적 주제가 다름 아닌 바로 이 행복의 추구라고 봐도 과언이 아닙니다. 이러한 행복의 추구과정은 위에 말씀드린 긴장관계의 성격에 비추어 볼 때에 인간의 자기속박과 자기해방의 연쇄과정이라고도 볼 수 있습니다. 보다 나은 삶이라는 목표가 설정되었을 때에 그 수준에 이르지 못한 현재의 삶은 곧 자기 자신을 얽어매고 있는 굴레로 간주되고, 바라는 것이 이뤄졌을 때 그것은 곧 그 이전까지의 속박상태에서 벗어난 해방을 의미하기 때문입니다. 물론 외부의 어떤 힘이 우리 각자의 행복의 추구를 저해하는, 타자에 의한 억압과 구속도 있습니다. 그 가장 두드러진 예를 우리는 일본제국주의의 식민지배시대와 해방 후의 역대 독재정권에서 보게 됩니다. 이런 의미에서 인간의 삶은 끊임없는 해방지향의 과정이라고 볼 수 있습니다. 아무튼 행복의 추구는 주어진 현실을 보다 바람직한 현실로 변경시키는 데에 있기 때문에 현실을 변경시키자면 우선 주어진 현실을 알아야 할 필요가 있습니다. 여기에 앎이라는 것, 지식의 중요성이 돋보입니다. '아는 것이 힘이다'라는 말은 그 앎이 우리의 행복추구, 인간해방을 위한 주요 요건이며 원동력이 된다는 뜻으로 해석됩니다. 그러기 때문에 앎을 산출해 내는 교육과 과학, 학문이 여러 가지 사회제도들 가운데서도 특히 중요한 위치를 차지하게 되는 맥락을 이해할 수 있습니다.

그런데 앎(지식)이라는 것은 사회적 성격을 띤다는 점이 우리의 행복추구라는 문제를 더욱 어렵고 복잡하게 만들게 됩니다. 무엇에 관해서 안다는 것은 한 개인에 의해서 주관적으로만 주장되어서는 별 의미가 없습니다. 그것은 사회적으로, 즉 객관적으로 인정되어야 합니다. 즉 어떤 앎의 내용은 그것을 발견해 낸 특정인이나 집단뿐만 아니라 다른 사회구성원들이 주관적 이해관심과 취향을 떠나서 그 타당성이 인정되어야만 참된 앎(지식)이라고 볼 수 있습니다. 그리고 참된 지식을 얻는다는 것이 결코 쉽지 않다는 점을 항상 되새길 필요가 있습니다. 고도로 발전된 학문의 세계에서조차 절대적 진리에 도달하기가 인간으로서는 거의 불가능합니다. 그럼에도 불구하고 우리는 거기에, 완벽한 진리에 무한히 가깝게 접근하기 위하여 최선의 노력을 다할 뿐입니다. 그런 과정에서 얻어진 지식은 따라서 어디까지나 상대적 타당성을 지닐 뿐이며 다만 잠정적으로 그 진리성이 인정될 수 있을 따름입니다. 왜냐하면 항상 보다 더 나은 새로운 지식이 나올 가능성이 있기 때문입니다. 따라서 학문의 세계에서뿐만 아니라 일상생활의 모든 면에 있어서 어떤 문제의 해결을 위한 의견표출과 토론에서 항상 다른 의견과 주장에 대하여 존경과 관용의 정신으로 임할 필요가 있습니다. 현대사회가 점차 그 복합성의 정도가 커져서 전문화가 불가피하고 정보와 지식의 중요성이 널리 인식되고 있습니다. 그러나 어떤 분야의 전문가라 할지라도 그가 가진 전문지식이 항상 절대로 참되고 옳다고 볼 수는 없습니다. 사물을 보는 시각에 따라서 어떤 지식이나 의견, 주장에 대해서도 항상 반론과 이의가 제기될 수 있게 마련입니다. 그러므로 전문가나 비전문가를 막론하고 항상 자기의 의견이나 지식의 타당성, 자기의 주장의 정당성에 대해서 항상 절대적으로 확실하다는 느낌을 가져서는 안될 것이고 다른 사람의 의견, 주장에 대해서는 역시 관대하게 대할 필요가 있습니다. 이것이 바로 민주주의 사회에서의 시민의 사회생활에 있어서의 올바른 태도라고 볼 수 있습니다.

앞에 말씀드린 것을 요약하고 결론을 내린다면, 첫째로 우리의 삶의 의미를 행복의 추구라고 볼 때에 그것은 갈등과 긴장 속에 이어져 가는 끊임없는 해방과정이라는 것, 둘째로 가정과 직장과 사회전반에 걸쳐서 주어진 현실에 대한 참된 앎의 바탕 위에서 개인적 행복과 사회발전도 실현될 수 있다는 것, 셋째로 민주시민이 사회적 의사소통과정에서 가져야 할 기본적 태도는, 가) 우선 자기의견이 절대로 옳다는 확실성 대신에 자기의견에 대해서도 한번쯤 의문을 가지고 다시 생각해 보는 융통성을 가질 필요가 있다는 것, 나) 전문가에게 무조건 동의하거나 지도자의 권위에 맹목적으로 복종할 하등의 이유가 없다는 것, 그리고 끝으로 다) 자기의 것과 다른 의견에 대해서 항상 열린 마음으로 그 진의를 이해하려고 힘쓰며 존중과 관용의 태도를 갖는다는 것입니다.

9.2. 행복과 사회관계: 행복추구와 국가와 정치의 관계

청취자 여러분, 안녕하십니까? 저는 강원대학교 사회학과에서 일하고 있는 배동인입니다.

행복의 추구라는 문제를 우리가 생각할 때에 흔히 우리는 그것을 고립된 개인의 차원에서만 다루기 쉽습니다. 그러나 이러한 '행복'의 개인화, 주관화를 넘어서서 그것을 사회화 또는 객관화해서 볼 필요가 있습니다. 왜냐하면 그 행복추구의 주체인 우리 각자는 '사회'를 떠나서는 존재할 수 없는 이른바 '사회적 존재'이기 때문입니다.

우선 이 '사회'라는 것이 무엇인가라고 정의한다면, 그것은 '인간의 욕구충족을 위한 여러 개인과 집단과 조직의 상호작용의 복합적 관계망'이라고 정의될 수 있습니다. 이런 의미에서 '사회'라는 것은 인간의 제 사회관계의 체계, 또는 '사회구조'라는 말과 같은 뜻을 가집니다. 각 개인은 서로 여러 가지 관계를 맺으면서 삶을 영위하게 되므로 그 관계들은 여러 가지의 층과 단위들을 이루게 되어 매우 복잡하게 얽혀 있습니다. 그래서 개인의 입장에서는 사회전체의 여러 가지 관계를 한 눈에 알아 볼 수 없습니다. 따라서 한 사회를 어느 정도 안다는 것은 매우 추상적인 사고와 언어를 매개로 해서만이 비로소 가능하게 됩니다.

우선 개인은 집단이나 조직의 구성원으로서 존재합니다. 우리는 저마다 '가족'이라는 집단이나 어느 직업조직의 일원이고 각 가족과 기업체는 다른 가족과 기업체들과 서로 의존되어 있는 관계에 있습니다. 따라서 우리 각자가 추구하는 행복은 우리가 속한 가족이나 기업체 등 다른 사회조직들을 떠나서는 원만히 실현될 수 없습니다. 각 집단이나 조직은 그 나름대로의 목적과 기능이 있습니다. 그래서 각 개인, 집단, 조직은 저마다 자기의 고유한 주체성, 즉 상대적 자율성을 가지면서, 다른 개인, 집단, 조직과의 상호의존관계를 유지해 나가는 가운데 행복을 추구해 나갈 수밖에 없습니다. 물론 이 각 생활주체의 개인으로서의 고유한 특성과 전체사회공동체 사이에는 긴장관계가 생기게 마련이므로 이들 사이의 균형을 유지한다는 것이 결코 쉬운 일은 아닙니다. 자율성이 너무 강하게 되면 그 개인이나 집단/조직은 이른바 '반사회적'이라는 지탄을 받게 되고 상호의존성만이 너무 부각될 때에는 개인의 주체성, 즉 인간의 존엄성이 망각되기 쉽고 전체주의적 억압체제로 경직화될 가능성이 큽니다.

여기서 우리는 이른바 '국가'와 '정치'가 우리 각자의 행복과 긴밀하게 관련되어 있음을 알 수 있습니다. '국가'라는 것은 한마디로 말하자면 바로 우리가 살고 있는 사회 자체를 우리가 보다 바람직한 삶을 살기 위해서 조직한 초거대조직이라고 볼 수 있습니다. 그래서 국가의 가장 기본적인 법인 헌법은 이 초거대조직의 정관에 해당하는 것이고 그것은 사회구성원, 즉 주권자인 국민의 의사에 따라서 제정되고 변경될 수 있는 것입니다. 그러나 과거에 우리나라에서는 국민의 동의에 근거하지 않고 폭력적인 수단에 의존하여 헌법이 마련되고 그것을 집행할 정권이 세워졌기 때문에 민주적 정당성을 전혀 인정받을 수 없었던 적이 많았었습니다. 그러므로 국가라는 것을 무조건 신성불가침한 것으로 여기는 것은 근본적으로 잘못된 생각입니다. 민주주의국가의 모든 권력은 궁극적으로 국민, 즉 성인 된 사회구성원의 집합적 의사에서 생겨지고 형성되기 때문입니다. 그리고 국가가 하는 일, 구체적으로는 국가를 대내외적으로 대표하는 정부가 하는 일을 '정치'라고 일컫는데 그 기본 과제는 사회구성원들의 보다 나은 삶, 보다 인간다운 삶을, 즉 행복의 실현을 위해서 자연세계와 사회현실을 변경시켜 나가는 데에 있습니다. 이런 의미에서 '정치'라는 것은 대통령이나 장관이나 국회의원 등 어떤 특정인들만의 전유물은 결코 아니며 사회구성원 모두가 일상적으로 그 삶의 현장 속에서 의식하건 의식하지 못하건 간에 실천하고 있는, 사회생활의 기본양식입니다. '정치'는 경제, 문화 등 다른 영역과는 달리 이들 사회적 제 기능을 수행하는 영역들을 법체계를 통하여 합리적으로 조직화하고 운영하는 것을 그 주요 기능으로 삼기 때문에 다른 영역에 비해서 사회구조의 형성에 있어서 특별히 중요성을 띱니다. 따라서 흔히 가정주부들에게서 엿볼 수 있는 것과 같이 정치에 무관심하다는 것은 곧 진정한 의미에 있어서의 자기 자신의 행복의 추구에 무관심하다는 것이나 다름없습니다. 4년마다 한 번씩 투표하는 것만으로는 주권자인 국민이 국가정치에 영향을 충분히 미칠 수 없으므로 유권자의 절반을 차지하는 여성 여러분께서는 특히 항상 국가정치에 관심을 가지고 국가적 의사형성과 의사결정에 적극 참여해야 하며 그러기 위해서는 무엇보다도 조직활동에 직접 뛰어들어야 할 것입니다.

아직도 많은 가정주부 등 여성들은 정치는 남자들이 하는 것이라고 생각하는 경향이 있는데 이는 스스로 민주시민으로서의 권리와 의무를 저버리는, 그리고 자기 자신 행복한 삶을 이루는 일에 무책임한, 매우 바람직하지 못한 태도입니다. 왜냐하면 특히 현대의 복합사회에서 우리의 일상생활의 어느 면도 국가정치와 무관한 것은 존재하지 않기 때문입니다.

9.3. 행복과 사고: 앎과 사고의 관계, 명확한 사고의 중요성,

두 가지 사고의 태도(의존적 사고, 독립적 사고)

청취자 여러분, 안녕하십니까? 저는 강원대학교 사회학과에서 일하고 있는 배동인입니다.

모든 지식은 우리들 인간의 사고(생각)의 산물입니다. 우리의 말과 행동은 그 이전에 생각이 있었기 때문에 가능합니다. 우리의 오관을 통하여 일어나는 느낌은 순전히 개인적·주관적인 세계에 머물지만, 그 느낌이 외부로 표현될 때에는 바로 사회적 현상으로 객관화되는데 그 과정에서 생각을 매개로 하여 어떤 몸짓이나 언어나 행동으로 나타납니다. 사회생활의 모든 분야들, 가령 정치, 경제 그리고 학문, 예술, 종교 등을 포함한 문화분야에서 일어나는 모든 현상과 제도와 산출물은 실은 궁극적으로 인간의 생각에 근거하고 있다고 볼 수 있습니다. 우리의 삶에 있어서 생각의 중요성은 아무리 강조해도 지나치지 않을 것입니다. 유치원·초등학교에서 대학에 이르기까지 전 교육과정의 목표는 결국 명확히 생각하는 방법을 배우고 명확히 생각하는 능력을 기르도록 하는 데에 있어야 한다고 봅니다. 그럼에도 불구하고 현재 우리의 교육현실은 제도화된 학교교육을 통하여 인간의 명확한 사고와 창조적 사고의 능력을 왜곡시키고 파괴시키는 결과를 가져오는 면들이 다분히 있습니다. 흔히 기계적·노예적 사고에 길들여지기 쉽습니다. 그것은 지배계층은 항상 자기의 기득권을 계속 유지·확대시키고자 하므로 다른 사람들의 비판적 사고와 의견표출을 꺼려하기 때문입니다. 그러한 지배권을 유지·강화코자 수단·방법을 가리지 않는 독재자들뿐만 아니라 일반적으로 보통 사람들도 명확히 생각하기를 싫어하는 경향이 있습니다. 이러한 생각 자체에 대한 인간의 태도와 생각의 힘을, 영국의 저명한 자유사상가인 버트란드 러셀은 다음과 같이 표현하고 있습니다. "사람들은 이 지구상의 그 어느 것보다도, 파멸보다 더, 심지어는 죽음보다 더 생각을 두려워한다. 생각은 전복적이고 혁명적이며, 파괴적이고 무시무시하다; 생각은 특권에 대해서, 기존의 제도들과 안이한 습관과 관습들에 대해서 무자비하다; 생각은 무정부적이고 무법적이며, 어떤 권위에 대해서도 무관심하고 수세기 동안 잘 답습해 온 지혜를 소중히 여기지 않는다. 생각은 지옥의 낭떠러지를 내려다보고도 두려워하지 않는다. 생각은 하나의 하잘 것 없이 연약한 작은 점에 불과한 인간이 침묵의 헤아릴 길 없는 우주적 심연들에 둘러싸여 있음을 본다. 그럼에도 생각은 마치 스스로 우주의 주인인 것처럼 흔들림 없이 당당한 자세를 갖추고 있다. 생각은 위대하고 민첩하고 자유로우며, 세계의 빛일 뿐만 아니라 인간의 으뜸가는 영광이다."(버트란드 러셀, "사회재건의 원칙들"[Russell, Bertrand. 1980(1916). Principles of Social Reconstruction. London: Allen & Unwin. p.115], 배동인 옮김).

참으로 신비스럽고 장엄한 경치의 분위기를 느끼게 하는 생각 자체에 관한 생각의 표현입니다. 대체로 생각에는 그 태도에 있어서 두 가지로 구별해 볼 수 있습니다. 하나는 의존적·수동적 사고이고 다른 하나는 독립적·능동적 사고입니다. 전자는 우리가 어떤 문제에 관해서 생각할 때에 전통과 관습에 따라서, 또는 어떤 다른 사람의 생각에 의존해서 수동적으로 생각하는 것입니다. 이에 반해서 후자는 항상 '왜'라는 물음을 제기함으로써 자기 나름의 명확한 해답을 찾고자하는, 바꿔 말하면 합리적·비판적 사고입니다. 학교교육을 아직

받지 않은 어린이들이 자꾸만 "엄마, 저건 왜 그래?"라는 질문을 하는 것을 가정주부 여러분께서는 자주 체험하는데 그것은 곧 어린이들이 독립적·합리적 사고를 하고 있음을 보여주는 것입니다. 그런 어린애의 질문에 대해서 어른들은 흔히 판에 박은 기계적 해답을 던져 줌으로써 제도교육과 많은 경험을 쌓은 기성세대들이 오히려 의존적·수동적 사고에 젖어있음을 무의식중에 드러내 보입니다. 이렇게 볼 때에 성년과 미성년의 오로지 연령의 차이에 의한 구별은 오히려 거꾸로 되어 있다고 생각됩니다. 의존적 사고를 하는 사람은 자기의 삶을 자기가 주체적으로 사는 것이 아니라 남의 삶을 살아주는, 즉 자기 삶을 남이 맘대로 처리하도록 내던져버린 것이나 다름없습니다. 그 구체적인 한 예를 들면, 요즘 여성들, 특히 청소년층의 여성들에 있어서 흡연자가 늘어난다는 사실입니다.

우리는 저마다 일상생활의 틀에 박힌 듯한 되풀이 속에서도 자주 자기의 생각과 말과 행동에 대해서 생각하는 시간과 자세가 필요합니다. 이렇게 진지하게 생각하는 일은 철학자들이나 하는 거라고 생각한다면 그것은 큰 잘못입니다. 무릇 생각하는 것 자체는 인간 누구에게나 부여된 특권이며 생명의 활력소입니다. 특히 가정주부 여러분은 진정한 의미에서 독립적·능동적·합리적 사고를 할 줄 아는 생활철학자가 되어야 합니다. 그것은 결코 어려운 일이 아닙니다. 우선 매사 건건마다 '왜' 그래야 되느냐는 물음을 스스로에게 던지시고 그에 대한 납득할 만한, 분명한 해답을 찾아보시기 바랍니다. 스스로 해결할 수 없는 문제에 관해서는 다른 가족 구성원들과, 시어머님과 남편과 차근차근 대화를 나누시고 서로 털어 놓고 토론해 보시기 바랍니다. 그렇게 생각하는 습관을 기른다면 자연히 신문이나, 잡지나, 책들을 읽고 싶고 평소에 눈여겨보지 않던 것들에 관해서도 자세히 알고 싶은 호기심이 생기게 될 것입니다. 생각하기를 게을리 할 때에 거기에는 지성도, 좋은 삶도, 행복도, 발전과 성장도 인간해방도 불가능할 것입니다.

9.4. 바람직한 삶의 자세: 삶과 욕구의 문제,

두 가지 욕구(소유적, 창조적 욕구)와 전략적 욕구

청취자 여러분, 안녕하십니까? 저는 강원대학교 사회학과에서 일하고 있는 배동인입니다.

'삶이란 무엇인가'라는 물음에 대해서 저는, 그것은 '욕구충족에의 끊임없는 추구과정'이라고 정의될 수 있다고 생각합니다. 우리 인간의 개인적 또는 사회적 삶의 문제를 고찰하는 데에 있어서 가장 원초적 실마리는 인간의 욕구의 문제에서 찾아진다고 봅니다. 이런 의미에서 저는, 성경에는 "태초에 말씀이 있었다"고 기록되어 있지만, 오히려 '태초에 욕구가 있었다'라고 바꾸고 싶습니다. 여기에 '욕구'라는 것은 매우 넓은 의미의 복합적 개념입니다. 그것은 단순한 먹고 마시고 잠자고 싶은 욕구, 성적인 욕구 등 생물학적 욕구뿐만 아니라 다양한 사랑에의 욕구, 명예와 존경을 받고자 하는 욕구, 권력에의 욕구 등 사회적 욕구도 포함합니다.

우리가 충족시키기를 바라는 많은 욕구들이 있지만 우선순위를 정하여 선택적으로 충족될 수밖에 없습니다. 그 이유는 두 가지인데, 첫째로 시간과 욕구충족수단인 자원의 제한이고, 둘째로 각 욕구충족의 유익성과 정당성 여부의 문제입니다. 첫 번째의 문제는 자명합니다. 그러나 가령, 시간과 돈 또는 다른 자원을 충분히 가졌다고 해서 어떤 욕구충족이 당사자에게 유익하고 행복을 가져오며, 시회적으로도 정당하다고 볼 수 있느냐의 문제가 제기됩니다. 가령 배고픈 사람이 굶주림으로부터의 해방이라는 하나의 행복을 실현시키기 위하여 음식물을 한꺼번에 너무 많이 먹는다면 그것은 배탈이 나거나 비만증을 가져와 그의 건강을 해치는 결과를 초래할 것입니다. 또 담배 피우기가 습관화되면 자기 자신 건강뿐만 아니라 같은 장소에 있는 다른 사람들의 건강도 해치는 결과를 가져와서 개인적으로나 사회적으로 해로운 욕구입니다. 그리고 부동산투기 바람이 거세게 일고 있는데 일확천금의 토지소유의 욕구는 전혀 사회적 정당성을 인정받을 수 없습니다. 이들 문제들에 있어서는, 그 내용에 따라 욕구를 소유적 욕구와 창조적 욕구로 나눠 볼 수 있습니다. 소유적 욕구는 주로 물질적 자원의 소유를 욕구내용으로 하지만, 창조적 욕구는 예술과 학문과 사회봉사활동 등 사고와 문화의 세계에서 새로운 지식이나 아름다움이나 사랑과 우정과 친절 같은 좋은 사회관계를 창조해 내고자 하는 욕구입니다. 소유적 욕구는 결국 소외된 사회관계와 삶을 만들어 냅니다. 인간이 인간을 도구화, 수단화하며 서로 경쟁심과 시기와 질투심을 유발시킵니다. 지금 우리사회에 휩쓸고 있는 금전만능의 풍조는 가히 절망적인 지경에 이르렀다고 볼 수 있습니다. 잔인한 조직화된 폭력에 의한 인신매매의 인명경시풍조는 사회적 영역에서만 일어나는 것이 아니고 국가정치적 영역에서도 엿볼 수 있습니다. 선거 때만 되면 유권자들의 표를 돈으로 살 수 있으리라는 생각에서 금품살포가 공공연히 행해져 왔습니다. 그런 금품을 받고 표를 찍어 준다면, 그것은 우리 각자의 인격과 의견을 돈으로 바꿀 수 있도록 내버려두는 처사이고 자기의 인간으로서의 존엄성을 버리고 스스로 상품으로 전락시키는 노릇이나 다름없습니다. 이와 같은 금권지배체제는 폭력지배체제와 직접 결부되어 있고 이는 다시금 거짓에서부터 비롯됩니다. 우리사회의 근본병폐는 우선 정치체계에 있어서 위에서부터 아래로 진실이 바로 서지 못하는 데에 있다고 진단됩니다. 윗물이 맑지 않으니 아랫물이 맑아질 리가 없습니다.

　무릇 어떤 구체적 욕구를 충족시키고자 할 때에 우리가 의식하건 의식하지 못하건 간에 두 가지의 전략적 욕구가 사회제도적으로 충족될 필요가 있습니다. 그 하나는 자연세계와 사회현실을 있는 그대로 알고자, 이해하고자 하는 욕구이고, 다른 하나는 자연세계와 사회현실을 보다 바람직한 것으로 변경시키고자하는 욕구입니다. 전자의 욕구를 충족시키는 데에는 인지적·과학적 합리성이 요청되고, 후자의 충족에 있어서는 규범적·정치적 합리성이 필요합니다. 전자는 지식의 세계라면, 후자는 지혜의 세계입니다. 많이 안다고 해서 지혜 있는 것은 아니듯이 위의 두 가지 전략적 욕구는 서로 질적으로 다른 차원들입니다.

지금 시급히 해결되어야 할 문제는 정치체계면에서의 정치적 합리성, 즉 현실
변경의 목표와 방향의 설정입니다. 예를 들면 토지공개념과 금융실명제의 철저
한 입법화입니다. 또는 가정주부 여러분께서 여가시간을 어떻게 이용하느냐의
문제에 있어서 친구들과 어울려 다니면서 '도리짓고땡'을 칠 것인가, 아니면
자기의 취미와 재능을 살려서 어떤 창조적 교육프로그램이나 사회봉사활동에
참여할 것인가를 결정하는 것이 바로 규범적-정치적 합리성의 추구입니다. 이
런 문제의 해결은 지식만으로는 안 되고 명확한 사고와 삶의 체험을 통하여
얻어질 수 있는 지혜를 필요로 합니다. 여러분의 지혜는 결국 용기 있는, 올바른
결단으로 표현될 것입니다.

사회전반에 걸쳐서 합리성이 관철되기 위해서는 자유로운 의사소통체계가
확충되어야 합니다. 언론·출판·집회·결사의 자유가 최대한으로 보장되어
야 합니다. 문화적 장애요인으로 보이는 남녀유별의 성차별, 남존여비와 장유
유서의 경직화된 상하관계 등 유교적 전통윤리는 불식되고 수평적 평등관계로
사회적 인간관계가 달라져야 합니다. 특히 가정주부를 비롯한 모든 여성들은
스스로 인간으로서의 정체성을 찾고 남성과 인격적으로 대등한 위치에서 자율
적 삶의 주체가 되는 것이 여성해방의 첫 걸음이자 행복에의 열쇠일 것입니다.

(KBS 춘천방송국의 '라디오 칼럼', 1990.2.21, 2.28, 3.14, 3.21일에 방송된 것임)

9.5. 삶 자체의 자기발전적 역동성과 해방지향성

삶은 그 자체를 존속, 유지시키고자 하는 원초적 욕구를 갖고 있다. 인간의
삶에 있어서 이 자기보존의 욕구가 특히 강하게 나타난다. 그러나 이 가장 기본
적 욕구를 충족시키고자 하는 데에는 두 가지 전략적 욕구가 필연적으로 동기
화됨을 보게 된다. 즉 자연세계와 사회현실과 자기 자신을 알고자 하는 욕구와
이들을 변경시키고자 하는 욕구가 그것이다. 이 두 가지의 욕구들이 강한 개인
과 집단은 그렇지 않은 삶의 주체들보다 더 오래, 더 효율적으로 삶의 방식을

유지, 발전시켜 왔음이 역사에서 밝혀진다.

이른바, 성인, 영웅, 예언자, 지도자 등의 개인들은 유달리 위의 두 가지 전략적 욕구의 충족지향성이 강한 사람들이었다. 보다 더 나은 삶, 보다 바람직한 삶의 실현을 추구하는 의욕이 강했다.

보다 나은 삶의 추구는 기존의 삶의 방식을 변경시키고자 하는 동기를 유발하고 그러기 위해서는 기존의 삶의 구조를 보다 잘 이해하고자 하는 동기를 유발케 된다. 새로운 호기심과 보다 나은 상태로의 현실의 변경에의 욕구는 삶 자체가 스스로 합리적으로 발전해 나가는 역동성을 갖게 한다. 이 역동성은 삶의 주체로 하여금 다시금 전략적 욕구의 충족을 지향케 하고 자연과 사회와 자기 자신 상호작용관계를 더욱 긴밀하게 이루어 나가게 한다.

이러한 역동적 삶은 자연을, 사회를, 자기를 더욱 더 잘 알려고 하고 사랑하게 된다. 그것은 해방지향적 삶으로 끊임없이 재창조된다.

자연을 그리워하는 마음, 사회에 대한 관심이 커지는 의식의 성장, 자기성찰의 내면적 천착이 깊어지는 삶의 태도—이런 면모들은 해방된 삶의 특징인 상호성, 합리성, 통일성의 구체적 표현 양상들이다.

가령, 산이 그리워, 바다와 강이 보고 싶고, 이들 속에 안기고 이들을 마음속에 온통 껴안고 싶은 충동을 누를 수 없어 산으로, 바다로, 강으로 달려간 체험을 해본 사람은 누구나 그것이 바로 해방된 삶을 산 순간이었음을 나중에 어렴풋이나마 확인할 수 있을 것이다. 그것이 곧 이 삶을 살만한 가치가 있는 것으로 만드는, 하나의 단순한 '비밀'이다.

(춘천, 효자골 연구실에서 1992년 9월 13일 월요일 오후: 1992년 8월 3-4일의 해남 대둔사(옛 대흥사) 뒷산 대둔산 두륜봉 등반을 회상하며)

9.6. 환경운동과 시민사회론: 사회와 자연의 조화로운 통일에서 인간해방 모색

이 주제는 매우 중요한 의미를 함축하고 있다. 그것은 인간의 삶과 사회, 사회적 삶의 역사와 구조를 관찰대상으로 하기 때문이다. 그 역사는 또한 인간의 자기정체서의 발견의 발전단계를 보여줄 뿐만 아니라 인간의 자기해방, 인간해방에의 길을 예시해준다.

여기에서 먼저 삶의 구조와 과정에 관한 나의 시각의 기본개념들을 밝힐 필요가 있다. 삶이란 욕구충족에의 끊임없는 추구 과정이다. 따라서 그것은 해방지향성을 띠게 되고 이는 다시금 권력지향성을 함축한다.

'해방'은 세 가지 요소를 내포하는 삶의 과정이다. 첫째는 욕구충족으로서의 해방이고, 둘째는 삶의 주체의 다른 삶의 주체와 세계와의 하나됨(합일)이며, 셋째는 삶의 주체의 비인격적 이해관심의 무한한 확대를 내포하는 과정이다.

삶의 권력지향성은 욕구충족의 수단이 되는 자원의 획득문제로부터 필연적으로 도출된다. 삶의 장은 자연과 사회와 국가이며 삶의 구조적 원리는 상호성, 그 과정적 원리는 합리성이다.

역사적 사회분화과정은 하위체계의 상대적 자율성이 강화되어온 과정으로 환경운동도 하나의 사회운동으로 볼 수 있다. 사회운동의 문제의식의 초점이 자연환경으로 모아진 것은 인간이 그 동안 자기존재와 삶의 근거, 발판을 스스로 파괴해왔음을 인지하기에 이르렀다는 것을 의미한다. 즉 인간의 자기정체성의 재발견이 시자을 뜻한다. 이는 사회 속에서 '시민사회'가 부가되어 나온 경위로 거슬러 올라간다.

사회와 국가의 상호관계와 대자연관계의 변천사를 개요해보면 다음과 같다. 1단계(자연상태)는 적나라한 폭력지배 상태로서 사회와 국가의 부재, 자연의 전제주의체제가 나타난다. 2단계는 사회에 대한 국가우위 상태로서 국가의 사회지배, 폭력국가, 신분사회의 특징이 나타나고 사회분화 정도가 낮으며 농경사회로서 자연에 밀착된 삶 속에서 자연에의 순응 또는 자연존재의 의미나 문

제의식의 부재로 규정된다. 즉 삶의 주체와 자연의 하나 되는 과정이다(서양사:
고대 ~ 봉건주의 절대군주 시대, 한국사: 고대~1945년). 3단계에는 국가와 사
회의 권력투쟁, 갈등관계가 나타나는데 이때부터 시민사회가 대두하여 자기주
장을 펼쳐나가며 권력정치의 사회가 열린다. 이 시기는 또한 자본주의 초기로
서 공업혁명에 의한 공업사회의 태동기이다. 자연의 정복과 수탈로써 자연존재
가 망각되고 객체화된 자연, 인간의 자연으로부터의 소외가 보편화된다(서양사:
민주적 시민혁명기와 근대, 한국사: 1945~1980년대). 4단계는 국가에 대한 사
회우위의 시기로서 사회의 국가지배, 민주주의 확립, 권력국가(권력의 기능적
합리화), 공업중심의 혼합경제와 수정자본주의, 사회체계의 고도의 분화로 특
징화되고 자연파괴의 충격으로 인하여 자연존재와 인간사회의 관계, 삶의 의미
에 대한 재음미, 반성의 시기이다(서양사: 근대~1990년대 초, 한국사: 1987년~
현재). 5단계는 사회와 국가의 평등이 이루어져 양자가 합일을 지향하게 되고,
사회자체의 합리적 조직으로서 국가가 기능하게 되고 정치의 과학화, 문화사회,
과학사회가 부각되며 자연의 주권이 회복되는 단계이다(서양사: 1990~21세기,
한국사: 21세기).

인간해방에의 과정으로서 시민사회적 환경운동은 인간의 역사적(시간), 구조
적(공간) 자기인식의 한 표출방식이 환경운동이다. 지금까지 인간의 자기인식
의 초점이 세계관(Weltanschauung)의 규명에 맞춰졌으나 이제는 인생관
(Lebensanschauung)의 정립으로 옮겨지고 있다. 삶의 정체성과 운명과 의미에 대
한 물음을 되새기게 되었다. 좋은 삶이란 어떤 것인가? 러셀의 해답은 음미할
가치가 있다. "좋은 삶이란 사랑으로 일깨워지고 지식으로 이끌어지는 삶이다
(The good life is one inspired by love and guided by knowledge.)." 그것은 곧 정치와
학문(과학)의 유기적 통합을 가리킨다.

개인적으로나 집단적으로 저마다 자기의 욕구체계에 대한 반성적 검토와,
목적과 수단을 중심으로 한 행위체계의 합리화가 지속되어야 한다. 거기엔 인
지적 합리성과 규범적 합리성이 변증법적 상호작용을 원활히 할 수 있도록 우

선 정치체계의 민주화가 선행되는 것이 긴요하다. 그래서 항상 자연환경과 인간사회의 바람직한 관계가 적정수준에서 유지되도록 해야 할 것이다. 역사의 전망대에서 사회적 삶의 구조와 과정을 통찰할 줄 알아야 한다.

참된 해방은 모든 것이 저마다 제자리를 되찾은 것을 뜻한다. 자연세계가 본래의 모습을 되찾고 인간과 그의 사회는 자연 속에 있는 자기존재의 정체성을 재확인하고 인간의 능력과 한계를 인식하여 인간의 존엄성을 지키는 것이다.

자연은 자연이 되게 하고 인간은 인간이 되어 인간다운 삶을 누리는 것이다. 그래서 삶의 주체들과 사회와 국가와 자연 사이의 상호관계가 조화로운 하나의 통일체를 이루는 것이 인간해방에의 길이다. 이 길을 닦는 일에 한몫을 담당하고 있는 것이 바로 환경운동이다.

(교수신문, '환경운동과 시민사회론', 1993년 6월 1일자, 5쪽에 수록됨; 신문에 보도된 것은 나의 발표문안 중 일부를 생략한 것이기에 여기에 보완, 서술한 것임.)

9.7. 진실 앞에서의 외경: 까미유 끌로델과 로댕 조각전을 보면서

까미유 끌로델과 로댕전을 보면서 나는 만감이 교차되는 가운데 깊은 외경과 감동의 침묵 속에 빠져들었다. 새삼스레 예술의 성스러움을 절감했다. 나를 그토록 감동케 한 것이 무엇인가를 곰곰이 생각해 보니 그것은 한마디로 표현한다면 진실의 힘이라고 말할 수 있겠다.

까미유 끌로델에게서 직감하게 되는 것은 한 인간의 내면적 삶의 성실성과 진실성이다. 이것이 하나의 조각작품으로 응축되어 표출될 때 그것은 그것을 보는 이로 하여금 삶의 심연을 응시하도록 하는 사색과 명상의 침잠으로 이끌기도 하고 강렬한 절규나 절실한 호소로써 보는 이의 응답을 촉구하는 힘으로 다가오는 것처럼 느껴지기도 한다. 그래서 그 힘은 보는 이에게 뜨거운 감동의 물결과 생동하는 기운의 솟구쳐 오름으로 전달되는 듯하다. 그 가장 대표적인 경우를 나는 <어린 소녀 샤틀레느>와 <소외된 사람들>에서 본다. 전자에서 나는 누구나 순진무구하고 맑디맑은 자연으로서의 인간의 원형을 볼 수 있으리라고 짐작한다. 있는 그대로의 한 인간생명의 자연성과 그 총체적 투명성, 특히 그 진실성 넘치는 눈빛은 모든 거짓과 허욕과 갈등의 복잡한 얽힘을 한 순간에 소멸시키는 힘을 발산한다. 그 힘은 가히 혁명적이다. 이 어린 소녀를 마주 보는 순간 나는 그의 마음속으로 끌려들어감을 느낀다. 우리는 잔잔한, 깊은 기쁨으로 청아한 침묵 속에 하나 되고 말없는 대화를 나눈다. 그것은 곧 진실 안에서의 참된 자유로움이며 힘솟는 해방이다. 이것이 정녕 예술이 덧없는 삶 속에 허덕이는 우리에게 베풀어주는 힘이요, 위로요, 또한 축복이리라.

<소외된 사람들>은 인간의 어두운 역사의 진실을 보여준다. 궁핍과 멸시와 고독으로 시달린 삶의 주체들은 서로 몸을 맞대고 어루만지며 오로지 침묵으로써 대화한다. 그들의 이야기를 다하기에는 인간의 의사표현수단인 언어로써는 너무나 불충분하고 불완전하기 때문이다. 서로가 서로에게 건네는 부드러운 손길과 따뜻한, 그러나 우울한 눈빛은 이미 모든 것을 말하고도 남는 여운을 함축하고 있다. 진실한 대화, 그것은 진솔한 마음의 나눔이다. 그것만으로도 외롭고 고통스러운 삶은 해방된다. 이 해방은 결코 가시적인 것이 아니다. 그것은 오직 내면의 눈으로써만 확인할 수 있을 따름이다. 여기서 나는 참된 해방은 비로소 삶의 주체들 사이의 상호성 또는 사회성에서 싹틈을 예감한다. 그것은 곧 진실의 변증법적 전개과정이라고 해석될 수 있다. 나의 진실은 너의 진실을 불러오고 우리의 진실은 다시금 모두의 진실을 일궈낸다. 다시 말하면 하나의 진실은 모두를 진실되게 하는 힘으로 작용한다.

이번 조각전에서, 특히 까미유 끌로델에게서 나는 또한 그녀의 예술과 삶의 통일된 일체성을 보았다. 그녀는 그녀 특유의 진실의 힘으로 관철된 해방의 삶을 그녀의 예술로써 보여준다. 이런 의미에서 그녀의 예술세계를 진실의 자기 해방이라고도 특징화할 수 있으리라. 이런 시각에서 나는 평소에 내가 좋아하는 베토벤의 음악세계와 그녀의 예술세계의 친화관계를 추정해본다. <비상하는 신>과 <애원>이 함축하는 한 영혼의 영원한 그리움과 이 그리움의 해방지

향성은 베토벤의 음악에서, 가령 그의 마지막 피아노 소나타의 제2악장이나 <합창>교향곡의 제3악장에서 감지할 수 있다. 정태적 형식의 조각이 동적인 음악언어로써 이해될 수 있는 좋은 본보기라 여겨진다. 그녀의 조각에는 음악적 대화가 깃들어 있다고 느껴진다.

로댕과의 숙명적 관계에서 빚어진 비애와 고통과 고독으로 뒤엉킨 그녀의 삶은 그녀의 조각들이 표출해낸 주제였고 그 내용은 진실이며 그 효과는 진실의 혁명적 힘이 보는 이의 가슴과 정신 속 깊이에서부터 용솟음쳐오르게 하는 궁극적 해방과 그것이 <파도>처럼 우리를 압도하는 환희의 물결이라고 풀이해 본다.

(1993.11.2 수상록)

10. 사회문화 비평

10.1. 우리는 너무 놀 줄 모른다

해방 지향적 놀이문화 개발하고 키우자

우리사회에 '놀이문화'가 정착되지 않았다든지, 표출되고 있는 놀이문화의 성격이 일종의 사회문제로 부각된다는 것은 첫째로 놀이마저 저절로 이루어지는 것은 아니며, 철저하고 합리적인 사고를 전제로 할 때에만이 어떤 의미 있는 놀이가 가능하다는 사실과, 둘째로 놀이를 비롯한 모든 여가활동도 우리들 인간의 사회적 제관계, 즉 사회구조 속에서 이루어진다는 사회적 제약성과 가능성을 암시해 준다고 생각된다. 그것은 놀이 또는 여가의 중요성을 전제하고 있음도 자명하다.

여기서 우리가 '놀이문화'를 논의의 대상으로 삼고 있는데 실은 놀이는 여가활동의 한 형태에 불과하다. 그러나 여기에 주로 '놀이'라는 말을 사용할 때에는 여가자체를 대표하는 것으로 이해하기로 한다.

여기서 우선 현대사회에서의 여가의 의미를 짚고 넘어갈 필요가 있다. 여가는 현대의 공업사회, 즉 공업혁명 이후 급속히 촉진되어 온 공업화과정에서 노동의 사회적 조직화가 제도적으로 정착된 사회에서 비로소 등장하게 되고 그 의미가 중요성을 띠게 되었다.

그 이전의 농경사회에서는 노동과 여가의 구분이 명확치 않았었다. 그 때에는 노동과 놀이와 의례가 뒤섞여 수행되는 것이 일반적 현상이었다. 그리고 농경사회에서의 노동은 계절과 기후의 변화에 의존된, 자연적 조건과 리듬에 따라 행해지는 수동성을 특징으로 삼기 때문에 특별히 사회적으로 조직되거나 계획될 필요성이 크지 않았다고 볼 수 있고 그것은 특히 주거와 일자리가 분리되지 않고 같은 점에서 엿볼 수 있다.

그러나 공업사회에서의 노동은 자연에 대해 능동적으로 또는 공격적으로 가해지는 능동성을 띠고 공장이나 기업조직처럼 미리 계획되고 조직되지 않으면 안되며, 주거와 일자리가 서로 분리되어 있어서 노동시간은 그밖의 생활시간과 엄격히 구분될 수밖에 없다.

이처럼 조직화된 현대사회에서의 노동은 대부분 타율적이며 강제성을 띠게 된다. 노동은 생계유지를 위한 물적 수단을 획득하기 위해서 필연적으로 수행되지 않으면 안되는 것이며 일정한 조직 안에서 이루어지므로 자기 자신과 가족을 위한 의무로서 노동주체에게 부과되어 있다.

현대인은 생존유지를 위해서는 의·식·주를 중심으로 하는 가장 기본적 생리학적 욕구의 충족이 필요하고 이를 가능케 하는 자원의 획득이 바로 직업조직에서의 노동을 통하여 가능하므로 거기에 바쳐진 노동시간은 자기가 맘대로 처분할 수 없는 얽매인 시간이다.

인간은 하루에 누구나 똑같이 24시간을 갖고 있다. 하루에 자기가 원하는 대로 처분할 수 있는 시간, 즉 여가시간은 지극히 한정되어 있다. 왜냐하면 그것은 하루 24시간 중에서 노동시간, 일자리에 가는 시간, 일자리에서 집으로 되돌아오는 시간, 수면시간, 식사준비시간, 식사시간, 세면, 목욕시간 등 위생에 필요한 시간, 꼭 참석해야 할 모임 등에 가야할, 사회적으로 의무가 지워진 시간 등을 모두 빼고 남은 시간이기 때문이다.

이렇게 보면 인간의 삶은 크게 두 영역으로 나뉘는데 하나는 '필연의 영역'이고 다른 하나는 '자유의 영역'(마르크스)이다. 전자는 노동시간 등 타자에 의해 규제되는 시간의 영역인 반면에 후자는 순전히 자기의 자유시간에 따라 자기고

유의 욕구를 충족시킬 수 있고 처분가능한 시간의 영역이다.

우리의 삶에 있어서 진정으로 가치 있는 어떤 무엇이 창조되고 어떤 일이 이뤄질 수 있는 것은 바로 자유의 영역, 곧 여가를 통해서만 가능하기 때문에 현대인에게는 이 여가의 중요성이 날로 커지게 된다.

실로 인간다운 삶은 우선 필연의 영역보다 더 넓은 자유의 영역을 확보함으로써 가능케 된다. 이른바 선진국일수록 노동시간이 점점 줄어들고 여가시간이 그 대신 더 많아지는 연유도 여기에 있다.

우리나라의 노동자는 아직도 세계에서 가장 긴 노동시간을 일해야 한다는 사실은 이런 측면에서는 우리나라는 가장 뒤떨어진 후진국이라는 뜻으로 해석된다. 왜냐하면 우리 노동자는 자기 고유의 욕구충족을 위한 시간이 자유의 영역을 가장 적게 누릴 수밖에 없기 때문이다. 그는 매일 타자 결정의 강제성을 띤 노동에 얽매여 있기 때문에 자유로운 삶, 해방된 삶의 주체가 되지 못하고 있다.

그러나 앞으로는 장기적으로 보아 점차 노동시간이 줄어들고 여가시간이 늘어날 것으로 기대된다. 그것이 가능하기 위해서는 과학기술의 발달, 노동조직의 합리화, 국민경제구조의 재편성, 정치체계의 민주화 등의 복합적 문제들이 합리적으로 해결되어야 한다.

여가시간이 증대되었다고 해서 우리가 모두 해방된 삶을 누리는 것은 아니다. 왜냐하면 증대된 여가 시간, 즉 자유의 영역을 삶의 주체인 우리 각자가 무엇으로 어떻게 채우느냐의 문제가 해결되어야 하기 때문이다. 이 문제에 있어서는 욕구와 정보와 공간의 세 가지 변수들이 관련되어 있다. 먼저 가장 중요시되는 욕구의 문제부터 생각해 보자.

욕구는 다양하고 가변적이며 삶의 추진력이기도 하다. '태초에 말씀이 있었다'라기보다는 '태초에 욕구가 있었다'라고 보는 것이 더 적절할 정도로 우리의 삶은 욕구와 불가분리의 관계에 있다.

삶은 곧 욕구충족을 추구하는 끊임없는 과정이라고 볼 수 있다. 우리의 자아

정체성도 '나'의 욕구가 무엇이냐는 물음을 떠나서는 확인될 수 없다. 욕구라는 개념은 단순히 생리적 욕구(의식주의 문제해결에 대한 욕구, 성적 욕구 등)에만 한정되지 않고 소속감과 사랑에의 욕구, 존경에의 욕구, 명예와 권력에의 욕구 등 사회적 욕구를 포함하는 아주 넓은 의미를 지니고 있다.

우리는 이들 여러 가지 욕구들을 모두 충족시킬 수는 없다. 왜냐하면 각 욕구를 충족시키는 데에는 우선 시간이 필요하고 그 충족수단이 되는 물질적, 비물질적 자원이 결코 충분치 않으며 대부분 획득하기가 어렵기 때문이다. 따라서 우선순위를 정할 필요가 있다.

욕구의 분류에 있어서는 내생적 욕구와 외생적 욕구로 나눠볼 수 있다. 전자가 개인고유의 자연적 욕구라면, 후자는 외부의 영향을 받아 감지하게 되는 사회적으로 유발된 욕구다. 생리적 욕구를 제외하고는 대부분의 욕구는 개인 인성의 형성에 중대한 영향을 미치는 사회화 과정과 제도교육을 통하여, 그리고 일상적으로 접하는 각종 매스미디어(대중의사 전달매체)를 통하여 유인된 것이다.

그래서 독립적, 비판적 사고의 능력이 약한 사람들은 다른 사람들의 욕구를 자기의 욕구인양 착각하고 남들의 욕구성향에 맹목적으로 따라가는 경우가 많다. 이런 행태를 유행이라는 현상에서 흔히 볼 수 있다. 이른바 대중문화가 나타나는 것은 그런 연유에서 비롯된 것으로 그 내용은 대체로 천박하고 저속하다는 평가를 받게 된다.

주로 외생적 욕구에 의해서 동기화된 여가활동은 대개 남들이 그렇게 하니까 덩달아 자기도 하는 앵무새식의 모방이어서 단순히 시간 보내기에 지나지 않는 경우가 많다. 그것은 자기의 내면적 충동에서 우러나온 것이 아니기 때문에 삶을 활력 있게 하고 참된 기쁨을 주기보다는 표피적 쾌감이나 지루함을 안겨줄 뿐이다. 그것은 또한 주로 남에게 과시하고자 하는 허영심이 작용하게 되어 소란스럽고 공해를 산출해낸다.

가령 봄, 여름, 가을의 온화한 계절에 자연을 찾는 집단들의 놀이를 목격하게 되는데 춤과 고성방가로써 주위사람들의 자유와 평화를 짓밟는 일을 공공연히 자행한다. 청소년층은 라디오와 기타 등을 필수 휴대품으로 들고 다니며 조용해야 할 자연의 평화를 거침없이 파괴하고 만다.

이러한 옥외놀이의 반사회적 효과는 사회심리적 환경오염과 공해를 빚어내는 한편, 옥내놀이에 있어서도 그 행태에 따라 당사자에게는 물론 사회적으로 바람직하지 못한 폐해를 초래할 수 있다. 가령 유한부녀자들이 떼지어 몰려다니며 도리짓고땡이라는 도박행위를 일삼는 경우는 인간을 소유욕과 금권지배의 노예로 전락시키는 야만화를 확산시킬 뿐이다. 그런 놀이는 심리적으로 해방감과 활력을 되찾기보다는 초조와 불안, 죄책감과 피해망상 등 정신건강을 해치는 병폐를 자초하게 된다. 그런 심성을 갖는 가정주부가 가족들에게 좋은 삶의 분위기를 마련해 줄 수는 없을 것이다.

남성들의 경우에도 '고스톱'이라는 옥내놀이 행태를 흔히 보게 되는데 여기에 우리의 생활문화의 특성을 엿볼 수 있다.

우리는 언어적 의사소통의 생활양식에 익숙해 있지 않기 때문에 대화와 토론이 중심이 되는 여가활동을 싫어하는 경향이 있다. 그런 관계로 합리적 사고와 행위의 능력개발이 낙후되어 있고 따라서 정치적 민주화과정에서도 이렇다 할 성과를 거두지 못하고 있다고 판단된다.

바람직한 놀이 또는 여가활동은 해방된 삶을 창조하는 것이어야 한다.

해방된 삶이란, 첫째로 직업노동과 같은 사회적 의무들로부터 자유로운 시간에 자기 자신 대화를 통하여 이웃과 사회와 세계와의 관계를 되새기고 재정립하는 독립적, 능동적, 비판적 사고의 삶이며, 둘째로 여가를 어떤 공리적 목적의 달성을 위해서가 아니라 그 자체가 목적이 되고 거기서 기쁨과 보람을 찾는데에 활용하는 것이고, 셋째로 자기의 모든 잠재능력을 계발시키고 생명체로서의 자기의 다면적 성장과 사회문화적 가치의 창조를 통하여 자기의 삶의 영역이 직장과 지역사회와 국가사회로 점차 넓은 지평으로 확장되어 나가는 삶이다.

이 경우에 자기 이외의 외부세계에 대한 관심은 자기중심적이거나 이기적 소유의 충동에 근거한 것이 아니고 무엇보다도 과학적, 인지적 이해와 사랑, 선, 미 등 보편적 가치의 실현에의 욕구가 동기화되는 것이므로 '비인격적 관심'(impersonal interest, Bertrand Russell)이라고 일컬을 수 있다.

여가는 이러한 해방된 삶의 구현을 위한 좋은 기회가 된다. 여가나 놀이가 위에서 예시한 바와 같이 반사회적이며 생명의 성장을 저해하고 인성자체를 파괴하는 방향으로 악용되는 이유는 한편으로 당사자의 개인적 차원에서 찾아질 수 있고, 다른 한편으로는 전체사회 구조적 차원에서 진단될 수 있을 것이다.

개인적으로는 앞에서 언급된 바와 같이 당사자 자신의 사회화 과정과 교육제도와 생활체험 등이 그의 놀이 형태에 영향을 미쳤다고 볼 수 있다.

사회구조적으로는 국가적 제도정치 행태의 반윤리성과 부조리, 국가권력의 폭력화, 인신매매와 조직범죄의 인명경시 풍조, 빈부격차의 심화, 금력지배의 사회경제적 분위기, 거짓과 속임의 보편화로 인한 불신풍조, 기본가치체계의 전도 등 아노미 상태의 혼돈이 사람들로 하여금 허무주의, 패배주의, 자포자기로 빠져들게 하여 삶에의 의욕과 희망을 잃게 된 나머지 그런 불건전하고 자타 간 에 해독을 끼치는 놀이 행태로 무의식중에 표출되는 것으로 짐작된다.

여가나 놀이는 그 자체로서 독립되어 나타나는 현상은 아니며 정치, 경제, 문화 등 사회 제 관계의 상호작용의 결과로서 표현되는 것이다.

지금까지 여가라는 자유의 영역을 채우는 문제의 변수로서 욕구에 관련하여 논의했는데 두 번째 변수인 정보가 역시 중요한 역할을 담당한다.

어떤 놀이의 유익성과 사회적 정당성 여부에 대한 판단을 위해서는 무엇보다도 그 놀이의 성격과 결과에 대한 충분한 정보와 지식이 필요하다. 가령 담배 피우기, 대마초와 히로뽕 등 마약흡입이 여가활동으로 선택될 때에 그것이 미치는 효과의 해독성이 어느 정도인가를 미리 알지 못했거나 과소평가했을 가능성이 크다.

앎은 그 자체로써 인간해방의 힘이 될 뿐만 아니라 여가선용과 같은 좋은 목적의 실현을 위한 수단이 되기도 한다. 무릇 합리적 수단의 선택이 없이는 아무리 좋은 이상이나 목표도 달성될 수 없기 때문에 정보와 지식은 좋은 놀이 문화의 형성에 있어서 필수적이다. 기존의 많은 정보와 지식의 습득은 책, 신문, 잡지, 라디오, TV 등을 통하여 가능하며 지적 호기심과 정열은 새로운 정보와 지식을 창출해낼 수도 있을 것이다.

마지막 세 번째 변수는 여가활동의 공간인데 옥외의 자연적 공간과 옥내의 시설공간으로 나눠볼 수 있겠으나 그 구체적 형태는 인위적 조직화 정도에 따라 다양하다.

대중적 놀이공간은 주로 정부에 의해서 국가적 사업으로 과학적 분석과 검토를 통하여 계획되고 건설되어야 하며, 민간주도적 복지사업의 일환으로 적극적으로 권장될 필요가 있다. 주로 스포츠시설과 문화적 조직과 공간이 다양하게 마련되도록 하여 누구나 쉽게 이용할 수 있어야 한다.

우리나라에서는 서울에 모든 분야의 시설과 공간이 집중되어 있어서 지방도시나 농촌지역과는 너무나 심한 대조를 이루고 있다. 특히 청소년들에게 강원도와 같은 지역사회가 제공하는 여가공간이 거의 없다고 해도 과언이 아닌 현재의 상황은 많은 문제를 제기한다.

무엇보다도 인적자원의 잠재능력을 사장시키고 있다는 안타까움과 범죄 등 부정적 사회 일탈행위의 온상이 되기 싶다는 우려를 자아내게 한다.

춘천시가 강원도청 소재지임에도 불구하고 시민들이 자유로이, 그리고 편안한 마음으로 이용할 수 있는 대강당과 소강당이 거의 없기 때문에 음악회, 강연회, 토론회, 소집단들의 모임이 원활히 열릴 수 없다는 사실은 너무나 한심스러운 현실이지만, 그 밖의 다른 도시나 읍에서는 더 말할 여지도 없을 것으로 추정된다.

이렇듯 비참한 현실의 변경을 위해서도 조속히 지방자치제가 실시되어야겠고, 지방재원의 자립도가 극히 낮은 강원도로서는 중앙정부의 재정지원이 필연적으로 요망될 수밖에 없다.

연방제적 관점에서 볼 때 중앙정부는 각 지방정부의 재정을 세수입의 재분배와 형평유지를 위하여 합리적으로 조정할 의무가 있는 것이다.

놀이문화의 수준은 곧 사회적 삶의 질의 수준을 가늠하는 중요성을 띤다.

(월간 "太白"[강원일보사 발행], 1990년 5월호, 112-7쪽)

10.2. 사회해체 위기 부르는 공직사회의 표리부동

겉으로는 청렴과 정직을 내세우면서도 속으로는 출세주의, 해바라기성 기회주의로 개인적 실리만을 좇으며 책임을 지기 싫어하는 풍토가 만연된 공직자사회. '사회적 범죄의 근원'으로까지 지목될 정도로 심각한 상황에 이른 공직자들의 모순적 양시론 행태를 진단한다.

양시론(兩是論)이란 어떤 문제를 중심으로 한 의견의 다툼에 있어서 대개 두 갈래의 의견으로 대립되는 경향이 있는데 이 경우에 양쪽의 의견을 모두 참되거나 옳다고 보는 입장 또는 의견을 가리키는 말이다. 그러면 양시론의 입장이 어느 경우에 타당한지 또는 부당한지를 따져 볼 필요가 있다. 왜냐하면 우리 사회에는 의견충돌로 인한 갈등을 가능한 한 회피하고 어쨌든 간에 '둥글게' 세상을 살아가는 것이 '현명한 처세술'로 널리 인식되어 있지만 삶의 문제는 결국 의견과 관점의 차이에서 비롯되고 그 해결도 의견의 합일, 조화 또는 타협에서 이루어지며 그만큼 어떤 의견을 어떻게 견지하느냐는 중요한 문제이기 때문이다.

인간사회의 모든 문제들은 대체로 세 가지 부류로 구분될 수 있다. 첫째는 인식론적 문제이고, 둘째는 당위론적 문제이며, 셋째로는 위의 두 가지 문제들과 관련된 방법론적 문제이다. 이 세 번째 문제는 위의 두 가지 문제를 해결하기 위해서 전제가 되는 것이므로 문제 이전의 문제, 즉 메타 문제(meta-problems)이기 때문에 실질적으로 중요시되는 문제는 인식론적 문제와 당위론적 문제라고 볼 수 있다. 여기서 '인식론적 문제'라는 것은 우리가 실재, 곧 이 사회현실과 자연세계를 인지적으로 파악하는 문제로서 있는 그대로의 실재의 이해가 궁극목표이기 때문에 과학의 차원에 속하며, '당위론적 문제'라는 것은 우리가 현존하는 사회현실과 자연세계를 보다 나은, 바람직한 것으로 변경시키는 문제로서 우리의 사상과 가치관에 따른 실재의 변혁이 궁극목표이므로 넓은 의미에서의 정치의 차원에 속한다. 이 두 가지 문제는 우리가 어떤 구체적인 욕구를 충족시키고자 할 때에 암암리에 두 가지 '전략적 욕구', 즉 실재이해에의 욕구와 실재변경에의 욕구가 작용하게 되기 때문에 발생한다.

사회적으로 논의의 대상이 되는 모든 문제는 실질적으로는 이러한 두 가지 전략적 욕구와 관계되기 때문에 모든 의견은 결국 크게 보아 두 가지 유형으로 구분될 수 있다. 하나는 어떤 현상이나 사실 자체를 있는 그대로 알고자 하는 앎의 내용과 관련되는 인지적 의견이고 다른 하나는 주어진 현실이 우리의 욕구충족의 시각에서 불만족스럽기 때문에 그 대안으로서 새로운 현실의 창조와 관련되는 규범적 의견이다.

인지적 의견의 경우에는 어떤 의견의 내용이 그 논의의 대상이 되는 현상이나 사실과의 부합여부에 따라 참된 의견 또는 거짓된 의견으로 판별되고, 규범적 의견의 경우에는 어느 의견이 보다 더 바람직하냐에 따라 옳은 의견 또는 그릇된 의견으로 판별될 수밖에 없다. 인지적 의견에 있어서는 명확한 증거에 바탕을 둔 학문적 논의가 가능하지만 규범적 의견에 있어서는 학문적 논의로서는 그 옳고 그름을 판단할 수 없고 당사자들 사이의 설득과 타협에 따라 어느 것이 보다 나은 의견인지를 결정할 수밖에 없다. 학문세계에서 보편적으로 추구되는 진리, 곧 참된 의견 또는 이론은 논자의 주관적 선호와는 상관없이 오로지 발견될 수 있을 따름이다. 이에 반하여 정치의 세계에서는 진리 이외의 여러 가지 가치들, 가령, 정의, 평화, 선(善), 아름다움 등의 창조를 중심으로 보다 나은 사회적 삶의 실현을 위하여 다양한 의견들이 우열을 다투게 되어 대다수가 선택하는 의견이 그때그때의 가장 바람직한 의견으로 결정되게 된다.

어느 경우에나 저마다 절대적 진리성 또는 타당성을 가진 의견이라고 주장되지만 현실적으로 그런 의견으로 평가될 수 있는 경우는 거의 없다. 그 근본 이유는 인간의 이성적 판단능력이 여러 가지 제약조건 속에서만 그 기능을 발휘할 수 있기 때문이다. 인간은 전지전능의 신이 아니며 시간과 공간과 인식능력에 있어서 지극히 제한된 유한적 존재이기 때문이다. 그럼에도 불구하고 우선 학문세계에서 어떤 이론의 진위여부를 놓고 끊임없는 논쟁이 이어지는 것은 이론적으로는 절대적 진리의 존재가 상정될 수 있기 때문에 거기에 무한히 접근하려는 시도가 가능하고 그럼으로써 학문의 발전, 즉 인간의 지식의 진보가 어느 정도 성취될 수 있기 때문인 것이다. 학문적 논쟁에서는 적어도 절대적 진리의 발견이라는 최고의 목표달성이 의견우열의 판별기준으로 인정되기 때문에 비록 인간의 힘으로는 상대적 진리성을 다만 잠정적으로 인정받을 수밖에 없다고 할지라도 객관적 기준설정이 가능하고 따라서 의견의 진위를 사실과의 부합 여부로써 어느 정도 가려낼 수 있다. 그러나 정치적 논쟁(현실변경의 문제를 둘러싼)에 있어서는 학문세계에서와 같은 어떤 객관적 판별기준이 존재하지 않기 때문에 어떤 의견의 타당성 여부를 판단하기는 더욱 어렵다. 따라서 거기서는 그 논의시점에서 당사자들의 다수의견이 타당한 것으로 다만 잠정적으로 결정될 수밖에 없게 된다. 물론 오늘의 다수의견이 내일에는 소수의견으로 바뀔 수 있다. 그러기 때문에 특히 정치적 논쟁에서는 그 토론내용의 공정한 보도가 중요성을 띠게 된다.

아무튼 여기서 분명해지는 것은 모든 의견이 현실적으로는 상대적 타당성 또는 진리성밖에 인정될 수 없다는 점이다. 각 의견은 제한된 관점에서 나온 것이므로 관점이 다양한 만큼 의견도 다양할 수 있다. 따라서 어떤 문제에 관한 의견의 다툼에 있어서 보는 관점이 서로 다름에 따라 다른 의견이 표출될 수 있다. 그래서 이런 경우에 양시론이 타당성을 가질 수 있다. 이 경우를 나는 '상대적 양시론'이라고 일컫고자 한다. 상대적 양시론의 타당성은 양쪽 의견이 특정대상의 상호배제적 일부분에 관한 의견일 경우에 인정될 수 있다.

그런데 여기서 문제시되는 경우는 양시론의 타당성이 인정될 수 없음에도 불구하고 주장되는 경우다. 이 경우의 양시론을 나는 '모순적 양시론'이라고 일컫고자 한다. 모순적 양시론은 양쪽의 의견이 어떤 특정 논의대상의 공통부분에 관한 서로 정반대되는 내용의 의견일 경우에 양쪽 의견이 똑같이 옳다고 주장되는 경우다. 이 경우는 서로 모순되는 두 가지 의견을 동시에 수용하는 입장이므로 논리적으로 그 타당성이 전혀 인정될 수 없다. 모순적 양시론자는 노골적 기회주의자일 수밖에 없다. 그러나 상대적 양시론의 경우에도 수긍될 만한 근거나 설명이 없는 경우에는 역시 기회주의적이라고 평가되기 쉽다.

모순적 양시론의 불식될 수 없는 문제점은 그 자기모순을 내포하고 있는 기본구조에 있다. 이로부터 일관성의 결여, 기회주의, 무책임성, 사고의 애매모호성, 그리고 그 결과로서 마침내 혼돈상태의 초래 등이 도출된다.

한국의 정치·사회상을 가장 극명하게 표현해 주는 것으로서 "대한민국에서는 되는 일도 없고 안되는 일도 없다"는 말이 있는데 이 말은 곧 한국 사회의 양시론적 상황을 단적으로 특징화한 것이다. 그것은 곧 사고와 행위의 자기모순성, 일관성의 결여, 불명확성과 불철저성, 무책임성을 지적해 주며 이런 사회 풍조가 일반화됨으로써 혼돈과 무질서가 일상화되고 있다는 것을 암시해 준다. 그것은 특히 공직자의 비리와 모순에 가득 찬 양시론적 행태를 해학적으로 표현하고 있다고도 볼 수 있다. 어떤 한 가지 문제를 처리하는 데에 있어서 원리원칙에 따라 시시비비를 가려서 일관성 있게 추진해 나가는 것이 아니라 술에 물 탄 듯 물에 술 탄 듯 두루뭉술하게 마치 구렁이가 담 넘어 가듯이 매사를 적당히 마무리지어 버린다는 것이다. 이것을 흔히 '적당주의'라고 일컬어 왔다.

이런 양시론적 행태는 비단 관료주의적 행정체계에서만 나타나는 것이 아니고 일반 경제계에서도 흔히 볼 수 있다. 특히 건설부문에서 도로건설이나 아파트건축 등의 경우에 아예 차후에 보수공사를 할 필요 없도록 처음부터 철저히 작업에 임하는 것이 아니라 겉으로 보기에만 그럴 듯하게, 적당한 정도에서 끝마치고 마는 것이 보통이다. 우리나라의 수출상품 제조에 있어서 끝마무리 작업이 깨끗이 이뤄지지 않음으로써 국제적 경쟁에서 이겨 내지 못하는 한 원인이 되고 있다는 얘기를 자주 듣게 되는데 이것 역시 양시론적 사고습관에 기인한다고 볼 수 있다.

우리 사회에는 모순적 양시론의 입장이 으레 그럴 수도 있는 것처럼 슬며시 용인되거나 마치 현명한 것처럼 잘못 인식되어 있는 것이 사실이다. 그래서 해방 이후 오늘날까지 특히 정치체계에 있어서 양시론적 상황을 항다반사적으로 빚어냄으로써 여전히 혼돈상태를 벗어나지 못하고 있다. 그 두드러진 첫 번째 사례가 바로 '반민특위'였다고 볼 수 있다. 처음에는 반민특위 구성이 정치적 정당성과 합법성을 획득했음에도 불구하고 그 집행과정에서 양시론적 권위주의가 대두되어 그 본래의 참뜻이 철두철미하게 관철되지 못하고 흐지부지되어 버리고 말았다. 그것이 곧 우리 현대사의 첫 번째 단추를 잘못 끼운 중대한 오류였다. 그 결과로 일제의 잔재를 깨끗이 청산하고 민족정기를 새로이 바로 세우는 일이 좌절되었고 그 파급효과는 거의 반세기가 지난 오늘 5공 비리의 사이비 청산에까지 이르고 있는 것이다. 5공 비리는 그야말로 오늘 현재 청산된 것도 아니고 청산되지 않은 것도 아니라고 말하는 것이 오늘의 양시론적 시류에 흠뻑 젖어든 일반 국민감정에 걸맞은 표현이라고 봐야 될 것 같다. 왜냐하면 '6·29선언' 이후 3년이 지났고 노태우 대통령 취임이후 절반의 임기가 지난 오늘 흔히 6공이 5공으로 되돌아가고 있다고들 비평의 소리가 높아져 가고 있기 때문이다.

최근에 사법부는 박종철 군 고문치사 은폐조작 사건과 관련되어 구속기소된 전 치안본부장과 고위 경찰간부를 무죄판결한 사실도 모순적 양시론의 상황으로 이해될 수밖에 없다. 그것은 결과적으로 사법부의 권위를 스스로 떨어뜨리고 '법의 정신' 자체를 파괴시킨 처사였다고 평가될 만하다. 또 얼마 전에는 헌법재판소가 국가보안법의 '한정적 합법성'이라는 궤변적 판결을 내렸었다. 이것도 그 밑바닥에는 양시론적 사고방식이 깔려 있음을 반증해 주는 것으로 진단된다.

이 역시 사법부의 독립성과 권위를 바로 세우는 일은 아니었다. 헌법재판소의 재판관의 권위는 바로 법의 권위를 지켜야 할 막중한 책임을 지니고 있음에 비추어 그러한 상식 이하의 판단은 근엄한 법복(法服)을 입고 앉아 있는 재판관의 모습을 스스로 '서커스단의 광대'로 전락시켜 버린 것이나 다름없는 희화적 비극을 연출해 낸 것이다. 헌법재판소는 그 판결에 국민(초등)학생도 시인할 정도의 단순한 논리를 공공연히 거부한 것이다. 그 단순한 논리는 어떤 법이 부분적으로 합헌이며 또 다른 부분에 있어서는 위헌이라면, 법 전체로서는 결국 위헌임이 분명하다는 이치다.

이처럼 모순적 양시론이 버젓이 판치는 사법부가 엄연히 존재한다는 사실은 그만큼 이 나라에서는 법의 정신이 살아 있는 것도 아니고 죽어 있는 것도 아니라는 양시론적 상황이 지배하고 있음을 현실로써 말해 준다. 그것은 곧 법질서의 혼돈이나 법의 구속력상실, 즉 실질적 무법상태를 초래할 위험성을 안고 있다. 이것은 사회학적 개념으로 표현하자면 '사회해체현상'의 한 양상인 것이다.

이러한 양시론적 상황이 사법부에서만 확산되고 있는 것은 아니다. 입법부와 행정부에서도 마찬가지다. 정당한 법을 만드는 일을 기본 과제로 삼는 입법부, 곧 국회에서는 지난번 회기 말에 30초 동안에 26개의 법률안을 날치기 통과시켰다. 그렇게 형식적으로 통과된 법들이 민주적 정당성을 가진 좋은 법일 수는 없다. 무릇 어떤 법이 정당한 법으로 인정되려면 두 가지 요건이 충족되어야 할 것이다. 하나는 그 내용이 합리적이며 그 사회의 일반적 가치관과 국가적 기본이념과 부합되는 것이어야 하며, 다른 하나는 그 제정 절차가 민주적이어야 한다는 것이다. 민주적 법 제정 절차란 충분한 시간을 두고 국민들 사이에, 특히 이해관심 집단들 사이에 자유로운 의사형성과 의사결정 과정을 거쳐서, 다시 말하면 자유로운 사회적 토론과정을 거쳐서 드러나는 사회여론의 수렴을 토대로 하여 국회에서 실시되는 정상적인 토의와 표결의 과정을 말한다. 지난번에 날치기 통과 법률들이 이러한 두 가지 요건을 충족시켰는지는 매우 의문시된다. 그러한 파행적 입법과정은 정당치 못한 법을 양산함으로써 법이라는 이름의 구조적 폭력을 제도화하는 것 이외에 다른 아무 것도 아니다. 그렇게 해서 만들어진 법을 국민들이 자발적으로 지킬 것을 기대하는 것도 양시론적 발상일 것이다. 한편으로 국회가 스스로 입법기관으로서의 권위를 실추시키면서 다른 한편으로는 이른바 '총체적 난국'을 타개해 나가겠다고 외치는 현상이야말로 자기모순적 양시론의 웃지 못 할 상황이다.

우리나라의 법체계 자체 내에서의 일관성 여부, 법의 집행으로서의 정치와 행정의 파행적 행태 등에서 엿볼 수 있는 구조적·모순적 양시론의 역리상황이다. 이 측면의 문제를 한마디로 표현한다면 한국에서는 갈수록 헌법이 휴지화되어 가는 경향이 두드러지게 나타나고 있다는 것이다. 우선 의문이 제기되는 것은 일반 법률이 헌법보다 우위에 있을 수 있느냐일 것이다.

가령 국가보안법이나 안기부법, 교육관계법, 노동관계법 등의 경우에 매일 한결같이 신문보도를 통하여 전개되는 사건들을 볼 때마다 그런 의문이 끈질기게 해답을 요구하고 있음을 숨길 수 없다. 그리고 6공에 들어오면서 이른바 '북방정책'을 선언한 대통령의 '통치행위'는 법을 초월하여 행해져도 좋은 것인가? 또 지난번 3당 통합으로 이루어진 민자당의 결성과정을 볼 때에 대한민국의 헌법 제1조는 아직도 유효한지 어리둥절할 뿐이다.

우리 헌법 제1조 제2항은 '대한민국의 주권은 국민에게 있고, 모든 권력은 국민으로부터 나온다'라고 규정하고 있다. 이것이 바로 주권재민(主權在民)이라는 민주주의국가의 보편적 대원칙이다. 그러면 현재의 민자당 정권은 과연 이 원칙에 어긋남이 없이 국민으로부터 나온 권력의 담지자인가? 이 질문의 해답은 '그렇지 않다'라는 부정일 수밖에 없다고 판단된다. 왜냐하면 첫째로 민자당이 여당으로서 집권자의 위치에 오르게 된 것은 주권자인 국민의 의사와는 아무 상관없이 노태우, 김영삼, 김종필 세 사람의 당총재들이 청와대의 어느 밀실에서 맺은 약속—이것을 흔히 '야합'이라고 일컫는다—에 의하여 3당 내의 민주적 의사형성과 의사결정과정이 정상적으로 이뤄지지 않고 졸속강행된 사실은 온 세상에 다 알려진 일이며 비록 각 당의 민주적 의사결정에 따라 3당

통합이 이뤄졌다고 할지라도 신속히 주권자인 국민의 뜻을 묻는 절차가 있었어야 함에도 불구하고 그런 절차가 오늘까지 실시되지 않고 있기 때문이다. 둘째로는 노태우씨의 대통령 당선은 그 당시 선거결과 득표율이 겨우 36퍼센트 남짓 되는 유권자의 지지에 근거했기 때문이다. 적어도 국가를 국내외적으로 대표하는 대통령의 지위가 정당성을 획득하려면 유권자 투표의 과반수의 지지를 얻었어야 할 것이다. 물론 그 당시의 대통령선거법을 만든 국회의 여·야당에게 그 실질적 책임이 있다. 따라서 이 중대한 잘못을 고치기 위해서는 현행 선거법이 합리적으로 개정되어야 함은 당연한 이치다.

아무튼 36% 남짓 되는 득표로써 대통령이 되었다고 해도 형식상으로는 정치권력의 최고담지자로서의 정당성을 획득한 것이지만 이것은 어디까지나 절차상의 정당성 획득요건을 충족시킨 것이었을 뿐 또 하나의 요건인 정치과정과 결과의 효율성과 합리성에 대한 국민적 평가가 충족되어야 한다. 이 점에 있어서도 노대통령의 임기가 2년 반이 지난 오늘 지금까지의 정치실적을 돌이켜 보건대 여기서 세부적으로 검토할 여유는 없지만 국민의 한 사람으로서 종합적으로 느끼는 것은 불합격 판정을 내릴 수밖에 없다는 솔직한 심정이다.

노태우 대통령은 취임식에서 헌법 제69조의 규정에 따라 "국민 앞에 엄숙히 선서"한 내용 가운데 "헌법을 준수하고… 국민의 자유와 복리의 증진"을 위해 노력하겠다고 말했다. 그런데 오늘의 한국현실이 과연 헌법에 명시되어 있는 개인의 기본적 인권의 국가에 의한 보장을 확인해 주고 있는지, 따라서 노대통령은 대통령으로서의 직책을 성실히 수행해 왔다고 인정될 수 있는지 지극히 의문시된다. 무엇보다도 먼저 한국국민은 헌법 제12조가 규정하고 있는 신체의 자유를 과연 충분히 누리고 있으며 국가에 의해서 보장받고 있는지 의문이다. 특히 '모든 국민은 고문을 받지 아니한다'라고 그 제2항에 규정되어 있는데 현실은 그 반대임을 매우 자주 신문은 보도하고 있다. 그리고 헌법 제19조는 '모든 국민은 양심의 자유를 가진다'고 규정하고 있으나 현실적으로는 많은 국민들이 양심의 자유를 전혀 누리지 못하고 있음을 매일의 신문보도로써 확인하게 된다.

또한 헌법 제21조가 명백히 보장한다는 '언론·출판의 자유와 집회·결사의 자유'가 공허한 활자에 불과하며 그 제2항에 명시된 '언론·출판에 대한 허가나 검열과 집회·결사에 대한 허가는 인정되지 아니한다'는 규정도 공허한 규정임을 오늘의 6공의 한국현실은 적나라하게 보여주고 있다. 각종 비판적 출판물의 검열과 압수·수색 등의 항다반사적 사례들은 분명히 위헌적 행위임을 위의 헌법규정은 밝혀주고 있지만 그런 행위가 국가권력의 이름으로 자행되고 있는 것이다.

각 대학에 '대학의 자율성'(헌법 제31조 4항)의 보호와 민주화에의 열망에서 교수들이 각자의 자유의사에 따라 민주적으로 결성한 교수협의회(또는 평의회)가 국민의 결사의 자유권 행사의 결실로서 존재하는데 이를 대통령이나 문교부장관은 인정하지 않고 있을 뿐만 아니라 전국교직원노동조합(전교조)도 마찬가지로 합헌적 정당성이 당연히 인정되어야 함에도 불구하고 납득할 만한 근거 없이 거부되고 있다. 그러면서도 6공 정부는 국민 앞에 스스로 헌법을 준수하고 있다고 떳떳이 말할 수 있는가? 이 또한 용납될 수 없는 모순적 양시론의 문제상황이다.

만약 대통령이 헌법을 지키지 않는다면 그 아래에 있는 장관들이나 일반 행정관리들과 각 분야의 공직자들이 법을 지킬 리가 없는 것이다. 무릇 윗물이 맑아야 아랫물도 맑기 때문이다. 대통령은 그 동안 여러 번 공직자들의 '이기적 보신주의(保身主義)' 또는 '무사안일주의'에 대해서 경고해 왔다. 그러나 의문시되는 것은 대통령 자신이 과연 헌법을 준수하며 민주화에의 의지를 갖고 있는지, 스스로 적당주의에 안주하고 있지는 않는지의 문제다.

대통령은 모든 공직자의 최고위자로서 그 권위의 손상이나 추락은 전체공직자들의 권위에도 막대한 악영향을 미친다. 무릇 공직자의 권위는 국민의 신뢰 위에 바로 설 수 있고 국민의 공직자에 대한 신뢰도는 공직자의 공정하고 합리적인 직무수행, 즉 권력행사의 합법성과 합리성의 평가에 의존한다고 본다. 그런데 여기서 문제되는 것은 우리나라의 법체계와 법의 정당성에 있어서 위에 언급한 바와 같이 미흡한 점이 많기 때문에 실정법에 근거한 행정행위에 대한 합법성의 평가 자체에 많은 문제가 제기된다는 점이다. 그러나 무엇보다도 근본적인 원칙은 진실성과 합리성이다.

왜냐하면 사실은폐와 조작에 근거한 좋은 행정이란 있을 수 없고 합법적인 것이 반드시 합리적일 수도 없기 때문이다. 진실성과 합리성이 확립되려면 모든 공공행정과 정치과정의 공개성이 전제되어야 한다. 거의 모든 공직자의 비리와 부정부패는 권력남용에 기인한다고 볼 수 있고 권력남용은 대개 어둠 속에서 비공개리에 자행된다. 그리고 권력남용 행위는 대부분 금력(돈)과 폭력에 의한 부당한 영향력행사와 관련되어 있다.

금력과 결부된 비리가 공직자와 고객인 국민 사이에, 그리고 상하위 공직자 사이에 일상화되고 있는 뇌물 주고받기인데 이권(利權)이 개입되는 모든 행정행위에서 행해지기 쉽다. 교통질서를 단속하는 경찰관, 교도관, 기자, 사학재단, 교사의 경우에 뇌물이나 돈 봉투가 오고 간다는 사실은 잘 알려진 비밀이다. 이들 모든 경우에 돈을 준 사람이나 받은 사람은 자기의 양심과 인격을 상품화하여 사고파는 행위를 자행한 것이다. 스스로 인간임을 부정하고 동물 이하의 물건으로 전락됨을 선택한 것이다.

그는 자기 자신만을 물건화, 상품화한 데에 그치는 것이 아니라 사회적 상호작용의 복합적 관계망, 곧 사회구조를 아노미와 혼돈상태로 빠뜨림으로써 '사회해체작업'의 한 몫을 담당한 것이다. 따라서 그것은 반인간적일 뿐만 아니라 반사회적이다. 폭력의 경우에도 마찬가지다. 다만 이 경우에는 인간의 야수적 잔인성을 분출시켜 인간의 악마화를 가져오게 되고 이 사회는 '만인의 만인에 대한 전쟁'의 장으로 변하여 강자만이 살아남게 되는 야만상태를 초래한다.

그러면 이러한 "공직자 사회의 비리가 양시론과 무슨 관계가 있느냐"는 질문이 나올 수 있는데 이 점을 규명해 보기로 한다. 그런 비리가 첫째로 사고와 행위의 기준의 자기분열증적 2중 구조와 표리부동함, 둘째로는 눈앞의 근시안적 이익에 눈이 어두워 자기기만의 노예로 스스로를 전락시킨다는 데에 그 양시론적 성격을 지닌다고 생각된다. 뇌물을 받는 관리는 그것이 공직자로서 부끄러운 짓임을 잘 알고 있으면서 실제로는 그러한 부정행위를 아무 거리낌없이 저지르는 것이다. 겉으로는 청렴과 정직을 표방하면서 속으로는 그 정반대인 불결함과 탐욕과 기만을 실천에 옮기는 것이다. 이것은 따라서 사고와 행위의 두 차원에 걸친 모순적 양시론이나 다름없다.

위에서 우리는 모순적 양시론과 그 상황의 여러 가지 변형들을 살펴보았는데 그러면 그것을 제거하고 극복할 수 있기 위해서는 어떤 처방이 필요한가?

무엇보다도 먼저 가장 기본적으로 중요한 것은 인간의 생각이라는 것이다. 인간사회에서의 모든 좋은 일과 나쁜 일은 행위주체인 인간의 생각에 그 뿌리를 두고 있기 때문이다. 모든 교육의 궁극 목적은 남에게 의존하지 않고 독립적으로 명확하게 생각할 수 있는 능력을 기르는 데에 있다고 해도 과언이 아니다. 모든 부정부패와 범죄와 불행은 결국 명확하고 바르게 생각할 능력이 없는 개인과 집단과 조직으로부터 비롯되며 이들이 만든 사회제도가 부정과 불의의 역사를 연쇄적으로 빚어내는 것이다.

명확하게 생각하기를 철저히 교육받지 못한 지도자는 명확한 사고를 게을리하기 쉽고 적당히 생각하고 적당히 행동에 임하게 될 것이다. 거기서 자기모순적 양시론을 서슴없이 주장하게 되고 거짓말과 거짓행위를 일삼게 되며 무릇 거짓으로부터 폭력을 낳게 마련이다. 이로부터 사회적으로 모순적·구조적 양시론적 상황을 만들어 내고 자기 속박의 굴레 속에서 헤어나오지 못하게 된다. 그러나 이 세상에는 영원히 감춰 둘 수 있는 비밀이란 존재하지 않는다.

모든 진실은 조만간 햇빛 아래 드러나게 된다. 따라서 모순적 양시론자는 그의 사고와 행위가 무지에 기인한 경우를 제외하고는 결코 현명한 것이 아니고 어리석기 짝이 없는 자일 수밖에 없다. 그러나 이 어리석음은 공직자의 경우에는 사회제도를 통하여 광범위한 시간과 공간에 걸쳐서 확산·심화되어 갈 수 있기 때문에 '사회적 범죄의 근원'으로서 막대한 악영향을 끼치게 된다. 그 어리석음은 실로 범죄적이다.

미국의 닉슨 대통령이 임기를 채우지 못하고 불명예스럽게 대통령직을 사임하지 않으면 안 되었던 것은 그가 워터게이트 사건에서 거짓말을 했기 때문이었다는 역사적 사실은 바로 그 어리석음의 대가가 얼마나 엄청난 것인가를 단적으로 보여준, 매우 심각한 교훈이다. 우리나라의 현대사를 통해서 대통령이나 총리나 장관이 거짓말을 한 사실 때문에 물러난 일이 있었는가를 돌이켜 보면 이 나라의 공직자 사회와 사회전반에 걸쳐서 부정부패와 부도덕이 만연되고 있는 것은 하등 놀랄 만한 일이 아니고 당연한 현상이다.

어느 사회에서나 진실이 바로 서지 않는 사회에서는 아무리 고도의 경제발전을 이룩한다고 할지라도 그것은 마치 모래 위에 지은 집과 같이 조만간 붕괴되고 말 운명을 안고 있다. 일시적이나마 과소비 풍조와 호화로운 외형적 삶을 자랑으로 여길지 모르지만 그것은 실로 생각할 줄 모르는 어리석은 돼지들의 행복에 지나지 않기 때문에 인간의 인간다운 행복이라고 착각될 수는 없는 것이다. 인간의 탈을 쓴 돼지들의 시끄러운 난장판을 마치 역동성 있고 활력이 넘치는 것으로 보는 것은 너무나 천박하고 피상적인 관찰이다.

진정으로 진실되게 자기의 인격전체를 걸고 명확하게, 바르게 생각하려고 애쓰는 사람은 모순적 양시론자가 될 수는 없을 것이다. 그런 사람들이 많은 사회가 선진국이며 문명사회인 것이다. 우리나라는 그런 사람들이 존경받고 행복한 삶을 누리고 있다고 볼 수 있는가? 나는 그렇다고 선뜻 시원한 답변을 할 수 없다. 오히려 그 반대가 보다 사실에 상응하는 판단이라고 생각된다. 그것은 매일 읽는 신문을 보면 금방 알 수 있다. 이 나라에는 아직도 너무나 많은 거짓말쟁이들이 권력을 장악하고 있고 금력을 과시하고 있다. 따라서 권력은 폭력화하고 금력은 인간을 상품화함으로써 엄청난 잔인성과 야만성이 난무하는 세계를 구축해가고 있는 것은 그 당연한 귀결이다.

이 나라에서는 무엇보다도 먼저 비극적 현실이 펼쳐지는 것을 정치체계에서 볼 수 있다. 대체로 지금까지 인간존엄성을 보호하고 고양시키는, 사람을 살리고 생명을 가장 귀중하게 여기는 정치가 행해져 왔다기보다는 사람을 고통과 질곡 속에 가두어 두고 사람과 생명을 죽이는 정치를 역대정권이 해왔다고 볼 수밖에 없다.

물론 그런 정권들이 출현하게 만든 책임을 유권자인 국민들이 면할 수 없다. 그것도 사리 상 당연한 일이다. 국민의 전체적 평균수준에서 그 정도의 수준밖에 안 되는 정권이 나올 수밖에 없기 때문이다. 기적은 어디에도 존재하지 않는다. 우리 속담에 '콩 심은 데 콩 나고 팥 심은 데 팥 난다'는 말이 바로 그 법칙이다. 콩 심은 데서 팥이 나왔다면 그것은 반드시 거짓이거나 착각이다.

아무튼 일단 공직자 사회에서 어떤 비리나 부정이 드러났다면 우선 거기에 직접 책임을 져야할 사람이 확인되고 그는 책임을 지는 어떤 행위를 취하거나 사법절차에 따라 응분의 처벌을 받아야 한다. 그런데 우리나라에서는 조그마한 수뢰 공무원들의 경우에는 대개 책임을 지고 공직에서 물러나는 사례들을 볼 수 있지만, 가령 80년 5월 광주에서 저질러진 민주시민들에 대한 총격으로 빚어진 죽음과 부상 등 인명손실의 비극에 대한 책임자는 아직도 밝혀지지 않았고 어느 누구도 책임을 지지 않고 있는 경우에서처럼 큰 범죄행위에 대해서는 책임소재를 명백히 가리지 못하고 따라서 책임질 공직자도 존재하지 않는 것이 정상적인 것처럼 되어 버렸다. 이런 사회에서는 모든 문제가 합리적으로 해결될 까닭이 없는 것이다.

모순적 양시론이 일상화되어 특히 공직자들은 적당주의, 무사안일주의, 수단 방법을 가리지 않는 출세주의, 권력과 금력에의 해바라기성 기회주의가 팽배해 있고 대부분의 공적·사적 조직의 심층적 운영과정과 분위기를 형성하고 있어서 사회적 삶은 부조리와 불합리의 연쇄 구조 속에서 갈피를 잡지 못하고 혼돈 속에 허우적거리게 되었다.

이른바 '총체적 난국'이라고 일컬어지는 이런 상황을 극복하는 길은 두 가지 방향에서 모색될 수 있다. 하나는 점진적 개혁이고, 다른 하나는 급진적 총체적 혁명이다. 전자의 경우에는 너무나 긴 시간이 소요될 것이고 반드시 개혁이 순조로이 이뤄져나가리라고 기대될 수 없다. 왜냐하면 개혁이라는 미명 아래 현상유지나 기존 질서의 확대재생산이 반복될 가능성이 많기 때문이다.

혁명의 경우에도 불확실성의 위험부담이 따른다. 혁명적 사회변혁 과정에서도 항상 예기치 못한 바람직스럽지 않은 부수결과가 나타날 수 있기 때문이다. 어느 경우에나 국민대중, 특히 지식인 계층의 각성이 요망된다. 국민 대다수가 명확한 사고를 통해 진실에의 용기를 잃지 않는다면 그 사회는 인간다운 삶을 누릴 수 있는 미래에 대한 희망을 가질 수 있을 것이다.

(월간 "世界와 나"[세계일보사 발행], 1990. 10월호, 70-7쪽, 기획특집/ 改革 가로막는 兩是論의 함정)

10.3. 중산층: 보수와 진보 양면성 지닌 전문가 계층

중산층('중간계층' 또는 '중간계급'이라고도 한다)의 의식구조를 이해하기 위해서는 우선 사회계층(또는 사회계급)이 형성되는 맥락과 배경을 알아 볼 필요가 있다. 모든 생명체는 욕구를 가지고 있다. 욕구를 충족시키기 위해서 끊임없이 노력하는 과정이 곧 삶인 것이다.

인간도 하나의 생명체이므로 예외일 수가 없다. 인간의 경우에는 다른 동식물의 경우와 달리 가장 기본적인 자기보존의 욕구 이외에 사회적 욕구에 속하는 다양한 욕구를 가지며 이들 욕구의 충족이 다른 사람과의 관계, 즉 사회관계 또는 사회구조를 떠나서는 거의 이루어질 수 없다는 데에 그 특수성이 있다.

그런데 욕구충족을 위한 수단인 자원은 일반적으로 제한되어 있다는 데에 문제가 있다. 대체로 인간의 사회적 삶의 근본문제는 세 가지로 크게 구분될 수 있다.

첫째는 욕구의 문제로서 어떤 욕구를 어느 수준에서 충족시킬 것인가 인데 주로 가치관과 세계관에 따라 해당 삶의 주체의 내면적 결단의 문제로 귀결된다.

둘째는 자원의 문제로서 어떤 자원을 얼마나 많이, 어떻게 확보할 수 있는가 인데 이는 주로 자연과학과 기술공학의 발전수준에 따라 해결될 수 있다.

그리고 마지막으로는 욕구와 자원의 문제해결을 위한 조직화의 문제로서 여기에는 정치, 경제, 문화 등 기능적 사회 제분야의 합리적 조직이라는 매우 복합적인 문제가 걸려 있는데 국가정치의 차원에서 사회과학을 비롯한 제과학과의 협력관계를 통해, 즉 정치의 과학화를 통해 해결되어야 할 문제다.

아무튼 자원의 희소성 때문에 모든 사회구성원에게 그들이 필요로 하는 자원이 충분히 또는 균등하게 배분될 수 없고 어느 사회에나 항상 자원을 더 많이 가진 집단과 덜 가진 집단이 생기기 마련이다.

다시 말하면 자원분배가 그 연유야 어떻든 결과적으로 불평등하게 이뤄질 수밖에 없다.

그래서 그 차등관계를 상중하로 나눠볼 때 상층은 비교적 과다한 자원을 보유하고 있고, 하층은 자원을 너무 부족하게 가진 계층이라면 중층은 어느 정도 충분한 자원을 누리는 계층이다.

그런데 인간의 욕구수준에는 한계를 긋기가 어렵기 때문에 저마다 보다 높은 수준의 욕구충족을 누리기를 원한다. 하층에 속한 사람들은 현재 그들이 누리고 있는 수준보다 더 높은 수준인 중층의 생활수준으로 올라가기 위해서 온갖 궁핍과 고통을 참으면서 최대한의 노력을 기울인다. 이들은 결코 현상유지를 원치 않고 계층구조의 변화를 기대한다.

이에 반하여 상층에 속한 이들은 적어도 현상유지를 바라면서 더욱 기득권을 강화시키거나 더 많은 자원을 확보하려고 애쓴다. 중간계층에 속한 사람들은 그들이 현재 누리고 있는 욕구충족 수준에 어느 정도 만족하지만 가능한 한 보다 높은 상위층의 생활유형을 지향하게 되므로 이들은 상층과 하층의 중간에서 의식구조상 양면성을 띤다. 즉 보수성과 개혁지향성을 함께 지니고 있다고 볼 수 있다.

이런 중간층의 특징화는 일반적 성향으로 보아 그렇다는 뜻이므로 어떤 특정인이나 집단의 경우에는 상반된 결과를 나타낼 수도 있고 또 시간과 공간에 따라 같은 개인이나 집단의 의식성향이 달라질 수도 있음을 주의할 필요가 있다.

그러한 의식변화에는 여러 가지 요인이 작용한다. 대체로 자신의 욕구체계의 관점에서 현실인식과 파악된 현실에 대한 가치판단이 어떠냐에 따라 그때, 그 상황에서의 의식성향이 결정된다고 말할 수 있다. 그러므로 거기에 직업, 교육수준, 가치관 등이 중요한 역할을 한다고 보여진다.

직업은 우선 생계유지를 위한 물질적 수단, 즉 소득의 원천이 된다. 일반 중산층에는 수공업, 자영농업, 상업(소·도매업), 무역업, 숙박업, 음식업, 중소기업, 운송업, 기타 서비스업, 자유업을 포함하는 자영업자들이 속하고 현대공업사회에서는 신중산층으로 기업의 중·상위에 있는 경영자 층, 사무직노동자, 공무원, 교사, 전문기술직에 종사하는 이들을 꼽을 수 있다.

이들의 직업에 대한 태도는 대체로 성취지향적이므로 직업상의 사회이동이 역동적이다. 특히 한국과 같이 공업화와 경제발전이 급속히 추진되는 사회에서는 전반적 사회구조의 변동과 함께 중산층의 비중이 커지고 생활수준의 향상에 대한 기대가 낙관적으로 상승하기 쉽다.

따라서 현 상태에 대해서 긍정적인 평가를 내림으로써 사회구조의 급격한 변화를 별로 찬성하지 않는 보수적 태도를 취할 가능성이 많다. 사회변동이 급속히 진전되는 만큼 제한된 사회경제적 지위를 둘러싼 경쟁도 치열해진다.

그래서 자기직업적 역할수행에 과도하게 헌신·몰두함으로써 그 밖의 가족생활이나 사회관계에의 참여를 소홀하게 되고 자신의 건강도 해칠 위험성을 갖게 되는, 이른바 '조직인간'(Organization Man)이라는 모델이 자주 나오게 된다.

이런 상황에 이르면 인간이 도대체 살기 위해 일하는지, 일하기 위해 사는지를 분간하기 어렵게 된다. 직업에서의 성취와 성공여부가 물질적 생존조건을 기본적으로 결정짓게 되므로 자신의 직업활동과 관계되는 경제적·정치적 상황의 변동은 가장 중요한 이해관심의 대상이 된다.

해당 경제 분야의 경기침체가 오래 지속될수록 어떤 새로운 변화를 갈구하게 될 것이므로 이 경우에는 중산층도 하층의 생산직 노동자층과 사회변혁적 이해관심을 공유할 수 있게 될 것이다.

그러나 규칙적인 소득과 안정적 직장이 보장되어 있는 사무직 노동자나 공무원 등의 경우에는 현 상태의 시급한 변화를 바랄만큼 생존의 위협을 감지하지 않기 때문에 경제적 경기변동이나 정치적 권력구조의 변화에 별로 깊은 관심을 갖지 않고 매일 반복되는 일상생활의 흐름에 따라 습관적으로 기계적 삶을 영위해 나가기 쉽다.

가령 삶의 의미에 대해서, 자기의 일상적 삶이 사회전체와는 어떤 연관성을 갖고 있는가에 대해서, 또한 오늘의 한국사회가 지금까지 어떤 역사적 발전과정을 거쳐왔으며 어떻게 발전될 전망을 보일 것인가에 대해서 차분히 성찰할 정신적·시간적 여유를 갖기 어렵게 된다.

결국 그런 삶은 자기 자신이 사는 의식적·주체적 삶이 되지 못하고 남의 장단에 맞춰 춤추듯이 남의 삶을 수동적으로 살아주는 것이나 다름없는, 맹목적인 삶을 이어갈 뿐이다.

교육수준이 중산층의 의식형성과 의식변화에 영향을 미치는 한 주요요인이라는 점은 첫째로 중산층의 구성원들은 일반적으로 특히 하층에 속한 이들보다 더 긴 제도 교육과정을 거쳤다고 추정될 수 있고 둘째로 따라서 많은 정보를 선택할 수 있는 지적 판단능력을 가짐으로써 현실인식과 문제상황에 보다 효과적으로 임할 수 있다는 데에서 이해될 수 있다. 쉽게 말하면 그들은 대체로 세상이 어떻게 돌아가고 있다는 것을 빨리 알아차린다는 뜻이다. 그러나 사람이 많이 안다는 것과 행동을 위해서 현명한 결정을 내린다는 것은 전혀 질적으로 다른 별개의 문제다.

지식과 지혜는 각기 다른 차원에 속한다. 너무 많이 알기 때문에 재빨리 결정을 내리지 못할 수도 있고 오히려 상식적으로 납득하기 어려운 의견이나 입장을 취할 수도 있다. 그리고 중산층 특유의 중간적 위치, 즉 지배자와 피지배자의 사이에 양쪽을 연결시켜 주는 매개역할을 수행하는 것과 같은 위치 때문에 양쪽의 눈치를 살핀 나머지 일관성 없는 기회주의적 태도를 나타낼 가능성이 다분히 있다.

앎은 분명히 해방된 삶을 위한 하나의 필요요건이지만 무엇을 위한 앎이냐의 문제도 매우 중요하다. 앎 자체를 목적으로 한 앎의 추구는 순수과학의 지식체계를 세우게 되었고 인간은 어느 정도 무지로부터 해방되게 되었다. 그러나 사회적 삶의 문제, 즉 구체적 욕구충족의 문제를 해결하기 위해서는 대부분 일정한 다른 목적을 달성키 위한 수단으로서의 앎을 추구하게 된다. 여기서 응용과학이 성립되고 테크놀로지(기술공학)가 발달하게 되었다.

그런데 그 '다른 목적'이라는 것이 인간에게 이로운 것인가, 아니면 해로운 것인가에 따라 앎은 행복을 증진시키는 건설적 힘이 될 수도 있고 불행과 고통을 빚어내는 파괴력이 될 수도 있기 때문에 모든 사회구성원은 앎이 이용되는 목적의 성격에 대해서 항상 깊은 관심을 가지고 주시할 필요가 있다. 그 목적은 정치적으로 결정될 수밖에 없기 때문에 특정개인이나 집단의 이기적 욕구를 충족시키는 것에 불과할 경우가 많다.

흔히 상층의 특권계층의 욕구충족만을 위해서 앎이 악용될 여지가 다분히 있는데 여기에 중산층의 전문직노동자, 기술자, 학자, 변호사, 판사, 검사, 언론인, 직업공무원 등 지식인들이 다만 근시안적 이해관계에 휩쓸려 맹목적으로 지식과 기술을 파는 상인으로 전락함으로써 테크노크라시(기술지배)를 제도화시키고 국가사회를 그릇된 방향으로 오도하게 된다.

이러한 정치적 목표설정에 대한 무비판적인 태도는 결국에는 중산층뿐만 아니라 모든 사회계층에, 그리고 미래의 후손들에게도 막대한 피해를 초래케 할 위험성을 안고 있다. 그러므로 가치관이 또한 중산층의 의식구조를 결정하는 데에 중요한 몫을 담당한다는 것을 절감하게 된다.

가치관의 합리성 여부를 판단하는 일은 매우 어려운 문제다. 거기에는 어떤 객관적으로 보편타당한 기준이 세워지기 어렵기 때문에 특히 그렇다. 그러나 추상적 차원에서나마 인간의 사회성, 즉 사회적 상호작용관계의 관점에서 어떤 가치관이 바람직한 것인가를 따져 볼 수 있을 것이다.

무릇 어떤 것이 가치 있다고 느끼는 경우는 그것이 자기의 욕구충족에 도움이 된다고 판단하기 때문이다. 무가치한 것은 자기의 욕구충족을 저해하거나 욕구와 아무런 관계가 없는 대상이다. 그런데 자기에게만 가치 있고 좋을 뿐 다른 사람에게는 나쁜 것, 즉 상대방의 욕구충족을 저해하는 것일 경우에는 사회적으로 바람직한 가치로 인정될 수 없게 된다. 그러므로 사회적으로 올바른 가치는 저마다 다른 사람의 입장에서 그들의 욕구충족을 함께 가능케 할 경우에, 그리고 적어도 다른 사람의 욕구충족을 저해하지 않는 경우에 추구될 필요가 있다. 그런 가치를 확인할 수 있기 위해서는 자유롭고 개방적인 의사소통체계가 전체사회에 걸쳐서 마련되어야 한다.

사회적 대화와 토론이 필요하다. 그리고 실제로 문제해결을 위해서는 당사자 사이에 책임 있는 의사소통이 이뤄져야 한다. 동문서답이나 마이동풍(馬耳東風)과 같은 방식의 대화나 토론은 아무 소용이 없다.

오늘의 한국사회에서 특히 우려되는 현상은 책임지지 않는 정치와 행정이 지속되고 있다는 사실이다. 인권유린, 부정부패, 환경오염 등 구체적 사례들을 일일이 열거하기는 불가능하다. 이런 일들이 국가권력과 법의 이름 아래 거침없이 저질러지고 있지만 어느 누구도 책임지는 일이 없으니 가히 야만적 무정부상태라 일컬을 만하다. 거기에 사회의 중추적 부분을 차지하는 중산층은 거의 무감각한 듯 수수방관하거나 적극적으로 부정과 비리의 악순환을 가속화하는 데에 방조하는 듯한 인상을 주고 있다. 이 혼란의 외중에서 코앞의 작은 이득에 눈이 어두워 정력을 낭비하는 모습이다. 자기만 살아남으면 된다는 '철학'─그것은 오늘의 재치일지 모르지만 내일의 파멸을 잉태한, 어리석기 짝이 없는 단견에 불과하다.

인간은 사회를 떠나서 항구적으로 생존할 수 없으며 자기의 행복이나 불행이 곧 전체적 사회구조의 성격과 밀접하게 연관되어 있음을 항상 명심할 필요가 있다. 이 사회와 세계는 교통, 통신, 기술공학의 발달로 점차 축소되어 간다. 한 구석에서 일어난 일의 파급효과는 더욱 빨라진다. 그리고 개방화의 추세는 날로 확산된다. 이제는 삶의 장으로서의 사회와 자연과 세계가 하나로 인식되지 않고는 서로 불행을 자초케 된다.

그리고 항상 역사적 시각에서 사회현상을 관찰할 필요가 있다. 인간사회의 역사 속에서 변함없이 작용하는 주요추진력은 권력(Power)이라는 것이다. 앞에 말한 욕구충족을 위한 자원확보를 둘러싼 상호간의 경쟁과 갈등관계도 권력을 더 많이 갖고자 하는 데에서 비롯된다고 볼 수 있다.

여기서 권력이란 좁은 의미의 정치적 권력은 물론 경제적, 문화적 차원에서의 권력도 포함하는 넓은 의미의 것이다. 그것은 곧 자원의 생산, 획득, 분배를 결정할 수 있는 능력을 뜻한다. 한 사회 안에서는 물론이고 국제사회에서도 인간의 모든 활동은 결국 생존과 권력을 목표로 삼는다고 말할 수 있다.

한국은 최근에 미국과 일본에, 특히 미국에 군사적·정치적으로 종속되어가는 정도가 심화되는 양상을 감지할 수 있는데 주권국가로서의 자주성을 상실하게 되면 이 사회 안에서 아무리 낙관적으로 미래의 발전을 내다본다고 할지라도 분홍빛 행복의 꿈은 물거품으로 사라질 수밖에 없을 것이다. 특히 중산층은 이러한 허위의식 속에 안주하고 최면당하기 쉽다. 개인적인 차원에서나 전체사회적 차원에서 해방된 삶을 지향한다면 일상적 욕구충족의 문제를 사회구조적, 세계체계적, 그리고 역사적 시각에서 폭넓은 문제인식으로 접근해 나가야 할 것이다.

(월간 '태백', 1991년 9월, 96-101쪽)

10.4. 지구화와 지방화 시대의 문화발전

1. 우선 개념들의 의미의 명확화가 요정된다. '지구화'(globalization) 개념은 한국에서 흔히 '세계화'라는 용어로 사용되고 있으나 이것은 적절한 옮김이 아니다. 기본적으로 '지구화'는 20세기 중반 이후, 특히 1970년대 이후 과학기술, 특히 정보, 통신기술의 급속한 발달로 말미암아 인간의 사회적 삶의 장이 개별적 민족국가 단위와 이를 기초로 하는 국가들 사이의 부분적 교류와 연합관계

를 넘어서서 이 지구 위에 존재하는 모든 민족국가의 사회들, 곧 전체 지구적 공간으로 확장되어 가는 현상, 다시 말하면 '공간과 시간의 압축' 현상을 가리킨다. 그런데 한국정부는 이러한 지구화 과정이 초래하는 무한경쟁의 상황에 대처하여 한국이 살아남을 수 있기 위해서는 모든 분야에서 수월성, 곧 '한국이 세계에서 일류가 되어야 한다'는 당위론적 명제로 '지구화'를 달리 해석하고 그 대신에 '세계화'라는 용어로써 그러한 주관적 이해를 표현해오고 있다. 이는 따라서 어떤 현상의 기술개념을 그 현상에 대한 전략행위적 규범개념으로 탈바꿈시킨 것으로서 국제적 의사소통을 혼란스럽게 만드는 부작용을 낳게 된다.

'지방화'(localization)는 '지역화'(regionalization)와 대조된다. 전자는 구체적 삶의 장은 어디까지나 삶의 주체가 역사적으로 삶을 영위해온 특정의 지리적 공간을 중심으로 하여 이루어질 수밖에 없다는 사실의 재인식을 뜻하며 후자는 이에 덧붙여서 유사한 삶의 장들의 연합화 경향, 가령 '구주연합'(EU), NAFTA, ASEAN 등 민족국가들 사이의 국제적 지역연합 현상을 가리킨다. 그러나 크게 보아 이 두 개념의 공통점은 지구화 과정과 함께 삶의 주체들이 자기 고유의 삶의 장을 재확인하고 이를 거점으로 하여 지구적 삶에 참여하고자 하는 데에 있다.

따라서 '지구화'와 '지방화'(또는 '지역화')가 서로 모순되는 것은 아니다. 이에 관해 '지구적으로 생각하고 지방적으로 행동한다'는 구호가 있는데 이를 개념화하여 'glocalization'이라고 말한다. 이는 곧 오늘의 '지구적 시대'(global age)에 사는 우리들의 삶의 양면성 또는 양방향성을 표현해 준다.

다음으로 '문화'(culture) 개념은 그 의미의 다원성에 주목케 한다. 사회구조의 기능적 분화의 관점에서 '문화'는 '정치'와 '경제' 이외의 잔여기능을 가리키는데 이는 사회적 삶의 모든 영역과 기능을 '넓은 의미의 문화'로 간주하는 인류학적 시각과는 다르다. 여기서 우리는 사회학적 관점에서 문화를 좁은 의미에서 이해하고자 한다. 그러나 이 경우에도 '문화'는 명확히 포착되기 어렵다. '좁은 의미에서의 문화'는 적어도 네 가지 분석적 범주로 분류될 수 있기 때문이다.

1) 인지적 문화로서 세계관, 지식, 정보, 과학 등이 이에 속한다. 2) 규범적 문화로서 가치관, 도덕, 윤리, 종교(종교는 인지적 및 규범적 측면의 양면성을 지니고 있으므로 '인지적 문화'의 범주에도 속한다고 볼 수 있다) 등이다. 3) 생활문화로서 식, 의, 주를 중심으로 하는 일상적 생활양식이다. 4) 창조적 문화인데 미술, 조각, 음악, 무용, 연극, 영화, 문학 등 가치실현적 또는 재현적 예술분야이다. 물론 이 네 가지 유형의 문화는 발생론적으로나 표출방식에 있어서 서로 연관되어 있다. 여기서는 특히 세 번째와 네 번째의 문화유형들이 우리들의 관심의 대상으로 부각된다.

2. '문화발전'을 우리는 어떻게 이해할 것인가? '발전'(development) 개념은 1) 어떤 현상의 변화과정이라는 기술적(descriptive) 의미를 표현하기도 하나 때로는 2) 일정한 주관적 가치실현을 지향하는 현상의 바람직한 변화를 뜻하는 가치결부적 의미를 함축하기도 한다. 아무튼 '발전'은 대체로 사회구조와 제도의 상호성과 합리성 수준이 높아짐을 가리킨다고 볼 수 있다. 가령, 생산력의 증대, 소득증대, 경제성장, 공업화 등은 '경제발전'의 측면들인데 이것은 경제적 행위주체들 사이의 자원교환(경제적 상호성)을 통하여 경제적 합리성의 수준이 높은 단계로 변화되었음을 반증하며, 정치제도의 민주화가 '정치발전'의 한 측면이라면 이는 사람들의 정치행태와 정치제도의 합리성 수준이 고양되었음을 뜻한다. 지구화와 지방화 시대에 있어서 '문화발전'은 문화들 사이의 상호성, 곧 서로 같은 것과 다른 것 사이의 만남이 많아지고 깊어짐으로써 생활행위적, 가치창조적 합리성(물론 이와 관련하여 인지적, 규범적 합리성도)이 더 높은 수준으로 변화되는 것을 의미할 것이다. 문화발전은 경제, 정치의 경우와 마찬가지로 사회구조적 '합리화'과정의 한 측면이다. 이 과정에서 각 삶의 주체는 자기문화를 재발견할 수 있고 자기성찰의 기회를 갖게 되며 문화적 자기정체성을 재확인함과 동시에 다른 문화의 존재를 인식하고 존중하게 되며 나아가 자기문화의 변화가능성도 인정하게 될 것이다. 여기서 전통과 개혁이 어느 정도로 어느 지

점에서 갈등과 안정의 국면을 맞을 것인지는 그 사회의 역사적 상황에 따라 다양하게 이루어질 것이다.

➡ 이 글은 1997년 9월 23일, 강원대 정보통신연구소 국제회의실에서 강원대 사회과학연구소와 유네스코 한국위원회의 공동주최로 열린 학술세미나(대주제: 지구화와 지방화시대의 문화발전)에서 사회과학연구소 소장으로서 발표한 '기조강연'이다.

11. 국가보안법 문제

11.1. 국가보안법의 논리적 근거결여와 폭력성

1. 국가보안법(이하 '국보법'으로 약칭)이 제기하는 문제는 그것이 자유민주주의와는 정면으로 상충된다는 정당한 판단으로부터 도출되는, 그것의 시대역행적 성격은 물론이려니와 한 단계 더 깊이 들어가서 자유민주주의체제 확립의 역사적 정당성의 배경에 놓여있는 근본문제, 즉 국가가 국민의 사상이나 의견을 통제하거나 심판하는 것 자체가 인간사회에서 있을 수 있느냐이다. 이런 문제의식에서 여기서는 국보법의 존재근거가 논리적으로 인정될 수 있는지 여부를 따져보기로 한다.

2. 사상 또는 의견이 국가에 의하여 통제되거나 심판될 수 있는지를 규명하기 위해서는 우선 인간의 의견의 성격을 알아볼 필요가 있다.

인간의 모든 의견은 대체로 다음 두 가지로 분류될 수 있다. 첫째로 인지적 의견이다. 이것은 어떤 대상의 존재 여부, 존재양상 또는 존재방식의 서술이나 설명에 관한 의견이다. 그것의 가치는 그 진리성, 즉 진리에의 접근정도에 있다. 다시 말하면, 어떤 의견이 참인지 또는 거짓인지는 그 의견의 내용이 그것이 다루고 있는 사실과 부합되느냐 또는 부합되지 않느냐에 따라 판별된다는 뜻이다. 둘째로 당위적 또는 규범적 의견이다. 이것은 기존현상의 존재확인이나 존재방식의 서술이나 설명이 아닌, 기존현상에 대한 가치판단에 따라 보다 바람직한 현상으로의 변경을 논의대상으로 한다. 규범적 의견의 평가기준은 진리 이외의 가치들, 가령 <선>, <미>, <평화>, <정의> 등의 실현을 지향함에 있어서 해당 문제의 당사자를 비롯한 사회구성원의 의견일치 또는 공통의견의 극대화의 정도에 있다. 따라서 규범적 의견의 가치는 그 정당성에 있다.

인지적 의견의 진리성 여부는 학문의 세계에서, 그리고 규범적 의견의 정당성 여부는 정치의 세계에서 규명되도록 제도화되어 있으며 특히 후자와 관련하여 사회집단적 또는 국가적 의사결정제도로서 자유민주주의체제가 보편적으로 채택되었다. 자유민주주의는 주권재민사상에 근거한 정치질서의 구성원칙으로서 국가의 형성과 운영이 국가구성원인 국민의 의견에 따라 결정되어야 한다는 것이다. 이런 맥락에서 국가는 국민의 의사형성과 의사결정이 자유롭고 원활히 이루어지도록 하기 위하여 고안된 장치이다.

3. 인지적 의견의 진리성 여부와 규범적 의견의 정당성 여부는 민주주의시대 이전에는 주로 종교적 권위자나 국가권력의 담지자의 의견에 따라 결정되었을 뿐만 아니라 의견의 표출 자체가 억압되거나 금지되기도 했다(한국에서의 극단적 예: 유신체제와 5공). 그러나 오늘날 자유민주주의체제에서는 모든 사회구성원은 자기의 의견의 진리성 또는 정당성을 자유로이 주장할 수 있다. 따라서 의견에 관한 다툼은 불가피하다.

모든 인지적 의견과 관련된 분쟁은 원칙적으로 학문의 세계 안에서 문제시되는 의견의 진리성 여부가 어느 정도 판별될 수 있다. 왜냐하면 그 판단기준인 진리는 객관적 또는 상호주관적 타당성을 속성으로 갖추고 있기 때문이다. 어떤 인지적 의견의 진리성 여부에 대한 해답은 다음 세 가지 가운데 어느 하나로 귀결된다. 첫째는 진리성이 긍정되는 경우, 즉 참된 의견으로 판단되는 경우이고, 둘째는 진리성이 부정되는 경우, 즉 거짓된 의견으로 판단되는 경우이며, 셋째는 참인지 또는 거짓인지 확인될 수 없는 경우, 즉 모른다고 판단되는 경우다. 그러나 실제로 인지적 의견에 관한 다툼이 항상 그렇게 명쾌하게 해결되지는 않는다. 왜냐하면 토론자의 시각에 따라 다양한 판단이 가능하며 문제시되는 이론(의견)의 표현방식의 불명확성이나 내용의 불충분성 때문에 명확한 판단을 내리기가 어렵고 부분적 타당성만을 인정할 수밖에 없는 경우가 많기 때문이다. 그리고 진리성이 인정되는 경우에도 그것은 어디까지나 잠정적이며 상대적인 것이다. 왜냐하면 조만간 반론이 제기될 수 있고 보다 더 참된 의견이 나타날 수 있기 때문이다. 그럼에도 불구하고 모든 인지적 의견에 관한 논쟁은 학문적 토론의 장에서 해결될 수밖에 없다.

그러나 규범적 의견의 경우에는 전혀 다르다. 규범적 의견에 있어서는 그 정당성 여부에 대한 객관적이며 보편타당한 판별기준이 설정될 수 없다. 욕구의 우선순위와 가치관에 따라 다양한 의견들이 나올 수 있고 ?관적으로 가장 옳은 의견을 확정지을 수 없기 때문이다. 따라서 규범적 의견의 정당성은 상대적이며 가변적이다. 그것을 둘러싼 분쟁은 그 성격상 학문의 세계에서는 해결할 수 없고 특정 의견의 지지자의 수가 많고 적음에 따라 그 정당성 여부가 잠정적으로나마 결정될 수밖에 없는데 이 해결의 장이 바로 정치의 세계이다.

여기서 중요한 것은 인지적 의견이나 당위적 의견의 다툼에 있어서 어느 경우에나 해당 의견의 절대적 진리성 또는 정당성이 주장될 수는 없다는 점이다. 그 근본이유는 인간의 이성과 인식능력, 그리고 이의 산물인 지식과 지혜에는 한계가 있고 어떤 대상이든지 관찰자의 관점과 가치관에 따라서 다양한 의견이 있을 수 있기 때문이다. 다시 말하면 인간사회에서 인간의 의견을 어떤 절대적 권위를 가지고 그 진리성 또는 정당성 여부를 최종적으로 판별할 수 있는 인간이나 기관은 존재하지 않는다는 것이다. 이것이 바로 오늘날 과학과 정치라는 삶의 두 차원에서 역사적으로, 그리고 논리적으로 밝혀진 하나의 보편적 진리이다. 현대국가에서 거의 예외 없이 양심의 자유, 의사표현의 자유, 학문과 사상의 자유가 인간의 기본권으로서 헌법에 보장되어 있음은 이러한 보편적 진리에 근거한다.

4. 따라서 어떤 인간이나, 국가를 포함하여 인간이 만든 어떤 조직이나 기관도 인간의 의견을 일방적으로 심판한다는 것은 적어도 오늘의 문명된 사회에서는, 특히 자유민주주의 정치체제에서는 있을 수 없다. 만일 그러한 의견의 심판이나 정죄가 행해지는 사회나 국가가 있다면, 그것은 문명사회일 수도, 자유민주주의국가일 수도 없으며 다만 야만사회 또는 전체주의국가일 뿐이다.

한국에서 오늘날까지 국민의 특정 의견이나 사상이, 정치적 지배권력에 의해 그 합헌성이 매우 의문시되는 국보법과 같은 법률에 의거하여 사법적 심판대에 올려지는 것이 강요되어온 사실은 시대역행적이며 매우 불미스러운 일이다.

자유민주주의를 지향하는 국가는 국민의 의견이 자유로이 형성되고 공개적이며 합리적인 절차를 거쳐 전체 국민의 의사로서 결정될 수 있도록 가능한 모든 조처를 실시해야 할 의무를 지닌다. 국가의 기본과제는 궁극적으로는 국민의 의견이 아무런 장애 없이 자유로이 표현되도록 하는 데 있다고 해도 과언이 아니다. 어떤 의견이 참된 또는 정당한 의견인가에 대한 해답은 국가 기관이 단정할 수 있는 성질의 것이 아니며 오로지 학문의 세계 또는 정치사회의 여론 세계에서 공개토론과정을 거쳐서 발견될 수 있을 따름이다. 국가의 최우선적 임무는 이 토론과정을 합리적으로 조성하고 강화시키는 데에 있다. 국가기관이 경우에 따라서는 문제 상황의 당사자로서 토론의 장에 참여할 수는 있겠으나 이 경우에도 최종적인 해답을 미리 일방적으로 제시하고 이를 국민들이 수락하도록 강요할 수는 없으며, 하물며 특정 의견을 단죄할 수는 없다. 국가와 국민 모두가 존중하고 보호해야 할 지고의 가치인 인간의 존엄성은 다른 의견을 가질 자유와 그것을 표현할 자유 없이는 공허할 뿐이다. 또한 자유민주주의 체제에서는 사상범이라는 것은 자가당착으로서 성립될 수 없다는 것도 자명하다.

5. 위에서 전개된 논거에 비추어 국보법은 그 폭력성 이외에는 어디에서도 하등 정당한 존재근거를 찾아볼 수 없다. 국보법은 자유민주주의체제에서 허용될 수 없는 의견, 즉 자기(정부) 의견만을 절대화함으로써 다른 사람의 의사표현

의 자유를 부인하는 입장에 근거한다고 해석할 수밖에 없는데, 이것이 바로 그 폭력성을 드러내는 것이다.

미래지향적 시각에서 국가의 바람직한 정치체제나 경제체제가 어떤 것이어야 하느냐의 문제는 결국 주권자인 국민의 의견의 향방에 따라 해결될 수밖에 없으므로 국가를 대내외적으로 대표하는 정부는 주권자의 다수 의견이 무엇인가를 발견하여 그 의견에 따라 문제해결의 절차를 역시 주권자의 의견에 따라 합리적으로 밟아나가는 일에 충실해야 한다. 가령 국민 대수의 의견이 한국의 현재의 정치·경제체제보다는 북한식 사회주의체제를 선호하는 것으로 판명되었다고 가정한다면, 그런 주권자의 의견이 초래하는 문제상황에 대해서는 주권자가 최종적인 책임을 지게 된다. 이 경우에 정부는 그런 의견을 우선 존중해야 한다. 정부, 즉 집권계층이 주권자의 그러한 다수의견에 찬성하지 않는다면, 정부는 토론의 장을 열어 정부의견의 정당성을 주장함으로써 국민들이 종래의 의견을 자유의사에 따라 바꿀 수 있도록 설득시키기 위해 노력할 수 있을 것이다.

정부의 어떤 정책이나 정치행태에 대한 비판은 곧 적을 이롭게 하기 때문에 처벌되어야 한다는 '논리'는 그러한 비판의 원인이 되는 정부 자체에도 해당된다. 자본주의 경제체제에 대한 비판과 어떤 형태의 사회주의 체제의 옹호를 내용으로 하는 의견은 자유민주주의 정치체제와 자본주의 경제체제를 선호하는 의견과 마찬가지로 동등하게 존중되어야 한다. 가장 바람직하다고 여겨지는 국가체제의 선택은 주권자인 국민의 몫이며 정부는 그 선택이 가장 자유롭고 합리적으로 이루어지도록 최선을 다해야 할 것이다.

➡ 이 글은 1992년 6월 5일 국가보안법철폐를 위한 범국민투쟁본부 주최로 열린 '국가보안법 개폐 공청회'(주제: 1. 남북합의서의 법적 효력과 국가보안법, 2. 국가보안법 개폐에 대한 입장)에서 '민주화를 위한 전국교수협의회'의 대표로서 발표된 것이다.

11.2. 시민사회와 학문의 자유

1. 시민사회의 생성은 역사적 사회분화과정의 맥락에서 고찰될 수 있다. 사회분화는 사회의 하위체계들의 기능적 자율화와 상호의존관계의 구조화로 특징지어진다. 원초적 인간사회는 수렵과 채집의 사회와 유목사회라는 방랑단계를 거쳐 농경사회라는 정착단계에 이르렀고, 여기서 다시 상공업사회가 분화되어 나왔다. 농경사회까지는 욕구충족의 수단인 물질적 자원의 생산활동은 사용가치의 창출에 치중된 데 반하여 상공업사회의 형성 이후부터는 그것은 주로 교환가치의 창출에 집중되었다. 그와 동시에 상품 등 자원의 교환매체인 화폐가 등장했다.

화폐는 아마도 인류역사상 가장 중요하고 기본적인 첫 발명품들 중의 하나일 것이다. 화폐의 발명과 사용은 인간의 사회적 삶의 합리화(=합리성의 발전과정)의 한 사례로서 획기적 사건이었다고 평가될 수 있다. 화폐의 등장은 동시에 상품교환기제인 시장의 제도화와 함께 자본주의 경제체제의 성립을 의미한다. 그리고 이러한 일련의 사회변동(상공업사회-화폐제도-시장-자본주의생성)은 도시의 형성을 매개로 하여 진척되었다.

도시는 인간의 사회생태학적 생활공간으로서 농경사회로부터 분화되어 나와 하나의 하위체계를 이룬다. 달리 표현하면, 도시화 과정 없이는 위의 일련의 사회변동, 즉 근대사회의 도래는 상상하기 어렵다. 도시화 과정에서 바로 근대시민사회가 형성되었다. 시민사회는 곧 도시중심의 사회이다. 또한 도시는 전통적 농경사회('일차적' 사회관계, '기계적 연대')로부터의 사회적 해방공간(Stadtluft macht frei)이며 자원 획득에 있어서 자연의 제약으로부터의 어느 정도 해방을 뜻하는 근대적 공업사회('이차적' 사회관계, '유기적 연대')의 터전이 되었다. 따라서 도시화에 의한 시민사회의 형성은 인간의 사회적 해방과정이었고 이는 또한 삶의 합리화를 지향한 사회체계적 분화과정이었다고 이해된다. 이러한 관점은 시민사회의 형성, 발전과정에서 발견되는 경제적, 정치적 세력들 사이의 갈등과 투쟁의 전개과정을 통해서도 그 타당성이 뒷받침된다. 그리고 사회체계적 분화는 사회의 지속적 자기조직화 또는 재조직화 과정이라고도 해석될 수 있다.

2. <시민사회>는 위에서 본 바와 같이 근대에 있어서 인간의 삶의 장이다. <삶>은 삶의 주체의 욕구충족에의 끊임없는 추구과정이다. 이 추구과정은 사회와 자연 안에서 전개되며 <해방지향성>을 띤다. <해방>은 소극적, 그리고 적극적 유형으로 구분될 수 있다. 소극적 해방은 결핍의 채움이나 억압과 속박으로부터 풀려남을 뜻하고 적극적 해방은 새로운 가치의 실현이나 보다 바람직한 세계의 창조를 의미한다. 그리고 해방은 다음의 세 단계로 그 발전과정을 나눠볼 수 있다. 첫째는 욕구충족으로서의 해방인데 당위의 존재화라고도 표현된다. 둘째는 삶의 영역과 이해관심의 대상과 범위가 비인격적으로 확장되어가는 단계이다. 셋째는 자기의 삶이 다른 삶의 주체와 사회와 자연과 하나가 되는 삶의 단계이다. <사회>는 인간의 욕구충족을 위한 개인, 집단, 조직 사이의 상호작용의 관계망의 복합체계이다. 달리 표현하자면, 사회의 성립요건은 <상호성>이다. 이 상호성에 의하여 형성된 것이 <사회구조>이고, 규범적 사회구조가 곧 <사회제도>이다. 사회적 상호성의 역동적 측면이 <사회과정>이며 이를 통하여 <합리성>이 도출된다.

모든 구체적 욕구의 충족을 위해서는 두 가지의 <전략적 욕구>가 동기화되고 충족될 필요가 있다. 하나는 실재(사회현실과 자연세계)를 알고자 하는 욕구이고, 다른 하나는 실재를 변경시키고자 하는 욕구이다. 전자의 추구목표는 진리의 발견이고, 후자의 그것은 진리 이외의 가치들(선, 미, 평화, 정의 등)의 창조 또는 실현이다. 전자는 역사적으로 학문체계의 정립으로서 제도화되었고, 후자는 넓은 의미의 정치체계의 제도화로 나타났다. 전자의 욕구충족과정은 <인지적·과학적 합리성>의 개발로, 후자의 그것은 <규범적·정치적 합리성>의 발전으로 표현되는데, 두 경우에 모두 공통되게 기본적 전제가치로서 <자유>가 필요하다.

<자유>는 원래 <자연>의 속성이다. 그런데 <사회>의 형성과 함께 인간의 자연적 자유는 제약될 수밖에 없었다. 부자연스럽고 부자유한 사회에서 인간은 원초적 자유를 갈구한다. 사회와 자연 사이의 갈등은 인간에게 자유를 둘러싼 투쟁을 안겨줬다. <학문의 자유>도 이 투쟁의 한 주제로 나타났다. 해방된 삶을 위한 필수불가결의 조건으로서의 학문의 자유의 필요성과 이를 보장해주지 않는 사회현실 사이의 싸움이다. <자유>는 또한 <상호성>의 전제조건이다. 그런데 상호성(사회) 자체는 자유와 반자유(또는 비자유)의 양면성을 지니고 있다. 이는 상호성이 기존의 사회제도나 사회질서 안에서 작용하며 사회제도는 그 규범성 때문에 인간의 자유를 제약하는 한편 새로운 제도의 창조, 즉 자유실현의 발판이 되는 데서 알 수 있다. 따라서 반자유는 사회적임과 동시에 반사회적이다. 그러나 다른 한편 부자유는 불완전한 상호성을 의미한다. 부자유한, 자유롭지 못한 사회는 어떤 힘에 의하여 억압되거나 구속되어 있고 따라서 폐쇄성을 지닌 사회이다. 상호성의 정도와 질에 따라 그 사회가 누리는 자유나 개방성 또는 폐쇄성의 성격을 짐작할 수 있다. 자유가 충분히 허용되지 않는 사회에서는 역동적 사회과정이 이뤄질 수 없고 합리성의 개발이 기대될 수 없으므로 항구적으로 긍정적 발전이 있을 수 없다.

학문 또는 과학은 참된 지식을 추구하는 하나의 사회적 하위체계로서 제도화되어 있고 문화체계의 일부분이다. 하위체계로서의 학문은 다른 기능적 하위체계인 정치체계나 경제체계와 상호의존관계에 있다. 실제로 문제가 야기되는 것은 학문의 자유가 정치권력에 의하여 제약되거나 침해당하는 경우와 경제적 힘에 예속되는 경우이다. 어느 경우에나 대체로 지배이데올로기의 조종을 직접적으로나 간접적으로 받게 되는 결과가 초래된다. 그것은 결국 힘에 의한 사실의 왜곡을 통하여 거짓 지식 또는 허위의식을 퍼뜨리게 된다. 그렇게 되면 합리적 욕구충족과 인간해방은 불가능하게 될 뿐만 아니라 사회해체를 불러오게 되어 기존의 정치체계와 경제체계 자체도 무너지게 된다. 그것은 자승자박의 당연한 논리적 귀결이다.

3. 한국에서는 아직도 학문의 자유가 충분히 보장되어 있지 않은데, 그것은 한국사회가 아직 근대적 시민사회로 성숙되지 못하고 있음을 반증해준다. 그것은 한국사회의 폐쇄성과 한국의 폭력지배체제적 성격을 단적으로 드러내는 것이다. 그 인과관계는 폭력→자유의 부재→상호성의 단절→폐쇄적 사회구조의 조성→사회과정의 정체→불합리성의 일상화→파행적 사회발전→사회갈등의 증폭→사회해체의 위기상황으로 전개된다. 이러한 부자유는 또한 사회구성원의 인성과 문화적 요인에도 기인한다. 왜냐하면 학문의 자유는 생각과 의견의 자유를 전제로 하며 이는 다시금 <정신의 독립성>을 기초로 성립되기 때문이다. 그것은 곧 비판정신을 생명으로 한다. 학문과 사상의 자유의 중요성은 아무리 강조되어도 지나치지 않을 것이다.

사회를 하나의 생물학적 유기체에 비유한다면(물론 이 비유의 결함을 도외시할 수는 없다.), 학문체계는 유기체의 오관, 즉 감지기능을 담당하는 기관에 해당한다. 유기체가 오관을 통하여 외부 환경의 변화를 감지한 뒤에 적절한 반응을 보여 환경에 잘 적응함으로써 생존해 나갈 수 있듯이 학문적 지식과 정보는 외부세계의 인식 또는 해석체계로서 외부세계의 변화에 대한 적절한 사회적 반응을 도출하는 데에 필요한 기초 자료의 성격을 띤다. 이 기초자료가 세계의 현실을 정확히 반영하는 내용의 것이라야만 세계에 대한 합리적 반응방식을 도출해낼 수 있다. 물론 그것을 누가, 그리고 어떤 의사결정과정을 거쳐 판단하느냐의 문제가 있으나 이것은 별개의 문제다. 이 판단주체와 의사결정절차의 문제에 앞서서 원초적으로 중요한 문제는 세계의 현실을 있는 그대로 밝혀주는 지식과 정보를 보유하고 있느냐이다. 그러한 지식을 산출하기 위해서는 거기에 종사하는 연구자는 모든 제약으로부터 자유로워야 한다. 물리적, 외적 제약여건으로부터 자유로울 뿐만 아니라 연구자 자신의 심리적, 내적 제약들로부터도 해방되지 않으면 안된다. 의견의 자유뿐만 아니라 의견교환과 토론의 자유도 보장되어야 한다. 토론의 자유가 보장되려면 집회의 자유, 조직결성의 자유도 보장되어야 한다. 또한 의견이나 사상의 표현수단인 언론, 방송, 출판 등 대중의

사전달매체의 자유 없이는 실질적으로 학문과 사상의 자유가 구현될 수 없다. 따라서 우리 헌법에도 명시되어 있는 양심의 자유, 신체의 자유, 언론과 출판과 집회와 결사의 자유 등 기본적 자유권은 학문의 자유와 불가분리의 관계에 있다는 것을 알 수 있다.

학문의 자유에 대한 제한은 위에서 전개된 논거에 비추어 여하한 구실로써도 정당화 될 수 없다. 그러한 제한은 결국 자기모순의 함정에 스스로 빠지고 만다.

(1992년 6월 19일 경남대학교에서 열린 한국사회학회 주최, 전기사회학대회 중 '학문의 자유'라는 주제의 집중토론에서 4개의 발제 가운데 하나로 발표된 것임.)

11.3. 학문사상의 자유가 보장되어야 하는 근본이유

한국사회학회(회장＝한완상)는 지난 19, 20일 양일간 경남대에서 전기사회학대회를 개최하였다.

본보에서는 이 대회에서 상정되었다 부결된 '학문과 사상의 자유 보장'에 대해 한국사회학회 산하 '학문자유와 윤리위원회' 위원장인 강원대 배동인(사회학과)교수의 의견을 듣는다.

자유민주주의체제에서 학문・사상의 자유가 국가권력에 의하여 보장되어야 한다는 것은 시민사회의 형성과정에서 결과된 역사적 투쟁의 산물로서 당연시되지만, 그것은 단순히 힘과 힘의 대결에서 나온 어느 한쪽의 승리에 의존한 것을 떠나서 사리 상 그렇게 되지 않으면 안 되는 논리적 필연성에 근거한 것이다. 여기서 그 맥락을 간략히 검토해보자. 우선 문제의 대상은 학문적 이론, 사상, 생각, 신념, 의견, 관점, 입장, 태도, 견지, 견해 등 다양한 용어로 표현되지만, 모두 '의견'이라는 말로 통일될 수 있다.

인간의 모든 의견은 방법론적 의견을 제외하고는 대체로 두 가지로 분류될 수 있다. 하나는 인지적 의견인데 이는 어떤 대상의 존재여부나 존재방식의 서술이나 설명을 내용으로 하는 의견이다. 다른 하나는 규범적 또는 당위적 의견인데 이는 기존현상에 대한 가치판단에 따라 보다 나은 현상으로의 변경을 내용으로 하는 의견이다. 인지적 의견의 평가기준은 그 진리성, 즉 진리에의 근접 정도이고, 규범적 의견의 평가기준은 진리 이외의 가치들, 가령 '선', '미', '평화', '정의' 등의 실현을 둘러싼 정당성이다. 다시 말하면 인지적 의견의 분쟁은 그 진위 여부를 따지는 것인데 반하여 규범적 의견의 경우에는 어떤 의견의 옳음 여부나 옳고 그른 정도를 따지게 된다. 인지적 의견의 진리성 여부는 학문의 세계에서, 그리고 규범적 의견의 정당성 여부는 정치의 세계에서 규명되도록 제도화되어 있다. 그런데 어느 경우에나 누구도 자기의견의 절대적 진리성 또는 정당성을 주장할 수는 없다는 것이 모든 의견표현의 자유, 즉 학문·사상의 자유의 궁극적 근거임과 동시에 따른 의견에 대한 존중과 관용의 필요성의 근거가 된다. 왜냐하면 인지적 의견의 경우에 어느 누구도 자기의견이 절대적으로 참된 것이라고 주장할 만큼 완전한 지식을 갖고 있지는 않으며, 규범적 의견의 경우에 어느 누구도 자기의견만이 절대로 옳다고 주장할 만큼 완벽한 지혜를 터득하지는 못하기 때문이다. 그 뿐만 아니라 조만간 보다 참된 인지적 의견, 또는 보다 옳은 규범적 의견이 나타날 수 있는 가능성이 항상 열려있기 때문이다. 따라서 모든 의견은 그 진리성이나 정당성에 있어서 상대적이며 잠정적일 뿐이다. 그 근본이유를 우리는 인간의 인식능력과 판단능력에는 한계가 있고 어떤 대상에 대해서든지 관찰자의 시각과 가치관에 따라 다양한 의견이 있을 수 있다는 사실에서 찾을 수 있다. 달리 표현하자면, 인간사회에서 인간의 의견을 어떤 절대적 권위를 가지고 그 진리성 또는 정당성 여부를 최종적으로 판별할 수 있는 인간이나 기관은 존재하지 않는다는 것이다. 이것이 바로 오늘까지 과학과 정치라는 삶의 두 차원에서 경험적으로, 그리고 논리적으로 밝혀진 하나의 보편적 진리다. 그래서 현대국가에서 거의 예외 없이 양심의 자유, 의사표현의 자유, 학문·사상의 자유가 인간기본권으로서 헌법에 보장되어 있는 것이다.

그런데 한국의 현실은 어떤가? 한국은 헌법상 기본이념으로서 자유민주주의를 지향하고 있음에도 불구하고 '국가보안법'이라는 그 성립과정에 있어서나 내용에 있어서 합헌성이 매우 의문시되는 하위법에 의거하여 특정의견이나 사상의 심판과 정죄가 행해지는 완전히 전도된 법체계를 존속시키고 있는데 이는 시대역행적일 뿐만 아니라 전혀 정당화될 수 없다. 그런 법률의 존재는 '자유민주적 기본질서'와는 양립될 수 없다. 그 법에서 '국가'대신에 '정권'을 대입한다면 훨씬 타당하겠지만 '정권보안법'이란 폭력지배체제의 공식화에 불과하다. 여하튼 지금까지 국민의 의견을 심판해온 역대 정권은 자유민주주의를 지향하는 국가를 대표하는 것이 아니라 스스로 폭력지배체제임을 만천하에 드러냄으로써 국제사회에서 한국의 위신을 떨어뜨리고 있다. 그러한 자기모순의 역리는 국가발전을 저해할 뿐이다.

➡ 이 글은 한림대학교 신문, '한림학보', 1992. 7. 2일자 "사회학대회를 다녀와서"라는 제목으로 보도된 내용이다.

12. 한국정치체계 분석과 정치개혁

12.1. 한국의 개혁정치의 거시적 현황분석과
　　　바람직한 정치의 추진방향

　5·18 광주민주화운동 14주년을 맞아 그 역사적 의미를 되새기면서 오늘의 한국의 정치현실을 거시적으로 조감, 분석하고 앞으로의 바람직한 정치목표와 방향을 설정해 보고자 한다. 이 글은 곧 현 시점에서의 한국의 정치체계에 대한 진단과 처방을 주제로 하는 토론에 하나의 실마리를 제공하는 데 그 목적이 있다.

1. 한국의 정치체계의 현황분석

1.1. 김영삼 정권의 구조적 특성

　현 정권은 서로 질적으로 다른 두 가지 세력집단의 자의적 결합에 의해 형성된 모순구조를 지닌다. 하나는 5·16과 12·12와 5·18로 상징되는 60년대 이후 30년간 지속되어온 군부독재체제의 주도세력(이는 4·19의 전복세력이다)이요, 다른 하나는 이에 대항하여 싸워온, 이념적으로는 4·19 혁명정신을 견지하고자 했던 민주진영의 제도권 두 집단 가운데 하나였다. 이러한 2중 구조적 성격을 표현한 것이 '6.5 공화국'으로서의 현 정권의 특징화이다. 한편으로 현상유지 또는 기득권 확보를 지향하는 수구세력의 보수성과 다른 한편으로는 개혁 추구세력의 혁신성이 동거하는 기형적 형태를 취하고 있는 데서 그 개혁의 한계가 지적되어왔다.

1.2. 김영삼 정권의 과정적 특성

현 정권의 성립과정은 1) 인물중심주의적 정당조직의 전통에서 나온, 당수 중심의 정당의 사조직화와 2) 제도권 정당에 대한 주권자(유권자)의 위임의 방기에 기초한다. 그것은 어떤 분명하고 정당화될 수 있는 정치이론에 근거한 것이 아니었고 오로지 정권장악을 궁극목표로 라는 실용주의적 권력정치의 전술에 의존한 것이었다. 이러한 권력지상주의적 마키아벨리즘에서 3당 연합의 야합성, 곧 그 자의성과 반민주성과 몰역사성이 표출된 것이다. 3당 야합은 4·19에 대한 기회주의적 배반행위였다. 목적은 결코 수단을 정당화할 수 없다. 반민주 집단과 손을 잡았고 지금도 잡고 있는 김 대통령은 결과적으로 스스로를 반민주 집단으로 전락시킨 것이다. 4·19를 배반한 5·16과 12·12와 5·18의 폭력지배집단의 손과 발은 아직도 무참히 희생된 민주열사들의 피로 물들어 있을 진대 이 피묻은 손을 맞잡은 자의 손 역시 어찌 피로 물들지 않을 수 있겠는가! 현 정권은 5·18 민주열사들의 흘린 피와 원한을 짓밟고 서 있는 것이다. 아직도 이들 피의 만행이 깨끗이 청산되지 않고 있기 때문이다. 현 정권은 5·16과 5·18의 진상규명과 책임자 처벌을 단행할 수 없는 위치에 있다. 왜냐하면 그러한 과거의 청산은 곧 자신의 존립근거를 허물어뜨리는 일이기 때문이다.

이러한 문제점을 안고 출범한 현 정권은 '정권교체'로서의 6공과의 차별성과 정부의 문민성을 부각시키고 실제 정치실천에서의 '변화와 개혁'을 주요구호로 내세우게 되었다. 그러나 이 문민성은 집권자의 출신성분을 가리킬 뿐 그 정치실천의 내용을 직접 설명해주지는 않는다. 다시 말하면 집권자의 문민성이 항상 정치의 민주성과 합리성을 보장하지는 않는다는 것이다.

1.3. 김영삼 정부의 개혁정치의 주요측면들

1) 부정부패의 척결: 소박한 도덕정치의 철학에 기초하여('윗물이 맑아야 아

랫물이 맑다') 6공과의 차별성을 부각시키기 위해 과감한 인사교체정책을 추진
했다. 부정축재의 가시적 결과를 정리하기 위한 필요절차로서 공직자 재산공개
를 대통령 자신부터 단행하여 정부의 고위층 인사들의 물갈이가 단행되었다.
특히 군부 안의 사조직을 척결한 것은 매우 긍정적이며 획기적인 업적으로 평
가된다. 그러나 이들 누적된 구악의 철폐는 그 철저성, 일관성, 형평성의 결여로
전시효과적 한계를 드러냈다. 이른바 '율곡'사건을 비롯하여 노출된 커다란 비
리사건들 가운데 어느 하나도 깨끗이 처리되지 않고 흐지부지되고 말았다. '성
역 없이 철저히 규명한다'는 집권자의 말은 결국 빈 소리요, 거짓말이었음이
명백해졌다.

중·하위층 공무원들의 뇌물수수, 교사들과 기자들의 촌지 받기는 여전히
상습화되어 있다. 지위와 돈, 정치권력과 금력을 악용한 데서 형성된 정경유착
구조가 전체 국가정치, 행정관료기구를 은폐된 '초법적' 범죄기구로 전락시켜
온 이전의 군부독재체제의 굳어진 기반은 일시에 청산되기 어려움을 보여준다.
국가 자체의 범죄기구화라는 인상을 지우기 어려울만큼 뿌리 깊은 권력형 부정
부패가 만연된 사회는 무정부주의의 정당성을 뒷받침해 준다.

2) 경제개혁의 비체계성: 유일한 개혁조치로서 높이 평가되는 것이 금융실명
제의 실시인데 여기서도 철저성과 일관성의 결여가 지적된다. 위의 공직자 재
산공개에 따른 부정축재의 척결에 있어서와 마찬가지로 축재원인의 조사와 사
법처리에 대한 여론의 요구에도 불구하고 기득권 집단의 저항에 부딪혀 용두사
미에 그치고 말았다. 체계적, 제도적 개혁보다는 대증적, 표피적, 단편적, 미봉
적 땜질에 불과하다는 평가를 면키 어렵다. 획일적 규제완화주의의 문제점도
드러난다. 가령 환경정책의 경우에 그린벨트 해제와 골프장 건설 등 무분별한
환경파괴를 6공 때보다 더 가속적으로 허용하는 꼴을 보면, 현 정부가 과연 총
체적 국가정책의 우선순위체계를 합리적으로 정립하고 있는지 의문스럽다.

3) 민주적 기본질서의 개혁 부재: 인권침해적, 반민주적 악법 철폐가 여전히
단행되지 않고 있다. 양심수의 계속감금, 새로운 양심수의 산출, 개폐되어야 할

집시법, 국가보안법의 존속 등의 현실은 현 정부의 자유민주주의관의 모호성을 반증해준다. 민주주의의 핵심 원칙이 무엇인지조차 모르는 집권자는 국정의 책임자로서의 자격을 상실했다고 볼 수밖에 없으며 그것을 알고도 실천에 옮기지 않는다면 그는 직무유기의 범죄를 저지르고 있는 것이다.

4) 주요 제도들의 개혁 부진: 노동, 교육, 언론 등 주요 분야들에서의 법개정에 의한 구조적 개혁이 지연되고 있음은 개혁정치의 전제조건인 이론체계와 실천의지의 미흡 또는 부재에 기인한다고 추정할 수 있다. 경제개혁의 경우와 마찬가지로 각 영역의 제도개혁도 현 정권의 속성 때문에 기회주의적 미봉책에 그칠 가능성이 크다. 개혁목표의 우선순위를 포함한 개혁정치의 전체적 체계가 마련되어 있지 않음이 지금까지의 정치실적에 비추어 드러난다.

5) 역사의식의 결여: 대내적으로 3공부터 6공에 이르는 잘못된 과거의 청산에 소극적이며, 대외적으로 일제하의 정신대 문제, 우루과이라운드 대책 등에 있어 민족적 자기정체성의 박약함을 드러냈다. 이는 사회와 국가의 역사성에 대한 인식의 결여를 반증하는 것으로 정치의 맹목성과 무책임성을 초래할 가능성을 함축하고 있다.

6) 결론적으로 사회의 역사성과 구조성에 대한 인식 결여와 민주주의 정치철학의 부재로 인하여 전시효과적 미봉책과 권력정치만 일삼는 수준이다. '이성'의 정치라기보다는 '기분'의 정치라는 인상을 준다(특히 최근의 이회창 총리의 경질사건에서 부각됨). 목적의 정당성을 도외시하고 수단적 합리성에만 몰두하는 정치는 무의미하며 위험하다. 정권장악이라는 궁극 목적의 달성을 위해서는 수단 방법을 가리지 않는다는 점에서 다만 폭력에 의존하지 않았을 뿐 이전의 독재체제들과 비슷한 정신적 성향을 현 정부는 보여준다. 이런 맥락에서 '신권위주의적'인 성향으로 김 대통령의 정치행태를 특징화하는 견해의 타당성이 인정된다.

또한 '변화와 개혁' 구호의 동어반복적 허구성을 지적할 필요가 있다. 정치의 과제는 현실의 변경에 있으나 모든 변화가 바람직한 것은 아니며 개혁은 변화를 내포하기 때문이다. '신한국 건설' 구호 역시 의지와 능력의 괴리를 드러내고 있다. 구한국의 철저한 청산 없이, 곧 5·16, 12·12, 5·18 등 한국 현대정치사의 암적 과오를 척결함이 없이 새로운 오늘과 내일의 한국은 있을 수 없다. 그런 구호는 뜻은 있으되 몸이 따르지 않는 현 정권의 발생적 모순구조에서 나온 허구일 뿐이다. 현 정권의 과도기적 성격은 '환상적' 민주화 과정으로서 특징지을 수 있을 것이다. 이는 국민들로 하여금 환상에서 깨어나 현실을 직시할 것을 시사한다.

1.4. 제도 야권의 정치역량: 대안적 정책 창출의 미흡과 지도력 취약으로 수권능력을 갖추고 있는 지 회의적이다. 이는 구태의연한 인물중심주의, 특수주의적 파벌주의, 당내 민주주의의 정체 등에 기인하는 것으로 추정된다.

1.5. 제도권 밖의 재야 운동권: 현 정부의 개혁정치 추진으로 기대와 불만족의 교차 가운데 정치적 힘의 약화 또는 참여의 저조상태에 있다. 환경운동 등 사회운동으로 관심과 힘이 확산되고 있다.

2. 바람직한 정치의 추진방향

2.1. 역사의식적 정치: 정치적 목표의 정당성은 올바른 역사의식에 기초한다. 역사의식이 없는 정치권력은 권력을 위한 권력행사에 그칠 뿐 맹목적일 수밖에 없다. 4·19 혁명에 대한 배반에 근거한, 5·16과 12·12와 5·18의 폭력지배세력을 상당부분 포함하고 있는 현 집권체제는 민족정기와 주체성을 근간으로 하는 역사의식을 결여하고 있다고 평가된다. 잘못된 과거의 청산은 소극적 정치목표이지만 필수적이다. 현재는 과거 위에, 미래는 현재 위에 세워지기 때문이다.

2.2. 민주적 정치: 이는 첫째로 정치의 투명화를 의미한다. 모든 좋은 정치는 행위자의 정직성과 성실성에서 비롯된다. 정치는 도덕성을 전제로 하는 현실변

경의 총체적 기술이다. 문민정치의 가장 기본적 요건도 진실성과 정직성이다. 이 요건을 갖춘 정부만이 국민의 신뢰를 얻을 수 있다. 국민이 신뢰하지 않는 정부는 아무리 좋은 정책을 수립했다고 할지라도 이를 실현하기 어렵다. 둘째로 민주적 정치란 사회구성원의 의견에 의한 현실변경의 기술임을 뜻한다. 국민대중의 적극적 참여와 권력담지자의 책임성 있는 지도력이 변증법적 상호작용과정을 통해 더 높은 수준의 합리성이 사회적 삶의 모든 영역에 구현되도록 하여야 한다. 대통령 책임제에서의 정치는 대통령이 마음대로 하라는 것이 결코 아니다. 대통령은 사회구성원 대다수의 의견을 존중하여 자신의 의견을 실현할 수 있어야 한다. 곧 여론수렴과 여론선도의 두 가지 측면을 조화롭게 결합하는 것이 민주적 정치지도자의 우선적 과제이다. 따라서 사회의 각 분야에 다양한 이해집단과 조직의 형성과 이들 사이의 상호작용에 의한 원활한 의사소통과 합의가 이뤄지도록 해야 한다. 대중의사 전달매체(매스 미디어)의 중요성이 여기에 있다. 셋째로 민주적 정치는 인간의 자유와 평등을 보장하고 자유롭고 정의로운 사회, 곧 해방된 삶을 실현하는 데에 그 목적이 있다.

2.3. 과학적 정치: 주어진 목표의 달성을 위한 합리적 수단의 강구문제는 과학적으로 해결되어야 한다. 현대사회에서의 정치는 과학화를 요구한다. 이 과학화는 조직화 또는 합리화를 의미한다. 합리성과 과학성을 결여한 정책수립과 시행은 실패할 가능성이 많다. 여기서 '합리성'은 수단의 합리성뿐만 아니라 목적의 합리성도 포괄하는 개념이다. 오늘의 대의적 의회민주주의의 한 문제점은 의정활동의 전문성이 결여되어 있다는 데에 있다. 의회와 전문가 집단 또는 조직(대학, 전문적 사회조직 등)과의 유기적 교류와 상호협력관계가 형성되고 문제해결 중심의 공동작업이 비관료제적으로 원활히 이뤄져야 한다.

요컨대 조직결성의 자율화, 조직 내적 민주화, 조직들 사이의 상호작용의 활성화를 주축으로 하는 사회적 삶의 조직적, 과학적 합리성의 수준을 높이는 데에 정부의 기본과제가 있고 정치의 항구적 목표가 있다. 이러한 과제와 목표의 실현을 위한, 일반 국민을 대상으로 하는 '정치교육'을 정부와 정당들이 충분히 해내지 못하는 한국 현실에서는 시민사회의 정치-사회운동 조직들이 개별적으로나 연합하여 추진해나갈 수밖에 없다.

3. 새로운 정치의 주체세력

3.1. 주체의 이념의존성: 정치의 이념 또는 목표에 따라 주체도 달라져야 한다. 보편 이념과 특수 이념을 구별할 수 있다. 전자의 예로서 민주주의를 들 수 있고 후자의 예로서 사회주의를 들 수 있다. 전자는 후자의 실현을 위하여 먼저 실현되어야 하는 전제적 또는 기본적 이념이다. 한국의 현재 상황은 전자가 아직 확고히 정착되지 못하고 있는 단계에 있다.

목표가 보편적인 것일수록 그 목표의 실현주체도 보편성을 띠지 않으면 안된다. 현 시점에서 한국국민의 가장 우선적 정치목표는 무엇이어야 하는가에 대한 해답의 공유가 가장 시급히 필요하다.

3.2. 목표의 설정: 현 정부의 개혁정치의 수준으로써는 만족할 수 없다면 정치적 민주화가 최우선적 적극적 목표일 것이다. 그것은 여하한 형태의 폭력의 근절, 개인의 기본적 자유권과 평등권의 강화, 국가보안법 등 반민주 악법의 철폐 등을 내포한다. 정치적 민주화가 실현된 상태는 명실공히 '자유민주적 기본질서'가 확립된 상태를 뜻하며 그런 상태에서 비로소 다양한 특수 이념을 추구하는 정당들이 자유로이 활동하면서 공정한 규칙 아래 상호 경쟁할 수 있게 된다. 앞에 언급한 잘못된 과거의 청산은 정치적 민주화와 병행해서 추진되어야 할 소극적 목표이다. 한국이라는 집안의 현재상황은 질서정연하게 정돈된 안정상태가 아니라 모든 것이 제 자리에 있지 않고 어지럽게 흩어져 있는 무질서와 혼돈의 불안정상태에 있는데 이 집안을 정상적인 상태로 정리하는 일이 곧 정치적 민주화의 개념이 뜻하는 것이다.

한반도의 민족통일은 여러 가지 분야별 정책들 가운데 하나이며 특별히 중요성이 인정되는 정책과제에 속한다. 그것은 어디까지나 민주주의 원칙에 따라 성취되어야 한다. 곧 민주적 통일이어야 한다. 따라서 이른바 통일지상주의는 논리적, 현실적 문제성을 안고 있다.

3.3. 정치적 지도력의 담지세력:

한 사회의 구성원들의 정치적 성향은 대체로 다음의 몇 가지 부류로 구분될 수 있다. 1) 정치적 무관심층: 스스로 정치적 무관심의 동굴에 갇혀 있는 상태에서 매스 미디어를 통한 지배세력의 여론조작에 따라 바람 부는 대로 대세의 흐름에 휩쓸리는 일반 대중이다. 2) 특정 이념에의 광신적 편집층: 정치적 참여의식이 매우 강하지만 특정한 정치적 이념의 고수에 대한 무조건적 헌신의 성향을 갖는 소수집단이다. 3) 비판적 참여층: 주체적 현실인식 능력과 가치관에 근거하여 자기 나름의 비판적 의견을 가지고 정치적 의사결정에 선별적으로 참여하는 중간집단이다. 이 부류는 지향이념과 사회경제적 지위에 있어 다양한 개인들과 집단들을 내포한다. 정치권력의 창출을 위해 이 비판적 중간집단의 역할이 매우 중요하다.

현 정권을 대체할 수 있는 정치권력의 담지집단은 국민대중의 폭넓은 지지기반을 확보해야 한다. 곧 범야권의 대동단결을 필요로 한다. 분파적 이념지향성을 내세우는 특수주의는 유보되어야 하며 위에 명시한 정치적 민주화라는 보편주의적 목표를 중심으로 대동연대화하는 것이 절대적으로 긴요한 상황이다. 또한 인물중심적 조직화가 아닌 이념과 원칙을 중심으로 하는 조직화이어야 한다.

(1994.5·18 작성. 이 글은 다음 글, '한국 정치의 현주소와 민주적 개혁정치의 추진방향'의 초안이었음.)

12.2. 한국 정치의 현주소와 민주적 개혁정치의 추진방향

1. 5·18 광주민주화운동 14돌을 맞고 있는 현 시점에서 한국의 정치상황을

거시적으로 분석하고 문제점들을 점검함으로써 앞으로의 더 나은 정치의 나아
가야 할 방향을 모색해 보고자 한다. 이것은 매우 크고 광범위한 과제이며 복잡
한 내용을 함축하고 있기 때문에 특정한 시각과 한정된 관찰범위 안에서 문제
에 접근할 수밖에 없다.

'신한국 창조', '변화와 개혁'이라는 구호 아래 '문민정부'로서 출범한지 1년
남짓 되는 동안 김영삼 정부는 그 이전의 5, 6공 정부에 비하면 획기적인 개혁을
단행해 왔다. 특히 '부정부패의 척결'을 주요 국정목표로 삼고 공직자 재산공개
를 통해 부정축재의 혐의가 명백한 고위 공직자들의 물갈이와 군부 내의 사조
직을 척결한 것, 그리고 금융실명제의 전격적 실시는 현 정부의 가히 혁명적
업적으로 평가될 것이다. 그러나 이런 개혁들이 완벽하게 이뤄졌다고 보기는
어렵다. 철저성과 일관성과 역사의식의 결여 등 그 나름의 문제점들을 내포하
고 있기 때문에 앞으로 개선의 여지가 많다.

이런 개혁의 취약점이 드러남에 따라 김영삼 정부의 문민성에 대한 회의와
비판의 소리도 나왔다. 그 연유는 문민정부로서의 개혁정치에 기대했던 것보다
미흡한 점이 있고 또 양심수 석방, 악법개폐 등 당연히 단행되었어야 할 개혁조
치들이 지연되거나 실현되지 않고 있는 데에 있는 것 같다. 특히 현 정부의 개혁
정치의 순수성과 일관성을 의심하게 된 계기는 전 이회창 총리의 경질사건이었
다. 여기서 무엇을 위한 개혁인가라는 물음이 제기되고 정권의 정당성마저 의
문시할 수 있게 됐다. 대체로 한 정권의 정당성은 두 가지 차원에서 논의될 수
있다. 하나는 그 정권이 성립과정과 절차의 차원이고, 다른 하나는 그 정권의
정치실적의 내용에 대한 평가의 차원이다. 전자의 판별기준은 그것의 민주성
여부이고, 후자의 그것은 정치실천 내용의 합리성 여부이다. 이러한 명제 자체
에 대한 이론적, 학문적 논의가 없을 수 없지만 여기서는 그런 메타이론적 논의
는 유보하기로 한다. 다만 여기서 분명히 해둘 수 있는 것은 김영삼 정부의 절차
적 정당성 문제는 그 원초적 문제점으로서 3당 연합을 지적할 수 있으나 결과적
으로 선거라는 민주적 절차를 통해 주권자의 심판을 받았다고 볼 때에 대체로

해결됐다고 볼 수 있다는 점이다. 이 점은 6공에 대해서도 같은 정도로 인정될 수 있다. 그러나 3, 4, 5공에 있어서는 절차적 정당성이 전혀 결여되었었다. 그래서 이러한 치명적 결함을 '조국 근대화', '선진조국의 건설' 등 주로 경제발전 성과의 과시를 통해 정치실적의 효율성으로써 보충하려는 시도가 이들 정권들에서 지속되었었다. 김영삼 정부는 비록 절차적 정당성의 문제에 관한 심각한 부담은 없지만 3당 연합에 근거한 그 세력기반의 이중적 구조 때문에 집권주도세력의 문민성을 강조함으로써 6공과의 차별성을 부각시킴과 동시에 이를 실제적 정치실천에서 가시적으로 입증하지 않으면 안되었다. 여기에 '신한국 창조'와 '변화와 개혁'의 구호의 의미를 이해할 수 있다. 그런데 앞에 언급한 이회창 총리 경질을 계기로 하여 김 대통령의 개혁정치의 본질과 한계의 상당부분이 드러나게 됐고 국민 대중에게 실망을 안겨주었다. 이런 맥락에서 많은 언론 매체들은 국내적 미결문제들은 물론 일제의 정신대, 우루과이라운드 등 대외적 문제들과 특히 대 북한 핵문제 및 통일정책 등의 전반적 문제들을 더욱 비판적 시각으로 재점검하기에 이르렀다.

이처럼 한국의 정치체계는 밖에서부터 오는 국제화, 세계화의 도전에 직면하면서 안으로는 오랜 동안 누적되어온 많은 문제들의 중첩된 압력에 시달리고 있는 형편이다. 나는 문제해결의 실마리를 정치적 민주화에서 찾지 않을 수 없다. 심지어는 6공의 노태우 대통령은 공공연히 6·29선언이 함축하는 민주화는 실현됐다고 주장했었지만 내가 보기에는 이른바 문민정부가 들어선 오늘에 있어서도 진정한 의미의 '자유민주적 기본질서'가 아직 확립되어 있지 못하다고 평가하게 된다. 한국의 헌법에 명시된 기본적 국가이념은 자유민주주의이다. 그래서 헌법 전문에 '자유민주적 기본질서의 확립'이 국가의 기본목표임을 밝히고 있다.

2. '자유민주주의'는 하나의 역사적 개념이다. 그것은 서구의 역사에서 비롯되었지만 그 특성에 있어 인류역사의 보편적 산물이며 다른 정치이념들의 전제

또는 기초가 되는 기본이념이라고 볼 수 있다. 그것은 개인의 자유를 근간으로 하는 민주주의이며 민주주의는 국가권력의 궁극적 담지자, 곧 주권자가 국민(인민, 사회구성원)인 정치체제를 일컫는다. 마르크스도 사회주의자 또는 공산주의자이기 이전에 자유민주주의자였다고 볼 수 있다. 인간의 자유의 궁극적 실현, 곧 인간해방은 그 또는 그녀가 의식하건 의식하지 않건 간에 모든 인간이 삶을 영위하면서 추구하는 궁극적 목표라고 말할 수 있다. 다만 그 해석과 추구 방식이 다를 수 있을 뿐이다. 이러한 자유주의적 인간관 또는 가치관에서 볼 때에 모든 인간은 자유주의자로 간주된다. 극우 자유주의는 원자론적 개인 중심의 자유를 추구하는 반면에 극좌 자유주의는 총체적 집합체 중심의 자유를 지향한다. 이 양극 사이에는 다양한 자유주의의 유형들이 있을 수 있다. 극우와 극좌의 자유주의는 저마다 자기의 자유관을 절대화함으로써 그 반대쪽의 자유를 도외시하는 오류를 범하는 데에 공통점을 지닌다. 그토록 교조적 자유주의는 아이러니컬하게도 스스로를 속박하게 되어 부자유스럽게 된다. 독재자도 자유주의자이지만 그의 자유는 자기 혼자만의 자유일 뿐이다. 80년대까지 존속했던 동구 사회주의권에서의 자유주의는 전체주의적 또는 집합주의적 해방을 추구했지만 개인의 자유를 인정하지 않았기 때문에 자기모순에 빠지게 되고 결국 해체될 수밖에 없었다. 극단적 집합주의적 자유주의로서의 전체주의체제는 따라서 일원지배적 독재체제와 마찬가지로 폭력으로써 개인의 자유를 억압한다는 점에서 동등하다. 둘 다 인간존재의 사회성을 망각한 데서 그런 오류를 범한 것이다. 곧 인간의 자유는 사회적 관계 안에서의 자유인 것이다. 사회는 저마다 다른 개인들로써 구성되어 있고 저마다 자유롭기를 원한다. 여기서 나의 자유는 다른 사람의 자유에의 욕구에 부딪힘을 체험하게 된다. 따라서 다른 사람의 자유를 존중하지 않고는 나의 자유가 실현될 수 없다는 인식에 이른다. 이것이 바로 상호성의 원리이다. 이 원리에 근거하여 사회가 구조적으로 형성된다. 서로 도움을 주고받으면서, 묻고 대답하면서, 가고 오면서 인간은 상호의존관계에서 삶을 살아간다. 이러한 쌍방적 행위를 사회적 상호작용이라고 일컫는다.

삶이란 욕구의 충족을 위한 끊임없는 추구과정인데 이 과정은 사회적 상호작용을 통해 전개된다. 이러한 사회 구성원들 사이의 상호작용을 상호성이라고 개념화한 것이다. 상호성의 근거는 욕구충족의 수단이 되는 자원의 희소성에 있다. 욕구의 다양성(자연적, 사회적, 개인적, 집합적, 물질적, 정신적, 보편적, 특수적, 일시적, 항구적 등)에 상응하여 자원도 다양하다(물질, 상품, 돈, 소득, 지위, 권력, 지식, 기술 등). 인류역사는 결국 이들 자원의 획득을 위한 투쟁의 기록이라고 볼 수 있다. 그런데 자원획득을 통한 욕구충족은 합리성의 원리에 의해 가능케 된다. 그래서 이 합리성이 사회형성의 과정적 원리로서 작용한다. 합리성 개념은 인지적-과학적 합리성과 규범적-정치적 합리성의 두 가지 차원으로 구별된다. 전자는 사회적 행위체계에 있어서 수단의 영역과, 후자는 목적의 영역과 관련된다.

요컨대 상호성과 합리성의 원리에 근거하여 사회적 삶이 일정한 형태로 구조지어지고 과정적 흐름을 통해 가능케 되는데 이 두 원리가 제대로 작용하기 위한 전제가 바로 삶의 주체의 자유이다. 오늘날 현대 공업사회에서의 삶의 질이 논의되는데 그것은 결국 사회구성원들이 누리고 있는 자유의 질을 기준으로 하여 평가될 수 있다. 헤겔이 인류역사를 자유의 확장과정으로 본 것은 매우 깊은 통찰이다. 그러나 관념론자로서 헤겔이 정신적 자유만을 중요시했다든지 그의 반대자인 마르크스가 물질적-경제적 자유에만 집착했다고 보기는 어렵다. 아무튼 자유의 핵심적 중요성은 아무리 강조해도 지나치지 않을 것이다.

3. 한국에서는 '자유민주주의'에 대한 오해 또는 인식부족이 정치적 민주화 과정의 부진 또는 침체의 한 주요원인이라고 나는 진단한다. 민주주의는 원래 역사적으로 국가와 국민(백성, 인민) 또는 시민사회 사이의 2원적 또는 다원적 권력의 대립체계로부터 국민의 주권 아래 국가권력을 복속시킨 일원적 통합체계로의 전이과정에서 확립된 국가조직의 원칙으로서 국가권력의 간섭으로부터 해방되어 개인이 오직 자신의 자율적 의사결정에 따라 삶을 영위할 권리, 곧

자유권과, 주권자인 국민의 의사에 기초하여 제정된 사회적 약속으로서의 법 앞에 모든 국민이 평등하게 대우받을 권리, 곧 평등권에 근거한 것이었고 이 자유권과 평등권은 다시금 모든 인간은 자유롭고 평등하게 태어났다는 자연법 사상에 근거했다. 자유권의 내용은 '…으로부터의 자유'라는 소극적 자유(가령 신체의 자유)와 '…에로의 자유'라는 적극적 자유(가령 행복의 추구, 의사표현의 자유 등 정치적 참여의 자유)를 포함한다. 국가는 사회구성원의 의사에 따라 계획적으로 조직된 법적 구성체이므로 이 국가조직의 합리적 운영을 위해 의사소통의 합리화가 필요하고 이를 위한 자유권으로서 의사표현의 자유, 여기서 파생되는 언론, 출판, 집회, 결사(조직결성)의 자유가 국가의 기본법인 헌법에 명시된 것이다.

이것이 정치적 자유권이다. 곧 민주주의 국가는 이 정치적 자유권을 비롯한 기본권을 보장할 의무를 지니며 이 과제를 수행하기 위해 물리적 힘, 곧 경찰, 군대 등 공권력을 독점하게 되었다. 이들 기본적 자유 없이는 인간의 존엄성은 상상할 수 없고 그런 자유가 보장되지 않는 국가는 민주주의 국가라고 볼 수 없다. 이런 의미에서 모든 민주주의 국가는 우선 자유민주주의 국가인 것이다. 모든 민주주의는 앞에 밝힌 것처럼 인간의 자유권과 평등권을 골간으로 하는 국가조직의 방법론적 원칙이기 때문이다. '방법론적'이라 함은 누구도 미리 국가조직의 내용을 결정지을 수는 없고 어떤 문제해결의 방안 내용은 오직 당사자들의 의사형성과 의사결정의 결과로서 나타나게 되기 때문이다. 그런데 한국에서는 정치적, 기본적 자유가 충분히 보장되고 있지 못하다. 곧 '자유민주적 기본질서'가 확립되어 있지 않은 상태에 있다. 그 가장 두드러진 증거가 '국가보안법'이 실정법으로서 효력을 발생하고 있다는 사실인데 이 법은 국민의 의사표현의 자유를 제약하는 것을 그 내용으로 하고 있다. 이것은 그야말로 분명한 자가당착이다. 국보법은 민주주의를 지향하는 국가에서 의사표현의 자유의 한계는 어디인가, 또는 의견의 합법성의 한계는 무엇인가, 의견발표나 주장의 합법성의 근거의 판단규준은 어디에 있는가 라는 물음을 제기한다.

　결론부터 말하자면, 그 해답은 의사표현의 자유를 부정하는 의견만이 허용되어서는 안된다는 것이다. 달리 표현하면, 다른 의견의 표출을 반대하거나 허용하지 않는 한, 모든 의견은 표현의 자유가 보장되어야 한다는 것이다. 곧 자유와 민주주의 자체를 부정하거나 위태롭게 하는 내용의 의사표현은 자기부정을 의미하기 때문에 그런 의사표현의 자유가 보장되는 것은 부당하며 불합리하다는 것이다. 또한 합리적 근거 없이 폭력사용을 고취하거나 정당화하는 내용의 의견도 민주주의에 정면으로 어긋나기 때문에 그 표현의 자유 역시 허용될 수 없다. '폭력행사의 자유'는 사회적 상호성과 자유 자체의 자기부정이며 자기모순의 오류를 범하는 결과를 초래한다. 그러나 현존의 정치체제나 경제체제에 대한 비판적 의견의 표현이나 그런 의견 표현물의 소지행위는 다른 사람의 자유를 침해하지도 않기 때문에 자유와 민주주의를 해친다고 볼 수 없다. 따라서 그런 행위의 자유는 보호되는 것이 자유민주주의에 부합하는 일이 된다. 이 사회에는 서로 다른 의견을 가진 많은 사람들이 존재하므로 서로 다른 의견들의 공존도 인정될 수밖에 없다. 이러한 다른 의견에 대한 존중과 관용이 바로 자유민주주의의 당연한 결과이다. 국보법은 다수의 의견과는 다른 소수의 의견을 단순히 극단적이라는 이유로 자유민주적 기본질서를 보호한다면서 불법시하는데 이것이야말로 자유민주적 기본질서를 침해하는 처사인 것이다. 왜냐하면 아무리 극단적인 내용의 의견이라 할지라도 그 나름의 설 자리가 허용되어야 하기 때문이다. 근본적으로는 어떤 의견의 극단성 또는 과격성에 대한 절대적으로 명확한 평가규준은 존재하지 않는다. 지배층이나 다수의 의견과 다른 의견을 불법화하는 것은 독선적 태도로서 자유민주주의와는 양립할 수 없다. 이 문제에 관한 훌륭한 논거를 존 스튜어트 밀(J.S. Mill)의 '자유론'(On Liberty)이 제시하고 있다. "만일 모든 인류가 한 사람을 제외하고는 똑같은 의견을 가졌다면 인류는 그 한 사람을 침묵하도록 하는 데에 있어서 정당화될 수 없을 것이다. 마찬가지로 만일 그 한 사람이 권력을 가졌다면 그가 인류를 침묵하도록 하는 데에 있어서 정당화될 수 없을 것이다. "(J. S. Mill, On Liberty, Penguin Books,

1974 [1859], 76쪽).

　과거의 독재정권들이 정당성의 결여 때문에 정권안보를 위해 비판적 의견의 봉쇄와 언론통제의 수단으로서 국보법을 악용해온 것은 주지의 사실이지만, 오늘의 김영삼 정부는 정당성 문제에 대한 우려나 정권안보의 부담을 갖고 있지 않기 때문에 국보법을 필요로 하지 않으며 국보법의 존속이 오히려 개혁정치에 걸림돌이 되기 쉽다. '집회와 시위에 관한 법률'의 경우도 마찬가지이다. 국보법은 조속히 폐기되는 것이 바람직하고 집시법은 의사표현의 자유를 최대한으로 보호할 수 있도록 개정되어야 한다. 반면에 폭력은 여하한 형태이든 간에 철저히 금지되어야 하며 각종 폭력범은 지금보다 훨씬 더 강력히 엄벌로 다스려져야 한다. 그래서 말의 자유가 확대, 강화되고 폭력이 사라지는 사회적 평화의 분위기가 확산될 때에 비로소 참된 문민시대가 열릴 것이며 국민들의 경제활동과 일상생활은 새로운 활력으로 넘쳐 자연히 창의력과 생산성의 개발을 촉진하게 될 것이다.

　4. 인간의 삶이 영위되는 장은 자연과 사회와 국가의 복합구조로써 형성된 사회·생태학적 체계이며 이것은 하나의 거대한 흐름체계로 비유될 수 있다. 이 흐름체계에는 위에서 언급한 욕구충족의 수단인 자원들이 사회구성원들의 의사소통의 통로를 통해 흐른다. 이 흐름이 조금도 한순간도 막히지 않고 효과적으로, 그리고 효율적으로 진행되도록 하는 데에 정치의 주요과제가 있다. 이런 관점에서 바람직한 개혁정치의 전략은 다음의 요건들을 충족시킬 필요가 있다. 1) 정부는 사회의 각 분야에서 당사자들로 하여금 자발적으로 다양한 규모와 성격의 조직체를 결성하여 자율적으로, 그리고 민주적으로 운영하도록 돕고 장려한다. 2) 사회질서의 형성과 유지에 있어서 정부는 가능한 한 직접적, 물리적 통제를 피하고 간접적, 동기유발적 통제방식을 선호한다. 사회조직과 사회체계는 일반적으로 자기규율적 통제, 조종기제를 갖추게 되어 그들 사이의 상호작용을 통해 일정한 질서와 제도를 만들고 유지 또는 변경시킬 수 있다. 정부는

다만 자유민주주의를 확고히 정착시키고 전체적 복지수준을 향상시키기는 방향으로 이해집단들과 조직들을 유도해나가는 데에 지도력을 발휘한다. 3) 정부는 여기에 중요한 역할을 수행하는 대중의사 전달매체(매스 미디어)의 민주적 운영을 독려하고 여론수렴과 여론선도의 두 가지 측면을 조화롭게 결합하도록 노력한다. 4) 정부는 정보의 공개와 유통을 최대한으로 보장하고 의견표출과 토론의 기회를 넓혀나간다. 자유민주적 사회와 국가의 발전수준은 그 투명성의 정도에 따라 평가될 수 있다.

의사소통체계는 사회를 유기체에 비유하면 그 신경조직망과 같은 기능을 수행한다. 환경으로부터의 자극을 감지하고 내부의 정보와 지식과 의견들을 수렴, 조정하여 가장 합리적인 문제해결 방안을 마련하는 데에 방법론적 과정기제의 역할을 담당한다. 이러한 의사소통체계가 제 기능을 발휘하기 위해서는 매스 미디어의 확충만으로는 불충분하다. 무엇보다도 먼저 개인들과 집단들과 조직들이 자유롭게 만나서 대화하고 정보를 교환하며 토론할 수 있는 만남과 담론의 공간이 필요하다. 이런 공간을 통해 각 계층의 일반대중을 위한 다양한 사회교육과 정치교육 프로그램이 실시될 수 있고 각 집단과 조직의 자발적 모임이 시간적 제약이나 큰 경제적 부담 없이 쉽게 열릴 수 있도록 하는 것이 긴요하다. 그런데 가령 이 나라의 수도이고 사회의 중요한 기능분야들이 집중되어 있는 서울에는 그런 공간이 매우 부족하다. 크고 작은 규모의 모임들이 장소 부족 때문에 효과적으로 열리지 못한다. 이것은 국가 전체로 보아 눈에 보이지 않는 막대한 자원의 손실이다. 과거의 독재정권이 국민의 의사표현의 자유를 억압하고 언론통제를 일삼은 것이 인지적 자원의 적극적 손실을 초래했다면, 담론의 공간이 충분히 마련되어 있지 않은 상황은 그런 자원의 소극적 손실을 빚어내고 있는 것이다. 서울의 형편이 이럴진대 지방의 도시들과 지역사회 단위들에서도 마찬가지일 것으로 짐작된다. 서울 용산에는 옛 육군본부 자리에 '전쟁기념관'이라는, 이태리의 파시즘 독재자 무솔리니 치하의 건축물을 모방한 듯한 거대한 신축건물이 매우 넓은 대지 위에 세워져 있는데 그 앞을 지날 때마다 위정자의 발상의 치졸함을 개탄하게 된다. 그 좋은 위치에 그 많은 국민의 혈세를 투입하여 하필이면 전쟁을 기념하는 거창한 박물관을 지어놓아야 할 필요성이 절박한가? 자원 활용의 국가적 우선순위가 전혀 합리적으로 마련되어 있지 않음을 사실로써 반증해 주는 사례이다. 대외적으로도 수치스러운 이 건물의 이름과 용도가 조속히 변경되어 시민들이 창조적 담론의 공간으로 자유로이 활용할 수 있기를 바라는 마음 간절하다. 내가 비교적 잘 아는 춘천시에는 도청 소재지로서 지방행정의 중심지이지만 10년 전이나 지금이나 구태의연하게 시민들과 조직들이 자유롭게 모임을 갖고 다양한 프로그램을 실시할 장소가 거의 없다. 17만의 주민이 생물학적으로는 군집생활을 하고 있지만 사회학적으로는 죽은 도시나 다름없다. 거기에는 사람들 사이의 사회적 의사소통과 인지적, 정치적 상호작용이 거의 존재하지 않기 때문이다. 이런 현상은 대부분의 다른 소도시들에서도 공통되리라고 추측한다. 내년에 지방자치단체장 선거가 실시되고 가속적으로 지방자치의 시대가 다가올 것을 예견하면 지역사회에서의 의사소통체계의 확충이 다각적으로, 조속히 이뤄져야 한다는 것은 논란의 여지없이 자명한 필수요건이다.

5. 한국의 자유민주적 정치체제의 정착문제와 관련하여 정부구성 방식에 관해 언급하고자 한다. 최근에 '21세기 위원회'에서 정부조직 유형을 현행 대통령중심제에서 내각책임제로 개헌할 필요성이 공식적으로는 처음 제기됐다. 이 발상은 한국의 사회구조적, 정치체계적 현실여건을 전혀 고려하지 않은 탁상공론이다. 위에서 시사한 대로 한국사회는 아직 현대적 조직사회로서 성숙되지 못한, 보편주의적 합리성 추구보다는 지연, 학연, 혈연 등 특수주의적 이해관심 지향성이 강한 전통사회의 수준에서 탈피하지 못하고 있는 형편에 있고 따라서 정당조직의 민주적 발전수준도 낮다. 그리고 사회과정의 금권지배적 경향이 농후하다. 곧 돈으로 모든 문제를 해결하려는 관행이 일상화되어 있다. 이러한 구조적 여건과 과정적 풍토에서 내각책임제를 도입한다면 정당들과 이해집단

들 사이에 무분별한 결탁과 이합집산이 다반사로 발생하고 금권지배적 유착관계가 구조화될 개연성이 다분히 있다. 정치체계의 무질서와 혼란이 야기될 우려가 있다. 내각책임제가 정상적으로 실시되기 위해서는 적어도 정당 내적 민주화가 어느 정도 이뤄지고 정당조직의 운영과정과 정당들 사이의 교섭과정이 투명하게 드러나는 상황이 조성되어 있어야 한다. 국회의 공식회의들의 진행과정이 텔레비전과 라디오의 생방송으로 그대로 보도되지 못하고 있는 현실부터 시정되어야 한다. 모든 부정과 비리는 행위과정이 백일하에 드러나지 않고 어둠 속에 은폐될 때에 발생하기 마련이다. 모든 일이 공개적으로 행해진다면 그 일의 합리성 수준은 자연히 높아질 수 있다.

6. 바람직한 개혁정치의 목표의 우선순위를 고려해 본다면, 지금까지의 정책방향은 대체로 타자 지향적, 외부 지향적이었다. 자기 정체성, 주체성의 상실의 결과로 남의 장단에 맞추어 춤추는 격이었다. 밖을 내다보되 먼저 자기 자신을 되돌아볼 필요가 있다. 이것을 시간과 공간의 두 차원에 걸쳐 시도해야 한다. 먼저 시간 차원에 있어서 현재는 과거 위에, 미래는 현재 위에 존재하기 때문에 잘못되었다고 평가되는 과거는 가능한 한 신속히 청산되어야 한다. 과거의 현재적 정리 없이 미래로 건너뛸 수는 없다. 그런 비약을 인위적으로 시도하는 경우에는 반드시 새로운 문제를 낳게 되고 그 파급효과로 다른 문제들의 해결도 지연되고 어렵게 된다. 이런 측면에서 한국은 아직도 '집안 정리'가 안되어 있다. 해방 직후 '반민특위법'제정 실패의 맥락에서 최근에는 친일행위자의 재산을 국고로 환수하고 친일행위를 국회차원에서 진상조사하도록 하는 '반민족 행위자 처벌법'의 제정에 대한 논의가 일어나고 있으며 12 · 12와 5 · 18의 진상규명과 책임자 처벌이 완결되지 않고 있다. 역사의 심판에 맡기자는 견해는 역사의식의 결여를 드러내는 것이다. 일제하의 강제군대위안부 징집문제도 마찬가지이다. 현 정부의 근본적인 정책적 방향전환이 시급한 문제들이다.

다음으로 공간과 정책내용의 차원에서는 60년대 이후 공업화 일변도의 외부

지향적 경제성장 정책을 고수해오면서 최근의 UR과 WTO체제 성립에 즈음하여 세계화, 국제화의 물결 속에 무한경쟁을 강요당하고 있는 상황에서 '국제경쟁력 강화'가 최대 문제로 떠오르게 됐는데, 과연 무엇을 위한 공업화, 경제성장, 경쟁이냐 라는 근본적인 물음을 깊이 되새겨봐야 한다고 생각한다. 그런 범지구적 발전추세를 누구도 당장 막을 수는 없다고 할지라도 맹목적으로 대세에 추종해서는 안될 것이며 적어도 그 의미와 결과에 대한 면밀한 과학적 분석을 근거로 하여 현명한 자주적 대처방안을 모색해야 할 것이다. 초점은 인간다운 삶과 자유의 질에 있다. 개인의 행복과 전체 사회구성원의 복지의 질과 수준에 대한 가치평가가 재검토되어야 할 시점이다. 특히 공업화와 경제발전의 성과인 물질적 풍요가 초래하는 자연환경의 오염과 파괴에 대한 정부의 정책이 핵심적 중요성을 지닌다. 그런데 현 정부의 정책 우선순위에서 환경분야가 어떤 위상을 차지하는 지 분명치 않다. 그리고 정책실시 문제와 관련하여 획일적 규제완화조치는 재고되어야 한다. 환경정책에 있어서는 오히려 종래의 규제를 더욱 강화하고 보완할 필요가 있다. 반면에 교육, 문화분야에서는 구시대의 각종 통제장치들을 철폐하고 각 조직과 사업주체의 책임 있는 자율성에 따라 창의력이 제약 없이 발휘되도록 대폭 자유화되어야 한다.

한반도의 민족통일은 새로운 국가건설의 과제와 직결되는 매우 복잡하고 포괄적인 문제이다. 그러나 그것은 여러 가지 분야별 정책들 가운데 하나이며 전부가 아니다. 곧 통일만 되면 모든 문제들이 저절로 풀릴 것으로 착각하는 통일지상주의는 추상적, 비현실적 사고의 오류에 속한다.

바람직한 정치의 주요요건은 다음 세 가지다. 첫째로 역사의식이 투철한 정치이어야 한다. 역사의식이 없는 정치권력은 나침반 없이 항해하는 배와 같이 뚜렷한 목표와 원칙 없이 특수주의적, 근시안적 이해관심에 의해 조종되는 사이비여론의 향방에 따라, 그리고 진정한 민족정기와 주체성을 대변하는 여론을 무시하면서 기회주의적으로 행하기 쉽다. 둘째로 민주적 정치이어야 한다. 무릇 정치란 도덕성을 전제로 하는 현실변경의 총체적 기술이다. 그리고 도덕성의 근본은 정직성과 성실성이다. 민주적 정치는 정치과정의 투명성으로 나타난다. 문민정치의 가장 기본적 요건도 진실성, 정직성이다. 이 요건을 갖춘 정부만이 국민의 신뢰를 얻을 수 있다. 국민이 신뢰하지 않는 정부는 아무리 좋은 정책을 수립했다고 할지라도 이를 효과적으로 실현하기 어렵다. 또한 민주적 정치란 사회구성원의 의견에 의한 현실변경의 기술이다. 국민대중의 적극적 참여와 권력담지자의 책임성 있고 진실성 있는 지도력이 변증법적으로 상호작용하는 가운데 더 높은 수준의 합리성이 사회적 삶의 여러 영역들에서 구현될 수 있다. 대통령책임제 아래서의 정치는 대통령이 마음대로 하는 것을 의미하지 않는다. 대통령은 사회구성원 대다수의 의견을 존중하여 자신의 의견을 정립하고 이를 실현할 수 있어야 한다. 곧 여론수렴과 여론선도의 두 가지 측면을 조화롭게 결합하는 것이 민주적 정치지도자의 일상적 과제이다. 따라서 사회의 각 분야의 이해집단들과 조직들의 자유로운 형성과 이들 사이의 상호작용에 의한 원활한 의사소통과 합의가 이뤄지도록 노력해야 한다. 매스 미디어의 역할의 중요성이 여기에 있다. 물론 민주적 정치의 궁극적 목적은 인간의 자유와 평등을 보장하고 이것이 삶으로 구현되는 사회, 곧 해방된 삶을 실현하는 데에 있다. 셋째로 과학적 정치이어야 한다. 정해진 목표의 달성을 위한 수단의 강구문제는 과학적 합리성에 근거하여 해결되어야 한다. 현대사회에서의 정치는 과학화를 요구한다. 합리성 또는 과학성을 결여한 정책수립과 시행은 실패할 가능성이 많다. 여기서 '합리성'은 수단의 합리성뿐만 아니라 목적의 합리성도 포괄하는 개념이다. 오늘의 대의적 의회민주주의는 의원들의 의정활동에 과학적 전문성이 결여되어 있는 경우가 많다는 문제점을 안고 있다. 의회와 전문가 집단 또는 조직(대학, 전문적 사회조직, 연구소 등)과의 유기적 교류와 상호협력관계가 형성되고 문제해결 중심의 공동 작업이 비관료제적으로 원활히 이뤄져야 한다. 요컨대 조직결성의 자율화, 조직내적 민주화, 조직들 사이의 상호작용의 활성화를 주축으로 하는 사회적 삶의 조직화, 과학화를 통해 전반적 합리성의 수준을 높이는 데에 정부의 주요과제가 있다. 이러한 과제의 실현을 위한, 일반

국민을 대상으로 하는 사회교육의 일환으로서의 '정치교육'을 정부와 정당들이 충분히 해내지 못하는 한국 현실에서는 시민사회의 정치-사회운동 조직들이 개별적으로나 연합하여 추진해나갈 수밖에 없다.

7. 자유민주주의는 사실이 사실로서 밝혀지고 진실이 바로 서는 사회풍토를 조성하는 원동력일 수도 있고 그런 투명한 사회의 결과적 산물일 수도 있다. 그것은 한 사회의 정치체계의 형성원인임과 동시에 효과일 수 있는 이중성을 지닌다. 그리고 자유민주주의적 정치체계의 성숙 없이 성취되는 경제발전은 지난 30년간의 군부독재체제에서의 체험이 보여주듯이 엄청난 사회적, 인적 자원의 낭비와 손실을 치루지 않으면 안된다. 자유민주주의가 어느 정치사회에서나 최우선적으로 실현되어야 할 보편이념이라면 사회주의 등 다른 이념들은 자유민주주의의 기초 위에 세워질 수 있는 특수이념에 해당한다. 앞에서 지적했듯이 한국의 정치체계는 자유민주주의의 확립이라는 기본과제를 적어도 오늘의 국제수준까지는 성취해야 한다. 그러기 전에는 한국이라는 집안은 항상 무질서와 혼돈의 불안정상태에 있을 수밖에 없다. 모든 것이 제 자리에 있는 정돈된 안정 상태로 집안을 정리하는 일이 곧 '자유민주적 기본질서의 확립'이라는 의미에서의 정치적 민주화 개념이 뜻하는 것이다. 자유민주주의가 어느 정도 확립된 상태에서 비로소 다양한 특수이념을 추구하는 정당들이 자유로이 활동하면서 공정한 규칙 아래 상호 경쟁할 수 있게 된다. 앞에 언급한 잘못된 과거의 청산은 정치적 민주화와 병행해서 반드시 추진되어야 할 것이다. 잘못된 과거의 청산은 양심수의 석방, 악법들의 개폐를 포함한다. 이러한 기본적 제도개혁의 전제조건은 정부의 정직성이다. 진실성이 신뢰를 낳고 신뢰가 좋은 정치의 열매를 거둘 수 있는 토양이기 때문이다.(1994.5.22)

➡ 이 글은 1994년 5월 27일 오후 2시, 서울 마포구 불교진흥원 대법당(3층)에서 '개혁과 민주주의, 어디로 가야하나'라는 대주제 아래 열린 '5·18 광주민주화운동 14주년 기념 토론회'(주최: 통일시대 민주주의 국민회의 추진위원회, 후원: 기독교방송, 불교방송, 평화방송)에서 발표된 것이다.

12.3. 민족민주열사, 희생자의 역사적 자리매김과
정신계승 방향(박래군과 공저)

1. 문제제기

한국의 헌법 제1조는 "대한민국은 민주공화국이다. 대한민국의 주권은 국민에게 있고 모든 권력은 국민으로부터 나온다"라고 선언하고 있다. 그런데 우리는 이달에 87년 민주항쟁 10주년을 기념하고 있다. 대한민국의 수립이래, 특히 1961년 5.16 군사쿠데타 이후 오늘까지 진정한 의미에서의 민주주의와 자주독립국가와 민족통일을 실현하기 위하여 민주의식이 투철한 국민 대중들은 고난어린 투쟁을 지속해왔고 고귀한 생명을 바치거나 희생당했다. 노동자들, 학생들을 비롯하여 많은 젊은이들이 분신하거나 투옥되어 옥사하거나 의문의 죽음을 당했다. 이들의 죽음과 희생은 결코 개인적인 이해관심의 추구에서 비롯한 것이 아니고 국가와 민족의 위기를 극복하기 위한 극한적 투쟁의 몸부림에서 초래된 역사적 사건들이었으며 '민주공화국'의 탈을 쓴 독재정권들의 '공권력' 아닌 폭력에 의해 자행된 것이었다.

그들의 죽음이 오늘 우리가 매우 저열한 수준이나마 누리고 있는 민주주의의 기초를 닦는 데에 밑거름이 되었음을 인정하지 않을 수 없다. 그럼에도 불구하고 이 사실은 일반국민들의 의식 속에 확고히 자리잡혀 있지 않은 것 같다. 이른바 '문민정부'라고 자처하는 현 정부도 이들의 죽음을 무관심 속에 방치하고 있지 않는가 의구심을 자아내게 한다.

그들의 죽음은 현 시대를 살고 있는 우리 국민 모두에게 삶의 빚으로 되새겨진다. 따라서 그들은 우리 민족사의 시각에서 올바르게 역사적으로 자리매김되는 것이 마땅하다. 이것은 크게 보아 과거사의 정리 작업에 해당하고 가까이는 현대 정치사의 한 주요부분의 국민적, 따라서 국가적 평가와 정립이라는 과제임을 뜻한다.

2. 민족민주열사와 희생자의 역사적 자리매김 문제

2.1. 민족민주열사들과 희생자들을 하나의 역사적 사실로서 간주한다면 우선 이 '사실'의 객관적 서술과 규명이 필요하고 그 다음에 비로소 이 사실의 역사적 평가, 곧 의미부여가 이루어질 수 있다.

지금의 실정에서는 아직 이들 열사들의 죽음에 대한 객관적인 기초조사 작업이 실시되지 못하고 있고 학문적 연구도 이루어지지 않고 있다. 주로 열사들과 관련된 재야단체인 '전국민족민주유가족협의회'(유가협), '민주화실천가족운동협의회'(민가협), 특정 열사 기념사업회, '민족민주열사추모단체협의회'(추모협) 등에서 열사들의 관련기록수집, 추모사업 등이 산발적으로, 비체계적으로 이루어지고 있을 뿐이다.

추모협에서 집계한 '열사'(민족민주열사와 희생자를 포함하는 포괄개념)는 316명인데, 사망의 원인별로 구분하면, 자발적 의사에 의한 죽음(자결)으로서 분신 70명, 할복 1명, 투신 10명, 음독 2명, 목맴 5명 등 88명이며 타의에 의한 죽음으로서 타살 14명, 옥사 85명, 의문사 47명, 병사 56명, 사고사 26명 등 228명이다. 직업별로는 1) 노동자 전태일(1970) 등 92명, 2) 농민 엄동익(1985) 등 4명, 3) 학생 김상진(1985) 등 59명, 4) 도시빈민 이재식(1989) 등 9명, 5) 재야인사 기종도(1982) 등 22명, 6) 시민 이정순(1991) 등 4명, 7) 장기수 권창수(년도미상) 등 101명, 그리고 8) 군경 정성희(1982) 등 25명이다. 이 통계에서는 광주민중항쟁 기간 중에 사망한 이들이나 그와 관련하여 사망한 경우, 삼청교육대와 같은 경우는 제외되어 있다.

열사들의 죽음의 시기별 발생빈도를 보면, 박정희 정권시기에 66명, 전두환 정권시기에 78명, 노태우 정권시기에 110명, 김영삼 정권시기에 58명으로 드러나고 있다. 박정권 아래서는 옥중에서 사망한 장기수의 숫자가 대부분을 차지하는데 이는 특히 사상문제로 수감되었거나 사회안전법에 의해 재수감된 장기수들에게 가해졌던 고문과 인권유린(사상전향 공작)이 매우 강도 높게 영향을 미친 것으로 추정된다. 박정권 시기에 그 이후의 열사들의 투쟁의 전형을 이루는 모든 형태들이 나타났다. 곧 분신(전태일), 할복(김상진), 투신(김경숙), 의문사(최종길), 사형(인혁당) 등의 형태들이 모두 발생했고 이후 정권들의 시기에도 이런 다양한 죽음의 형태들이 계속 나타났다. 가장 극단적인 투쟁의 형태인 자결이 두드러지게 나타난 것은 전두환 정권 때인데 이 시기에 분신이 17건에 이르렀고 노태우 정권에서는 분신이 2배 이상 증가한 36건, 김영삼 정권에 들어와서도 16건이나 되었다.

이들 죽음의 형태는 다양하지만 그 공통의 성격은 인간의 존엄성의 보장, 민주주의의 실현, 조국통일의 성취에 대한 주장을 내용으로 하는 고도의 정치성을 띤 것이었다. 그것은 각 정권의 반민주성과 폭력지배체제에 대한 직접적이며 격렬한 저항을 죽음의 형식으로써 표출한 것이기 때문이다. 그러나 각 독재정권은 이들의 죽음을 묵살하였고 인권탄압 상황과 반민주적 정치현실은 거의 개선되지 않았기 때문에 죽음은 계속 이어졌고 억압의 방법도 정교화되는 악순환이 지속되어 왔다.

비판적 의견표출의 길이 완전히 막힌, 극심한 언론통제 아래 오직 획일적 관제언론만이 휩쓸고 국민은 침묵을 강요당한 박정권 시기에 비인간적이며 불의한 노동현장의 실상을 폭로하며 시정을 촉구하기 위해 처음으로 분신이라는 극단적 방법으로 절규한 것이 1970년 전태일의 분신사건이었다. 전태일 군이 문자 그대로 자기 몸을 불태움으로써 의사표현을 할 수밖에 없었던 것은 그 정도의 당시의 박정희 정권의 폭력성과 잔인성을 반증해주는 것이다. 의문사의 경우는 민주사회에서는 당연한 비판적 의견발표나 집회에의 참여 등을 불법시하여 당국에 연행되어 이른바 조사를 받는 과정에서 해당 국민에게 가해진 잔인한 고문 등에 의해 타살된 사실을 자살 등으로 은폐한 것이 대부분일 것으로 추정된다. 이러한 사실의 은폐와 조작은 폭력지배체제로 전락한 박정권과 그 이후의 독재정권들의 일상적 기본업무에 속하는 것이었다. 폭력은 거짓을 낳고 거짓은 폭력을 유발한다는 것이 역사적으로 실증되는 사례들이라고 볼 수 있다.

옥사의 경우는 대부분 인간의 생각, 특히 특정의 정치적 사상을 견지함을 불법으로 간주하는 독재정권의 위헌적 작태가 빚어낸 비극이었다. 사상전향의 공작대상이 된 장기수들이 당한 고문의 후유증이 악화되어도 치료받을 기회를 얻지 못하고 방치된 나머지 죽음에 이르게 된 것으로 추정된다. 지난 군사독재 정권 아래서의 인간존엄성과 인간기본권의 실종, 민주주의의 파괴, 사회정의의 형해화, 국가권력의 폭력화의 비극적 사회현실을 열사들은 죽음으로써 만천하에 고발한 것이다.

민주화운동의 측면에서 본다면, 그 운동조직의 미숙성으로 말미암아 박정희 정권과 전두환 정권의 시기에는 열사들의 죽음형식은 운동 강화와 선도적 투쟁의 성격이 강하다고 볼 수 있으며 그 이후에는 운동역량의 발전과 더불어 첨예화된 문제의식의 관철방법으로서 열사들의 죽음이 잇따르게 되었던 점이 없지 않았다. 특히 문민정부라는 김영삼 정권에 들어와서도 58건의 죽음이 발생했고 그 중에 분신이 16건에 이르는 것은 심각한 문제가 아닐 수 없다. 이제는 개인적 결단에 따른 죽음이라는 극단적 저항방식이 정치적, 사회적으로 크게 반향을 불러일으키지 못하는 것처럼 보인다. 그 이유는 아마도 상대적으로 김정권 아래서는 여론추종의 소극적 태도로나마 잘못된 과거청산의 시도와 제도적 개혁 추진의 의욕표명과 절차적 민주주의의 개선노력이 미흡하나마 어느 정도 이루어지고 있는 듯한 인상을 주는 데에 있는 것 같다. 그러나 다른 한편 그러한 정치적 죽음이 지속되고 있는 사실과 그 효과의 미약함을 인명경시와 자포자기의 사회풍조나 정치적 냉소주의가 사회에 만연되어 있는 데에도 원인이 있다고 해석할 수 있을 것이다.

2.2. 위에서 열사들의 죽음과 그 역사적 문제상황을 대강 살펴보았는데 그들의 죽음을 올바르게 자리매김하는 데에는 다음의 문제들이 해결되어야 할 것으로 생각된다.

1) 시기획정의 문제이다. 1961년 5.16 쿠데타 이후 또는 그 이전부터 언제까지 한정할 것인지를 정해야 할 것이다. 그런데 문제는 그러한 정치적 죽음은 아직

도 진행형이라는 데에 있다. 아마도 국가와 정부가 완전히, 적어도 선진국 수준으로 민주화되기 전에는 새로운 열사의 죽음이 발생할 가능성이 있을 것이다.

2) 명칭(개념)의 적용문제이다. 열사, 의사, 지사, 희생자 등 다양하게 일컬어진다. 다양한 명칭이 필요하다면 그 적용기준의 설정이 필요하다. '희생자'의 범주에는 타살, 의문사, 옥사, 사고사, 병사 등 주로 타의에 의한 죽음의 경우들을 포괄하는 듯하나 각각 그 이유와 정황과 당사자의 주장과 행위 등에 따라 민주유공자 또는 민주희생자로 분류하는 것을 고려할 수 있겠다. '민족민주'라는 수식어도 적절한지 검토해야 할 것이다.

3) 사례의 조사가 더욱 철저히, 그리고 정확히 이루어져야 한다. 316명이라는 통계가 완벽한 것인지 재검토되어야 할 것이다. 여기에는 다시금 범주와 평가기준의 설정이 전제된다.

4) 열사들의 역사적 자리매김은 국가적 과제로서 인식되어야 한다는 데에 국민적 합의가 이루어져야 한다. 이것은 다음 정권의 의지와 실천력에 기대를 걸 수밖에 없으나 그 실현을 앞당기도록 차기 대통령선거 입후보자들의 주요정책문제로 거론하는 것이 바람직하다.

3. 열사들의 정신과 의미

열사들은 인간 존엄성, 민주주의, 그리고 민족통일의 실현을 위해 고귀한 생명을 바쳤거나 희생당했다. 열사들의 공통된 정신과 삶의 의미는 다음과 같이 요약될 수 있을 것이다.

3.1. 생명초월의 가치지향성

무릇 모든 생명체는 삶을 살기 위해 자기의 생명보존, 곧 자기보존이라는 원초적 욕구를 지니고 있고 이 가장 기본적, 보편적인 욕구를 전제로 하여 다른 욕구들을 충족시킴으로써 생존해 나간다. 특히 인간은 진, 선, 미, 평화, 정의 등 다양한 가치의 실현을 지향하는 것을 그 삶의 내용으로 삼는다. 그런데 만일

한 인간이 이들 가치실현의 전제조건이 되는 자기 자신의 생명, 곧 자기존재 자체를 버림으로써 그 어떤 가치를 실현코자 한다면 이것은 자기모순이거나 아니면 자기의 생명보다 더 드높은 가치가 있다는 것을 말해준다. 열사들은 후자의 생명초월의 가치를 실현코자 하나밖에 없는 생명을 던진 것이다.

3.2. 인간해방의 철학

열사들은 인간해방의 횃불이었다. 그것은 개인적 해방이 아니라 민족적, 사회적 해방을 위한 횃불이었다. 그것은 사회적 존재로서의 인간의 궁극적 자유에 대한 갈구를 외치는 행동의 언어였다. 그것은 부자유와 억압과 불의에 대한 저항의 절규였다.

3.3. 국가의 존재이유에 대한 물음의 제기

열사들의 죽음은 폭력지배체제로 전락한 정권에 의해서 빚어진 결과였다. 국민의 생명을 보호하고 자유를 보장해야 할 국가권력이 자유를 억압하고 인간존엄성을 유린함으로써 폭력화한 현실을 직시한 열사들은 국가의 존재이유에 대하여 근본적 물음을 제기하며 폭력국가의 총체적 변혁이 없이는 인간다운 삶이 이루어질 수 없다는 민주국가 건설문제의 절박성을 몸의 횃불로써 외친 것이다.

3.4. 민족민주운동의 발전과 그 영향의 상승효과

열사들의 죽음은 당시 처한 상황에서 민족민주운동의 활로를 개척하는 데에 크게 기여했다. 전태일의 죽음으로 인해 노동자의 현실에 대해 전체사회가 관심을 기울이게 했으며 그 이후 노동운동에 적극적인 방향설정이 이루어졌다. 그 뒤에 박종만, 박영진 등 노동자의 죽음은 1980년 이후 노동운동의 비약적인 발전을 이루는 토대가 되었다. 김의기, 김종태, 김태훈 등의 죽음은 광주학살 문제를 수면 위로 부상시키며 80년대 내내 광주학살 진상규명과 책임자 처단이라는 문제를 제기하게 하였다. 또한 김세진, 이재호의 죽음은 미국제국주의의 문제를, 조성만의 죽음은 조국통일투쟁의 활로를 여는 역할을 했다. 아울러 열사들의 죽음은 반민주적인 정권의 본질을 폭로하고 이에 대한 대중들의 투쟁을 촉발시키는 계기로 작용했다. 이에 따라 이들 죽음의 영향력을 없애기 위해 독재정권들은 시신을 탈취하거나 돈으로 유가족을 매수하거나 장례행렬을 저지하는 등의 온갖 치졸한 술책까지 종종 사용했다.

4. 열사들의 정신계승의 방향
4.1. 열사기념, 정신계승사업의 현상황

현재 열사들을 기리는 작업은 세 축으로 이루어지고 있다.

첫째로 열사들의 유가족들로 이루어진 유가협을 통해 가족을 잃은 피해 당사자들이 주축이 되어서 진행하는 것이다. 이들의 움직임은 한동안 매우 상징적인 것이었으며 민가협과 더불어 피해자 집단의 운동을 개척해 갔다. 특히 의문사 문제의 경우에 유가협이 거의 떠맡고 있다시피한 상태이다.

둘째로 개별 열사의 추모사업회의 움직임이다. 몇몇의 경우는 단순한 추모사업회나 기념사업회의 한계를 넘어 부문운동을 일구는 데에 핵심적인 역할을 담당하기도 했다. 가령 7,80년대에 합법적인 운동공간이 없던 때에 전태일 열사 기념사업회는 한 명의 열사를 기리는 사업에서 그친 것이 아니라 노동운동의 발전에서는 빼놓을 수 없는 위치를 차지하게 되었다. 그러나 다른 열사들의 경우에 각각 추모사업회가 있는 것은 아니다. 이는 열사들이 처했던 조직적인 관계나 기반의 유무와 깊이 관련되어 있다. 대부분의 열사별 추모사업회는 결성 초기에는 추모비 건립, 자료집이나 문집의 발간 등의 사업을 추진하다가 차츰 동력이 떨어지고 매년 추모식을 거행하는 등 조직유지에 급급하게 된다. 개별 추모사업회는 현재 전국적으로 약 30개 정도가 활동하는 것으로 보이지만 조직 운영의 한계는 명확하며 앞으로의 활동방향의 설정을 놓고 고민하고 있는 경우들이 많다.

셋째로 열사들을 전체적으로 기리는 활동으로서는 민족민주운동 진영에서 갖는 추모식 정도이다. 1990년부터 진행되어온 합동추모제가 있으며 1996년부터는 추모단체연대회의가 지금까지의 소극적인 활동을 넘어서서 적극적으로 열사들의 정신계승을 위한 사업을 추진하고 있다. 그럼으로써 개별 추모단체의 한계를 넘어 정치적인 영향력을 더 높이려는 노력이 경주되기는 하지만 그 성과는 아직 매우 제한적일 수밖에 없다.

이렇게 열사들의 추모, 정신계승 사업이 지지부진한 것은 먼저 민족민주운동 진영이 이들 열사들의 죽음에 많은 음덕을 입었음에도 불구하고 이들의 정신을 차츰 잊어가는 경향이 있고, 다음으로 열사들의 숭고한 죽음의 의미를 민족사적 시야에서 제대로 인식할 줄 아는 진정한 민주정부를 이 나라의 주권자인 우리 국민 모두가 아직도 선택하지 못한 데에 그 원인이 있다고 본다.

4.2. 열사들의 정신계승의 방향

열사들의 정신계승의 올바른 방향은 위에서 논의한 열사들의 죽음에 대한 역사적 자리매김이 올바르게 이루어짐에 따라서 자연적으로 도출될 수 있다. 열사들의 정신계승은 다음과 같은 정책목표를 실현하는 방향으로 거족적으로, 그리고 거국적으로 제도화될 필요가 있다

1) 정부는 열사들의 숭고한 죽음이 민주국가 건설의 초석임을 인식하여 각 열사의 의거의 장소에 유적비를 세우고 국민들의 의식 속에 역사적 교훈으로 되새기도록 해야 한다.

2) 정부는 모든 열사들의 죽음을 기념하는 날을 정하여 국가적으로 추모하도록 해야 한다.

3) 열사들의 역사적 행위가 국정 교과서에 수록되고 각 교과과정에서 그 숭고한 정신이 가르쳐져야 한다.

4) 열사들의 정신선양회(가칭)가 유족들을 중심으로 창설되어 민주주의의 정치의식과 민족공동체의 사회의식을 함양하는 정치교육과 사회교육의 장의 역

할을 수행해야 한다.

이들 원칙들이 실현되기 위해서는 우선 다음과 같은 구체적인 방안들이 국회에서 논의되어 입법절차를 거쳐 실시되어야 한다.

1) 민관 합동의 심의위원회를 설치하여 열사들에 관한 자료의 수집과 분석, 신고의 접수, 열사들의 '민주유공자'(가칭)로서의 인정기준의 설정과 대우방식 등을 정하도록 해야 한다. 현행 국가유공자에 관한 법률은 반민족적, 반민주적 인사들까지 포함하고 있는 모호성을 지니고 있으므로 개정되어야 한다.

2) 현재 흩어져 있는 열사들의 묘역을 한 자리에 모아서 민주유공자 묘역을 설치해야 한다. 4·19 국립묘지처럼 경우에 따라서는 가묘라도 설치해야 한다. 기념관도 건립해야 한다.

3) 위의 1)항과 관련하여 열사들에 대해서는 포상을 하고, 그 유가족에 대한 연금지급 및 유자녀에 대한 장학금 지급을 하도록 해야 한다. 민주국가 건설에 크게 기여한 열사들과 그 가족들에게 이 정도의 보상은 지극히 당연한 것이다.

4) 열사들의 정신을 거국적으로 기리는 동시에 그 정반대의 측면에서 독재권력자와 폭력지배체제의 유지에 부역한 자들에 대한 공직 및 서훈의 박탈과 처벌이 역시 거국적으로 진행되어야 한다. 이것은 그릇된 과거의 청산운동의 일환으로서 지속적으로 진행되어야 한다. 정의로운 저항의 대상이었던 그들이 민주정부가 들어선 뒤에도 원래의 자리나 요직을 그대로 차지하는 상태에서는 열사들을 기념한다는 것은 자가당착일 뿐만 아니라 이를 왜곡시킬 위험성이 있기 때문이다. 독재권력의 핵심부와 언론기관의 요직에 있으면서 열사들의 저항의 의미를 적극적으로 왜곡시켰던 인사들, 경찰이나 안기부 등에 몸담고 있으면서 선량한 민주시민과 열사들에게 잔학한 고문과 폭행을 가했던 자들, 부당한 기소와 판결로써 고귀한 목숨을 잃게 한 사법부의 법복을 입은 권력의 노예들이 청산의 대상일 것이다.

그러나 이러한 과거청산의 민족적 과업은 위에서도 언급했듯이 진정한 민주정부의 수립이라는 지상목표가 달성된 다음에 비로소 성취될 수 있을 것이므로 그 이전에는 범시민사회의 차원에서 광범한 시민계층이 참여하는 '민족민주열사 범국민추모사업회'(가칭)를 구성하여 과도기적으로 기념사업을 추진해 나갈 수 있을 것이다.

5. 맺는말

열사들의 죽음은 아직도 현재진행형이다. 그들이 죽음으로써 제기한 민주국가의 건설과 민족통일의 과제들이 아직도 미해결의 상태에 놓여 있을 뿐만 아니라 그런 본질적으로 동일한 문제와의 싸움에서 폭력화된 불의의 권력 아래 선량한 민주시민들이 죽어가고 있기 때문이다.

이들의 죽음을 잊는다는 것은 우리 자신의 인간성을 스스로 파괴하는 어리석기 짝이 없는 불행한 처사이며 우리와 우리 후손들이 건설할 미래의 초석을 허물어뜨리는 노릇이다. 어둠과 불의의 장막이 아직 완전히 걷히지 않고 있는 오늘을 살고 있는 이 땅의 우리는 과거의 반인간적, 반민족적, 반민주적 독재정권에 의해 대부분 피지 못한 꽃망울로 꺾여 스러져간 열사들의 죽음의 의미를 최대한 널리 홍보하고 기리는 일에 정진함으로써 우리의 삶을 해방된 삶으로 변혁시켜 나가야 할 것이다. 여기에 열사들의 죽음은 바로 우리의 희망의 등불이다.

➡ 이 글은 1997년 6월 5일 '민족민주열사, 희생자 추모(기념)단체 연대회의' 주최로 서울 성공회대성당 대회의실에서 열린 '민족민주열사, 희생자, 의문사 명예회복을 위한 제2차 학술회의'에서 발표된 것이다.

박래군 씨는 1961년 경기도 화성 출생, 연세대 국문과를 졸업(1981~1990. 2)했는데, 대학 2학년 때 시위관련 무기정학, 3학년 때 학회장으로서 시위관련 강제징집 당했고 1985년 제대하여 그 해에 인천지역 공장노동자로 취업, 노동운동에 참여했으며 1986년 5월 한미은행 영등포지점 점거사건으로 구속되어 13개월 징역형을 겪었고 1987년 7월 석방되어 복학, 글쓰기에 열중하며 유가협 사무

국장을 역임했고, '인권운동 사랑방'에 적극 참여해왔다. 그는 현재 인권재단 '사람'에서 상임이사로서 일하고 있다.

그의 동생 박래전 열사(1963. 4. 17～1988. 6. 6)는 숭실대 국문과 3학년(숭실대 제20대 인문대학 학생회장 당선) 재학 중 1988년 6월 4일 숭실대 학생회관 옥상에서 "광주는 살아있다", "청년학도여, 역사가 부른다. 군사파쇼 타도하자!"라고 외친 후 온몸에 신나를 뿌리고 불을 붙인 후 분신했다(전국민족민주유가족협의회, 민족민주열사/희생자 자료집: "살아서 만나리라", 1997 참조).

12.4. 5월 광주 20년: 시민사회의 가능성

1. 5·18 광주민주화운동의 역사적 의미

5·18 광주민주화운동은 그 20주년을 맞는 오늘에도 우리로 하여금 국가의 존재이유 또는 정체성, 국가와 사회의 관계, 권력과 폭력의 차이, 시민사회의 출현과 조직화 등의 문제들을 재성찰하도록 촉구한다.

1980년 5·18 '광주민중항쟁'은 직접적으로는 1979년 10·26과 12·12에서 싹텄고 그 뿌리는 1961년 5월 16에 있었다. 간접적으로는 해방정국에까지 거슬러 올라갈 수 있다. 그것은 그 이전에 존재해온 군사독재체제, 곧 폭력지배체제('권위주의체제'가 아님!)의 필사적 모험극이었고 그로 말미암아 자초한 자신의 종말의 시작이었다고 볼 수 있다. 그것은 마침내 1987년 6월 항쟁에서 절정을 이루어 민주화의 공식적, 제도적 성과를 '6·29 선언'으로써 얻어냈다. 따라서 그것은 한국의 민주화 투쟁사에 있어서 분수령을 긋는 역사적 사건이었다(5·18의 뒤에는 18-9년 전에 5·16이 있었고 5·18의 앞에는 18년이 지나서 해방이후 최초로 여야 정권교체가 이루어져 '국민의 정부'가 출범했다). 그러나 그것은 넓게는 인간해방에의 몸부림이며 좁게는 민주적 국가와 열린사회, 곧 시민사회를 확립하고자 하는 의지를 실천에 옮겼으나 한 어린 좌절을 감수해야 했다.

'민주주의는 피를 먹고 자라는 나무와 같다'는 말이 실감나게 떠오른다.

2. 국가와 사회와 삶

국가는 사회의 자기조직의 한 형태이다. 사회는 자연발생적으로 형성되는 반면에 국가는 특정 사회의 구성원에 의해서 의도적으로 결성된 초거대 조직이다. 사회학적 기본개념들 가운데 집단과 조직의 구별은 바로 사회와 국가의 차이에도 그대로 적용된다. 그러면 사람들은 왜 사회를 이루고 국가를 조직하는가? 그 근본이유는 삶을 살기 위해서이다. 삶이란 무엇인가? 그것은 삶의 주체인 인간의 욕구를 충족시키고자 하는 끊임없는 추구과정이다. 우선 욕구 자체에 초점을 두고 보면 많은 구체적 욕구들의 충족문제는 결국 두 가지의 추상적이며 보편적인 욕구, 곧 실재를 알고자 하는 욕구(인지적—과학적 욕구)와 실재를 변경시키고자 하는 욕구(규범적—정치적 욕구)의 충족문제로 귀결됨을 일 수 있다. 그런데 욕구충족을 위해서는 그 수단이 되는 자원을 필요로 한다. 자원 획득을 위해 사람들은 서로 주고받는 상호작용 관계를 맺게 된다. 이것이 곧 사회형성의 구조적 원리인 '상호성'(reciprocity)이다(대조적 관점: 마르크스주의적적 유물론적 사회구성론, 변증법적 역사발전의 원리와 모순됨). 그리고 자원의 획득을 효과적으로, 그리고 효율적으로 하기 위해 노력하게 되는데 이를 '합리성'(rationality)이라고 개념화하며 이것이 곧 사회형성의 과정적 원리이다. 사회는 사람들 사이의 상호성의 전개결과로서 나타나는 복합적 관계망인 '사회구조'를 이루게 되고 이것이 규범화될 때 '사회제도'로 정형화하게 된다. 이러한 욕구충족에의 합리적 추구의 결과로서 출현한 것이 바로 '국가'라는 초거대 조직이다. 국가는 사회구성원들에 의해서 그들 사이의 힘(power)의 관계(constellation)를 기초로 하여 계획적으로 조직된 것이다. 다시 말하면 국가는 곧 사회의 자기조직화의 결과물이다. 그래서 여느 조직과 마찬가지로 국가도 목적, 곧 건국이념을 가지며 위계서열체계와 기능적 분업체계를 마련하고 있다. 실제로는 국가는 힘있는 자의 대사회적 지배체계인 경우가 대부분이다. 국가는 사회로부터 나왔지만 그 성립과정과 조직 및 운영방식에 따라 양자 사이의 상응, 보합, 갈등, 소외 등의 관계가 있을 수 있고 그 위상의 진화유형을 사회에 대한 국가우위의 관계, 국가와 사회의 수평적 대등관계, 국가에 대한 사회우위의 관계로서 특징화할 수 있다.

3. 권력과 국가권력과 폭력

우선 권력의 보편성에 주목할 필요가 있다. 권력은 욕구충족의 수단이 되는 자원의 생산, 획득, 소유, 분배, 처분 등의 결정능력이기 때문이다. 우주론적 관점에서도 존재하는 모든 대상에는 에너지, 곧 힘이 내재되어 있음은 주지의 사실이다. 동양적 세계관에서는 이를 기(氣)라고 일컫는다. 그것을 자연적 권력(natural power)이라고 한다면 인간사회에 있어서는 사회구조에 기인하는 힘, 곧 사회적 권력(societal power)이 있고 정치적 권력, 경제적 권력, 문화적 권력 등 사회의 각 기능분야에는 필연적으로 권력현상이 나타난다. 이 사회적 권력은 욕구충족의 수단이 되는 자원에의 접근 가능성과 긴밀히 연관되어 있다.

사회적 권력의 형성에는 행위주체들의 자원획득을 중심으로 하는 상호작용적 측면, 곧 상호성(구조적 맥락)과 함께 자원에의 실제적 접근방식의 합리성(과정적 맥락)이라는 두 가지 측면이 작용한다. 여기서 '상호성'이란 권력이 사회적 상호작용 과정에서 당사자 사이에 권력의 존재에 대한 상호인정을 전제로 한다는 것을 의미한다(이에 관해서, 그리고 특히 '합리성' 개념에 관해서는 1997, 1995 참조). 정치적 권력의 기초는 권력담지자(권력행사자)가 권력을 지니고 있음을 권력복종자(권력접수자)가 인정하는, 곧 권력담지자의 권력행사를 정당한 것으로 수락하는 정당성(legitimacy)의 인정과 함께 정치적 자원을 지니고 있는 데에 있다. 정치적 자원은 주어진 실재를 변경시킬 수 있는 능력을 의미하며 특히 자원배분구조 또는 제도의 변경에 대한 결정능력을 뜻한다. 경제적 권력의 기초는 자원 소유자가 다른 사회구성원들로부터 그 소유자원의 소유권을 인정받고 그 소유자원을 사용하거나 처분할 능력에 근거한다. 문화적 권력은 특정인이 문화적 자원, 곧 가치실현의 능력, 가령 기술, 지식, 창의력 등을 지니고 있음을 다른 사회구성원들에 의해 인정받고 그러한 자원을 운용하는 능력에 있다.

이처럼 사회적 권력은 각각 그 기능분야 안에서 생성, 변화하는데 이를 '권력의 기능적 자율성'이라고 일컬을 수 있다. 가령 정치적 권력은 정치체계의 기능적 논리에 의해서 생성, 변화한다는 것이다. 이른바 정경유착에서 발생하는 대표적 부정부패 유형인 뇌물수수는 권력의 기능적 자율성이 침해 또는 파괴되는데에 기인한다. 그것은 돈이라는 경제체계에서의 자원교환매체가 정치체계나 문화체계의 권력과정 속에 개입되어 정치나 문화의 고유기능의 발휘를 왜곡, 변질시키는 결과를 빚어낸다. 그러나 권력의 기능적 자율성은 하위체계들 사이의 상호의존성과 상치되는 것은 아니다. 전체 사회의 존속 유지를 위해서 각 하위체계들은 상호의존관계 속에서 서로 영향을 주고받지만 각 하위체계 안에서의 권력형성은 그 체계의 고유한 논리에 따라 이루어지고 거기에 특정 하위체계 안에서의 권력의 질적 특수성, 따라서 각 권력유형들 사이의 질적 차별성이 존재한다. 곧 정치체계에서는 실재변경에 관한 합리적 의견이 권력형성의 주요 요소가 되고, 문화체계에서는 가치의 창조 또는 재현능력이 문화적 권력의 형성요인으로 작용한다. 경제체계에서는 자원의 사용가치와 교환가치의 측정수단인 돈이 경제적 권력의 구성요인이다. 정치권력은 공공여론과 담론의 장인 공공영역에서, 문화 권력은 가치창조와 재현의 장인 문화공간에서, 경제 권력은 자원의 생산, 교환, 소비의 장인 시장에서 생성, 변화한다(배동인 1998: 175 이하).

국가권력의 정당성 여부는 절차와 실적의 두 차원에서 판단된다. 절차는 국가권력의 성립과정에 해당한다. 절차의 판단기준은 민주주의원칙과 이에 근거한 법적 제도에 있고 실적의 판단기준은 권력담지자의 권력행사의 결과에 대한 넓은 의미의 합리성 수준에 있다. 민주적 절차는 국민에 의한 국가권력 담지자의 선정에 이르기까지 의사형성과정(선거기간의 의사소통, 토론, 여론형성)과

의사결정과정(투표)이 자유롭고 열린 분위기 속에서 투명하게 보장됨으로써 이루어진다. 정치실적의 합리성은 정부를 비롯한 모든 국가조직의 운영에서 추구되는 정책실행의 효과성(목표달성 여부)과 효율성(적용수단의 적정성 여부)은 물론 기본인권인 자유권과 평등권의 보장, 사회적 평화와 안정구축, 정의의 실현, 사회복지 수준의 향상 등 헌법적 기본가치의 구현을 내포한다. 민주적 절차가 권력의 정당성 획득을 위한 필요조건이라면 합리적 실적은 그 충분조건이라고 볼 수 있다.

한국의 역대 정권의 정당성 충족정도를 가늠하는 것은 별도의 논의주제이지만, 특히 제3공화국, 유신체제, 제5공화국의 기간(1961. 5. 16~1987. 6. 29)에는 폭력에 의한 정권창출과 폭력적 통치행태로 일관되어온 폭력지배체제가 구축되었었다. 국가권력의 폭력화가 오랜 동안 지속된 것이다. 여기서 권력과 폭력의 개념적 차이를 분명히 할 필요가 있다. 권력이 위에서 설명한 대로 상호성에 근거한 반면에 폭력은 그렇지 않은 데에 결정적 차이가 있다. 폭력은 다섯 가지의 속성을 갖고 있다. 언어배제성, 일방성, 강제성, 사회관계의 수직성, 그리고 파괴성이 그것이다(배동인 1987). 폭력으로서의 힘의 행사에 대한 사회적 수락(social acceptance), 곧 사회구성원의 동의가 상호성의 충족을 뜻하며 그 결과로서 국가가 독점한 폭력은 더 이상 폭력이 아니라 권력화한 것으로서 질적 변화를 수반했음을   의미한다(Weber나   Marx에게서조차,   또한   독일에서의 Gewaltenteilung(삼권분립) 용어사용에서 아직도 폭력과 권력의 질적 차이가 분명치 않음을 보여준다). 다시 말하면 정당성을 인정받지 못한 국가권력은 여전히 폭력에 불과한 것이다. 그래서 모든 국가권력은 우선 정당성을 인정받을 필요가 있고 그러기 위해서는 사회구성원들의 동의를 얻는 일정한 절차를 거치게 된다(예: 과거의 체육관 선거) (Wrong, 1995: 103 이하; 배동인, 1998: 178-9). 독재체제나 전체주의체제에서의 국가권력은 흔히 형식적 절차를 통해 국민의 동의를 얻은 것으로 간주되는 경향이 있지만 그것은 실은 '동의 없는 동의'(consent without consent, Chomsky 1997: 222-46)에 불과하다.

4. 광주의 5월과 시민사회

5·18 사건은 폭력의 악순환을 보여주었다. 초기의 민중의 비폭력적 저항은 마침내 폭력적 저항으로 반전되었고 이는 폭력지배체제의 적나라한 폭력에 대한 정당방위의 성격을 띤 것이었다. 그것은 폭력화된 국가권력에 대한 주권자로서의 대응적 또는 반작용적 폭력이었다. 시위대중은 총기류를 탈취하여 '시민군'으로 조직화하게 되었고 국가권력 담지자는 이들을 '폭도', 곧 적으로 간주했으며 양쪽은 서로에게 총을 겨누는 극한적 대결상황으로 치닫게 되었다. 그것은 폭력지배체제와 시민사회 사이의 전쟁 상황이었다.

여기서 논란이 된 것은 주한미군이 어느 정도로 신군부의 광주지역에의 전투병력 투입에 개입했느냐의 문제였다. 당시 광주에서의 문제 상황은 미국은 한국에게 무엇인가라는 근본문제에 대한 성찰을 요구했다. 무릇 한계상황에서 행위주체의 정체성은 드러나기 마련이다. 1980년 5월의 광주는 그러한 하나의 한계상황이었고 거기서 미국의 태도를 규명하려는 민주화 운동권의 의문제기는 아마도 1950년대 초 한국전쟁 때의 '혈맹'이며 '우방국'인 미국에 대한 기대가 적지 않은 데서 나왔다고 볼 수 있을 것이다. 이런 기대는 다분히 무의식중에 자기중심적인 관점에서 현상을 보고 평가하는 데서 기인한다. 그러나 미국은 한국을 위해서 존재하는 것은 아니다. 미국이 모든 정책결정에서 그들이 중요시하는 그들의 '국가이익'을 최우선적으로 고려하리라는 것은 한국이나 다른 어느 국가의 경우에도 똑같이 해당된다. 아마도 이것은 모든 행위주체에 그대로 해당되는 보편적 타당성을 지니는 삶의 원리일 것이다. 각 행위주체는 일반적으로 저마다 어느 상황에서나 자기에게 유리한 이해관심 또는 자기이익을 추구한다. 이는 곧 각 행위주체의 의식적 행위는 합리성을 지향한다는 명제로 이어진다. 따라서 사회적 삶의 장에서 행위주체들 사이의 상호작용이 '자기이익들'과 '합리성들'의 각축장을 빚어내는 형상이다. 행위주체들의 합리성들이 서로 부딪치고 갈등을 초래할 수도 있고 조화를 이루거나 협력관계나 합일에 이를 수도 있다. 위의 광주사태에서 미국의 '합리성'은 남한에서의 정치적 안정을 되찾는 것이었을 것이다. 따라서 미국은 신군부가 병력을 투입해서라도 조속히 대학생들을 비롯한 시민들의 격렬한 시위로 '법과 질서'의 혼란 상태를 해소시키고 평정을 회복하기를 최우선적으로 바랐을 것으로 추정된다. 그런데 이런 미국의 기대와 태도는 민주화운동권의 '합리성'과는 상충되는 것이었다. 어느 '합리성'이 관철되느냐는 결국 '힘'에 의해 결정된다. 여기서 '힘'은 매우 복합적 개념이다. 그것은 경우에 따라 물리적 힘, 경제적 힘, 도덕적 힘일 수 있다. 미국의 신군부에 대한 방관적 태도는 민주화운동권으로 하여금 반미주의를 강화시키는 결과를 가져왔다(배동인, 1998: 194-7).

5·18을 표기할 때 흔히 '광주민중항쟁'이라고 표현한다. 왜 '광주시민항쟁'이라고 말하지 않는가? 그 이유는 당시에는 항쟁의 행위주체가 민중이었으며 '민중'은 조직화되지 않은 미분화된 상태의 사회구성원의 집합체임을 가리키기 때문이다. '시민'은 이미 국가 또는 국가권력에 대한 대자적 사회관, 곧 자기정체성이 어느 정도 분명히 인식되고 기능적 분화와 정치적 조직화 정도가 나타난, 어느 정도 성숙된 사회의 구성원이다. 이에 반해 '민중'은 즉자적 사회관에 머무른 단계에서의 사회구성원이다.

대체로 1987년 6월 항쟁에 이르기까지 한국의 반독재 민주화운동의 주체는 대학생, 노동자, 교수, 문인 등 일부 지식인들에 한정되었고 이들의 조직력은 매우 미흡하여 민중 속에 조직화된 형태로 뿌리내리지 못했다. 그 정도나마 운동이 조직화될 수 있었던 것은 기존의 조직인 학교, 교회, 전문직업인 협의체 등이 존재했기 때문이다. 무릇 폭력지배체제는 사회구성원의 집단행위나 조직결성을 두려워한다. 의사표현의 자유, 집회와 결사의 자유가 극도로 억압되고 통제될 수밖에 없다. 이런 상호성 배제의 정책은 폭력의 속성에서 비롯됨과 동시에 독재체제(폭력지배체제)의 자기보존을 위한 필연적 방안이기 때문이다. 그것은 지배자의 사생결단의 막다른 길인 것이다.

시민사회는 저절로 형성되는 것이 아니라 그 형성조건이 투쟁에 의해 획득됨으로써 가능함을 역사는 보여준다. 1) 자유(사상, 언론, 집회, 조직결성 등, 해방지향성의 태동), 2) 사회의 기능적 분화(경제적 욕구충족수준의 향상, 사회적 에토스[윤리]로서 저마다 다름의 인정과 다름에 대한 관용의 정신)와 상대적 자율성, 3) 역사적 책임의식의 공유가 시민사회의 기본적 형성조건이다. 필자는 5·18을 "권력투쟁과 해방쟁취의 역사적 사건"으로 규정한 바 있다(배동인, 1998). '해방'개념은 세 가지 측면을 지닌 삶의 과정이다. 1) 욕구의 충족인데 억압, 박해 속박, 궁핍 등 삶의 제약적, 부정적 현실로부터 벗어남, 곧 소극적 해방과 어떤 이상이나 가치의 실현이라는 삶의 창조적, 긍정적 측면인 적극적 해방이 구별된다. 2) 삶의 주체가 그 의식과 태도와 행위에 있어서 사회적 삶의 다른 주체들과 나아가 자연세계와도 하나 되는 것이다. 3) 삶의 지평과 이해관심의 범위가 사적인 것을 넘어서서 보편적, 비개인적 (impersonal) 차원으로 무한히 확장되어 가는 것이다. 이러한 조건들과 해방지향성이 광주 5·18을 계기로하여 집약적으로 쟁취, 성숙되기 시작했다고 볼 수 있다. "군사적 폭력지배와 민중항쟁의 절정이 1980년 5월 광주에서 역사적 사건으로 기록되었고 이 광주의 분수령에 이르기까지 박정희의 폭력지배체제는 19년이나 지속되었으며 광주의 분수령 이후에도 12·12 및 5·18 사건이 명백한 군사반란, 내란 및 내란목적 살인행위였다는 대법원의 판결(1997. 4. 17)까지 17년이라는 긴 시간이 걸렸다. … 이 판결이 나오기까지 김영삼 당시 대통령의 '역사의 심판에 맡기자'는 국가적 직무유기의 기도, 검찰의 두 차례에 걸친 불기소 처분, 국민들의 줄기찬 투쟁, 김영삼의 '역사 바로 세우기'로의 반전, 5·18 특별법 제정, 재수사와 기소라는 권력투쟁의 우여곡절 파정과 헤아릴 수 없는 자원의 낭비가 있었다. 시민학살과 내란의 주범인 전두환, 노태우 등의 사법처리로써 그릇된 과거는 청산되지 않았다."(배동인, 1998: 197-8). 무엇보다도 당시 광주에서의 신군부의 폭력행사의 진상은 완전히 규명되지 않았다. 특히 정당한 민주화운동에 참여한 시민대중을 '폭도'로 규정하고 무력진압을 위해 발포를 명령한 자가 명시적으로 밝혀지지 않았다. 그럼에도 불구하고 복역 중이던 두 전직 대통령은 김대중 대통령의 '특별사면조치'로 자유의 몸이 되었다. 국민적 '화해와 통합'을 위한 일방적 유화정책이었다. 그러나 이 조치는 그런 성급한 용서가 정의실현의 대가를 치를 만큼 더 우선적 가치를 지닌 것인가라는 물음을 제기하게 만들었다. 이런 관점에서 광주민주화운동에서 쟁취된 해방은 다만 형식적 해방 또는 미완의 해방이라고 볼 수 있고 '역사 바로 세우기'는 아직도 미해결의 과제로 남아 있다. 그밖에 지금까지 지난 반세기 동안의 민주화운동 과정에서 발생한 수많은 양심수(prisoner of conscience or opinion, 다른 의견을 가졌다는 것이 범죄로 규정됨은 폭력지배체제의 기본특성), 정치적 의문사, 투옥 중 사망, 분신 등 '민족민주열사와 희생자'(모두 320여명으로 추정)의 역사적 자리매김 문제가 국가적 차원에서 해결되기를 기다리고 있었는데(배동인, 1998: 197-8) 다행히 올해 광주에서 거행된 5·18 20주년 기념행사에 대통령이 처음으로 참석하여 광주 망월동 5·18 묘역을 국립묘지로 승격시키고 당시의 희생자들을 국가유공자로서 예우하는 법을 만들도록 하겠다는 뜻을 표명한 것으로 미루어보아 그 역사적 마무리 작업에 한 가닥 희망을 걸어본다.

그리고 다른 한편으로 인류역사상 유례없는 두 전직 대통령의 사법처리와 5·18이 국가기념일로서 법에 의해 제정되었음(1997. 4. 29)은 대체로 한국의 시민사회가 광주시민의 희생적 투쟁을 통해 오랜 폭력지배로부터의 해방을 쟁취했다는 사실을 국가적으로 추인했다는 것으로 해석된다. 그것은 또한 '물리적 힘이 곧 정의다'(Might is right)라는 사이비논리가 폐기되고 '정의는 종국에는 승리한다'(사필귀정)는 역사의 논리를 본질적, 항구적인 것으로 재확인했다고 본다. 다시 말하면 사회적 상호성을 파기하면서 목적달성을 위해서는 수단방법을 가리지 않고 폭력에만 의존하는 모든 권력지향의 시도는 필연적으로 실패할 수밖에 없다는 진리가 엄연히 살아 있다는 사실이다.

5. 시민사회의 미성숙 요인

위에서 본 대로 왜 그렇게 폭력지배가 한국에서 오랜 동안 지속될 수밖에 없었는가? 그 근본원인은 물론 국가권력, 진정한 의미에서의 민주적 국가권력의 형성이 합리적으로 제도화되지 못한 데에 있다. 이는 곧 사회구조의 성격과 관련되고 민주주의의 토착화가 지연되었음을 말해준다(제도와 인성, 시대와 영웅 등 닭과 달걀의 순환관계, 또는 '구조의 이중성'[기든스], 곧 구조는 행위의 결과물이자 매개체이다). 비뚤어진 사회, 왜곡된 국가의 현실은 상호성과 합리성이 한국사회의 구조와 과정 속에, 특히 정치체계의 공식적 구조와 과정 속에 정상적으로(논리적 자기발전의 궤적을 좇아) 자리 잡지 못했음을 반증해 준다. 그런 것을 역사적 체험을 통해 성찰하고 학습할 기회를 충분히 갖지 못했다고 볼 수 있다.

폭력지배체제에서 "테러의 효과성은 거의 전적으로 사회적 원자화(social atomization)의 정도에 의존한다"는 아렌트(Ahrendt, 1986: 70)의 말은 독일의 체험에서 나왔을 것이다. 사회적 원자화는 사회구성원들이 서로 고립되어 존재하며 서로 유기적 연대관계를 맺고 있지 않음을 의미한다. 한국의 사회구조는 특수주의적 폐쇄성으로 특징화될 수 있다. 혈연중심의 가족주의, 지연과 학연의 연고주의, 과거지향적 전통주의 등으로 나타나는 매우 근시안적이고 편협한 일차원적 이해관심이 사람들의 의식과 가치관을 일상적으로 지배하는 경향이 많다. 한국적 인성이 개인주의적이기보다는 집합주의적 또는 공동체 지향적이라는 점(최재석, 1985)은 주지의 사실인데 혈연, 지연, 학연 중심의 '우리'라는 집합의식이 원자화되어 있고 따라서 상호 소외적 효과를 빚어낸다는 데에 문제의 심각성이 있다. 그래서 '우리'가 열린, 보편적 가치를 지향하기보다는 폐쇄적이고 제한된 이기주의적 집단으로 징제되게 된다. 교육수준이 비교적 높은 지식인 계층의 사람들도 이러한 상황의 불합리성을 머리로는 인지하고 개선의 필요성을 절감하지만 이를 타파하려는 의지와 결단으로써 실천하고 몸으로 생활화하지 못한다. '문화지체'의 논리가 여기에도 관철되고 있는 것이다. 가령 동창회의 공식 목적들 가운데 하나로서 '상호간의 친목 도모'를 내세우는데, "과거에 어느 학교를 통시적으로 함께 다녔다는 사실만으로써 서로 직접 친목을 도모할 수 있다면, 한국인으로 이 땅에 태어났다는 명백한 사실, 아니 인간으로서 하필이면 광대무변한 우주 가운데 이 조그마한 지구상에 태어났다는 사실을 공통분모로 한 하나의 조직체, 가칭 '한반도 태생 한국인 동창회'나 '지구출신 인류 동창회'를 결성하여 왜 친목을 도모할 수 없는가'라는 물음이 제기된다."(배동인, 1989: 117). 필자는 그런 '동창회 문화'로부터 해방되지 않고는 우리는 결코 성숙한 시민사회와 참된 민주국가를 건설할 수 없다고 생각한다.

한국사회에서 특수주의적 응집력이 부정적 효과를 수반하면서 강하게 구조화된 데에는 아마도 유교적 윤리체계가 전통적 생활양식으로서 고착된 데에 그 한 원인이 있다고 본다. 유교 윤리에서는 권위의 수직적 위계서열체계가 중요시된다. 거기엔 각 개인의 독립적이고 고유한 인간으로서의 존엄성보다는 가족관계 등 사회관계의 한 매듭으로서의 개인의 위상이 결정적 중요성을 띠고 행위주체들 사이의 평등한 수평적 상호성에 근거한 사회관계보다는 수직적으로 등급화된 계급구조의 틀이 지배한다. 이러한 구조 원리는 다분히 담론 배제성과 일방성과 강제성에 바탕을 둔 것으로서 폭력지배적 성격을 지니고 있다(배동인, 1987).

그리고 사회조직의 측면에서 볼 때 공업화의 지체와 급격한 추진과 함께 정치적 민주주의의 제도화가 폭력지배체제의 지속에 의해 정체되는 동안 현대사회의 특징인 조직생활의 체험기회를 거의 갖지 못했다는 점이 지적될 수 있다. 조직결성과 운영에 있어서는 개인적 이해관심을 넘어서서 조직목표의 달성(합리성 추구)을 위한 상호협력과 조직구성원의 공통의 이해관심 도출과 조정이 중요하다. 사회의 각 분야에서 조직결성의 자유가 최대한 보장되고 국가는 조직운영의 민주화를 고무, 장려할 필요가 있다. 조직생활의 활성화는 조직들 사이의 상호작용의 역학을 통해 간접적으로 사회통제와 통합을 이룰 수 있기 때문에 국가의 직접적 통제와 개입을 최소화할 수 있는 긍정적 효과를 발휘한다. 그러나 한국사회에서는 이런 관점이 아직도 국가적 개혁정책의 기획과 집행과정에서 명확히 관철되고 있지 못하다는 느낌을 지울 수 없다. 예를 들면 교육분야에서 정부(교육부)가 각급 학교 위에 군림하여 수직 하향적 통제체제를 구태의연하게 고수해 오고 있다. 아직도 정부는 대학에서의 교수들에 의한 자발적 교수회의 결성과 교수회의 의사결정기구화를 허용하지 않으며 따라서 헌법 제31조 4항에 명시된 '대학의 자율성 보장'을 외면하거나 게을리함으로써 위헌적 행태를 지속해오고 있다. 또한 이른바 '학교운영위원회'의 구성에 있어서 그 전제가 되는 구성집단들인 교사들, 학부모들, 학생들의 자율적 조직화를 권장, 추진하지 않았고 아직도 소홀히 취급되고 있다. 거기에 학생들의 대표는 아예 참여할 자리가 주어지지 않고 있다. 노동세계에서는 박정희 정권기간에 산업별 노조를 금지하고 기업별 노조만을 허용하면서 노조활동에의 제3자 개입금지 등으로 조직결성과 조직연합의 자유를 최대한 저해하는 반민주적 정책이 강행 되었고 이것이 이른바 '국민의 정부' 아래서도 그대로 온존되고 있다. 더구나 현행 헌법은 6·29 선언의 타협결과로 나온 제6공화국(노태우 정권: 1988. 2. 25~1993. 2. 24) 시기의 헌법으로서 자유민주주의 이념의 체계적 통일성과 일 관성을 명확히 표현하지 못하고 있음을 지적할 수밖에 없다(배동인, 2002).

6. 시민사회의 민주화를 위한 제언

필자가 2년 전에 강조했듯이, "광주가 대변하는 한국의 오늘과 내일은 5·18 의 정신, 곧 평화, 자유, 평등, 인간존엄성, 진실, 정의, 공동체 사랑의 이념이 시민 모두의 연대적 실천을 통해 폭력과 거짓과 불의로부터 해방된 자유사회와 민주국가로 구현되어 나가기를 기다리고 있다"(배동인, 1998: 203)고 전망할 때 5·18이 광주라는 국지적 지방의 사건이 아니라 전국적이며 나아가 지구적, 보 편적 새 역사 창조의 가치이념을 함축하고 있다고 해석된다.

5·18 광주민주화운동은 분명히 그 때까지 지속되어온 반독재민주화운동의 절정에 이른 정치적 사회운동이었고 당장 목표를 달성하지 못하고 깊은 좌절을 겪었지만 그 이후의 사회운동을 더욱 강화시키고 조직화하는 데에 기여했다. 일반적으로 한국에서의 사회운동은 다분히 단편적이고 일시적인 측면이 없지 않다. 거기엔 구호, 표어, 플래카드, 확성기 등이 소도구로서 등장한다. 외형적,

시청각적으로 요란하고 가시적이다. 정부 당국에서도 거의 매일, 매달 운동을 벌인다. 가령 "…날", "…달" 등이 계속된다. 그러나 이들 다양한 문제와 주제를 다루는 운동들은 실은 일상적으로, 항상적으로 관심을 기울이고 체계적으로 해결해 나가도록 사회적 담론을 통해 지속되어야 한다.

　"폭력지배체제로서의 독재국가 또는 전체주의국가에서는 한편으로 국가적 행위표출은 제도화된 폭력이 법의 미명 아래 정부조직을 통해 행사되는 형식으로 나타나고, 다른 한편으로 시민사회 안에서의 시민의 개인적 및 집합적 행위와 권력형성과정을 폭력으로써 통제, 감시한다. 폭력지배체제는 국가와 사회 안에서 자생하는 상호성의 관계망을 폭력적으로 통제하기 때문에 거기서 나오는 산출물은 인지적 합리성의 왜곡(유언비어, 허위보도, 진실과 사실인식의 실종, 의사소통의 단절 등)과 규범적 합리성의 억압(창의력의 위축, 가치체계의 전도, 불의와 부정부패의 확대재생산 등), 그리고 그 결과로 나타나는 상호불신과 상호소외의 사회관계를 만들어낸다. 그것은 하나의 사회해체 상황이다. 이처럼 자연스럽고 자유로운 의사소통과 담론, 그리고 사회체계의 기능적 자율성을 기본조건으로 하는 사회적 상호성의 억압과 통제는 곧 합리성 수준의 저열화 또는 불합리성의 구조화를 낳게 된다. 폭력과 폭력지배의 역기능성은 바로 여기에 있다. 이런 맥락에서 오늘의 타율적 IMF규제의 경제위기를 초래한 근원이 이미 5·16의 폭력지배체제 안에 잉태되었음을 우리는 더욱 명확히 확인할 수 있다. 한 사회의 권력구조가 합리적으로 형성되고 민주주의가 높은 수준으로 실현되기 위해서는 조직세계의 담론의 제도화가 긴요하다. 그것은 곧 조직 안에서, 그리고 조직들 사이에서의 다양한 담론의 일상화를 뜻한다. 이 조직적 담론을 통해 사회적 상호성이 활성화되고 문제해결에서 합리성을 실현하는 능력이 고양될 수 있다. 왜냐하면 조직 내적 및 조직 상호간의 담론은 개인과 집합체 사이에, 그리고 집합체들 사이에 욕구와 이해관심의 조정, 목표설정, 적정수단의 선택, 추구된 목표의 달성결과에 대한 평가를 통한 목표와 수단의 비판적 재검토 등에 관한 논의를 주요내용으로 하며 그런 논의과정은 곧 인지적 학습과정과 정치적 교섭과정을 뜻하며 필연적으로 합리성을 추구하게 되기 때문이다. 민주주의는 바로 사회적 상호성의 제도화와 일상화를 통한 사회적 삶의 합리성 수준을 고양시키는 데에 있다."(배동인, 1998: 200-1).

이와 같은 맥락의 비슷한 주장이 우리의 눈길을 끈다.

"민주주의라는 꽃은 담론문화를 토양으로 해서만 생존하고 성장할 수 있다. 담론의 토양을 비옥하게 하려면 공공문제에 비상한 관심을 기울이는 시민의식이 있어야 한다. 그리고 자신의 주장을 아무런 두려움이나 주저 없이 제시할 수 있는 용기를 가져야 하며 무엇보다 다양한 의견을 수용하고 조절할 수 있는 커뮤니케이션 능력이 계발되어야 한다. 현대사회의 특징이 가치의 다양화, 욕구의 다양화로 표현될 수 있다면 권위주의적, 단선적인 토론문화는 분명히 도전을 받게 될 것이다. … 미래에 적절히 적응할 수 있는 토론문화가 되기 위해서는 한국인들이 유연성과 아울러 좀 더 튼튼한 논리적 사고기반을 닦아야 한다. 이러한 노력을 경주할 때 다양한 계층 사이의 갈등을 줄일 수 있고 사회의 전반적인 성숙도가 높아질 수 있다. 담론의 민주화를 위해서는 다원화된 의사채널을 허용해야 한다. 조그만 조직에서조차 일차적인 동질성 때문에 이견(counter argument)이 선배의 권위에 도전하는 하극상으로 간주된다든지 하면 조직의 자유로운 의사소통이 막힌다. 공과 사의 구별이 어려워지며 그런 관계로 해서 대의가 흔들려서 목적달성과 거리가 멀어지는 경우도 발생한다. 서로 청탁거절이 어려워 부패의 한 요인이 되기도 한다. 우리 사회가 더욱 민주화되려면 청탁을 부끄럽게 여기고 학연, 지연, 혈연보다 신념이나 이념으로 동질성을 찾으며 바람직한 공동체 형성을 위해 함께 노력할 필요가 있다."(양창삼, 1999: 54-5).

이러한 생각이 무엇보다도 교육에 있어서 실현되어야 한다. 교육은 인성의 형성에 중요한 역할을 담당하기 때문이다. 이런 맥락에서 러셀의 다음과 같은 주장은 오늘의 우리에게도 매우 타당하다고 생각된다. "교육의 주요목적은 젊은이들로 하여금 지금껏 당연한 것으로 여겨져 온 것들에 대해 질문을 던지고 의문을 제기하도록 고무시키는 것이어야 한다. 중요한 것은 정신의 독립성

(independence of mind)이다. 교육에 있어서 나쁜 것은 학생들에게 사회에서 일반적으로 수용된 견해들과 권력을 가진 인사들에 대해 도전하는 것을 허용하지 않으려는 태도이다. 새로운 사상들이 나타나려면 젊은이들이 그들 시대의 온갖 어리석음과 그릇된 것에 대해 근본적으로 반대하는 자세를 취하도록 격려하는 것이 필요하다. 존경할 만한 대부분의 사람들과 기본적으로 옳다고 여겨지는 대부분의 사상들은 인간의 창조적 성취에 대한 장애물들이다."(Feinberg et al.(eds), 1969: 106-7. 필자 옮김). 오늘의 지구화 시대에는 더욱 날카로운 비판의식과 주체성이 투철한 자기정체성(역사와 삶의 주체, 국가와 사회의 주인[주권자]으로서의 자아의식), 그리고 자기의 의견과 다른 의견을 존중하고 관대하게 포용하는 개방적 자세를 겸비한 시민을 필요로 하며 이러한 자유인이 많은 시민사회는 더욱 공고한 민주국가를 건설해 나가는 기초가 될 것이다.

참고문헌

배동인, 1987, '폭력에 대한 사회학적 고찰', 한국사회학회 편, "한국사회학", 제21집(1987. 여름호), 187-213쪽

배동인, 1989, '동창회 문화로부터의 해방', "대학교육"(한국대학교육협의회 발행), 1989. 7월호 (통권 40호), 115-9쪽

배동인, 1995, '베버의 합리성 개념의 비판적 검토와 재구성', 전성우 외 지음, "막스 베버 사회학의 쟁점들"(대우학술총서 공동연구), 민음사, 33-71쪽

배동인, 1997, "인간해방의 사회이론", 전예원

배동인, 1998, '권력투쟁과 해방쟁취의 역사적 사건으로서의 5·18 광주민주화운동', 한국사회학회 편, "세계화시대의 인권과 사회운동", 나남출판, 171-205쪽

배동인, 2002, '사회구조와 사회조직', 강원대 사회학과 엮음, "현대 한국사회의 이해", 강원대 출판부, 3-29쪽

양창삼, 1999, '조직의 비민주성과 재민주화', 한국사회이론학회 엮음, "민주주의와 우리 사회", 현상과 인식

최재석, 1985, "한국인의 사회적 성격", 계문사

Ahrendt, Hannah, 1986, 'Communicative Power', in: S. Lukes(ed.), "Power", New York: New York University Press

Chomsky, Noam, 1997, "Perspectives on Power: Reflections on Human Nature and the

Social Order", Montreal etc.: Black Rose Books
Feinberg, B. and R. Kasrils (eds.), 1969, "Dear Bertrand Russell...:A selection of his correspondence with the general public 1950-1968", London: Allen & Unwin
Wrong, Dennis H., 1995, "Power: Its Forms, Bases and Uses", New Brunswick: Transaction Publishers

➡ 이 글은 2000년 5월 23일 저녁 연세대 대학원 총학생회 주최, 학술제(같은 대학 제2인문관)에서 발표된 것이다.

13. 미래에의 기대

13.1. 평화사회를 위한 하나의 비전:
오늘과 내일의 좋은 삶을 그리며

2002년이 저물어가고 있다. 지난해에 벌써 21세기라는 새로운 희망의 시대가 열리기를 기대했지만 오늘의 세계는 여전히 혼돈과 불안 속에 많은 문제들에 직면해 있고 무엇보다도 평화와는 거리가 먼 상황에 처해 있다. 의정부 미군 장갑차에 의한 두 여중생 사망사건이 불러일으킨 주한미군 지위협정(SOFA)의 개정요구 촛불시위가 전국적 규모로 확대되고 있다. 한국 군부대 안에서 이따금 발생해온 사병들의 의문사에 관하여 '자살이다' 대 '타살이다'의 논란이 지속되고 있다(MBC의 심층 분석 프로그램 'PD 수첩'만 보고도 한국사회와 국가의 혼란상황의 심각한 정도를 감지하기에 충분하다.).

우리는 누구나 행복을 추구한다. 저마다 행복한 삶, 좋은 삶을 살고자 노력한다. '행복'은 우리 각자의 삶에 대한 주관적 가치이며 목표이다. 따라서 그것은 다양한 방식으로 표현될 수 있다. 그러나 아무튼 각 개인의 행복이 실현되려면 개인들이 삶을 살고 있는 해당 사회가 적어도 평화롭지 않으면 안 된다. 다시 말하면 개인의 행복은 사회적 평화를 전제조건으로 실현될 수 있다. 사회가 평화롭지 못해도 어느 개인이 스스로 행복을 누리고 있다고 생각한다면 그것은 착각이며 허구에 지나지 않을 것이다. 삶의 주체로서의 개인은 사회구조적 상호의존관계를 떠나서는 그 삶이 영위될 수 없기 때문이다. 러셀(Bertrand Russell)

은 '좋은 삶'을 다음과 같이 정의했다: '좋은 삶은 사랑으로 일깨워지고 지식에 의해 이끌어지는 삶이다'(The good life is one inspired by love and guided by knowledge)(그의 에세이, What I Believe). 개인에게나 사회에 유용한 정의라고 생각된다.

그러면 사회적 평화는 어떤 조건 아래 가능한가? 먼저 '평화' 개념은 우선 전쟁이 없는 상태 또는 폭력부재의 상태라고 소극적으로 정의될 수 있을 것이다. 평화의 적극적 개념정의에는 다음의 조건들이 충족되어야 한다고 생각된다. 첫째 인간존엄성, 인권의 존중, 둘째 자유와 평등의 보장, 셋째 정의의 구현, 넷째 자연환경 보존, 그리고 다섯째 기본욕구의 충족이 그것이다. 이들 평화를 가능케 하는 기본가치들은 생명에 대한 외경과 사랑이라는 더욱 포괄적 가치로부터 도출된다고 볼 수 있다. 이는 마치 계약이라는 사회적 상호작용의 성립을 위해서는 직접적 계약형성의 조건들의 구비 이전에 전제되는 비계약적 선행조건인 당사자의 정직성을 기초로 하는 상호신뢰가 필요한 것과 같은 맥락의 이야기이다(이를 고전사회학자 에밀 뒤르케임은 '계약의 비계약적 요소'[non-contractual element of contract]라고 표현했다.).

이들 평화의 조건들에 관해 개별적인 설명을 시도하기보다는 몇 가지 토론거리를 제기하고 싶다. 먼저 인간존엄성, 인권, 자유, 평등은 모두 기본적 인권이라는 개념범주에 속한다고 볼 수 있다. 특히 자유와 평등은 그 실현과정에서 서로 상충되는 측면이 있다. 개인의 자유를 보장하고 추구하다보면 사회적 불평등은 필연적으로 구조화되기 때문이다. 그러나 다른 사람의 자유를 침해하지 않는 한 자기의 생각을 표현하고 행동할 자유는 인간다운 삶을 살기에 필요하고 법 앞에서의 만인의 평등은 역시 사회적 평화를 위해서는 필수적으로 긴요하다. 정의(justice)의 문제는 특히 인간사회 안에 구조지어진 권력관계와 연관하여 중요시된다. 지난해 미국의 9.11 테러사건을 계기로 전 지구적 차원에서 전개되고 있는 테러와의 전쟁과 관련해서 그 핵심적 문제는 강대국의 권력은 그 권력행사가 정의롭다는 일반적 판단 아래서만 그 정당성이 인정될 수 있다는 데에 있다. 정의롭지 못한 권력의 행사는 또 하나의 폭력에 불과할 것이다. 이런 의미에서 노암 촘스키(Noam Chomsky)의 테러리즘 국가로서의 미국에 대한 비판을 이해할 수 있다. 위의 SOFA는 강자에게 유리하고 약자에게 불리하게 만들어진 불평등 협정임이 극명하게 드러났고 그것은 강자인 미국의 정의롭지 못한 권력행사의 결과물로서 여중생의 사망사건에 대한 불투명한 처리가 곧 폭력적 성격을 드러내고 그러한 부정의가 재발생할 수 있다는 인식이 확산되고 있다. 불의한 권력의 자기모순이 현상화되고 있는 것이다.

그리고 환경보호는 인간과 그의 사회는 자연의 일부라는 당연한 세계관 또는 우주관과 직결되어 있다. 그것은 또한 인간의 자기정체성은 그의 몸을 통해 자연과 문화의 변증법적 발전, 곧 역사적 변화를 겪어오고 있음과 연관되어 있다. 인간의 몸은 자연에 속함과 동시에 사회의 문화를 통하여 표출되고 체현된다. 그리고 사회는 몸의 집합적 개념이라고 볼 수 있으므로 사회도 원래 자연의 일부분이면서 문화를 창조해왔다(브라이언 터너[임인숙 옮김], 몸과 사회, 몸과 마음, 2002 참조). 인간사회는 자연 안에서, 자연과 함께 존속할 수 있으며 자연을 거슬러 근시안적 탐욕만을 추구한다면 마침내 자멸을 피하기 어려울 것이다. 기본욕구의 충족문제는 환경보호와 함께 자본주의적 공업사회의 미래에 대한 물음을 제기한다. 이런 의미에서 '생태공동체운동'(황대권, 야생초 편지, 도솔, 2002)은 건설적 문제해결의 방향을 제시하고 있다. 물질적 풍요가 반드시 평화를 보장하지는 않는다. 인간은 기본적 욕구의 충족으로써 인간존엄성을 상실하지 않고 생존과 생활을 유지할 수 있으며 삶의 질과 고차원적 문화를 창조하고 누릴 수 있다. 기본욕구충족 이상을 추구하는 것은 항구적으로 지탱 가능한 경제발전의 관점에서 사치와 허영에 지나지 않을 것이다. 이런 맥락에서 존 로빈스(John Robbins)의 '음식혁명'(시공사, 2002)은 시사하는 바가 크다고 생각된다.

이러한 평화의 사회학이 한반도, 동북아시아, 아시아를 넘어 전체 지구에 걸쳐 공감대를 형성하여 '지구평화연대'의 21세기가 펼쳐져 나가기를 꿈꾸어 본다.

13.2. 새로운 희망의 시대를 전망하며

오늘, 2003년 2월 25일은 새 역사의 개막을 상징한다. 만감이 교차하는 시점이다. 어제까지의 5년간의 김대중 대통령의 '국민의 정부'시대가 지나갔고 노무현 대통령의 '참여정부'가 출범하고 있다.

김대중 정부의 공과에 대해서 그 동안 많은 얘기가 나왔다. 업적으로서 IMF 규제상황의 조기극복, 햇볕정책의 긍정적 평가 등을 들 수 있겠으나 나는 여기서 잘한 점보다는 잘못한 점에 초점을 맞추어 한두 가지만을 지적하고자 한다. 왜냐하면 과거의 잘못을 거울삼아 새 정부가 더 나은 정치를 이루어내기를 바라기 때문이다.

나는 평소에 존경하는 버트란드 러셀의 관점에 근거하여 김대중 정부의 실책을 짚어보고자 한다. 그는 '명확한 사고'(clear thinking)와 '친절한 감정'(kindly feeling)을 자주 강조했다. '국민의 정부'는 앞엣것을 소홀히 하면서 뒤엣것에 치중한 데에 그 치명적 실책이 있다고 생각된다. 무엇보다도 잘못된 것은 초기에 5·18 광주민주화운동에 대한 범죄행위의 주점인 전두환, 노태우 두 전직 대통령들을 성급하게 특별사면시킨 일이다. 이것은 '정의'와 '사랑'을 혼동한 결과라고도 해석될 수 있다. '정의'는 옳고 그름을 냉철히 판단하는 데서, 곧 '명확한 사고'를 전제로 하는 데서 실현될 수 있고 이를 기초로 하여 '사랑', 곧 국민통합과 화해를 지향하는 '친절한 감정'이 결실을 거둘 수 있음이 망각된 결과였다. 같은 맥락에서 '박정희 기념관 건립'을 국고보조를 통해 지원한다는 결정을 내린 것도 비판의 대상이 될 수밖에 없다. 더구나 국민의 의견을 묻지 않고 대통령이 독단적으로 결정한 의혹이 분명해졌다고 본다면 너무 경솔한 조치였다고 생각된다.

또 하나 이해하기 힘든 일은 군대 안에서 사병들의 '자살'사건이 자주 발생해 왔고 이에 대해 대부분 타살의혹이 제기된 것에 대해서 대통령은 과연 그 막강한 권력으로써 그 진상규명과 관련자의 엄중한 처벌을 위해 영향력을 행사했는지 의문스럽다. 이 문제는 대통령이 국방부장관을 불러서 철저한 조사를 지시했다면 비교적 쉽게 해결될 수 있었지 않을까 여겨진다. 각 부처의 다른 문제들의 해결에 있어서도 마찬가지의 관점에서 아쉬움을 느낀다.

끝으로 사회구조에 대한 인식의 결여에 기인하는, 행위주체인 조직의 자율성과 조직들 사이의 상호성의 중요성에 대한 인식이 미흡한 점이다. 노사정 위원회가 설치되었지만 원활히 운영되지 못한 이유를 성찰해야 한다. 정부는 사회의 각 집단이 민주적으로 조직되고 운영되도록 권장, 지도할 필요가 있다. 그래서 행위주체인 개인과 조직이 서로 존중하며 자유로이 상호작용할 수 있도록 분위기를 조성해 주어야 한다. 이러한 사회구조적 의사소통 기제의 민주화와 합리화를 통해서 갈등해소, 사회평화, 통합, 창의력 증진 등 사회적 자원과 활력의 상승효과를 가져올 수 있는데 이런 관점이 거의 도외시되었다고 판단된다. 가령 공무원, 교수, 학생 등 사회집단의 자율적 조직화에 대해 정부는 매우 소극적인 태도를 취해온 것이 사실이다. 그들이 노동조합이건 어떤 다른 형식의 조직체로 조직화되어 자주적 행위주체로서 제 구실을 할 때 전체사회는 활력 있는 발전을 이루어나갈 수 있다. 그리고 노동조합에만 노동 3권이 인정되어야 할 하등의 정당한 근거가 없다고 생각된다(이에 관해서는 나의 논문, '국가와 조직: 국가발전전략에 있어서 조직정치의 위상에 관한 연구' 참조). 공무원과 교수의 노조가 허용되지 않고 학교운영위원회에 학생들의 대표가 참여하지 못하고 있는 현실이 매우 개탄스럽다. 학생들의 존재가 무시된 데에 '교실붕괴', '학교폭력' 등의 주요원인이 있다고 진단된다.

13.3. 나의 삶과 사회학:
욕구, 사회, 한국사회, 해방지향적 사회발전

1. 나의 성장배경: 고독과 침묵의 시절
나는 가난 속에서 성장했다. 가난은 사람으로 하여금 삶과 세계를 더욱 엄숙하게 대하게 하고 더욱 깊이 생각하게 만드는 것 같다. 게다가 나의 성격은 본래 내성적이어서 주로 홀로 시간을 보내며 사람들보다는 자연을 더 좋아했던 것 같다. 그래서 어려서부터 산책하기를 즐겨했다. 초중등학교 시절에 나는 나의 너무 수줍음을 타는 성격에 대해 몹시 못마땅하게 느끼고 이를 극복하려고 의식적으로 노력했고 이 자기개조에의 노력은 대학시절에 어느 정도 결실을 거뒀다고 스스로 생각했다. 그러나 지금도 겉보기에는 활달한 성격인 것처럼 보이지만 본성은 여전히 내성적임을 자인한다. 이런 내성적 성격으로부터의 탈피가 교회에 나가게 된 주요동기로 작용했다.

그리고 어려서부터 나는 '삶이란 무엇인가?' '인생의 의미는 무엇인가?'라는 물음을 끈질기게 스스로에게 제기하는 버릇이 생겼다. 이 물음에 대한 해답을 찾는 데에 기독교 신앙이 다소 도움을 주었다고 생각했고 어렴풋한 정서적 실마리를 제공해 준 것이 중학교 시절부터 심취하게 된 고전음악듣기, 특히 베토벤이었다. 대학생활 전후에 감명 깊게 읽은 책으로는 막스 뮐러의 '독일인의 사랑'(Deutsche Liebe)(이덕형 옮김), 로맹 롤랑의 '베토벤의 생애'(이휘영 옮김), 요하네스 헷센(Johannes Hessen)의 '인생의 의의'(Der Sinn des Lebens)(왕학수 옮김, 정양사, 1956년 초판, 1959년 4판 발행; 1963년 3월 구입 읽음), 도스토예프스키의 '가난한 사람들'(Poor People)(New York: Dell Publishing Co. 1960), '백야', '카라마조프의 형제들', '죄와 벌', 그리고 우리말로 쓰인 소설로서 박계주의 '순애보', 심훈의 '상록수', 이광수의 '유정', '무정', '흙', '이차돈의 사(死)' 등이었다. 대학 고학년 시절과 그 뒤에 부분적으로는 매우 이해하기 어려웠지만 폴 틸리히(Paul Tillich, The Shaking of the Foundations, The New Being, Auf der Grenze 등), 라인홀드 니버(Reinhold Niebuhr, The Nature and Destiny of Man, An Interpretation of Christian Ethics 등), 디트리히 본회퍼(Dietrich Bonhoeffer, Life Together, Creation and Fall, Widerstand und Ergebung 등), 루돌프 불트만(Rudolf Bultmann, Jesus, Jesus Christus und die Mythologie 등), 카를 바르트(Karl Barth) 등의 신학서적들을 읽는 데에 많은 시간을 들였다. 또한 안병욱의 '현대사상'(영신문화사, 1958)을 비롯하여 실존주의 철학에도 심취되었었다.

　나의 사회학 공부는 1970년 독일 유학시절에 우연히 시작하게 되었다. 처음엔 경제학을 전공하려고 했는데 경영학이 맘에 들지 않아 그 대신 사회학, 정치학을 선택하게 되면서 전공방향이 사회학 쪽으로 기울어지게 되었다. 그때 처음으로 카를 포퍼(Karl R. Popper, 1902-1994)를 알게 되었고 그의 마르크스주의를 비롯한 전체주의나 교조주의 사상의 비판은 나의 열광적 지지를 받았고 그의 과학방법론은 나의 학문에 대한 비판적 태도의 기초를 다지게 했다. 그의 이론은 나에게 두 번째 대학공부의 기쁨과 보람을 만끽하는 근거가 되었다. ‘과학은 곧 비판이다’라는 그의 주장이 나의 머리에서 불꽃이 튀게 했다. 그런 정신적 체험은 마치 베토벤 음악이 주는, 내면적 투쟁에서의 승리감이 주는 통쾌함과 깊은 감명과 비슷한 것이었다(베토벤은 ‘음악은 사람들의 영혼에서 불꽃이 튀어나오도록 하지 않으면 안된다’고 썼다.).

　그리고 1970년대 중반 이후 읽기 시작한 러셀(Bertrand Russell, 1872-1970)은 포퍼와 함께 나에게 무엇보다도 먼저 학문연구의 기초로서 생각하는 방법을 가르쳐 주었다: 가령 “어떤 것에도 절대적으로 확실하다는 느낌을 갖지 말라(Do not feel absolutely certain of anything.)”, “다른 사람들의 권위에 대해서 존경심을 갖지 말라, 왜냐하면 항상 반대의 권위가 발견될 수 있기 때문이다(Do not have respect for the authority of others, for there are always contrary authorities to be found.)”(그의 “한 자유주의적 십계명(A Liberal Decalogue)” 1번과 5번, 그의 자서전 [Autobiography of Bertrand Russell] 제3권 60쪽), “이느 명제가 참되다고 생각할 만한 근거가 전혀 없는 경우에 그것을 믿는 것은 바람직하지 않다(… it is undesirable to believe a proposition when there is no ground whatever for supposing it true, …)”(그의 에세이 ‘회의주의의 가치에 관하여’[On the Value of Scepticism], “회의적 에세이들”[Sceptical Essays], 9쪽. 이 명제는 실로 ‘혁명적 명제’라고 일컬을 만하다.) 등은 비판적 사고의 길잡이로서 방법론적 회의주의의 기본원칙을 표현한 것이라고 볼 수 있다. 그에게서 나는 또한 삶의 정신과 방법도 아울러 배울 수 있었다. 가령 그가 자주 "명확한 사고(clear thinking)와 친절한 감정(kindly feeling)"을 강조하는 데서 그렇다. 이들 선각자들은 내가 세계관과 인생관을 새로이 정립하는 데에 실질적 도움을 주었다.

2. 욕구이론과 인간해방

내가 욕구 개념에 대해 관심을 갖게 된 계기는, 제3세계의 문제의 핵심은 인간의 기본적 욕구의 충족에 있다는 국제연합 사무총장 다그 함머슐드의 주장에서 비롯되었던 것 같다. 내가 디플롬 학위논문 또는 박사학위 논문의 주제선정과 작성에 관해 고심하던 때였다. 나중에 마르크스의 초기저술의 하나인 '독일 이데올로기'에서 욕구충족을 위한 인간의 노동에 관해 설명하는 대목에서 공감과 기쁨을 느꼈다. 1974-75년경 디플롬 학위논문(주제: '한국에서의 사회변동의 이론적 문제들: 한 종교사회학적 분석의 시도')을 작성하면서 나의 종교관에 대해 근본적으로 재검토하게 되었고 결국 나는 교회로부터 탈퇴한다고 공식선언을 함으로써 불가지론자가 되었고 종교로부터의 해방을 단행했다.

나는 인식론적 자기담론의 탐구를 통하여 신의 탈주술화(Entzauberung des Gottes, disenchantment of god: 나의 표현임)와 불가지론(agnostics)의 결론에 이르렀고 이는 객관적 타당성이 인정될 수 있다고 생각한다. 종교로부터의 해방은 이른바 득도의 '필요조건'(배동인 1997: 247) 또는 첫걸음일 것이다.

그래서 나는 스스로 아무 것에도 얽매이지 않고 자유로이 생각하는(freethinking) 자유인이라고 의식하게 되었다. 그리고 1983년 2월에 통과된 나의 박사학위 논문('Job Design')에서 조직구조의 계획적 변경과정에서 나타나는 '학습과정'(과학, 존재의 영역)과 '교섭과정'(정치, 당위의 영역)의 차원을 구별하는 기본개념틀을 설정했고 조직으로서의 국가의 성격을 또한 분명히 했다. 1984년 2월 귀국하여 강원대학교에 봉직하기 시작하면서 발표된 나의 첫 글이 '사회적 해방의 논리와 구조: 학문과 정치의 과제를 중심으로'라는 주제로 '백령'지에 발표되었는데 거기서 나는 두 가지 '전략적 욕구', 곧 실재를 알고자 하는 욕구와 실재를 변경하고자 하는 욕구를 존재(Sein; to be)와 당위(Sollen; ought to be)의 범주와 관련하여 개념화했다. 거기에 또한 해방 개념을 '넓은 의미에 있어서의 해방은 인간의 욕구의 충족이 실현되는 것을 의미한다'(배동인 1984: 36)고 정의했다. 공교롭게도 '삶'의 개념정의('욕구충족에의 끊임없는 추구과정')와 삶의 해방지향성과 권력지향성에 관한 명시적 표현은 1997년에 나온 나의 졸저 '인간해방의 사회이론'에서 비로소 나타났다. 그리고 거기에 해방개념은 다른 두 측면, 곧 행위주체의 '비인격적 이해관심'(impersonal interest, B. Russell)의 한없는 확장과 행위주체의 다른 행위주체나 우주와의 하나됨을 추가하여 복합개념으로 파악되었다. 그 사이의 13년 동안(1984-1997)에 '사회학의 자기정체성: 학문과 정치의 긴장관계를 중심으로'(1985),'사회적 해방의 논리와 구조'(1987), '해방지향적 사회이론의 구상'(1988), '해방지향적 사회이론의 탐구'(1992) 등의 논문들에서 해방이론의 구성이 꾸준히 모색되었다.

홍미롭게도 존재와 당위의 두 차원은 조직사회학의 한 교과서에서도 발견하게 되었다. 조직의 구성요소들(사회구조, 목표, 참여자, 테크놀러지, 환경)의 하나인 '사회구조'에는 '규범적 구조'(normative structure)(당위의 차원)와 '행태구조'(behavioral structure)(존재의 차원)가 구분된다는 것이다(Scott 1998: 17-8).

3. 사회의 형성

사회학개론 강의를 할 때마다 나에게는 '사회', '사회구조', '사회제도', '사회체계' 등의 기본개념들의 명확한 정의 문제가 숙제로 남아있었다. 언제부터인지 분명히 기억되지 않지만 차츰 지적 탐구의 길에 안개가 걷히기 시작했다. '사회'의 형성에는 두 가지 원리가 작용하는데 상호성(reciprocity)과 합리성(rationality)이 그것이다. 상호성이 사회형성의 구조적 원리라면 합리성은 그것의 과정적 원리다. 구조와 과정의 개념은 조직에 관한 연구에서 발견되었다. '사회구조'는 인간이 욕구충족을 추구하는 과정에서 필연적으로 만들어내는 상호작용의 복잡한 관계망의 총체이며 '사회제도'는 사회구조의 규범화 형식이라고 생각되었다. '사회체계'는 연구자가 관찰대상으로 삼는 사회의 한 부분 또는 전체이며 조작가능한 것이다. 그래서 사회체계 개념은 사회현상의 관찰과 분석에 있어서 매우 유용하게 사용될 수 있다.

모든 사회체계에서는 전체와 부분들(하위체계) 사이에, 또한 부분들 사이에 상호의존관계가 형성되며 각 하위체계는 어느 정도의 상대적인 기능적 자율성을 갖게 된다. 종래의 사회체계 개념에서는 삶의 한 주요장으로서 '자연'(생태계)을 명시적으로 고려하지 않았으나 이제는 삶의 장을 자연, 사회, 그리고 국가로 볼 필요가 있고 가령 한 사회는 단순한 하나의 사회체계가 아니라 하나의 사회-생태학적 흐름체계(socio-ecological flow system)로서 드러난다. 그런데 사회학계에는 아직도 이들 기본개념들에 관해서 명확한 정의나 합의가 이루어지고 있지 않다(가령, Held and Thompson[eds] 1989 참조).

사회의 형성에 있어서 행위주체들 사이의 상호작용, 곧 상호성의 핵심적 중요성이 강조된 것을 나는 나중에 짐멜(Georg Simmel)에게서 발견했다. 합리성 개념을 거의 독점적으로 중요시한 베버에게서 나는 그의 저술분석을 통해 그의 사고의 모호성과 취약점을 발견하고 합리성 개념체계의 재구성을 시도했다(배동인 1995: 33-71). 베버의 합리성 개념은 서구사회의 전통적인 이원론적 인간관에 근거했기 때문에 수단의 합리성만을 학문적 논의 대상으로 삼았던 데 반하여 나는 일원론적 인간관, 곧 정신과 육체, 이성과 감성의 일원성에 기초한 합리성 개념, 곧 수단의 합리성뿐만 아니라 목적의 합리성도 과학적 분석의 대상이 될 수 있다고 생각한다(배동인 1997 참조). 여기에 '심미적 합리성(aesthetic rationality)'에 관한 나의 이해를 덧붙이자면 아름다움은 적어도 두 가지 요인에 기인한다고 생각된다. 하나는 자연스러움인데 미의 원천은 원래 자연에 있기 때문이고 다른 하나는 역시 자연 속에서 관찰되는 어떤 대상의 구성요소들의 대칭성 또는 조화로움이다. 특히 자연스러움의 상호작용으로부터 행위주체들 사이의 신뢰 또는 사랑이 유발된다고 볼 수 있다. 부자연스러움, 곧 추함의 예를 우리는 유행처럼 확산되고 있는 머리털 염색에서 볼 수 있는데 그것은 진실을 숨기거나 호도하고자 하는 의도에서 나온 가짜 자기정체성의 산물이라고 해석된다. 자연스러움은 있는 그대로의 존재의 정직성 또는 비가식성('Let it be!'), 꾸밈없음이라는 의미의 무위가 그 생명이며 따라서 그것은 곧 자유로움, 해방된 삶을 가리킨다고도 볼 수 있다.

지금까지 전혀 제기되지 않은 물음이 떠오른다. '상호성'과 '합리성'은 사회형성의 사실적 구성요인임과 동시에 또한 당위적 실현가치를 지니는 특성이 인정될 수 있는가? 이 물음은 한국사회의 분석과 그 발전수준에 대한 평가문제와 관련하여 중요한 의미를 함축하고 있다고 생각된다. 제기된 물음에 대한 나의 대답은 긍정적이다.

4. 한국사회

한국사회는 아직도 사회형성의 과정에 있다. 이 말은 물론 다른 사회, 특히 이른바 선진사회들에도 해당될 것이다. 그러나 그 수준에 있어서 차이가 있다. 우선 상호성에 있어서 여러 측면에서 검토될 수 있다. 한국사회에서 유교적 생활문화의 폭력지배적 성격은 1987년 6월 항쟁을 계기로 규명되었다(배동인 1987). 그리고 같은 논문에서 폭력의 일반적 속성으로서 언어배제성, 일방성, 강제성, 사회관계의 수직성, 그리고 파괴성이 확인되었다. 진정한 상호성은 사회적 행위주체들의 자유와 평등을 요구한다. 각 행위주체(개인, 집단, 조직)의 존엄성과 자율성의 중요성이 충분히 인식되어 있지도, 따라서 법적으로 보장되어 있지도 않은 상황이다(법체계의 난맥상을 국가의 기본법인 헌법의 일관성 결여와 국가보안법과 같은 특정 실정법의 위헌적 성격 등에서 주목하라.). 특히 조직에 관해서는 '조직징치'에 관한 나의 논문(배동인 2002)을 참조하기 바란다.

합리성에 관해서는 더구나 각 분야에 걸쳐 매우 미흡한 점이 많음을 지적할 수 있다. 이를 뒤집어서 말하자면 한국사회에 뿌리 깊은 전통주의와 특수주의 사고방식 및 생활양식, 달리 표현하면 비판정신의 결여 또는 미흡에 연유한다고 볼 수 있다.

　　요컨대 한국사회는 아직도 상호성과 합리성의 당위적 요구조건들을 그 구조와 제도에 있어서 바람직한 수준으로 구현시키지 못하고 있다.

5. 해방지향적 사회발전

　　최근에 나는 인간해방론에 관한 두 가지 사고의 흐름을 발견했다. 하나는 미국에서 나타난 '해방사회학'(Feagin and Vera 2001)이고 다른 하나는 프롬의 '존재하기의 기술'(Fromm 2000)이다. 앞엣것은 비판적 마르크스주의적 사회학의 관점에서 미국사회 특유의 인종차별, 사회적 불평등, 불의 등에 관한 실증적 조사와 연구를 통하여 억압과 반인간화의 정체를 폭로하고 분석함으로써 보다 인간답고 자유롭고 정의로운 사회, 곧 해방된 사회의 실현을 지향하는 사회학 연구의 한 흐름이다. 뒤엣것은 인간의 실존방식을 '소유하기'(To Have)와 '존재하기'(To Be)로 크게 구별하고 존재하기를 내면적 해방을 기초로 하여 생산적, 창조적 활동을 중심으로 하는 삶의 바람직한 방식으로서 강조하며 자기인식의 성찰적 방법 등을 설명한다.

　　프롬은 위의 책에서 행복의 추구 등 "삶의 목적과 의미에 대한 물음은 우리들로 하여금 인간의 욕구의 성격에 대한 문제로 이끌게 한다"(Fromm 2000: 2)는 생각에서 출발하여 삶의 목표로서의 해방개념을 내면적 해방(inner liberation)과 외면적 해방(outer liberation)으로 구분하고 이 두 측면의 해방을 포괄하는 총체적 해방(total liberation)이 유일한 현실적 목표라고 단언하면서 이 목표는 '급진적 (또는 혁명적) 인본주의'(radical [or revolutionary] humanism)라고 일컬을 수 있다는 것이다. 내면적 해방은 탐욕과 환상의 쇠사슬로부터의 해방을 뜻하는데 이성의 적정한 계발과 불가분리하게 연관되어 있고 주로 종교의 세계에서 관심사가 되어왔다고 말한다. 이와 대조적으로 외면적 해방은 외부적 세력들로부터의 해방(liberation from outside forces)을 강조하게 되었는데 이것은 삶의 목표로서의 해방이 공업사회에서 협소화되고 왜곡된 결과로서 가령 봉건주의, 자본주의, 제국주의 등으로부터의 해방을 지향해온 사실에 비추어 주로 '정치적 해방'(political liberation)을 의미했다는 것이다. 그래서 총체적 해방을 성취하기 위해서는 인간의 외부적 및 내면적 쇠사슬(outer and inner chains)의 성격을 이해할 필요가 있다는 것이다(같은 책: 6~8).

여기서 프롬은 '이성'(reason)을 있는 그대로의 세계를 알고자 하는 목적을 가진 사고의 사용으로서 이해하고 이를 인간이 자신의 욕구의 충족을 목적으로 하는 '사고의 사용'(use of thought), 곧 지성의 조작(manipulating intelligence)과 대조시키며 '불합리한 열정'(irratioanl passions), 가령 탐욕에 사로잡힌 사람은 객관적 사고능력을 상실한다고 말한다(같은 책: 6). 바로 이 대목에서 우리는 그가 말하는 '이성', '사고', '열정' 등의 개념의미의 모호성을 발견하며 그도 이원론적 인간관에서 벗어나지 못하고 있는 듯한 인상을 준다.

그는 '해방'이 공업사회에서 왜곡되어온 것과 마찬가지로 이성 개념도 마찬가지라고 말한다. 르네상스 이후 이성이 파악하고자 시도했던 주요대상은 자연이었고 기술의 경이로움은 새로운 과학의 열매였지만 인간 자신은 최근 심리학, 인류학, 그리고 사회학의 소외된 형식들에 있어서의 연구를 제외하고는 연구의 대상이 되지 못했으며 더욱 더 인간은 경제적 목적을 위한 하나의 단순한 도구로 전락했다는 것이다. 그런데 스피노자(Spinoza)에 이어서 약 3세기만에 프로이드(Freud)가 '내면적 인간'(inner man)을 다시 과학적 연구의 대상으로 삼은 첫 연구자로 나타났으나 그는 부르주아 물질주의의 편협한 틀 때문에 장애에 부딪혔다고 평가한다. 지금 현대인에게 던져진 중요한 물음은 어떻게 우리가 내면적 및 외면저 해방의 고전적 개념을 자연에 적용된 과학과 인간에 적용되 자기인식(self-awareness)의 두 측면에서의 이성 개념과 더불어 재구성할 수 있을 것인가라는 것이라고 프롬은 결론적으로 강조한다(같은 책: 8).

흥미로운 것은 프롬의 생각과 비슷한 삶에 대한 이해를 러셀에게서도 발견하게 된다는 것이다. 프롬은 존재하기로서의 삶의 방식(art of being)을 바람직한 삶의 방식 그 자체(art of living)로 동일시하는데 러셀은 '모든 인간활동은 충동과 욕망으로부터 나온다'(Russell 1980: 11)고 보고 삶을 영위함에 있어서 의식적 목적보다는 충동이 더 실제적 효과를 가져온다는 전제 아래 충동들은 대체로 두 가지, 곧 소유적 충동(possessive impulse)과 창조적 충동(creative impulse)으로 구분될 수 있다고 보며 앞엣것은 국가, 전쟁, 재산 등으로 구체화되고 뒤엣것은 교육, 결혼, 종교 등으로 나타난다고 보는 것이다(같은 책: 6).

이러한 삶에 대한 다른 통찰은 나의 종래의 해방개념(1. 욕구충족, 2. 행위주체의 '비인격적 이해관심'[impersonal interest, B. Russell]의 한없는 확장, 3. 행위주체의 다른 행위주체나 우주와의 하나됨)의 재구성에 보완적 기여를 할 수 있을 것이다. 나의 사회학적 진리탐구는 미래에도 지속될 것이다.

참고문헌

배동인, 1984, 사회적 해방의 논리와 구조: 학문과 정치의 과제를 중심으로, '백령'(강원대 학생회 기관지), 제4집, 36-45쪽

배동인, 1987, 폭력에 대한 사회학적 고찰, '한국사회학', 제21집 여름호, 187-213쪽

배동인, 1995, 베버의 합리성 개념의 비판적 검토와 재구성, 배동인 외, 막스 베버 사회학의 쟁점들, 서울: 민음사, 33-71쪽

배동인, 1997, 인간해방의 사회이론, 서울: 전예원

배동인, 2002, 국가와 조직: 국가발전전략에 있어서 조직정치의 위상에 관한 연구, '사회과학연구'(강원대 사회과학연구소 엮음), 제41집(2002. 12월), 91-111쪽

Feagin, Joe R. and Vera, Hernan, 2001, Liberation Sociology, Boulder, Col.: Westview

Fromm, Erich, 2000, The Art of Being, New York: Continuum Publishing Company

Held, David and Thompson, John, 1989, Social theory and modern societies: Anthony Giddens and his critics, Cambridge, New York etc.: Cambridge University Press

Russell, Bertrand, 1980[1916], Principles of Social Reconstruction, Unwin Paperbacks: London

Scott, W. Richard, 1998(4th ed.), Organizations: Rational, Natural, and Open Systems, Upper Saddle River, New Jersey: Prentice Hall

13.4. 삶의 길

1. 들어가며 (2007.10.31)

사람은 저마다 삶의 길을 간다. 평소에 그것을 의식하건 의식하지 않건 간에 살아있음의 사실에 터하여 그 주체인 그/그녀의 삶을 살아간다. 대부분의 사람은 다람쥐가 쳇바퀴를 돌듯이 기계적으로 날마다의 삶을 살아간다. 나도 때로는 그렇게 삶을 살아왔다. 그러나 또한 때때로 이렇게 삶을 사는 것이 과연 바람직한지를 반성해본다. 의식적으로, 자기 비판적으로, 자기성찰의 삶을 살지 않는다면 그런 삶은 겉은 살아있지만 실은 죽은 것이나 다름없다고 생각된다.

지금 나는 인생의 황혼길에 서있다. 그래서 나의 지나간 삶을 뒤돌아보게 된다.

새삼스럽게도 나의 젊은 시절을 회상해본다. 엊저녁 늦게 KBS 제1 TV의 'TV, 책을 말하다'에서 오늘의 10대 젊은이들, 고등학교 2학년생들과 함께 두 권의 책을 놓고 독후감을 이야기하는 것을 시청하면서 나의 어린 시절을 되돌아보았다. 그 두 책은 '88만원 세대'(우석훈 지음)와 '너, 외롭구나'(김형태의 청춘 카운슬링)이었다. 생존경쟁이 극심한 이 시대를 살아오다보니 요즘의 젊은이들은 나의 젊은 시절의 그들보다 훨씬 정신적으로나 지적으로 성숙된 모습을 보여주는 듯했고 존경스럽기조차 했다. 무엇보다도 그들의 오늘의 고난어린 삶의 길에 연민의 정을 느끼며 맘속에 뜨거운 성원을 보낸다. 모두들 건투하시기를 간절히 기원한다

여러 측면에서 매우 어려운 시기에 삶을 살아가고 있는 오늘의 젊은이들과 동시대를 살고 있는 나는 그들에게 어떤 좋은 도움말을 해줄 수 있을까? 아직도 삶의 길을 걸어가고 있고 따라서 나날이 배우며 살고 있는 터에 딱히 몇 마디로 이 물음에 대한 해답을 건네주기보다는 우선 나의 지내온 삶을 정리하면서 이야기해주는 것이 낫겠다는 생각이 들어 이 글을 쓰기로 한다.

2. 어린 시절

나의 어린 시절에 관해서는 졸저 '그리움의 햇불'의 첫 장인 '1.1. 나의 이력서'
에 간단히 적혀있다.

일반적으로 1950~60년대의 한국은 오늘에 비해 매우 어렵고 가난한 삶 속에
허우적거리고 있었다. 나도 어려서부터 가난이라는 올가미를 벗어나기 어려운
상황에서 어린 시절을 보냈다. 내가 여덟 살 때 아버지께서 병으로 세상을 떠나
자마자 우리 집의 가계경제는 폭삭 무너지다시피 되었고 어머니께서 많은 고생
을 떠안으셨다. 나의 바로 위 누나는 고등학교를 졸업하고 바로 취직하지 않으
면 안되었고 나보다 열두 살 위인 형님도 마찬가지였다.

내가 이런 어려운 형편에도 초등학교, 중고등학교를 졸업하고 대학에 진학하
여 학사모를 쓸 수 있게 된 것이 모두 가족들의 피땀 어린 노력의 덕분이었다.
이런 가난한 집안 사정을 날마다 눈으로 보고 겪으면서 자라다보니 자연히 '인
생이란 무엇이냐'라는 심각한 물음을 스스로에게 자주 던지게 되었고 따라서
어린 철학자가 되었다고 생각된다. 여기엔 나의 내성적인 본성도 기여했다고
본다.

초등학교 시절부터 거의 매일 일기를 쓰는 버릇이 중고등학교, 대학 시절까
지 이어졌다. 이런 일기쓰기의 습관이 나중에 돌아보니 글쓰기에 상당한 도움
이 된 듯하다. 글은 생각의 표현이기에 생각을 체계적으로, 그리고 명확히 서술
하고 생각의 내용도 깊이 되생각하는 훈련이 자연스럽게 이루어졌다. 그래서
나는 요즘 중고등학생들의 대입시험의 한 과목인 논술시험에 대비해서 초등학
교 시절부터 일기쓰기를 적극 권유하고 싶다. 대학시절에도 가령 기숙사에서
여름철에 창 너머 플라타너스 나뭇잎들이 바람과 햇빛에 반짝거리는 모습을
바라보면서 나 나름의 철학적인 에세이 비슷한 것을 나의 일기장에 적었던 기
억이 난다. 그러나 그 많은 일기장들이 하나도 남아있지 않다. 나의 독일유학
후 귀가하여 찾아보았으나 어디론지 사라져버렸음을 알고 몹시 분노하고 안타
까워했다.

중학교 때 체육선생님이 한번은 이런 말씀을 해주셨다. "너희들, 앞으로 체조 등을 하면서 팔굽혀펴기를 꾸준히 하라." 이 충고가 나의 머릿속에 박혀 떠나지 않았고 나는 그것을 규칙적으로 실천해왔다. 물론 13년 반의 독일 유학 중에도 그것을 거의 매일 실천했다. 나는 이른 아침에 산책하기를 좋아했고 집 부근의 공원이나 산을 찾아가곤 했고 조깅이나 자전거타기를 즐겨했다. 나중에 커서는 등산도 이따금 하게 되어 호연지기를 아울러 맛보곤 했다. 서울 장충단에 있던 '신우학사'에 묵으면서 대학에 다닐 때 한 선배가 겨울에 새벽에 장충단 공원에 달려갔다오기를 하자고 하여 따라가기로 했던 적이 있었다. 공원 중턱에 이르러 작은 계곡물이 흐르는데 웃통을 벗고 물수건으로 냉수마찰을 하곤 했는데 차가움을 의지로써 이겨내며 찬 물로 피부를 마찰하고 난 뒤의 상쾌함은 아주 달콤했다. 그래서인지 지금까지도 건강이 잘 유지되어온 듯하다. 얼마 전까지만 해도 팔굽혀펴기를 매일 아침에 120개, 철봉 턱걸이를 23개를 한 것이 나의 기록이었다.

나중에 커서 결혼한 뒤에 이사를 갈 때에는 늘 부근에 산책하기 좋은 산이나 숲이 있는 곳을 선정했다. 자연은 늘 나의 가까운 친구였고 지금도 그렇다. 자연과 나의 삶은 서로 떼어놓을 수 없고 아마 모든 사람에게도 마찬가지일 거라고 생각한다.

앞에 얘기한 대로 나는 어려서부터 '인생이란 무엇인가'라는 화두를 풀기 위해 책을 읽었지만 성질이 급해서 시간이 오래 걸리는 소설류보다는 짧은 수필이나 철학서, 시 등을 즐겨 읽었다. 그래서 늘 그 책에서 저자가 말하고자 하는 핵심이 무엇인가를 먼저 파악하려고 애썼다. 나의 글 '나의 삶과 사회학'에서 썼듯이 소설을 전혀 읽지 않은 건 아니었다. 드물지만 몇 권의 감명 깊은 소설들은 지금도 그 감동이 생생하게 되살아난다.

내가 처음으로 고전음악에 접하게 된 것도 중학교 시절이었다. 음악시간에 한번은 선생님께서 세계적으로 유명한 교향곡이 몇 개 있다고 말씀하시면서 칠판에 쓰셨다. 베토벤의 '영웅', '운명', '전원', '합창', 슈베르트의 '미완성',

차이코프스키의 '비창', … . 나의 귀는 번쩍 뜨였다. 도대체 무슨 음악이기에 그토록 '세계적으로 유명'한가? 호기심과 궁금증이 나를 긴장 속에 몰아넣던 차에 당시 광주에는 오늘의 미국문화원의 전신인 '미국공보원'(USIS)이 있었는데 여기서는 미국에서 연주된 고전음악실황이 음반으로 만들어져 보내온 것을 해설과 함께 듣는 음악감상회가 정기적으로 열렸었다. 그때 내가 처음으로 들었던 것이 베토벤의 교향곡 제5번 '운명'이었다. 해설과 함께 들으니 이해할 만했고 이 교향곡이 맘에 들었다. 그래서 그 뒤로 나는 기회가 있을 때마다 그것을 반복해서 들었고 다른 교향곡들도 들어보게 되었다. 이들 교향곡은 무엇보다도 나에게 사색의 실마리와 분위기를 제공해주었다. 라디오를 통해서도 고전음악을 우선적으로 듣기를 좋아했다. 이런 나의 취향이 대학시절까지 이어졌다.

이미 위에 언급한 대로 나의 내성적 성격 때문에 나는 평소에 수줍음을 많이 탔는데 그것이 나의 내면적 컴플렉스가 되다시피 했다. 그래서 나는 친구들과 잘 어울리지 못하고 다른 애들이 말하는 것을 주로 듣기만 하는 축에 속했고 나와는 정반대의 외향성 성격의 친구 하나가 나의 선망의 대상으로 보였다. 그런데 그 친구가 교회에 다니는 걸 보고 나도 그를 따라 교회 주일학교에 나가보기로 했다. 이렇게 해서 나는 교회에 다니기 시작했고 일요일에는 당연히 교회에 가서 예배드리러 가는 것이 습관화되었다. 나는 노래 부르기를 좋아해서 교회 성가대에서 다른 또래친구들과 함께 성가를 부름으로써 예배순서의 한 부분을 담당한다는 자부심을 느꼈고 성경공부 등 교회행사에 적극 참여함으로써 역시 '인생이란 무엇인가'라는 물음에 대한 해답 찾기에 정성을 기울였다. 따라서 성경이 나에게도 중요한 의미를 지닌 것으로 여겨졌고 무엇인가 희미하게나마 나에게 어떤 지향할 빛을 비춰주는 듯했다. 그러나 이러한 기독교적 신앙생활은 나중에 나의 내면적 멍에가 되었다. 그것은, 지금 생각하면, 나의 삶의 길에 놓인 하나의 함정이었고 감옥이었다.

3. 고등학교 시절

나는 광주서중학교를 거쳐 광주제일고등학교(1957년 제2회 졸업)에 들어와서도 겉으로 드러나게 어떤 문제 상황에 처함이 없이 순탄하게 공부를 계속할 수 있었다. 어려서부터 가난 속에 자랐기에 나의 임무는 공부를 열심히 하여 어머님과 다른 가족들을 기쁘게 해드리는 것이라고 생각했다. 이 생각에 크게 빗나가지 않게 나는 내 학교공부의 성과에 상당히 만족감을 느꼈으니 나는 지금 돌이켜보면 행복한 시절을 누렸다고 회상한다. 그러나 그것은 그냥 쉽게 이루어진 것은 아니었다. 나의 생활습관이 합리적이었기 때문에 얻어진 결과라고 말해도 좋을 것이다. 다시 말하면 그렇게 되기까지에는 많은 노력이 끈질기게 기울여졌던 것이다. 초등학교 때부터 나는 매일 학교에서 돌아오면 맨 먼저 손발을 깨끗이 씻고나서—당시에 나는 대개 30~40분의 등굣길을 걸어서 다녀야 했다—우선 책상머리에 앉아 숙제를 다 마치고 홀가분하게 다른 일을 하거나 놀거나 하는 습관이 몸에 배어있었다. 지금도 어떤 미결 문제를 그대로 놔두고는 다른 일을 하지 못하는 성미이고 그런 숙제를 오래 미루거나 질질 끄는 일이 없다. 그렇게 하지 않으면 우선 내 마음이 편치 않기 때문에 이른바 스트레스의 원인을 늘 원천적으로 없애는 방식으로 생활해온 것이다.

중학교 때 체육선생님의 충고대로 팔굽혀펴기 등 체조를 규칙적으로 해온 덕에 나의 몸은 차츰 건강해졌다. 중학교 시절 체육시간에 웃옷을 벗으면 갈비뼈가 드러나 보이고 잔병치리를 자주 하던 상태를 점차 극복하게 되었다. '건전한 마음(정신)은 건전한 몸에 깃든다'(Sound mind in sound body)라는 격언이 나의 등대 역할을 해온 것이다.

나는 성경과 교회의 영향을 받아 이원론적인 인간관을 당연한 것으로 여겼었다. 몸과 마음, 정신과 물질, 땅과 하늘, 죄인과 구원받은 자 등 사물의 분류를 두 차원으로 나누어 보는 사고방식에 젖어있었다. 그리고 무엇보다도 '신'이라는 초월적 존재의 문제가 늘 나의 뒤통수를 짓누르고 있었다. 그래서 광주의 동부교회에서 내 친구들은 거의 다 고등학교 졸업과 함께 세례를 받았지만 나는 스스로 아직 정식으로 기독교인이 되겠다는 확신이 서지 않아 세례받기를 일단 보류하기로 하고 대학에 진학한 뒤에 다시 생각해보기로 했다.

대학입학시험을 치루고 나서 나는 절망감에 빠졌다. 수학 답안지를 한두 문제를 제외하고는 거의 손을 대지 못했기 때문에 나는 틀림없이 불합격일 것이라고 생각했다. 그런데 나의 누나가 합격자 발표장에 다녀와서 하는 말이 나의 번호가 합격자 명단에 올라있다는 것이었다. 나는 도무지 이해하기 어려웠지만 마치 새로이 태어난 느낌이었고 안도의 숨을 내쉬었다. 아마 다른 과목들에서 좋은 점수를 땄기 때문에 합격권에 들어간 것으로 짐작되었다. 나는 새로운 희망을 안고 서울대학교 법과대학 행정학과에 입학한 것이다. 당시엔 행정학과 150명, 법학과 150명을 뽑았었다. 전라도 광주에서 서울로 유학을 온 것이다.

4. 대학시절

1957년 봄에 나는 서울로 올라와서 대학생활을 시작했고 주일이면 장충동 경동교회에 나갔다. 당시 미국 유학을 마치고 귀국하신 강원용 목사님의 설교에 감동하면서 나의 신앙심은 깊어가는 듯했다. 강 목사님이 추천하는 책들, 가령 폴 틸리히, 라인홀드 니버, 디트리히 본회퍼, 루돌프 불트만, 에밀 브룬너, 마르틴 부버, 카를 바르트 등의 신학 책들을 독파하겠다고 무척 노력했다. 나의 끈기와 정열은 이런 측면에서도 대단했다고 스스로 평가한다. 그 결과야 어떻든 간에 그 열의만큼은 뜨거웠다. 지금 그걸 다시 돌아보면 허망한 노릇이었다. 마치 모래 위에 지은 집처럼 그 모든 신학체계는 와르르 무너지고 말았다. 나는 결국 그 감옥에서 해방되어 나왔다. 이에 관해서는 뒤에 자세히 얘기하기로 한다.

아무튼 대학 1학년 때 나는 강 목사의 지도 아래 경동교회에서 세례를 받게 된다. 어정쩡하게 교회의 절차에 따라 세례를 받긴 했어도 마음 한 구석에 풀리지 않는 문제가 도사리고 있었다. 나의 잠재의식 속에 종교문제가 꿈틀거리고 있었음을 나중에야 의식하게 되었다.

당시 동숭동 법대 교정에는 한 구석에 평행봉 등 운동기구가 마련돼 있었기에 나는 일과를 마치고는 평행봉에 매달려 체력단련에 힘쓰면서 친구들과도 잘 어울리려고 각별히 의식적으로 노력했다. 가령 어떤 화제를 꺼내어 내가 스스로 자유롭게 말을 하는 훈련을 거듭한 것이다. 그렇게 해서 수줍음을 차츰 극복하려고 애썼다. 그 효과가 느리게나마 나게 됨을 느낄 수 있었다.

법학 과목들보다는 신태환 교수의 경제학 강의, 이용희 교수의 외교학 강의가 나의 흥미를 끌었다. 황산덕 교수의 법철학이라는 과목도 나의 관심을 끌어당겼지만 Sein(존재), Sollen(당위)을 얘기하다가 한 학기의 강의가 종강되곤 하였다. 그 중에도 가장 중요시 여겨진 것이 경제학이었다. 그러나 전과할 생각은 하지 않았다.

4학년 마지막 학기를 앞두고 나는 휴학하고 군대에 가기로 결심했다. 당시엔 학보병 제도가 있어 대학생에게 1년 6개월 군복무를 한 뒤에 6개월 뒤에 귀휴제대하도록 하는 특혜가 주어졌다. 그러나 군대생활 자체는 아주 농도 짙은, 그야말로 짜디짜게 어려움을 겪는, 무척 고생스러운 것이었다. 군대라기보다는 거의 노무자처럼 느껴졌다. 막사나 산 위의 벙커를 모두 졸병들의 손으로 짓는 일을 계속하는 일이었다. 간혹 부대들 간의 사격시험에 나갈 수 있는 사수로 차출되면 얼마 동안 해방감에 젖어 달콤한 기간을 보낼 수 있었다. 대체로 온갖 역경에 부딪치는 군대생활에서 갖가지 한계상황을 체험했기 때문에 웬만한 고생은 고생으로 여겨지지 않을 만큼 몸과 마음이 단련되었다는 쓰라린 소감을 제대 후에 느끼게 됐다.

귀휴 제대하고는 마지막 한 학기를 마치고 1963년 2월에 졸업하자마자 나는 한국은행에 들어가게 됐다.

5. 은행원 시절

한국은행 외국부(1963.02.28~1967.01.30)와 한국외환은행(1967.01.30~1970.8월)에서 모두 7년 남짓 되는 동안 은행원으로서 첫 직업생활을 시작했다. 은행

업무가 대개 같은 일을 반복하는, 거의 기계적인 일이어서 별로 나의 흥미를 끌지는 않았다. 그러나 당시엔 상당히 안정적이고 깨끗한 작업환경에서 일하는 것이 맘에 들었고 중앙은행과 외환전문은행에서 일한다는 자부심도 있었다.

통근버스를 타고 출근하면 창구문을 열기 전까지 여행원들은 책상 등을 닦는 준비노동을 하는 동안 남자 행원들은 인근의 다방으로 가서 커피를 마시며 환담을 나누는 것이 관례였다. 나는 그런 행태가 맘에 들지 않았다. 우선 여행원들에게 미안하기 짝이 없었고 나는 커피를 마시지 않았을 뿐만 아니라 쓸데없는 시간낭비로 보였기 때문이다. 커피를 마시지 않게 된 것은 언젠가 한번 커피를 마셨더니 머리가 멍하고 무거워지는 느낌이 들었고 그게 정상화되기까지는 상당한 시간이 걸려 다소 불편했기 때문이었다. 그래서 나는 지금도 커피를 마시지 않고 우유나 다른 음료수 또는 냉수를 선호한다. 담배는 애초부터 피우지 않았다. 아주 어렸을 때 호기심에서 어른들의 술상에 남아있던 담배꽁초를 몰래 측간에 가져가 피워본 적이 있었는데 기침이 나고 역겨운 연기냄새가 전혀 맘에 들지 않았고 나중에 중고등학교 시절에 친구들이 피워보라고 권했을 때에도 역시 부정적인 느낌이 들어서 담배와는 영원히 결별하기로 맘먹었었다.

술에 관해선 회식 등의 기회에 반주로 한두 잔을 마시기는 했지만 별로 맛을 들이지는 못했다. 한번은 외환은행에 다닐 때 중화요리집에서 회식이 있었는데 아마 나로선 가장 많이 술을 마셨던 것으로 기억된다. 회식이 끝나고 음식점에서 나와 길을 걸어가는데 길이 마치 항해하는 배처럼 좌우로 흔들리는 듯했고 저절로 입가에 미소가 흐르고 기분이 달콤하게 좋은 느낌이었다. 그러나 그 뒤에 다시 한 번 그런 유쾌한 기분을 느껴보기 위해 술을 마시고 싶지는 않았다. 그래서 나는 술과도 별로 친하게 되지 못했다.

정부의 출자로 한국은행 외국부가 외환은행으로 창설된 1967년에 나는 외환은행으로 넘어오게 되었고 은행은 그 해에 나를 독일어 시험 등을 거쳐 첫 케이스로 독일의 가장 큰 상업은행들 가운데 하나인 '도이체 방크'(Deutsche Bank AG)에 은행업무연수를 위해 파견하게 되었다. 나는 그해 10월에 독일 뒤셀도르프 행 비행기를 탔다. 난생 처음으로 타보는 비행기였고 더구나 독일이라는 나라를 처음으로 접해보는 기회였다. 거의 모든 현상이 경이로웠고 가슴 설레는 순간들이었다. 처음 2개월 동안 괴테-인스티투트(Goethe-Institut)에서 독일어를 배우게 됐다. 뮌헨(München) 부근에 있는 그라프라트(Grafrath)라는 작은 마을에 있는 괴테-인스티투트에서 독일어를 열심히, 재미있게 배우는 동안 이따금 기차를 타고 뮌헨에 놀러가는 재미도 좋았다. 나는 주로 미술관, 박물관을 방문했다. 한번은 영화관에서 '닥터 지바고'(보리스 파스테르나크 원작)를 보고 깊은 감동을 받았다. 그라프라트 부근에 가까이 '암머세'(Ammersee)라는 호수가 있어 그 지역과 부근 숲을 거닐어 보기도 했다.

독일어 학습이 끝나는 그 해 12월 성탄절 즈음에 각국에서 온 학생들과 독일어 선생님들이 한자리에 모여 환담을 나누었다. 그 자리에서 나는 노래를 부르게 되었다. 나의 노래를 들은 한 선생님은 나더러 본격적으로 노래 부르기 공부를 하는 것이 좋겠다고 웃으며 칭찬해 주었다. 나는 그 말을 흐뭇하게 받아들였고 고맙다고 대답했다. 그러나 나는 성악가가 되고 싶은 생각은 하지 않았다.

거기서 나는 도이체방크의 숙소가 있는 뒤셀도르프로 돌아왔다. 이 은행의 연수원 숙소인 '다비드-한세만-하우스'(David-Hansemann-Haus)에 묵으면서 나는 일주일 단위로 이 은행의 지점들에 가서 은행 업무를 배우게 되었다.

이에 관한 보고형식의 글이 졸저 '그리움의 횃불', '3·1. 자유를 위한 하나의 비전: 서독견문잡감'인데 여기 블로그에 올려져 있다.

이러한 외환은행의 배려 덕분에 이루어진 독일과의 첫 만남으로 나는 새로운 꿈을 꾸게 됐다. 1968년 4월에 은행연수를 마치고 귀국하면서 나는 다시 한 번 독일에 가서 공부를 더 하고 싶은 마음이 생겼다. 그래서 나는 장학금을 얻을 길을 찾았다. 그러나 막막했다. 전망이 불투명하여 어머님의 권유로 결혼하기로 결정했다. 광주에서 중매결혼을 하게 되었다. 이에 관해서도 위의 책 속에 '나의 이력서'라는 글에 간단히 적혀있다. 그런데 결혼한 뒤 2년 뒤에 독일 측의 DAAD(Deutscher Akademischer Austausch Dienst; German Academic Exchange Service)

장학금을 받게 되어 1970년 10월부터 쾰른대학교 사회경제학부에서 새로운 두 번째의 대학생 생활을 시작하게 됐다. 외환은행에는 일단 2년간 휴직하게 됐다. 그때 나의 나이가 32살이었다. 그래도 나의 가슴은 어린애처럼 기쁨에 뛰었고 희망찬 새 삶의 길에 들어섰다.

6. 독일유학 시절

13년 남짓 되는 동안의 나의 독일유학 기간은 나에겐 제2의 청춘시절이었다. 나는 마냥 기뻤고 신바람이 났다. 나는 오직 쾰른에만 거주했다. 물론 특히 경제적으로 어려움을 겪은 때도 있었지만 전반적으로 무난하게 삶을 유지했고 나의 학업목표도 드디어는 달성했다. 32살에 너무 늦게 독일유학길에 올라 45살에 박사학위를 취득하고 그 다음해에 귀국하자마자 곧바로 강원대 교수로 특채되었고 19년 동안 사회학 교수로서 일한 뒤에 2003년 8월말에 정년퇴임했다.

독일유학의 길에 오르게 된 것은 가까이는 한국외환은행으로부터 동기 부여를 받은 덕분이었다고 말할 수 있다. 이런 점에서 외환은행에 감사의 뜻을 표한다. 외환은행의 은행원으로서 난생 처음으로, 그리고 외환은행으로서도 처음으로 나를 독일은행에 연수원으로 파견하지 않았다면 아마도 나는 독일이라는 나라를 쉽게 접하지 못했을 것이다. 일단 6개월의 짧은 독일 연수원 생활을 하고나니 이것도 견물생심이라고 독일에 또 한 번 더 가보고싶어진 것이다. 내가 순전히 개인적으로 노력한 결과로 다행히 DAAD 장학금을 탈 수 있었으니 나의 꿈의 절반은 실현된 것이나 다름없었다.

평소에 나는 베토벤 등 고전음악을 좋아했고 그런 음악의 본고장인 독일에 가서 공부하며 산다는 것이 얼마나 흐뭇하고 가슴 설레는 일이었는지 모른다. 독일 땅에 첫 발을 내딛는 순간 독일의 정신과 기가 나의 온 몸과 마음속에 차오르는 느낌이었다.

처음에 쾰른의 변두리 지역에 숙소를 정해서 머무는 동안 그 부근의 공원에 아침에 산책할 때 성스러운 숲의 기운에 감싸이는 기분을 느꼈고 거기에 살아

있음의 경이로움과 감사함을 자주 되새기곤 했다.

독일에 오기 전에 한국에 있을 때에 이미 나는 한국적 생활양식과 사고방식에 대해 상당히 비판적인 견해를 지니고 있었다. 그러던 차에 독일의 완벽주의, 합리주의 정신이 내 맘에 쏙 들었다. 게다가 사회학 공부를 시작하면서는 매사에 일부러 회의주의적이고 비판적인 시각으로 접근하려는 버릇이 들었다. '과학은 비판이다'라는 포퍼(Karl Popper)의 말을 나중에 접하고 나의 방법론적 비판의식을 견지함이 옳음을 재확인하게 됐고 그것이 더욱 강화되었다. 내가 쾰른대학에서 공부하면서 스스로 깨달은 첫 통찰은 교수들의 강의에서 엿보이는 그들의 치밀한 분석능력과 비판적 태도에 있어서의 투철함이었다. 이에 반해 한국에서, 서울대에서 배울 때의 담론방식의 엉성함과 두루뭉술함을 대조적으로 구별해볼 수 있었다.

내가 사회학을 공부하게 된 계기는 전공과 부전공과목의 선택과정에서 거의 우연히 생겨졌다. 애초에 독일에 갈 때엔 사회학이라는 것은 전혀 생각하지도 못했다. 원래 나는 경제학을 전공할 생각이었다. 그런데 장학처인 DAAD당국에선 내가 법학을 전공할 것으로 간주했으므로 내가 경제학을 전공하겠다고 말하자 그렇게 오랜 기간이 소요될 공부에 대해선 더 이상 지원해줄 수가 없다면서 장학금 지급을 중단해버린 것이다. 그래서 나는 그 장학금을 1년간만 받았다. 1971년 여름학기가 끝나면서 장학금이 지급되지 않으니 나는 앞이 캄캄했다. 그 때부터 나는 주로 방학기간에 아르바이트를 하지 않으면 안되었다. 4학기에 이르러 중간시험(Zwischenprüfung)을 치른다는 이유로 대학당국이 지급하는 장학금을 신청하게 됐다. 외국인학생들을 대상으로 하여 대학이 지급하는 작은 장학금(Studienbeihilfe, 학업보조금)인데 매 학기말에 그 학기에 이룬 성적 등을 심사하여 그 장학금의 계속지급 여부가 결정되었다. 나는 다행히 계속하여 이 대학 장학금을 계속하여 받게 되었고 8학기가 지나면서는 디플롬 시험 준비를 위한 장학금 신청을 다른 곳에 할 수 있었다. 그래도 방학 중에는 아르바이트를 줄곧 해야만 했다.

쾰른대에서 첫 학기에 경제학을 주전공으로 공부를 시작하는데 부전공으로 경영학을 하게 되어 있었다. 그런데 경영학 과목이 맘에 들지 않았다. 그래서 그 대신에 다른 과목을 선택하려고 시험규정(Prüfungsordnung)을 보니 경제학을 주전공으로 하되 부전공으로 사회학과 정치학을 할 수 있게 되어있었다. 그래서 나는 단순한 '경제학도 디플롬'(Diplom-Volkswirt)학위가 아닌 '사회과학방향의 경제학도 디플롬'(Diplom-Volkswirt sozialwissenschaftlicher Richtung)학위를 취득하는 것을 목표로 정하게 됐다. 사회학이라는 학문을 처음으로 접하면서 먼저 사회과학방법론에서 포퍼(Karl Popper)를 알게 됐고 그의 책 '열린사회와 그 적들'을 읽으면서 깊은 감동을 받았다. 그의 마르크스주의적 이론에 대한 비판은 나의 종래의 마르크스에 대한 반대성향을 더욱 공고히 해주었다. 그를 통해서 나에게는 계몽의 새 천지가 확 트여 왔다. 그래서 나의 사회학 공부는 신바람 나게 재미있게 진척되어 나갔다.

나는 드디어 디플롬 시험 준비에 착수했다. 우선 논문을 써야 했다. 나는 한국의 전통종교가 한국인의 가치관과 의식구조 형성에 어떤 영향을 미쳤는가라는 문제를 주제로 결정하고 여러 가지 조사 자료를 수집했고 이를 이론적으로 접근하는 형식의 논문을 써냈다. 논문 제목은 '한국에 있어서 사회변동의 이론적 문제들: 종교사회학적 분석의 한 시도'였다. 지도교수인 르네 쾨니히(René König) 교수는 나의 논문을 '만족스러움'(befriedigend)으로 평가해주었다. 그리고 구술시험을 통과함으로써 나는 1975.05.12일자로 위의 디플롬 학위를 받았다.

디플롬 학위논문을 쓰기 시작하면서 나는 나 자신의 종교관에 대해서 검토하게 되었다. 예전엔 너무 깊이 기독교 신앙에 빠져있었고 거의 광신도이다시피 거기에 몰입돼있었기 때문에 가령 버트란드 러셀의 반기독교적인, 종교비판적인 철학이나 이론을 일부러 외면했었다. 내가 서울대에 들어갔을 때 '종로서적' 서점에서 러셀의 '왜 나는 기독교인이 아닌가'라는 책이 번역되어 진열되어 있는 것을 보았지만 그 책을 들추어볼 생각조차 하지 않았었다. 그러나 이젠 그것을 읽어봐야겠다고 맘을 고쳐먹었다. 쾰른의 노이마르크트(Neumarkt) 광장 옆에 있는 서점에 들러 러셀의 그 책을 발견하고 그걸 구입했다. 집에 와서 그걸 읽자마자 나는 나의 편협함과 어리석음을 통감하면서 만시지탄을 금치 못했다. 나는 러셀의 견해에 대해서 반론을 제기할 수 없었다. 결국 나는 그의 불가지론 적 종교에 대한 의견을 수용하기로 결정했다.

그 즈음에 서울 경동교회로부터 성탄절 카드를 받았는데 거기엔 '배동인 집 사님께'로 시작하여 성탄을 축하하는 글과 여러 교인들의 서명이 가득 채워져 있었다. 나는 내가 과연 집사인가 하는 물음을 나에게 던지게 됐고 나는 더 이상 집사일 수는 없다고 느꼈다. 나는 이 사건을 정리해야겠다고 결심했고 나의 아 내와 함께 쾰른시 법원을 방문했다. 거기서 나는 더 이상 기독교인이 아님을 선언했고 법원직원은 작은 서식에 이 사실을 기록하고 타자해서 나에게 건네주 면서 그 진술은 한 달이 지난 시점에 발효한다고 일러주었다. 이에 관한 상세한 설명은 나의 글 '나의 이력서'와 러셀의 '불가지론자란 무엇인가'의 끝부분에 적혀있다. 이 뒤엣것에서 그 일부를 여기에 옮겨온다.

<<< 나는 중학교 시절부터 나와는 성격이 판이하게 다른 한 친구를 따라 교회(기독교 장로회)에 나가기 시작하여 한때에는 광신도처럼 열심히 기독교 신앙에 몰입되어 있었으나 쾰른대학에서 사회학을 공부하면서, 특히 디플롬 시 험을 준비하는 과정에서 나는 교회로부터 탈퇴하기로 결심했다. 불가지론자로 서의 나의 종교관의 재정립에는 러셀이 크게 기여했다. 나는 1975년 2월 22일 미국에서 1974년에 창설된 The Bertrand Russell Society, Inc.(BRS)에 회원가입했다 (BRS의 홈페이지는 http:// www. users. drew.edu/·jlcnz/brs.html 이다).

나는 1976년 3월 25일 아내 최순택과 함께 쾰른 법원을 방문하여 신교교회로 부터 탈퇴함을 선언했으며 이 선언은 "1976년 4월 26일 경과와 더불어 법적 효력을 발생"하게 된다는 증명서를 법원으로부터 접수했다.

곧 이어 당시 서독 신교교회로부터 탈퇴이유에 관한 설문지를 받고 나는 쾰 른 신교교회공동체(Evangelische Kirchengemeinde) 앞으로 다음과 같은 답변을 보 냈다:

"저는 다른 종교적 신앙이나 교회에의 개종 때문이 아니고 기독교 신앙 자체
에 대한 거부 때문에 교회로부터 탈퇴합니다.

저는 의문스러운 교리체계에 기초하고 따라서 거짓 권위를—예전엔 지적·
과학적 영역에서, 그리고 오늘날엔 아직도 도덕적·윤리적 분야에서—표방하
는 여하한 종류의 제도화된 종교를 거부합니다.

기독교라는 복합체에 있어서 저는 오로지 이웃사랑의 계명을 수락합니다.
그것을 저는 인간애로서 뿐만 아니라 오히려 우주적·보편적 사랑으로 이해하
기 때문입니다.

저는 최근에 예전보다 인식론적 근거에서 더욱 비판적이고 회의적으로 되었
습니다. 저는 1974년 5월 이래 신의 존재도, 신의 비존재도 믿지 않는 불가지론
자가 되었습니다. 저는 신이 존재하는지 또는 존재하지 않는지 알지 못합니다.
그래서 성경을 '성스러운 책'으로서 또는 '하나님의 말씀'으로서 맹목적으로
받아들일 수 없습니다.

지금까지 저는 그냥 암묵적으로 그런 것을 믿었고 특히 인간이 좋은(선한)
삶을 살기 위해서는 하나님이 존재해야 한다는 전제가 필요하다는 가정 아래
그렇게 믿었었습니다.

그러나 종교적 신앙은 인간에게 전혀 명확한 증거가 없는 어떤 명제(가령,
신의 존재, 삼위일체, 예수의 부활, 원죄, 영혼불멸 등)의 확실성을 확신하도록
강요합니다.

저는 위에 말한 불가지론적 입장만이 현대인을 위한 인간지성의 오늘날의
수준에 있어 정직하고 적절한 것이라고 믿습니다.

저의 세계관과 인생관, 특히 종교에 관한 저의 견해의 근본적 전환에는 버트
란드 러셀이 크게 기여했습니다. 여기에 다만 그의 삶과 저술들, 특히 그의 책들
과 에세이들, 가령 '왜 나는 기독교인이 아닌가'(Warum ich kein Christ bin,
rororo-TB Nr. 6685)(Why I Am Not a Christian), '도덕과 정치'(Moral und
Politik)(Human Society in Ethics and Politics[윤리와 정치에 있어서의 인간사회]의

독어번역판, 님펜부르거 출판사, 뮌헨), '종교와 과학'(Religion and Science), '과학의 사회에 미친 영향'(The Impact of Science on Society), 그의 '자서전'(Autobiography), '종교의 본질'(The Essence of Religion), '한 자유인의 숭배'(A Free Man's Worship), '불가지론자란 무엇인가'(What is an Agnostic?) 등을 참조하시기 바랍니다.

1976. 5. 30, 배동인(사회과학방향의 경제학도 디플롬)"

그 즈음에 나는 "배동인 집사님께…"라는 1975년 성탄절 축하 카드를 당시까지 내가 집사로 있었던 서울 장충동 '경동교회'로부터 받고 어딘가 생소한 느낌이 들어 또한 경동교회 당회장(강원용 목사) 앞으로 위와 비슷한 내용의 교회 탈퇴서를 에어로그램 편지지에 친필로 써서 보냈다. 이로써 나는 그때까지 나의 내면세계의 한 고뇌덩어리였고 억압적 굴레였던 기독교, 나아가 종교 일반으로부터 해방되었고 그때의 이 해방감을 지금도 생생하게 무한한 희열 속에 절감하고 있다.

나의 종교관에 있어서 위의 코페르니쿠스적 대전환과 관련하여 매우 감명 깊게 본 기억이 있는 미국 영화 '엘머 간트리'(Elmer Gantry; 1960년 제작, 리차드 브룩스[Richard Brooks] 감독, 버트 랑카스터[Burt Lancaster], 진 시몬스[Jean Simmons] 등 주연, 상영시간: 146분)가 생각난다. 그 영화의 마지막 부분에서 불타버린 천막부흥교회의 잿더미를 뒤로하며 떠나는 돌팔이 목사 '엘머'에게 교회를 다시 일으켜 세우지 않으려느냐는 한 신도의 권유에 대해 그는 '아닙니다.'라고 거부하면서 고린도전서 13장 11절을 보라고 말하며 그곳을 홀로 유유히 떠나가는 장면이 퍽 인상깊었다. 그 성경구절은 다음과 같다. "내가 어릴 때에는 말하는 것이 어린아이와 같고, 생각하는 것이 어린아이와 같았습니다. 그러나 어른이 되어서는, 어린아이의 일을 버렸습니다."(When I was a child, I spake as a child, I understood as a child, I thought as a child: but when I became a man, I put away childish things. 1 Corinthians 13: 11). >>>

독일유학 기간 중에 일어난 또 하나의 중요한 사건은 내가 1973년쯤부터 반유신독재 민주화운동에 참여하게 된 것이었다. 나는 대학에서 처음으로 '앰네스티 인터내셔널'(amnesty international)이라는 국제 인권보호단체를 알게 됐고 당시 쾰른대 법학부 학생인 고트프리드 슈미트(Gottfried Schmidt)의 주도로 활동한 '재독 앰네스티 인터내셔널 남북한 조정그룹'(amnesty international Koordinationsgruppe Nord- und Süd-Korea in der Bundesrepublik Deutschland)에 가입하여 함께 일했다. 이에 관한 자세한 설명은 졸저 '그리움의 횃불' 안에 들어있다. 나의 글 '한국국민의 자유를 위하여'(3.2.), '독일유학기간 중 정치활동에 관한 정부제출 보고서'(6.) 등을 보기 바란다.

결국 나는 정치망명을 하지 않으면 안되었고 독일 정부는 나를 정치망명권자로서 인정해주었다(1975.05.12일자). 그 이후로는 나의 신변안전을 독일 정부가 보호해주게 되어 평안한 마음으로 공부와 함께 민주화운동을 병행해 나갈 수 있었다. 독일에서는 디플롬학위를 취득한 사람은 하나의 전문직업인으로 간주되기 때문에 나처럼 그 학위를 갖고도 일자리를 얻지 못한 실업자에게는 입법화된 사회보장정책에 따라 실업수당이 지급된다. 동시에 일자리를 얻기 위한 직업교육을 받을 수 있었다. 결국 나는 아무런 일자리를 얻을 수 없었지만 이러한 독일의 사회복지정책의 혜택을 받음으로써 생계가 유지되고 나의 공부목표인 박사학위도 취득할 수 있었다. 이런 점에서 나는 독일이라는 나라에 큰 빚을 지고 있는 사람이므로 독일에 늘 깊은 감사를 드리지 않을 수 없다.

7. '인간해방'에의 관심

내가 강원대에 와서 처음으로 발표한 글은 '사회적 해방의 논리와 구조'였다. 그리고 나의 최초의 사회학 논문은 '사회학의 자기정체성—학문과 정치의 긴장관계를 중심으로—'라는 제목의 글이었고 1997년에 간행된 나의 사회학 관련 저서의 제목은 '인간해방의 사회이론'이다. 이들은 나의 생각의 일관된 관심이 '인간해방'이라는 화두에 기울여져있음을 보여주는데 그것은 나의 박사학위 논문의 주제인 '직무설계'(Job Design)로 거슬러 올라간다. 곧 이 논문에서 나의 '해방' 개념 자체에 대한 정의나 언급은 드러나 있지 않지만 그것의 기본요소에 대한 구상이 표명되었다. 곧 노동조직구조의 변경전략에는 '학습과정'(Lernprozess, learning process)과 '교섭과정'(Verhandlungsprozess, negotiation process)의 두 가지 과정들이 조직구성원들 사이에 상호작용함으로써 이해관심이 조정되어간다는 것을 설명하고 있다.

Job Design은 '직무설계'로 번역되지만 그 내용은 기업체 등 노동조직의 구조변경을 노동자들의 민주적 참여 아래 경영자가 실현해 나가는, 조직구조의 전략적 변경방법을 뜻한다. 나의 논문이 아직도 번역되지 않았지만 지금도 그 실제적 유용성은 유효하다고 본다.

무릇 어떤 사물이나 현상이든지 저마다 구조와 과정을 지니고 있다. 구조는 공간과, 과정은 시간과 연관돼있다. 곧 모든 존재주체는 일정한 공간을 차지하는 구조를 지니고 일정한 시간을 통해 변화해가는 과정을 거치면서 존속한다. 우리 인간의 삶도 마찬가지다. 삶의 구조는 두 가지 '전략적 욕구'를 중심으로 이루어져 있다. 하나는 실재를 알고자 하는 욕구이고 다른 하나는 실재를 변경시키고자 하는 욕구다. 앞의 것은 인지적 욕구로서 과학(학문)체계로 제도화됐고 뒤의 것은 정치적 욕구로서 정치체계로 제도화됐다. 그리고 사회는 사회구성원들 사이의 욕구충족을 위한 상호작용과 합리성 추구로써 형성된다. 앞의 것은 '상호성'(reciprocity) 개념으로 표현되는데 사회형성의 구조적 원리라면 뒤의 것, 곧 '합리성'(rationality)은 사회형성의 과정적 원리라고 볼 수 있다. 삶의 주체는 감지하는 욕구를 충족시키기 위해 끊임없이 노력하기 때문에 자연히 권력지향성과 해방지향성을 지닌다. 이들이 내가 보는 삶과 사회의 기본 개념들이다. 이를 기초로 하는 '인간해방의 사회이론'이 같은 제목의 책에 서술되어 있다.

이러한 나의 생각을 통해 러셀의 '삶의 철학'(나는 그를 현대의 '삶의 철학자'라고 일컫고 싶다)을 봄으로써 그를 더 잘 이해할 수 있음이 흥미로웠고 또한 베토벤의 음악을 더욱 절실하게 감상할 수 있음이 무척 흥겨웠다. 베토벤에 관해선 나의 글 '소리의 사회학', '인간해방의 메시지로서의 베토벤 음악' 등을 참조하기 바란다. 그의 음악은 한마디로 말한다면 해방에의 그리움과 해방의 기쁨을 노래하는 것으로 일관하고 있다고 볼 수 있을 것이다.

1980년 5·18 광주민주화운동 때에는 프랑크푸르트에서 '민주사회건설협의회'(민건회) 동지들과 함께 단식투쟁을 결행하기도 했고 때때로 모여 토론회, 시위집회 등을 공동으로 조직하고 운영했다. 민건회는 1974. 03. 01 제55주년 3·1절을 기해 우리 재독 교포, 학생, 광부, 간호사들이 자기 이름을 밝히면서 최초로 독일서 반유신체제와 민주화를 위한 집회와 시위를 단행한 것을 계기로 하여 그날 저녁에 결성된 것이다. 이 모임의 준비과정에서 나는 송두율 등을 처음으로 만나게 되었다. 그러나 나중에 통일문제에 관한 논의에서 북한체제에 대한 인식과 이념지향의 차이 때문에 나는 민건회를 탈퇴하고 소수였지만 이념적으로 투명한 '한국버트란드러셀협회'를 조직하여 별도로 활동하게 되었다. 그래도 대외적 반독재투쟁에 있어서는 사안별로 공동 협력해나갔다.

이러한 민주화운동에의 참여로 말미암아 시간적으로, 정력적으로 많은 소모가 불가피했으나 나는 그 일을 당연히 해야 할 일로 확신했고 지금도 전혀 후회하지 않으며 오히려 자랑스럽게 여기고 있다. 우선 나의 정신건강을 위해 흐뭇한 일이었다. 그 일을 통해서 나는 러셀을 중심으로 하는 공부의 지평을 더 넓혀나갈 수 있었고 사회적 삶살이에 대한 실천적 공부와 수련을 쌓게 되어 큰 보람을 느꼈다.

8. 강원대에서의 새 삶

경춘 국도를 따라 춘천에 있는 강원대를 처음으로 방문했을 때 우선 거기에 이르는 북한강을 끼고 달리는 길이 인상 깊었고 대학 캠퍼스가 참신한 느낌을 주었다. 1984년 2월, 아직 전두환 정권이 억압적 공포정치를 자행하고 있었으니 분위기는 썰렁했다.

내가 강의한 과목은 사회학개론, 공업사회학(흔히 '산업사회학'이라고 표기하지만 나는 '공업사회학'이라고 고집했다), 조직사회학, 한국사회의 이해, 사회학사, 사회이론 등이었다. 대개 교수들이 가르치는 학문분야가 그들의 삶과는 분리되는 방식이어서 강의과목 따로, 실제적 삶살이 따로인 경우들을 자주 볼 수 있지만 나의 경우는 둘이 거의 하나를 이루는 식이었다고 자인한다. 독일에서 공부할 때에도 그랬다. 늘 나의 관심을 끄는 문제는, '사회'라는 것이 어떻게 형성되고 변화하는가?, '사회적 삶'이 어떻게 이루어지고 진행되는가? 등을 중심으로 다가왔다. 그러나 어느 사회학 책들에서도 이런 물음에 대한 분명한 해답을 시원하게 제시해주지는 않았다. 그래서 나는 스스로 그 해답을 찾아 표현해보려고 노력했다.

다른 한편으로 학문 외적인 문제들, 가령 학생들과의 관계에서 정부시책에 대한 태도표명 문제에 있어서 어려움이 많았다. 이에는 나의 정치적 성향을 정직하게 표출해야 하는, 매우 민감한 문제가 대두되기 때문에, 가령 교수회의에서 발언할 경우에도 상당한 용기와 각오가 필요했다. 학생들의 눈으로 보기에는 많은 교수들이 이른바 '어용교수', '기회주의자' 또는 진심을 표현하지 않는 '비겁하고 이중적인 지식인'으로 보였을 것이다. 나도 이런 문제 상황에서 내적 갈등을 겪지 않을 수 없었다. 그래도 나는 가능한 한 나의 의견을 솔직히 표현하기로 작정했고 그것이 대체로 가능했다. 아마도 강원대가 국립대학이었기 때문에 그런 의사표현의 자유가 비교적 무난하게 행사될 수 있었다고 짐작한다. 사립대학들에 있어서는 학교당국이나 정부당국이 보기에 자칫 잘못 처신한, 그러나 역사의 초월적 눈으로 본다면 정의롭게 발언하고 용기 있게 행동한 교수들은 재임용절차에서 탈락되는 처분에 부딪쳐야 되는 사례들이 많았음은 주지의 사실이다.

한번은 반정부데모를 주동하는, 이른바 '문제 학생'이 있는 학과의 학과장 교수회의에서 사회학과장이었던 내가 발언하기를 '학생들의 캠퍼스 안에서의 집회에 대해서는 최소한 허용하는 것이 좋지 않겠는가'라고 말했을 때 당시의 이상주 총장이 매우 화낸 표정으로 '그런 식으로 나오려면 배 교수는 사표를 내라'고 잘라 말했고 분위기가 얼어붙게 된 적이 있었다. 나는 어쩔 수 없이 총장실에 가서 총장의 진노를 누그러뜨리기 위해 유화작전을 펼 수밖에 없었다. 전체교수회의에서 나는 표현에 신중을 기하기는 했지만 나의 진솔한 의견을 그때그때 거리낌 없이 토로하곤 했다. 그럴 때마다 나와 가까이 지내는 한 동료 교수는 내 옆에 앉아 가급적 내가 발언하지 않도록 제동을 가하려고 시도하곤 했다. 그런 것에 대해서 물론 나는 막무가내였다. 그는 나더러 '배 교수는 죽어야 졸업하는 병을 앓고 있다'고 웃으며 농담조로 말하곤 했다.

1987년 6월 독재항쟁에서 민주화운동의 중대고비를 맞았다. 전두환 대통령의 4.13 호헌조치가 선포되자 전국적으로 저항의 물결이 일어나기 시작했고 각 대학 교수들이 잇달아 호헌반대와 대통령직선제를 복원하라는 성명을 발표했다. 강원대에서도 40여명의 교수들이 비밀리에 논의하여 같은 내용의 성명서를 냈다.

당시 '폭력의 현장에서' 내가 목격한 체험담이 졸저 '그리움의 횃불' 속에 세 개의 글로써 실려 있다.
7.6. 1987년 6월 민주화를 위한 항쟁시기의 갈등상황: 폭력의 현장에서(1)
7.7. 폭력의 현장에서(2)
7.8. 총장과의 갈등

1987년 6·29선언 직후에 창설된 '민주화를 위한 전국 교수협의회'(민교협)에 나는 가입했고 나중에 강원 지회장을 맡아 일했다. 민교협 20주년을 기해써서 민교협 집행부에 보낸 나의 비판적 견해를 담은 다음의 글(2007.03.18)을 여기에 옮겨온다.

민교협 창설 20주년을 맞는 소회: 조직의 자기성찰 능력이 관건이다
배동인(전 강원대 사회학과 교수. 이메일 주소: dibae4u@hanmail.net)

민교협(민주화를 위한 전국 교수협의회)이 1987년 6월 민주항쟁의 거센 물결을 타고 출범한지 올해로써 20년이 되었다. 4·19 학생혁명의 기틀을 무너뜨리며 등장한 5·16 쿠데타 군부세력이 거의 30년 동안 온 나라를 감옥으로 만든 독재정권에 맞서서 4·19 정신으로 저항하며 인간의 자유와 민주주의 국가의 건설을 위한 투쟁에 학생들, 노동자들, 농민들, 종교인들, 예술인들, 지식인들 함께 대학교수들이 결연히 동참했다. 이 거국적 민주화 운동은 대체로 각계각층의 국민들의 연합적 연대투쟁의 성격을 띠었다고 볼 수 있고 이 역사적 운동의 줄기찬 추진과정에서 민교협은 한국의 민주화를 위해 상당한 기여를 했다고 평가할 수 있다.

우리는 이제 지내온 20년의 세월을 뒤돌아보며 반성함과 동시에 더 나은 미래를 향해 나아감에 있어서 올바른 자기정체성의 재확립을 다지며 투쟁에의 새로운 각오를 다짐할 때다. 개인이나 조직을 막론하고 삶의 주체는 날마다, 달마다, 해마다 자기성찰을 게을리 하지 않을 때 그 존재의 건강성과 발전 가능성을 견지해나갈 수 있다.

과거를 돌이켜 보면서 나는 졸저 '그리움의 횃불'(전예원, 2003, 440쪽 이하)에 실려있는 다음의 글을 다시 읽어본다.

7.22. 민교협의 민주주의관의 진단과 조직 활성화 방안으로서의 '정기토론회'의 항구적 실시에 대한 제언

민교협이 당면하고 있는 여러 가지 문제들이 있지만 이들은 조직체로서의 민교협의 '자기정체성의 재발견'이라는 근본 문제로 귀결된다고 생각한다. 이것은 물론 민교협이라는 조직체에만 해당되는 것은 아니고 무릇 모든 삶의 주체는 항상 자기정체성을 올바르게 발견하고 세워나가는 일을 게을리해서는 안 될 것이다.

민교협의 목적은 규약 제2조에 '대학과 사회에서 민주주의를 실현하는 데

있다'고 되어 있다. 여기서 핵심문제는 민교협이, 또는 민교협 구성원들이 '민주주의'라는 것을 어떻게 이해하고 있느냐로 압축된다. 다시 말하면 민교협이 오늘까지 누적적으로 지녀오고 있는 문제들, 특히 그 가운데서 조직활성화의 문제는 조직으로서의 민교협의 민주주의관에 문제성이 개재되어 있지 않느냐는 의문을 제기하게 된다는 뜻이다.

내가 평소에 우리나라의 현대사에서 가장 위대한 지도자로 존경하는 백범 김 구 선생께서 '나의 소원'에서 간명하게 밝힌 그의 민주주의관을 재음미하게 된다. 그는 '민주주의란 국민의 의사를 알아보는 한 절차 또는 방식이요, 그 내용은 아니다. 즉 언론의 자유, 투표의 자유, 다수결에 복종, 이 세 가지가 곧 민주주의다'라고 정의한다. 이 의견에 나는 전폭 찬성한다. 민주주의를 '형식적 민주주의'와 '실질적 민주주의'로 구분하는 것은 타당치 않다. '민주주의'는 하나의 역사적 개념이므로 마음대로 조작하여 정의하는 데는 한계가 있다. 김 구 선생과 비슷한 맥락에서 버트란드 러셀은 민주주의의 바탕이 되는 자유주의적 신조에서는 '무슨' 의견을 갖느냐 보다는 '어떻게' 의견을 견지하느냐가 더 중요하다는, 즉 항상 자기비판적이고 열린 마음으로 의견을 견지해야 한다는 의미의 견해를 그의 에세이 '철학과 정치'(Philosophy and Politics, 그의 책 '인기 없는 에세이들' [Unpopular Essays]에 수록되어 있음)에서 설명하고 있는데, 민주주의란 사회의 조직생활이나 국가의 구성과 운영에 있어서 자유로운 의사형성과 의사결정의 방법이라는 의미에서 둘 다 공통된 민주주의관을 표현하고 있다고 본다.

그러면 민교협의 현실은 어떤가? 스스로 민주화를 외치면서 민교협은 과연 구성원들의 다양한 의견들이 자유로이 표출될 수 있고 토론의 장에 참여할 수 있도록 충분히 관심과 힘을 기울여왔는가?

교수가 대학의 테두리 밖에서 사회와 국가에 대해서 할 수 있는 가장 적합한 일은 시민의 한 사람으로서 현실문제에 관해 말이나 글로써 보다 체계적인 의견을 표현하는 것이라고 볼 수 있다. 그런데 민교협은 오로지 교수들로써 구성되어 있으면서 각 회원교수의 대사회·국가적 발언 통로를 마련하는 데에 지금까지 거의 관심을 두지 않았다고 해도 과언이 아니다. 주로 민교협이라는 단일 집합체의 이름으로 또는 다른 조직들과의 연대적 집합체로서 성명서 발표나 시위라는 형태로 의견을 표명해왔고 가끔 많은 경비를 들여 특정주제를 중심으로 어렵게 실시하는 공청회나 토론회에서는 대부분 판에 박은 듯한 스테레오타입식 내용의 주제발표와 토론이 반복되어 왔다. 성명서의 내용에 있어서도 단선적인 이데올로기의 인상을 주는, 일정한 성향의 논조로만 반복적으로 채워져 왔다고 볼 수 있다. 그 결과 회원교수들로 하여금 정서적 이질감과 이념적 소외감을 느끼도록 했고 따라서 조직활동 전체가 활력을 띨 수 없게 됐다고 진단된다. 벌이는 사업이 회원들의 흥미를 끌고 신선한 자극을 주기보다는 지루함을 느끼게 하지는 않았는가?

이른바 정책토론회의 주제선정이 우선 일방적으로, 그리고 오로지 현실정치의 문제들에 한정되었고 따라서 주제발표와 토론의 내용이 다분히 교조주의적이거나 단조로울 수밖에 없도록 조직되었다. 그러나 민교협은 다양한 정치의식과 전문지식을 가진 교수들로써 구성되어 있어 전혀 단조롭거나 동질적인 조직이 아니다. 그들의 이념적 지향성은 다양하고 폭 넓다. 그런 조직체에서 어느 한쪽으로만 전체 의사를 몰아가려는 시도가 실패하리라는 것은 예측 가능하며 그런 조직상의 조종은 오히려 역기능적 부작용을 초래하기 마련이다. 물론 매번 어떤 현안 문제에 대한 전체의사의 민주적 결정은 당위적 요청이다. 그러나 실제로 결정권을 가진 소수자가 주도하는 어떤 사업이나 의견을 관철시키기 위해서는 다른 의견의 형성과 표출이 제약되어서는 안 된다. 지금까지 다만 다수의 소극적 용납과 수동적인 묵인 아래 민교협이라는 정치·사회 운동조직의 배가 항해를 지속해 온 셈이다.

조직구성원의 적극적 참여를 끌어내기 위해서는 구성원 개개인이 자발적으로 어떤 역할을 담당할 수 있도록 사업계획을 수립하여 구성원들의 여론에 항상 조명해가면서 추진해야 할 것이다. 그 하나의 방법으로서 나는 정기적 토론

회의 개최를 민교협의 항구적 사업으로 실시할 것을 제안했었고 작년 대의원대
회에서 합의됐지만 실시되지는 않고 있다. 지금 실시되고 있는 간헐적 '정책토
론회'의 형식으로써는 풀뿌리 회원들의 능동적 참여를 유도하기에는 너무나
불충분하고 비용도 많이 든다. 내가 제안한 정기 토론회는 4주나 2주에 한 번씩
일정한 요일에 주로 서울에서 일정한 장소에서 열리도록 하는데 그 주요 특성
은 다음과 같다:

1) 그것은 회원 개개인의 대사회·국가적 의견 발표의 장이다. 2) 개최지를
서울로 정하는 이유는 아직도 대한민국은 '서울 공화국'이라고 일컬을 만큼 모
든 면에서 서울 중심적이며, 전국적 규모에서 결성된 민교협의 발생성격과도
상응하기 때문이다. 물론 각 지회에서도 여건에 따라 그런 정기토론회를 실시
하는 것이 가능할 것이며 또한 바람직하다. 3) 그것은 회원 상호간의 이해증진
과 지적 호기심을 자극하고 친목도모를 위한 만남의 장으로서도 활용될 수 있
다. 4) 그것은 민교협과 회원들이 사회·국가와 직접 만날 수 있는 의사소통의
통로로서 합리적 문제해결과 비판적 사고를 함양할 수 있는 민주주의의 보편적
학습장이 된다.

그 기획·실시 방식은 (1) 우선 회원들로 하여금 발표주제와 소요시간을 정
책위에 제출토록 한다. (2) 발표 문안이나 요약문을 반드시 미리 작성하여 제출
할 필요는 없다. 이는 발표자에게 심리적, 시간적 부담을 가능한 한 주지 않고
자유로이 자기 의견을 발표할 수 있도록 돕고자 함이다. 그러나 매번 발표내용
은 녹음될 필요가 있다. (3) 장소와 일시는 고정시키는 것이 좋다. 효율적 홍보를
위해서다. 벽보나 플래카드를 따로 만들 필요가 없고 처음에는 한겨레신문 등
에 짧은 광고로써 모임을 널리 알리는 것으로 족하다. 첫 숟가락에 배부르기를
기대하는 것은 어리석은 발상이다. 토론회가 정례화되고 시간이 지나면 거의
홍보비용이 들지 않을 것이다. 다만 장소 빌리기에 다소 비용이 들것이다. (4)
토론자와 사회자는 회원 중 자발적으로 또는 권유하여 누구든지 맡을 수 있도
록 한다.

이러한 정기토론회의 효과는 민교협 조직 내의 구성원 각자의 표현에의 욕구를 충족시킴으로써 자기성장의 체험을 얻게 되고 조직운영에 활력을 불러일으킬 수 있을 것이며 대사회적으로는 민주주의의 생활화와 전반적 민주화의 모델을 제시할 수 있다는 것으로 요약된다. 이런 제안의 근거는 회원들이 교수들이기 때문에 저마다 어떤 문제에 관해 할 말이 있으리라는 가정에 있는데 이 가정이 사실인지 아닌지는 여론조사를 하든지 그런 토론회를 일단 실시해 봄으로써 밝혀질 것이다. 누군가 '교수'는 '의견을 가진 사람'이라고 정의했다고 어렴풋이 기억한다. 이 세상에 삶을 영위하고 있는 사람이라면 누구나 어떤 관심사에 관해 의견을 갖고 있을 것이다. 그러나 중요한 것은 갖고 있는 의견을 솔직히, 그리고 때로는 용기 있게 이 사회와 세계를 향해 표출하는 일이다. 위의 교수의 정의는 이 일을 잘 할 수 있는 사람이 교수임을 뜻한다고 해석해본다.

그리고 또한 중요한 문제는 '어떻게' 자기의견을 견지하느냐에 있다. 자기의견을 절대화함으로써 그것의 노예로 전락하느냐, 아니면 자기 의견을 주장하되 타당성이 인정될 때까지만 고수하고 그 타당성의 근거가 희박하다고 판단되면 과감히 그것을 버리거나 수정할 수 있는 사람이 곧 참된 민주주의자이며 자유주의자이다. 민교협이 이런 민주주의관을 가진 교수들로써 실제로 구성되고 운영되어 간다면 민교협은 그 목적을 실현해가고 있다고 평가될 수 있으며 이나라와 사회에도 민주주의가 실현될 수 있다고 확신한다.

민주화가 다양한 의견의 꽃피움을 통하여 보다 나은 공동체적 삶을 누리는데에 있다면, 이를 실현함에 정치, 경제, 문화 등 삶의 다양한 문제들에 관한 다양한 전문분야의 회원교수들의 의견발표와 토론의 조직적 일상화인 '정기토론회'가 다소나마 기여할 수 있을 것이다. (민교협 월보['민주화를 위한 전국교수협의회' 기관지], 제11호[1992년 11월], 2~4쪽)

이 글에서 내가 제안한 '정기토론회'가 내가 알기로는 지금껏 실시되지 않았다. 그 이유를 나는 민교협의 집행부가 그것을 실시하려는 의지를 결여해온 데에 있다고 추정한다. 위에 쓴 대로 그 안건은 1991년 대학로 흥사단 회의실에서 열린 대의원대회에서 통과되었음에도 불구하고 실시되지 않았고 실시될 기미가 보이지 않아 나는 위의 글을 쓰게 되었다. 이 글에서 제기된 문제의식이 나는 지금도 유효하다고 본다. 다시 말하면 민교협은 자기부정과 자가당착의 20년을 다람쥐 챗바퀴돌 듯 지내오지 않았나 하는 의구심을 품지 않을 수 없다. 그렇게 된 연유는 두 가지 측면에서 진단해 볼 수 있을 것이다. 하나는 조직 구성원들, 특히 집행부에 속한 교수들이 정작 '민주주의'라는 것이 무엇을 뜻하는지 명확히 알고 있지 못한 것이 아닌가라는 의문과 관련된다. 다른 하나는 비록 민주주의관이 올바르게 확립돼있다고 할지라도 민교협도 하나의 조직이기 때문에 로버트 미헬스(Robert Michels)가 말한 '과두지배의 철칙'(iron law of oligarchy)의 예외가 될 수 없었던 데에서 그 주요이유를 찾아볼 수 있다고 생각한다. 첫 번째 문제는 회원이 모두 교수들인데 민주주의가 무엇인지를 모르는 교수가 있으리라고는 단정할 수 없기 때문에 기우에 불과한 의문이라고 볼 수도 있겠지만 정치적 의식수준은 반드시 전문가적 지식수준에 상응하는 것은 아니므로 냉철히 따져보아야 할 것이다. 또한 교수라 할지라도 저마다 민주주의에 대한 이해방식이 다를 수 있을 것이다. 두 번째 문제는 조직의 목표달성을 지향함에 있어서 소수의 주도적 회원의 주관적 이해관심, 특히 정치적 이념지향성의 개입, 이론과 실천의 격차, 의지와 실천력의 괴리 등에서 발생하는 조직의 타성과 연관된다고 본다. 민교협에서는 거의 항상 이념적 편향성이 문제시되어 왔다. 다시 말하면 집행부의 의견노선에서 벗어나는 다른 의견은 배제되어왔다고 해도 과언이 아닐 것이다. 그렇다면 그렇게 운영되는 조직은 민주주의와는 거리가 멀다고 평가할 수밖에 없을 것이다.

　민교협이 20년 동안 명맥을 유지해온 것은 한국의 민주주의 현실이 당면했던 문제상황, 곧 민주주의 정치체계의 구성적 요소인 신체의 자유, 의사표현의 자유, 조직결성의 자유 등 인간기본권인 자유권과 평등권을 중심으로 하는 '과정적 민주주의'의 기본원칙의 보장, 삼권분립과 대통령 직선제의 복원 등 '제도적 민주주의'의 정상화 등의 큰 원칙들의 문제를 해결해야 하는 상황에서는 거의 모두가 대동단결할 수 있었기 때문에 조직의 대승적 투쟁방향과 관련하여 별로 큰 의견대립이 있을 필요가 없었던 데에 있다.

그러나 '문민정부', '국민의 정부'를 거쳐 지금의 '참여정부'에 이르러서도 현행 헌법은 87년 6.29선언을 비롯하여 당시의 군부독재체제와 민주화세력 사이의 타협의 산물이기 때문에 여기저기 수정 보완해야 할 문제점들을 안고 있다. 특히 기본권의 일관성 있는 확충 보완(특히 노동3권과 조직결성의 자유권의 국제적 수준으로의 개선이 필요하다)과 지방자치제의 연방제로서의 체계화, 권력구조의 두 가지 방식 가운데 하나인 대통령 중심제의 재검토(총리제는 불필요하다고 나는 본다)와 더불어 다른 하나인 내각 책임제의 도입필요성의 검토 등이 우선적 논의대상이라고 판단된다. 이러한 민주화의 과제들을 해결하는 데 민교협이 제 구실을 다할 수 있겠는가? 이 나라의 최고의 지식인 집단인 교수들의 조직체인 민교협이 과거의 20년의 민주화 투쟁의 성과를 자화자찬, 아전인수식으로 과대평가하면서 현실에 안주하는 것은 금물이다. 초심으로 돌아가 겸허한 자세로 미래지향적 관점에서 민주화에의 투지를 가다듬어야 할 것이다.

한국은 이제 총론적 민주화 단계를 제대로 마무리 짓지 못한 상황에서 각론적 민주화의 과제를 아울러 풀어나가야 하는 어려운 상황에 처해 있다. 이는 '참여정부'가 했어야 할 일을 거의 손대지도 못하고 세월을 흘려보내고 있음을 보여준다. 대통령은 무엇을 해야 할지를 취임 초기부터 모르고 있었음을 드러내고 있는 상황이다. 그는 임기 만료 전 1년의 시간을 남겨둔 이제야 대통령 4년 임기 연임제를 개헌안으로 들고 나오는, 한심스러운 행태를 보이고 있다. 더구나 통일을 앞두고 남쪽 집안의 내부정리가 합리적으로, 체계적으로 이루어지기는커녕 어지러운 난맥상을 보고 있으니 한반도의 운명이 심히 우려된다.

민교협은 국가와 사회의 민주화를 지향하는 교수들의 조직체로서 제 할 일을 제대로 해왔다고 평가할 수 있는가? 앞으로는 제 할 일을 잘 해낼 수 있다고 자신 있게 말할 수 있는가? 나는 판단을 보류할 수밖에 없다. 현직 교수님들께서 신중하게 자기성찰을 거듭해야 할 것이다. 자기성찰을 하지 않거나 못하는 조직은 그 존재의 기초가 흔들릴 수밖에 없을 것이다.

위 글은 민교협(http://www.professornet.org/)의 '민교협 20년사'에 실려있다.

강원대에서 19년 동안 교수로서 일하면서 학내외에 발표한, 주로 정치적인 글들에 대해서는 역시 졸저 '그리움의 횃불'을 참조하기 바란다.

나는 2003년 8월말에 정년퇴임하여 가평 이곡리 선린마을에서 평안히 지내고 있다.

9. 나오며

나의 삶의 길을 요약하여 서술한 글 두 개가 졸저 '그리움의 횃불' 속에 들어 있다. 맨 첫 번째 글인 '1.1. 나의 이력서'와 맨 끝 글인 '13.3. 나의 삶과 사회학'이다. 이 글들과 위에 언급된 다른 글들을 참조해주시기 바란다.

지금까지의 나의 삶의 길을 뒤돌아보면서 나는 스스로에게 하나의 물음을 던지게 된다. 인간의 삶살이에 가장 바람직한, 가장 좋은 길이 있는가?

이 물음에 대한 정답이 있다고 나는 생각한다. 그 정답에 대한 절대적 확실성을 보증할 수는 없고 다만 현시점에서 잠정적으로 내가 수락할 수 있다는 정도의 것으로 그 주요요소들을 열거하면 다음과 같다.

1. 인간과 인간사회는 원래 자연으로부터 나왔다. 따라서 자연과 더불어, 자연 속에서, 자연과 하나 되는 삶이 가장 바람직하다. 몸과 마음의 건강이 최우선적 가치이다. 자연과 자유와 자율은 일맥상통하는 가치들로서 인간의 존엄성의 근간을 이룬다.

2. 삶을 살아가는 데에 물질적 자원이 필요하다. 자원은 제한되어 있기 때문에

늘 최소한의 필요한 정도만큼만 소비해야 한다. 따라서 자연적 욕구를 떠나서 불필요한, 사회적으로 유발된 욕구들을 가능한 한 줄이거나 감지하지 않도록 스스로 통제할 필요가 있다. 이들 자제되어야 할 욕구들에는 담배 피우기, 술 마시기, 과도한 육류 섭취하기 등이 속한다. 요컨대 단순하고 소박한 삶이 가장 바람직하다. 나의 기본적 욕구의 충족을 위한, 다른 존재들(인간들, 유기체들, 무기체들)과의 상호작용(상호성)을 원활히 함으로써 삶의 합리성을 추구한다.

3. 사회제도로서 종교는 불필요하다. 종교는 오로지 개인의 사사로운 관심사에 지나지 않은 것으로 여겨져야 한다. 따라서 포교, 선교활동과 이를 위한 시설이나 자원의 소모는 불필요하다. 그러나 종교적 신앙을 가질 자유와 이를 행사할 자유는 보장되어야 한다.

4. 참된 앎을 추구하는 과학, 학문을 공부하고 탐구하는 것이 좋은 삶이다. 다양한 예술 활동도 마찬가지다.

5. 정치에의 관심은 바람직한 사회적 삶을 위해 필수적이다. 공동체의 문제들을 해결하기 위한 대화와 토론에서 비판적인, 합리적인 의견의 표현은 가장 기본적인 시민의 의무에 속한다. 따라서 사랑과 관용의 정신이 무엇보다도 긴요하다.

그리움의 햇불

지은이 · 배동인
펴낸이 · 양계봉
만든이 · 김진홍
펴낸곳 · 도서출판 전예원
주소 · 경기도 용인시 처인구 모현면 초부리 519-6
전화번호 · 031) 333-3471   전송번호 · 031) 333-5471
e-mail · jeonyaewon@lycos.co.kr

출판등록일 · 1977년 5월 7일   출판등록번호 · 16-37호
ISBN · 978-89-7924-121-1   03810

2003년 6월 10일 제1판 1쇄 발행
2012년 6월 22일 개정증보판 1쇄 발행

값 · 18,000원
잘못된 책은 바꾸어 드립니다.